可控气氛热处理

陈永勇　编著

北　京
冶 金 工 业 出 版 社
2008

内 容 提 要

本书系统地介绍了可控气氛热处理原理与实际生产应用。应用化学平衡原理分析了可控气氛的制备；从热力学、动力学角度分析热处理气氛对热处理过程的影响。详细介绍了可控气氛制备设备、热处理设备以及气氛控制仪表。重点介绍了可控气氛密封箱式周期炉、推杆炉、井式炉的结构、电器控制、气氛控制。根据化学平衡原理和动力学原理解析可控气氛热处理工艺，对密封式箱式周期炉、推杆炉、井式炉典型热处理工艺的特点进行了分析。

本书可供从事金属热处理的科研人员、工程技术人员阅读，也可供大专院校有关专业师生参考。

图书在版编目(CIP)数据

可控气氛热处理/陈永勇编著．—北京：冶金工业出版社，2008．7

ISBN 978-7-5024-4542-3

Ⅰ．可…　Ⅱ．陈…　Ⅲ．可控气氛热处理　Ⅳ．TG156．99

中国版本图书馆 CIP 数据核字(2008)第 070741 号

出 版 人　曹胜利

地　　址　北京北河沿大街嵩祝院北巷 39 号，邮编 100009

电　　话　(010)64027926　电子信箱　postmaster@cnmip.com.cn

责任编辑　张爱平　王雪涛　美术编辑　李　心　版式设计　张　青

责任校对　王永欣　责任印制　丁小晶

ISBN 978-7-5024-4542-3

北京兴华印刷厂印刷；冶金工业出版社发行；各地新华书店经销

2008 年 7 月第 1 版，2008 年 7 月第 1 次印刷

787mm×1092mm　1/16；20．25 印张；484 千字；312 页；1－2500 册

49.00 元

冶金工业出版社发行部　电话：(010)64044283　传真：(010)64027893

冶金书店　地址：北京东四西大街 46 号(100711)　电话：(010)65289081

（本书如有印装质量问题，本社发行部负责退换）

前　言

可控气氛热处理是减少零件热处理过程的氧化、脱碳现象，提高零件热处理质量的重要手段之一。目前可控气氛热处理在机械行业应用十分广泛，但是系统介绍可控气氛热处理的资料、书籍较少。编写本书的目的是希望热处理工作者通过本书的阅读能够了解和掌握可控气氛热处理的基本原理和实际应用。

本书的内容包括了可控气氛热处理基本原理，气氛化学平衡原理，动力学因素以及化学平衡原理的应用；可控气氛热处理设备以及可控气氛热处理工艺。化学平衡原理包括化学反应的热效应，气氛反应方向的判别。化学动力学因素对化学热处理过程的影响包括了化学动力学原理，可控气氛化学反应的速度，渗碳机理以及催化剂的作用。基本原理的应用包括放热式气氛、吸热式气氛、氮基气氛的制备原理以及制备流程；可控气氛的控制原理，以及根据控制原理制备的控制仪器仪表。可控气氛热处理设备包括可控气氛井式热处理炉、密封箱式周期炉、推杆炉以及转底炉等的结构、传动机构、气氛电器控制。对可控气氛热处理工艺的制定进行了较详细的分析；介绍了密封箱式周期炉、推杆炉、井式炉的可控气氛热处理工艺的特点等。

第1章绪论，概括地介绍可控气氛热处理基本情况。第2章可控气氛热处理基本原理，根据热力学、动力学原理分析可控气氛热处理的基本原理。第3章热处理可控气氛的制备，介绍吸热式气氛、放热式气氛、氮基气氛的制备基本原理以及制备设备。第4章炉子气氛的控制，介绍气氛控制基本原理以及控制仪器仪表。第5章可控气氛热处理设备，介绍密封箱式周期炉、推杆炉、井式气体渗碳炉、转底炉等热处理设备的结构、控制、传动机构等。第6章可控气氛热处理工艺，介绍可控气氛热处理工艺的制定，分析密封箱式周期炉、推杆炉生产线、井式渗碳炉的典型可控气氛热处理工艺。第7章可控气氛热处理质量控制，重点介绍密封箱式周期炉可控气氛热处理的质量控制。

由于作者水平有限，书中不妥之处，敬请读者批评指正。

编　者

2008年2月16日

目　　录

1　绪论 …… 1

2　可控气氛热处理基本原理 …… 11

2.1　可控气氛的化学平衡原理 …… 11
2.1.1　钢在热处理气氛中的化学反应 …… 11
2.1.2　化学反应方向的判断 …… 17
2.1.3　化学反应的热效应 …… 22
2.1.4　热处理可控气氛的化学平衡原理 …… 27
2.2　化学平衡原理的应用 …… 32
2.2.1　可控气氛制备时化学反应热效应计算 …… 32
2.2.2　炉内气氛反应方向的判别 …… 39
2.2.3　可控气氛的化学平衡 …… 43
2.3　化学热处理反应速度 …… 48
2.3.1　可控气氛化学反应速度 …… 50
2.3.2　温度对化学反应速度的影响 …… 54
2.3.3　可控气氛渗碳机理 …… 57
2.3.4　催化剂在可控气氛热处理中的应用 …… 61

3　热处理可控气氛的制备 …… 64

3.1　放热式气氛的制备 …… 66
3.1.1　放热式气氛制备的基本原理 …… 66
3.1.2　放热式气氛的制备方法 …… 74
3.1.3　制备可控气氛原料与催化剂 …… 78
3.2　吸热式可控气氛 …… 83
3.2.1　吸热式气氛产生原理 …… 84
3.2.2　吸热式气氛的制备 …… 91
3.2.3　氨分解制备气氛 …… 94
3.3　氮基气氛 …… 99
3.3.1　放热式氮基气氛的制备 …… 101
3.3.2　空气分离式氮基气氛 …… 102
3.3.3　分子筛吸附制备氮基气氛 …… 105
3.4　可控气氛发生器 …… 110

3.4.1　放热式发生器 …… 110
3.4.2　吸热式发生器 …… 113

4　炉子气氛的控制 …… 124

4.1　可控气氛碳势控制原理 …… 125
4.2　可控气氛控制仪表和气氛的分析 …… 132
4.2.1　氯化锂露点仪 …… 133
4.2.2　红外线气体分析仪 …… 137
4.2.3　氧探头和碳势测控仪 …… 142
4.2.4　其他气氛控制方法和气氛分析方法 …… 146

5　可控气氛热处理设备 …… 152

5.1　可控气氛井式热处理炉 …… 154
5.1.1　井式炉的密封 …… 155
5.1.2　炉子温度调节电路 …… 156
5.1.3　炉子气氛的控制 …… 163
5.2　可控气氛密封箱式周期炉 …… 165
5.2.1　可控气氛密封箱式周期炉的组成 …… 166
5.2.2　可控气氛密封箱式周期炉的控制 …… 176
5.3　可控气氛密封箱式周期炉生产线 …… 192
5.3.1　密封箱式周期炉生产线的组成 …… 192
5.3.2　其他可控气氛密封箱式周期炉 …… 195
5.3.3　箱式回火炉 …… 197
5.3.4　装卸料小车 …… 197
5.3.5　清洗机 …… 202
5.3.6　升降料台 …… 203
5.4　可控气氛推杆炉生产线 …… 203
5.4.1　可控气氛推杆炉生产线的结构组成 …… 204
5.4.2　推杆炉传动机构 …… 212
5.4.3　推杆式渗碳炉气氛控制 …… 219
5.5　转底炉 …… 224
5.5.1　转底炉的结构 …… 224
5.5.2　转底炉转动步骤与转动方式 …… 228
5.5.3　转底炉的控制 …… 230
5.5.4　转底式分区炉 …… 233
5.6　其他可控气氛热处理炉 …… 234
5.6.1　可控气氛网带炉 …… 234
5.6.2　可控气氛滚筒式热处理炉 …… 236

6　可控气氛热处理工艺 …… 238

6.1　可控气氛热处理工艺的制定 …… 239

6.1.1　可控气氛碳势的确定 …… 240

6.1.2　渗碳零件表面碳质量分数的确定 …… 251

6.2　可控气氛热处理典型工艺的确定和分析 …… 255

6.2.1　密封箱式周期炉生产线工艺制定 …… 256

6.2.2　可控气氛推杆炉热处理工艺制定 …… 259

6.2.3　可控气氛井式渗碳炉工艺制定 …… 262

7　可控气氛热处理质量控制 …… 269

7.1　密封箱式炉热处理零件质量保证体系 …… 269

7.1.1　炉子设计质量的保证 …… 270

7.1.2　炉子温度的均匀性 …… 270

7.1.3　气氛的均匀性和气密性 …… 271

7.1.4　零件的热处理冷却 …… 272

7.2　控制系统对质量的保证 …… 272

7.2.1　温度控制 …… 273

7.2.2　气氛碳势控制 …… 274

7.2.3　淬火油温的控制 …… 276

7.2.4　计算机监控 …… 276

7.3　工艺规范 …… 277

7.4　可控气氛密封箱式周期炉的操作控制 …… 278

7.4.1　气氛的操作控制 …… 278

7.4.2　控制仪表偏差值的调整 …… 280

附　录 …… 281

参考文献 …… 312

1 绪　论

金属材料在空气或其他氧化性气氛中加热，会发生氧化脱碳现象，因而造成金属材料的大量损失；氧化烧损造成了人力、物力、能源的大量浪费。加热造成的氧化烧损一般达3%左右。汽车制造行业中由于热处理过程造成钢材的烧损占整个热处理工件质量的7.5%左右。也就是每台载货汽车由于氧化造成的钢材烧损达40~50 kg；每台轿车钢材烧损达25~30 kg。一个年生产载货汽车20万辆的工厂，零件进行热处理过程就将造成8000~10000 t钢材的烧损。拖拉机制造行业，工件在热处理过程的氧化烧损达7%，每台履带式拖拉机的钢材烧损达60~70 kg。在脱碳性气氛中进行零件的热处理，造成零件表面的脱碳将很大程度地影响零件的性能。尤其对钢件的耐磨性、疲劳极限和抗拉强度造成很大的影响。碳含量为0.66%，锰含量为0.71%，硅含量为0.27%的弹簧钢，在热处理过程中造成表面脱碳。当脱碳层从0.38 mm增加到1.20 mm时，其抗拉强度将从901 MPa降低到769 MPa；屈服极限也将从940 MPa降低到808 MPa。硅锰钢在淬火回火过程由于脱碳将使钢的性能大大降低；由于脱碳，疲劳极限从451 MPa降低到265 MPa。铬钒钢在热处理淬火回火过程脱碳，疲劳极限将从412 MPa降低到265 MPa。铬钼钒钢淬火、回火后磨去由于热处理过程造成的脱碳层时疲劳极限为693 MPa；但是如果存在0.015 mm的脱碳层，疲劳极限将降低至600 MPa；如果脱碳层达到0.038 mm，则疲劳极限为517 MPa。可见，氧化脱碳对钢材的数量和钢材的性能造成极大的危害。减少或避免钢材在热处理过程的氧化脱碳，将节约大量的钢材和提升钢材的性能。采用可控气氛热处理就可以避免钢材热处理过程中的氧化脱碳现象。热处理后得到表面光洁或光亮的热处理零件，可提高金属材料的力学性能，延长机械零件的使用寿命。应用可控气氛渗碳处理，提高零件的渗碳质量；应用可控气氛保护加热，可以保证零件不脱碳不增碳，使零件力学性能达到最佳的状态。

可控气氛热处理在热处理行业的应用越来越广泛，可控气氛热处理解决了热处理过程的氧化脱碳问题。从目前可控气氛热处理技术的应用和发展来看，它是一种在机械加工中越来越重要的工序。可控气氛热处理应用于光亮淬火、光亮退火、渗碳淬火、碳氮共渗淬火、中性加热淬火等方面，已是越来越重要的工艺方法。在减少加热过程钢材的烧损，零件表面的脱碳，提高热处理零件表面质量等方面都起到十分重要的作用。可控气氛热处理能够得到广泛的应用在于其有以下优点：

（1）减少零件加热时的烧损，实现零件的无氧化淬火、退火、回火等热处理工艺。从而节约了零件加工的材料，提高了热处理零件的质量，减少加工工序，节约人力、物力。

（2）减少或防止零件加热过程的脱碳。提高零件热处理后的耐磨性和疲劳强度，为防止脱碳而增加的零件加工余量和精加工设备；减少了不必要的资源浪费。实现零件的光亮淬火、退火、回火等先进热处理工艺。

（3）可控气氛进行渗碳或碳氮共渗，能够严格地控制零件表面的碳含量，零件表层碳含量分布情况以及渗层厚度。渗碳或碳氮共渗得到一个高质量的渗层，确保零件高的力学性能。

(4) 可控气氛进行渗碳或碳氮共渗可取代液体渗碳或碳氮共渗，节约了大量的氰盐。减少了对氰化物的处理和对环境的污染，起到了环保作用，改善了工人的劳动条件。

(5) 可控气氛热处理可以对在热加工过程中造成表面脱碳的零件进行复碳处理。保证零件恢复原有的表层碳含量，减少了零件的报废和性能下降。

(6) 对某些形状特别复杂而又要求高硬度的零件，先用低碳钢加工成形，然后采用可控气氛穿透渗碳使零件成为高碳零件，通过淬火后达到对零件高硬度的要求，大大简化加工工序。

(7) 可控气氛热处理可以对某些在加热过程容易脱碳的钢材（例如含硼钢），进行保护加热避免加热过程的脱碳现象，从而起到推广我国资源钢种应用的作用。采用可控气氛还可以对需要脱碳的钢材进行脱碳处理，保证钢材在加热过程中不氧化。例如，变压器用硅钢等进行脱碳退火处理，提高硅钢的退火质量。

(8) 粉末冶金零件应用可控气氛保护烧结能够提高烧结质量。零件的钎焊应用可控气氛保护，能够获得高的钎焊质量。

(9) 采用可控气氛热处理有利于机械化、自动化的实现。从而提高劳动生产率，减少工人劳动强度。

由此可控气氛热处理越来越广泛地引起机械行业的重视和应用。在国内外汽车、轴承、拖拉机、工程机械、自行车、纺织等行业中都得到十分广泛的应用。

随着工业技术的发展，对机械产品的要求也越来越高，热处理技术也随着工业技术的发展向前迈进。作为无氧化加热技术的可控气氛热处理，在国内的推广应用越来越广泛，可控气氛热处理的应用普及程度仍然是衡量热处理生产技术先进与否的主要标志。在无氧化加热技术中首推可控气氛热处理。在大量生产的实际应用上，不论是碳素钢还是合金结构钢的光亮淬火、退火、渗碳淬火、碳氮共渗淬火都是以可控气氛为主要热处理手段。可控气氛热处理的应用和推广，不论是在冶金行业，还是在机械制造行业都得到了相当的重视。可控气氛热处理可提高热处理产品的质量，减少钢材加热过程烧损，减少机械加工的余量，避免热处理过程零件脱碳造成寿命的降低等。热处理过程使用可控气氛保护加热，对炉子气氛进行碳势控制，标志着热处理行业的一大进步。

可控气氛热处理经过几个阶段的发展才达到了今天的状况。可控气氛热处理技术的应用可追溯到19世纪中叶，英国公布了气氛保护加热技术的第一批专利。但是可控气氛进入工业技术中的应用一直到了20世纪30年代才开始，50年代达到成熟地步，目前已广泛应用于机械行业的热处理过程。可控气氛热处理技术的应用是建立在各种气氛的化学平衡热力学基础上的。从热力学角度建立了炉内各种气体反应的平衡关系，根据气体反应的平衡关系发明了气体测量的传感器和相应的测量仪表。从而开始了热处理加热保护气氛的控制。LiCl露点仪的发明及应用更是促进了可控气氛热处理的发展，使可控气氛热处理技术达到了相当成熟的地步。测量仪表的发展同时推动了气体发生装置的发展，吸热式、放热式发生装置相应地得到了发展，随之滴注式可控气氛相应出现，这样为密闭式箱式炉、推杆炉、网带炉、转底炉的发展创造了良好的条件。60年代 CO_2 红外仪应用于热处理气氛的控制更是促进了可控气氛热处理的发展。70年代中期美国首先在热处理行业使用氧探头进行碳势的控制，推进了可控气氛热处理更大的发展。使用氧探头测量碳势，结构简单、响应速度快、测量精度高从而迅速在发达国家得到推广应用。到80年代中期，欧洲国家、美国、日本等对热处理保护气氛的测定都基本改用氧探头碳控仪进行气氛的测量控制。从气氛控制发展的过程促进可控气氛热处理的发展，在目前热处理可控气氛的控制方法上多种控制同时存在，这些控制方法都有着各自的特点。目前控制方法推广使用较多的是氧探头碳控仪对碳势的测量控制，氧探头碳控仪对气氛碳势的测量控制也有它的不足之处。当炉子气氛碳势较高，气氛中CH_4含量较高，CO的成分不太稳定时，出现炭黑情况下，氧探头碳控仪的测量控制就有控制不精确的现象。尤其是在零件带有锌元素情况下更是对氧探头不利，将造成氧探头“中毒”失效。此时采用氧探头碳控仪和CO红外仪进行联合控制能够提高炉子气氛碳势控制的精度，确保气氛碳势控制的质量。几种因素联合控制能够提高气氛碳势控制的精度，确保可控气氛热处理零件的质量。

我国可控气氛热处理的应用始于上海电缆厂在20世纪40年代末从美国购进一台采用乙醇燃烧制备的放热式气氛发生炉，用于铜材的光亮退火的加热保护。据1973年的不完全统计，中国共有各种类型的控制气氛热处理炉70台左右。这些设备有传动带式连续炉、振底炉、多用周期炉、推杆炉、井式炉、周期式鼓形炉以及连续式鼓形炉等。同时有将渗碳、淬火、回火、清洗组成一条线的自动可控气氛热处理生产线。当时大约有15条这样的生产线。这些气氛保护加热所使用的气氛有吸热式气氛、放热式气氛、氨分解气氛、液体滴注式气氛等。而制备这些气氛使用的原料有天然气、丙丁烷气、城市煤气、石油液化气、氨气以及液体滴剂煤油、甲醇、丙酮等。而目前在我国，可控气氛热处理已经在冶金、机械制造、汽车制造、军工行业等都有十分广泛的应用。使用的可控气氛热处理设备也发生了很大变化，出现了自动控制的连续炉生产线、密封箱式周期炉生产线、辊底炉、转底炉，以及多用途的柔性生产线等。碳势的控制精度水平达到0.03%以上。渗碳零件的碳质量分数梯度在工艺制定时通过计算机进行模拟，使零件的碳质量分数梯度得到一个理想状态。在生产过程中，通过对生产现场生产实时数据的测定，显示出当前零件表层所处状态。随时掌握零件热处理过程表面质量情况变化，以便调整修正达到理想状态。控制手段的提高为可控气氛热处理的发展提供了更加广泛的应用前景。

目前常见的可控气氛有以下几种：

（1）吸热式气氛。吸热式气氛是目前使用最多、最广泛的一种可控气氛。吸热式可控气氛用于渗碳，中碳钢的光亮退火、正火以及洁净淬火、光亮淬火，碳氮共渗，碳氮共渗时的稀释气，铜焊的焊接保护，粉末冶金烧结，高速钢淬火、退火，铸铁件退火，不锈钢、硅钢光亮退火等。吸热式气氛的产生可用天然气作为原料气，天然气与空气混合，在高温状态下天然气中的CH_4裂解与空气中O_2、CO_2、H_2O等发生化学反应生成吸热式气氛。吸热式气氛产生的过程中需要吸收一定的热量形成保护气氛，因此叫吸热式气氛。吸热式气氛也使用丙烷、城市煤气、液化石油气、甲醇、乙酸乙酯等原料与空气混合制备。

（2）放热式气氛。放热式气氛用于铜、低碳钢、中碳钢的光亮退火、淬火的保护加热，粉末冶金烧结，可锻铸铁退火、渗碳等。放热式气氛的产生可用天然气作为原料气，天然气与空气混合燃烧，冷却后经过滤生成放热式气。放热式气氛生产过程中，天然气与空气混合的比例应保证天然气完全燃烧。在制备过程中不会吸收热量而是释放热量，因此叫放热式气氛。放热式气氛也有使用丙烷气、城市煤气、液化石油气、木炭、轻柴油以及氨部分燃烧等制备。

（3）氮基气氛。氮基气氛是近几年出现的一种气氛。用作渗碳、碳氮共渗气氛的载气，气体氮化的稀释气，各种钢种光亮退火、正火、淬火的加热冷却保护，碳氮共渗稀释气，粉末冶金烧结，焊接保护等。纯氮气的制造采用空气分离方法，空气分离方法制造氮气产气纯度高，可达到99.995%～99.999%。也有采用燃烧法制备氮气，燃烧法制造氮气是利用天然气或丙烷气与空气混合燃烧，燃烧后气体进行冷却后使用分子筛去除其他气体，保留氮气。燃烧法制造的氮气纯度不是很高。经过多级提纯分离，可以提高到一个较高的纯度。可用于渗碳、碳氮共渗气氛的稀释气，钢制零件的保护加热，焊接保护等。对于氮基硬氮化，燃烧法制造的氮气没有进行多级提纯的情况，作为氮基硬氮化的稀释气则不太适合，在气氛中残留的CO将起到渗碳作用。

（4）氨分解气氛。氨在850～900℃温度范围，利用催化剂作用使氨发生分解反应：$2NH_3 \longrightarrow N_2 + 3H_2$。氨分解气能够对零件表面氧化的快速还原起作用，应用于不锈钢、硅钢光亮退火，粉末冶金的烧结，铜的退火，各种钢制零件的无氧化加热光亮淬火、退火、正火、回火等。氨分解气无毒，排出的废气不会造成环境的污染。

（5）甲醇热裂解气。甲醇热裂解气是一种滴注热裂解气氛。用作渗碳、碳氮共渗的稀释气，也用作一般的保护加热，氮基气氛的添加气。

（6）乙醇热裂解气。乙醇热裂解气是一种滴注式热裂解气氛。乙醇热裂解气由于乙醇中碳的含量较高，因此裂解出来的气氛CO和C的含量较高。乙醇热裂解气一般用作渗碳气氛，氮基气氛的富化气添加气或其他含碳量较低的气氛的富化气添加气。

（7）木炭保护气。木炭保护气是应用木炭对钢件进行保护加热。木炭保护气一般用于中碳钢、高碳钢和可锻铸铁的退火、正火、淬火的保护加热等。

除了以上比较常用的保护加热气外还有惰性气体氩气、氦气，应用于特殊不锈钢的热处理。蒸汽，应用于高速钢的回火，提高刃具的使用寿命。丙酮、乙酸乙酯裂解气，应用为渗碳富化气。丙胺、甲酰胺、三乙醇胺等热裂解气应用于碳氮共渗。当然还有其他一些气氛应用于热处理生产过程。这些气氛的应用解决了热处理生产过程氧化脱碳的问题和提高零件寿命等问题。要保证热处理过程完全不脱碳增碳，零件的处理完全在要求的条件下处理，必须对保护气氛进行可靠的控制。所谓的“可控气氛”就是一种经过制备，能够适应热处理全过程生产需要和要求，并能够人为进行控制气体成分的一种混合气氛。要求“可控气氛”除了完全保证热处理生产过程严格地不发生氧化脱碳外，还能够人为地改变气氛成分，使零件表面的化学成分按要求进行变化，达到能动的改变零件表面性能的目的。这样的热处理过程，就是“可控气氛热处理”。

“可控气氛热处理”除了气氛的产生制造，很关键的问题是气氛应按要求进行改变。使热处理过程炉内的气氛按要求进行改变，这就决定于气氛的检测控制设备。目前热处理气氛检测控制的方法有很大的发展，控制的方法有：

（1）CO_2红外仪控制气氛。通过检测气氛中CO_2的含量来控制气氛。用CO_2红外仪控制炉子气氛反应速度（不包括取样时间）15 s（若取样管路较长反应时间将延长）。测量CO_2值的误差不大于±0.03%。能够进行多点控制，连续控制，采样自动控制。CO_2红外仪可应用于渗碳、碳氮共渗条件下的气氛控制。除CO_2红外仪还有CO红外仪，CH_4红外仪。一般CO红外仪和CH_4红外仪应用于氧探头控制气氛的一种补偿控制。CO_2、CO、

CH_4 红外仪采样距离不能太远，距离太远会造成采样反应速度减慢，气氛控制波动增大。

（2）LiCl（氯化锂）露点仪控制气氛。利用 LiCl 吸收气体中水分，吸收水分的能力随温度的升高吸水能力下降。干燥的 LiCl 晶体基本不导电，吸收水分以后就导电，导电性随着吸水量的增大而增大。露点仪测量气氛反应速度慢，不适用碳氮共渗工艺。

（3）电阻法控制气氛。利用铁丝在不同碳含量下电阻值不同的原理制造而成。电阻法测量碳势，反应速度慢，适用于低碳势无碳黑的气氛条件下。

（4）氧探头碳控仪测量控制气氛碳势。利用氧化锆（ZrO_2）陶瓷敏感元件测量炉子内气氛的氧含量。在一定温度下，氧化锆两侧氧含量不同时在两个极间产生一定的电动势。通过测量所在温度情况下氧化锆产生的电动势就可以计算出测量气氛中氧的含量。在平衡气氛中通过换算得出炉子内气氛碳势。氧探头碳控仪测量控制气氛碳势反应速度快，测量精度高，是目前应用较多的一种测量方式。但是在使用天然气制备的气氛，CH_4 含量较高的情况下应配合使用 CO 测量仪，以提高测量的精度和准确性。使用氧探头碳控仪测量控制气氛碳势的设备加热室内不允许有含锌物质存在，锌的存在将造成氧探头中毒失效。

几种气氛测量控制的方法列于表 1-1。表 1-1 中目前使用较多、应用较好的是氧探头碳控仪测量控制气氛碳势。表 1-1 是各种碳势控制测量方法的特点比较。

表 1-1 几种碳势控制测量方法特点比较

方 法	采样	响应速度/s	精 度	适用可控气氛	备 注
露点法	有	100	±1%C	吸热式、放热式	精度低
CO_2 红外仪	有	40	±0.05%C	吸热式	成本高，难维护
电阻探头	无	10～20	±0.05%C	吸热式、放热式	铁丝易断，寿命短
ZrO_2 氧探头	无	<1	±0.03%C	吸热式、放热式、氨分解气氛、氮基气氛	适用范围广

应用氧探头碳控仪测量控制气氛碳势的适用范围广，测量精度高，反应速度快，无须采样，是在可控气氛热处理上应用较多的测量手段。目前国内生产的氧探头寿命一般一年。电阻探头也不必采样，反应速度也比较快。但是由于探头使用的铁丝在高温下渗碳造成铁丝探头成为高碳状态后很容易脆断，因此寿命较短。CO_2 红外仪在井式渗碳炉的碳势控制上应用较多，尤其在 19 世纪 70～80 年代推广应用可控气氛时作为首选测量控制仪表。CO_2 红外仪测量反应速度较慢，其反应速度还与采样管路距离有关，管路越长测量 CO_2 含量的滞后情况越严重，操作起来也较麻烦。使用一段时间后仪表容易发生零点漂移现象，造成测量精度的不准确。使用过程中，每星期必须对仪表进行零点校正和满量程的校正，给使用操作带来不便。露点仪是最早应用来测量控制气氛的方法，反应速度慢，测量精度低。

测量控制仪表的发展推动了可控气氛热处理的发展。可控气氛的应用发展极大地推动了可控气氛热处理炉的设计制造，使炉子的设计制造向前迈进一大步。目前使用的可控气氛炉组成的热处理生产自动线越来越多。图 1-1 示出连续式可控气氛热处理炉生产线。该生产线主炉渗碳炉是一台双排推杆式渗碳炉，可控气氛是应用吸热式气氛。渗碳炉的预热室、渗碳室、扩散室分别独立，用门将各室分隔开，确保各室温度、气氛的准确性。可控气氛连续炉生产线在生产过程中只需人上下零件，生产过程自动进行。除了图1-1示出的双排连续式可控气氛炉生产线，可控气氛连续炉除双排炉外还有单排炉和多排炉。目前制造的可控气氛连续炉还有多排、多室炉，炉子的预热区、均温区、强渗区、扩散区、降温区等分别采取不同的方法将各自区域分隔开，分别控制；同时清洗、回火、淬火等工序均在一条生产线上完成。生产线生产过程使用计算机进行控制，在计算机上显示出各个区域内生产零件的状态。计算机如实显示在通过强渗区后零件渗碳层表面碳质量分数以及碳质量分数梯度情况，以及经过扩散区后零件表面层碳质量分数和碳质量分数梯度情况。各区域的监控仪表，准确地控制各区域内温度、碳势，生产高质量的零件。生产过程获得的测量数据传送到计算机中存储起来，以便对零件生产状况进行分析。通过数据分析找出零件产生质量偏移的原因，以便找到解决的办法。计算机记录数据同时向各区域发出指令，对各种参数进行调整确保过程质量。

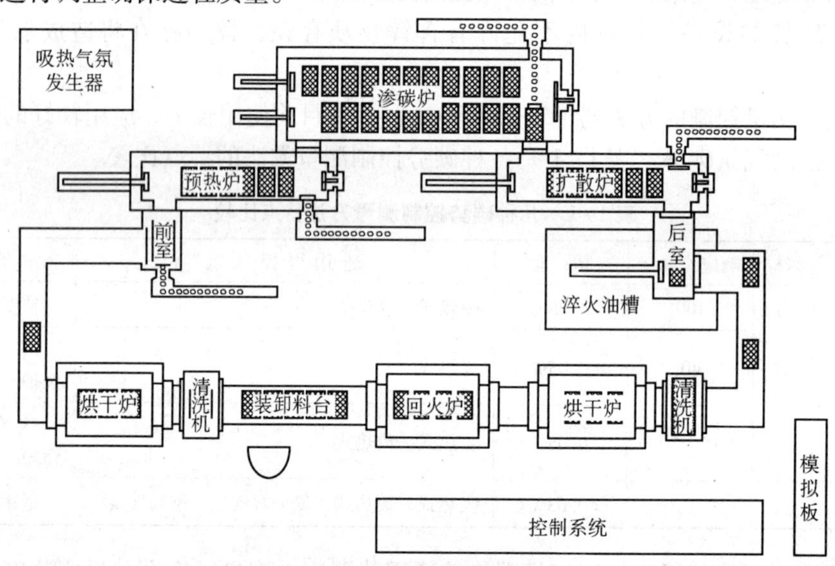

图1-1　连续式可控气氛炉生产线

目前发展较多、较快的还有可控气氛密封箱式周期炉生产线。可控气氛密封箱式周期炉生产线机动性强，可进行零件的渗碳、淬火、碳氮共渗、光亮退火、光亮正火。根据可控气氛密封箱式周期炉生产线配备的密封箱式周期炉的多少可进行多种工艺的同时生产。图1-2示出由3台密封箱式周期炉组成的可控气氛密封箱式周期炉生产线，生产线可同时进行3种工艺的生产。生产线上1号密封箱式炉进行零件的渗碳处理；2号密封箱式炉进行零件的碳氮共渗处理；3号密封箱式炉可进行零件的光亮退火或正火处理。图1-2示出的可控气氛密封箱式周期炉的最大特点就是机动灵活性高，零件热处理质量能够得到保证。密封箱式周期炉的炉子气氛碳势采用氧探头碳控仪进行检测、控制，并由CO红外仪进行联合控制以确保炉子气氛的准确性，碳势控制的精度可达到0.03%以上。每台炉子温度控制分别采用两根热电偶两台控制仪表进行控制，一台仪表控制炉子温度；另一台仪表作为炉子超温报警。炉子气氛使用吸热式发生气作为载气，天然气作为富化气，空气作为稀释气对炉子气氛进行碳势的调节。发生器制备的吸热式气氛的控制使用CO_2红外仪对制备的气体进行监测和控制。当吸热气成分发生变化时，红外仪自动调节空气进入量使吸热气碳势值调整到设定值范围。生产线的炉子状态、传动机构动作、检测控制仪表的控制通过 PLC 可编程控制器实现生产过程的全面控制。PLC 从计算机接受的各种指令分别传送给各台仪表和相关机构，实现对炉子的全面控制。同时，各台仪表和机构将监测、运行得到的时实数据由 PLC 传送至计算机。计算机将得到数据进行分类保存分析，并将零件热处理过程数据分析结果对设备进行及时的调整。如果是进行渗碳处理，将收集的数据进行分析处理，及时调整渗碳过程气氛碳势、温度，使渗碳过程气氛碳势、温度处于理想状态，最终获得理想的零件表面碳质量分数梯度分布。同时将热处理过程的实时数据分类保存在计算机中为分析解决零件在热处理过程出现的质量偏差提供可靠的依据。图 1 - 2 示出的可控气氛密封箱式周期炉生产线，生产过程装卸料依靠装卸料小车进出炉。操作人员只需将零件装在剪式升降料台上，然后依靠装卸料小车装炉、出炉。全部生产过程减少了人为的因素，热处理参数依靠仪表和控制系统对炉子监控，热处理的零件获得高的质量保证。

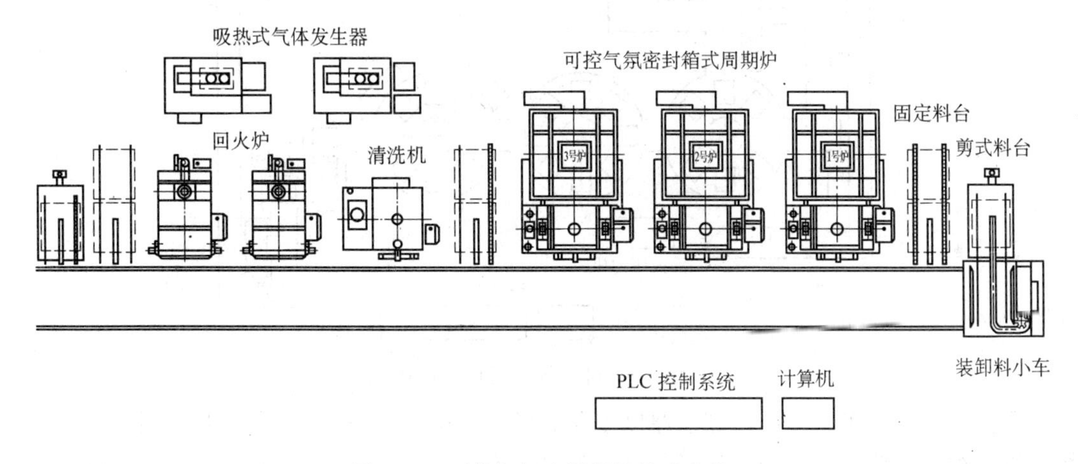

图 1 - 2 可控气氛多用周期炉生产线

2000 年以来可控气氛热处理炉发展非常快，一种适应多品种小批量生产的可控气氛热处理柔性生产线被设计制造出来。图 1 - 3 示出由转底炉组成的可控气氛炉柔性生产线。这种柔性生产线，实用于多品种、小批量零件的热处理生产。在可控气氛热处理柔性生产线可以满足不同要求的零件同时进行生产的特点。在同一炉子内进行要求不同的渗碳零件的同时热处理。例如，渗碳层要求在 0. 8 mm 的零件，和渗碳层要求在 1. 8 mm 的零件都在同一炉子进行处理，而且质量完全能够达到要求。图 1 - 3 示出的可控气氛柔性生产线由 3 台主炉渗碳炉、扩散炉、均温炉组成，这些炉子结构均为转底炉。在热处理柔性生产线直接完成不同要求零件的渗碳、淬火、回火、清洗工序。这条柔性生产线之所以能够保证同时处理不同要求热处理的零件，关键的是生产线的控制系统。控制系统不仅要对炉子温度、碳势进行监控，所有的动作进行指挥控制；而且对各台主炉内每一工位的零件都要进行控制，确保每一工位零件达到要求。生产过程的所有原始数据都由计算机进行记录，并对记录的数据进行统计分析，优选其最佳工艺方案，得到不同要求零件的最佳质量。加热完成的零件可进行直接淬火、正火或在压力机上进行压力淬火，确保热处理零件的质量。

目前应用较多的可控气氛热处理生产线还有可控气氛网带炉热处理生产线，可控气氛辊底炉热处理生产线，可控气氛转底炉热处理生产线等。这些热处理生产线都有各自的生产特点，适用于不同的零件、不同技术要求零件的热处理生产。可控气氛热处理零件处理设备要根据设备的性能特点选择适应的可控气氛热处理生产线。

零件批量大、品种单一的零件要求进行可控气氛热处理则适用于连续生产。连续式可控气氛热处理生产线适用于单品种，大批量热处理零件的生产。连续式可控气氛热处理生产线生产零件质量稳定、生产量大，但是不能适应多品种、不同要求零件的处理。在连续式生产线上，对要求不同渗碳层的零件进行处理时必须推空盘，造成不必要的时间及能源的浪费。因此，连续炉生产线适用于单品种大批量零件的生产。对于零件较小、质量轻、批量大的小零件，则适合使用于可控气氛网带炉热处理生产线。零件大、质量重、品种单一的零件热处理适用于辊底炉热处理生产线。

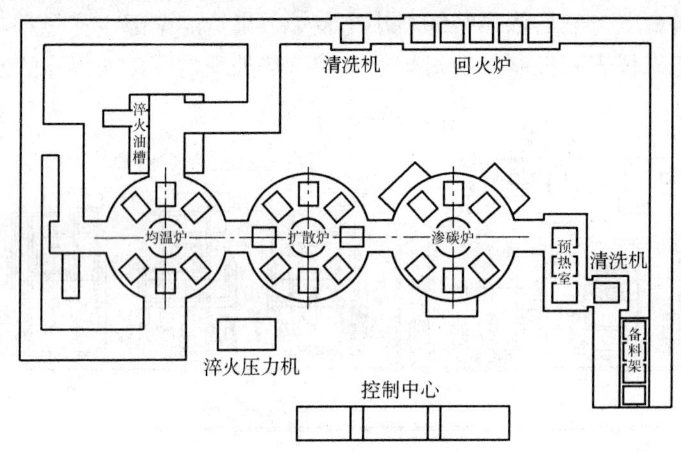

图1-3　可控气氛柔性生产线

零件较大、品种较多，渗碳层厚度变化大的零件热处理生产，则适用于可控气氛密封箱式周期炉生产线。密封箱式周期炉热处理生产线机动灵活，适用于多品种、不同要求、一定数量零件的可控气氛热处理。

不同的产品结构，根据其具体情况选用不同的可控气氛生产线。零件热处理技术要求变化大、品种多、数量较少、要求高，则可选用可控气氛转底炉热处理柔性生产线。当然要选用哪一种热处理生产线应根据热处理生产大纲来决定。原则是：少花钱、多办事、质量稳定，充分发挥热处理生产线的作用，取得最好的经济效益。

可控气氛热处理过程使用最多的是吸热式气氛，其次是放热式气氛，另外还有氨裂解气氛、有机液裂解气氛、氮基气氛、木炭制备气氛以及直生式气氛等。这些气氛的应用促进了气氛发生炉的发展。目前使用的气体发生炉有直管式吸热式发生炉、U形管吸热式发生炉、环隙式发生炉、炉内装置式发生器、氮基气氛发生装置、常压解吸碳分子筛氮基气氛发生装置、木炭制备氮基气氛发生装置等。在实际生产中应用，要根据零件具体处理要求选用不同的气氛发生装置，确保零件热处理质量及高的经济效益。

在可控气氛热处理生产中使用的控制气氛最多的是吸热式可控气氛。吸热式气氛质量稳定，适应范围广，工艺成熟。吸热式气氛适用范围很宽，可以用作渗碳的载气、淬火加热的保护气、C-N共渗的稀释气等。制备吸热式气氛使用最多的原料气是天然气。天然气的主要成分是CH_4，甲烷制备吸热式气氛容易裂解，不易产生焦油等。使用天然气制备吸热式气氛在国内已经是十分成熟的工艺设备。同时采用吸热式气氛的炉子应用也十分广泛。使用什么气氛要根据使用的可控气氛炉的情况和零件的要求而定。但是无论选用什么样的炉子和保护气氛，热处理后要确保零件的质量，使零件达到最佳性能。

可控气氛得到了广泛的应用，应注意以下几个问题：

（1）制备可控气氛的气源。气源充足，产气质量稳定，适应范围广，成本低，容易获取。早期的吸热式气氛制备使用的气源主要是液化气。液化气供应不足，丙丁烷纯度不高，提纯后价格增高使气氛制备成本增大。采用滴注式气氛解决部分问题，但生产成本高；氮甲醇裂解气合成是一条解决问题的途径。目前使用的直生式气氛是一条解决气源的重要途径。

（2）能源的选择和消耗。热处理加热大多采用电阻炉，操作方便。从能源利用率上看，电阻炉的热效率可达80%，考虑发电效率和输变电损失，综合热效率约30%。用油、天然气、液化石油气加热，采用先进燃烧技术充分利用余热，热效率达到80%，从而显著节约燃料和降低成本。这是西方工业发达国家和日本的热处理普遍采用燃烧炉的主要原因之一。

减少炉子能耗的措施有：减少热损失和炉衬蓄热，充分利用余热。在连续炉和密封箱式炉生产线中，排除的炉气可作为回火炉热源，淬火油槽过剩热量可加热清洗液等。使用燃烧式能更充分地利用余热。采用可预热空气的高效燃烧辐射管减少燃料消耗。日本近年开发的往返式燃烧U形或W形辐射管节能和降低NO_x污染效果明显，得到政府资助。

保证炉子的密封性可以减少热损失，节约气氛、提高热效率。采用预抽真空密封箱式炉，可以取消火帘，节约燃料，同时缩短炉内排气时间，碳势恢复快，可显著提高炉子的能源利用率。

（3）炉子温度和气氛的均匀性。热处理炉子温度和气氛的均匀性决定零件质量的好坏。密封渗碳淬火炉生产的零件，渗层的均匀性要求不超过0.1 mm，表面碳质量分数差0.05%，硬度均匀性不超过1.5 HRC。炉内有效加热区内的温度均匀性保证在±5℃范围。

保证炉子温度和气氛均匀性，炉内发热体的布置要合理，气氛循环充分。计算机模拟技术的应用为解决炉子温度和炉子气氛的均匀性提供了很好的手段和条件。

采用氧探头和PLC式碳控仪对炉子气氛进行检测、控制，可以使炉子气氛碳势控制精度在0.05%范围内。氧探头的炭黑污染和气氛的渗透会给氧探头的指示造成误差。德国Ipesn公司的Supercarb直生式气氛控制系统设置有定期自动清理氧探头措施，并采用了一种补偿电极和特殊的合金电极克服了这个缺陷。

（4）设备的可靠性。国产设备和进口设备的差距是可靠性和故障率，设备的可靠性和故障率影响生产效率和影响零件热处理质量。加热设备的可靠性取决于机械动作、电器元件、仪表传感器、配套元器件的可靠性以及工艺材料和筑炉材料的质量等。其中加热设备的仪器仪表、电器元件、关键配套件的可靠性是关键的因素。

为了提高设备的可靠性，设备必须具备自诊断系统，在计算机屏幕上要显示出故障原因、故障点和排除措施。国外的设备普遍采用触摸式自诊断系统。

（5）高温渗碳和碳氮共渗的应用。高温渗碳可以显著增加渗碳速度，例如在1040℃渗碳速度比在930℃提高1倍，提高生产效率，节省能耗。在真空炉中采用高温渗碳已成为现实。目前，高温渗碳需要解决的问题是钢材的晶粒长大和高温生产线的开发。

碳氮共渗的温度比渗碳的温度低，工件变形小。在渗层深度0.6 mm以下碳氮共渗的渗速接近于930℃渗碳速度，因而是一种节能工艺。高浓度碳氮共渗，日本曾有过钢件碳氮共渗时表面碳的质量分数在0.6%具有最好综合力学性能的报道。日本小松制作所曾发表过工程机械零件先在930℃渗碳，然后降温在820℃渗氮的专利，对改善钢表面的反常组织有利。

2 可控气氛热处理基本原理

2.1 可控气氛的化学平衡原理

可控气氛热处理是建立在化学平衡原理基础之上的；化学平衡原理是以在一定温度下各种气体处于平衡状态为基础的。零件热处理时，控制炉子温度以及进入炉内的空气与原料气的比例，炉内气体成分就会稳定在一定的数值上，而且炉内气体成分不会随时间的变化发生改变。这种化学反应体系中各种物质含量不随时间变化的状态就是所谓的“化学平衡”状态。机械零件的可控气氛热处理就是建立在这种“化学平衡”状态之上。

可控气氛热处理过程中炉子气氛不可能达到完全理想的平衡状态，当炉子的状态发生变化时，这种“化学平衡”将被破坏。比如炉子的温度、压力、进入炉子的空气和原料气的混合比发生变化，平衡状态就会发生改变，并且在新的条件下建立起新的“化学平衡”。因此，炉内气氛总是由平衡到不平衡不断的交替变化。在炉子条件发生变化时，炉内的气体的化学反应将向一定的方向进行，直至达到在新条件下建立新的平衡。对炉内气氛进行控制，保证在一定条件下处于相对平衡状态时对钢进行渗碳、淬火、正火、退火或烧结等热处理，或对某些特殊钢进行保护加热，这就是实现了所谓的“可控气氛的热处理”。可控气氛热处理过程要实现对气氛的控制，必须了解炉内存在的气体成分，以及炉内存在的气体与钢件发生的反应，和最终能够得到的气氛平衡状态。只有了解和掌握炉内气氛对钢的影响才能很好地控制炉内的气氛，得到质量满足要求的热处理零件。

2.1.1 钢在热处理气氛中的化学反应

钢在进行加热过程中，周围存在着各种气体。根据加热的条件不同，存在的气体也不同。这些气体主要有 O_2（氧）、CO_2（二氧化碳）、H_2O（水）、CO（一氧化碳）、H_2（氢）、N_2（氮）、CH_4（甲烷）、C_3H_8（丙烷）以及其他一些碳氢化合物。若加热过程是在空气中进行，被加热的钢材周围存在的就是氧化性气氛为主的气体，O_2、CO_2、H_2O 和中性气体 N_2 以及还原性气体 H_2。若加热是在吸热性气氛中进行，钢周围的气体以还原性气体 CO、H_2 和中性气体 N_2 为主，以及少量的 O_2、CO_2、H_2O、CH_4 等。钢材在加热过程中与周围的气体要发生化学反应。周围的气体不同，所发生的化学反应也就不一样。在空气中加热钢将发生氧化、脱碳反应，在还原性气氛中加热将发生还原性反应，在高碳势气氛中加热将发生增碳现象。因此，在不同的气氛条件下钢发生的化学反应也就不一样。在空气中加热钢表面发生氧化和脱碳反应。反应式 2 - 1 是铁在加热过程与空气中氧进行的化学反应。从反应式 2 - 1 可见，Fe 与 O_2 的反应是一个不可逆的反应过程。也就是在空气中加热钢件，发生氧化以后不能再还原成为铁。因此，在热处理过程一定注意避免反应式 2 - 1 的反应发生。反应式 2 - 2 是钢在加热过程与氧发生的脱碳反应。钢在加热过程中 Fe_3C 与气氛中的氧发生的反应，生成 Fe 和 CO。反应式 2 - 2 是一个可逆反应。当气氛中

CO 含量较高的情况下，CO 被铁吸附，其中的碳原子将渗入钢中，使钢表面的碳含量增加。但是当气氛中 CO 较少时将造成钢中碳的脱出使钢表面脱碳。钢与气氛中氧进行的化学反应，和增碳与脱碳的反应式如下：

$$2Fe + O_2 \longrightarrow 2FeO \quad （氧化） \tag{2-1}$$

$$Fe_3C + 1/2O_2 \rightleftharpoons 3Fe + CO \quad （增碳—脱碳） \tag{2-2}$$

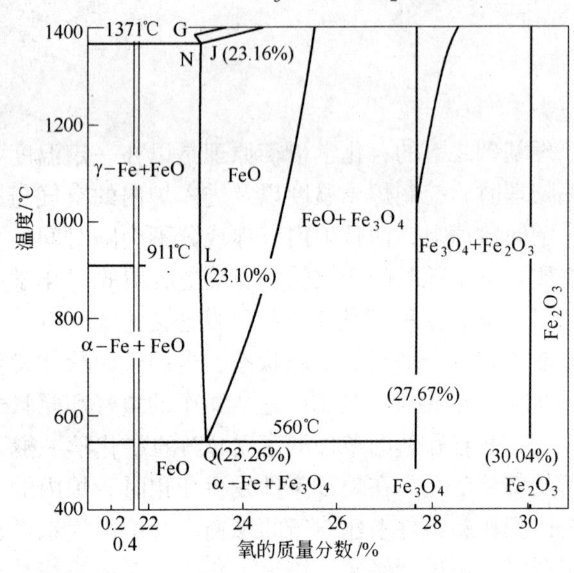

图 2-1　铁氧平衡相图

图 2-1 示出铁氧平衡相图，示出铁与氧在不同温度不同含量之间的关系。可以看到，在氧含量极少的情况下铁与氧就将发生氧化反应，生成 FeO。随着氧含量的增加将生成 Fe_3O 和 Fe_2O_3。当加热气氛中氧含量超过 30% 时将完全生成 Fe_2O_3。而加热气氛中的氧的含量达到了一定值，加热时发生铁的氧化、脱碳反应。当钢材在氧化、脱碳性气氛中加热温度越高，氧化、脱碳趋势越严重。

钢铁除了与氧发生反应生成氧化物外，与其他气氛也将发生氧化反应。与 CO_2 发生反应如下：

$$Fe + CO_2 \rightleftharpoons FeO + CO \quad （氧化—还原） \tag{2-3}$$

$$Fe_3C + CO_2 \rightleftharpoons 2CO + 3Fe \quad （脱碳—增碳） \tag{2-4}$$

反应式 2-3 是钢在加热过程中与二氧化碳发生氧化反应，生成氧化铁和一氧化碳气体。反应式 2-3 是一个可逆反应，在加热过程中 CO_2 气体与铁要发生氧化反应，同时 CO 也可能与 FeO 产生还原反应。加热过程中是发生氧化反应还是发生还原反应，取决于在一定加热温度下 CO_2 与 CO 的比例常数。温度 900℃时，CO 在气氛中的分压 P_{CO} 与气氛中 CO_2 的分压 P_{CO_2} 的比值 P_{CO}/P_{CO_2} 大于 2.24 时的反应是一个还原反应；比值小于 2.24 时，反应是一个氧化性反应。2.24 值是在温度 900℃时 CO 与 CO_2 的反应平衡值。当温度发生变化时 CO 与 CO_2 的平衡关系也随温度变化而遭到破坏，其平衡常数也随温度变化而发生改变。在 850℃时，分压之比 P_{CO}/P_{CO_2} 平衡系数为 2.07。因此对于不同的加热温度有不同的与之对应的平衡常数。要保证钢在某一温度下加热，气氛中含有 CO 和 CO_2 条件下，要根据加热温度确定两者的平衡常数，调节钢发生氧化还是发生还原反应。

反应式 2-4 是钢在加热过程中的增碳与脱碳反应。钢中的 Fe_3C 与 CO_2 的反应是可逆反应。碳含量 0.8% 的钢，温度 850℃，加热气氛中 CO_2 含量在 0.8% 时钢发生脱碳反应，钢中 Fe_3C 脱碳生成 CO 和铁。当气氛中 CO_2 降低到 0.3% 时，反应式 2-4 的反应将是一个增碳反应；CO 分解成 CO_2，碳渗入钢中形成 Fe_3C。当温度发生变化时对于含有一定量 CO 和 CO_2 的气氛，增碳与脱碳的反应也随温度的变化而发生变化。温度升高发生脱碳的趋势增加，温度降低增碳的趋势增加。

图2-2是CO_2与γ-Fe反应的平衡曲线。图2-2 Fe_{γ} [C] + $CO_2 \rightleftharpoons Fe + 2CO$反应的平衡曲线可见，在一定温度情况下，气氛的$CO_2$值发生变化，$CO_2$与钢中的$Fe_3C$的反应也将发生变化。随着$CO_2$值的增加，首先发生的是脱碳现象；也就是反应式2-4发生向右反应。随着气氛中CO_2含量继续增加，继而发生氧化反应；也就是反应式2-3的向右反应。加热气氛中CO_2的含量越高，越容易引起氧化反应。但是当气氛中CO的含量增加时将发生逆反应，首先发生反应式2-3的向左的还原反应；当气氛中CO含量达到一定程度时发生反应式2-4向左的反应，增碳反应。从图2-2还可以看到，防止钢的脱碳要比防止钢的氧化困难得多。温度在850℃时，炉子中气氛的含量之比CO_2/CO值只要小于0.5时，便不会发生氧化现象。要保证不脱碳则困难得多，气氛中的CO_2/CO的比值必须小于0.04的情况下才不会发生脱碳现象。从图2-2还可以看到，随着温度的升高，CO_2/CO的比值必须减小，氧化—还原、脱碳—增碳反应才能达到平衡。否则将发生脱碳反应，甚至氧化反应。

图2-3是CO与CO_2气体和钢的平衡曲线。对于不同的钢种在CO含量不同的情况下发生的反应也不同。随着CO含量的增加FeO将发生还原反应生成Fe和CO_2，发生增碳反应。如图2-3所示，当钢中碳含量在0.4%时，温度在850℃，CO质量分数要在79%才不会发生脱碳反应；但是当温度上升到950℃时，CO质量分数必须在84%以上才能保持平衡状态。从图2-3还可以看到对于不同碳含量的钢材，与其对应的有一条平衡曲线。无论钢中碳含量增加，还是温度增加，以及气氛中CO含量的变化都将改变钢的平衡点（这个平衡点包括增碳—脱碳、氧化—还原平衡点）。要保证某一钢种在一定温度下的平衡点就必须保证气氛的稳定，才能确保钢材不会发生增碳—脱碳、氧化—还原现象的发生。图2-4示出铁在CO、CO_2气氛中与各种温度下生成氧化铁的平衡曲线。从图2-4可以看到气氛中CO_2越低，铁被氧化的趋势越低。温度越高气氛中CO含量越高，氧化的趋势越低。在CO、CO_2气氛条件下一定注意控制CO、CO_2的比例，减少钢材氧化趋势。

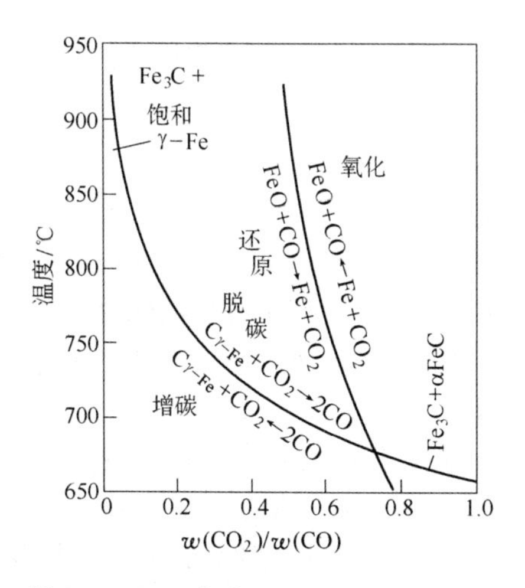

图2-2 Fe_{γ} [C] + $CO_2 \rightleftharpoons Fe + 2CO$反应的平衡曲线

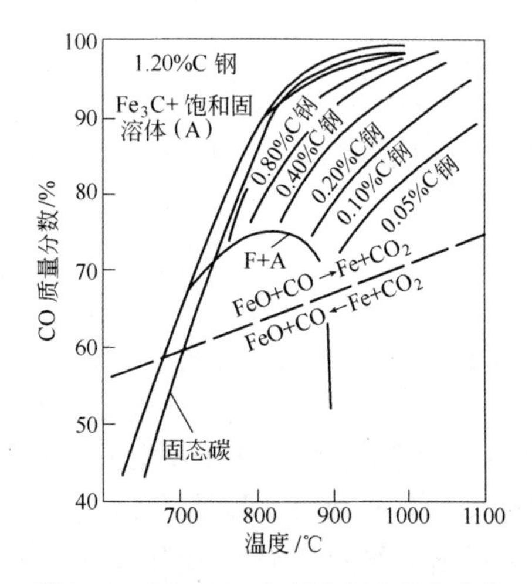

图2-3 CO-CO_2气氛和钢的平衡曲线（$P_{CO} + P_{CO_2} = 0.1$ MPa）

图2-5是反应Fe_{γ} [C] + $CO_2 \rightleftharpoons Fe + 2CO$的平衡常数与温度及钢中碳含量的关系

曲线。从图2-5中可以看到平衡常数K增大CO将与Fe反应形成活性碳原子渗入铁中，生成Fe_3C，同时生成CO_2。温度越高，钢加热过程要求平衡常数$K=P_{CO}^2/P_{CO_2}$越大才能保证钢不会发生脱碳反应。温度在800℃，碳含量在0.8%的钢，其平衡点的$K=P_{CO}^2/P_{CO_2}=6$时不会发生增碳、脱碳反应；当温度在900℃，其平衡点的$K=P_{CO}^2/P_{CO_2}=20$；此时如果其平衡点的$K=P_{CO}^2/P_{CO_2}=6$则会发生脱碳现象。随着钢中碳含量的增加，气氛中$K=P_{CO}^2/P_{CO_2}$也要随之增大才能保证不会发生脱碳现象。温度在900℃，钢的碳含量为0.2%时，其平衡点的$K=P_{CO}^2/P_{CO_2}=6$时不会发生增碳、脱碳情况。同样在900℃，钢的碳含量增加到0.8%时，其平衡点的$K=P_{CO}^2/P_{CO_2}=20$才不会发生增碳、脱碳情况；此时如果其$K=P_{CO}^2/P_{CO_2}=6$，碳含量为0.8%的钢就会发生脱碳现象；而当$K=P_{CO}^2/P_{CO_2}=30$时，碳含量为0.8%的钢则会发生增碳情况。因此对于不同的钢材，在碳、CO_2气氛中进行热处理一定注意找准其平衡点$K=P_{CO}^2/P_{CO_2}$值，才能够确保热处理零件质量。

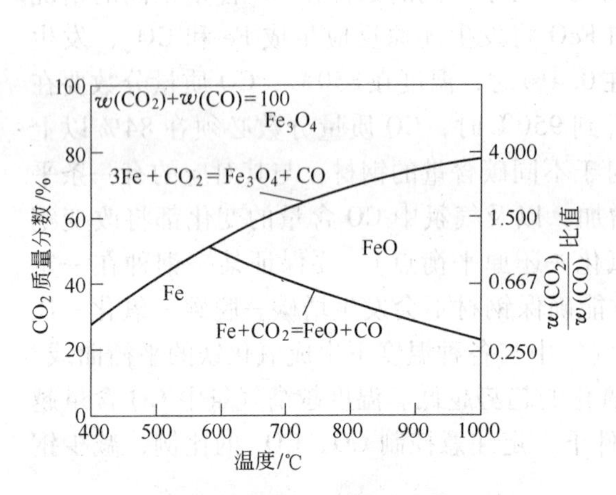

图2-4　铁在CO-CO_2气氛中与各种温度下生成氧化铁的平衡曲线

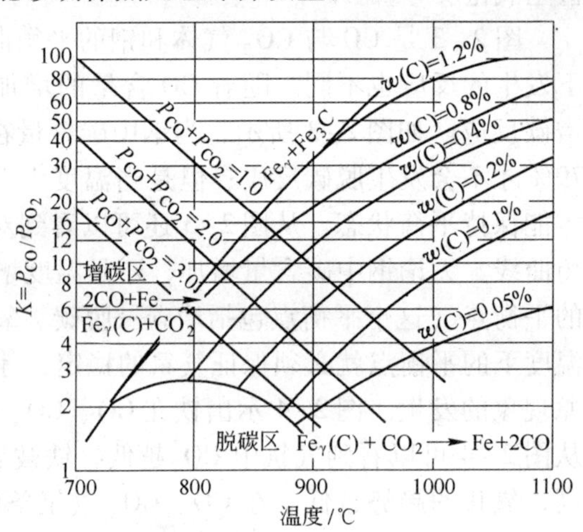

图2-5　$Fe_\gamma[C]+CO_2 \rightleftharpoons Fe+2CO$的平衡常数与温度及钢中碳含量的关系

炉子气氛中CO、CO_2、O_2要与钢发生反应被氧化、脱碳或增碳，气氛中的H_2O和H_2也要与钢发生氧化、还原反应，铁与H_2O、H_2的反应如下：

$$Fe+H_2O \rightleftharpoons FeO+H_2 \quad \text{(氧化、还原)} \qquad (2-5)$$

在加热过程中，气氛中存在H_2O和H_2情况下就将发生式2-5的氧化、还原反应。反应式2-5的反应是一个可逆反应。在加热过程中是发生氧化反应还是发生还原反应，同样与钢材热处理过程所处的条件有很大关系。图2-6是铁在H_2O、H_2气氛中氧化还原反应曲线。从图2-6可以看到随着温度的提高气氛中的H_2O含量越少对钢的还原越有利。同样H_2O的含量在低温状态不易造成钢的氧化，但是当温度升高时则会造成钢的氧化。从图2-6还可以看到随着温度的增高，Fe与H_2O氧化的平衡点随之增加。在温度增高的过程允许气氛中H_2O的含量适当增加，而不致造成铁的氧化。FeO继续与H_2O作用生成Fe_3O_4也是随着温度升高而升高。因此H_2O对钢材氧化作用与O_2、CO_2的氧化作用有所区别。当然H_2O对于钢在加热气氛中造成氧化，同样H_2O也会造成钢的脱碳现象。钢与H_2O的脱碳增碳反应式2-6如下：

$$Fe_3C + H_2O \rightleftharpoons CO + H_2 + 3Fe \quad (脱碳、增碳) \tag{2-6}$$

$$Fe_3C + 2H_2 \rightleftharpoons CH_4 + 3Fe \quad (脱碳、增碳) \tag{2-7}$$

反应式2-6是一个可逆反应。钢中Fe_3C在加热过程中，如果气氛中H_2O的含量达到一定值时将会造成钢中Fe_3C的碳脱出，使钢脱碳，反应式2-6向右发生反应。当加热气氛中CO含量较高时，则发生增碳反应，反应式2-6向左发生反应。H_2在热处理气氛中是还原性气体，但是O_2含量极少情况下也会造成钢中碳的脱出。反应式2-7是Fe_3C与H_2反应造成脱碳和增碳的反应。反应式2-7的反应向左进行还是向右进行决定于炉内气氛条件。

钢进行热处理加热时的气体成分并不是单一的，而是多种气体成分同时存在。在空气中进行加热就有O_2、CO_2、N_2、H_2、H_2O等气体存在。在吸热式气氛中进行加热就存在CO、N_2、H_2以及少量的CO_2、H_2O和CH_4或其他碳氢化合物。加热过程中炉子内的气体之间，在条件稳定的情况下将处于某一稳定平衡状态，炉子内的气体成分之间将相互发生反应。CO与H_2O，CH_4与O_2、CO_2、H_2O，H_2与CO_2、石墨（C）等各种成分都将参与反应。其反应如下：

$$CO + H_2O \rightleftharpoons CO_2 + H_2 \tag{2-8}$$

$$C + CO_2 \rightleftharpoons 2CO \tag{2-9}$$

$$CH_4 \rightleftharpoons C + 2H_2 \tag{2-10}$$

$$CH_4 + 1/2O_2 \rightleftharpoons CO + H_2 \tag{2-11}$$

反应式2-8~式2-11的反应是气体之间的反应。在高温状态下这些反应是相互作用的。气体CH_4必须在较高温度下才能发生裂解反应，生成碳和H_2，温度越高CH_4越容易裂解。在温度较低情况下CH_4很不容易发生裂解。气氛之间的反应在一定条件下将会处于平衡状态。这些反应都是可逆反应，其中任意条件发生变化都将破坏气氛的平衡关系，发生反应式2-8~式2-11向左或向右的反应。

在高温状态下，钢与CO、CO_2、H_2、CH_4气氛之间的平衡状况示于图2-7。图2-7是钢与$CO-CO_2-H_2-CH_4$气氛之间平衡关系图。从图2-7中可以看到对于不同碳含量的钢在不同的气氛条件下脱碳或增碳情况不一样。H_2含量高容易造成脱碳，CO含量高则对钢进行增碳。同时温度越高H_2含量的增加造成脱碳的情况也增大。从图2-7可以看到温度越高产生脱碳的趋势越是严重。当温度在750℃时，炉内气氛的平衡常数$K = P_{H_2}^2/P_{CH_4} = 6$以及$K = P_{CO}^2/P_{CO_2} = 3.4$钢的碳含量1.0%不会发生增碳、脱碳现象；但是当温度上升到900℃时，气氛中的平衡常数$K = P_{H_2}^2/P_{CH_4} = 28$以及$K = P_{CO}^2/P_{CO_2} = 40$才不会发生增碳、脱碳情况。也就是说，温度升高时，炉内气氛的CO、H_2的含量必须增大比率，同样碳含量的钢才不会发生增碳、脱碳现象。从图2-7还可以看到，钢中碳的含量不一样对气氛的平衡常数要求也不一样。在温度为900℃时，对于碳含量0.4%的钢气氛的平衡常数$K = P_{H_2}^2/P_{CH_4} = 105$以及$K = P_{CO}^2/P_{CO_2} = 11$就不会发生增碳、脱碳情况；但是同样在900℃温度下，碳含量为1.0%的钢，气氛的平衡常数$K = P_{H_2}^2/P_{CH_4} = 28$以及$K = P_{CO}^2/P_{CO_2} = 40$才不会发生增碳、脱碳现象。图2-7反映出，在钢中碳含量一定、温度一定时，气氛的平衡常数$K = P_{H_2}^2/P_{CH_4}$增大，增加钢的脱碳趋势，平衡常数$K = P_{H_2}^2/P_{CH_4}$减小，增加钢增碳的趋势；气氛平衡常数 $K = P_{CO}^2/P_{CO_2}$ 减小，增加钢的脱碳趋势，平衡常数 $K = P_{CO}^2/P_{CO_2}$ 增大，增加钢增碳的趋势。在进行热处理过程控制气氛成分就可保证零件加热过程不发生增碳、脱碳现象。

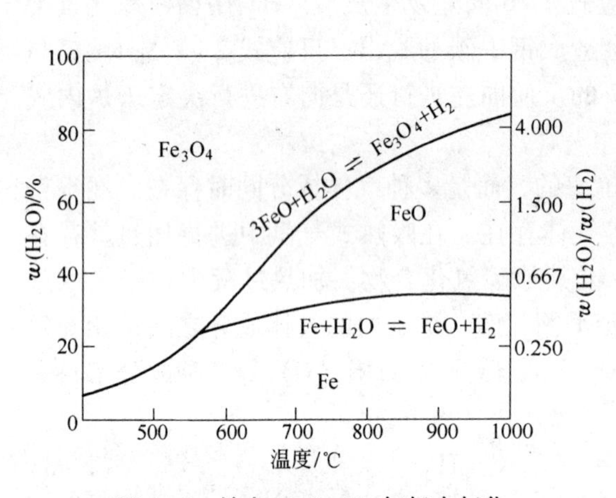

图 2 - 6　铁在 H_2O - H_2 气氛中氧化还原反应曲线

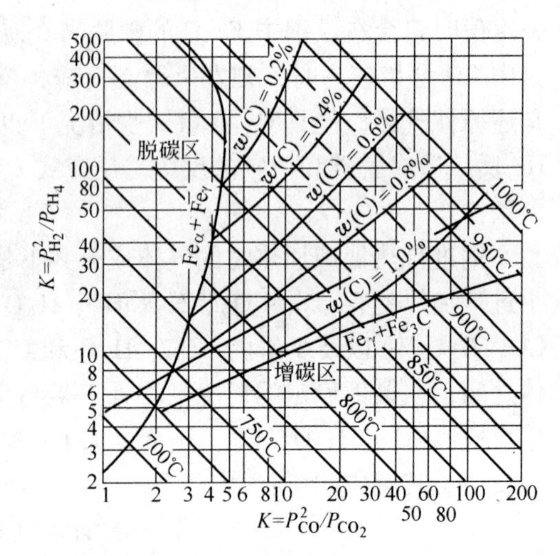

图 2 - 7　钢与 CO - CO_2 - H_2 - CH_4 气氛之间平衡关系

在气体与气体之间发生式 2 - 8 ~ 式 2 - 11 的反应，制备可控气氛时使用的原料气天然气（其中只要成分甲烷 CH_4）、液化石油气（丙烷 C_3H_8、丁烷 C_4H_{10}）将与 O_2、H_2O、CO_2 发生反应。甲烷、丙烷、丁烷有如下反应：

$$CH_4 + 2O_2 \longrightarrow CO_2 + 2H_2O \quad (放热反应) \tag{2-12}$$

$$CH_4 + O_2 \longrightarrow 2CO + 2H_2 \quad (放热反应) \tag{2-13}$$

$$CH_4 + H_2O \longrightarrow CO + 3H_2 \quad (吸热反应) \tag{2-14}$$

$$CH_4 + CO_2 \longrightarrow 2CO + 2H_2 \quad (吸热反应) \tag{2-15}$$

$$C_3H_8 + 5O_2 \longrightarrow 3CO_2 + 4H_2O \quad (放热反应) \tag{2-16}$$

$$C_3H_8 + 3CO_2 \longrightarrow 6CO + 4H_2 \quad (吸热反应) \tag{2-17}$$

$$C_3H_8 + 3H_2O \longrightarrow 3CO + 7H_2 \quad (吸热反应) \tag{2-18}$$

$$C_4H_{10} + 2O_2 \longrightarrow 4CO + 5H_2 \quad (吸热反应) \tag{2-19}$$

在一定条件下 CH_4 与气氛中气体发生式 2 - 12 ~ 式 2 - 15 的化学反应。高温状态下 CH_4 是一种不稳定的气体，将发生反应式 2 - 11 裂解反应。同时在不同的气氛条件下与 O_2 生成 CO、CO_2、H_2O、H_2 等。反应式 2 - 12、式 2 - 13 就是使用 CH_4 制造“放热型”气氛的主要反应。反应式 2 - 14、式 2 - 15 是使用 CH_4 制造“吸热型”气氛的主要反应。

C_3H_8 在一定条件下与气氛中的气体发生反应，其反应是反应式 2 - 16 ~ 式 2 - 18 的化学反应；其中反应式 2 - 16 是放热反应；而反应式 2 - 17、式 2 - 18 是吸热反应。利用 C_3H_8 制备放热式气氛的主要反应就是反应式 2 - 16；反应式 2 - 17、式 2 - 18 是 C_3H_8 制备吸热式气氛的主要反应。

反应式 2 - 19 是用 C_4H_{10} 制备吸热式气氛的主要反应。

不论是“吸热型”反应还是“放热型”反应，都必须对原料气与空气混合，并且对混合气体进行控制才能得到所需要的气氛。有控制地进行气体混合，并且对炉子内气氛成分进行控制就是所谓的“可控气氛”，使用这种气氛对零件进行热处理的保护加热冷却就是所说的“可控气氛热处理”。反应式2-12~式2-19的反应，在气体制备过程不是单纯的哪一种反应，而可能是几种反应都要进行。这就要根据具体制备气氛时的条件确定。用天然气制备吸热、放热式气氛，气氛制备过程，式2-12~式2-15的几种反应都会发生。气氛制备过程根据对气氛的要求设定气氛制备的条件，当制备气氛条件确定之后气氛制备过程的反应也就基本确定，是放热式反应还是吸热式反应或是混合反应。

钢在热处理过程中，气体围绕在钢周围，在高温状态钢与周围气氛要发生反应；同时，气氛中不同气体之间也要发生反应。反应式2-1~式2-11的反应都有可能发生。在一定条件下有的反应是主要的，有的反应是次要的。要进行渗碳处理，反应式2-2、式2-4、式2-6、式2-7的反应就很重要。这些反应是增碳、脱碳的平衡式，进行渗碳处理，反应式就应该向增碳方向进行。在进行渗碳过程中，就要为增碳创造有利条件。在炉子内气氛的反应向有利于增碳的反应进行，使气氛中存在有利于增碳的CO、CH_4维持在一定水平。而对于零件保护加热处理，零件加热淬火，针对零件材料，找到零件材料在保护气氛下的平衡点，并且进行有效的控制，不增碳、不脱碳保证零件加热过程维持材料原有成分。化学反应本身是化合和化分的矛盾，是化学反应方向相反的正逆反应矛盾的对立统一。这对立统一的矛盾其化学反应的方向决定于气体成分所处的环境条件。气体所处的温度条件、气体成分条件等因素，都会给化学反应的反应方向造成改变。也就是以上化学反应“对立的统一是有条件的”，当条件发生改变时，正逆反应的矛盾就会发生转变。主要反应就有可能变为次要反应，次要反应就有可能会变为主要反应。只要抓住了矛盾的主要方面就能够很好地解决矛盾。找到化学反应的主要反应就要为主要反应创造条件，保证可控气氛热处理过程的化学反应按照需要的主要反应进行。

2.1.2 化学反应方向的判断

零件在加热过程中炉内气氛与钢将发生化学反应，气氛中气体与气体之间也要发生反应。这些气体与钢发生化学反应的方向是正反应还是逆反应，气体与气体之间发生的反应将给加热过程的钢造成氧化、脱碳或还原、增碳，是热处理过程很重要的问题。如果在钢的加热过程中严格控制炉子温度、压力，控制通入炉子内气体各成分的混合比（原料气体和空气的混合比）等，使炉子的各种因素不变。经过一段时间，炉子内的气体成分就会相对稳定在一定数值以内，不随时间而变。这时炉子内的气氛处于平衡状态，这就是所谓的“化学平衡”状态。但是，所谓的“化学平衡”状态总是由相对静止不断地转化为显著变动，炉子内的气体与气体之间，气体与钢材之间，由平衡到不平衡。平衡状态是相对、暂时、有条件的，不平衡是绝对的。当加入少量原料气或适当调整温度、增加压力时，这个平衡就被破坏，气体的反应将向一个方向进行。而这些反应的方向与气氛所处的条件有很大的关系。温度的高低，某种气体成分的多少，炉子内气体成分的压力等都将影响气体反应的方向。炉子内气氛反应方向的变化直接影响热处理零件的质量。要保证热处理零件的质量，就要保证炉子内气氛按照要求进行反应，这就是要讨论的气体反应方向问题。气体反应方向的判断和炉子内气氛的条件和气体的能量有关。炉子气氛的变化使炉内气氛的能量随之发生变化，高位能的气氛具有向低位能的方向进行反应的趋势。从物理学的角度看，一个重物在凸凹不平的地面上，在最低位置时重物处于最稳定状态。也就是说重物的位能越低，稳定性越高。如果重物处于高位能状态，就有向低位能状态变化的趋势。同样，在普通化学里，原子中的电子所处的能级越低，其稳定性越好。在受到激发后高能电子总是要释放出能量降低能级，向低能级发展。氢与氢原子之间，氧与氧原子之间相互作用的位能高于氢原子与氧原子相互作用的位能。所以氢原子与氧原子有相互化合成水（H_2O）分子的趋势。这就是“能量降低原理”。在物理化学中，水加热后变成水蒸气，吸收热量后的水蒸气位能比水高，但是水蒸气位能在高温状态比水稳定。在这种情况下不符合普通物理、化学的“能量降低原理”。其实，物理化学中这种现象仍然服从“能量降低原理”，只是在不同条件下，随着体系的不断变化，物质降低的能量种类不同而已。

热力学第一定律指出，能量有各种不同的形式，能够从一种形式转化为另一种形式，从一个物体传递给另一个物体，在转化和传递过程中能量的数量保持不变。同样在热处理过程中体系发生变化，能量将保持不变。热处理过程中，当体系处于某一状态时，体现体系所处的物理化学性质是温度 T、压力 P、体积 V 等。当这些性质是固定不变的数值时，体系的宏观状态处于平衡状态或静止状态。平衡状态不是物质运动的消失，物质内部的分子、原子、电子仍处于不停的激烈运动之中。宏观平衡状态的物质仍然具有能量，这种能量称为比热力学能 U。体系的比热力学能，包括体系内各种物质的分子运动能、分子间位能、分子转动能、分子振动能、电子运动能、核能等。比热力学能 U 是体系内部能量的总和，也是体系本身的性质，它只取决于体系所处的状态，因此比热力学能是状态函数。当体系发生变化时，是状态变化的过程，体系与环境发生能量的交换，能量交换的结果，使体系和环境的比热力学能都发生了改变。体系发生变化时，体系的比热力学能以功和热的形式和外界环境进行交换。体系变化采用微量变化形式表达为：

$$dU = \Delta Q - \Delta W \tag{2-20}$$

式中　dU——比热力学能的增加量；

　　ΔQ——内功（热能）；

　　ΔW——外功。

对于体系的微小变化过程，比热力学能的增量用微分来表示可以证明，只有具备状态函数性质的物理量才具有数学上的全微分性质。根据热力学定理，体系变化时，体系的比热力学能以功和热的形式和外界环境进行交换也可表示成：

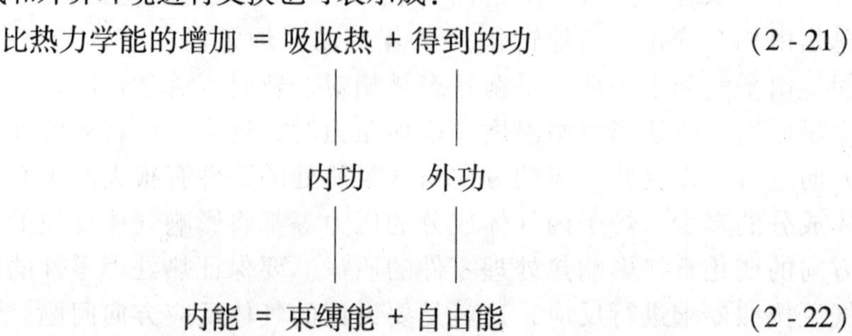

表达式 2 - 20 ~ 式 2 - 22 中的比热力学能 U 和功 W 都是可交换能量。功 W 是由于体系和环境之间相对位置发生变化而形成的（如体积的膨胀或收缩），称之为“外功”。功 W 不是状态函数只是一种能量交换的形式。在进行热 Q 的交换时，体系借内部分子运动和环境分子相互交换能量时做的分子功，称之为“内功”。从能量的角度看，比热力学能包括两部分：一部分可以释放出去对外做功，称之为“自由能”；另一部分是以分子运动的形式被束缚住而未能释放出去，称之为“束缚能”。

体系的性质如温度 T、体积 V、压力 P 等，有的与物质的数量有关，有的与物质的数量无关。凡是体系性质的数值与物质数量成正比，也就是体系中与物质数量相关的性质，比如体系中的体积、质量，就是体系中的“广度性质”；在体系中性质的数值与物质的数量无关，由体系本身的特性所决定的性质，例如体系中的温度、压强、密度等与体系物质数量无关的性质为体系的“强度性质”。各种功都可以是“强度性质”和“广度性质”的积。而功是体系的“广度性质”发生变化和体系的环境交换能量。对于热处理过程的热量，则是由于体系和环境之间形成温度差体系与环境之间能量的交换，是分子运动所做之功。“热是一种分子运动”，是大量分子的“混乱”运动。热和功有共同之处，即热量 Q，可以表示为是体系的某“强度性质”和某“广度性质”的变化之积。热处理过程强调的温度是表示热处理体系冷热程度的量。温度就是大量分子“混乱”运动的强度，分子混乱运动剧烈程度的量度。热处理过程的温度越高，分子平均平动动能也就越高。热力学中描述热运动的广度性质的度量是“熵”，用“S”表示。“熵”是作为判断体系自发过程的方向与限度。在孤立体系中，自发过程的结果是使体系的“熵”值增加，而不可能发生“熵”值的减少。当达到平衡时，熵值最大。那么“热量”是强度性质“温度”与广度性质的度量“熵”的变化之积，公式为：

$$\Delta Q_R = T\mathrm{d}S \tag{2-23}$$

或写成：

$$\mathrm{d}S = \Delta Q_R / T \tag{2-24}$$

式中 Q——热量；

R——可逆过程；

ΔQ_R——体系发生可逆过程时和环境的热量交换，J；

S——熵；

T——温度，K。

式 2 - 23、式 2 - 24 中说明体系是一个“可逆状态”。当体系由状态Ⅰ变化到状态Ⅱ，再回到状态Ⅰ，体系和环境都回到原来状态，不留下任何痕迹。在体系“可逆过程”进行中，每一步骤都处于无限趋近热力学状态。过程进行中无摩擦之类的消耗产生，故做最大的功。体系发生“可逆过程”做功最大，是一个定值，可以用“可逆过程”的热交换来定义“熵”。从公式 2 - 24 可知，熵是热量 Q 被温度 T 除的商，热力学中加火旁为之“熵”。熵是体系的性质，是一个状态函数。熵与热量 Q 有关，因此与束缚能相关联。由公式 2 - 23 可以得到：

$$Q_R = T\mathrm{d}S = \mathrm{d}(TS)_T \tag{2-25}$$

式中 TS——束缚能。

功 W 是体系和环境之间相对位置发生变化而引起，它和自由能相关联。而自由能和束缚能之间是相互对立的。但是，自由能和束缚能之间又是相互联系、相互转化、相互依存的。自由能与功相互关联，从功着手寻找自由能和束缚能之间的关系，最后找出化学反应方向和化学平衡的判据。功 W 又分为膨胀功 PdV 和非膨胀功 $\Delta W'$ 两项。通常外功的表达式为：

$$\Delta W = PdV + \Delta W' \tag{2-26}$$

式中　PdV——膨胀功；

$\Delta W'$——非膨胀功。

当体系与环境发生的是可逆反应，根据热力学第一定律可得：

$$dC = \Delta Q_R - PdV - \Delta W'_R \tag{2-27}$$

式中　dC——热容。

体系吸收热量可以使温度升高，而且升高的多少与吸收热量的多少成正比，在有限温度间隔内使体系温度升高所需的热量为热容。在等容和等压情况下与过程无关，而是体系的一种状态性质，成为只与物质数量、温度、压力有关的物理量。热容与温度、压力有关，在较高的外压情况下，升温时对外做的功较大，就要多吸收热量来补偿一部分额外的功，因此热容数值也将增大。结合公式2-23得公式2-28：

$$\Delta W'_R = -dC + TdS - PdV \tag{2-28}$$

对于等温等容的可逆过程得：

$$-d(C - TS) = \Delta W'_R \tag{2-29}$$

功所传递的能量就是自由能。公式2-29中左边项表示自由能降低，右边项表示自由能降低所做的功。这种自由能称之为等容亥姆霍兹自由能，用 F 表示，得：

$$F = C - TS \tag{2-30}$$

公式2-30说明，内能中除去束缚能 TS 之后，余下的是等容亥姆霍兹自由能。等容亥姆霍兹自由能是体系的能量，也就是体系的性质，是状态函数。

在一定压力情况下，根据热力学第一定律等压热量的交换为：

$$Q_P = \Delta C + P\Delta V \tag{2-31}$$

式中　Q_P——等压下的热量。

在等压情况下，令：

$$U + PV = H \tag{2-32}$$

式中　H——焓。

则：

$$Q_P = H_2 - H_1 \tag{2-33}$$

或：

$$Q_P = \Delta H \tag{2-34}$$

焓是物质的一种能量，热效应就是反应过程中，反应物变成产物后发生的能量变化。等压热效应就是焓变化量 ΔH。焓是一个状态函数，也是物质的一种能量。从公式2-34知道 ΔH 是等压情况下的热效应。相应的等压情况下的自由能为：

$$Z = H - TS \tag{2-35}$$

式中　Z——等压自由能。

在等温等压可逆过程情况下得到：

$$-d(H - TS) = \Delta W'_R \tag{2-36}$$

如果在可逆状态下可得：

$$-dZ = \Delta W'_R \tag{2-37}$$

如果在可逆状态下温度 T、压力 P、非膨胀功 W'为 0 时，$\Delta W'_R=0$，此时等温等压自由能为：

$$-dZ = 0 \tag{2-38}$$

式 2-37、式 2-38 分别说明，在等温等压可逆过程中，等压自由能的减少等于对外做的非膨胀可逆功，对于仅做膨胀功的体系，在该条件下等压自由能不变，即等压自由能降低到最小值。

在化学反应中，经历一系列平衡状态的化学反应过程是“可逆过程”。但是，化学反应过程远离平衡状态的化学反应过程就是“不可逆过程”（也就是化学反应只向一个方向进行，并且不可逆转）。自然界中一切自动进行（不借助外力的推动发生的过程，如气体膨胀，热从高温物体自动传导到低温物体等这些过程）的过程都是不可逆过程。体系在自动进行过程中，自由能也相应的要发生变化。理想气体做膨胀功过程，气体从 0.3 MPa 经过两步做膨胀功到 0.1 MPa，比从 0.3 MPa 经过一步所做膨胀功 0.1 MPa 要大。分三步做膨胀功大于两步做膨胀功。所做膨胀功分步越多，所做的膨胀功越大。当做膨胀功的步数无限多时，即过程可视为沿等温线进行可逆膨胀时做功最大。所以可逆功 W_R 是最大功。因此：

$$\Delta W_R > \Delta W_{不} \tag{2-39}$$

根据公式 2-37，在等温、等压情况下可得：

$$-dZ = \Delta W'_R > \Delta W'_{不} \tag{2-40}$$

对于仅做膨胀功的体系，$\Delta W'=0$，体系进行自动过程时则有：

$$-dZ > 0 \tag{2-41}$$

或：

$$dZ < 0 \tag{2-42}$$

合并式（2-38），当温度 T、压力 P、膨胀功 W'为 0 时，得：

$$dZ \leqslant 0 \tag{2-43}$$

类似地，当温度 T、压力 P、膨胀功 W'为 0 时可推得：

$$dF \leqslant 0 \tag{2-44}$$

公式 2-43 和公式 2-44 中“<”用于体系自动过程；“=”用于体系可逆过程。公式 2-43 和公式 2-44 的结论是“自由能降低原理”。也就是：在等温等压情况下，体系发生自动过程，是向着“等压自由能”降低的方向进行，直至进行到平衡为止，即 Z 达到最小为止。在等温等容情况下，体系发生的自动过程，是向着“等容自由能”降低的方向进行，一直进行到平衡为止，即 F 达到最小为止。

体系自动过程原理的重要意义在于，指出了判断体系自动过程的方向和平衡的原理，给出了评判自动过程进行方向的判据。自由能和功相联系，熵和热相联系，这就是体系自动过程和平衡时自由能变化的特征。在非孤立体系变化过程中与环境有密切的联系，可以将环境物理量的改变转化成体系物理量的改变。若体系在等温过程吸收热量 Q，环境吸收的热量则是 $-Q$。吸收热量时，只发生单纯的状态变化，因此有：

$$dS - \Delta Q/T \geqslant 0 \tag{2-45}$$

公式 2-45 中，$dS-\Delta Q/T>0$ 指体系是一个不可逆过程；$dS-\Delta Q/T=0$ 指体系过程是

一个可逆过程。变化过程是在等温情况下进行的，所以体系始态、终态的温度和环境的温度是一致的。对于孤立体系（与环境不进行物质和能量交换的体系）$\Delta Q=0$，则 $dS\geqslant0$，若用熵增量表示，则：

$$\Delta S \geqslant 0 \tag{2-46}$$

公式2-46是孤立体系发生变化的过程必然是自动过程，因此“孤立体系中自动过程熵有增无减，即所谓的熵增原理”。这也是孤立体系中自动过程的方向和平衡的特征。孤立体系中自动过程向熵增大的方向进行，直到熵达到最大为止（即达到 $dS=0$，平衡为止）。

体系发生变化是否能够自发进行的判据，条件和判断平衡的方向的标准。对于一般的自然现象，即热力学所研究的对象范围（不包括宇宙和比原子更小的微观范围）只是一个普通的法则。这里必须指出，热力学得出的结论只能预言某变化能否发生和是否平衡的可能性，并不能预言某变化肯定发生。要研究体系的变化过程的现实性问题只有通过化学动力学进行研究。

热处理过程炉子内气氛是否达到平衡状态，气氛的反应应该向什么方向进行，通过热力学的判据和条件就可以判断可能发生的方向。钢在加热过程，钢表面存在的气氛对于钢是否造成氧化或者脱碳情况，根据气氛平衡条件就可以判断是否造成钢材加热过程是否氧化脱碳。

2.1.3　化学反应的热效应

物质在发生化学反应过程中都伴随着能量的变化，化学反应过程伴随着热的产生，放热或吸热。在一定温度下，物质发生物理变化或化学反应时产生的热，无论放出的热或吸收的热都称为“热效应”。物质在发生物理或化学变化时始终遵循“能量守恒定律”：能量既不能消失，也不能凭空创造，只能从一种形式转变成另一种形式，但是能量传递的总值保持不变。物理化学在进行化学反应时也遵循能量守恒定律。宏观静止状态的物质仍然具有一定的能量，这种能量称之为“比热力学能”。体系的“比热力学能”包括体系内各种物质的分子运动、分子间的位能、分子转动能、分子振动能、电子运动能、核能等。在讨论体系比热力学能时，还涉及整个体系移动的动能，以及体系处在电磁场或引力场中的位能。在化学反应过程中由于体系移动动能、位能很小而往往忽略不计。体系在状态发生变化过程中，以功的形式与环境进行能量交换，还能以热的形式与环境进行能量的交换。两种不同温度的热导体互相接触，由于两者之间有能量的交换，因而两个热导体的比热力学能都发生了变化。这种能量的交换形式有别于功，看不到有任何宏观上的位移，能量的交换只是由于温度的差别引起的。由于温度不同而在体系与环境之间传递的能量，这就是热量。只有体系与环境之间以热的形式交换能量时，才有热量存在。一个孤立的体系与环境没有能量的交换，即使内部发生了变化，比如化学变化，因而引起了其自身的温度变化，这个体系和环境之间也无所谓热量存在。在热力学上，热量的概念是指在变化过程中的一种能量交换。体系在物理化学变化中，比热力学能的增加 ΔU 等于吸收之热量 Q 减去对外界所做之功 W，即：

$$\Delta U = Q - W \tag{2-47}$$

物体在不同的温度、压力条件下，即在不同的状态时，具有不同的比热力学能值。比热力学能是与物体状态有关的函数，因此比热力学能是“状态函数”。热和功不是状态函数；是在物体发生状态变化的过程中与环境交换的能量。热和功是交换能量，是与过程有关的函数，因此不是体系的性质，热量是一个与过程有关的函数。甲烷在空气中不完全燃烧反应：

$$CH_4 + 1/2O_2 \longrightarrow CO + 2H_2 \tag{2-48}$$

按反应式2-48进行1 mol的甲烷燃烧反应，燃烧温度为1000 K，在保持外压不变的情况下进行燃烧反应，此时释放出29.26 kJ热量；同样按反应式2-48进行1 mol的甲烷燃烧反应，燃烧温度同样为1000 K，保持燃烧过程体积不变，释放出41.8 kJ热量。对于同一个化学反应，体系与环境在压力和体积保持不变的过程热量的交换是不一样的。因此，体系与环境的热量交换是与过程有关的量。水蒸气受热膨胀反抗外压对外做功，在温度298 K时，由0.3 MPa大气压膨胀到0.1 MPa。若采用一步膨胀过程，直接由0.3 MPa膨胀到0.1 MPa，做功1.651 kJ；若采用二步膨胀过程，第一步先膨胀到0.2 MPa，第二步再膨胀到0.1 MPa，则做功2.06 kJ。这说明功也是与过程有关的函数。状态函数仅与体系的状态有关。状态函数的改变值仅与体系初始状态和终了状态有关。温度T、体积V、压力P、比热力学能U等都是状态函数。状态函数的改变值是体系初始状态和终了状态值的差，$\Delta T = T_2 - T_1$，$\Delta P = P_2 - P_1$，$\Delta U = U_2 - U_1$，$\Delta V = V_2 - V_1$等。热和功不是状态函数，是与过程有关的函数。体系吸收热量取“+”值，释放热量取“-”值；体系对外做功取“+”值，由外获得的功取“-”值。

从普通物理学得知，理想气体在做膨胀功时从始态体积V_1变到终态体积V_2时，有：

$$W = \int_{V_1}^{V_2} P\mathrm{d}V \tag{2-49}$$

当体系处于等压条件下：

$$W = P(V_2 - V_1) = P\Delta V \tag{2-50}$$

将热力学第一定律代入公式2-50得：

$$Q_P = \Delta U + P\Delta V \tag{2-51}$$

式中　Q_P——等压条件下的热量。

令热焓：

$$H = U + PV \tag{2-52}$$

则有$H_2 - H_1 = Q_P$，简单地写成：

$$\Delta H = Q_P \tag{2-53}$$

式中　H——焓，状态函数。

公式2-52中左边是状态函数“焓”的增量，右边是非状态函数的热量。公式2-52也是表示在特定条件下，等压情况下“焓”和热量的数值相等，在特定条件下就是等压不做非体积功。“焓”具有能量的单位，在等压不做非体积功条件下，“焓”的增量与热量的数值相等，因此往往被片面地看成是体系中能够以热的形式交换出来的那一部分能量，故以“焓”称之。在其他条件下，在有非体积功存在时，“焓”的增量与热量数值并不相同。“焓”是状态函数，是物质的一种能量和比热力学能相似的能量，“焓”的增量ΔH就是等压情况下的热效应。

体系在恒压或恒容情况下，热效应只决定于体系的初始状态和终了状态，与过程无关。根据体系恒压或恒容情况下的热效应看碳与 O_2 发生反应生成 CO_2。碳与 O_2 的化学反应可以一步直接生成 CO_2；也可以分成两步进行，先生成 CO，再进一步氧化生成 CO_2。碳与 O_2 生成 CO_2 有如下反应：

$$C+O_2 \xrightarrow{\Delta H_1} CO_2$$
$$C+O_2 \xrightarrow{\Delta H_2} CO+1/2O_2 \xrightarrow{\Delta H_3} CO_2 \qquad (2-54)$$

根据等压或等容系统反应过程产生的热效应定律，热效应的产生与过程无关，只与体系反应的初始状态和终了状态有关。那么反应式 2 - 54，不论一步完成反应还是分两步完成反应，其产生的热效应都是一样，有：

$$\Delta H_1 = \Delta H_2 + \Delta H_3 \qquad (2-55)$$

对于涉及体系反应过程步骤较多的情况，通常可以采用代数加和方法求解其热效应。求解分步完成反应的热效应 ΔH_2 可采用以下方法，例如：

$$C + 1/2O_2 \longrightarrow CO \qquad (2-56)$$

求反应式 2 - 56 反应过程的热效应：

已知：在式 2 - 54 中，$C + O_2 = CO_2 \quad \Delta H_1$

在式 2 - 56 中，$CO + 1/2O_2 = CO_2 \quad \Delta H_3$

消除 CO_2，式 2 - 54 − 式 2 - 56，$C + 1/2O_2 = CO \quad \Delta H_1 - \Delta H_3$

因此得：

$$\Delta H_2 = \Delta H_1 - \Delta H_3$$

也就是说，把热效应已知的反应方程应用数学的加和方法，把各种物质在等号两边分别进行加减，从而得到未知热效应的反应式。在计算过程中，必须注意把同物质项互相消去，要求不仅物质相同，其状态（即物态、温度、压力）也要相同，否则不能相消。对反应式相对应的热效应值进行加减，从而得出要求的关系式和热效应值。

例：求 CH_4 的不完全燃烧反应，CH_4 与 O_2 进行反应生成 CO 和 H_2 的热效应 ΔH_{298} 的值。

$$CH_4 + 1/2O_2 \longrightarrow CO + 2H_2 \quad H_{298} = ? \qquad (2-57)$$

已知：

$$CH_4 + 2O_2 \longrightarrow CO_2 + 2H_2O \quad \Delta H_1 = -801.7\ kJ \qquad (2-58)$$

$$CH_4 + CO_2 \longrightarrow 2CO + 2H_2 \quad \Delta H_2 = 247\ kJ \qquad (2-59)$$

$$CH_4 + H_2O \longrightarrow CO + 3H_2 \quad \Delta H_3 = 206\ kJ \qquad (2-60)$$

式 2 - 58 + 式 2 - 59 + 2 × 式 2 - 60　　$4CH_4 + 2O_2 \longrightarrow 4CO + 8H_2$

得：

（式 2 - 58 + 式 2 - 59 + 2 × 式 2 - 60）/4

（式 2 - 58 + 式 2 - 59 + 2 × 式 2 - 60）/4 = 式 2 - 57

$$CH_4 + 1/2O_2 \longrightarrow CO + H_2$$

由此得反应式2-57的热效应为：$(\Delta H_1 + \Delta H_2 + 2\Delta H_3)/4$

所以：

$$\Delta H_{298} = (\Delta H_1 + \Delta H_2 + 2\Delta H_3)/4$$
$$= (-801.7 + 247 + 2 \times 206)/4$$
$$= -35.634(\mathrm{kJ})$$

根据以上计算可以看到，CH_4 进行不完全燃烧生成 CO 和 H_2 的反应过程是一个放热反应过程。在制备气氛过程 CH_4 燃烧反应过程将释放出一定的热量，1 mol 将释放 35.634 kJ的热量。

一种化合物的生成反应的热效应称为“生成热”，$C + O_2 = CO_2$ 就是 CO_2 的生成反应，反应的热效应则是 CO_2 生成热。通常规定，物质在0.1 MPa 情况下的稳定状态为物质的标准状态。在0.1 MPa 下由稳定单质生成某物质的生成反应称为该物质的标准生成热。在温度为298 K（25℃）时的标准生成热表示为 ΔH_{298}。在热力学数据表中列出的一系列物质的热力学数据是在温度 298 K（25℃）时的数据。例如 CO 在 298 K 时的生成热 $\Delta H_{298} = -110.41$ kJ/mol；CO_2 在298 K 时的生成热 $\Delta H_{298} = 393.123$ kJ/mol。值得注意的是，稳定单质的标准生成热为0。所以，标准生成热其实就是以稳定单质为标准的一种相对量。单质碳有石墨型、金刚石型、无定型等，在0.1 MPa 情况下的稳定状态是石墨型。在标准状态情况下 CO_2 的标准生成热，由石墨氧化生成的 CO_2 的反应热效应。根据反应式2-54 和式2-56 可求得：

式2-54 - 式2-56　$CO + 1/2O_2 \xlongequal{\quad} CO_2$　$\Delta H_{298\ CO_2} - \Delta H_{298\ CO}$

所以

$$\Delta H_{298} = \Delta H_{298\ CO_2} - \Delta H_{298\ CO}$$
$$= -393.123 - (-110.41)$$
$$= -282.713\ (\mathrm{kJ})$$

石墨氧化生成的 CO_2 的反应热效应是在标准状态情况下为 -282.713 kJ。将 CO_2 的反应热效应推广到化学反应的等压热效应，ΔH 等于产物焓的总和与反应物焓的总和之差，即：

$$\Delta H = (\sum_j H_j)_{产} - (\sum_i H_i)_{反} \tag{2-61}$$

公式2-61 指出，化学反应在0.1 MPa，温度298 K 状态下的热效应等于产物的标准生成热的代数和。

由于焓包含了比热力学能因子，因此焓的绝对值无法求得。然而要求的是反应热焓的增量，因而可以避开求焓的绝对值。由元素的稳定单质生成化合物的反应叫做生成反应；生成反应中生成1 mol 化合物时的热效应叫做该化合物的生成热。生成反应通常是指定在25 ℃和0.1 MPa 条件下进行的生成反应，这时的生成热叫做标准生成热，以 ΔH_{298} 表示。

利用已知的生成热数据只能计算在同样温度情况下反应的热效应。这些生成热是在标准状态情况下的数据，也就是在0.1 MPa、298 K 温度下的数据。由于生成热是在298 K 温度下的数据，所以也只能计算在298 K 温度下进行反应的热效应。对于当温度发生变化时，物质进行的化学反应的热效应会随温度变化而发生变化。物质不同，升高同等温度所需吸收的热不同。表征物质这种热性质的量称为摩尔热容量，简称“热容”。热容是指把1 mol 的物质温度升高1℃所吸收的热量，称为该物质的“热容”。热容用“C”表示，要知道物体某温度下的热容的数值，必须采用数学上的微商定义，即温度选取无限小 dT，吸收热量为 ΔQ，则热容 C 表示为：

$$C = \Delta Q/\mathrm{d}T \tag{2-62}$$

热容的数值与体系内物质的数量有关。若取体系为 1 g 物质，则称为热容。若取体系为 1 mol，则称为摩尔热容。热量不是状态函数，与途径有关，因而热容也与途径有关。体系反应过程，对于不同的途径吸收的热量不同，因而热容值也不同。在不做非体积功的等容过程中，$\Delta U = Q_V$ 或 $\mathrm{d}U = \Delta Q_V$，因此有：

$$C_V = \Delta Q_V/\mathrm{d}T = (\alpha U/\alpha T)_V \tag{2-63}$$

式中　C_V——等容热容；

T——热力学温度，K。

在不做非体积功的等压过程，$\Delta U = Q_P$ 或 $\mathrm{d}U = \Delta Q_P$，因此有：

$$C_P = \Delta Q_P/\mathrm{d}T = (\alpha U/\alpha T)_P \tag{2-64}$$

式中　C_P——等压热容。

从公式 2-63 和式 2-64 中可以看到，在等容和等压两种过程中，其热容 C_V 和 C_P 与途径无关，是体系的一种状态性质。热容 C_V 和 C_P 是只与物质的数量、温度、压力有关的容量。热容 C_V 和 C_P 有一定的关系，一般只要得到其中一个的数值，就可以利用公式求得另一个的数值。引入公式：

$$C_P = C_V + [(\alpha U/\alpha V)_T + P](\alpha V/\alpha T)_P \tag{2-65}$$

根据公式 2-64，在等容等压情况下，体系温度升高时从温度 T_1 升高至 T_2 时，体系的热效应就是对其进行积分，得公式：

$$\Delta H_2 = \Delta H_1 + \int_{T_1}^{T_2} C_P \,\mathrm{d}T \tag{2-66}$$

要对积分式 2-66 右边求解，需要知道等压热容 C_P 和温度 T 的关系。可用经验公式进行求解，如公式：

$$C_P = a + bT + c'T^{-2} \tag{2-67}$$

式中，a，b，c' 为经验常数，它们因物质的不同而异。可在某些元素单质及化合物的热力学数据表中查到。

等压热效应就是热焓变化量 ΔH。对于化学反应，就是产物和反应物的热焓之差。热焓是一种能量，因此，热效应就是反应过程中，反应物转变成产物后发生的能量变化。另一方面，物质不同，升高同等的温度所吸收的热量也不同。这样物质不同所增高的能量也不一样。物质反应过程产生的反应热效应会随温度的不同而发生变化。体系的热容差为：

$$\Delta C_P = \sum(nC_P)_{产} - \sum(nC_P)_{反} \tag{2-68}$$

式中　ΔC_P——体系热容之差；

n——体系反应的步骤。

从以上公式可以看到，体系的热效应随温度的变化率等于产物热容的总和减去反应物热容的总和。在整个温度区间内如果热容的差为“+”值，$\Delta C_P > 0$，$\Delta H_2 > \Delta H_1$，说明体系的热效应是随温度的升高而增大；如果热容的差为“-”值，$\Delta C_P < 0$，$\Delta H_2 < \Delta H_1$，则体系的热效应是随温度的升高而减小；当热容差为“0”时，$\Delta C_P = 0$，$\Delta H_2 = \Delta H_1$，即温度发生变化时，反应热不发生变化。

2.1.4 热处理可控气氛的化学平衡原理

2.1.4.1 钢的氧化还原反应平衡原理

在等温等压条件下体系变化过程中，利用体系得吉氏函数增量 ΔZ 可判断体系的变化过程能否进行。在标准状态情况下（0.1 MPa），由稳定单质生成 1 mol 化合物的自由能变化称为该化合物的“标准生成自由能”。在温度 298 K 时的标准生成自由能为 ΔZ_{298}^{Θ}，由下式进行计算：

$$\Delta Z_{298}^{\Theta} = \sum(\Delta Z_{生}^{\Theta})_{产} - \sum(\Delta Z_{生}^{\Theta})_{反} \tag{2-69}$$

在等温状态下求自由能增量得：

$$\Delta Z = \Delta H - T\Delta S \tag{2-70}$$

将等压热效应 ΔH 和熵 ΔS 分别代入公式 2-70 得：

$$\Delta Z = \Delta H_{298} + \int_{298}^{T_2} \Delta C_P \mathrm{d}T - T[\Delta S_{298} + \int_{298}^{T_2} \Delta C_P \mathrm{d}T] \tag{2-71}$$

在等温状态自由能增量用来判断体系变化的方向，在体系变化过程是在等温等压的情况下。由于体系反应过程是在等温等压的情况下进行，即 $\mathrm{d}T = 0$，而且体系不做非体积功，即 $W' = 0$，因此得：

$$\mathrm{d}Z = V\mathrm{d}P \tag{2-72}$$

对公式 2-72 进行积分，并将理想气体的状态方程 $V = nRT/P$ 代入得：

$$\Delta Z = nRT\int_{P_1}^{P_2} \mathrm{d}P/P \tag{2-73}$$

式中 R——气体常数，8.314 J/（mol · K）；

n——物质的量，mol。

对式 2-73 进行积分得：

$$\Delta Z = \Delta Z^{\Theta} + RT\ln P \tag{2-74}$$

公式 2-74 中的 P 表示在体系反应平衡状态下，各种气体的分压。在一定温度情况下，化学反应平衡时，产物和反应物分压之积之比（若反应式为 $2CO + O_2 \rightleftharpoons 2CO_2$；则平衡常数 $K_P = P_{CO_2}^2/(P_{O_2} \cdot P_{CO}^2)$ 为一个常数，称为“平衡常数”。因此，在温度一定的情况下 ΔZ^{Θ} 必是一个常数。得：

$$\Delta Z = -RT\ln K_P + RT\ln Q_P \tag{2-75}$$

$$\Delta Z^{\Theta} = -RT\ln K_P \tag{2-76}$$

式中 K_P——平衡常数。

公式 2-75 是“化学反应的等温方程式”。在等温情况下进行化学反应时，当反应处于平衡状态时，$\Delta Z = 0$，此时 $K_P = Q_P$；当反应进行正反应时，$\Delta Z < 0$，$K_P > Q_P$；进行逆反应时 $\Delta Z > 0$，$K_P < Q_P$。在进行化学反应方向判断时，可以比较 K_P 和 Q_P 的相对大小也就可以判断化学反应的方向。这也就是指出等温方程在一定温度情况下，反应方向和平衡的判断特征。在一定压力情况下，反应方向和平衡的判断可根据下式进行判断：

$$\mathrm{d}\ln K_P/\mathrm{d}T = \Delta H/RT^2 \tag{2-77}$$

公式 2-77 是“等压方程式”。公式 2-77 指出，$\ln K_P$ 随温度 T 的变化率（$\ln K_P$ 与温度T的曲线斜率）是$\Delta H/RT^2$，因为RT^2总是正值，所以曲线的正负决定于ΔH。对于化学反应是吸热反应，$\Delta H>0$，因此温度T升高时K_P增大。这时反应随温度的升高进行正反应。对于化学反应是逆反应，$\Delta H<0$，由此K_P随温度的升高而减小。这时的化学反应必将随温度的升高进行逆反应。对于等压情况下进行的反应，升温进行吸热反应；降温进行放热反应。在等温情况下的反应，若产物的量高于平衡值，进行逆反应；若反应物的量超过平衡值，则进行正反应。也就是体系的平衡状态是暂时的，一旦外界条件稍有变化，平衡就受到破坏。当平衡遭到破坏时体系又处于不平衡状态，然后体系又将按照新的外界条件建立新的平衡。热处理过程，钢加热过程的氧化 - 还原、渗碳 - 脱碳都是一对方向相反的可逆反应。在外界条件一定情况下对于钢在加热过程也将处于平衡状态，不发生氧化、还原反应，也不发生渗碳、脱碳反应，也就是钢加热过程处于完全平衡状态的加热。对于钢加热过程的平衡状态，也是一个动态平衡状态，正、逆反应的速度相等形成暂时的平衡。一旦温度、压力、气氛成分发生变化，平衡遭到破坏氧化就可能变成还原；脱碳就有可能变成渗碳。钢在可控气氛中发生氧化、还原的主要气氛是：H_2O、H_2、CO_2、CO以及O_2。H_2O、CO_2和O_2是造成钢氧化的气体，H_2和CO则是钢还原的气体。反应式2 - 1 ~ 式2 - 3、式2 - 5示出钢的氧化反应和还原反应。而其中反应式2 - 1氧的氧化作用是不可逆的反应，也就是铁被氧化以后不能再被还原。因此，控制气氛中一定要注意避免氧的存在。而反应式2 - 2、式2 - 3、式2 - 5是可逆反应。其反应方向决定于体系环境条件，体系进行氧化反应还是进行还原反应，通过热焓判断。在标准状态情况下的焓标准自由能差如下：

$$还原 \rightleftharpoons 氧化 \quad \Delta H_{298} = -13.16\ kJ$$

$$Fe + CO_2 \rightleftharpoons FeO + CO \quad \Delta Z^{\ominus} = -4365 + 5.24T \tag{2-78}$$

根据反应式2 - 78的标准自由能$\Delta Z^{\ominus}$。由$\Delta Z^{\ominus} = -RT\ln K_P$代入数据可得：

$$\lg K_P = 949/T - 1.140 \tag{2-79}$$

而：

$$K_P = P_{CO_2}/P_{CO} = \phi(CO_2)/\phi(CO) \tag{2-80}$$

对于反应式2 - 3的平衡常数，当作为理想气体时，两种气体的体积比等于相应的分压比。将公式2 - 79、式2 - 80代入得：

$$\lg K_P = \lg[\phi(CO_2)/\phi(CO)] = 949/T - 1.140 \tag{2-81}$$

根据公式2 - 81以温度T为纵坐标，K_P为横坐标作曲线可得如图2 - 8所示曲线。图2 - 8是温度T与平衡常数$K_P = CO_2/CO$和$K_P = H_2O/H_2$含量之比的平衡曲线。同样反应式2 - 82是可逆反应，其反应方向决定于体系环境条件。在标准状态下的热焓和标准自由能差如下：

$$还原 \rightleftharpoons 氧化 \quad \Delta H_{298} = 27.96\ kJ$$

$$Fe + H_2O \rightleftharpoons FeO + H_2 \quad \Delta Z^{\ominus} = 3050 - 1.68T \tag{2-82}$$

同样将根据反应式2 - 82的标准自由能$\Delta Z^{\ominus}$。由$\Delta Z^{\ominus} = -RT\ln K_P$代入数据可得平衡常数$K_P = H_2O/H_2$含量之比。同理以温度$T$为纵坐标、$K_P$为横坐标作曲线可得如图2 - 8所示曲线。通过图2 - 8可以看到：

（1）对于FeO、Fe、CO、CO_2的平衡曲线，温度升高，平衡常数降低（升温不利于放热反应）。同样升温不利于还原反应，有利于氧化反应。在平衡曲线以上区域将进行的是氧化反应，平衡曲线以下区域进行的是还原反应。在一般热处理温度范围内 700 ~ 950℃，由图 2 - 8 可以看到，当温度为 700℃ 和 950℃，分别对应的平衡常数 K_P 为 0.7 和 0.4。因此，当热处理过程气氛中 CO_2/CO 含量之比小于 0.4 ~ 0.7 时，气氛为还原性气氛，钢在此气氛中加热不会发生氧化反应。

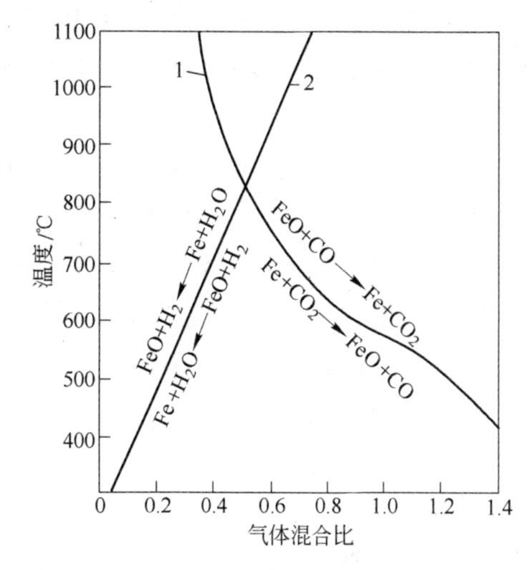

图 2 - 8 Fe 与 FeO 在 CO - CO_2，H_2 - H_2O 气氛中的平衡关系
1—CO_2 - CO；2—H_2O - H_2

（2）对于 FeO、Fe、H_2O、H_2 平衡曲线，温度升高，平衡常数等于水和氢气含量之比 $K_P = H_2O/H_2$ 增大（正反应是吸热反应）。这时，升高温度 T 有利于还原反应，在平衡曲线以上的区域是还原反应，平衡曲线以下区域是氧化反应。当温度为 700℃ 和 950℃，分别对应的平衡常数 K_P 为 0.4 和 0.6。因此，气氛成分 H_2O/H_2 含量之比小于 0.4 ~ 0.6，为还原性气氛，工件不会被氧化。

（3）同时考虑 H_2O、CO_2、CO、H_2 的作用，则要求 CO_2/CO 含量之比小于 0.4 ~ 0.7，H_2O/H_2 含量之比小于 0.4 ~ 0.6。同时满足两种气氛不氧化条件，钢在加热时就不会发生氧化反应。对于可控气氛的“放热式气氛”和“吸热式气氛”都可以满足钢加热不被氧化的条件。

2.1.4.2 钢热处理过程渗碳与脱碳反应平衡原理

机械零件在某些热处理过程中不仅仅要求处理过程不发生氧化现象，同时也要求在热处理过程中不发生脱碳、渗碳现象。要实现零件在热处理过程中不发生脱碳和渗碳，就要保证钢在加热时气氛的“碳势”与钢的碳含量保持平衡不变，使钢在加热过程和加热气氛之间始终维持在化学平衡范围。气氛的“碳势”也就是在一定温度下，一定成分的加热气氛与某碳含量的钢达到化学平衡，钢的这个碳含量称为加热气氛的“碳势”。当加热过程加热气氛的成分偏离“碳势”时就会发生渗碳或脱碳。在保护气氛中进行加热时必须注意控制气氛的碳势，保证气氛碳势与被加热钢的碳含量平衡，避免钢发生渗碳或脱碳情况。在加热气氛中 CH_4 和 CO 都是渗碳性气氛。甲烷的渗碳反应如下：

$$Fe[C] + 2H_2 \rightleftharpoons CH_4 \tag{2-83}$$

反应式 2 - 83 中 Fe［C］表示铁中溶解的碳。根据反应式 2 - 83 可得 CH_4 渗碳反应的平衡常数：

$$K_{CH_4} = P_{CH_4}/\{[C]FeP^2_{H_2}\} \tag{2-84}$$

设 X 为气氛中 CH_4 的物质的量，那么 H_2 的物质的量则为（1 − X）。将 CH_4 和 H_2 的物质的量代入式 2 - 84 则有：

$$K_{CH_4} = PX/\{Fe[C]P^2(1 - X)^2\}$$

$$= X/\{Fe[C]P(1-X)^2\} \tag{2-85}$$

根据 $\Delta Z^{\ominus} = -21550 + 26.16T$ 和公式 2 - 76 $\Delta Z^{\ominus} = -RT\ln K_P$ 得：

$$\lg\{X/\{Fe[C]P(1-X)^2\}\} = 4710/T - 5.71$$

$$\lg\{X/(1-X)^2\} = 4710/T - 5.71 + \lg[C]Fe + \lg P \tag{2-86}$$

当气氛气压总为 0.1 MPa 时，$P_{CH_4} + P_{H_2} = 1$，则得：

$$\lg\{X/(1-X)^2\} = 4710/T - 5.71 + \lg[C]Fe \tag{2-87}$$

当 Fe［C］为某一常数时（如 0.20%、0.40%、0.60%、0.95%等），公式 2 - 87 变为二元方程。如果以含量比值 CH_4/H_2（即 $X/(1-X)^2$）为纵坐标、温度 T 为横坐标可得如图 2 - 9 所示曲线图。

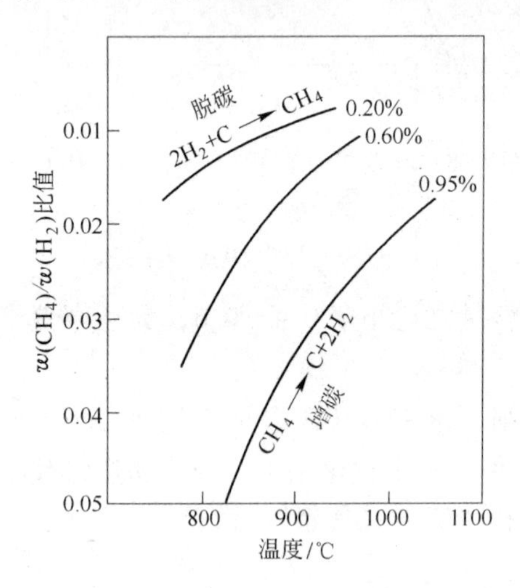

图 2 - 9　$w(CH_4)/w(H_2)$ 比值与钢的平衡曲线

图 2 - 9 是含量之比 CH_4/H_2 与钢的平衡曲线。由图 2 - 9 可见含量之比 CH_4/H_2 波动范围很小，在 0.01 ~ 0.05 之间。而相对应的碳势则波动很大，在 0.2% ~ 0.95% 之间。例如钢的碳含量为 0.60%，温度在 850℃时，气氛中的平衡成分含量之比 $CH_4/H_2 = 0.02\%$。也就是说，如果 CH_4 是 1%，则要求有 $H_2 = 1\%/0.02 = 50\%$ 才能与 CH_4 平衡。但是实际可控气氛中 H_2 的含量小于 50%，因此 H_2 常不足以平衡 CH_4 的渗碳作用。所以，在使用可控气氛时必须严格控制可控气氛中 CH_4 的含量要小于 1%，否则气氛中成分含量之比 CH_4/H_2 很小的波动也将引起碳势很大的波动，以致无法控制。同时也说明 CH_4 的渗碳作用很大，是很强的渗碳气。

对于 CO_2、CO、Fe［C］的体系，在一定温度情况下，一定成分的气氛相对应一定的碳势。图 2 - 10 示出 CO_2、CO、Fe［C］体系的平衡曲线。从图 2 - 10 可以看到在温度一定情况下，一定的气体成分对应一定的碳势。当气氛偏离钢所对应的碳势时就会发生渗碳或脱碳现象。如果碳含量为 0.5% 的钢在 850℃进行加热，对于可控气氛的 CO_2 含量要控制在 0.77% 左右才能保持气氛碳势与钢的碳含量平衡。也就是含量之比 $CO_2/CO = 0.77/(20-0.77) = 0.04$ 情况下气氛碳势与加热的钢达到平衡。这就是说，碳含量在 0.5% 的钢在温度为 850℃进行加热时，可控气氛的含量之比 $CO_2/CO < 0.04$ 才能保证加热过程不发生脱碳情况。“放热式气氛”的含量之比 CO_2/CO 值远高于 0.04，因此“放热式气氛”不能防止钢加热过程不发生脱碳现象。对于“吸热式气氛”中含量之比 CO_2/CO 值能够达到这一要求，因此“吸热式气氛”既能够防止钢加热过程的氧化，又能防止加热过程的脱碳。

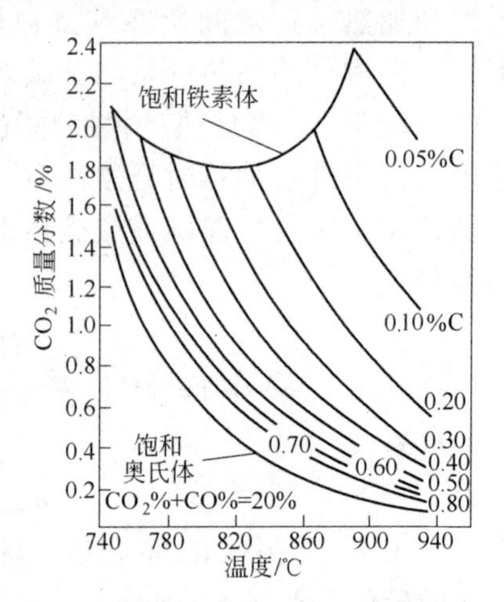

图 2 - 10　钢中不同碳质量分数在不同温度下与 CO_2 的平衡曲线

在可控气氛中的气体包括了 CO、CO_2、CH_4、H_2O、H_2、N_2 以及极少量的 O_2 等成分。当恒定在某一温度情况下时，这些气氛将处于平衡状态。通过检测控制其中某些气氛的成分就能够达到控制整个气氛的目的。CO、CO_2、CH_4 在与需要加热钢达到平衡时，控制其中某一成分就能够实现碳势的控制。同样 H_2O、H_2 对于需要加热的钢也有一个平衡点，通过控制含量之比 H_2O/H_2 值也能够保证钢加热过程不发生渗碳、脱碳现象。图 2 - 11 示出 H_2O、H_2 对不同碳含量的钢的平衡曲线。图 2 - 11 中横坐标是温度坐标，而纵坐标是露点坐标。采用露点作为纵坐标是因为在一定温度情况下，混合气中的水蒸气达到饱和时（水$\rightleftharpoons$水蒸气平衡时），水蒸气开始凝结为水。如果混合气中水量不饱和，当温度降低时混合气逐步饱和。当温度降到混合气开始凝结水珠的温度就是混合气的“露点”。很显然混合气氛的露点高说明混合气中水分含量高，混合气中露点低混合气中水的含量也就低。图 2 - 11 中纵坐标露点坐标实质上就是水的坐标。

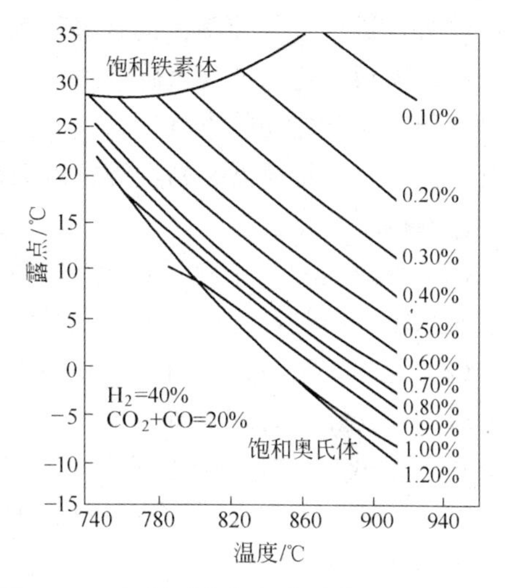

图 2 - 11 气氛露点与钢中碳含量的平衡曲线

对于 H_2O、H_2、Fe［C］的平衡关系同 CO_2、CO、Fe［C］一样在温度一定的情况下，一定的露点对应于一定的碳势。当温度在 850℃时，对于碳含量为 0.5% 的钢加热气氛的平衡 H_2O 的含量为 1.6%，即含量之比 $H_2O/H_2=0.04$。也就是在 850℃加热碳含量为 0.5% 的钢要求气氛的含量之比 $H_2O/H_2<0.04$ 才能保证加热过程不发生脱碳现象。要保证含量之比 $H_2O/H_2<0.04$，只有“吸热式气氛”才能保证。从图 2 - 11 可以看到，要保持气氛维持一定的碳势，当温度升高时要求混合气中 H_2O 的含量必须降低，也就是气氛的露点必须降低。在温度一定的情况下碳势越高，要求气氛的露点降低；碳势要求降低气氛的露点也可以随之升高。但是必须注意在进行保护加热过程时，为了防止钢加热时脱碳现象并不是混合气中 H_2O 的含量越少越好，乃至无 H_2O 最好，这是一种错误的看法。H_2O 和 CO_2 有氧化、脱碳的作用是不利的一面；若气氛中无少量的 H_2O 和 CO_2 与气氛保持平衡，则钢会发生增碳作用。没有少量的 H_2O 和 CO_2 就不能保持气氛碳势的恒定。

可控气氛实际是各种气体的混合气，在各种气体之间也有一个相互反应和相互平衡的关系。气氛中 CO_2 与 H_2 的平衡有如下关系：

$$CO_2 + H_2 \rightleftharpoons CO + H_2O \tag{2-88}$$

根据反应式 2 - 88 可得到平衡常数公式 2 - 89：

$$K' = (P_{H_2O} \cdot P_{CO})/(P_{CO_2}/P_{H_2}) \tag{2-89}$$

对于吸热式气氛，在正常反应情况下，H_2 分压 P_{H_2} 和 CO 分压 P_{CO} 之比 P_{H_2}/P_{CO} 可视为一个常数。公式 2 - 89 就可写为：

$$K = P_{H_2O}/P_{CO_2} = \phi(H_2O)/\phi(CO_2) \tag{2-90}$$

因此在吸热气氛中水的含量和 CO_2 的含量是相互依赖。在应用可控气氛时控制了其中一种气体，也就控制了另一种气。气氛中 CO_2 含量增高，相应气氛的露点升高，也就是气氛中 H_2O 的分压增加。由此对可控气氛的控制，可以采用露点控制，也可采用 CO_2 红外仪控制。在实际热处理过程对热处理气氛的控制中有采用露点仪进行气氛控制，有采用 CO_2 红外仪进行气氛控制，也有采用氧探头碳控仪进行气氛的控制。采用这些气氛的控制方法都能够很好地保证气氛碳势达到要求。但是影响热处理气氛碳势的因素很多，除了气氛中各组分相互之间的影响外，气氛的总的压力，钢中合金元素，炉子温度的波动，气体成分的波动，测量仪器的精度等，都会影响气氛的碳势变换。在对可控气氛实行控制时要特别注意以下几点：

（1）热处理过程中对气氛成分必须进行严格控制和监视。要求使用高精度的测量仪器和控制系统。同时要严格控制气氛产生时空气与原料气的混合比以及炉子温度。

（2）进入热处理炉内混合气的混合比增大（空气：原料气），气氛中 CO_2、H_2O 的含量相应增高，测量的露点亦增高，气氛碳势降低。混合气的混合比降低，气氛中 CO_2、H_2O 的含量减少，气氛碳势则增高。

（3）当可控气氛中控制的 CO_2、H_2O 等的含量一定时，温度升高，碳势降低；温度降低碳势则增高。炉温变化 ±10℃将影响碳势波动 ±0.07%。

（4）钢种不同相对应的气氛碳势也不同。应根据不同的钢种选择不同的碳势控制值。

（5）炉内气氛压力注意控制保持基本稳定，若造成气氛分压变化将影响气氛碳势的变化。炉内气氛中 CO 和 CH_4 的分压增加气氛的碳势将升高。尤其注意气氛中 CH_4 的含量，不能够超过 1%，CH_4 具有较强的渗碳能力。

2.2 化学平衡原理的应用

应用化学平衡原理可以预测可控气氛热处理过程的热处理气氛对零件造成渗碳还是脱碳；预测可控气氛制备过程需要补充的热量的大小。应用化学平衡原理能够预先知道空气与原料气混合比一定情况下将发生的反应是“吸热式反应”还是“放热式反应”。能够通过化学平衡原理计算知道化学反应的方向，保证热处理气氛控制在要求范围内。

2.2.1 可控气氛制备时化学反应热效应计算

2.2.1.1 CH_4 完全燃烧反应的热效应计算

应用化学平衡原理计算 CH_4 完全燃烧反应能够释放的热量。热处理气氛的制备温度通常为 1323 K（1050℃），计算温度在 1323 K 时 CH_4 完全燃烧能够产生的热效应。

应用化学平衡原理计算 CH_4 完全燃烧释放的热量。反应式 2-91 是甲烷与空气混合完全燃烧反应，计算 CH_4 完全燃烧反应的热效应 ΔH_{1323} 的值。CH_4 完全燃烧反应如下：

$$CH_4 + 2O_2 \longrightarrow CO_2 + 2H_2O \tag{2-91}$$

第一步，求 CH_4 完全燃烧的热容差。查表得 CH_4 反应的 ΔH_{298} 为 −74.776 kJ/mol，C_P 为 35.68 J/（K · mol）；CO_2 的 ΔH_{298} 为 −393.02 kJ/mol，C_P 为 37.093 J/（K · mol）；O_2 的 ΔH_{298} 为 0，C_P 为 29.331 J/（K · mol）；H_2O 的 ΔH_{298} 为 −241.596 kJ/mol，C_P 为 33.544 J/（K · mol）。

将数据带入体系的热容差公式 2-68 得：

$$\Delta C_P = (37.093 + 2 \times 33.544) - (35.68 + 2 \times 29.331)$$
$$= 9.839 \ (J/(K \cdot mol))$$

第二步，求标准状态下的热效应：

$$\Delta H_{298} = (-393.02 - 2 \times 241.596) - (-74.776)$$
$$= -801.436 \ (kJ)$$

第三步，求在1323 K温度的热效应：

$$\Delta H_{1323} = \Delta H_{298} + \int_{298}^{1323} \Delta C_P \mathrm{d}t$$
$$= -801436 + 9.839 \times (1323 - 298)$$
$$= -791.351 \ (kJ)$$

1 mol甲烷与空气进行混合完全燃烧过程将释放出791.351 kJ热量。

2.2.1.2 CH_4不完全燃烧反应的热效应

若CH_4与空气混合进行不完全燃烧，计算反应式2-92在可控气氛热处理过程中要求解决可控气氛热处理过程化学反应的方向性、自发性、反应进行的限度以及化学反应过程做的功、化学反应的速度和反应的机理问题。但是，应用化学热力学能够在可控气氛热处理中解决气氛反应的方向性和自发性以及化学反应的限度问题。对于化学动力学则解决可控气氛热处理过程的反应速度以及化学反应的机理问题。化学热力学在可控气氛热处理过程所起的作用有以下几点：CH_4不完全燃烧反应，温度为1323 K（1050℃）时的热效应ΔH_{1323}值。

反应式2-92为CH_4不完全燃烧，反应如下：

$$CH_4 + 1/2O_2 \longrightarrow CO + 2H_2 \tag{2-92}$$

查表得CH_4不完全燃烧反应的ΔH_{298}为-74.776 kJ/mol，C_P为35.68 J/（K·mol）；CO的ΔH_{298}为-110.419 kJ/mol，C_P为29.114 J/（K·mol）；O_2的ΔH_{298}为0，C_P为29.331 J/（K·mol）；H_2的ΔH_{298}为0，C_P为28.809 J/（K·mol）。

第一步，根据查表得数据求出CH_4不完全燃烧的ΔC_P值：

$$\Delta C_P = (2 \times 28.809 + 29.114) - (35.68 + 1/2 \times 29.331)$$
$$= 36.384 \ (J/K)$$

第二步，求标准状态下的热效应ΔH_{298}，将表查得数据代入公式2-61得：

$$\Delta H_{298} = (-110.419 + 0) - (-74.776 + 0)$$
$$= -35.643 \ (kJ)$$

第三步，求在1323 K温度的热效应：

$$\Delta H_{1323} = \Delta H_{298} + \int_{298}^{1323} \Delta C_P \mathrm{d}t$$
$$= -35643 + 36.384 \times (1323 - 298)$$
$$= -1.651 \ (kJ)$$

1 mol CH_4与空气进行混合不完全燃烧过程将释放出1.651 kJ热量。

2.2.1.3 CH_4制备吸热式气氛的热效应

使用CH_4制备吸热式气氛，CH_4进行的反应分两步才能完成吸热式气氛的制备。第

一步是 CH_4 与空气中氧的完全燃烧反应2-91，和不完全燃烧反应2-92，此步反应释放出大量热。在完全燃烧反应中，1 mol CH_4 的完全燃烧反应释放约791.349 kJ的热；不完全燃烧反应1 mol CH_4 的完全燃烧反应释放约1.659 kJ的热。第二步是剩余的 CH_4 和 CO_2、H_2O 分别进行的反应，第二步的反应将吸收热。在反应过程剩余的 CH_4 量越多，第二步反应吸收热量越多，所需要供给的热量也就越多。吸热式反应的第二步剩余 CH_4 与 CO_2/H_2O 的反应如下：

$$CH_4 + CO_2 \longrightarrow 2CO + 2H_2 \tag{2-93}$$

$$CH_4 + H_2O \longrightarrow CO + 3H_2 \tag{2-94}$$

根据反应式2-93、式2-94求反应需要的热量。反应式2-93、式2-94ΔH_{298}值为：

$$\Delta H_{298(2-93)} = -2 \times 110.419 - (-74.776 - 393.02)$$
$$= 246.958\ (\mathrm{kJ})$$
$$\Delta H_{298(2-94)} = -110.419 - (-74.776 - 241.596)$$
$$= 205.952\ (\mathrm{kJ})$$

在吸热式反应过程的第二步反应中，剩余的1 mol CH_4 和 CO_2、H_2O 的反应分别要吸收246.958 kJ和205.952 kJ的热，剩余的 CH_4 越多需要供给的热量越多。要保证吸热式气氛中 CH_4 的完全分解，温度越高越有利于 CH_4 的分解，也就是温度越高越有利于吸热反应。如果 CH_4 与空气的混合比不足，第一步反应剩余的 CH_4 越多，吸热反应所需要的热量越多。第一步反应释放出来的热量不足以维持第二步反应所需要的热量，就必须依靠外部供给热量维持第二步的反应。如果第二步反应需要吸收的热量远大于第一步释放的热量，需要外界供给热量维持反应生成热处理气氛，此种气氛称之为“吸热式气氛”。虽然温度越高越有利于吸热反应，但是反应罐的材料耐温能力有限，不允许温度过高。一般吸热式气氛的反应温度控制在950~1100℃（即1223~1373 K）范围。常用温度为1050℃（即绝对温度1323 K）。在进行吸热式反应过程，空气与 CH_4 的混合比决定了反应后的气氛成分。混合比高，释放的热量高，需要外界供给的热量也就少；气氛的碳势低。混合比低，需要外界供给的热量也就多，气氛的碳势高。恰到好处的混合比可以提高吸热式气氛的产气质量，提高吸热式气氛的供气质量。

2.2.1.4 空气与 CH_4 的混合比计算

A 理论燃烧温度的计算

物质燃烧反应释放出了热，加热了反应物本身，使其温度升高。如果物质燃烧放出的热完全用于加热燃烧产物，使产物温度升高。燃烧放出的热使产物升高的最高温度就是理论燃烧温度。计算空气与 CH_4 混合燃烧产生的最高温度。空气与 CH_4 混合燃烧的反应式如下：

$$CH_4 + 2O_2 + 8N_2 \longrightarrow CO_2 + 2H_2O + 8N_2 \tag{2-95}$$

反应式2-95中 N_2 是惰性气体在燃烧过程不会发生反应，燃烧过程的反应是 CH_4 与 O_2 发生反应。但是，在燃烧过程随着温度的升高惰性气体 N_2 存在一定的热容。设空气与 CH_4 混合燃烧产生的热完全用于加热产物，造成产物升高最高温度，由此可得到：

$$\Delta H_{298} + \Delta H_{升} = 0 \tag{2-96}$$

根据反应式2-95设空气与 CH_4 混合燃烧产生的热完全用于加热产物，造成产物升高

最高温度为 T_Y，起始温度 298 K，由此可得到燃烧产生的热量：

$$\Delta H_{升} = \int_{298}^{T_X} \sum C_P \mathrm{d}t$$

$$= \int_{298}^{T_X} (C_{PCO_2} + 2C_{PH_2O} + 8C_{PN_2}) \mathrm{d}T \quad (2-97)$$

根据表可查得空气与 CH_4 完全燃烧和不完全燃烧热力学数据。N_2 的 ΔH_{298} 为 0，C_P 为 29.092 J/（K · mol)。将查到的空气与 CH_4 完全燃烧和不完全燃烧热力学数据代入公式 2-97、式 2-61 得：

$$\Delta H_{升} = \int_{298}^{T_X} (37.093 + 2 \times 33.544 + 8 \times 29.092) \mathrm{d}t$$

$$= 336.917T_X - 100401.27 \text{ (J)}$$

$$\Delta H_{298} = -394 - 2 \times 241.59 + 74.74$$

$$= -801.38 \text{ (kJ)}$$

将 ΔH_{298} 和 $\Delta H_{升}$ 代入公式 2-96 得：

$$336.917T_X - 100401.27 - 801380 = 0$$

得：

$$T_X = 2676.57 \text{ (K)}$$

完全燃烧造成产物温度最高达到 2676.57 K = 2404.07℃。

空气与 CH_4 混合不完全燃烧释放出的热，使产物升高的最高温度就是不完全燃烧理论燃烧温度。空气与 CH_4 混合，空气中氧 O_2 的含量占 20%，其余为 N_2 气。空气与 CH_4 混合不完全燃烧反应式如下：

$$CH_4 + 1/2O_2 + 2N_2 \longrightarrow CO + 2H_2 + 2N_2 \quad (2-98)$$

根据反应式 2-98 设空气与 CH_4 混合燃烧产生的热完全用于加热产物，造成产物升高最高温度为 T_Y，起始温度 298℃，由此可得到空气与 CH_4 不完全燃烧产生的热量：

$$\Delta H_{升} = \int_{298}^{T_Y} \sum C_P \mathrm{d}t$$

$$= \int_{298}^{T_Y} (C_{PCO} + 2C_{PH_2} + 2C_{PN_2}) \mathrm{d}t \quad (2-99)$$

将查到的空气与 CH_4 完全燃烧和不完全燃烧热力学数据代入公式 2-99、式 2-61 得：

$$\Delta H_{升} = \int_{298}^{T_Y} (29.113 + 2 \times 28.808 + 2 \times 29.092) \mathrm{d}t$$

$$= 144.913T_Y - 43184.074 \text{ (J)}$$

$$\Delta H_{298} = -110.41 - (-74.776)$$

$$= -35.634 \text{ (kJ)}$$

将 ΔH_{298} 和 $\Delta H_{升}$ 代入公式 2-96 得：

$$144.913T_Y - 43184.074 - 35634 = 0$$

得：

$$T_Y = 543.9 \text{ (K)}$$

空气与 CH_4 完全燃烧产生的热量加热产物，不完全燃烧最高温度 543.9 K = 270.9℃。

从计算空气与 CH_4 完全燃烧和不完全燃烧反应可知，混合的空气保证 CH_4 完全燃烧产生的热量加热产物最高温度达到 2404.07℃；不完全燃烧产生的热量加热产物最高温度

270.9℃。在 CH_4 完全燃烧范围内空气与 CH_4 混合比例越大，也就是通入混合的空气越多放热反应占的比例也就越大。放热反应占的比例越大，燃烧释放产生的热量加热产物的温度高，也就是理论燃烧温度高。

B　空气与 CH_4 混合比的计算

通过对 CH_4 完全燃烧和不完全燃烧反应的燃烧温度的计算知道，空气与 CH_4 混合比决定了燃烧反应温度的高低。空气混合越多、占的比例越大，燃烧产生的热越大，产物温度升得越高。因此要得到需要的反应温度可根据空气和 CH_4 混合的比例进行调节。空气与 CH_4 混合完全燃烧和不完全燃烧的计算是两种极端情况下的理论燃烧温度。空气与 CH_4 混合，发生完全燃烧反应和不完全燃烧反应取决于空气与 CH_4 的混合比，两个极端反应混合比如下：

完全燃烧：　$CH_4 + 2O_2 + 8N_2 \longrightarrow CO_2 + 2H_2O + 8N_2$

空气：甲烷(混合比) = 10：1

不完全燃烧：　$CH_4 + 1/2O_2 + 2N_2 \longrightarrow CO + 2H_2 + 2N_2$

空气：甲烷(混合比) = 2.5：1

在空气中绝大部分是 N_2 和 O_2，一般可将 N_2 和 O_2 的体积比按 4：1 进行计算。在完全燃烧反应和不完全燃烧反应的计算中 N_2 和 O_2 的比例按照 4：1 确定。理想气体的状态方程 $PV = nPT$ 指出，在等温等压情况下，气体的体积和物质的量 n 成正比。因此两种理想气体体积之比等于物质的量之比。根据空气与 CH_4 完全燃烧和不完全燃烧得到的温度，应用空气与 CH_4 的混合比作直线得到图 2-12。图 2-12 是空气：CH_4 混合比和理论燃烧温度的关系。制备可控气氛过程，对反应罐的温度控制一般在 1223 ~ 1373 K（905 ~ 1100 ℃）范围。目前反应常用温度为 1323 K（1050℃）。从图 2-12 可以看到，温度为 1223 ~ 1373 K 范围的空气与 CH_4 的混合比为 4.79 ~ 5.51。如果空气与 CH_4 的混合比小于 4.79 ~ 5.51，反应的温度就不能够维持 1223 ~ 1373 K 的温度范围。对于目前常用的反应温度 1323 K，空气与 CH_4 的混合比如果小于 5.21 就不能维持 1323 K 的温度，只有靠外部供给热量保持可控气氛制备的温度，这就是制备“吸热式气氛”的情况。如果空气与 CH_4 的混合比大于 5.21，完全燃烧的混合比例偏大，就会产生更多的热量，温度就会升高。同时产物中就会产生较多的 CO_2 和 H_2O 等氧化成分，这正是“放热式气氛”制备情况。所以，图 2-12 中空气与 CH_4 混合比和理论燃烧温度的关系这条直线正是“吸热式气氛”和“放热式气氛”的分界线。空气与 CH_4 之比 5.21 则是维持反应温度 1323 K 的分界点。空气与 CH_4 的混合比低于分界线燃烧反应将是“吸热型”；空气与甲烷的混合比大于分界线反应是“放热型”。

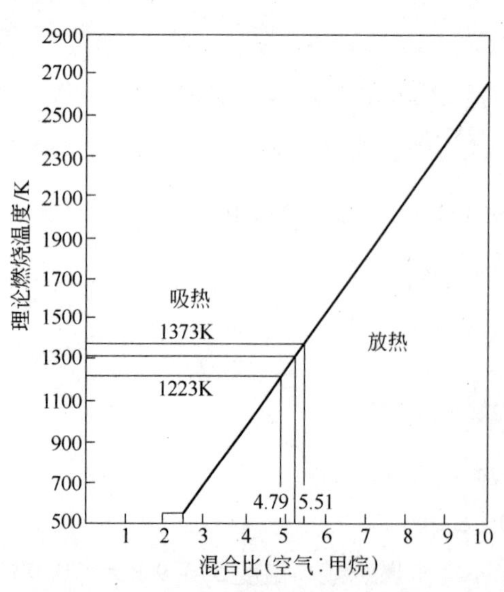

图 2-12　空气与甲烷混合比和理论燃烧温度的关系

应用 CH_4 制备可控气氛，要保证零件不发生氧化、脱碳现象，气氛中氧化、脱碳成分必须控制在一定氛围内。吸热式气氛能够保证达到零件热处理要求，制备气氛时空气与 CH_4 的混合比就不能够大于 4.79 ~5.51 范围。

2.2.1.5 空气与 C_3H_8 混合比计算

应用化学平衡原理同样可以计算空气与 C_3H_8 的混合比和燃烧温度的关系，以及空气与 C_3H_8 的混合比的反应类型（吸热型还是放热型）。空气与 C_3H_8 的燃烧反应如下所述。

完全燃烧反应：

$$C_3H_8 + 5O_2 + 20N_2 \longrightarrow 3CO_2 + 4H_2O + 20N_2 \tag{2-100}$$

不完全燃烧反应：

$$C_3H_8 + 1.5O_2 + 6N_2 \longrightarrow 3CO + 4H_2 + 6N_2 \tag{2-101}$$

根据反应式 2 - 100 所示的 C_3H_8 完全燃烧反应式，设空气与 C_3H_8 混合燃烧产生的热完全用于加热产物，造成产物升高最高温度为 T_Y，起始温度 298℃，由此可得到燃烧产生的热量公式：

$$\begin{aligned} \Delta H_{升} &= \int_{298}^{T_X} \sum C_P \mathrm{d}t \\ &= \int_{298}^{T_X} (3C_{PCO_2} + 4C_{PH_2O} + 20C_{PN_2})\,\mathrm{d}t \end{aligned} \tag{2-102}$$

根据反应式 2 - 100 从表查得空气与 C_3H_8 完全燃烧热力学数据：$\Delta H_{298} = -103.74$ kJ/mol，$C_P = 73.442$J/（K · mol）。将得到数据代入燃烧产生的热量公式 2 - 102、式 2 - 61，得燃烧产生的热量：

$$\begin{aligned} \Delta H_{升} &= \int_{298}^{T_X} (3 \times 37.903 + 4 \times 33.544 + 20 \times 28.808)\,\mathrm{d}t \\ &= 824.054 T_X - 245565.41\ (\mathrm{J}) \end{aligned}$$

$$\begin{aligned} \Delta H_{298} &= -3 \times 393.02 - 4 \times 241.59 + 103.74 \\ &= -2041.68\ (\mathrm{kJ}) \end{aligned}$$

根据空气与 C_3H_8 混合完全燃烧产生的热量求得完全燃烧最高理论温度：

$$\begin{aligned} T_X &= (2041680 + 245565.59)/824.054 \\ &= 2775.6\ (\mathrm{K}) \\ &= 2502.6\ (℃) \end{aligned}$$

根据空气与 C_3H_8 不完全燃烧反应式 2 - 101，设空气与 C_3H_8 混合燃烧产生的热完全用于加热产物，造成产物升高最高温度为 T_Y，由此可得到不完全燃烧产生热量公式：

$$\begin{aligned} \Delta H_{升} &= \int_{298}^{T_Y} \sum C_P \mathrm{d}T \\ &= \int_{298}^{T_Y} (3C_{PCO} + 4C_{PH_2} + 6C_{PN_2})\,\mathrm{d}T \end{aligned} \tag{2-103}$$

根据空气与 C_3H_8 不完全燃烧反应式 2 - 101 查表得到不完全燃烧热力学数据，代入公式 2 - 103、式 2 - 61 得不完全燃烧产生的热量：

$$\Delta H_{升} = \int_{298}^{T_Y} (3 \times 29.113 + 4 \times 28.808 + 6 \times 29.092)\,\mathrm{d}T$$

$$= 377.123T_Y - 112382.654\ (J)$$

$$\Delta H_{298} = -3 \times 110.41 - (-103.74)$$

$$= -227.49\ (kJ)$$

将 ΔH_{298} 和 $\Delta H_{升}$ 代入公式 2-96 得：

$$377.123T_Y - 112382.654 - 227490 = 0$$

得空气与 C_3H_8 混合不完全燃烧最高理论温度：

$$T_Y = 901.22\ (K)$$

$$= 628.22\ (℃)$$

从计算空气与 C_3H_8 完全燃烧和不完全燃烧反应可知，空气与 C_3H_8 混合比例和空气与 CH_4 混合燃烧一样，混合比越大，也就是混合的空气越多，放热反应占的比例也就越大。放热反应占的比例越大，理论燃烧温度越高。当然从计算也可以看到空气与 C_3H_8 混合燃烧温度比空气与 CH_4 混合燃烧的温度高，CH_4 完全燃烧最高温度 2676.57 K，C_3H_8 完全燃烧的温度为 2775.6 K；CH_4 不完全燃烧最高温度 534.9 K，C_3H_8 不完全燃烧温度为 901.22 K。C_3H_8 燃烧反应的发热值远大于 CH_4 燃烧的发热值。

根据热力学计算方法可得到空气与 C_3H_8 完全燃烧混合比为 25；空气与 C_3H_8 不完全燃烧混合比为 7.5。由此可得到空气与 C_3H_8 混合比与燃烧温度的关系。图 2-13 示出空气与 C_3H_8 混合燃烧温度的关系。

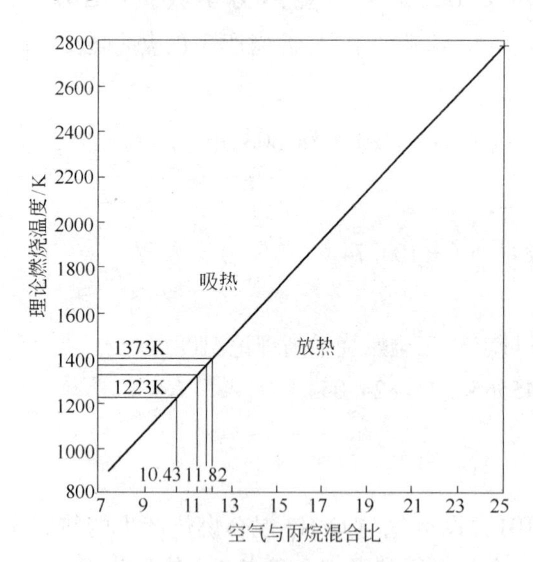

图 2-13　空气与丙烷混合比和理论燃烧温度的关系

制备可控气氛过程，对反应温度控制一般在 1223 ~ 1373 K（905 ~ 1100℃）温度范围。目前反应常用温度为 1323 K（1050℃）。从图 2-13 空气与 C_3H_8 的混合比和理论燃烧温度的关系可以看到，温度为 1223 ~ 1373 K 范围的空气与 C_3H_8 的混合比值为 10.43 ~ 11.82。如果空气与 C_3H_8 的混合比值小于 10.43 ~ 11.82，反应的温度就不能够维持 1223 ~ 1373 K 的温度范围。对于目前制备可控气氛常用温度 1323 K 的温度，空气与 C_3H_8 的混合比如果小于 11.39 就不能维持 1323 K 的温度，只有靠外部供给热量保持可控气氛制备的温度，这就是使用 C_3H_8 制备“吸热式气氛”。如果空气与 C_3H_8 的混合比大于 11.39，完全燃烧的混合比例偏大，就会产生更多的热量，温度就会升高。同时产物中就会产生较多的 CO_2 和 H_2O 等氧化成分，这正是“放热式气氛”。所以，图 2-13 空气与 C_3H_8 混合比和理论燃烧温度的关系这条直线是“吸热式气氛”和“放热式气氛”的分界线。空气与 C_3H_8 之比 11.39 则是维持反应温度 1323 K 的分界点。空气与 C_3H_8 混合比低于分界线燃烧反应将是“吸热式”；空气与丙烷的混合比大于分界线得燃烧反应是“放热式”反应。

可控气氛热处理要保证热处理过程不氧化、脱碳制备吸热式气氛，在 1323 K 温度情况下空气与CH_4的混合比要小于5.21；空气与C_3H_8的混合比要小于11.39。

2.2.2 炉内气氛反应方向的判别

在可控气氛热处理过程，应用化学热力学可以合理地选用可控气氛热处理过程气氛的组成。能够分析和判别炉内可控气氛发生反应的方向，并设计新的可控气氛成分热处理过程。应用化学热力学计算就不必依靠复杂费时的化学实验，减少化学热处理过程的盲目性。从而节省大量的人力、物力和财力。

2.2.2.1 预测可控气氛成分反应方向

零件在可控气氛热处理过程中，气氛成分对零件是否会造成氧化、脱碳是可控气氛热处理过程十分重要的问题。采用热力学计算化学反应的方向预测是否能够保证零件处理质量，可减少热处理过程的盲目性。当气氛成分发生变化时通过热力学计算也能够预测气氛对零件加热过程是氧化、还原还是脱碳、增碳。若等温等压条件下反应式为$mA+nB=pC+qD$，则平衡常数K_P为反应式的分压商，有：

$$K_P = (P_C{}^P \cdot P_D{}^q)/(P_A{}^M \cdot P_B{}^n) \tag{2-104}$$

公式2-104是在平衡状态下的平衡常数。但是当环境发生变化时，体系处于不平衡状态。此时非平衡状态体系自由焓变$\Delta Z \neq 0$，由此可得公式：

$$\Delta Z = \Delta Z_{298} + RT\ln Q_P \tag{2-105}$$

式中 Q_P——非平衡状态情况下系统的分压商。

在非平衡状态反应式$mA+nB=pC+qD$中的各种气体分压变为非平衡体系的分压P'_A、P'_B、P'_C、P'_D，由此得：

$$Q_P = (P'_C{}^P \cdot P'_D{}^q)/(P'_A{}^M \cdot P'_B{}^n) \tag{2-106}$$

因此得：

$$\begin{aligned}\Delta Z &= \Delta Z_{298} + RT\ln[(P'_C{}^P \cdot P'_D{}^q)/(P'_A{}^M \cdot P'_B{}^n)] \\ &= \Delta Z_{298} + RT\ln(Q_P/K_P)\end{aligned} \tag{2-107}$$

在进行系统化学方程式反应方向判断时，可以不计算出ΔZ的数值，只需对K_P和Q_P进行比较就可以判断在给定条件下反应的方向。因此：

$\Delta Z=0$时，$K_P=Q_P$，反应处于平衡状态；

$\Delta Z<0$时，$K_P>Q_P$，反应正向自发进行；

$\Delta Z>0$时，$K_P<Q_P$，反应逆向自发进行。

应引起注意的是K_P值是在平衡状态的一个常数，而Q_P值则是一个随气氛成分变化的值。Q_P的值可以通过测定气氛成分予以确定。在体系处于平衡状态情况下，也就是$K_P=Q_P$时，可以通过改变影响体系状态中的任意一因素改变体系的状态。例如改变体系的温度T，或压力P或者气氛成分的任意分压P_i等。使K_P与Q_P的值发生相应的变化，导致反应向着需要的方向进行。这样可以很好地控制可控气氛的气体反应方向，确保热处理按照要求进行。同时也可以通过计算体系气氛化学反应等温状态情况下自由焓的变化，从自由焓变化值的大小和正负，判断在改变条件情况下气氛化学反应的方向和限度。

A 反应方向的判断

零件在可控气氛炉中进行热处理，气氛中含有一定量的CO_2气体，那么零件在气氛中能否被氧化？可根据热力学计算进行确定。零件被氧化的反应式如下：

$$Fe + CO_2 + N_2 \rightleftharpoons FeO + CO + N_2 \tag{2-108}$$

当温度为 1123 K（850℃）时反应式 2 - 108 的平衡常数查表为 $K_P = P_{CO}/P_{CO_2} = 2.07$ 。零件在应用 CH_4 制备的放热式气氛中进行加热，气氛中 CO 含量为 9.90%；CO_2 的含量为 4.93%；其余为 N_2。零件在此气氛中进行加热是否被氧化？当气氛成分发生变化后，气氛中 CO 含量为 13.8%；CO_2 的含量为 6.3%；其余为 N_2。在变化后的可控气氛中进行热处理，零件是否被氧化？

已知 $K_P = 2.07$ 和零件加热气氛成分，得：

$$Q_P = w(CO)/w(CO_2) = 9.90\%/4.93\% = 2.008$$

$$\Delta Z = RT\ln(2.008 \div 2.07)$$

$$= -290.24(kJ/(K \cdot mol))$$

式中　R——气体常数，8.314J/(K · mol)；

T——温度，K。

该气氛在 1123 K（850℃）对零件进行热处理，由于 $Q_P = 2.008 < K_P = 2.07$；$\Delta Z < 0$。反应正向进行，在该气氛中加热有轻微氧化。当气氛成分发生变化后得：

$$Q_P = 13.8\% \div 6.3\% = 2.19$$

$$\Delta Z = RT\ln(2.19 \div 2.07)$$

$$= 537.85\ (kJ/(K \cdot mol))$$

气氛发生改变以后，在 850℃对零件进行热处理。由于 $Q_P = 2.19 > K_P = 2.07$；$\Delta Z > 0$。反应逆向进行，在该气氛中加热不会发生氧化反应。

B　渗碳能力判断

可控气氛热处理过程应用吸热式气氛，要保证零件在加热过程不会发生氧化现象。对于一些零件热处理要求不仅不发生氧化，而且保证不会发生增碳和脱碳现象。在热处理过程中不发生增碳、脱碳情况下，可以应用平衡常数 K_P 和非平衡状态情况下系统的分压商 Q_P 以及非平衡状态情况下自由焓变 ΔZ 进行判断。同时也可以通过平衡常数 K_P 值和自由焓变值 ΔZ 了解气氛渗碳能力的大小。在可控气氛中 CO 和 CH_4 是渗碳性气氛，通过对 CH_4 和 CO 在不同温度平衡状态下的裂解情况可以进一步了解 CH_4 和 CO 的性质。在渗碳过程中 CO 和 CH_4 哪一种气体渗碳能力强，通过对 CO 和 CH_4 的热力学数据的计算能够对其渗碳能力得到进一步了解。CH_4 和 CO 的渗碳反应如下：

$$CH_4 \rightleftharpoons [C] + 2H_2 \tag{2-109}$$

$$2CO \rightleftharpoons [C] + CO_2 \tag{2-110}$$

式中　[C]——在渗碳情况下产生的活性碳。

在等温等压情况下自由焓变 ΔZ 为：

$$\Delta Z = \Delta H - T\Delta S \tag{2-111}$$

查表得 CH_4 和 CO 渗碳反应的热力学数据求得 $C_{PCH_4} = 23.617 + 47.812 \times 10^{-3}T$，J/(K · mol)，$\Delta H_{298CH_4} = -74.776$，kJ/mol；$C_{P[C]} = 17.138 + 4.264 \times 10^{-3}T$，J/（K · mol），$\Delta H_{298[C]} = 0$；$C_{PH_2} = 27.254 + 3.26 \times 10^{-3}T$，J/（K · mol），$\Delta H_{298H_2} = 0$；$C_{PCO} = 26.501 +$

$7.691\times10^{-3}T$, J/(K · mol), $\Delta H_{298CO}=-110.41$, kJ/mol; $C_{PCO_2}=28.633+35.655\times10^{-3}T$, J/(K · mol), $\Delta H_{298CO_2}=-393.02$, kJ/ mol，代入公式求解 ΔC_P、ΔH_{298}得：

$$\Delta C_{PCH}=(C_{P[C]}+2C_{PH_2})-C_{PCH_4}$$

$$=48.027-37.037\times10^{-3}T\ (J/(K\cdot mol)) \tag{2-112}$$

$$\Delta C_{PCO}=(C_{P[C]}+C_{PCO_2})-2C_{PCO}$$

$$=-7.231+24.537\times10^{-3}T\ (J/(K\cdot mol)) \tag{2-113}$$

$$\Delta H_{298CH}=74.776\ (kJ/mol)$$

$$\Delta H_{298CO}=-172.2\ (kJ/mol)$$

根据热力学原理，化学反应式2-109、式2-110有：

$$\Delta S_{298}=\sum S_{产}-\sum S_{反} \tag{2-114}$$

查表得 CH_4 热力学数据甲烷 $S_{CH_4}=186.01$ J/(K · mol)，碳 $S_C=5.688$ J/(K · mol)，氢 $S_{H_2}=130.46$ J/(K · mol)，代入公式2-114得：

$$\Delta S_{298CH_4}=5.688+2\times130.46-186.01$$

$$=80.593\ (J/(K\cdot mol))$$

查表得 CO 热力学数据一氧化碳 $S_{CO}=197.71$ J/(K · mol)，碳 $S_C=5.688$ J/(K · mol)，二氧化碳 $S_{CO_2}=213.43$ J/(K · mol)，代入公式2-114得：

$$\Delta S_{298CO}=5.688+213.43-2\times197.71$$

$$=-176.302\ (J/(K\cdot mol))$$

由 ΔH_{298}和 ΔS_{298}计算得 ΔZ_{298}为：

$$\Delta Z_{298CH_4}=\Delta H_{298}-298\times\Delta S_{298CH_4}$$

$$=74776-298\times80.593$$

$$=50749.286\ (J/mol)$$

$$\Delta Z_{298CO}=-172.2-298\times\Delta S_{298CO}$$

$$=-172.2-298\times(-176.302)$$

$$=52365.796\ (J/mol)$$

根据热力学平衡原理以及标准状态可得反应热 ΔH_T 和熵 ΔS_T 与温度 T 的函数关系有：

$$\Delta H_{TCH_4}=\Delta H_{298CH_4}+\int_{298}^{T}\Delta C_{PCH_4}dT$$

$$=74776+\int_{298}^{T}(48.027-37.037\times10^{-3}T)dT$$

$$=74776+48.027\times(T-298)-18.518\times10^{-3}\times(T^2-298^2)$$

$$\Delta S_{TCH_4}=\Delta S_{298}+\int_{298}^{T}\Delta C_{PCH_4}/TdT$$

$$=80.593+\int_{298}^{T}(48.027-37.037\times10^{-3}T)/TdT$$

$$=80.593+48.027\ln(T/298)-37.037\times10^{-3}(T-298)$$

$$\Delta H_{T\mathrm{CO}} = \Delta H_{298\mathrm{CO}} + \int_{298}^{T} \Delta C_{P\mathrm{CO}} \mathrm{d}T$$

$$= -172200 + \int_{298}^{T} (-7.231 + 24.537 \times 10^{-3} T)$$

$$= -172200 - 7.231 \times (T - 298) + 12.287 \times 10^{-3} \times (T^2 - 298^2)$$

$$\Delta S_{T\mathrm{CO}} = \Delta S_{298} + \int_{298}^{T} \Delta C_{P\mathrm{CO}} / T \mathrm{d}T$$

$$= -176.302 + \int_{298}^{T} (-7.231 + 24.537 \times 10^{-3} T)/T\mathrm{d}t$$

$$= -176.302 - 7.231 \ln(T/298) + 24.573 \times 10^{-3} (T - 298)$$

当温度 T 在 1200 K（927℃）时 CH_4 和 CO 的热效应和熵，将温度代入 ΔH_T 和 ΔS_T 得：

$$\Delta H_{T\mathrm{CH}_4} = 74776 + 48.027 \times (1200 - 298) - 18.518 \times 10^{-3} \times (1200^2 - 298^2)$$

$$= 93074.906\ (\mathrm{J})$$

$$\Delta H_{T\mathrm{CO}} = -172200 - 7.231 \times (1200 - 298) + 12.287 \times 10^{-3} \times (1200^2 - 298^2)$$

$$= -162120.217\ (\mathrm{J})$$

$$\Delta S_{T\mathrm{CH}_4} = 80.593 + 48.027 \ln(1200/298) - 37.037 \times 10^{-3} (1200 - 298)$$

$$= 114.087\ (\mathrm{J/(K \cdot mol)})$$

$$\Delta S_{T\mathrm{CO}} = -176.302 - 7.231 \ln(1200/298) + 24.573 \times 10^{-3} (1200 - 298)$$

$$= -164.21\ (\mathrm{J/(K \cdot mol)})$$

根据化学平衡原理在渗碳温度 1200 K（927℃）情况下得到的 ΔH_T 和 ΔS_T 代入在等温状态下的自由焓增量得：

$$\Delta Z_{\mathrm{CH}_4} = 93074.906 - 114.087 \times T$$

$$= 93074.906 - 114.087 \times 1200$$

$$= -43821.494\ (\mathrm{J/mol})$$

$$\Delta Z_{\mathrm{CO}} = -162120.217 + 164.21 \times T$$

$$= -162120.217 + 164.21 \times 1200$$

$$= 34931.783\ (\mathrm{J/mol})$$

当温度在 1200 K（927℃）时，$\Delta Z_{\mathrm{CH}_4} = -43821.494\ \mathrm{J/mol} < 0$，反应式 2 - 109 中 CH_4 的反应正向进行有利于 CH_4 的裂解过程。温度在 1200 K 时 $\Delta Z_{\mathrm{CO}} = 34931.783\ \mathrm{J/mol} > 0$，反应式 2 - 110 中 CO 的反应逆向进行，不利于 CO 的裂解。高温状态下 CO 的稳定性增加，CH_4 不稳定性增加，温度越高越有利于 CH_4 的裂解。在反应式 2 - 109 体系情况下，当温度在 1273 K（1000℃）时 H_2 含量几乎达到 100%，而 CH_4 的含量极微，这就是制备可控气氛温度要选用 1273 K 左右的热力学根据。在温度 1273 K 时，反应式 2 - 110 体系中，反应逆向进行利于脱碳，不利于渗碳，这就是通常认为 CO 是弱渗碳剂的热力学原因。反应式 2 - 109 体系中，温度越高越有利于渗碳，所以在渗碳温度下 CH_4 是强渗碳剂。可控气氛热处理过程气氛中 CH_4 的量控制在 1% 以下，否则 CH_4 裂解太强使碳势无法控制。

应用热力学平衡原理可以计算 CH_4 和 CO 开始裂解的温度。当反应式 2-109 处于平衡状态时，$\Delta Z=0$，此时有：

$$0=\Delta H_{298}-T\Delta S_{298}$$

$$T=74776/80.593$$

$$=927.8\ (K)$$

CH_4 裂解温度为 927.8 K（654.8℃）。CH_4 在高于 927.8 K 温度以上就开始裂解，温度越高越有利于 CH_4 的裂解反应。

反应式 2-110 中 CO 的渗碳反应，根据热力学平衡关系，有自由能变公式：

$$\Delta Z_T=-172200+176.302T$$

根据 ΔZ_T 公式可以求得 CO 开始分解的温度，当反应式 2-110 体系处于平衡状态时，$\Delta Z_T=0$ 时有：

$$-172200+176.302T=0$$

$$T=(-172200)/(-176.302)$$

$$=976.7\ (K)$$

$$=703.7\ (℃)$$

在平衡状态 CO 的裂解温度为 976.7 K（703.7℃）。当温度升高 CO 的稳定性增加，不利于 CO 的裂解反应。反应式 2-110 反应正向进行，$\Delta Z_T<0$ 得：

$$-172200+176.302T<0$$

$$T<976.7\ (K)$$

只有当温度低于 976.7 K 时 CO 的反应正向进行，CO 裂解。温度升高 CO 的稳定性增加，不利于 CO 的分解。当温度在 976.7～673 K 范围时 CO 会迅速分解产生大量炭黑。因此制备可控气氛时要迅速冷却到 673 K 以下温度，防止 CO 的逆反应，防止炭黑产生阻塞管道和改变气氛成分。

从以上对反应式 2-109 CH_4 的渗碳反应和反应式 2-110 CO 渗碳反应的计算，温度越高越有利于 CH_4 的分解反应，不利于 CO 的分解反应。CH_4 和 CO 分解出来的单原子［C］是非常活泼的，只能瞬间存在。当分解产生的单原子气体［C］不能马上被 γ-Fe 所吸收，则会很快转变为炭黑或和其他物质结合生成新的化合物。同时也可以看到在渗碳温度 1200 K 时，CO 的稳定性增加，CH_4 的稳定性减弱。说明 CO 在渗碳温度下产生活性［C］的能力低于 CH_4，从热力学的分析，在渗碳温度 CH_4 的渗碳趋势大于 CO。

2.2.3 可控气氛的化学平衡

化学平衡原理可以比较各种物质化学反应的难易程度。可以根据化学平衡原理预测环境发生变化时化学反应进行的方向。当温度升高或者温度降低时化学反应进行的方向，在渗碳过程中对于不同成分的可控气氛气体对钢的作用也不一样。同样的钢种温度在 1200 K，气氛中 CO_2 含量一定情况下进行渗碳，当 CO_2 含量增加时就有可能发生脱碳反应。在一定气氛情况下可能会发生氧化反应，也有可能会发生还原反应。通过对可控气氛的化学平衡关系的分析能够避免不必要的氧化和脱碳现象。

2.2.3.1　碳势图

应用热力学化学平衡原理可以比较各种合金元素与碳的亲和力。根据对各种元素的亲和力能够判断在可控气氛情况下进行热处理过程气氛中 CO 和 CH_4 对钢材的渗碳作用情况。也能够判断 CO_2、H_2O 以及 H_2 对钢材的脱碳还原情况。在可控气氛热处理过程中，渗碳、脱碳反应有反应式 2-109 和式 2-110 两个反应。从反应式 2-109 和式 2-110 分解出的活性碳原子［C］和物质 M（各种合金元素）发生化合反应，反应如下：

$$nM + [C] \rightleftharpoons nMC \tag{2-115}$$

式中　n——元素的物质的量；

［C］——活性炭原子；

MC——物质碳化组成。

根据反应式 2-115 得平衡常数：

$$K = 1/[C]_R \tag{2-116}$$

式中　$[C]_R$——溶解状态碳质量分数。

各种合金元素都是固体状态也就不能使用气体分压的方式表示各种物质的平衡常数。在固体状态可以应用各种成分的质量分数表示平衡常数。由此反应物和产物都不是气体，而碳原子是溶解状态，因此使用质量分数表示平衡常数。将平衡常数 K 代入 $\Delta Z = -RT\ln K_P$得：

$$\Delta Z = -RT\ln K \tag{2-117}$$

$$\Delta Z = RT\ln[C] \tag{2-118}$$

根据公式 2-117、式 2-118，［C］是各种元素在温度 T 时的气氛平衡碳势。ΔZ 是元素碳势与气氛平衡时的标准等压自由能变。以 ΔZ（即 $RT\ln$［C］）为纵坐标，温度 T 为横坐标作图，将各种元素碳化物的反应平衡曲线绘于图中得“碳势图”。图 2-14 为部分元素的碳势图。根据图 2-14 可以求得元素在一定温度下的碳势情况。图 2-14 碳势图中示出［C］$+CO_2 \rightleftharpoons CO$、$CH_4 \rightleftharpoons$［C］$+2H_2$ 的自由能变 ΔZ。随温度升高 $CH_4 \rightleftharpoons$［C］$+2H_2$ 标准自由能变 ΔZ 随之升高。也就是说随着温度的升高 CH_4 也就越容易发生裂解，裂解成为［C］和 H_2；温度越低，$CH_4 \rightleftharpoons$［C］$+2H_2$ 的自由能变也就越低，裂解的趋势就越是减弱。当温度为 550℃时，ΔZ 为 0，$CH_4 \rightleftharpoons$［C］$+2H_2$ 处于平衡状态；当温度低于 550℃，ΔZ 小于 0，CH_4 就不会裂解成［C］和 H_2。从图 2-17 碳势图中可知温度越高越有利于 CH_4 的裂解，温度越低越不利于 CH_4 的裂解。因此使用 CH_4 作为裂解气应使用较高温度。

从图 2-17 碳势图中还能够看到 $2CO \rightleftharpoons CO_2 +$［C］在不同温度情况下的自由焓变 ΔZ 的变化情况。从图 2-17 可以看出 CO 在不同温度情况下的碳势。例如，当温度在 900℃时 CO 的碳势：从 900℃引垂线交于 $CO \rightleftharpoons CO_2 +$［C］曲线，对应的纵坐标为 $\Delta Z^{\ominus} = 1.67$，$\Delta Z = 6.9$ kJ/mol。这就是 CO 的碳势，或 CO 的标准状态下的自由焓变增量。当温度在 600℃时引垂线交于 $CO \rightleftharpoons CO_2 +$［C］曲线，对应纵坐标为 $\Delta Z^{\ominus} = 2.2$ 左右，$\Delta Z = 9.19$ kJ/mol。这是 CO 在温度为 600℃时的碳势，以及在标准状态下的自由焓变。从图 2-17 中 CO 的碳势情况可以知道，$CO \rightleftharpoons CO_2 +$［C］的自由焓变随温度的升高而降低。温度越高越不利于 CO 分解成 $CO_2 +$［C］的反应。

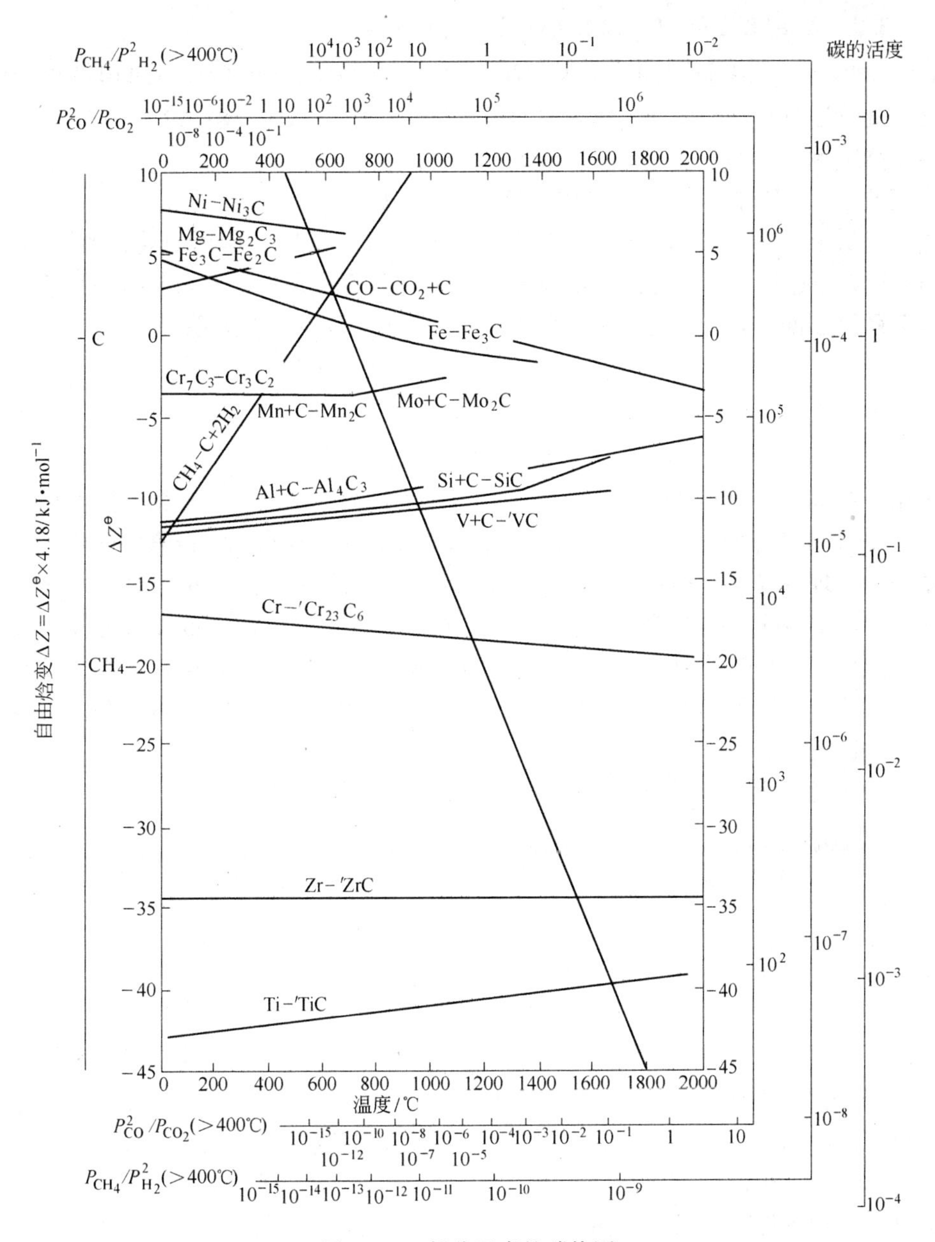

图 2-14 部分元素的碳势图

温度降低有利于 CO 向 CO_2 + [C] 的分解反应。根据自由焓变 ΔZ 判断化学反应方程式的平衡反应结果为，当 $\Delta Z<0$ 时，则 $K_P>Q_P$ 化学反应方程式进行正向反应；当 $\Delta Z>0$ 时，$K_P<Q_P$ 化学反应方程式进行逆反应。而 CO $\rightleftharpoons$ CO_2 + [C] 的反应随温度的降低 ΔZ 增加，说明温度降低前的化学反应方程式的平衡常数 K_P 值，比温度降低后化学反应方程式的平衡常数降低；由此说明温度降低不利于 CO 的分解反应，只利于 CO_2 与 [C] 的化合反应。

利用图 2-17 部分元素的碳势图还可以求解部分元素的气相的平衡分压。同时能够根据图 2-17 比较碳化物的稳定性以及各种物质的碳化难易程度。

2.2.3.2 铁氧化物和 CO_2 以及 CO 的平衡关系

铁被氧化有三种氧化物，FeO、Fe_3O_4、Fe_2O_3，铁被氧化时按化合价由低价到高价逐级氧化。进行还原时，按化合价由高价到低价逐级还原。氧化—还原的过程如下：

温度高于 570℃时： $Fe \rightleftharpoons FeO \rightleftharpoons Fe_3O_4 \rightleftharpoons Fe_2O_3$

温度低于 570℃时： $Fe \rightleftharpoons Fe_3O_4 \rightleftharpoons Fe_2O_3$

当温度低于 570℃时，FeO 极不稳定，要发生分解反应，所以氧化还原反应不经过 FeO 的氧化还原过程，而是直接氧化为 Fe_3O_4 和直接还原成 Fe。在可控气氛中 CO 和 CO_2 的平衡关系可根据计算气氛的平衡常数确定与 Fe_3O_4、Fe_2O_3 的关系。

$$3Fe_3O_4 + CO \rightleftharpoons Fe_2O_3 + CO_2 \tag{2-119}$$

根据反应式 2-119 得平衡常数：

$$K_P = P_{CO_2}/P_{CO} \tag{2-120}$$

根据反应式 2-119 所得到的平衡常数，根据不同温度情况下的平衡常数就可以判断反应式 2-119 反应的方向。也就是可以通过平衡常数的计算判断元素被氧化的难易程度。应用化学平衡原理可以比较各种氧化反应的难易程度。在各种加热气氛中对金属热处理过程是否造成金属的氧化是热处理过程中非常重要的问题。应用可控气氛加热过程对被加热零件的保护效果如何是热处理保护气氛应进行研究的问题。通过对元素氧化物形成的标准自由能图的讨论，了解元素氧化的难易程度。图 2-15 示出氧化物形成的标准自由能图，即所谓的氧势图。

若用 M 代表某种被氧化的元素，该元素与氧发生的反应如下：

$$M + O_2 \rightleftharpoons MO_2 \tag{2-121}$$

假设元素 M 和其氧化物 MO_2 代表的物质是纯固体。根据反应式 2-121 则有：

$$K_P = 1/P_{O_2} \tag{2-122}$$

因为标准自由能变 $\Delta Z = -RT\ln K_P$，由公式 2-122 可得到：

$$\Delta Z = RT\ln P_{O_2} \tag{2-123}$$

公式 2-123 中 P_{O_2} 很显然是氧化物 MO_2，在温度 T 时平衡气氛相中氧的平衡分压。而 ΔZ 则是在温度 T 时氧化反应平衡时的标准等压自由能变化，被称为“氧势”。将各种物质氧化反应的“氧势”作纵坐标，温度作横坐标，作曲线得物质氧化物形成的标准自由能图即“氧势图”，如图 2-15 所示。

通常热处理零件主要以各种钢材为主，通过氧势图可以了解到铁氧化情况。铁被氧化生成 Fe_3O_4 的氧化反应如下：

$$3/2Fe + O_2 = 1/2Fe_3O_4 \tag{2-124}$$

根据反应式 2-123 可以在图 2-15 氧势图中求出反应式 2-123 在一定温度范围内的氧势。求温度为 900℃时反应式 2-123 处于平衡状态情况下的氧势。从温度 900℃引垂线交于反应式 2-123 的氧势曲线相交点，该相交点对应的纵坐标读数为 $\Delta Z^{\ominus} = -80$ kJ/mol，$\Delta Z = -334.4$ kJ/mol。$\Delta Z = -334.4$ kJ/mol 是铁与氧反应生成 Fe_3O_4 在 900℃时的氧势，或反应式 2-123 在温度 900℃时标准等压自由能增量。

由图 2-15 氧化物形成的标准自由能图同时也能够得到 Fe_3O_4 平衡分压 P_{O_2}（称为 Fe_3O_4 的“分解压力”）。求在 900℃温度时 Fe_3O_4 的分解压力 P_{O_2} 的值。从温度 900℃引

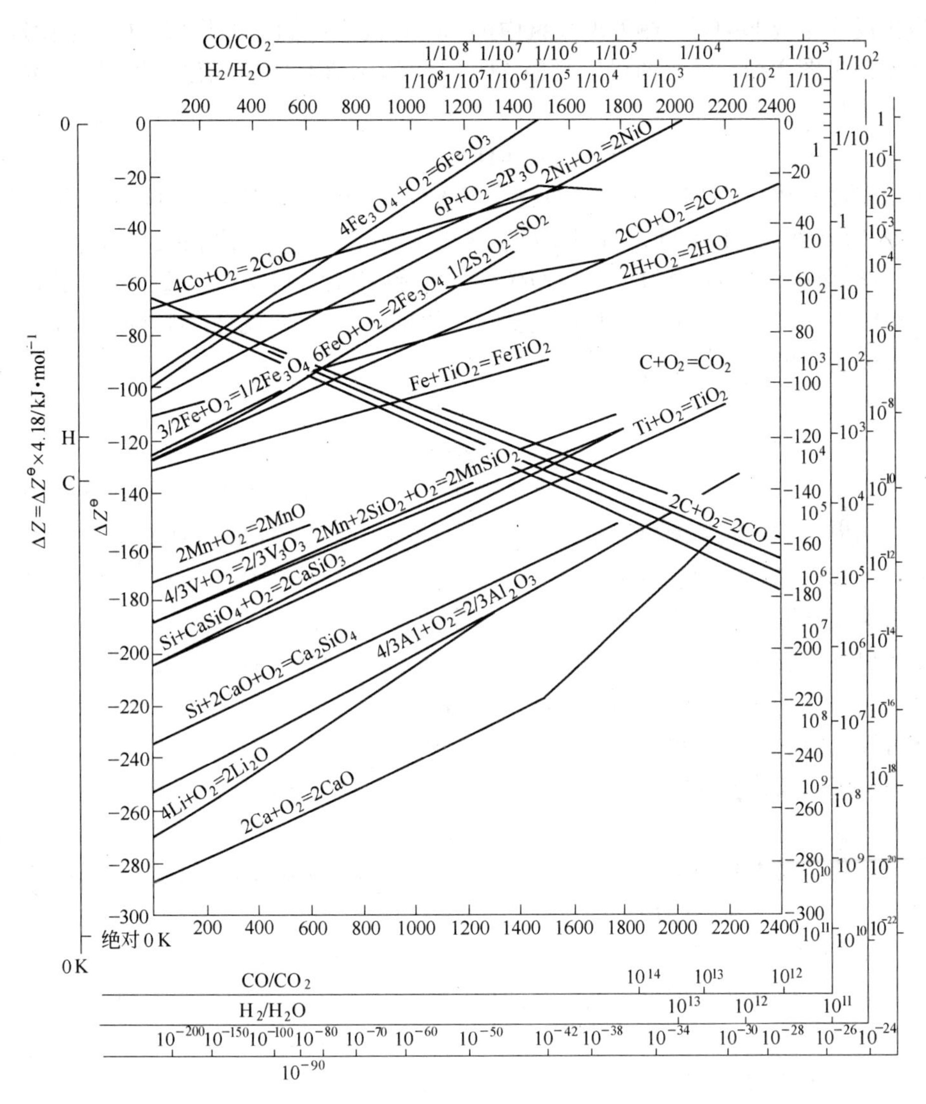

图 2-15 氧化物形成的标准自由能图（氧势图）

垂线交于反应式 2-123 的氧势曲线相交点，由相交点引线交于绝对温度线（纵轴线左边）“O”点。将“O”点与相交点直线延长到右边和 P_{O_2} 坐标线相交，得 $P_{O_2}=4\times10^{-14}$ 大气压。也就是说 Fe_3O_4 的分解压力为 4×10^{-14} 大气压。

在热处理过程气氛中存在少量的氧就会与铁发生反应，从而被氧化生成 Fe_3O_4，但是当气氛中存在一定量的氢的情况下就会对 Fe_3O_4 起到还原作用。其反应如下：

$$Fe_3O_4 + 4H_2 = 3Fe + 4H_2O \qquad (2-125)$$

若求在温度 900℃时 Fe_3O_4 被 H_2 还原 H_2/H_2O 的比值。从温度 900℃引垂线交于反应式 2-125 的氧势曲线相交点，由相交点引线交于绝对温度线（纵轴线左边）“*H*”点。将“*H*”点与相交点直线延长到右边和 H_2/H_2O 坐标线相交，得交点读数 1/6。也就是说当温度在 900℃时，铁在热处理气氛中 H_2 与 H_2O 的比值在 1∶6 就会产生 Fe_3O_4 的还原反应。

热处理过程气氛中的 O_2 与铁发生反应生成 Fe_3O_4，同样热处理气氛中存在 CO_2 也与

铁要发生反应生成 Fe_3O_4。热处理气氛中的 CO 对铁将起到还原作用，CO 与 CO_2 的还原氧化作用通过图 2 - 15 氧势图可以判断 CO/CO_2 的比值对还原氧化的情况。CO 与 Fe_3O_4 的还原反应如下：

$$Fe_3O_4 + 4CO = 3Fe + 4CO_2 \qquad (2-126)$$

若求温度在 900℃时 Fe_3O_4 被 CO 还原 CO/CO_2 的比值。从温度 900℃引垂线交于反应式 2 - 126 的氧势曲线相交点，由相交点引线交于绝对温度线（纵轴线左边）“C” 点。将 “C” 点与相交点直线延长到右边和 CO/CO_2 坐标线相交，得交点读数 1/6。也就是说当温度在 900℃时，铁在热处理气氛中 CO 与 CO_2 的比值为 1 ∶ 6 就会产生 Fe_3O_4 的还原反应，Fe_3O_4 将被还原生成铁与 CO_2。

根据熵增原理：

$$[\sigma(\Delta Z)/At]_p = -\Delta S \qquad (2-127)$$

公式 2 - 127 中 $[\sigma(\Delta Z)/At]_p$ 是氧势的斜率，说明氧化物的氧势的斜率等于 $-\Delta S$，为负值。从图 2 - 15 氧势图可以看出，除碳反应氧化生成 CO 的反应之外，其他氧化物的反应的（$-\Delta S$）都是正值。其他氧化物的氧势直线都是向上斜，也就是随着温度 T 的升高，自由能变化的增量 ΔZ 也随之增高。也就是说随着温度 T 的升高，氧化物更加不稳定，物质更容易发生氧化反应。这也就是温度越高各种物质越容易发生氧化的原因。ΔZ 负值越大，氧化物的稳定性越高。因此，$-\Delta Z$ 是各种化合物稳定性大小的标尺。

在可控气氛热处理过程要求解决可控气氛热处理过程化学反应的方向性、自发性、反应进行的限度以及化学反应过程做的功、化学反应的速度和反应的机理问题。但是，应用化学热力学能够在可控气氛热处理中解决气氛反应的方向性和自发性以及化学反应的限度问题。对于化学动力学则解决可控气氛热处理过程的反应速度以及化学反应的机理问题。化学热力学在可控气氛热处理过程所起的作用有以下几点：

（1）应用化学热力学可以分析合理地选用使用介质和介质的成分组合。也就是应用化学热力学原理有根据地选用可控气氛热处理过程的渗剂、催渗剂、裂解剂、洁净剂。同时应用化学热力学预计可控气氛热处理过程可能发生的化学反应，化学反应后可能得到的气体成分。同时预计化学反应能否按照要求顺利进行。

（2）化学热力学是建立在能量观点来研究化学反应的可能性和体系的平衡性。对于可控气氛热处理过程要保证化学反应向着要求的方向进行反应，并且在一定的条件下建立起一定的平衡条件。通过化学热力学的计算，根据可控气氛热处理过程化学反应的特定条件建立平衡条件，确定指定条件下可控气氛化学反应的方向和限度。这样能够准确地控制可控气氛热处理过程化学反应。

（3）在实际应用可控气氛热处理生产过程，根据得到的可控气氛热处理状态条件，应用化学热力学计算可以预计可能发生的问题。通过得到数据进行可控气氛的调整，使热处理过程能够达到对零件进行可控气氛热处理的要求。

（4）在很多状态下可以应用化学热力学判断渗剂、裂解剂所进行的反应和限度。减少试验过程的盲目性。为可控气氛热处理的新工艺设计提供理论依据。

2.3　化学热处理反应速度

热力学是可控气氛热处理的基础，应用热力学能够解决气氛反应的方向以及气氛反应进行的可能性。应用热力学只能够从体系开始变化的状态（始态）和变化到最后可能达到的状态（末态）的热力学性质来判断过程进行的可能性，而不考虑体系变化所经历程（即过程机理）和速率。通过热力学可以知道在可控气氛控制条件下化学反应的方向，也就是在等温、等压、平衡气氛成分的条件下进行零件热处理是会发生氧化反应还是还原反应，发生渗碳反应还是脱碳反应，就是气氛化学反应的限度。应用热力学不能解决化学反应进行的时间，反应进行的速度以及化学反应过程的机理。动力学则不但考虑体系的始态和末态，还要进行过程速率的研究，重点研究化学反应速率因素，讨论物质化学反应的机理。热力学判据断定不能进行的化学反应，则动力学也不必进行研究讨论。对于热力学认为可能进行的化学反应，则应该进行化学动力学的研究讨论。因为热力学的研究确定反应的可能性，不能预见反应的速率，应用动力学研究讨论就能够预见化学反应的速率。如果应用动力学研究化学反应的速率很小，则这种化学反应只有热力学的“可能性”而没有动力学的“现实性”。应用化学动力学就可知道化学反应的速度以及各种因素对化学反应速度的影响和推测反应机理。应用化学动力学就能够解决可控气氛热处理过程化学反应的实质性问题。在可控气氛热处理过程进行渗碳处理从热力学角度进行分析，渗碳的基本反应如下：

$$CH_4 \longrightarrow C + 2H_2 \qquad (2-128)$$

$$2CO \longrightarrow C + CO_2 \qquad (2-129)$$

反应式 2-128、式 2-129 根据热力学分析，随着温度的升高有利于 CH_4 的裂解反应，而不利于 CO 的裂解反应。也就是在高温状态 CH_4 的裂解反应趋势大于 CO 的裂解趋势，温度越高越不利于 CO 的分解反应，CO 的稳定性增加。从动力学角度进行分析，虽然 CO 在高温状态下直接裂解反应的速度小于 CH_4；但是，当存在铁的活化表面时，其通过阻力小的中间过程使 CO 裂解速度增大。在铁的活化表面的催化作用下，CO 裂解的速度远大于 CH_4。应用热力学知道温度越高 CH_4 的裂解趋势越大，而 CO 的裂解趋势越小。因此，热力学应用解决化学反应的方向问题，要解决化学反应的速度与反应机理要应用化学动力学进行解决。化学动力学就是主要研究化学反应过程化学反应的速度问题以及各种因素对反应速度的影响和推测化学反应的机理。动力学的研究是考虑化学反应的机理。反应机理从宏观上讲，是化学反应过程具体有哪些单元步骤，将其中某单元步骤称为基元反应。在原子反应过程相互碰撞就直接进行反应称之为基元反应。若反应要经过若干步骤反应才能完成，称为非基元反应。从微观上讲，反应机理历程和物质结构、化学键密切相关，因此一个化学反应不能单纯从反应方程式进行判断。微观反应动力学从原子分子微观层次结构研究分子反应动力学，又称为分子反应动态学。反应涉及到分子间相互作用又涉及到分子间相互碰撞，因此是研究基元反应的微观基础。化学热力学与化学动力学之间相互补充，既解决化学反应过程能否进行，又解决了反应速度的问题，回答了反应机理。

在化学反应进行过程，反应分子之间首先相互碰撞。如果反应分子之间在相互作用或碰撞时一步就能直接转化为生成物，则这种反应称为“基元反应”，也称“简单反应”；若反应物要经过若干步，即若干基元反应才能转化为生成物的反应称为“非基元反应”，亦称“复杂反应”。但是应注意不能把简单反应的规律看作只适用于基元反应。在化学反应过程化学反应式不能代表反应机理。

动力学研究化学反应过程的反应机理以及限制性环节往往受到外界条件的影响而发生变化。当外界环境发生改变如温度 T、压力 P 变化，加入催化剂或表面活化物，改变体系中流动速度以及光、声、电、磁场等的作用都有可能对化学反应的机理产生影响。应用化学动力学要定量地解决化学反应的机理和反应速率是很困难的事情。因此动力学比热力学的研究更复杂困难。

2.3.1　可控气氛化学反应速度

可控气氛的化学反应随着反应的进行，总是向着反应物的量不断减少和生成物的量不断增加的方向进行。气氛的浓度直接影响气氛的反应过程。在可控气氛渗碳过程中，体系的总体积是不会发生变化的。因此可控气氛的化学反应的速度和反应物的浓度成正比。可控气氛热处理过程气体成分发生变化，必然表现为某一组分的物理量发生了变化，这个物理量的变化随着时间的变化率就是可控气氛化学反应的速度。可控气氛化学反应过程总是反应气体组分的量在不断地减少，生成气体组分的量在不断地增加。在体系中发生化学反应，其气氛的成分组成在改变，若以物质的量来表示，则各种气体组分的物质的量随时间变化率即为气氛化学反应速度。如果整个反应过程中，体系的总体积不发生变化，则整个反应过程中物质的量 n 与浓度（体积摩尔浓度 C 或气氛的分压 P）成正比，这时候可以用浓度随时间的变化率来表示速度。可控气氛反应体系中，反应物的浓度随时间的变化一般不是呈线形关系，初始反应时刻和中间反应的某一时刻的速度各不相同。因此，化学反应的速度通常是以微商的形式表示。反应速度要求具有正值，所以用反应物浓度的变化率来表示，前面加上一个负号。一种反应气体的浓度发生变化要引起其他反应气体的浓度发生等当量的变化。知道其中一种气体浓度的变化率，其他气体浓度的变化率也就容易求得。在可控气氛的气体之间的反应过程中，体系的反应总体积是不发生变化的，应用气体的浓度随时间的变化率可以表示气体反应速度。有反应速度公式：

$$v = \mathrm{d}C_{产}/\mathrm{d}t$$

$$v = -\mathrm{d}C_{反}/\mathrm{d}t \qquad (2-130)$$

式中　v——反应速度；

$C_{产}$——反应产物的浓度；

$C_{反}$——反应物浓度；

t——时间。

气体进行反应，反应物浓度减少，加上负号使反应速度 v 始终是正值。对于可控气氛的气体之间的反应在等温等压情况下浓度 C_i 和分压 P_i 成正比，所以也可以用气体分压 P_i 随时间的变化率表示速度。比如反应式 2-129 的 CO 的分解反应的速度就可以用下式表示：

$$v_{CO} = -\mathrm{d}P_{CO}/\mathrm{d}t \qquad (2-131)$$

式中　v_{CO}——CO 分解反应速度；

P_{CO}——气氛中 CO 分压。

浓度的单位通常以 mol/L（摩尔/升）或 mol/cm^3（摩尔/厘米^3）表示。时间单位 s（秒）。对于反应速度很慢的化学反应可采用更长的时间单位如 d（天）、a（年）等。如果反应方程式中各种物质的化学计量系数不同，各物质浓度的瞬时变化率不同，但是它们之间有一定关系。如 NH_3 的裂解反应：

$$2NH_3 \longrightarrow N_2 + 3H_2 \tag{2-132}$$

反应式 2-132 中 NH_3 的分解反应有 2 mol 的 NH_3 消失，生成 1 mol 的 N_2 与 3 mol 的氢 H_2。很显然 H_2 的变化速率是 N_2 的 3 倍，NH_3 的变化速率是 N_2 的 2 倍。那么根据反应式 2-132 得 NH_3 的分解速率为：

$$-2\mathrm{d}P_{NH_3}/\mathrm{d}t = \mathrm{d}P_{N_2}/\mathrm{d}t = 3\mathrm{d}P_{H_2}/\mathrm{d}t \tag{2-133}$$

或写为：

$$-\mathrm{d}P_{NH_3}/3\mathrm{d}t = \mathrm{d}P_{N_2}/6\mathrm{d}t = \mathrm{d}P_{H_2}/2\mathrm{d}t \tag{2-134}$$

从公式 2-135 可以知道 NH_3 裂解是浓度的变化率。按照反应式 2-132 的反应，在反应后有 2 mol 的 NH_3 消失，同时将有 1 mol 的 N_2 和 3 mol 的 H_2 生成。在可控气氛炉内气氛总的体积不会发生变化，各种气氛的浓度变化有以下比例关系：

$$-\mathrm{d}P_{NH_3} : \mathrm{d}P_{N_2} : \mathrm{d}P_{H_2} = 2:1:3 \tag{2-135}$$

从比例关系式 2-135 有了各气体浓度变化率的关系，气氛中气体的反应速度就可选取其中的一种气体来表示。对于气体反应的速度采取容易测定的气体（反应物或生成物均可）的浓度变化率来表示。采用不同的气体的浓度变化率表示反应速度，数值也各不相同。可以进行相互的换算，换算过程要注意反应式系数的关系。

根据古柏和瓦格提出的质量作用定律，又称为经验速率定律；因为这种规律一般都由试验来确定。一定温度时化学反应速度以物质对时间的变化来表示，有化学反应：

$$a\mathrm{A} + b\mathrm{B} \rightleftharpoons \text{反应产物} \tag{2-136}$$

若反应式 2-136 分别以物质的瞬时浓度 C_A、C_B、C_{AB}表示，α、β 为经验常数得速度方程：

$$v = KC_A^{\alpha}C_B^{\beta} \tag{2-137}$$

式中 K——反应速度常数（比速率）；

C_A^{α}——反应物 A 的浓度；

C_B^{β}——反应物 B 的浓度。

在公式 2-137 中反应速度常数 K 的物理意义是单位浓度时的反应物的反应速度，又称“反应比速率”或“速率常数”。反应物的反应速度决定于反应时的温度以及反应物本身的性质和催化作用，而与浓度无关；对于热反应未考虑声、磁场、光的影响。一个反应的反应速度常数 K 值越大，则反应速率越大。反之若反应速度常数 K 值倒数越大，则反应的速率越小而阻力越大，$1/K$ 的意义是反应阻力。

公式 2-137 中（$\alpha+\beta$）$=n$ 是反应级数。反应级数可以是 0、1、2、3 或分数。反应级数表示反应物浓度或分压对反应程度的影响。公式 2-137 中的 α 与 β 值由实验来确定。当化学反应为基元反应时，反应式 2-136 的 $a=\alpha$，$b=\beta$。但是当反应为非基元反应时，公式 2-137 中的 α 与 β 不一定等于反应式 2-136 的 a 和 b。当反应级数 $n=0$ 时，公式 2-137 中的 $\alpha+\beta=0$ 时，反应为零级反应。$n=1$ 时，反应为一级反应；$n=2$ 时，反应为二级反应；$n=3$ 时，反应为三级反应。当 n 为分数时，为分数级反应。n 为负值时，为负数级反应。如果反应不遵从经验速率定律，对这种反应则没有级数的意义，反应为无级数反应。反应分子数与反应级数是两个完全不同的概念。任何反应都有反应物分子参与，而且反应分子数必为正整数。只有基元反应的反应级数等于反应分子数，因为这时化学反应式 2 - 135 真正代表反应的实际过程。任何级数的反应都可能是非基元反应，正整数级才可能为基元反应，而 n 为负数、分数或反应为无级数时必定是非基元反应。通过实验测定 CO 的分解反应，反应式 2 - 129 的反应速度为：

$$v_{CO} = KP_{CO} \tag{2-138}$$

式中　K——表观速度常数。

反应式 2 - 129 的反应级数从公式 2 - 138 知道为一级反应。

对于 CH_4 的分解反应，反应式 2 - 128 的反应速度为：

$$v_{CH_4} = KP_{CH_4}/P_{H_2}^{1/2} \tag{2-139}$$

反应式 2 - 128 的反应级数从公式 2 - 139 知道为 1/2 级反应。

对于 NH_3 的分解反应，反应式 2 - 132 的反应速度为：

$$v_{NH_3} = K(NH_3)^0 \tag{2-140}$$

反应式 2 - 129 的反应级数从公式 2 - 140 知道为零级反应。

反应速度方程的积分 $C=f(t)$，称之为化学反应的动力学方程式。动力学方程式可以计算化学反应的反应物浓度降低到某一浓度值所需要的时间，或反应到某一时刻时反应物的浓度。所有类型的反应可能是基元反应，也可能是非基元反应，但都遵从比较简单的速度方程。

2.3.1.1　零级反应方程

公式 2 - 141 是零级反应速度方程：

$$v = -dC/dt = K \tag{2-141}$$

对零级反应速度方程式 2 - 141 进行分离变量不定积分得：

$$\int dC = -\int K dt$$

积分得动力学方程：

$$C = C_0 - Kt \tag{2-142}$$

从公式 2 - 142 可以知道，零级反应的速度与反应物的浓度无关，与其他因素，如温度、催化剂等有关。而反应物的浓度随时间成正比减少。

反应物消耗一半的时间称之为半衰期，用 $t_{1/2}$ 表示。对于零级反应的半衰期为：

$$t_{1/2} = C_0/2K \tag{2-143}$$

2.3.1.2　一级反应方程

一级反应速度与反应物浓度的一次方成正比。如有反应：

$$A \longrightarrow \text{反应产物}$$

反应物的浓度在时间 $t=0$ 时，其起始浓度为 C_0，反应产物的浓度为 0。当时间 $t=t$ 时，反应物的浓度 $C=C_0-X$，反应产物的浓度为 X。有速度方程：

$$v = -dC/dt = KC$$

或：

$$v = -dX/dt = K(C_0 - C) \tag{2-144}$$

得动力学方程：

$$\ln C = \ln C_0 - Kt \tag{2-145}$$

$$C = C_0 e^{-Kt} \tag{2-146}$$

速度常数表达式：

$$K = 1/t\ln(C_0/C) \tag{2-147}$$

$$K = 1/t\ln[C_0/(C_0 - X)]$$

一级反应的半衰期为：

$$t_{1/2} = \ln 2/K \tag{2-148}$$

一级反应的重要特征是：

（1）应用实验方法测出反应时间 t 与浓度的对数 $\ln C$ 或 $\ln(C_0 - X)$ 进行作图，得一直线，则判定为一级反应。

（2）从直线的斜率可求出 K 值。K 值增大，则反应速度增大。一级反应的因次为 t^{-1}，而且和浓度的单位无关。

（3）由动力学方程式 $C = C_0 e^{-Kt}$ 可知，K 和 C_0 可求出反应到 t 时刻的反应物浓度 C；反之由速度表达式 $t = (1/K)\ln(C_0/C)$ 并知道 K 和 C 时，可以求出反应物浓度为 C 时的反应时间 t。

（4）化学反应速度除了用反应比速率 K 表示外，也可以用半衰期（$t_{1/2}$）表示。一级反应的半衰期与起始浓度无关，这是一级反应的一个重要特征。

（5）大多数情况下单分子反应及热分解反应属一级反应，但也有例外。CO 的裂解反应 $2CO \longrightarrow C + CO_2$ 实际是分步反应，反应速度决定于阻止性环节的慢反应。

2.3.1.3　*二级反应方程*

速度与反应物质浓度的二次方成正比。如有以下基元反应：

$$A + B \longrightarrow D$$

当时间 $t=0$ 时，反应物 A 的浓度为 C_{0A}，反应物 B 的浓度为 C_{0B}，反应产物的浓度为 0。当时间 $t=t$ 时，反应物 A 的浓度为 $C_{0A} - X$，反应物 B 的浓度为 $C_{0B} - X$，反应产物的浓度为 X。根据质量作用定律得速度方程：

$$v = -\mathrm{d}C/\mathrm{d}t = KC^2$$

或：

$$v = \mathrm{d}X/\mathrm{d}t = K(C_{0A} - X)(C_{0B} - X) \tag{2-149}$$

$$= K(C_{0A} - X)^2$$

公式 2-149 成立的条件是在全反应过程，反应物均为 $C_A = C_B$。得动力学方程：

$$1/C = 1/C_0 + Kt \tag{2-150}$$

得速度常数表达式：

$$K = 1/t[(C_0 - C)/CC_0]$$

或：

$$K = 1/t[X/C_0(C_0 - X)] \tag{2-151}$$

二级反应的半衰期：

$$t_{1/2} = 1/KC_0 \tag{2-152}$$

二级反应的重要特征是：

（1）由动力学方程中 $1/C$ 和时间 t 作图，得一直线，直线斜率就是反应速度常数 K，这是二级反应的特征。

（2）二级反应（初始浓度相同）的半衰期与初始浓度 C_0 有关。半衰期与初始浓度成反比。

若反应物质的起始浓度不一样，反应物 A 的起始浓度为 C_{0A}，反应物 B 的起始浓度为 C_{0B}。在经过时间 t 后，有 X 的反应生成物形成。假设生成 X 的反应生成物过程，反应物仍以等物质的量的反应消失，则速度方程可用公式 2 - 153 表示：

$$dX/dt = K(C_{0A} - X)(C_{0B} - X)$$

分离变量：

$$dX/(C_{0A} - X)(C_{0B} - X) = Kdt$$

积分后得：

$$[\ln(C_{0A} - X) - \ln(C_{0B} - X)]/(C_{0A} - C_{0B}) = Kt + B \qquad (2-153)$$

式中　B——积分常数。

将 $t=0$、$X=0$ 代入公式 2 - 153 可求得积分常数：

$$B = \ln(C_{0A}/C_{0B})/(C_{0A} - C_{0B}) \qquad (2-154)$$

将积分常数公式 2 - 154 代入公式 2 - 153 得：

$$Kt = [1/(C_{0A} - C_{0B})]\ln[C_{0B}(C_{0A} - X)/(C_{0A}(C_{0B} - X))] \qquad (2-155)$$

若将公式 2 - 153 中 $\ln[C_{0B}(C_{0A}-X)/(C_{0A}(C_{0B}-X))]$ 对时间 t 作图，得到一直线。直线斜率为（$C_{0A}-C_{0B}$）K。从直线的斜率以及反应物的原始浓度 C_{0A}、C_{0B} 可以求出二级反应的速度常数。

2.3.1.4　三级反应方程

设有如下化学反应计量方程：

$$A + B + C \longrightarrow E$$

根据化学反应计量方程得三级反应的速度方程如下：

$$v = -dC/dt = KC_A C_B C_C \qquad (2-156)$$

当 $C_A = C_B = C_C$ 时，根据化学计量方程，对公式 2 - 156 进行积分可得动力学方程：

$$1/C^2 = 1/C_0^2 + 2Kt \qquad (2-157)$$

化学反应的三级反应的半衰期为：

$$t_{1/2} = -3/2C_0^2K \qquad (2-158)$$

2.3.2　温度对化学反应速度的影响

温度对化学反应速度的影响很大。在大多数情况下，温度升高化学反应速度加快。零件在氧化性气氛中进行加热，温度越高氧化速度越快。CH_4 在高温下裂解，温度越高裂解也就越快。NH_3 的分解速度也随温度的升高裂解速度加快。通过实验得出，温度升高 10℃，化学反应速度通常增加 2 ~ 4 倍。根据 Van't Hoff 规则，当化学反应的温度做算术级数增长时，化学反应的速度则做几何级数（等比级数）的增长。渗碳过程将加速炉内化学反应的进行，而碳原子向内部扩散则不能很快进行，这样的结果容易造成表面碳浓度过高。最后形成过高的碳化物级别。温度越高，加速化学反应的进行，H_2 与 O_2 生成水 H_2O 的反应就是很好的例子。在室温状态氢与氧化合成水进行很慢，当温度在

700℃时则爆炸形成。可见温度对化学反应速度的影响是很大的。

温度对化学反应速度的影响，主要是对速度常数 k 的影响。受化学平衡等压方程 $\mathrm{d}(\ln k_c)/\mathrm{d}T = \Delta H/RT^2$ 的启示，有经验公式：

$$\ln k = -E^*/RT + \ln Z \tag{2-159}$$

式中 k——化学反应速度常数；

E^*——化学反应活化能。表示化学反应阻力，其量纲是 RT 或能量。一般化学反应的活化能 E^* 均在 $10^4 \sim 10^5$ J/mol 之间，而且以 10^5 J/mol 居多；

R——气体常数，8.314 J/（K·mol）；

T——绝对温度，K；

Z——频率因子，常数，与反应的本性及温度有关。

也可将公式 2-159 变换为指数形式：

$$k = Z\mathrm{e}^{-E^*/RT} \tag{2-160}$$

公式 2-160 中 $\mathrm{e}^{-E^*/RT}$ 是玻耳兹曼因子。从玻耳兹曼因子可以看到温度对反应速度的影响。温度对反应速度的影响决定于活化能 E^*，活化能 E^* 升高使反应速度加快；活化能降低反应速度降低。

将式 2-160 对温度 T 微分得：

$$\mathrm{d}(\ln k)/\mathrm{d}T = E^*/RT^2 \tag{2-161}$$

（1）公式 2-161 中反应速度常数的对数 $\ln k$ 与温度的倒数 $1/T$ 之间呈线性关系。不同的化学反应有不同的活化能 E^* 值。碳氢化合物的热裂解过程，温度与反应速度的关系同样符合线性关系。部分碳氢化合物热裂解的化学反应的方程式和热裂解温度与反应速度的关系如下：

$$CH_4 \longrightarrow [C] + H_2 \qquad \lg k = 11.230 - 15700/T \tag{2-162}$$

$$C_2H_6 \longrightarrow 2[C] + 3H_2 \qquad \lg k = 14.02 - 15020/T \tag{2-163}$$

$$C_3H_8 \longrightarrow 3[C] + 4H_2 \qquad \lg k = 12.60 - 12900/T \tag{2-164}$$

假设在温度为 1000℃ 情况下，部分碳氢化合物的热裂解相对反应速度，CH_4 为 1；C_2H_6 为 3×10^3；C_3H_8 为 14.5×10^3。

（2）公式 2-161 中定量地反应出温度对速度常数的影响。温度对速度常数 k 的影响程度与活化能 E^* 有很大关系。活化能 E^* 越高，影响程度也就越大；因为 E^* 越高化学反应过程需要克服的化学阻力也就越大。降低活化能 E^*，化学反应需要克服的阻力就小，活化分子数就增多。

温度升高，反应速度常数增大。温度升高对反应速度的影响强于对化学热处理过程扩散的影响。因为化学反应的活化能 E^* 在 10 ~ 100 kJ/mol 之间，而扩散激活能一般大于 100 kJ/mol。很显然温度对化学反应速度的影响远高于对扩散速度的影响。碳在 γ-Fe 中扩散时，温度从 1200 K 提高到 1300 K，温度升高 100 K 扩散系数只增大了 3 倍（$D_0 = 2.0 \times 10^{-5}$ m²/s，$Q = 140$ kJ/mol）；也就是渗碳速度加快 3 倍。而温度升高 10℃，化学反应速度常数就增大 3 倍。温度的提高加速化学反应的速度远大于加速扩散的速度。因此，提高温度进行渗碳容易造成大量炭黑的析出沉积。若大量炭黑沉积于零件表面，对加速渗碳进程不利。

(3) 活化能 E^* 与速度常数 k 成指数关系，活化能 E^* 以极显著的效果影响速度常数 k 值。在同一温度情况下，不同的反应相比较，若活化能 E^* 大，则 k 值小，反应速度也小；反之若活化能 E^* 小，则 k 值就大，反应速度也快。

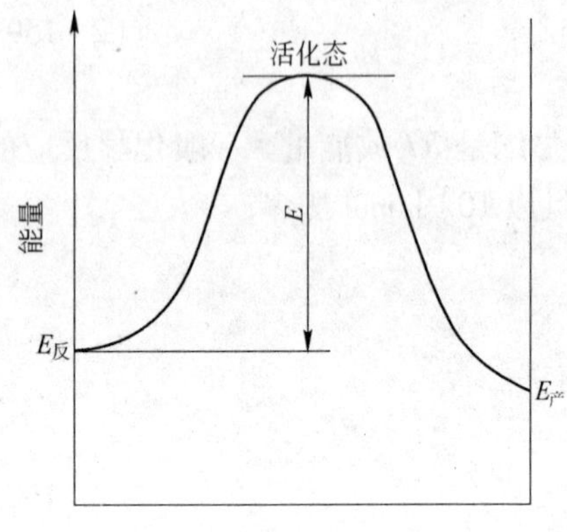

图 2 - 16　化学反应过程的活化能示意图

化学反应全过程中活化能的物理意义可以通过图 2 - 16 来表示。用 $E_{反}$ 表示反应物分子的平均能量，$E_{产}$ 表示产物的平均能量，E 表示活化能。从图 2 - 16 化学反应过程的活化能示意图可以清楚地看到，反应物必须获得一定的能量——活化能 E，才能具有活化状态，才有可能转变成为产物。活化能 E^* 是化学反应过程能够进行所需的能量条件。对于不同的化学反应，所需要的活化能不一样也就有不同的活化能值。可控气氛热处理过程存在的反应不同，反应所需要的活化能也不同。

$$CO_2 + C \xlongequal{} 2CO \qquad E_1 = 167200\ \text{J/mol} \tag{2 - 165}$$

$$2CO \xlongequal{} CO_2 + C \qquad E_2 = 142120\ \text{J/mol} \tag{2 - 166}$$

$$C + O_2 \xlongequal{} CO_2 \qquad E_3 = 121220\ \text{J/mol} \tag{2 - 167}$$

从反应式 2 - 165 ~ 式 2 - 167 可以看到，反应 2 - 165 所需的活化能最大，反应 2 - 167 所需的活化能最小。也就是说，在可控气氛热处理过程中 O_2 的存在最容易与气氛中碳进行反应。要特别注意控制气氛中 O_2 的含量，氧的存在很容易就与碳发生反应。活化能 E 大，形成活化状态所需要的能量也就大，化学反应过程就慢。因此，活化能 E 可以看成是反应时需要越过的一个能峰。图 2 - 16 很形象地描述了反应物必须越过活化能 E 这个能峰才可能形成产物。活化能 E 的大小反映了能量条件对分子进行反应时阻碍的大小。若化学反应时的活化能 E 小，反应进行时所需越过的能峰小，反应进行的阻碍就小，其反应速度就快。

温度升高，体系分子的平均能量增加，就能使更多的分子成为活化分子。因此，温度升高，单位体积内活化分子的百分数增加，反应速度大大增加。对于可控气氛渗碳过程，温度升高渗碳的速度也将加快。渗碳的主要反应：

$$CO_2 + C \xlongequal{} 2CO \tag{2 - 168}$$

渗碳主要反应式 2 - 168 的反应活化能 $E = 167200$ J/mol。通过比较反应式 2 - 168 在温度 1200 K、温度 1300 K 时的反应速度常数 k，就能够清楚地看到温度对反应速度的影响。根据公式 2 - 160 得：

1200 K 时：

$$k_1 = Ze^{-167200/(2\times1200)}$$

1300 K 时：

$$\begin{aligned} k_2 &= Ze^{-167200/(2\times1300)} \\ k_2/k_1 &= Ze^{-167200/(2\times1300)}/Ze^{-167200/(2\times1200)} \\ &= e^{-64.3}/e^{-69.66} \\ &= 3.80 \end{aligned}$$

在渗碳过程中温度从 1200 K（927℃）升高到 1300 K（1027℃），渗碳主要反应的反应速度将提高 3.80 倍。由此说明温度对反应速度产生显著的影响。对于碳氢化合物的热裂解，温度与反应速度的关系是温度升高，反应速度大大增加。但是对于渗碳过程，温度升高碳向 γ-Fe 中的扩散的速度远低于与化学反应的速度。碳在 γ-Fe 中的扩散可由公式 2-169 进行计算：

$$D = D_0 e^{-Q/RT} \tag{2-169}$$

渗碳过程中碳在 γ-Fe 中扩散时，$D_0 = 2.0 \times 10^{-5}$（m^2/s）；$Q = 140$（kJ/mol）。可计算碳在 γ-Fe 中不同温度下的扩散系数。当温度从 1200 K（927℃）升高到 1300 K（1027℃）时，碳在 γ-Fe 中的扩散增加情况如下：

1200 K 时：

$$k_1 = D_0 e^{-140000 \times 0.239/(2 \times 1200)}$$

1300 K 时：

$$k_2 = D_0 e^{-140000 \times 0.239/(2 \times 1300)}$$

$$k_2/k_1 = D_0 e^{-140000 \times 0.239/(2 \times 1300)} / D_0 e^{-140000 \times 0.239/(2 \times 1200)}$$

$$= e^{-12.87}/e^{-13.94}$$

$$= 2.91$$

在渗碳过程中，温度从 1200 K（927℃）升高到 1300 K（1027℃）时，碳在 γ-Fe 中的扩散速度将提高 2.91 倍。远低于渗碳主要反应速度 3.62 倍。温度升高，炉内气氛的裂解加快，加速气相在零件表面的裂解反应。渗碳温度的提高加速气氛的化学反应大大高于碳向零件扩散的速度。也就是渗碳时，温度升高引起的速度增加不是等同的。在高温进行渗碳由于气氛中裂解速度高于扩散速度使炭黑析出沉积。炭黑析出沉积在零件表面造成零件表面状态发生改变对渗碳的加速反而不利。因此，提高温度渗碳一定注意防止炭黑的大量析出，才能充分发挥高温渗碳加快渗碳速度的优势。

2.3.3 可控气氛渗碳机理

可控气氛的渗碳机理就是可控气氛渗碳过程的化学反应所遵循的动力学规律的一系列基元步骤称为渗碳机理。对于渗碳过程的化学反应的每一个步骤称为基元反应，只包括一个基元步骤的反应称为简单反应；对于包括多个基元步骤的化学反应称为复杂反应。应用“=”表示反应的计量方程式；应用“⟶”表示基元反应。渗碳机理涉及许多经验和理论上的概念。可控气氛过程的气氛浓度、温度等在动力学理论上对渗碳过程反应速度的影响是推断渗碳机理的主要依据。结合同位素测定渗碳过程化学反应中各种原子的反应途径，以及应用光谱、波谱等手段检测反应中间体，就能够找出渗碳过程的渗碳机理。

通过对渗碳过程渗碳机理的了解，掌握渗碳过程各种反应的反应机理。找到影响渗碳过程渗碳速度的影响因素，有效地控制影响渗碳速度的因素，正确地掌握渗碳反应的机理就能够有效地控制渗碳的速度。渗碳过程的化学反应是一个复相反应，掌握渗碳过程的复相反应就能够很好地控制渗碳过程的化学反应。可控气氛中的主要渗碳气氛是 CO 和 CH_4。掌握 CO 和 CH_4 的渗碳机理就能够很好地控制渗碳反应。

2.3.3.1 CO 的渗碳机理

CO 的渗碳反应如下：

$$2CO = CO_2 \longrightarrow [C] \tag{2-170}$$

式中 ［C］——活性碳。

在渗碳过程中，只有活性碳才能渗入钢的表面起到渗碳的作用。但是在实际渗碳气氛中 CO 在气相中直接分解十分困难。这是由于 CO 的活化能很大，为996.5 kJ/mol。在渗碳气氛情况下，仅靠两个 CO 分子之间的猛烈碰撞破坏 CO 的 C ═O 键来完成反应式 2-170 的反应几乎是不可能的。即使发生猛烈碰撞活性碳［C］从气相中析出来，也会因为和其他气体分子碰撞或碳原子之间碰撞失去活性。在常温常压情况下，每个气体分子受到的碰撞次数高达 10^{10}次/s 之多。在高温条件下，分子的运动加剧，气体分子之间的碰撞将更多。在这种情况下，即使有活性碳析出也会立即与气体分子或其他活性碳原子碰撞失去活性。因此 CO 在气相中要产生活性碳原子渗碳是不可能的。CO 的渗碳作用必须在铁的催化作用下才能进行。铁对 CO 的催化作用首先通过 CO 在零件表面吸附，然后通过铁对 CO 催化分解。因此，铁对 CO 的催化分解作用是复相催化作用或称之为接触催化作用。铁对 CO 的吸附催化分解的过程如图 2-17 所示。

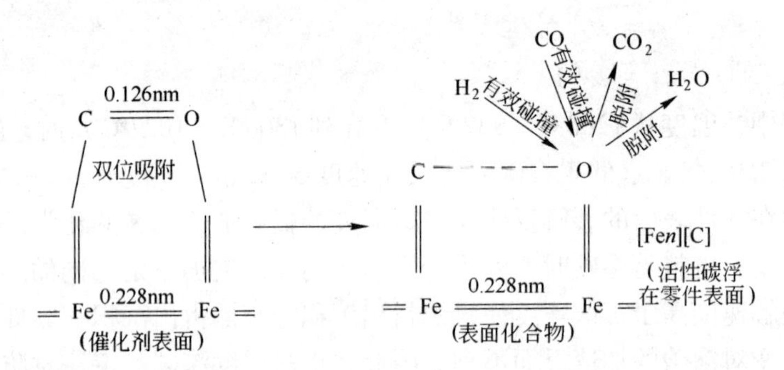

图 2-17 Fe 催化 CO 的分解过程

铁催化 CO 的基元反应如下：

$$(Fe\,n)_{晶格} + CO_{吸附} \longrightarrow (Fe\,n)_{晶格}CO_{吸附} \quad (快过程) \tag{2-171}$$

$$(Fe\,n)_{晶格}CO_{吸附} + CO \longrightarrow (Fe\,n)_{晶格}[C] + CO_2 \quad (慢过程) \tag{2-172}$$

反应式 2-171 与式 2-172 为铁催化 CO 的两个基元反应。铁催化 CO 的基元反应的速度决定于反应式 2-172 的反应慢过程。由此 CO 的分解反应速度决定于反应慢过程的速度有：

$$v_{CO} = v_{慢过程} = KP_{CO} \tag{2-173}$$

由铁催化 CO 的分解反应机理说明 CO 的渗碳反应是一级反应。同时也说明在零件表面吸附的 CO 越多，减少零件表面 CO_2 的吸附，越有利于 CO 的分解反应，越有利于渗碳过程。也就是：

$$v_{渗碳速度} \propto w(CO_{吸附})/w(CO_{2吸附}) \tag{2-174}$$

公式 2-174 说明，渗碳速度正比于零件表面吸附的 w（CO）/w（CO_2）。增加零件表面 CO 的吸附有利于渗碳过程的进行，减少气氛中 CO_2 的量有利于增加零件表面 CO 的吸附。增加气氛中 CO 含量有利于渗碳过程的进行。

2.3.3.2 CH_4 的渗碳机理

CH_4 渗碳反应如下：

$$CH_4 = [C] + 2H_2 \tag{2-175}$$

反应式 2-175 是 CH_4 分解反应的计量方程式，CH_4 分解反应以后得到［C］和 H_2。CH_4 的分解反应是零件表面吸附逐步脱氢的反应过程。CH_4 在零件表面的反应是吸附逐步脱氢的反应过程，是复杂的可逆反应过程。CH_4 在零件表面吸附逐步脱氢的渗碳反应机理为如下基元反应过程：

$$H_2 \rightleftharpoons 2H_{吸附} \tag{2-176}$$

$$CH_4 \rightleftharpoons CH_{4吸附} \tag{2-177}$$

$$CH_{4吸附} \rightleftharpoons CH_{3吸附} + H_{吸附} \tag{2-178}$$

$$CH_{3吸附} \rightleftharpoons CH_{2吸附} + H_{吸附} \tag{2-179}$$

$$CH_{2吸附} \rightleftharpoons CH_{吸附} + H_{吸附} \tag{2-180}$$

$$CH_{吸附} \rightleftharpoons C_{吸附} + H_{吸附} \tag{2-181}$$

$$C_{吸附} \rightleftharpoons C_{溶解} \tag{2-182}$$

CH_4 渗碳过程是一个复杂的可逆反应，经过 7 个吸附脱氢才完成碳的溶解过程。这 7 个步骤最慢的脱氢过程决定 CH_4 的裂解反应速度，反应步骤 2-179 是反应最慢的步骤。CH_4 的反应速度就决定于反应步骤 2-179 的基元反应速度。也就是：$v_{CH_4} = v_{(2-179)}$。由表面反应的质量作用定律，得步骤 2-179 的反应速度：

$$v_{(2-179)} = K_{(2-179)} C_{CH_3} - K'_{(2-179)} C_{CH_2} C_H \tag{2-183}$$

式中 C_{CH_3}——CH_3（甲基，原子团）吸附在零件表面的浓度；

C_{CH_2}——CH_2（亚甲基，原子团）吸附在零件表面的浓度；

C_H——H 原子吸附在零件表面的浓度。

CH_4 的基元反应是可逆反应，由此可得到可逆反应的反应速度：

$$v = v_{正} - v_{逆} \tag{2-184}$$

当正逆反应达到动态平衡时：

$$v_{正} = v_{逆}$$

或：

$$v_{正} - v_{逆} = 0 \tag{2-185}$$

CH_4 的各基元反应，除 2-179 步骤外，其他反应步骤都进行得快，正逆反应能够达到平衡。也就是反应步骤 2-176 ~ 步骤 2-182 的正逆反应速度：

$$v_{i正} - v_{i逆} = v_{i净速度} = 0 \tag{2-186}$$

根据公式 2-186 得：

$$v_{(2-178)} = K_{(2-178)} C_{CH_4} - K'_{(2-178)} C_{CH_3} C_H = 0$$

则：

$$C_{CH_3} \propto C_{CH_4} / C_H \tag{2-187}$$

$$v_{(2-177)} = K_{(2-177)} P_{CH_4} - K'_{(2-177)} C_{CH_4} = 0$$

则：

$$C_{CH_4} \propto P_{CH_4} \tag{2-188}$$

式中　P_{CH_4}—— CH_4 吸附在零件表面反应前的浓度。

$$v_{(2-176)} = K_{(2-176)} P_{H_2} - K'_{(2-176)} C^2_{H_2} = 0$$

则：

$$P_{H_2} \propto C^2_{H原子}$$

有：

$$C_{H原子} \propto P^{1/2}_{H_2} \tag{2-189}$$

式中　P_{H_2}—— H_2 吸附在零件表面的浓度（分压）。

将公式 2 - 188、式 2 - 189 代入公式 2 - 187 得：

$$C_{CH_3} \propto P_{CH_4}/P^{1/2}_{H_2} \tag{2-190}$$

又由反应过程步骤 2 - 181 得：

$$v_{(2-181)} = K_{(2-181)} C_{CH} - K'_{(2-181)} a_C C_H = 0$$

则：

$$C_{CH} \propto a_C C_H \tag{2-191}$$

将公式 2 - 191 代入式 2 - 189 得：

$$C_{CH} \propto a_C P^{1/2}_{H_2} \tag{2-192}$$

由反应过程步骤 2 - 180 得：

$$v_{(2-180)} = K_{(2-180)} C_{CH_2} - K'_{(2-180)} C_{CH} C_H = 0$$

则：

$$C_{CH_2} \propto C_{CH} C_H \tag{2-193}$$

将式 2 - 189、式 2 - 192 代入式 2 - 193 得：

$$C_{CH_2} \propto a_C P^{1/2}_{H_2} P^{1/2}_{H_2}$$

即：

$$C_{CH_2} \propto a_C P_{H_2} \tag{2-194}$$

将式 2 - 189、式 2 - 190、式 2 - 194 代入式 2 - 185 得：

$$v_{(2-185)} = K(P_{CH_4}/P^{1/2}_{H_2}) - K' a_C P_{H_2} P^{1/2}_{H_2}$$

即：

$$v_{(2-185)} = K(P_{CH_4}/P^{1/2}_{H_2}) - K' a_C P^{3/2}_{H_2} \tag{2-195}$$

因为 CH_4 的反应速度决定于反应过程步骤 2 - 179，$v = v_{(2-179)}$；因此得 CH_4 的反应速度公式：

$$v = K(P_{CH_4}/P^{1/2}_{H_2}) - K' a_C P^{3/2}_{H_2} \tag{2-196}$$

从 CH_4 在零件表面吸附脱氢分解反应的步骤以及碳的溶解分析，CH_4 在零件表面吸附脱氢反应的速度决定于最慢的反应过程步骤。CH_4 在零件表面吸附脱氢分解反应的步骤决定于 2 - 179 的反应，同时又考虑了其他反应过程步骤。虽然其他反应过程步骤的基元反应很快处于平衡状态，但是 CH_4 的反应速度公式 2 - 196 反应了其基元反应的数量关系。最后由 CH_4 分解的各组分分压与碳在铁中活度进行表示。CH_4 分解速度公式 2 - 196 中，K、K'包括了各基元反应中的比例系数。这就是 CH_4 在零件表面吸附脱氢分解反应的机理，实验进一步证实 CH_4 在零件表面的分解是一个吸附脱氢的分解过程。

2.3.4 催化剂在可控气氛热处理中的应用

零件表面铁起到加速 CO 和 CH_4 分解反应的作用，铁就是 CO、CH_4 分解反应的催化剂。因此零件表面的铁在可控气氛渗碳过程既是吸附剂，同时又是催化剂。CH_4 在 600℃ 情况下，无催化剂不会析出炭黑；而在有镍催化剂（又称镍触媒）情况下，约 400℃ 就有炭黑析出。CH_4 在钢件表面的分解速度约为陶瓷管表面上分解速度的 7 倍。催化剂加速可控气氛条件下渗碳气氛的分解反应过程。温度、气氛组元的浓度要影响分解反应速度，催化剂对反应速度的影响更是不可忽视。

催化剂（又称为触媒）加入很少数量就能改变化学反应速度，其本身的化学性质和数量在化学反应前后保持不变的物质。可控气氛的产生制造均采用的是复相催化作用。就是应用固相的催化剂使气相的或液相的反应物裂解。固体催化剂对可控气氛制备过程反应物的催化作用是通过吸附产生影响。对于可控气氛制备在有催化剂的情况下和没有催化剂情况下，其反应的机理不同。使用催化剂改变了化学反应过程的反应机理，使化学反应沿着需要较小能量的途径进行反应。图 2-18 示出催化剂改变化学反应的反应机理降低活化能示意图。

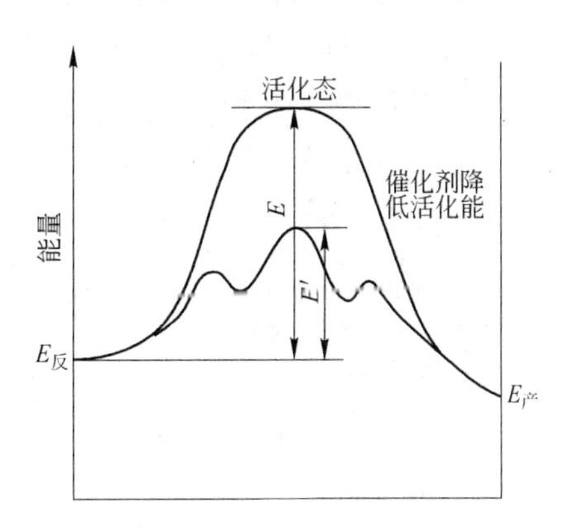

图 2-18 化学反应过程催化剂降低活化能示意图

图 2-18 中 E 是未经催化的化学反应所需活化能。化学反应过程要实现化学反应，反应物必须越过 E 能垒才能进行。但是，当有催化剂存在时，化学反应所需要的能量发生了变化，反应物首先被催化剂吸附。由于吸附能一般比化学反应活化能低得多，因此化学反应只需越过能垒 E' 就能够进行。由于需要越过的能垒大幅度降低，化学反应速度进行较快。而且温度越高，这一步进行的速度越快。若吸附的是碳氢化合物，第一步是吸附过程，则第二步是脱氢反应的过程，也就是化学反应过程。从键的结合强度来说，在没有催化剂的情况下结合强度很高，要分解出来很不容易。但是当被催化剂吸附以后削弱了反应物原有键的结合力。被吸附的反应物分子在催化剂表面上作热振动而进一步得到活化，由此大大降低了化学反应所需要的活化能。第三步被分解析出的活性原子被吸收，或原子与原子之间碰撞形成新的分子而逸入气相，这样完成碳氢化合物的化学反应过程。

CO 分解反应能够说明在有催化剂情况下和没有催化剂情况下的反应，能够说明催化剂在化学反应中降低活化能的现象。CO 在没有催化剂情况下的反应 $2CO \longrightarrow [C] + CO_2$ 所需要活化能 E 为 994.84 kJ。但是在有催化剂条件下发生裂解反应所需要的活化能大大降低。在有铁作为催化剂条件下，改变了 CO 的分解途径，分解反应途径如下：

$$(Fen)_{晶格} + CO_{吸附} \longrightarrow (Fen)_{晶格}CO_{吸附} \quad (2-197)$$

$$(Fen)_{晶格}CO_{吸附} + CO \longrightarrow (Fen)_{晶格}[C] + CO_2 \quad (2-198)$$

两个基元反应式 2-197 和式 2-198 的活化能分别为 E_2'和 E_3'。当基元反应 2-197 越过能垒 E_2'后发生的反应产生活化能为 $-E_4'$。由此在有铁催化作用下 CO 分解的复杂反应的表观活化能为：

$$E'_{表观} = E_2' + E_3' - E_4' \approx 142.12\ (\text{kJ})$$

从 CO 在没有催化剂的裂解活化能和在有铁作为催化剂的裂解反应可以清楚地反应出，铁的催化作用大大降低 CO 裂解的活化能。通过催化剂铁改变了 CO 裂解的途径从而缩短了 CO 的裂解过程。

CH_4 的渗碳机理同样是催化剂的作用改变 CH_4 的裂解状况。在没有催化剂的情况下 CH_4 在温度高于 973 K（700℃）时才开始裂解，而且 CH_4 的活化能 $E = 334.4$ kJ。但是当有活性镍存在情况下温度在 673 K（400℃）就开始发生裂解反应，同时 CH_4 裂解的活化能降低至 $E' \approx 83.6 \sim 125.4$ kJ。

由公式 2-160 可以看到反应速度常数 $k = Ze^{-E'/RT}$的影响。降低化学反应的活化能 E'，实际就是增加因子 $e^{-E'/RT}$，也就是增加活化分子分数 $n'/n = e^{-E'/RT}$。这样当然是将明显提高化学反应的速度常数 k。应用催化剂降低化学反应的活化能提高化学反应速度的作用远比应用提高温度的办法提高化学反应速度的作用要大。这就是由于应用催化剂提高化学反应速度为化学反应创造能量条件。

应用催化剂提高化学反应速度，催化剂的催化作用有以下特点：

（1）在化学热力学上不可能进行的化学反应，催化剂也不会起到催化作用。

（2）催化剂降低化学反应的活化能，改变化学反应的途径提高化学反应速度。

（3）催化剂的催化作用只能够改变化学反应的速度常数 k，不能够改变化学反应的平衡常数 K。只能加快化学反应平衡的到达，不能使平衡移动。即：$K = k_{正}/k_{逆}$ 维持不变。应用催化剂催化时 $k_{正}$和 $k_{逆}$ 的效应是同等的，是正反应的催化剂也必然是逆反应的催化剂，是逆反应的催化剂也就是正反应的催化剂。在正反应不方便实现时，可通过研究逆反应的催化来实现。

（4）催化剂具有特殊的选择性。对于化学反应某些催化剂具有选择性，也就是同一种物质使用不同的催化剂所得到的产物不一样。水煤气的合成反应应用不同的催化剂就得到不同的产物。例如在 CO 和 H_2 的气氛情况下：

应用 Cu（或 Zn、Cr）作为催化剂，温度在 300℃，压力在 20.265 ~ 30.397 MPa 时的反应生成物反应式：

$$CO + H_2 \longrightarrow CH_3OH \qquad (2\text{-}199)$$

当应用镍作催化剂，温度在 250℃常压时的反应生成物为 CH_4，反应式如下：

$$CO + H_2 \longrightarrow CH_4 \qquad (2\text{-}200)$$

当应用 Fe、Co、Ni 作催化剂，温度在 443 ~ 473 K（170 ~ 200℃），压力在 1.013 ~ 2.026 MPa 或常压情况下的反应生成物为烷烃、烯烃混合物，反应式如下：

$$CO + H_2 \longrightarrow \text{烷烃、烯烃混合物(合成汽油)} \qquad (2\text{-}201)$$

当应用 Ru 作催化剂，温度在 423 K，压力在 15.185 MPa 情况时，反应生成物为石蜡反应式：

$$CO + H_2 \longrightarrow \text{石蜡} \qquad (2\text{-}202)$$

从以上反应式 2-199 ~ 式 2-202 应用几种不同的催化剂对同样的反应物 CO 和 H_2 的合成物可以看出催化剂不同所能得到的反应产物也不同。

在催化剂的应用上还应特别注意催化剂的活性和避免催化剂中毒。催化剂的活性是指提高催化剂活化能力的性质。催化剂只有具有一定的活性才能起到催化作用。催化剂活性越高催化能力越强，催化剂活性降低后催化能力也随之降低。因此在应用催化剂时注意保持催化剂的活性，在化学反应过程才能有效地起到催化作用。在化学反应过程中，催化剂催化过程依靠吸附分解提高化学反应速度，反应物的吸附能力与催化剂表面积大小有直接关系。因此，催化剂的活性也与表面积有关。为了充分发挥催化剂的利用率，通常将催化剂高度分散并附着在表面积大的多孔物质上，这种物质称为载体。催化剂常用的载体有硅胶、石棉、氧化铝、硅藻土等。为了保证催化剂具有较高的活性（吸附活性），常常采用还原法制作新鲜金属微粒催化剂。应用石油液化气或天然气等制备可控气氛的镍催化剂（又称为镍触媒），通常应用抗渗碳砖作为载体。应用多孔的抗渗碳砖浸满硝酸镍溶液后，进行干燥脱水；在 150℃烘干，然后在 500 ~ 650℃焙烧，使硝酸镍分解出 NO_2，载体上沉积一定的 NiO_2。再将沉积氧化镍的载体进行还原再生，使催化剂中的氧化镍还原成为金属镍。将催化剂放入反应罐中加热至 700 ~ 800℃，通入 H_2 或 NH_3 分解气进行还原处理，得到具有很高吸附性的金属镍催化剂。

催化剂在化学反应前后化学性质和数量都不变，但是长期使用，催化剂的活性将降低直到老化不能使用。除了催化剂的老化，在应用过程中如果应用不当还会造成催化剂的"中毒"，使催化剂的活性大大降低或失去活性。造成催化剂"中毒"有两种情况，暂时性"中毒"和永久性"中毒"。暂时性"中毒"是由于在使用过程中烃化物产生的炭黑或煤焦油附着在催化剂上造成催化剂的活性降低。这种活性降低是暂时的、可逆的。通常通过在高温状态通入氧化性气氛将附着在催化剂表面的炭黑或煤焦油烧掉可恢复催化剂的活性。造成催化剂永久性"中毒"则无法进行恢复。造成催化剂永久性"中毒"的原因是由于 S、P、As 的存在，与催化剂表面形成稳定性很高的化合物造成永久性不能再生。应用天然气制备吸热式气氛，如果反应物天然气中存在大量的硫就会造成催化剂的永久性中毒。天然气中硫的存在，在进行吸热式气氛制备过程中，硫与催化剂表面镍发生反应生成硫化镍造成永久性"中毒"。因此，使用催化剂进行气氛的反应必须注意将气氛中 S、P、As 减低到最小程度，以确保催化剂的寿命。

通常为了提高催化剂的活性，在催化剂中加入少量的添加物有时能够起到助催作用。这种添加物就叫做"助催化剂"。在制备可控气氛的镍催化剂中加入少量的镁，镁能够起到助催化剂的作用。

3 热处理可控气氛的制备

目前使用的热处理可控气氛种类很多，根据气氛制备的情况分为吸热式气氛、放热式气氛、氮基气氛以及惰性气氛。不同种类的气氛可用于不同零件的不同热处理过程。制备可控气氛的原料也有很多种类，有天然气、丙烷气、城市煤气、甲醇、乙醇、三乙醇胺等。同一种原料可用于制备多种气氛，有的原料既可以用来制备吸热式气氛，又可以用来制备放热式气氛。天然气可以制备吸热式气氛，也可以制备放热式气氛，同样也可以用于制备氮基气氛。因此可控气氛的分类有很多方式，根据制备气氛类型分类，以原料气分类，以气氛的性质分类等。图3-1是根据可控气氛制备类型进行分类以及这些气氛的应用范围。从图3-1可以看到，同一种原料可以产生吸热式气氛也可以产生放热式气氛。可根据具体情况制备不同的可控气氛，以适应其热处理零件的要求。从图3-1还可以看到，吸热式气氛应用范围十分广泛，几乎包括了所有热处理的保护气氛加热。放热式气氛适用范围略比吸热式气氛窄。而惰性气体氮、氦、氩气氛适应的范围包括了所有吸热式气氛和放热式气氛的范围。在热处理过程应注意选择合适的气氛，既保证能够达到热处理工艺质量要求又保证最低廉的成本。

可控气氛的分类，除了根据可控气氛产生类型进行分类外，还可以根据产气原料进行分类。根据产气原料分类的有天然气制备气、丙丁烷制备气、城市煤气制备保护气、氨气分解制备气、煤油裂解制备气、甲醇裂解制备气、分子筛吸附法制备气等。其他还有：氮基气氛、氦气保护气、氩气保护气、蒸汽、木炭制备保护气等。氮基气氛又有空分氮基气氛，分子筛吸附氮基气氛，还有液氮蒸发气氛。但是目前使用最广泛的是天然气或丙丁烷气制备的吸热式气氛和放热式气氛。尤其天然气制备的气氛是应用最广泛的气氛。天然气或丙丁烷制备的吸热式气氛和放热式气氛之所以应用广泛，其原因是：

（1）制备的气氛质量稳定，适用范围广；

（2）资源丰富；

（3）制备成本低；

（4）环境污染小等。

对于可控气氛的制备，原料气的性质对气氛的产生起着很重要的作用。了解产气原料的性质就能很好地利用原料产生高质量的可控气氛，以及避免一些不必要的浪费和故障发生。

表3-1列出部分用来制备可控气氛的原料气的性质。用这些原料气制备的放热式气氛和吸热式气氛可以分别应用在不同环境下的热处理。放热式气氛可以应用在有色金属的保护加热或钢制零件的保护加热；低碳钢的光亮退火、正火、回火，钢材的光亮退火、粉末冶金的烧结等方面。吸热式气氛也可以应用于有色金属和钢材的保护加热以及钢制零件的光亮退回、淬火、正火、回火或机械零件的渗碳或碳氮共渗等工序之中。了解放热式气氛和吸热式气氛的生成原理和产生过程就能够很好地产生和应用这些气氛。

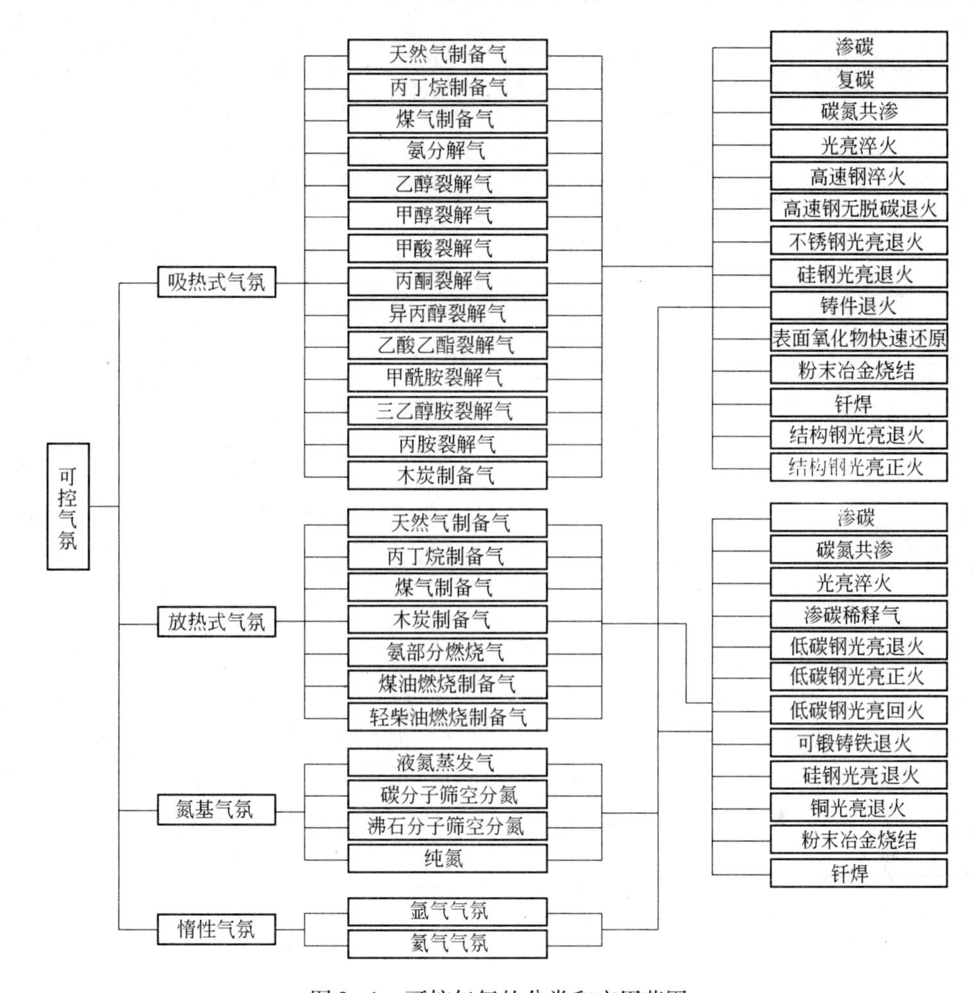

图 3-1 可控气氛的分类和应用范围

表 3-1 制备可控气氛的原料气性质

序号	原料气	密度			常压下的沸点/℃	发热值/kJ·m^{-3}	液化气量	
		空气=1	液态/kg·L^{-1}	气态/g·L^{-1}			m^3·L^{-1}	m^3·kg^{-1}
1	甲烷	0.544			-162	37703.6		
2	丙烷	1.520	0.510		-42	96976	0.278	0.583
3	丁烷	2.070	0.575		-11.7 ~ -0.6	125818	0.238	0.408
4	工业丙烷			1.95		88616		
5	工业丁烷			2.51		110352		
6	天然气			0.82		39459.2		
7	发生炉煤气			1.10		5245.9		
8	高炉煤气			1.31		3427.6		
9	焦炉煤气			0.57		20210.3		
10	水煤气			0.90		9279.6		
11	氨	0.590	0.610			16636.4	0.860	1.411
12	氢	0.069			-253	12080.2		

续表 3-1

序号	原料气	蒸汽压力/MPa			在室温下的爆炸范围（原料气）/%			最低着火温度/℃	完全燃烧空气（原料气）/%
		-18℃	+21℃	+38℃	下限	上限	范围		
1	甲烷				5.00	15.00	10.00	632	9.52
2	丙烷	0.168	0.785	1.372	2.10	10.10	8.00	481	23.82
3	丁烷	0.028	0.189	0.385	1.86	8.40	6.55	441	30.47
4	工业丙烷								
5	工业丁烷								
6	天然气				4.90	15.00	10.10	550~750	10.47
7	发生炉煤气				6.50	36.00	29.50		1.23
8	高炉煤气				35.00	74.00	39.00		0.68
9	焦炉煤气				5.60	30.40	24.80		4.99
10	水煤气				6.00	70.00	64.00		2.01
11	氨	0.110	0.798	1.38	16.00	27.00	11.00	780	3.57
12	氢				4.00	74.20	70.20	574	2.38

从表3-1可见，常用的原料气中发热值较高的是CH_4、C_3H_8、C_3H_6，以及天然气等。表3-1中所列这些原料气在室温下和空气混合都会发生爆炸。而且与空气混合爆炸的范围都比较宽。尤其是H_2、天然气和煤气等，与空气混合极易发生爆炸。在使用过程要特别注意原料气和可控气氛的防爆安全。同时这些原料气的着火点也较低，使用过程要特别注意防火、防爆。

3.1 放热式气氛的制备

3.1.1 放热式气氛制备的基本原理

放热式气氛分为普通放热式和净化放热式两大类。普通放热式又可以根据原料气和空气混合的多少分为贫气和富气两种。普通放热式气氛的富气具有强的脱碳性，贫气的制备加大空气的混合量，因此其不仅具有脱碳性还具有氧化性。净化放热式气氛分为以N_2为基础的气氛和以N_2、H_2为基础的气氛。净化式放热气氛根据净化的情况可以对不同的钢种进行加热保护。放热式气氛的制备一般是使用各种碳氢化合物和空气混合制备而成。例如天然气、液化石油气以及城市煤气等与空气混合燃烧制备成放热式气氛。

应用天然气、液化石油气制备放热式气氛是使用最广泛的原料气。天然气的主要成分是CH_4，液化石油气主要成分是C_3H_8、C_4H_{10}。在常温情况下C_3H_8和C_4H_{10}呈气体状态，经过加压以后呈液体状态，故又叫液化石油气。放热式气氛顾名思义在气氛制备产生过程将释放出热量。应用天然气、液化石油气制备放热式气氛，天然气中的CH_4，石油液化气中的C_3H_8、C_4H_{10}和空气混合燃烧反应如下：

$$CH_4 + 4O_2 + 4\times3.8N_2 \longrightarrow CO_2 + 2H_2O + 4\times3.8N_2 + Q_1 \tag{3-1}$$

$$C_3H_8 + 5O_2 + 5\times3.8N_2 \longrightarrow 3CO_2 + 4H_2O + 5\times3.8N_2 + Q_2 \tag{3-2}$$

$$C_4H_{10} + 6.5O_2 + 6.5\times3.8N_2 \longrightarrow 4CO_2 + 5H_2O + 6.5\times3.8N_2 + Q_3 \tag{3-3}$$

从反应式3-1可以知道，使用CH_4制备放热式气氛，1份体积的CH_4要完全燃烧需要4份体积的O_2，也就是1份CH_4需要空气约20份（空气中O_2的比例约占20%）才能保证CH_4的完全燃烧。1份CH_4与空气完全燃烧的反应的比例，空气：CH_4为20：1才能保证燃烧完全。反应式3-2是C_3H_8制备放热式气氛完全燃烧反应。从反应式3-2可以知道1份体积的C_3H_8要完全燃烧需要5份体积的O_2，也就是1份体积的C_3H_8需要空气约为25份。制备放热式气氛1份C_3H_8与空气混合完全燃烧的反应的比例，空气：C_3H_8为25：1才能保证燃烧完全。反应式3-3是C_4H_{10}制备放热式气氛完全燃烧反应。从反应式3-3可以知道1份体积的C_4H_{10}要完全燃烧需要6.5份体积的O_2，需要空气约为32.5份。也就是1份C_4H_{10}与空气完全燃烧的反应的比例，空气：C_4H_{10}为32.5：1才能保证燃烧完全。无论是反应式3-1、式3-2还是反应式3-3反应以后的产物是CO_2、H_2O以及N_2并产生大量的热量Q_1、Q_2和Q_3。而CO_2和H_2O是强氧化性气体，在热处理加热过程中不能起到对零件保护加热的作用，反而使零件迅速脱碳和氧化。在完全燃烧的情况下产生的气氛含有较多的CO_2和H_2O，用于零件的保护加热会造成氧化、脱碳现象，因此不能作为零件热处理过程的保护加热气氛。

如果对放热式气氛产生的气体进一步混合反应，减少空气的供给量，也就是降低空气与原料气的混合比，使多余的原料气同混合燃烧产物进行反应。这就是进行第二阶段的反应，其反应式是：

$$CH_4 + CO_2 \longrightarrow 2CO + 2H_2 \qquad -Q_4 \qquad (3-4)$$

$$CH_4 + H_2O \longrightarrow CO + 3H_2 \qquad -Q_5 \qquad (3-5)$$

$$C_3H_8 + 3CO_2 \longrightarrow 6CO + 4H_2 \qquad -Q_6 \qquad (3-6)$$

$$C_3H_8 + 3H_2O \longrightarrow 3CO + 7H_2 \qquad -Q_7 \qquad (3-7)$$

$$C_4H_{10} + 4CO_2 \longrightarrow 8CO + 5H_2 \qquad -Q_8 \qquad (3-8)$$

$$C_4H_{10} + 4H_2O \longrightarrow 4CO + 9H_2 \qquad -Q_9 \qquad (3-9)$$

反应式3-4~式3-9是CH_4、C_3H_8、C_4H_{10}完全燃烧后的产物与原料气再次混合燃烧反应。从这些反应可以看到，原料气不完全燃烧产物与燃烧产物CO_2和H_2O的反应是一个吸热反应。也就是说反应式3-4~式3-9的反应必须依靠外界供给热量反应才能够完成。但是如果反应式3-1~式3-3放热反应所释放出来的热量Q_1、Q_2、Q_3，分别供给吸热反应3-4~反应3-9提供足够Q_4、Q_5、Q_6、Q_7、Q_8、Q_9所需的热量，这样的反应就是放热反应，所产生的气体就是“放热式气氛”。如果反应3-1~反应3-3所释放出来的热量Q_1、Q_2、Q_3不能提供给反应3-4~反应3-9所需热量Q_4、Q_5、Q_6、Q_7、Q_8、Q_9，反应就不能进行，只有在外界提供热量的情况下反应才得以进行，这种靠外界提供热量进行的反应称为“吸热式反应”，“吸热式反应”产生的气体称为“吸热式气氛”。

无论是“放热反应”还是“吸热反应”，其主要是根据要求确定其反应。实质就是确定空气与原料气的混合比，空气与原料气的混合比不同，反应生成的气氛成分也就不同。图3-2是完全燃烧程度与产生气体成分的关系。从图3-2中可以看到随着空气混合量的增加所产生的气体中氧化性气体成分增加，也就是CO_2、H_2O、含量增加。当完全燃烧程度达到1.0以上时将出现铁氧化不可逆的氧化性气体O_2。在制备可控气氛时一定要注意气氛中O_2含量一定要尽量少。随着空气混合量的增加，还原性气体成分减少，也就是气氛中 CO、H_2、CH_4 的含量减少，中性气体成分 N_2 增加。

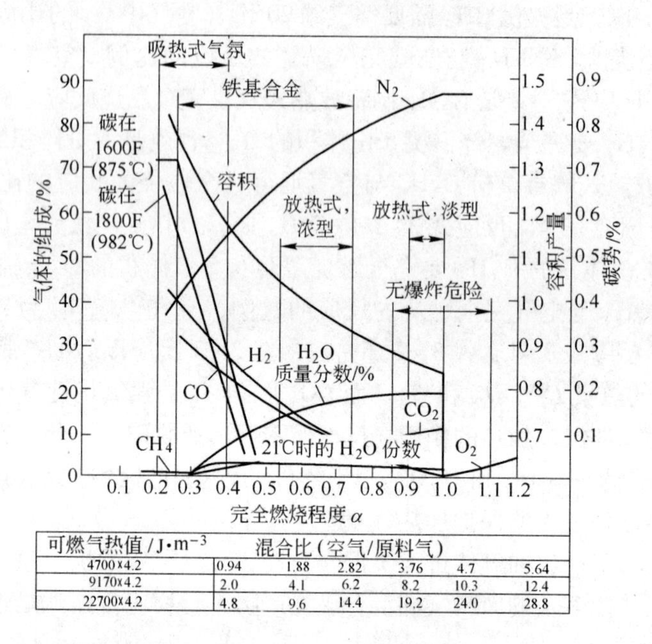

可燃气热值/J·m^{-3}	混合比（空气/原料气）					
4700×4.2	0.94	1.88	2.82	3.76	4.7	5.64
9170×4.2	2.0	4.1	6.2	8.2	10.3	12.4
22700×4.2	4.8	9.6	14.4	19.2	24.0	28.8

图 3 - 2　完全燃烧程度和产生的气体成分的关系

天然气制备可控气氛，其气氛的成分与空气的混合比有很大的影响。图 3 - 3 是不同空气天然气比混合生成的放热式气氛。从图 3 - 3 可见随着空气混合量的增加，产生的放热式气氛中 CO_2 含量随之增加，CO 含量随之降低，H_2 的含量也随之降低。当燃烧空气系数达到 1.00 时出现铁氧化的不可逆气氛 O_2。作为钢铁加热的保护气氛，一定注意在气氛中 O_2 含量要限制在不会造成不利影响的范围。也就是应用天然气制备气氛时燃烧空气系数必须小于 1，气氛中才可能避免 O_2 的出现。

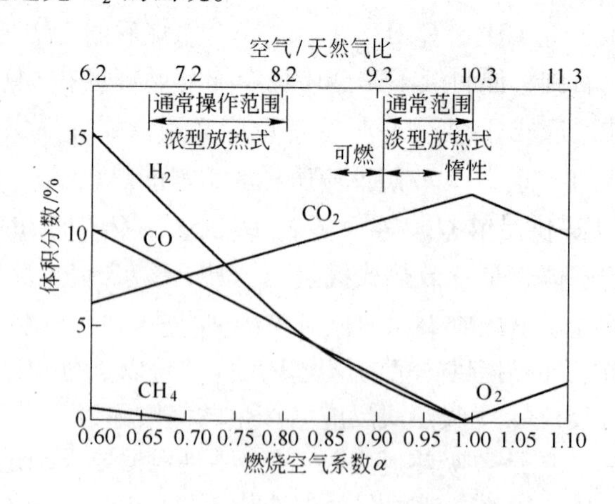

图 3 - 3　空气/天然气比与放热式气氛成分的关系

丙烷制备放热式气氛，空气与丙烷的混合比不同产生气氛的成分也不同。图 3 - 4 示出空气与丙烷不同混合比与放热式气氛的关系。表 3 - 2 列出空气与 C_3H_8 混合比燃烧反应后生成的气氛成分。

从图3-4可以看到空气与C_3H_8的混合比发生变化，反应气的成分将发生变化。随着空气量的减少（混合比降低）完全燃烧的部分减小，燃烧后气体成分中CO_2、H_2O的含量降低，而CO、H_2的含量增加。同理混合气中空气含量增加，反应气中CO、H_2的含量减少，CO_2含量增加。从表3-2可以看到混合的空气越多，产生的放热式气氛中的CO_2越高，CO也就越少。在这种情况下说明混合气中，空气量的增加会增大产生的放热式气氛氧化型气体的趋势。在制备气氛过程，根据需要调整空气与原料气的混合比就能够调整气氛中氧化性气氛的含量。

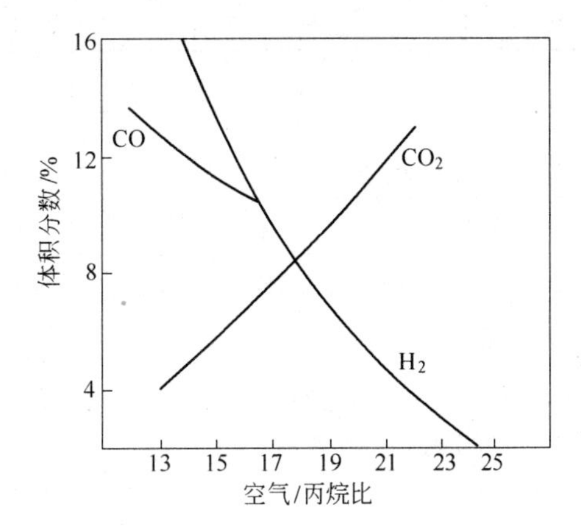

图3-4 空气/丙烷比与放热式气氛成分的关系

表3-2 不同空气与C_3H_8混合燃烧反应生成的气氛成分

混合比/空气：C_3H_8	生成气体体积分数						
	$\varphi(CO_2)$/%	$\varphi(CO)$/%	$\varphi(H_2)$/%	$\varphi(CO_2)/\varphi(CO)$	$\varphi(H_2O)$/%	$\varphi(H_2O)/\varphi(H_2)$	$\varphi(N_2)$/%
24：1	12	0.5	0.5		2.3		其余
20：1	10	6	6	1.6	2.3	0.45	其余
16：1	6	10	11	0.6	2.3	0.27	其余
14：1	5.5	12	14	0.46	2.3	0.19	其余
13：1	4.5	13.5	15.5	0.33	2.3	0.17	其余
11：1	燃烧不能进行						

从表3-2可以看到，当空气与丙烷的混合比低于11时放热式反应不能进行，必须依靠外界供热反应才能进行，也就是进入吸热式反应。从表3-2还可以看到随着空气与丙烷混合比的增加，产生的气体成分中CO_2的含量随之增加，CO含量逐步降低。当空气与C_3H_8混合比大于13时，放热反应占主导地位；小于11时，吸热反应占主导地位。因此在制备气氛时要注意C_3H_8与空气的混合比，确保所需要的气氛成分的产生。

甲烷、丙烷、丁烷制备气氛根据不同的空气与原料气的混合比得到不同的气氛。表3-3是放热式气氛燃烧反应计算数据。表3-3中示出放热式气氛的富气中CO、H_2的含量明显要比贫气的含量高。而CO_2、H_2O的含量富气明显比贫气含量少。表3-3中分母是除水以后的成分，除水以后气体成分发生了变化。

表3-3 放热式气氛燃烧反应计算数据

项　目	富　气			贫　气			
	甲烷	丙烷	丁烷	甲烷	丙烷	丁烷	乙醇
完全燃烧时所需空气量/m^3	9.5	23.8	30.9	9.5	23.8	30.9	14.28
1. 不完全燃烧时空气与原料气混合比	4.76	12.7	16.66	8.63	21.72	28.26	13.33
2. 相应的完全燃烧程度	0.5	0.534	0.538	0.908	0.913	0.915	0.933

续表 3 - 3

项目	富气			贫气			
	甲烷	丙烷	丁烷	甲烷	丙烷	丁烷	乙醇
燃烧前混合气体量/m^3	5.76	13.7	17.66	9.63	22.72	29.26	14.33
燃烧产物量/m^3	6.76	17.03	22.16	9.82	24.16	31.3	15.53
除去水分后所得放热式气氛含量/m^3	6.09	15.69	20.49	8.07	20.66	26.95	12.73
燃烧前后气体体积比	1.17	1.24	1.25	1.02	1.06	1.07	1.08
每立方米放热式气氛原料气消耗量/m^3	0.164	0.064	0.047	0.124	0.048	0.037	0.079
每立方米放热式气氛原料气消耗量/kg		0.121	0.124		0.091	0.094	0.163
计算气氛组成							
CO 体积分数/%	$\frac{9.90}{10.90}$	$\frac{11.7}{12.74}$	$\frac{12.35}{13.25}$	$\frac{12.7}{1.55}$	$\frac{1.55}{1.82}$	$\frac{1.60}{1.86}$	$\frac{1.29}{1.58}$
CO_2 体积分数/%	$\frac{4.93}{5.04}$	$\frac{5.87}{6.37}$	$\frac{6.17}{6.63}$	$\frac{8.91}{10.84}$	$\frac{10.88}{12.70}$	$\frac{11.18}{13.0}$	$\frac{11.60}{14.13}$
H_2 体积分数/%	$\frac{19.80}{21.80}$	$\frac{15.65}{17.00}$	$\frac{15.40}{16.50}$	$\frac{2.55}{3.10}$	$\frac{2.07}{2.42}$	$\frac{2.00}{2.33}$	$\frac{12.9}{15.8}$
H_2O 体积分数/%	$\frac{9.9}{0}$	$\frac{7.83}{0}$	$\frac{7.7}{0}$	$\frac{17.82}{0}$	$\frac{14.5}{0}$	$\frac{13.98}{0}$	$\frac{18.0}{0}$
N_2 体积分数/%	$\frac{55.47}{61.9}$	$\frac{58.95}{63.89}$	$\frac{58.95}{63.89}$	$\frac{69.95}{84.51}$	$\frac{71.0}{83.06}$	$\frac{77.24}{82.80}$	$\frac{67.82}{82.71}$

注：1. 表中数据均按 1 m^3 标准原料气计算。

2. 计算的气氛组成，分子为燃烧后未除去水，分母为除水后得成分。

天然气制备的可控气氛，空气与天然气的混合比发生变化得到的气氛成分也将发生变化。表 3 - 4 列出天然气制备净化放热式气氛成分。表 3 - 4 中所列出放热式气氛的露点在比较低的温度情况下得到的放热式气氛不论富气还是贫气都可以用于钢的保护热处理。因为经过净化的放热式气氛，露点大大降低。通过净化后的气氛保留的只有还原气体和中性气体，因此净化放热式气氛能够应用于钢的加热保护。

表 3 - 4 天然气制备净化放热式气氛成分

类别	气体体积分数/%					露点/℃	制备 100 m^3 气体需要的天然气/m^3
	$\varphi(N_2)$	$\varphi(CO)$	$\varphi(CO_2)$	$\varphi(H_2)$	$\varphi(CH_4)$		
贫气	63.0	17.0	0.0	20.0	0.0	−47	12
富气	60.0	19.0	0.0	21.0	0.0	−46	22

表 3 - 5 示出应用 CH_4、C_3H_8、C_4H_{10} 制备的放热式气氛，应用这三类原料气制备放热式气氛的富气类型和贫气类型的空气与原料气的混合比范围。表 3 - 5 所列出的空气与原料气的混合比得到的放热式气氛经过净化处理就可以应用于钢材的保护加热。

空气与原料气混合燃烧得到的反应气中，CO_2 和 H_2O 是氧化性气体，CO 和 H_2 是还原性气体，N_2 是中性气体。气氛中 CO_2、H_2O、O_2 是氧化性气体，但是 CO_2 和 H_2O 对零件的氧化作用和 O_2 相比较是有所不同的。O_2 与铁的氧化反应如下：

$$2Fe + O_2 \longrightarrow 2FeO \quad (3-10)$$

表3-5 放热式气氛产生的空气与常用原料气的混合比

原料气	放热式气氛类型	
	富 气	贫 气
甲烷（CH_4）	5.2~7.6	8.6~9.3
丙烷（C_3H_8）	13.1~19	21.4~23.3
丁烷（C_4H_{10}）	17~24.7	27.8~30.2

反应式3-10中O_2与Fe的氧化反应，热处理情况下这种反应式是不可逆的。也就是说式3-10的反应只会向右进行，不会发生向左的反应，即生成FeO。在热处理条件下不会分解成铁和O_2。因此只要炉内存在O_2时，就会对零件起到氧化作用。这种氧化反应不会发生逆反应，在进行热处理的炉子气氛中要尽量避免氧的存在，使O_2的含量一定少于会造成危害的含量。

而CO_2和H_2O虽然也是氧化性气体，但是其氧化作用与O_2有所不同。铁与CO_2的反应如下：

$$Fe + CO_2 \underset{氧化}{\overset{还原}{\rightleftharpoons}} FeO + CO \quad (3-11)$$

反应式3-11是铁与CO_2的一个可逆反应。CO_2对铁起氧化作用，而CO则对FeO起还原作用。在一定的条件下反应式3-11的反应是向特定的方向进行，这就决定于气氛所处的条件是有利于向左反应，还是有利于向右反应，气氛与钢是发生氧化反应还是还原反应。只要控制好气氛存在的条件就会向需要的方向进行反应，达到实现无氧化加热的目的。

反应式3-11中，减少气氛中CO_2的含量反应就将向左发生，反应式向还原方向反应。反应式3-11向左发生的反应是使FeO还原成铁的反应。炉子气氛发生反应式3-11向左方向的反应就可减轻零件在加热过程的氧化趋向，起到保护零件加热的作用。但是，炉子内的保护气氛是随着炉子所处的条件变化而变化。在温度一定的情况下反应式3-11向左发生反应还是向右发生反应，主要决定于气氛中CO_2/CO的比值。图3-5示出不同温度条件下CO_2/CO反应平衡曲线，可以看到在不同温度条件下CO_2和CO的成分发生变化，反应式3-11的反应方向也将发生变化。随着温度的升高，反应式3-11要发生向右的反应，也就是向氧化方向反应，温度升高铁可能会生成FeO。要不发生氧化反应要求气氛中CO_2含量降低，才能使反应式发生向左的反应，也就是发生还原反应，保证零件不发生氧化。对于钢中碳含量不一样，要求保护气氛中CO_2含量也不一样，才能保证

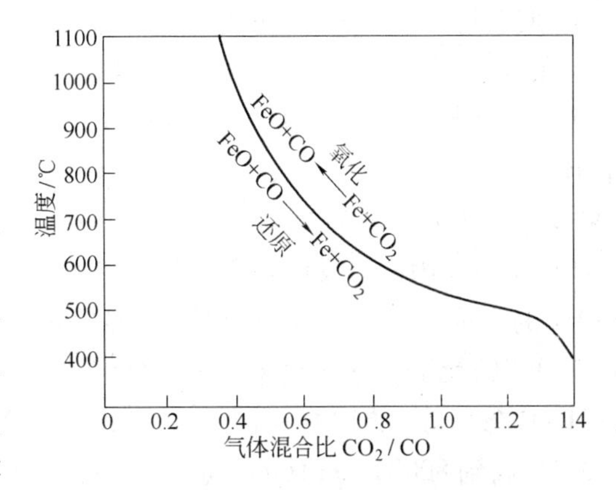

图3-5 在不同温度情况下CO_2/CO气氛的平衡关系曲线

钢件不发生氧化、脱碳作用。钢中碳含量增加，保护气氛中 CO_2 的含量降低，钢发生氧化、脱碳的趋势降低。

可控气氛中 CO_2 和 CO 的含量发生变化将影响钢的加热过程中增碳脱碳的情况。图 3-6示出 CO_2/CO 的平衡常数和钢中碳含量的关系。图 3-6 示出钢中碳含量越高，在温度不变情况下进行保护气氛加热，要求气氛中 CO_2 含量要相应减少。

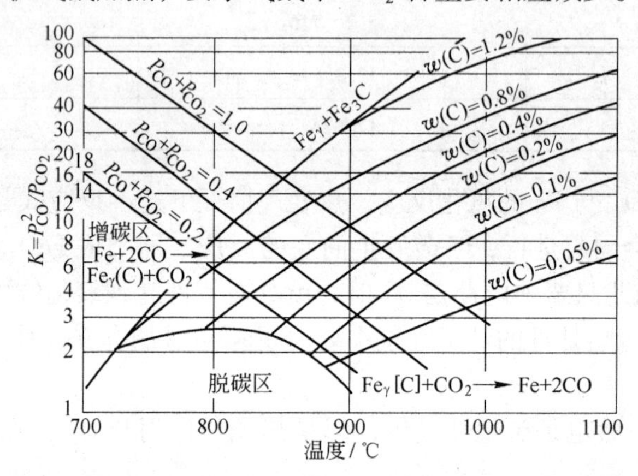

图 3-6　反应 $Fe_\gamma[C]+CO_2 \longrightarrow Fe+2CO$ 的平衡常数与温度及钢中碳含量的关系

图 3-6 中当温度为 850℃时，钢中碳含量为 0.2%，P^2_{CO}/P_{CO_2} 的比值在 3.2 就不会发生脱碳；而碳含量为 1.2% 的钢种，P^2_{CO}/P_{CO_2} 的比值必须大于 17 以上才不会发生脱碳现象。可见根据钢中碳含量的不同保护气氛中 CO_2/CO 的含量也要不同，才能保证钢处于良好的保护加热状态。气氛中 CO_2 对钢加热过程要造成氧化，气氛中的 H_2O 也要对钢件氧化产生作用。H_2O 对铁氧化、还原反应如下：

$$Fe + H_2O \underset{\text{氧化}}{\overset{\text{还原}}{\rightleftharpoons}} FeO + H_2 \tag{3-12}$$

反应式 3-12 中 H_2O 对铁的氧化反应是一个可逆反应。在等温状态下反应式 3-12 的反应方向决定于 H_2O/H_2 的比值。在温度一定时，增加 H_2O 的含量铁将被氧化，反应式 3-12 向右进行；当 H_2 含量增加时 FeO 将被还原，反应式 3-12 将向左进行，发生还原反应。在 H_2O 的含量不变的条件下，温度发生变化反应式 3-12 反应的方向也发生变化。图 3-7 示出铁与 FeO 和 $\varphi(H_2O)/\varphi(H_2)$ 的反应平衡曲线。图 3-7 示出温度在 920℃时气氛中 H_2O 的含量为 0.5 时铁将被氧化，反应式 3-12 向右进行发生氧化反应；当温度降低到 800℃时，气氛中 H_2O 的含量仍然维持在 0.5 时，FeO 将被还原，反应式 3-12 将向左发生还原反应。因此，反应式 3-12 向左或向右反应，决定于气氛所处的温度和气氛中 H_2O 和 H_2 的含量。图 3-7 示出在不同温度情况下 $\varphi(H_2O)/\varphi(H_2)$ 的反应平衡曲线。从图 3-7 可以看到铁与 FeO 在 $\varphi(H_2O)/\varphi(H_2)$ 的气氛中的平衡关系。在温度为 600℃，$\varphi(H_2O)/\varphi(H_2)$ 的比 0.4 时，反应式 3-12 向右反应，铁被氧化生成 FeO。当温度从 600℃升高到 800℃，$\varphi(H_2O)/\varphi(H_2)$ 的比值维持在 0.4 不变时，反应式 3-12 向左反应，FeO 将会被还原成为铁。当温度保持在 900℃不变，$\varphi(H_2O)/\varphi(H_2)$ 的比值由 0.4 上升到 0.6 时反应式 3-12 向右反应，铁被氧化为 FeO。因此从图 3-7 可以看到 H_2O 对铁的氧化

作用规律与 CO_2 有所不同，随着温度的降低，$\varphi(H_2O)/\varphi(H_2)$ 在气氛中比值应该降低，才能保证零件不被氧化。也就是说当温度加热至950℃时，$\varphi(H_2O)/\varphi(H_2)$ 的比值小于0.6就不会发生氧化反应。但是当温度降低到850℃时，$\varphi(H_2O)/\varphi(H_2)$ 的比值必须降到0.5以下才能保证不发生氧化反应。$\varphi(H_2O)/\varphi(H_2)$ 比值随温度降低必须降低，才能保证钢铁在加热时不被氧化。H_2O 的这一规律性，对分析炉气成分进行零件的光亮退火影响有很大的意义。当零件在840℃进行光亮退火时，气氛的 $\varphi(H_2O)/\varphi(H_2)$ 的比值在0.35时，由图3-7可判断为还原性气氛。但是当温度降到500℃时，$\varphi(H_2O)/\varphi(H_2)$ 的比值在0.35的气氛已成为氧化性气氛，对光亮退火的零件将发生氧化作用，起不到光亮退火的效果。因此对于光亮退火处理的零件随着温度的降低 $\varphi(H_2O)/\varphi(H_2)$ 的比值也要随着降低，而不能根据 CO_2 对零件氧化作用的方式考虑。

只是简单地讨论 $\varphi(CO_2)/\varphi(CO)$ 或 $\varphi(H_2O)/\varphi(H_2)$ 在不同温度情况下对零件的氧化作用不能很好地解决零件在加热过程中的氧化问题，必须将 $\varphi(CO_2)/\varphi(CO)$ 和 $\varphi(H_2O)/\varphi(H_2)$ 在不同温度情况下对零件的氧化作用的平衡曲线结合起来讨论。图3-8是 $\varphi(CO_2)/\varphi(CO)$ 与 $\varphi(H_2O)/\varphi(H_2)$ 在不同温度情况下的平衡曲线。如果零件光亮退火，温度在840℃加热时气体混合比选择在0.45。在气体混合比为0.45的情况下进行加热，温度为840℃时不会发生氧化反应。但是当退火温度下降到700℃时，零件就将发生氧化反应。这时 CO_2 不会造成零件的氧化反应，而是 H_2O 造成的氧化反应。那么进行光亮退火要保证不会发生氧化反应，混合气体的比值就必须控制在曲线1和曲线2的左侧才不会发生氧化反应。在生产过程中要保证零件达到要求，不发生氧化反应，就要根据具体情况进行分析。温度在900℃时，$\varphi(CO_2)/\varphi(CO)=0.5$，$\varphi(H_2O)/\varphi(H_2)=0.2$ 的混合气氛对零件造成的影响如何。温度在900℃时，$\varphi(CO_2)/\varphi(CO)=0.5$ 条件下的气氛属于轻微氧化作用气氛；但是此时 $\varphi(H_2O)/\varphi(H_2)=0.2$ 条件下的气氛属于强还原性气氛。在 $\varphi(CO_2)/\varphi(CO)=0.5$ 和 $\varphi(H_2O)/\varphi(H_2)=0.2$ 这种混合气氛情况下，由于 $\varphi(H_2O)/\varphi(H_2)$ 的还原作用超过了 CO_2/CO 的氧化作用，所以这种气氛仍然是还原性气氛，零件在此气氛下加热不会发生氧化反应。

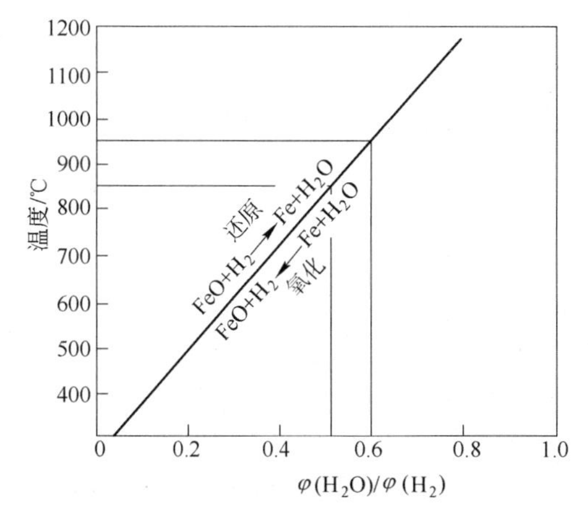

图3-7 Fe与FeO在 H_2O/H_2 气氛中的平衡曲线

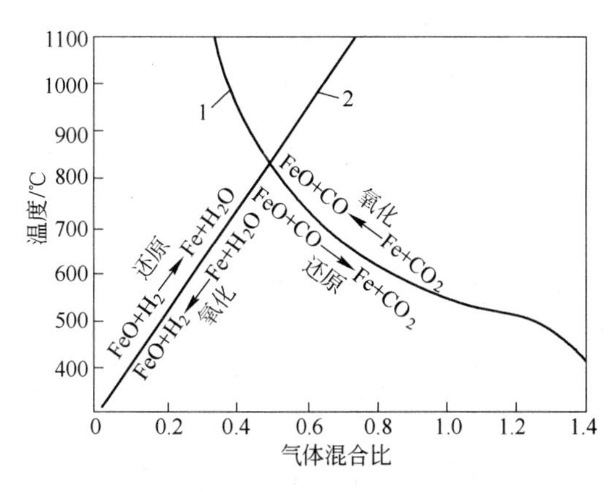

图3-8 在不同温度情况下 $\varphi(CO_2)/\varphi(CO)$ 与 $\varphi(H_2O)/\varphi(H_2)$ 气氛的平衡关系曲线
1—CO_2/CO；2—H_2O/H_2

从以上分析可以知道,气氛中 $\varphi(CO_2)/\varphi(CO)$ 和 $\varphi(H_2O)/\varphi(H_2)$ 的值决定了气氛的性质,两种气氛的比值的大小取决于混合比,可见混合比是决定反应气氛成分的决定因素。要实现通常热处理温度下的无氧化加热,空气与原料气的混合比一般在:$\varphi(H_2O)/\varphi(H_2)$ = 5.2 ~ 7.6;空气/丙烷 = 13 ~ 16。如果混合比降低,反应气中 CO_2 和 H_2O 的含量减少,CO 和 H_2 的含量增加,气氛的还原性增加。当混合比进一步降低,空气比天然气的比值低于5;空气比丙烷的比值低于12时,虽然反应气的还原性增加了,但是此时混合气的反应不能够通过燃烧进行,必须靠外部供给热量反应才能进行。靠外部供给热量进行的反应就是"吸热式反应",产生的气氛就是"吸热式气氛"。

3.1.2 放热式气氛的制备方法

"放热式气氛"是所有制备热处理气氛中成本最低廉的一种。"放热式气氛"应用范围较广,设备维护简单。可应用于低碳钢的光亮退火、正火、回火,钢的光亮退火,粉末冶金烧结等方面。经过深度净化的放热式气氛可用于不锈钢的保护加热等。"放热式气氛"可分为"普通放热式气氛"和"净化放热式气氛"两大类。"普通放热式气氛"又可以按原料气体和空气混合的多少分为"贫气"和"富气"两种。净化放热式气氛是以氮为基础的气氛和以氮、氢为基础的气氛。

"普通放热式气氛"具有强脱碳性。制备放热式气氛时完全燃烧系数为65%,在870℃温度的情况下,其在炉膛内的气氛碳势不超过0.02%。除去燃烧产物中的 H_2O 以后,气氛中的组分是不平衡的,同一炉内的气氛水煤气反应仍然会发生,产生水分。其次,气氛中 CO 在一定温度下处于不稳定状态。当温度在425 ~650℃时,CO 会发生分解反应析出炭黑。因此"放热式气氛"制备时要注意气氛出口气体的冷却,使气氛迅速冷却至低于425℃温度,避免 CO 分解反应的发生。制备的放热式气氛也可以高于650℃直接使用,也可以防止 CO 的逆反应。

"放热式气氛"在原料气与空气混合部分燃烧生成。燃烧部分生成的 H_2O 和 CO_2,未燃烧部分的原料气裂解生成 H_2 和 CO。燃烧生成"放热式气氛"通过用水冷却器降低气氛的"露点",使气氛中的水冷凝析出。然后可以采用冷冻的方法,进一步降低"放热式气氛"的"露点",使气氛中的 H_2O 和 CO_2 通过冷冻或吸收方法祛除。

图3-9是放热式气氛制备流程图。图3-9所示制备的放热式气氛流程分为五种类型。第一种类型放热式气氛的制备首先是将原料气和空气混合通入燃烧炉内进行燃烧反应。燃烧完成生成的放热式气氛通过水冷却器进行冷却,使放热式气氛的露点降低,使气氛中的 H_2O 析出来。此时制备出来的放热式气氛的露点一般有25℃左右。这一类型的放热式气氛露点高,应用于零件热处理容易造成零件的氧化脱碳。

图3-9所示放热式气氛流程图中第二种类型,在第一种类型的基础上进一步处理。对第一种类型的放热式气氛采取冷冻的办法使气氛露点进一步降低。采用进一步冷冻的办法,冷冻的温度在1℃,制备出第二种类型的放热式气氛。这一步的冷冻处理,放热式气氛的露点可达到4℃左右。气氛露点达到4℃时,这种气氛已可以应用渗碳、碳氮共渗、光亮淬火、复碳、钎焊、高速钢淬火、中碳钢的保护加热等,应用范围大大加强。

若需进一步扩大放热式气氛的应用范围,如对一些要求较高的热处理过程进行保护的气氛,可对第二种类气氛进一步干燥处理。在图3-9所示放热式气氛流程第二种类型放热

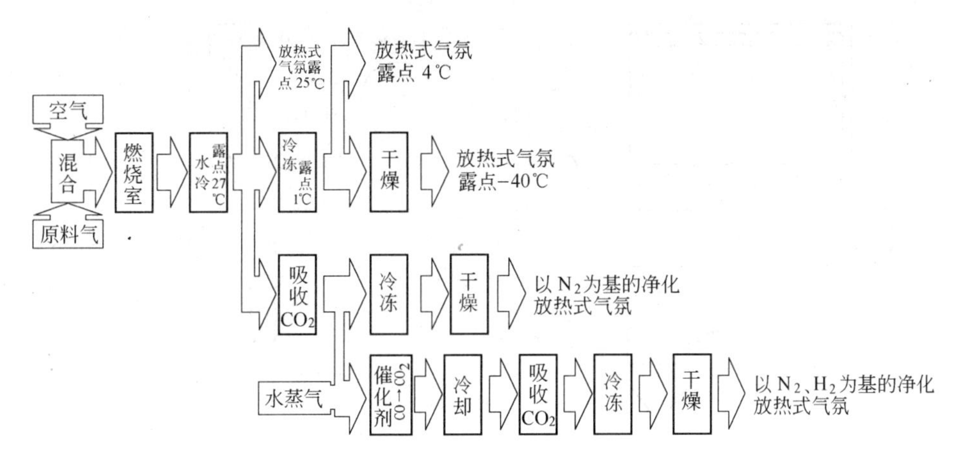

图3-9 放热式气氛制备流程

式气氛基础上进一步冷冻,冷冻干燥放热式气氛的温度为-40℃,露点达到-40℃。经过进一步冷冻干燥的放热式气氛,可以用作铜和低碳钢光亮退火,中碳钢、高碳钢光亮退火、淬火、回火,高硅钢光亮退火等。

放热式气氛还可制备成以N_2为基础的净化放热式气氛。图3-9放热式气氛制备流程中,燃烧完成水冷放热式气氛露点25℃,再使用化学剂或分子筛吸收气氛中CO_2,降低气氛中CO_2的含量。然后进行冷冻干燥,降低气氛中H_2O的含量从而制备出以N_2为基础的放热式气氛。第四类以N_2为基础的放热式气氛,气氛中含有少量的CO气体。可以应用在渗碳、碳氮共渗的稀释气,钢材的保护加热等。

第五种类型的放热式气氛是以N_2、H_2为基础的放热式气氛。若制备以N_2和H_2为基础的放热式气氛,则要进一步进行处理。图3-9放热式气氛流程中,在吸收CO_2的放热式气氛后再进行催化处理,使放热式气氛中含量较多的CO进行催化分解成CO_2。然后进行冷却处理,降低气氛露点。进一步吸收CO_2,冷冻、干燥,这样就可得到以N_2和H_2为基础的第五种类型的放热式气氛。这种纯度较高的可控气氛可以用在各种钢材热处理保护加热中。

放热式气氛的制备原料可用天然气、液化石油气、煤气、轻柴油、煤油、木炭等。原料与空气混合在燃烧室燃烧,然后经过冷凝除水、吸附干燥制备而成。应用气体作为原料的放热式气氛的产生根据混合形式,分为预先混合和烧嘴混合两种。图3-10示出预先混合式放热式气氛产生流程图。预先混合式放热式气氛的制备,原料气的压强为1.5~2.0 kPa。从图3-10可以知道放热式气氛制备,原料气通过安全阀—截止阀—再经过调压阀—比例控制阀—与空气混合—进入燃烧炉内进行燃烧反应。空气经过空气过滤器—流量计—由鼓风机送至—流量控制阀—与原料气混合—进入燃烧室。燃烧反应完成的气体通过冷却器冷却下来进行水气分离,冷却后的放热式气氛就是图3-9所示的第一类放热式气氛。冷却后的放热式气氛可以直接供给热处理炉使用。也可以进一步进行处理得到应用范围更广的放热式气氛。

制备放热式气氛要求制备出来的气氛成分稳定。气氛的成分稳定,很重要的问题是原料气与空气的混合比要保持相对的稳定,制备的气氛的稳定性才能相对稳定。放热式气氛的稳定性很大程度决定于空气与原料气的混合比。保证空气与原料气混合比的稳定,如图3-10所示供气管路采取分别安装流量调节器(即管路上的流量控制阀、流量计、比例控制

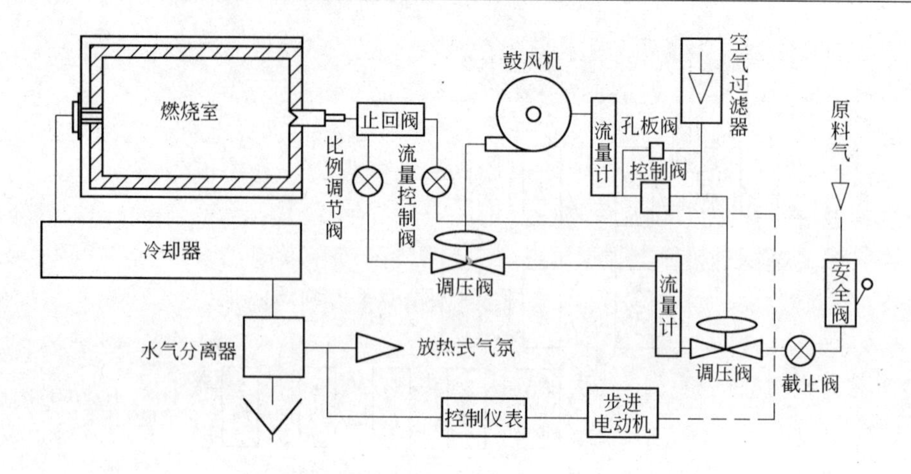

图3-10　预先混合放热式气氛制备流程图

阀),对混合比进行调节。为确保流量控制的准确、稳定,流量计前后分别采用两个调压阀进行压力的调节控制。同时原料气与空气的进入分别采用两个流量计进行流量的控制。由于原料气的成分不是十分稳定,因此使用检测控制仪表对制备气氛进行检测和控制。检测控制仪表对制备的放热式气氛进行检测,检测得到气氛的检测值与要求值出现偏差时,通过步进电动机对控制阀进行调节。当检测出的CO_2高于要求值(设定值)时,步进电动机减少空气的通入量使制备气氛的CO_2值降低。如果制备的气氛CO_2值低于要求值时,步进电动机调节控制阀,增大空气通入量,使产出气氛达到要求值。也就是说,制备的放热式气氛的成分含氧化性气氛大于给定值时,控制仪表通过步进电动机调节控制阀,减少空气进入燃烧炉的量。当制备的放热式气氛中还原性气氛的含量大于给定值时,控制仪表通过步进电动机调节控制阀增大空气的进给量,使放热式气氛的成分达到所需要的成分范围。

图3-11示出烧嘴混合放热式气氛流程图。烧嘴混合放热式气氛的制备是:空气通过空气过滤器—孔板阀—流量计—与原料气混合—压缩机—截止阀—逆止阀—烧嘴—燃烧室;原料气—安全截断阀—流量计—调压阀—比例控制阀—与空气混合—压缩机—截止阀—逆止阀—烧嘴—燃烧室。烧嘴混合放热式气氛的制备和预先混合放热式气氛的制备不同之处在于空气与原料气的混合。烧嘴混合放热式气氛的制备原料气的压强在136 kPa以上。要

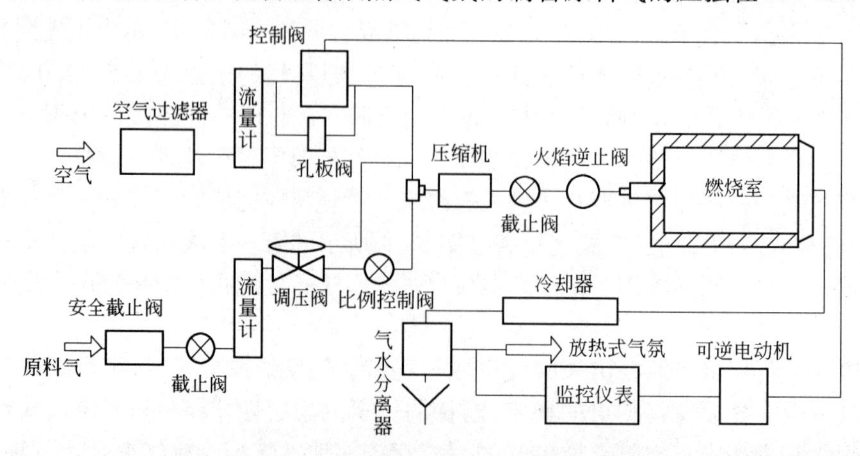

图3-11　烧嘴混合放热式气氛流程图

求压强的增加其原因是为了防止混合气发生逆火反应。在烧嘴前增加逆止阀也就是防止逆火反应的发生。当出现逆火时，逆止阀立即关闭防止火焰顺管道的燃烧。

无论采用任何一种混合方式制备可控气氛，都必须注意防止逆火现象的发生。在进行发生器设计时必须注意混合气体从烧嘴喷出的速度应该大于火焰传播的速度，否则火焰就会沿管道进行燃烧发生所谓“逆火”现象。图3-12示出各种气体与空气混合后的传播速度。火焰传播的速度随着混合的空气量的增加传播速度加快，当空气混合量达到一定混合比时传播速度到达顶点，随着空气混合比增加火焰传播速度反而降低。由图3-12可知火焰传播速度最快的是H_2，其最快传播速度可达2.8 m/s。其次是C_2H_2与空气混合后的气体火焰传播的速度最大达2.7 m/s；再其次是水煤气与空气混合的气体，其火焰的传播速度最大到1.2 m/s。在进行可控气氛制备设计过程中必须注意防止产气过程的“逆火”现象。对于不同的原料气与空气混合气流的速度必须大于火焰传播速度，并且应做好防止逆火准备。

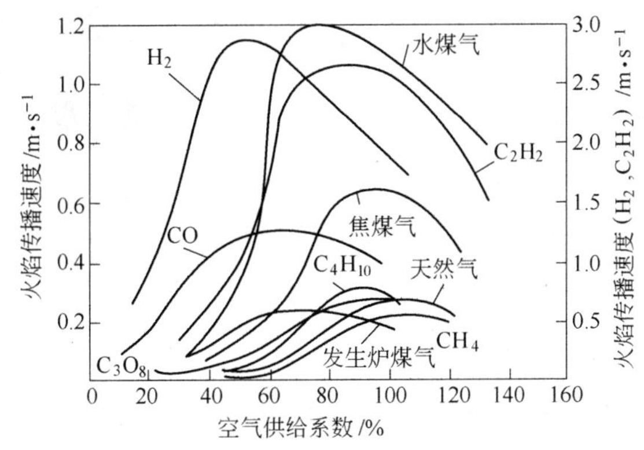

图3-12 各种气体火焰传播速度

制备放热式气氛如果要进一步提高气氛的适应范围，可对气氛进行冷冻处理，使气氛中水分在冷冻过程析出，从而降低气氛的露点值。然后可进行净化处理，得到净化放热式气氛。图3-13是净化放热式气氛流程图。图3-13示出放热式气氛形成以后，再经过冷却器冷却然后进行气水分离—压缩机加压—油滤器滤尽气氛中油—热交换器对气氛进行干燥—除氧气—热交换器干燥—分子筛吸附器除尽气氛中氧化气氛—储气罐—供给加热炉。经过净化处理放热式气氛中的CO_2含量可以减少到50×10^{-6}以下水平。根据对净化放热式气氛的要求将除H_2O、CO_2等净化设备组合起来，并配上必需的监控仪表，控制手段就可形成一整套完整的净化系统。图3-13中去除CO_2的分子筛使用4A分子筛，同时吸附CO_2和H_2O，采用加热解吸法再生分子筛，采用加压吸附真空解吸方法制备净化放热式气氛。图3-13示出使用两个分子筛吸附器，两个分子筛吸附器交替进行工作，即一个吸附器中分子筛在进行吸附，另一个吸附器则在进行解吸。要保证两个吸附器准确无误地进行吸附或解吸，气动薄膜阀是直通或切断，要按一定顺序进行打开或关闭薄膜阀。根据吸附、解吸的要求次序，用电子顺序控制器控制电磁先导阀的动作顺序，控制每一个阀的开启或关闭时间。根据压力的交替作用，使气动薄膜阀直通、切断，即阀的打开或关闭，以使放热式气氛在压力下进行吸附，或在真空状态下进行解吸。这样得到比较纯净的净化放热式气氛。净化后的放热式气氛N_2的含量可达到67%～97%；CO_2含量小于50×10^{-6}；露点达到－60℃。图

3 - 13 中净化放热式气氛只进行一级净化处理，要求净化气氛纯度更高时，可进行二级净化处理，或多级净化处理得到高纯度的净化放热式气氛。

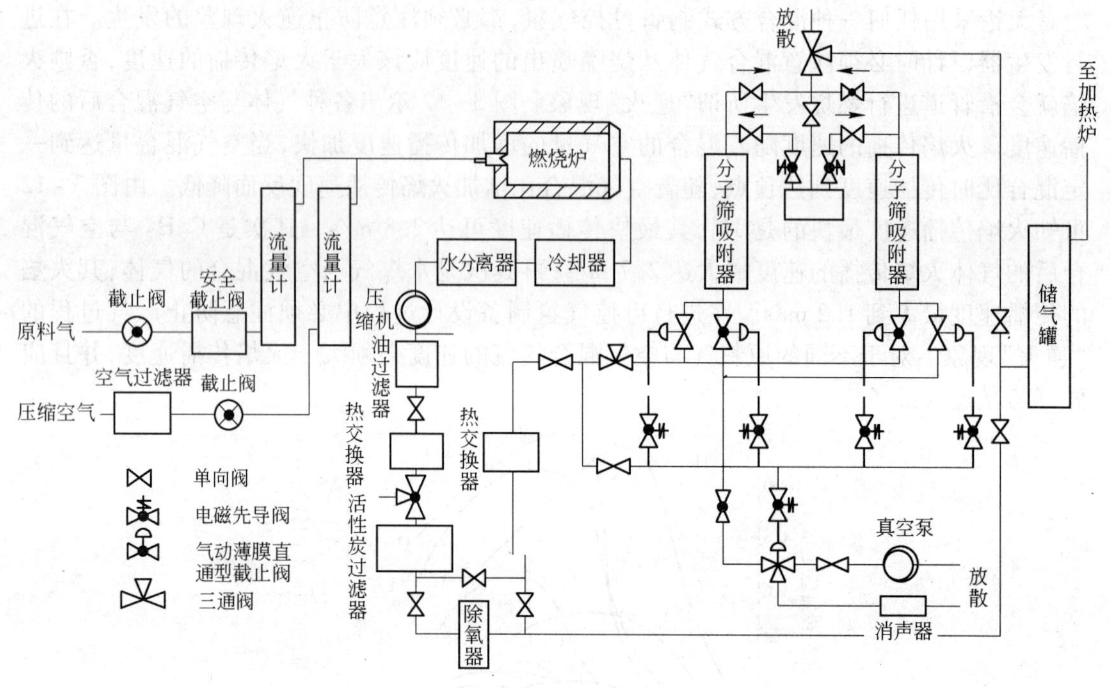

图 3 - 13　净化放热式气氛流程图

3.1.3　制备可控气氛原料与催化剂

3.1.3.1　原料气

制备可控气氛的原料可以使用气体原料也可以使用液体原料或固体原料。无论是使用气体原料、液体原料还是固体原料，对原料应注意以下几点要求：

(1)价格低廉。低廉的原料是保证制备气氛成本的重要因素，在选用可控气氛制备原料时应该作为重点考虑要求。

(2)裂解转化完全，不易积炭黑。在制备可控气氛过程炭黑的积聚将影响制备气氛的质量，造成反应罐内的堵塞和通气管道的堵塞。炭黑影响零件热处理后的光洁，增加清理炉膛的麻烦。因此要求原料气中烯类原料要少，烯类是形成炭黑的主要原料。

(3)硫含量低(H_2S 和其他硫化物低于 20 mg/m^3)。硫的存在是造成催化剂中毒的直接因素，与催化剂中镍形成硫化镍影响气氛的制备质量，硫与工装材料中的镍形成硫化镍降低工装夹具的寿命，也会造成炉衬和零件的腐蚀，因此原料中的硫含量应尽量的少。

(4)原料中游离水的含量要少。游离水的含量高会因为制备气氛过程结水造成管道堵塞，阀件损坏，测量元件失效。

(5)原料成分稳定。稳定的原料成分是保证制备可控气氛质量稳定的重要因素。

(6)便于运输和储存，原料容易获得。

根据原料选用的要求进行可控气氛制备原料的选用要保证制备气氛的质量。表 3 - 6 列出部分制备可控气氛原料气。

表 3-6 部分制备可控气氛原料

原料名称	体积分数/%									
	$\varphi(CO_2)$	$\varphi(O_2)$	$\varphi(N_2)$	$\varphi(CO)$	$\varphi(H_2)$	$\varphi(CH_4)$	$\varphi(C_2H_6)$	$\varphi(C_6H_6)$	$\varphi(C_3H_8)$	$\varphi(C_4H_{10})$	$\varphi(H_2S)$
工业丙烷							2.2		97.3	0.5	0.016
工业丁烷									6.0	94.0	0.016
天然气	0.1			0.02		94 ~ 96	0.3 ~ 1.0	0.1 ~ 0.11	0.2 ~ 0.3	0.05	0.016
发生炉煤气	4.5	0.6	50.9	27.0	14.0	3.0					0.016
高炉煤气	11.5		60.0	27.5	1.0						0.016
城市煤气	3.0	0.7	17.5	14.2	44.9	18.6					0.016

注：表中成分仅供参考。

在制备可控气氛过程中，要使制备的可控气氛成分稳定，很重要的因素就是原料气成分的稳定。无论使用何种原料气制备可控气氛，如天然气、石油液化气、焦煤气、城市煤气等，都要求气体成分稳定。若使用丙烷气，丙烷气不可能很纯，往往在丙烷气中混有丁烷、丙烯、丁烯等石油气。而各种液化石油气的汽化速度（蒸发速度）不一样。一般丙烷、丙烯气的蒸发速度较快，丁烷、丁烯蒸发速度要比丙烷、丙烯的蒸发速度慢。在进行制备可控气氛的过程中，汽化速度快的气体就先消耗掉，汽化速度慢的气体也就后消耗掉。使用液化石油气制备可控气氛，开始使用的气体主要成分是丙烷和丙烯，使用到后期丁烷和丁烯的含量就逐步增多。这样就造成使用过程原料气成分的变化。由此造成制备可控气氛成分的不稳定。在使用石油液化气时，存放石油液化气的容器，以及运输存放都应考虑温度升高引起的压力增加。表 3-7 示出部分石油液化气的饱和蒸汽压与温度的关系。在设计丙烷使用的耐压容器时，要求耐压不低于 1.6 MPa；丁烷容器要求耐压不低于 0.7 MPa。在使用石油液化气的场所，空气中石油液化气的含量 2% ~ 10% 范围，温度在 500℃时会发生爆炸。因此，存放石油液化气的容器必须和车间相隔 50 ~ 60m。若条件限制只能放在车间附近，应用防火墙进行隔离。

表 3-7 部分石油液化气的饱和蒸汽压（MPa）与温度的关系

温度/℃		-50	-40	-30	-20	-10	0	10	20	30	40	50
饱和蒸汽压/MPa	丙烷	0.08	0.12	0.18	0.27	0.37	0.43	0.64	0.85	1.1	1.43	1.80
	正丁烷	0.01	0.018	0.028	0.045	0.068	0.096	0.15	0.21	0.29	0.39	0.51
	异丁烷	0.017	0.027	0.044	0.069	0.102	0.16	0.23	0.32	0.42	0.55	0.71

制备放热式气氛要保证原料气成分的稳定，最好使用成分纯度较高的原料气。在原料气成分不是很稳定的情况下也可以采取其他一些方法进行补救。

丙丁烷之类的液化石油气可以采用汽化器（蒸发器）的办法进行补救。图 3-14 是汽化器的示意图。汽化器是在一个能通入热水的容器内装入蛇形管，液化丙烷气从蛇形管的下端通入管内。液化丙烷气在蛇形管内吸收管子外热水的热量蒸发成气体从蛇形管上端出来。由于吸收热水中热量液化丙烷气就能够均匀地蒸发，避免了自然蒸发造成的气体成分的变化。采用汽化器进行丙烷气的蒸发，还解决了冬季气温低的时候储气罐中液态丙烷汽化速度慢，不能保证原料气的供应问题。

可控气氛的制备是空气与原料气混合燃烧生成。在一些地方空气湿度变化较大，空气湿度直接影响参与反应生成气氛的质量。对于空气湿度变化较大的地区可以采用增加恒湿器的办法解决。使用恒湿器可以避免空气湿度变化对可控气氛成分的质量的影响，保证生成的气氛成分的稳定。空气的湿度是随气候条件的变化而改变，在一定温度下空气的含水量有一定的饱和限度。采用恒湿器就是使空气与水大量地接触，让空气不断吸收水分，空气中的水分达到饱和限度。这样可以得到稳定湿度空气，对可控气氛的质量产生的影响因素减小。图3-15示出恒湿器构造示意图。图3-15示出空气从恒湿器底部进入，而水则从顶部进入进行喷淋。同时为了保证空气能够与水接触达到饱和状态，要尽可能地增大空气与水的接触面积。通常在恒湿器中放入大量填料（一般填料使用小瓷环），使水分与空气流动过程增加空气与水的接触面积。恒湿器应严格密封，不能有漏气现象，以免造成空气质量的改变影响可控气氛质量。当然若采用监控仪监控可控气氛制备运行情况，能够很好地保证对可控气氛成分的控制也可不必使用恒湿器。

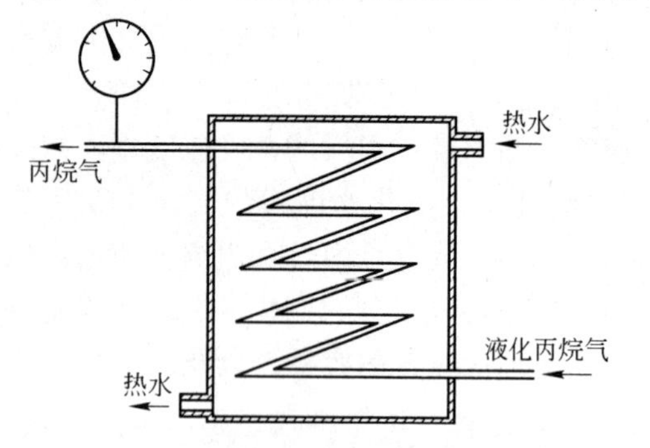

图3-14　液化丙烷气汽化器示意图

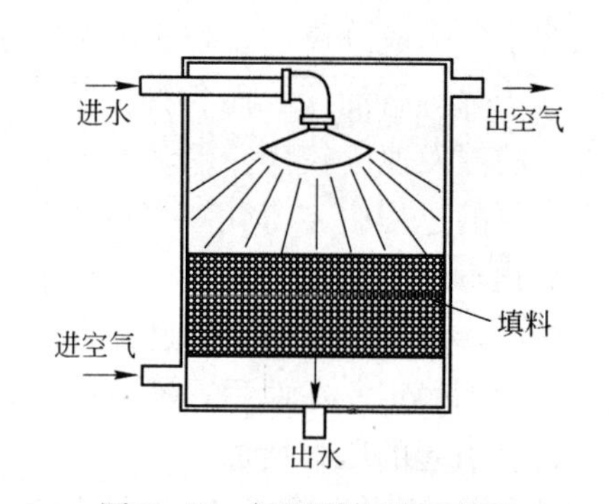

图3-15　恒湿器构造示意图

制备可控气氛采用监控仪表进行气氛的调节目前应用比较多，可进行空气或原料气的调节。在原料气进气管道上加装一个电动控制阀。在空气进入管道或原料气进入管道并联电动控制阀。图3-16示出可控气氛二次调节系统示意图。发生炉产生的气氛冷却后经过滤进入一次仪表进行测量。测量仪表可用露点仪或CO_2红外仪，也可采用氧探头直接在发生炉出口进行测量气氛氧势值。将测量得到的气氛结果值传送到二次仪表中，二次仪表将得到的气氛值与设定值进行比较。如果测量值不同于设定值，则二次仪表通过控制器给执行机构可逆电动机或电动控制阀进行动作，改变通入发生炉内气体的混合比。当一次仪表测量气氛氧化性气氛高于设定值时，二次仪表输出信号减少混合气空气进入量使氧化性气氛值降低。当测得的氧化性气氛值低于设定值时，二次仪表输出信号加大混合气空气的进入量，增加氧化性气氛含量。这样实现发生炉气氛的自动控制。

制备可控气氛的原料气中，各种气体的质量要求稳定。应用天然气制备可控气氛是应用较多的原料气之一。用管道供给的天然气质量相对要稳定一些。但是天然气中的硫和硫化物的含量一定要注意控制在尽量低的水平，按标准天然气中的硫和硫化物应控制在低于20 mg/m^3。硫和硫化物的含量多少直接影响可控气氛质量的稳定性。硫和硫化物造成制备可控气氛的催化剂中毒，从而影响可控气氛的产生。硫的存在不仅是造成催化剂的中毒，而且造成加热工件的损坏。在硫与炉中高镍铬元件、耐热合金工装、料盘、夹具、电热元件等形成硫化镍、氧化镍，加速耐热元件的损坏，加速控制仪器的损坏。而且随着温度的升高，硫对元件、仪器的损坏越是严重。硫的存在造成催化剂的中毒，催化剂中的镍与硫生成硫化镍，从而造成催化剂的永久性失效。催化剂活性的降低，由此造成气氛中 CH_4 的裂解降低使气氛中 CO_2、CH_4 的含量增加，气氛中碳含量降低。在使用天然气作为原料气产生可控气氛过程，一定要保证硫含量要尽量的低。在天然气进入车间之前最好进行一次脱硫处理。图 3 - 17 示出天然气脱硫系统。图 3 - 17 示出的脱硫系统由 3 个脱硫塔 1 号、2 号、3 号和减压系统组成。在使用过程中可以分别使用 1 号、2 号、3 号脱硫塔。比如，首先使用 1 号脱硫塔，2 号脱硫塔作预备脱硫塔，3 号脱硫塔则作为脱硫剂还原处理。当使用 1 号脱硫塔时打开 1 号、2 号截止阀，关闭 3 号、4 号、5 号、6 号截止阀。天然气通过 7 号截止阀—减压阀减压至所需压力—1 号截止阀—1 号脱硫塔—2 号截止阀脱硫后天然气供给车间使用。此时 2 号脱硫塔做好准备，3 号脱硫塔则进行脱硫剂的还原处理。1 号脱硫塔使用一段时间以后脱硫剂的脱硫效果降低时，使用 2 号脱硫塔。这时打开 3 号、4 号截止阀，关闭 1 号、2 号截止阀使天然气流经 2 号脱硫塔进行脱硫。此段时间 3 号脱硫塔做好准备，1 号脱硫塔进行脱硫剂的再生。这样周而复始的应用确保进入车间的天然气的硫含量在合格范围。确保天然气中硫和硫化物的含量降低到最小限度，这样才能够很好地保证可控气氛产出质量达到要求。当对脱硫系统进行修理时，可关闭 7 号截止阀。

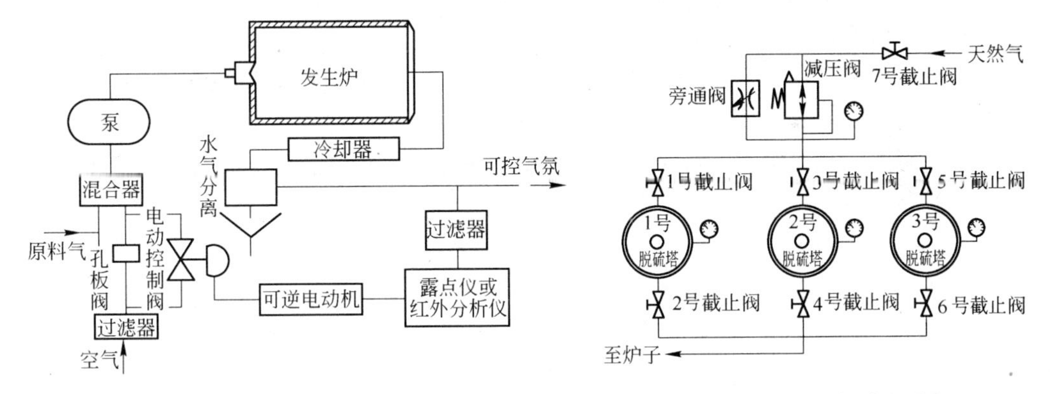

图 3 - 16 可控气氛二次调节系统

图 3 - 17 天然气脱硫系统

3.1.3.2 催化剂（触媒）

制备可控气氛使用空气与原料气混合后进行反应，需要高温和较长时间才能保证气体完全反应。如果使用反应罐，长时间处在高温状态反应罐的寿命将是一个难以解决的问题。同时温度越高消耗的能源越多，不利于节能。采用催化剂可以非常有效地解决这些问题。在相对低的温度下也能保证气体反应完全。温度降低反应罐的长时间使用问题也得到解决。催化剂的应用加速气体反应过程，催化剂本身并不参加反应。催化剂的使用促进反应过程，降低反应所需要的温度，缩短气体反应的时间。表 3 - 8 示出在同样温度、时间情况下使用催化剂和不使用催化剂气体反应后的情况。

表 3 - 8 同样温度、时间下使用催化剂和不使用催化剂气体反应后情况（体积分数，%）

气氛组分	CO	H_2	CO_2	CH_4	N_2	O_2
无催化剂	15.7	27.9	2.0	7.1	47.3	0
有催化剂	20.3	39.6	0	0.7	39.4	0

表3-8示出应用CH_4在同样温度、同样时间里，有催化剂与无催化剂情况下的气氛进行比较。在有催化剂产生的气氛组分中CO、H_2的含量明显增加，CO_2、CH_4的含量明显减少。说明在催化剂的催化作用下促使原料气的进一步裂解，使气氛中CH_4的含量从7.1%减少到0.7%；CO_2含量减少，CO含量增加，这样的结果有利于对钢材的加热保护。

目前在可控气氛制备过程，使用最多的催化剂是镍催化剂（镍触媒），也有使用铁屑等作催化剂。但是镍作催化剂在可控气氛的制备上效果最好。可控气氛催化剂是由载体、催化剂、助催化剂等组成。载体，可由耐火材料Al_2O_3或$Al_2O_3+SiO_2$混合材料制成。催化剂中起催化作用的是活性镍，活性镍是由NiO经过还原处理产生，助催化剂使用MgO。可控气氛制备使用的催化剂应该满足以下条件：

（1）载体有高的耐热性，高的导热性，大的比表面。高的抗还原性气氛的冲刷等性能。一般载体使用轻质耐火抗渗碳砖制造成直径ϕ20 mm球形、六方形、20 mm×20 mm×20 mm四方形、直径ϕ20 mm空心圆柱形等。

（2）具有一定活性，使用催化温度要低，温度适应范围宽，“空速”要大，混合气体反应完全，残留CH_4要少。催化剂活性高，随着催化剂中NiO量的增加活性提高。

（3）具有一定的机械强度和物理性能。

自制催化剂可将制成20 mm四方或六方的抗渗碳砖作为载体。把载体浸泡在硝酸镍（$Ni(NO_3)_2$）和硝酸镁（$Mg(NO_3)_2$）溶液内。如果要求催化剂的NiO含量为6%，则硝酸镍与载体的比为1∶33。硝酸镁的量是硝酸镍的20%。硝酸镍和硝酸镁的浸泡溶液的制作是将硝酸镍硝酸镁兑入4倍的蒸馏水中即可。在浸泡过程一定要保证载体完全浸泡透。浸泡完成后，要保证水分蒸发完即可进行下一步处理。将干燥的催化剂放入马弗炉内，进行逐步升温处理。在120℃烘干3 h以上，然后进行焙烧处理，焙烧是按100~120℃/h的速度升温。当温度达到600℃时，保温2 h后取出空冷。焙烧完成后的催化剂可进行下一步的操作。将焙烧完成的催化剂装入反应罐内进行还原反应处理。还原反应处理是将温度逐步升高到900~950℃，依靠通入反应罐内的原料气和空气的混合气对NiO进行还原性处理，使NiO还原成为活性镍。还原处理的时间可根据反应气中CO_2的含量进行确定。检测到反应气中CO_2含量降低至0.5%，或露点降低至0℃以下，催化剂的还原过程就可结束。还原产生活性镍催化剂，对混合性气氛起到催化作用，确保混合性气氛的裂解。

催化剂一般要求NiO含量为4%~12%；当然NiO含量高有利于气氛中碳氢化合物的裂解，减少可控气氛中碳氢化合物和氧化物的含量。催化剂中助催剂MgO的含量在0.8%~2.4%。载体的抗压强度：4.5 MPa；密度：1.0~1.2kg/cm^3；耐火度：1790℃。

目前国内可提供的催化剂有CN-1、CN-2、CN-8等镍基催化剂。

（1）CN-1催化剂。这是一种烃类蒸汽转化催化剂，以氧化铝为载体；以镍为活性组分。含NiO 4.3%~6.3%，机械强度大于15 MPa，堆积密度1~1.2 kg/cm^3，吸水率20%，外观瓦灰色，外形尺寸ϕ12 mm×10 mm，抗硫性能（800~900℃时）含硫小于100 mg/m^3。CN-1催化剂一般使用温度800~950℃范围。CN-1催化剂的缺点是高温机械强度低，使用过程容易碎成粉末。

（2）CN-2催化剂。以泡沫氧化铝为载体，矾土水泥为黏结剂。含NiO 15%，外观瓦灰色。外形尺寸ϕ(19~9)mm×19 mm或ϕ(18~8)mm×18 mm环状，堆积密度1~

1.2 kg/cm^3，自由空间率40%，比表面积约79 m^2/g。常温下机械强度，正压30 MPa，侧压大于3 MPa。原料中有毒物质容许含量，H_2S 含量小于20 mg/m^3，As含量小于1 mg/m^3，活性实验时空速1000h^{-1}。建议使用温度800～900℃。新催化剂还原温度600～800℃，空速低于200h^{-1}，约16 h。

（3）CN-8催化剂。以镍为活性组分，氧化铝为载体，主要化学成分86% Al_2O_3，14% NiO，低于0.2% SiO_2；堆积密度1.3kg/cm^3，可用950～1100℃，结构和强度稳定。这种催化剂具有充分活性，用天然气和空气制备吸热式气氛使用温度950～1100℃，空速600h^{-1}，CH_4 及 CO_2 均小于0.5%。使用前还原可用氢或湿氢（$H_2O/H_2=5\sim7$）或原料气/空气=1/（2.6～3.0），于800℃左右还原8 h。使用原料气中硫含量低于3 mg/m^3。

催化剂的应用目前都应进行还原处理。无论自制催化剂还是购买的催化剂都应进行还原处理。还原处理的目的是将催化剂中的NiO还原成具有活性的金属镍。催化剂的还原处理是将经过烘干焙烧后的催化剂放入反应罐中加热至700～800℃，通入 H_2 或 NH_3 分解气，直到反应气体中没有蒸汽为止。也可将已装催化剂的反应罐加热至900～950℃，通入原料气和空气的混合气进行还原反应。在进行催化剂还原处理过程还原反应开始进行比较剧烈情况下会产生较多的蒸汽，冷却后会积聚成较多水，因此要注意排水。进行催化剂的还原反应一直进行到反应气氛中 CO_2 含量降到0.5%，或气氛中露点降到0℃以下，这时催化剂的还原处理结束可进行生产可控气氛。

催化剂经过长时间的使用后会造成炭黑的逐渐沉积，炭黑的沉积造成催化剂活性降低，制备的可控气氛碳氢化合物含量增加，CO_2 的含量增加。为了防止沉积炭黑和确保反应能够完全进行可适当提高反应温度。对于已经沉积有炭黑催化剂反应活性降低的情况下，进行燃烧炭黑处理，即催化剂的再生处理。燃烧炭黑处理是将温度保持在800～850℃向反应罐内通入空气燃烧掉炭黑。在燃烧炭黑过程反应罐的温度会随燃烧炭黑过程逐步升高的可能，当炭黑燃烧到一定量后温度恢复正常。燃烧炭黑过程温度升高是由于炭黑与空气中氧反应释放出大量热量造成温度升高。当温度连续升高注意控制通入空气量，减少空气的通入，减缓炭黑与空气的反应，使反应罐的温度不致升高太多。催化剂的再生处理时间根据反应罐炭黑沉积情况确定，炭黑沉积较多，燃烧炭黑时间就长一些，炭黑沉积少，燃烧炭黑时间就短一些。一般在正常制备可控气氛过程连续生产一周后应进行燃烧炭黑处理。炭黑燃烧掉以后应进行催化剂的还原处理。还原处理完成进行可控气氛的制备。

在催化剂的使用上，还应该注意催化剂的永久性中毒。造成催化剂永久性中毒的原因是原料气中硫和硫化物。催化剂永久性中毒使可控气氛制备过程碳氢化合物含量增加，氧化性气氛增加。催化剂永久性中毒后催化剂不能够再生，只有报废，更换新的催化剂。因此，制备可控气氛的原料气中一定注意控制原料气中的硫及硫化物的含量，使原料气中的硫及硫化物的含量降低到最小限度，确保制备可控气氛的质量。

3.2　吸热式可控气氛

吸热式可控气氛是目前使用最为广泛的热处理气氛。吸热式可控气氛可用于渗碳、碳氮共渗、光亮淬火、高速钢淬火、钎焊、光亮退火、光亮正火、复碳、粉末冶金烧结、铸铁件退火、不锈钢光亮退火、硅钢光亮退火、表面氧化物快速还原等。吸热式气氛与放热式气氛的区别最重要的是反应过程吸收热和释放热之分。当原料与空气混合后进行气体反应，反应过程可分为完全燃烧和不完全燃烧两个部分。完全燃烧部分是放热式反应，不完全燃烧部分为吸热式反应。而气氛的反应过程是完全燃烧和不完全燃烧两部分混合进行的过程。反应是释放热反应还是吸收热反应，决定于放热反应占主导还是吸热反应占主导。若反应过程释放热反应占主导则制备的是放热式气氛；若反应过程是吸收热反应占主导则制备的是吸热式气氛。吸热式气氛在气氛进行反应过程中以吸收热量占主导，反应必须在有外界供给热量情况下反应才能完成气氛的反应过程。吸热式气氛与放热式气氛进行比较其同异点有以下几方面：

（1）吸热式气氛的制备必须依靠外界供给热量进行混合气体的反应，放热式气氛不需要外界供给热量，在反应过程自身会产生大量热量；

（2）空气与原料的混合比不同，放热式气氛的空气与原料气的混合比高于吸热式气氛的空气与原料气的混合比。这也是产生放热式气氛和吸热式气氛存在异同点的内在因素；

（3）放热式气氛和吸热式气氛中的氧化性气氛和还原性气氛相差很大。表 3 - 9 示出空气与丙烷混合制备的放热式气氛与吸热式气氛的成分对比表；

表 3 - 9　放热式气氛和吸热式气氛气体成分比较

成　分	φ(CO)/%	$\varphi(CO_2)$/%	$\varphi(H_2)$/%	$\varphi(CH_4)$/%	$\varphi(N_2)$/%	混合比(空气：丙烷)
放热式气氛	10 ~ 12	6 ~ 7	8 ~ 9	0.4	72 ~ 76	14 : 1
吸热式气氛	23	0.4	30.4	1.0	44.6	7.7 : 1

（4）放热式气氛具有脱碳性，只能用于对脱碳要求不高的热处理工艺中。吸热式气氛不仅仅能够防止氧化、脱碳，而且还可以应用于渗碳时的稀释剂，也可以进行表面渗碳、复碳以及光亮淬火等热处理工艺；

（5）制备放热式气氛的原料能够制备吸热式气氛。

表 3 - 9 示出空气与丙烷气混合制备的吸热式气氛与放热式气氛成分比较。吸热式气氛中 CO 含量比放热式气氛的含量高许多。吸热式气氛中 CO 含量为 23%；而放热式气氛中 CO 则只有 10% ~12%。气氛中的 CO 是还原性气体，CO 含量高有利于零件的加热保护而不至于脱碳。放热式气氛中 CO_2 的含量远比吸热式气氛的 CO_2 含量高。放热式气氛中 CO_2 的含量达 6% ~7%；而吸热式气氛中 CO_2 含量则只有 0.4%。在可控气氛中 CO_2 是氧化性气氛，在零件加热时起氧化作用不利于钢件的加热保护。在进行热处理过程中，气氛中的 CO_2 含量必须严格控制。表 3 - 9 空气与丙烷制备的气氛比较，吸热式气氛更有利于钢件的加热保护。因此，目前吸热式气氛广泛地应用于可控气氛热处理过程。

3.2.1　吸热式气氛产生原理

吸热式气氛的产生是使用空气与原料混合，通过外部供给热量使原料与空气发生反应生成。吸热式气氛的主要成分是 CO、N_2、H_2 以及少量的 CO_2、H_2O、CH_4 等气体。气氛中还原性气氛的多少和空气与原料的混合比有很大关系。空气与原料的混合比高，气氛的氧化性气体多；混合比低，氧化性气体就低。调节空气与原料的混合比也就能够调节气氛的碳势。

吸热式气氛是目前应用最多的一种可控气氛。这种气氛的最大优点是容易实现碳势的自动控制。吸热式气氛一般常作为渗碳时稀释气或中碳钢、高碳钢防止氧化脱碳加热的保护气氛，也用于钢的复碳处理。吸热式气氛与放热式气氛进行比较应用范围更为广泛。但是制备吸热式气氛比放热式气氛复杂，吸热式气氛的制备价格高于放热式气氛。吸热式气氛制备，通过调整吸热式气氛空气与原料气的混合比调整制备气氛的成分。不同成分的吸热式气氛可以很好地保证热处理加热过程，满足不同材料制造的零件不会发生氧化、脱碳现象，尤其中、高碳钢的热处理保护加热，能够很好地保证热处理质量。通过调整空气与原料气的混合比使 CO_2/CO 和 H_2O/H_2 的值降低或升高，解决中、高碳钢加热过程无氧化、脱碳，无增碳现象。

图 3-18 示出空气与原料气混合比不同情况下制备不同的气氛成分的关系。图 3-18 示出空气/原料气的混合比不同所制备的气体成分也随之发生变化。随着混合比的降低，制备的气氛中 CO_2 含量以及 H_2O 的含量也就不断减少。CO_2 和 H_2O 的含量减少钢件的氧化、脱碳趋势也就降低。混合比增加，制备气氛中 CO_2 和 H_2O 的含量增加，氧化、脱碳的趋势增加不利于零件的热处理过程。在钢件进行加热时 CO_2 和 H_2O 氧化、还原，脱碳、增碳有如下反应：

$$CO_2 + Fe[C] \rightleftharpoons 2CO \quad (3-13)$$

$$CO_2 + Fe_3C \rightleftharpoons 3Fe + 2CO \quad (3-14)$$

$$H_2O + Fe[C] \rightleftharpoons CO + H_2 + Fe \quad (3-15)$$

$$H_2O + Fe_3C \rightleftharpoons 3Fe + CO + H_2 \quad (3-16)$$

式中，[C] 表示铁中的碳。

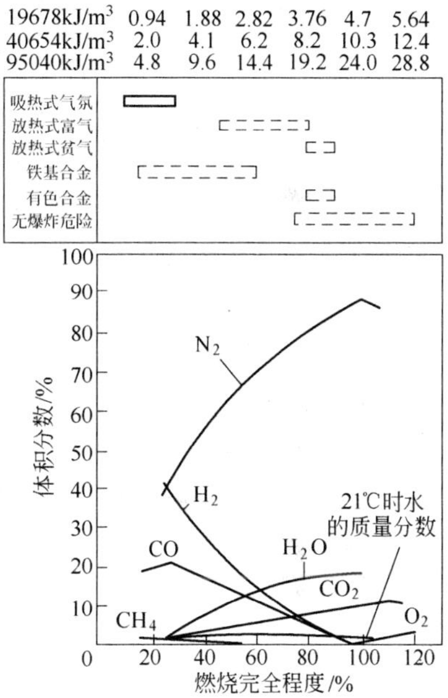

图 3-18 空气/原料气不同比例的制备气体成分的关系

反应式 3-13 ~ 式 3-16 中 CO_2 和 H_2O 造成钢中碳的脱出，因而造成钢的力学性能下降。制备的气氛中 CO_2 和 H_2O 的含量降低有利于钢的保护加热。当空气与原料气混合比降低到不产生 CO_2 和 H_2O 时，空气与甲烷气（天然气主要成分）混合有如下反应：

$$CH_4 + 2.38 \times (0.21\,O_2 + 0.79\,N_2) \longrightarrow CO + 2H_2 + 1.88N_2 \quad 31.768\ \mathrm{kJ} \quad (3-17)$$

反应式 3-17 中空气与 CH_4 的混合比值为 2.38。也就是说一份 CH_4 完全生成还原性气氛，空气与 CH_4 的混合比值只有小于 2.38，才能得到完全的还原性气氛。制备的气氛中只包括 CO 和 H_2 以及中性气体 N_2。在这种气氛下加热不会发生钢的脱碳现象。应用液化石油气 C_3H_8、C_4H_{10}和空气混合，生成还原性气氛反应如下：

$$C_3H_8 + 7.14(0.21\,O_2 + 0.79\,N_2) \longrightarrow 3CO + 4H_2 + 5.64N_2 \quad 227.5\ \mathrm{kJ} \quad (3-18)$$

$$C_4H_{10} + 9.52(0.21\,O_2 + 0.79\,N_2) \longrightarrow 4CO + 5H_2 + 7.52N_2 \quad 399.2\ \mathrm{kJ} \quad (3-19)$$

反应式 3-18、式 3-19 中空气比 C_3H_8 和空气比 C_4H_{10}的比值分别是 7.14 和 9.52。制备气氛没有氧化性气体的气氛，只有 CO、H_2 和中性气体 N_2。反应式 3-17 ~ 式 3-19 在反应过程都将吸收大量热量的情况下反应才能够进行。尤其是反应式 3-19 所需要的热量最大，1mol 的 C_4H_{10}要完全反应生成 CO、H_2、N_2 需要吸收 339.2 kJ 的热量。实际上反应式 3 - 17 ~ 式 3 - 19 在反应产物中除了 CO、H_2、N_2 之外，还有少量残余 CH_4 存在。其中 CO 和 CH_4 具有渗碳性质的气氛，在高温状态下将析出碳原子渗入零件表面造成零件表面碳质量分数的增加。气氛中 CO、CH_4 渗碳反应如下：

$$CH_4 \rightleftharpoons Fe[C] + 2H_2 \quad (3-20)$$

$$2CO \rightleftharpoons Fe[C] + CO_2 \quad (3-21)$$

反应式 3 - 20、式 3 - 21 中［C］表示能渗入零件表面的活性碳原子。其中，CH_4 的渗碳性较强。在进行保护加热过程中不希望增碳、脱碳时，尤其要注意控制气氛中 CH_4 的残余量，避免加热过程造成增碳现象。

在实际制备吸热式气氛时，炉内的气氛反应是一个放热、吸热过程。首先部分原料气和空气混合燃烧是一个放热反应；然后剩余的原料与燃烧反应产生的 H_2O 和 CO_2 反应得到 CO 和 H_2 这一过程是吸热反应。因此，在制备吸热式气氛过程要使气体反应完全，应尽可能降低残余 CH_4 的含量和 H_2O、CO_2 的含量，就要在较高温度下进行反应或需要高效能的催化剂，促使 CH_4、H_2O、CO_2 的分解反应。

根据化学平衡理论得知，炉内气氛碳势和气体成分有关，与炉内气氛成分 CO、CO_2、CH_4、H_2、H_2O 的含量有关。当温度一定时，炉子内的气氛决定于炉内气体含量，决定于 CO、CO_2、CH_4、H_2、H_2O 的浓度。也就是炉子内的碳势决定于 CO、CO_2、CH_4、H_2、H_2O 的含量。控制炉子内的气体成分，就是要把炉气成分控制到与需要处理的钢材的碳含量相平衡，达到不增碳、不脱碳，或者控制炉气成分达到要求的碳浓度值。在一定温度下，炉子内气氛的含量与零件的碳含量达到平衡，称这一气氛与钢碳含量平衡的这种炉气为“碳势”。根据反应式 3 - 20、式 3 - 21 可得到相应炉气成分的碳势公式：

$$[C]_{3-20} = K_{3-20}[CH_4]/[H_2]^2 \quad (3-22)$$

$$[C]_{3-21} = K_{3-21}[CO]^2/[CO_2] \quad (3-23)$$

式中　K_{3-20}——反应式 3 - 20 的化学平衡常数；

　　　K_{3-21}——反应式 3 - 21 的化学平衡常数。

式 3 - 22、式 3 - 23 说明，在不同温度情况下，反应式 3 - 20、式 3 - 21 有不同的平衡常数。在等温条件下，两个反应式 3 - 20、式 3 - 21 的化学平衡常数是不变的。因此，在等温情况下，炉内的气氛碳势就决定于气氛中 CO、CO_2、CH_4、H_2、H_2O 的浓度。通过检测控制这几种气体中的其中一种气体就可控制炉气成分。对于吸热式气氛 CO、H_2 的浓度变化很小，几乎是一个定值。气氛中 CO_2、H_2O 和 CH_4 的含量随体系环境的变化不断变化，通过调节气体 CO_2、H_2O 可以调节炉子气氛的成分。如果气氛中 CO_2 的含量降低，则气氛碳势升高；CO_2 含量升高，气氛碳势降低。图3 - 19示出一定温度下 CO_2/CO 比值与碳势的关系。由图 3 - 19 可知，随着碳含量的增加，要保证零件加热过程不脱碳必须降低气氛中 CO_2 含量，提高 CO 含量。降低 CO_2 的含量，气氛碳势升高；升高气氛中 CO_2，气体碳势降低。当气氛中 CO 含量在 22% 时，CO_2 含量 0.41%，碳势为 0.4%；当 CO_2 降低至 0.2% 气氛碳势增加至 0.8%，达到共析钢的碳含量。也就是说 CO_2 值很微小的变化造成气氛碳势有较大的波动。而对于气氛中 CO 含量的变化对气氛的碳势影响就明显小于 CO_2 含量变化对碳势变化的影响。当气氛中 CO_2 含量维持在 0.3% 不变，气氛中 CO 含量 19% 时气氛碳势 0.40%；气氛中 CO 含量增加到 23%，气氛碳势只增加到 0.60%。气氛中 CO

的增加对气氛碳势变化显然小于 CO_2 变化对气氛碳势的影响。

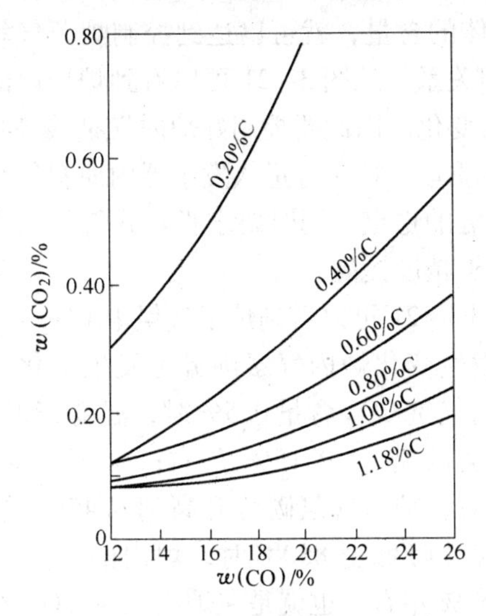

图 3-19 在一定温度下 CO_2/CO 与碳势的关系

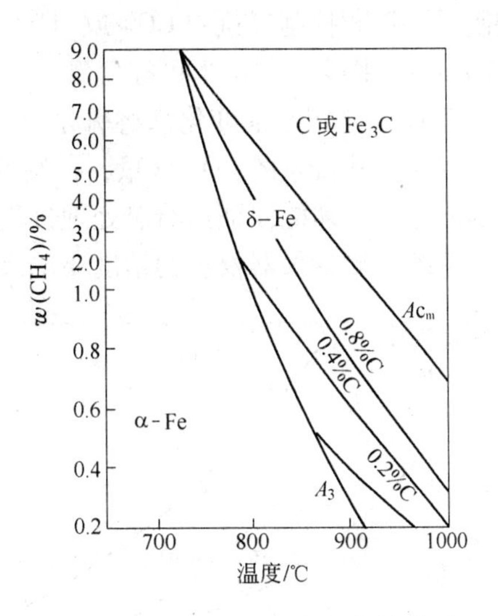

图 3-20 $w(CH_4)$ 和温度的关系

气氛中 CO_2 成分微小的变化对气氛碳势产生较大的影响，气氛中 CH_4 的变化对气氛碳势也要产生影响。图 3-20 示出气氛中 CH_4 含量与温度的关系。从图 3-20 中可知气氛中同样的 CH_4 含量，当温度升高时，CH_4 的渗碳作用加强。气氛中 CH_4 含量在 0.4% 时，温度 900℃气氛碳势在 0.2%；当温度升高到 950℃时，气氛碳势达到 0.4%。当温度不变，维持在 900℃要保证碳含量 0.2% 钢在加热过程不发生增碳、脱碳现象，气氛中 CH_4 含量要维持在 0.4%；对于碳含量 0.4% 的钢要保证不发生增碳、脱碳现象，气氛中 CH_4 含量必须维持在 0.6% 左右。说明温度越高，CH_4 的渗碳作用越大；温度降低，CH_4 的渗碳作用减小。

炉内的气氛中各气体成分的变化要影响气氛碳势的变化。气氛中各种气体 CO、H_2O、CO_2 和 H_2 等，在高温情况下气体与气体之间要发生反应。气氛中 CO、H_2O、CO_2 和 H_2 等要发生水煤气反应，水煤气反应如下：

$$CO_2 + H_2 \rightleftharpoons CO + H_2O \tag{3-24}$$

反应式 3-24 的水煤气反应所对应的平衡常数如下：

$$K_{3\text{-}24} = (CO)(H_2O)/[(CO_2)(H_2)] \tag{3-25}$$

从公式 3-25 可见，气氛中 H_2 和 CO 的含量变化对气氛碳势影响较小。若把 H_2 和 CO 视为定值时，在等温条件下，气氛中 CO_2 含量提高则气氛中 H_2O 的含量相应增高，CO_2 增高气氛的碳势降低；如果气氛中 CO_2 的含量降低，气氛中 H_2O 的含量随之降低，气氛的碳势升高。温度在 850℃时，气氛中 CO_2 含量从 0.25% 增加到 0.5%，炉内气氛的碳势也将从 0.8% 降低到 0.4%。同样温度在 850℃露点在 3.5℃时，气氛碳势达到 0.8%；当碳势要降低到 0.4% 时，露点将升高到 13.8℃。因此，随着加热钢的碳含量增加，要保证加热的钢不发生脱碳现象必须降低气氛中 CO_2 的含量，降低气氛中 H_2O 含量也就是降低气氛露点值，才能保证气氛碳势不变。

从反应式 3-25 可以看到，炉气成分的水煤气反应中 CO_2 和 H_2O 的含量是可以相互转换的。当温度一定时，反应达到平衡，气氛中 CO_2 和 H_2O 的比值是一定的。在实行气氛控制时，只要控制气氛中 CO_2 或 H_2O 其中一种气体的含量，就可以达到控制炉子气氛碳势的目的。图 3 - 21 示出可控气氛中 CO_2 与碳势的关系。从图 3 - 21 可以看到炉子内的气氛的 CO_2 发生很小的变化都将引起炉子碳势显著的变化。因此要控制好炉内气氛碳势必须控制好吸热式气氛的 CO_2 含量，控制发生器的产气质量，控制好进入发生器内原料气与空气的混合比，才能保证供给热处理过程气氛成分碳势的稳定。同时要求吸热式气氛的原料管路系统，测量仪器仪表的精度要比放热式气氛要求精度提高。

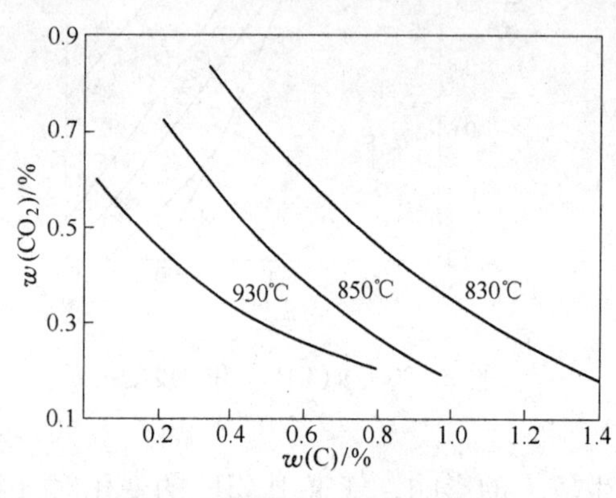

图 3 - 21　气氛中 CO_2 质量分数与碳势之间的关系

图 3 - 21 可以看到炉子气氛中 CO_2 不变，温度发生变化炉内气氛碳势也发生变化。当炉子内气氛 CO_2 含量 0.5% 时，温度 930℃ 炉内气氛碳势为 0.15% 左右；当温度降到 850℃ 时，炉内气氛碳势升高到 0.45% 左右；温度继续降低至 830℃ 时，炉内的碳势升高到 0.63% 左右。也就是在炉内气氛 CO_2 不变情况下，温度越低炉内气氛碳势越高，温度越高炉内气氛碳势越低。要维持一定碳势不变，温度越高要求炉内气氛中 CO_2 含量降低，才能保证气氛碳势维持不变。图 3 - 21 中当炉内温度在 830℃ 时，要保证炉内气氛碳势达到 0.6%，气氛中 CO_2 含量控制在 0.6% 就能够保证。当炉内温度上升到 850℃ 时要保证炉内碳势维持在 0.6%，炉内气氛 CO_2 含量必须降低到 0.38% 才能够保证气氛碳势。当温度继续上升到 930℃，要维持炉内气氛碳势 0.6%，气氛中 CO_2 必须降低至 0.26% 左右才能保证。要维持一定的碳势，温度越高炉内气氛中 CO_2 含量要求越低，才能保证炉内气氛维持到要求气氛碳势值。

炉内气氛中 CO_2 含量显著影响气氛碳势，同样气氛中 H_2O 的含量也影响气氛碳势。气氛中 H_2O 含量与气氛露点有对应关系，在实际应用中都是以露点表示气氛中 H_2O 含量。图 3 - 22 示出碳钢的碳含量与吸热式气氛的露点在不同温度的关系。从图 3 - 22 中可以看到吸热式气氛中露点的变化将直接影响气氛的碳势。当露点维持在一定值时，温度越高气氛碳势越低，反之温度越低气氛碳势也就越高。从图 3 - 22 中 CH_4 制备的气氛露点在 0℃ 时，气氛温度 950℃ 时碳势为 0.50%；露点保持不变，当温度降低到 900℃ 时，气氛碳势升高到 0.68%；温度继续降低至 875℃，气氛碳势升高到 0.77%。炉子气氛的温度不变，气氛露点降低碳势升高。当气氛温度为 925℃ 时，CH_4 制备吸热式气氛露点为 6℃，气氛碳势在 0.35%；当露点降低到 0℃ 时，气氛碳势为 0.58%；当露点温度继续降低至 -6℃ 时，气氛碳势上升到 0.95%。可见气氛露点的变化对碳势产生很大的影响。

图 3 - 22 中还示出利用 C_3H_8 制备吸热式气氛的露点与在不同温度情况下的关系，图 3 - 22 中右边坐标示出 C_3H_8 的露点值。C_3H_8 制备的吸热式气氛同 CH_4 制备的吸热式气氛有同样的规律性。当露点一定时，气氛的温度越高气氛的碳势越低；当气氛温度一定时，气氛露点值越低，气氛碳势越高。从图 3 - 22 还可以看到露点值一个小的变化，碳势将发生较大的变化。控制好气氛的露点值才能够控制好气氛的碳势。

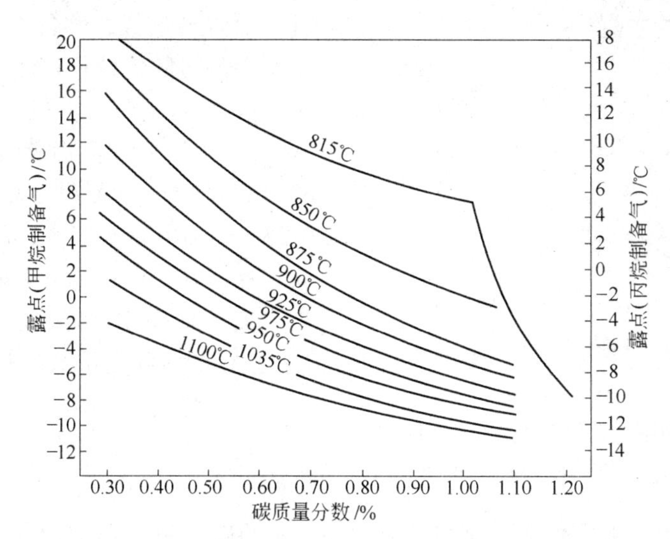

图 3-22 碳钢的碳质量分数与吸热式气氛的露点在不同温度的关系

除了温度、气氛的成分影响炉内气氛的碳势，还有其他因素也将影响炉内气氛的碳势。炉内气氛的总压、钢中合金元素等都将影响炉内气氛碳势。应用经验公式可计算炉内气氛碳势，碳势计算公式如下：

$$\ln f(C) = -\ln w(CO_2) + 2\ln w(CO) \times 14900/(t+273) + \ln P + \ln r + K \quad (3-26)$$

式中 f（C）——气氛碳势；

t——炉内温度；

P——炉内总压；

r——合金元素的影响；

K——常数。

在正常情况下，炉内温度、CO 含量、CO_2 含量的变化将引起炉内碳势的波动。一般波动情况如下：

（1）炉温的变化：±10℃，炉内碳势 ±0.07%；

（2）炉内 CO 含量的变化：±0.5%，炉内碳势 ±0.03%；

（3）炉内总压力变化：±1.3kPa，炉内碳势 ±0.02%；

（4）炉内 CO_2 变化：±0.01%，炉内碳势 ±0.04%。

综合影响炉内碳势变化的因素，其中任意一个因素的变化都将影响炉内碳势的变化。在实际生产过程中一定要注意稳定各种因素，只有各种因素稳定才能确保碳势的准确性。炉内气氛中 H_2O、CO_2、CH_4 的含量虽然很少，但是其中一种组分微小的变化都将造成气氛碳势大的波动。

实际生产过程中，炉内气氛与钢的表面达到平衡需要相当长的时间。直径 ϕ44 mm 的低碳钢试样，在碳势为 0.8% 的吸热式气氛中加热，需要 20 h 试样表面才能与炉内气氛达到平衡。试样在炉内经过 1～1.5 h，试样表面的碳含量只能达到 0.65%。图 3-23 示出直径 ϕ44 mm 的低碳钢试样在碳势 0.8% 气氛中进行加热时碳钢表面碳质量分数与时间的关系。如果使用 0.1 mm 的铁箔在碳势 0.8% 的气氛中进行加热，18 min 铁箔的碳含量就可以达到 0.8%。这说明加热零件直径表面与炉内气氛达到平衡与零件直径有一定的关系。零

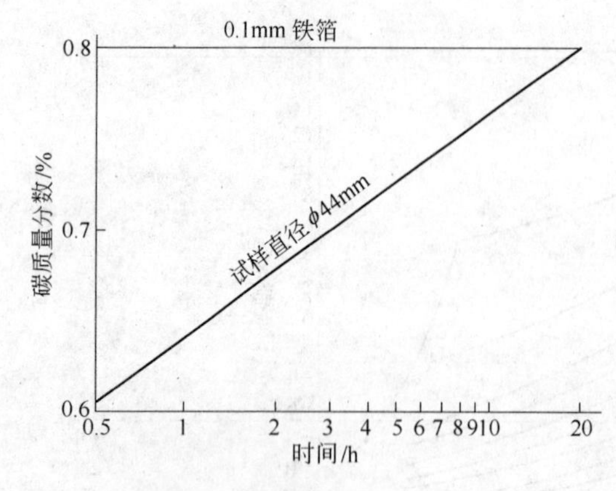

图 3 - 23　碳钢表面碳质量分数和热处理时间的关系
（吸热式气氛 0. 25% CO_2，温度 925℃）

件有效直径越大，零件表面与炉气成分达到平衡的时间也越长；零件有效直径越小，零件表面与气氛达到平衡的时间越短。

图 3 - 24 示出随渗碳时间变化零件碳质量分数和 CO_2、氧势的关系。炉膛体积为 0. 25 m^3，炉内通入 9. 5 m^3/h 的吸热式气氛，然后在炉内进行渗碳处理。图 3 - 24 示出表面碳质量分数和 CO_2 或氧探头输出（氧势）的实际关系。同时图 3 - 24 也示出 CO_2 和氧势与表面碳质量分数与渗碳速度的关系。当渗碳零件要求碳质量分数为 0. 9% 时，炉内气氛 CO_2 值控制在 0. 159%，渗碳时间 2 h 零件表面就可以达到 0. 9% 的碳含量。当炉内气氛 CO_2 值控制在 0. 18% 时，渗碳时间 4 h 零件表面才能够达到 0. 9% 的碳含量。这说明，气氛碳势越高渗碳的速度越快。但是，当温度一定时，在该温度情况下炉内气氛有一个碳含量的饱和值，气氛中碳势高于这一饱和值，将会有大量的炭黑析出。大量炭黑的存在附着于零件表面将降低渗碳的速度，因此气氛碳势的提高应在气氛不析出炭黑的范围内。气氛中 CO_2 含量的变化可以看出，CO_2 在气氛中微小的变化将直接影响渗碳的气氛碳势。控制好炉内气氛中 CO_2 的含量将直接决定渗碳的速度和质量。图 3 - 24 还示出炉内气氛碳势与氧势之间的关系。通过气氛中氧势的控制也能有效地控制气氛碳势。利用氧探头碳控仪控制气氛碳势也就是通过氧势的控制达到控制气氛碳势的目的。目前应用的氧探头碳控仪控制炉子内气氛已十分广泛，控制气氛反应速度快，控制精度高。从图 3 - 24 中还可以看到零件表面在一定气氛中进行加热处理，20 h 以后零件表面基本与气氛碳势达到了平衡。要控制好零件表面的碳含量，气氛碳势要高于要求表面碳含量。因此，合理的控制气氛碳势能够有效地控制零件表层碳含量，提高渗碳的速度；控制好气氛碳势，能够保证零件加热过程不脱碳、

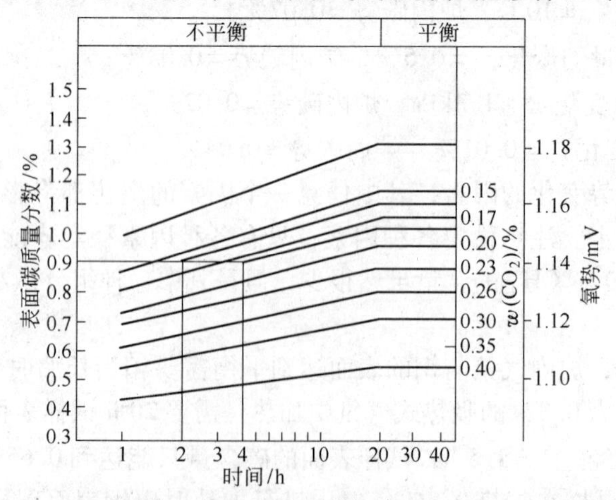

图 3 - 24　随着渗碳时间得到预定碳质量分数的炉气 CO 量和氧势
（吸热式气氛，温度 925℃）

不增碳，得到高质量的热处理零件。制定合理渗碳气氛的氧势值或CO_2值，就能够在预定的时间内得到要求的表面碳含量，渗碳层深度以及理想的表层碳质量分数梯度。

在制备吸热式气氛过程注意控制制备气氛过程空气与原料的比值，就能够控制制备气氛的碳势。在温度一定条件下，控制气氛中CO_2或O_2，使其稳定在一定值上就能够保证气氛质量的稳定。

3.2.2　吸热式气氛的制备

吸热式气氛是应用最多的一种可控气氛。在控制气氛热处理中吸热式气氛应用广泛的原因是比较容易实现碳势的自动控制，气氛质量较为稳定，制备设备工艺比较成熟。应用吸热式气氛较多的热处理过程是作为渗碳气氛的稀释气、高碳钢和中碳钢的加热防止脱碳的保护气体，脱碳零件的复碳处理气氛。吸热式气氛的制备是将原料气与空气混合，一定温度条件范围在催化剂的催化作用下依靠外部热源的作用反应生成。吸热式气氛应用最多的原料气是天然气、液化石油气和煤气。应用最多的催化剂为镍催化剂（又称“镍触媒”）。吸热式气氛的制备是将原料气与空气进行混合通入装有镍催化剂的反应罐内，在温度950~1100℃范围进行反应，生成吸热式气氛。

吸热式气氛又分普通吸热式气氛和净化式吸热式气氛两类。普通吸热式气氛是空气与原料混合反应直接生成。混合后的空气与原料泵入温度为1050℃的反应罐内进行吸热式反应，生成吸热式气氛。气氛的成分决定于空气与原料的混合比。混合比越高，制备吸热式气氛需要供给的热量越少，制备气氛中氧化、脱碳型气氛越高；混合比越小，需要供给的热量也越多，制备的吸热式气氛中氧化、脱碳型气氛越少，还原性气氛越高。空气与原料混合后通入反应罐内进行裂化反应生成以CO、N_2、H_2为主，加上少量CO_2、H_2O、CH_4等组成的气氛。反应罐内装有促进反应的镍触媒，加速原料与空气的反应。反应完成的吸热式气氛经水冷却后供应给可控气氛热处理炉使用。

图3-25示出吸热式气氛制备过程。吸热式气氛的制备是将原料气和空气混合通入发生器反应罐，在温度950~1100℃条件下进行反应，生成以CO、N_2、H_2为主，加上少量CO_2、H_2O、CH_4等组成的气氛，然后经冷却器冷却得到普通型吸热式气氛。吸热式气氛制备常用温度为1050℃，发生器反应罐内装有镍催化剂促进原料气的裂解和加速反应过程，然后经过冷却供给热处理炉使用。

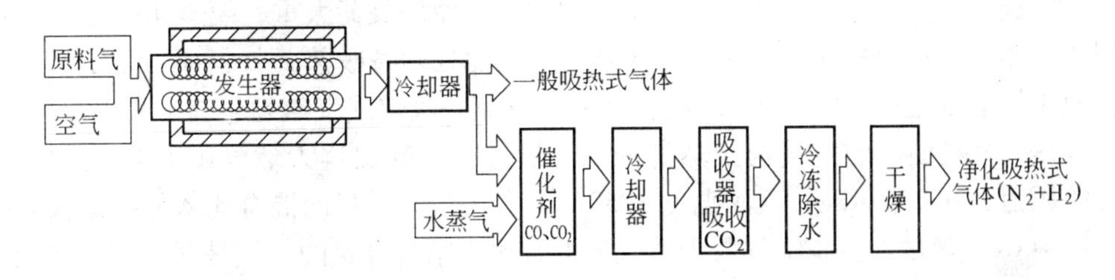

图3-25　吸热式气氛制备过程

净化式吸热式气氛是在普通吸热式气氛基础上进一步反应净化处理，最后得到以N_2和H_2为主的气氛。由图3-25可知，若要得到净化式吸热式气氛需要在普通型吸热式气氛基础上通入水蒸气。在催化剂作用下水蒸气把一般吸热式气体中的CO进一步转化为

CO_2，也就是 $H_2O + CO \longrightarrow CO_2 + H_2$。普通型吸热式气氛中 CO 与水反应生成 CO_2 和 H_2O，然后冷却，通过吸收器吸收气氛中 CO_2。进一步采用冷冻方法除去气氛中水，干燥后得到以 N_2 和 H_2 为主的净化吸热式气氛。净化吸热式气氛的主要成分是 N_2 和 H_2，可以用来进行各种金属表面氧化物还原以及不锈钢、硅钢、高镍合金钢的光亮退火。净化吸热式可控气氛由于主要成分是 N_2 和 H_2，减少了发生爆炸的危险，属于一种安全性气氛。净化吸热式气氛的应用，还可减少普通吸热式气氛容易引起铬氧化的缺点。

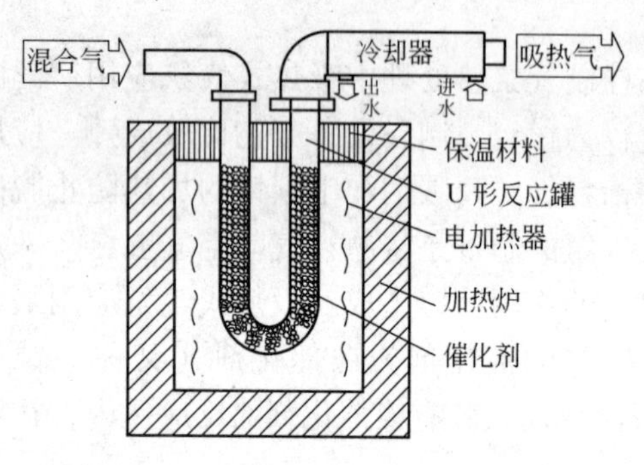

图 3 - 26　U 形管式吸热式发生器简图

普通型吸热式气氛制备的设备有很多种类。图 3 - 26 示出吸热式气氛发生炉结构示意图。图 3 - 26 示出 U 形管式吸热式发生器，发生器出口直接安装冷却器。其目的是使制备的吸热式气氛能够迅速冷却，避免制备的吸热式气氛在 700 ~ 480℃温度范围发生 $2CO \longrightarrow C + CO_2$ 的分解反应。也就是吸热式气氛出口对制备的吸热式气体冷却必须迅速冷却至 400℃以下温度，避免造成 CO 析出炭黑的反应发生。炭黑的析出对吸热式气氛的生成是不利的，影响吸热式气氛的成分，影响吸热式气氛的稳定性。炭黑的出现将堵塞管道，造成产气量的降低。对保证吸热式气氛碳势的稳定性和发生器的正常工作都是不利的。图 3 - 26 发生器中使用的催化剂是镍催化剂。镍催化剂的使用要注意清洁和保持活性，保持催化剂的清洁和活性是保证吸热式气氛质量的重要因素。催化剂被炭黑污染，将降低气氛制备的质量，降低制备气氛成分的稳定。原料中含有硫和硫化物将降低镍催化剂的活性，活性的降低直接影响产生气氛的质量，造成气氛制备的不稳定性。在应用催化剂过程中还应注意避免急冷急热造成催化剂载体的脆裂。催化剂的脆裂造成反应罐的堵塞而影响气氛的制备。在制备气氛过程中，气体反应太激烈会造成载体脆裂，应注意控制反应的速度。尤其在进行烧炭黑过程中，过多空气通入引起炭黑的大量燃烧造成温度的急剧升高容易造成载体的损坏，也容易造成反应罐的损坏。

目前吸热式气氛制备已是相当成熟的技术，国内外都有很多炉子生产厂家生产吸热式发生器。吸热式发生器的型号也是多种多样，有 RX-8、RX-100、G350、G1500、G4000、SY-801、EN25、EN75 等。在吸热式发生器的选用上要根据具体使用气氛的情况进行选用。发生器选用太大，造成浪费；太小，造成发生器使用负荷太重，缩短使用寿命。

制备吸热式气氛原料使用最多的是天然气。天然气制备吸热式气氛质量稳定，生产成本低，使用管道直接供给。图 3 - 27 是使用天然气制备吸热式气氛发生器流程图。图 3 - 27 中制备吸热式气氛使用的空气与天然气混合，通过镍触媒促进天然气中 CH_4 裂解。使用天然气的压力为 0.035 MPa，反应温度 1050℃。空气与天然气的混合比依靠控制仪表控制制备气氛中 CO_2 含量，控制空气与天然气的混合比。制备气氛的空气是通过罗茨泵抽取过滤后空气与天然气混合，通过发生器制备吸热式气氛。

图 3 - 27 中吸热式气氛的制备流程是：空气—空气过滤器—孔板—混合器—罗茨泵—吸热式气体发生器；天然气—截止阀—零压阀—混合器—罗茨泵—吸热式气体发生器。空气与天然气混合后进入吸热式气体发生器，在 1050℃温度下进行裂解反应。反应生成的吸热式气氛经过冷却器冷却后得到普通型吸热式气氛。冷却后的吸热式气氛可以直接送到可

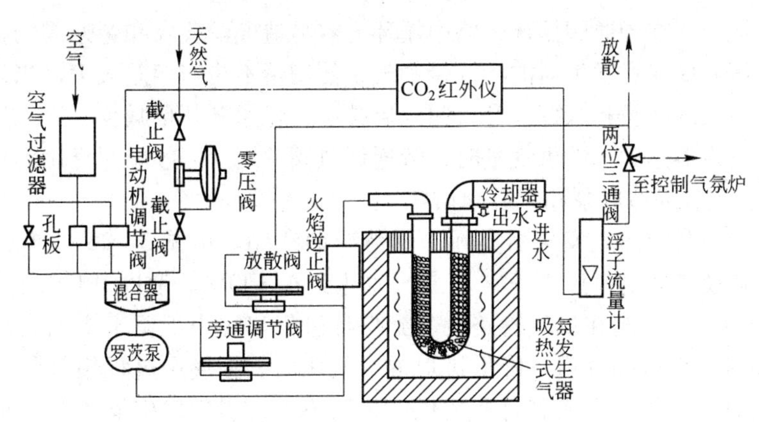

图 3-27　吸热式气氛制备流程图

控气氛炉内使用。吸热式气氛发生器使用的催化剂是镍催化剂。制备的吸热式气氛应用 CO_2 红外仪对气氛的 CO_2 值进行监测控制。当制备的吸热式气氛中 CO_2 含量低于设定值时，红外仪控制系统驱动电动机调节阀增加空气进入量，使吸热式气氛的 CO_2 值升高。当 CO_2 红外仪监测到吸热式气氛中 CO_2 含量高于给定值时，红外仪控制系统驱动电动机调节阀减少空气进入量，降低吸热式气氛的 CO_2 值。当电动机调节阀的调节不能够满足气氛对 CO_2 值的调节时，可以通过调节旁通截止阀调节空气进入气体发生器的进入量，从而调节气氛的 CO_2 值。这套吸热式发生器为了保证空气与天然气的混合比适应制备气氛量的变化，设计三条空气进入管路：第一条管路经过孔板进入相对固定的空气量，一般进入空气量是制备气氛最小空气需要量；第二条管路通过电动机调节阀进入的空气量，这一路进入的空气量决定于需要空气进入调节的范围；第三条管路通过手动截止阀进入的空气，这一路空气进入是保证最大需要空气量的调节。通过这三路空气量的调节保证空气与天然气混合按照要求的混合比供给发生器，从而保证进入发生器空气与天然气相对稳定的混合比。要保证空气与天然气混合比的稳定，空气与天然气的压力要相等；为保证空气和原料气以相同的压力进入罗茨泵，在天然气进入管道上安装一个零压阀。当空气进口压力上升时，零压调节器薄膜下移使进入的原料气压力增加。当空气进入压力降低时，零压调节阀薄膜上升进入原料气进口减小，进入原料气的压力降低。通过零压阀自动调节原料气与空气进入的压力，使原料气进入的压力始终与空气进入压力相等，压差为零。由于空气与原料气的压力相等，气体的流量就决定于进口处的截面积；当产气量改变时，空气与原料气也按一定比例改变，这样维持了空气与原料气混合比例的平稳，提高了制备气氛质量的稳定。

实际生产过程可控气氛炉 24 h 长时间运转，将混合气泵入反应罐的罗茨泵工作在十分恶劣的环境条件下。为保证罗茨泵的正常工作，图 3-27 中罗茨泵的旁路系统安装了一个旁路调节阀。旁路调节阀自动调节供气量的同时起到保护罗茨泵的作用，使罗茨泵在长时间运行过程不致由于供气量发生变化造成泵的损坏。另外，旁路调节阀可以保证发生器的产气压力保持恒定。当炉子需要吸热气量减少时，发生器出口压力增大此时将造成进口压力随之增大。压力的增大使旁通调节阀的薄膜和阀杆下移，阀门开大，旁通循环量增大，送入发生器的混合气量减少。这样，循环量的增加降低了发生器的出口压力，也减低了罗茨泵的出口压力，保护了罗茨泵。如果使用吸热气量减少，发生器压力增高，混合气在循环回路巡回量增加，当达到一定量时就会造成空气与原料气的混合误差增大，造成产气的不稳定。大量混合气在旁通阀循环回路中循环，容易造成罗茨泵和旁通阀的损坏，甚至引起爆炸情况。因此应注意发生器的产气量和气氛使用量不能够相差太大。当炉子用气量增大时，旁通调节阀的薄膜和阀杆上升阀门开启减小，旁通循环量减少，送入发生器的混合气量增加。当发生器达到正常供气量时，旁通调节阀关闭。一般应注意用气量不能少于产气量的1/3，否则容易造成泵和旁通阀损坏。

图3-28是一台吸热式发生器实际工作情况曲线图。由图3-28可见，当出口压力达到3.5 kPa时吸热器出口压力正常。当压力达到4.3 kPa放散阀开启，压力达到5 kPa放散阀完全开启。放散阀在供气管路中起到保证进气口压力不至于增加太高的作用，当进口压力较高时，放散阀开启，降低进口混合气压力。在使用过程用气量太少，容易造成进口压力太高；用气量太大容易造成供气量的不足，引起发生器负荷太重。因此正确地选用发生器的产气量是很重要的问题。要保证生产过程发生器产气量的正常使用，又不至于造成放散阀的开启。放散阀的开启，引起部分混合气体排入空气中燃烧掉，造成能源的浪费。

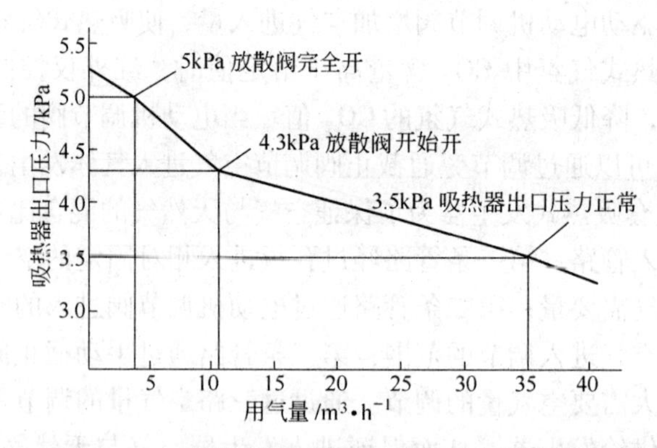

图3-28　吸热式发生器用气量与出口压力关系

发生器正常使用情况下混合气经过火焰逆止阀进入发生器反应罐。火焰逆止阀的作用是在发生回火情况下切断气体通路使火焰不致沿管道燃烧。回火情况的发生一般是气体的传输速度小于火焰燃烧的速度，火焰沿着管道进行燃烧。回火的发生将造成管路系统中阀件、管路的损坏。火焰逆止阀的作用就是阻止火焰沿管道燃烧情况的发生。当回火情况发生时火焰逆止阀的双金属片发热张开，阀杆落下关闭阀门，同时带动微动开关，关闭罗茨泵，切断混合气的供应从而起到保护管道和阀门的作用。

混合气经过火焰逆止阀进入反应罐，在950~1050℃装有镍催化剂的反应罐内进行裂解反应，得到吸热式气氛。吸热式气氛经冷却器冷却后供给可控气氛炉使用。如果要进一步得到净化吸热式气氛，那么将制备的普通型吸热式气氛与蒸汽通入装有催化剂的反应罐进行反应。使普通型吸热式气氛中CO与蒸汽的H_2O进行反应。CO与H_2O生成CO_2，然后进行冷却。冷却反应后的气体利用分子筛除去CO_2。再经过冷冻除水，干燥后得到净化吸热式气氛，可应用于多种可控气氛热处理过程。

3.2.3　氨分解制备气氛

氨分解制备气氛是使用液氨作为原料，在催化剂的作用下加热分解得到的气氛。氨分解气和应用烷类气体作为原料气一样，有应用氨制备放热式气氛（氨燃烧气氛）和吸热式气氛（氨加热分解气氛）之分。氨制备的放热式气氛和吸热式气氛同样是根据气氛制备过程释放热量或吸收热量确定；制备过程释放热量的为“放热式气氛”，需要外界供给热量的是“吸热式气氛”。

氨分解气制备方法简单，但是成本高。氨分解气的制备是应用液氨蒸发后通入装有催化剂的裂解罐中进行加热裂解。裂解加热温度在900~950℃情况下进行分解，氨加热的分解反应如下：

$$2NH_3 \rightleftharpoons N_2 + 3H_2 \quad 91.96\ kJ \tag{3-27}$$

反应式3-27在分解过程中将吸收91.96 kJ的热量。当反应式3-27处于平衡状态时，通常以NH_3的分解率表示其分解情况。NH_3的分解率是表示NH_3分解的一项重要指标，NH_3分解率公式如下：

$$氨分解率 = (已分解氨分子数 / 总的氨分子数) \times 100\% \tag{3-28}$$

应用公式3-28可以很容易地求出NH_3的分解率。NH_3的分解率与反应时的温度有很大关系。NH_3的分解率随着温度的升高，分解率升高。表3-10示出不同温度情况下NH_3的分解率以及分解气氛中NH_3的残余含量和在裂解温度情况下的平衡常数。

表3-10 不同温度下氨的分解率

温度/℃	平衡常数 K_P	NH_3的残余体积分数/%	NH_3的分解率/%
300	191.88	2.24	95.62
350	1077.83	0.97	98.08
400	4772.58	0.466	99.07
450	174.79×10^2	0.244	99.51
500	548.74×10^2	0.139	99.72
550	151.76×10^3	0.083	99.83
600	377.60×10^3	0.053	99.89
650	856.41×10^3	0.035	99.93
700	181.30×10^4	0.025	99.95
750	358.37×10^4	0.017	99.965
800	669.47×10^4	0.013	99.974
850	119.06×10^5	0.0103	99.979
900	202.79×10^5	0.0073	99.985
950	332.47×10^5	0.0059	99.988
1000	526.95×10^5	0.00498	99.99

从表3-10可以看到随温度升高NH_3的裂解率升高很快。NH_3裂解气是NH_3、N_2和H_2的混合气，其中总是有少量的残存NH_3。NH_3裂解气氛，对于多数钢种都是呈现惰性，因此NH_3裂解气氛比其他气氛对钢件有更好的保护性。由于气氛中总含有少量的残存

NH_3，进行保护加热时对零件有微小的氮化作用。分解气氛中 NH_3 的残存量越少，要求裂解的温度越高。

NH_3 裂解气氛可应用在钎焊、粉末冶金烧结、表面氧化物快速还原、不锈钢硅钢光亮退火等热处理工艺。吸热式 NH_3 分解气氛在催化剂作用下，850～900℃进行裂解反应。得到无毒可燃的吸热式 NH_3 分解气氛。吸热式 NH_3 裂解气氛露点可达到 -50℃，其中 N_2 为25%，H_2 为75%是一种很好的保护气氛。若空气与 NH_3 混合燃烧得到放热式 NH_3 裂解气氛。制备放热式 NH_3 裂解气氛空气与 NH_3 的混合比约为1.1。制备的放热式 NH_3 裂解气氛 H_2 的含量占20%，N_2 的含量占80%。露点可控制在4.4～-73℃范围。放热式 NH_3 裂解气氛可应用于硅钢光亮退火、不锈钢的处理、钎焊和粉末冶金的烧结等工艺中。表3-11示出 NH_3 制备气氛的气体成分。

表3-11　氨制备气氛的气体成分

类　别	体积分数/%		露点/℃	制备 $100m^3$ 气体需要 NH_3 量/kg	安全性
	$\varphi(N_2)$	$\varphi(H_2)$			
氨加热分解气	25	75	-51	36.4	可燃、易爆
氨近完全燃烧气	99	1	4.4～-73	22.2	中性，不可燃
氨部分燃烧气	80	20	4.4～-73	24.2	可燃

NH_3 制备气氛在可控气氛制备中是一种比较贵的制备气氛。但是 NH_3 制备气氛过程简单，气氛质地洁净容易控制。缺点是制备成本高，可燃范围广（完全燃烧气氛除外），有残余未分解 NH_3 存在，对炉子构件零件有轻微氮化作用。

3.2.3.1　NH_3 分解气氛

制备 NH_3 分解气氛是使用液氨作原料气，经过气化以后在温度为800～900℃范围进行催化裂解反应。催化裂解反应见反应式3-27，反应过程吸收91.96 kJ的热量。在20℃、0.1 MPa条件下，1 kg的液氨可气化生成1.39 m^3 的气体。将气化气体加热裂解可得到2.78 m^3 的 NH_3 分解气氛。NH_3 加热裂解气氛得到的气氛中含 H_2 75%，含 N_2 25%。图3-29示出 NH_3 分解装置流程。图3-29示出 NH_3 分解气氛的流程是：液氨—过滤器—蒸发冷却器—减压阀—进入裂解炉—裂解后的裂解气—蒸发冷却器—干燥器—流量剂—可控气氛炉子。液氨通过过滤器后进入蒸发冷却器将液氨转化为气体氨。液氨转化成为气体氨后压力达1.1 MPa，压力太高不能够直接进入裂解炉中。通过减压阀将气体氨的压力减压后再通入裂解炉中。在裂解炉中裂解后的气体流到蒸发冷却器冷却。此时，经过蒸发冷却器冷却的裂解气中存在较多的水分。因此，冷却后氨裂解气氛进入干燥器干燥后才可以供给可控气氛炉使用。蒸发冷却器的作用是将液氨加热蒸发成为气态氨，同时冷却裂解炉裂解后的气氛。液氨在蒸发过程将吸收大量的热，而 NH_3 裂解气冷却过程将释放大量的热。利用 NH_3 裂解气冷却过程释放的热加热冷却水，冷却水利用吸收的热加热液氨使液氨蒸发，使能源得以进一步利用。NH_3 分解气氛，气氛中 H_2 占75%，N_2 占25%；气氛露点可达-25℃。适用于钎焊、粉末冶金烧结、表面氧化物快速还原、不锈钢硅钢光亮退火，也是钢加热很好的气氛。

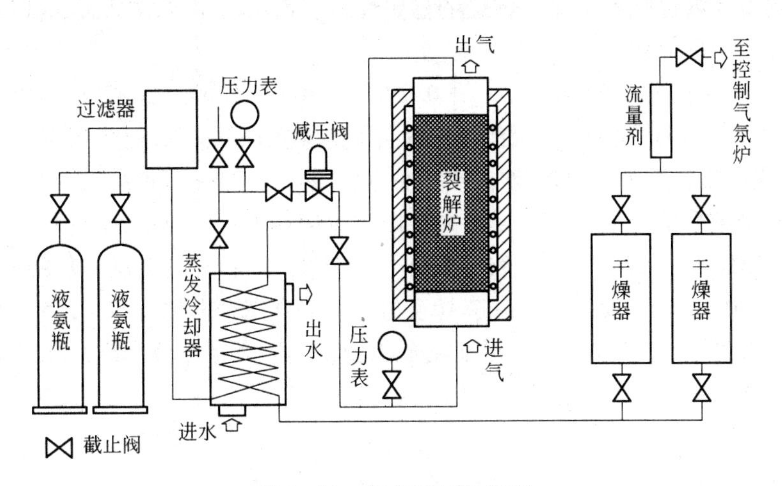

图 3-29 氨分解气氛流程

3.2.3.2 NH_3 燃烧制备气氛

NH_3 燃烧制备气氛有两种方法制备：NH_3 预先分解部分燃烧制备气氛和 NH_3 直接燃烧制备气氛。这两种气氛有各自的特点，NH_3 预先分解部分燃烧制备气氛的制备过程比较复杂。但是，这种气氛能够保证燃烧质量，保证气氛制备的稳定，气氛适应范围较广。NH_3 直接燃烧制备气氛制备过程简单，消耗能源少。

NH_3 预先分解部分燃烧制备气氛制备流程示于图 3-30。图中示出的 NH_3 预先分解部分燃烧制备气氛流程中，NH_3 预先分解过程得到含有 H_2 含量 75% 和 N_2 含量 25% 的气氛。这种气氛燃烧范围很宽，与空气混合后燃烧的范围为：下限为 4.0%，上限为 74.2%。而 NH_3 在温度为 18℃时，与空气混合燃烧，燃烧的范围：下限为 16.1%，上限为 26.4%。NH_3 与空气混合气体的着火温度约为 780℃。NH_3 与空气混合燃烧范围很小，着火温度又高。混合气体燃烧发热值也比较低，为 14003 kJ，不能维持高的燃烧温度，这样给直接燃烧制备气氛造成一定的困难。采用 NH_3 预先分解然后燃烧的方法弥补了直接燃烧制备气氛不能维持高的分解温度的困难。NH_3 预先分解 H_2 含量 75% 和 N_2 含量 25%

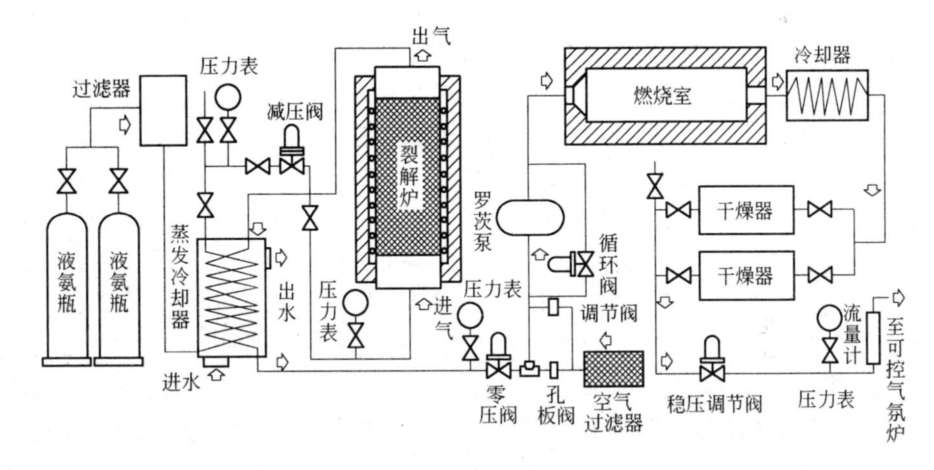

图 3-30 预先分解部分燃烧气氛的制备流程

与空气混合制备气氛也就容易保持燃烧的稳定性，在启动时也容易点火。氨与空气混合直接燃烧的完全燃烧反应如下：

$$NH_3 + 3.57(0.21\,O_2 + 0.79\,N_2) = 1.5\,H_2O + 3.32\,N_2 \tag{3-29}$$

反应式3-29中，1份NH_3需要3.57份空气能够保证氨完全燃烧反应。燃烧反应后生成4.82份燃烧产物，其中燃烧产物中H_2O含量31%，N_2含量69%。

NH_3预先分解后的气氛与空气混合完全燃烧反应如下：

$$0.75H_2 + 0.25N_2 + 1.79(0.21O_2 + 0.79N_2) = 0.75H_2O + 1.66N_2 \tag{3-30}$$

反应式3-30中NH_3预先加热分解气氛与空气混合完全燃烧反应，1份NH_3预先加热分解气氛需要1.79份空气混合能够保证完全燃烧反应。完全燃烧反应后生成2.41份燃烧产物。燃烧产物中H_2O的含量31%，N_2的含量69%。

若要计算不完全燃烧系数可根据原料气与空气混合量比完全燃烧时原料气与空气混合比就能够计算不完全燃烧程度。不完全燃烧系数计算公式如下：

$$K = 1\text{份原料气混合的空气量} / \text{完全燃烧}1\text{份原料气混合的空气量} \tag{3-31}$$

根据公式3-31可以计算部分燃烧反应系数K。根据部分燃烧系数K，得到部分燃烧反应。NH_3不完全反应如下：

$$\begin{aligned}&NH_3 + 3.57K(0.21O_2 + 0.79N_2)\\&= 1.5KH_2O + 1.5(1-K)H_2 + 3.57 \times 0.79KN_2 + 0.5N_2\end{aligned} \tag{3-32}$$

NH_3预先加热分解部分燃烧不完全反应的反应式如下：

$$\begin{aligned}&0.75H_2 + 0.25N_2 + 1.79K(0.21O_2 + 0.79N_2)\\&= 0.75KH_2O + 0.75(1-K)H_2 + 0.79 \times 1.79KN_2 + 0.25N_2\end{aligned} \tag{3-33}$$

反应式3-32、式3-33是NH_3不完全反应和NH_3预先加热分解气不完全反应。根据反应式3-32、式3-33可计算不完全反应得到的气体成分。图3-30中NH_3预先加热分解部分燃烧流程中制备的气氛成分可根据反应式3-33计算出来。图3-30 NH_3预先加热分解部分燃烧的流程是：氨—蒸发冷却器蒸发—减压阀—裂解炉—蒸发冷却器冷却—零压阀—与空气混合—孔板阀—罗茨泵—燃烧室燃烧—冷却器—干燥器—稳压调节阀—流量计—可控气氛炉。图3-30中液氨流入蒸发冷却器中进行气化，气化后的压力较高。经过减压阀减压后进入裂解炉内进行裂解处理。裂解完成的气体进入蒸发冷却器进行冷却。然后冷却以后的裂解气进行部分燃烧处理。部分燃烧的程度决定于要求的最后气氛成分。可根据反应式3-33计算部分燃烧后气体成分。NH_3预先加热分解的裂解气体与经过空气过滤器过滤的空气混合，由罗茨泵送入燃烧室进行燃烧。预先分解的裂解气体经过零压阀后与空气进行混合，零压阀的作用是调节裂解气保证与空气的气压差为零。这样保证混合气的混合比不因为裂解气压力变化造成混合比的变化。空气与裂解气的混合受孔板阀的限制，孔板阀限制空气进入量保持基本恒定。当空气混合量不足时可以通过调节阀调节混合空气量，使燃烧气体混合达到要求范围。当使用燃烧气体量发生变化时，将影响燃烧室进气口压力的变化，燃烧的气体压力发生变化。当燃烧室进口压力增大时，引起燃烧室需气量减少。为了减少罗茨泵的负荷不致造成罗茨泵的损坏，循环阀打开多余的气氛在泵之间进行循环，从而减少了泵的负荷，保证了泵的正常运转。燃烧完成的气体经过冷却水套冷却后进入冷却器进行冷却。冷却完成后采用硅胶、分子筛吸收水分进行干燥处理。经过稳压阀，流量计供给可控气氛炉使用。经过图3-30氨预先加热分解部分燃烧制备的气氛 H_2O 含量0.01%，相当于-40~-50℃露点的气氛，可以有很广泛的应用范围。

NH_3 直接燃烧制备气氛是使用 NH_3 直接与空气混合，在有催化剂的燃烧炉中进行燃烧制备而成。如果 NH_3 直接燃烧采用完全燃烧反应，燃烧制备的气氛可根据反应式3-29计算其产物产量。若是部分燃烧反应可根据反应式3-32计算反应产物量。图3-31示出 NH_3 燃烧气氛制备流程。如图3-31所示 NH_3 燃烧制备流程是：液氨—蒸发器—减压阀减压—零压阀—与空气混合—罗茨泵—燃烧室燃烧—冷却器—水气分离—干燥器干燥—罗茨泵—储气罐—减压阀—流量计—可控气氛炉。图3-31中 NH_3 燃烧制备气氛是液氨首先在蒸发器中进行蒸发，蒸发的氨气压力较大经过减压阀减压。然后经过零压阀与空气进行混合。零压阀的作用保证氨气的压力与空气的压差为零。这样能够保证氨气与空气的混合比不会因为压力的变化造成混合比的变化。氨气与空气的混合气经过罗茨泵泵至燃烧室进行燃烧反应。其中空气与氨气的混合量可以通过电动机阀进行调节。电动机阀开启的大小决定于控制仪表。如果检测仪表测定 NH_3 燃烧气氛成分测定值低于或高于设定值，控制仪表输出一个信号给电动机阀使其开大或关小。这样调节氨气与空气的混合量的多少，达到控制气氛成分的目的。仪表控制电动机阀达不到要求控制值时，也可以通过调节阀调节空气进入量达到调节气氛成分要求。燃烧完成的气氛进行冷却处理，这时气氛中存在较多的水分。NH_3 燃烧气氛经过冷却水气分离后气氛的露点20℃左右。应用该气氛进行加热保护适用范围有限。对冷却后的 NH_3 燃烧气氛进一步使用硅胶或分子筛进行干燥处理能够得到质量较高的 NH_3 燃烧气氛。经压缩机送入储气罐进行储存备用。经过减压阀减压后，经流量计送入可控气氛炉使用。NH_3 燃烧气氛经过图3-31制备流程制备出来，NH_3 分解气氛的氢含量低，可避免钢加热淬火后形成的氢脆现象。同时 NH_3 燃烧气氛 NH_3 的消耗量也可降低1/3。NH_3 燃烧制备的气氛 H_2 的含量为20%，气氛中 N_2 的含量为80%，气氛露点4.4~-73℃。NH_3 燃烧气氛适用于硅钢光亮退火、不锈钢的热处理、钎焊、粉末冶金烧结等。

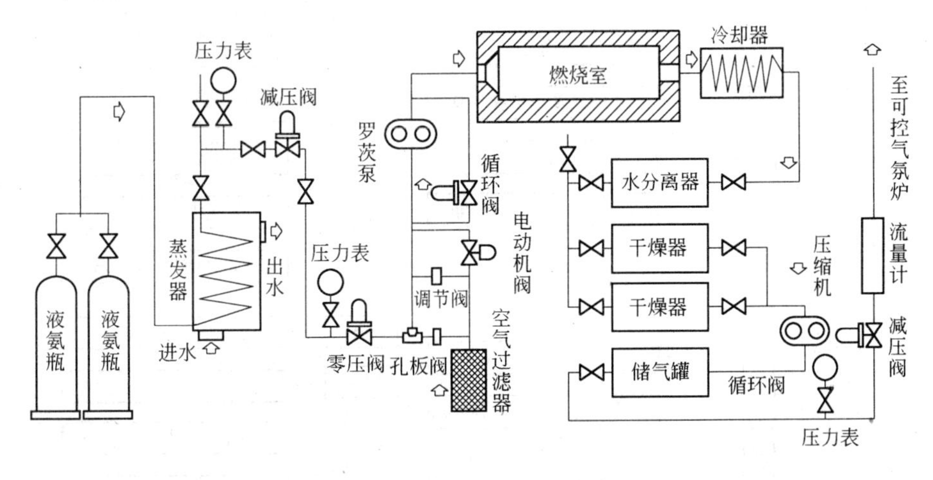

图3-31　氨燃烧气氛制备流程

3.3　氮基气氛

在热处理过程应用氮气进行零件的保护加热越来越多。氮气作为保护气体使用安全，不会发生爆炸。N_2气是惰性气体，在零件加热过程不会与零件和其他气体发生任何反应，不会引起燃烧和爆炸，十分安全。在应用吸热式气氛进行零件处理时，停电或因故障突然停炉，往往也使用氮气作为炉子内易燃易爆气氛清除的气体。目前氮气的制备方法也是多种多样，有工业氮气制备氮基气氛、放热式气氛净化处理制备氮基气氛、氨燃烧气氛净化处理制备氮基气氛、液氮蒸发氮基气氛、空气分离变压吸附再生氮基气氛、薄膜空气分离制备氮基气氛等。无论何种方法制备的氮基气氛可以应用在铜和低碳钢的光亮退火、中碳钢和高碳钢的光亮淬火、淬火、回火、高硅钢的光亮退火、渗碳气氛的载气、氮基氮化的载气、无氧化保护加热气氛等。图3-32示出氮基气氛的分类以及应用范围。由图3-32可知，氮基气氛的制备方式很多，其中放热式气氛制备的氮基气氛除图3-32列出的外，还有应用煤油和其他有机液体裂解制备的氮基气氛。放热式氮基气氛制备是利用原料与空气混合燃烧后得到氮含量较高的富氮气氛，然后使用净化处理方式除去富氮气氛中其他气体，使氮气保存下来得到氮基气氛。放热式气氛制备的氮基气氛根据制备原料的不同，原料与空气混合比不同以及净化过程和方式不同得到的以氮气为主的气氛成分不同。表3-12示出应用烷类气体制备的放热式气氛净化氮基气氛的典型成分。表3-12示出的净化放热式气氛的典型成分是不同的三类方式制备的氮基气氛。这三类制备方式用N_2-Ⅰ、N_2-Ⅱ、N_2-Ⅲ表示。从表3-12可以看到同样的混合比制备的方式不一样，得到气氛的成分也不一样。N_2-Ⅰ和N_2-Ⅲ应用相同的原料气和相同的混合比得到的氮基气氛成分也不一样。N_2-Ⅰ方式制备的气氛有少量的CO和H_2；而应用N_2-Ⅲ方式制备的气氛只有微量的CO，气氛中H_2的含量大于N_2-Ⅰ制备方式。应用N_2-Ⅱ制备方式制备氮基气氛，则得到CO和H_2含量较多的氮基气氛。

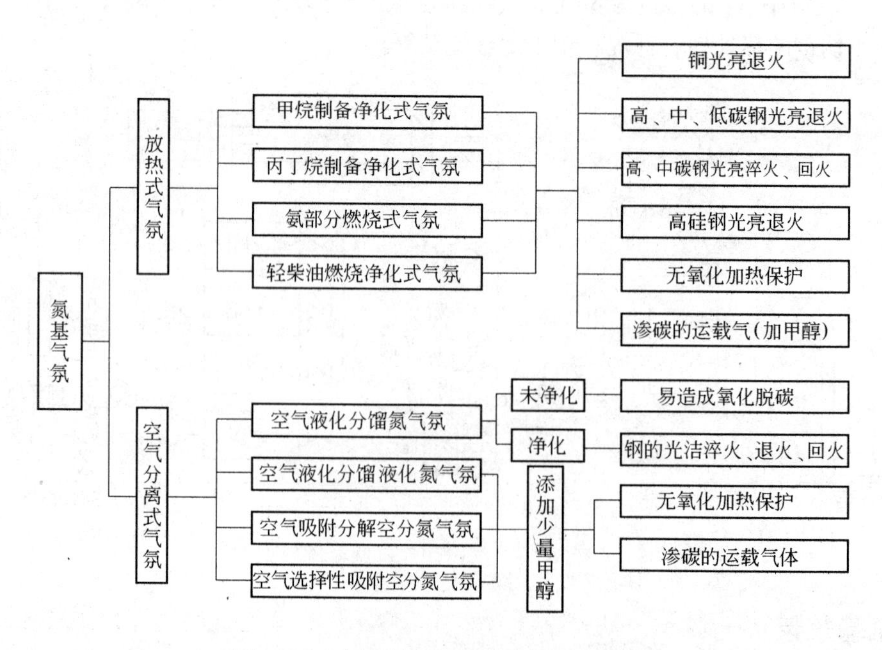

图3-32 氮基气氛的分类以及应用范围

表 3-12 净化放热式气氛典型成分

代号	原料	混合比	气体质量分数/%				露点值/℃
			$w(CO)$	$w(H_2)$	$w(CO_2)$	$w(N_2)$	
N_2 - Ⅰ	天然气	9	1.7	1.4	微量	余量	< -70
	丙烷	22	1.8	0.9	微量	余量	< -70
	丁烷	29	1.8	0.9	微量	余量	< -70
N_2 - Ⅱ	天然气	6	11.2	13.4	微量	余量	< -70
	丙烷	14	11.0	8.9	微量	余量	< -70
	丁烷	20	11.0	8.3	微量	余量	< -70
N_2 - Ⅲ	天然气	9	微量	3.1	微量	余量	< -70
	丙烷	22	微量	2.7	微量	余量	< -70
	丁烷	29	微量	2.7	微量	余量	< -70

空气分离式气氛是从空气中直接分离出氮气，经过净化处理得到氮基气氛。空气分离式气氛制备氮基气氛有以下几种方法：

（1）采用空气液化分馏，然后净化处理；

（2）分子筛变压吸附制备的氮基气氛；

（3）空气选择性吸附分离制备氮基气氛。

几种空气分离制备氮基气氛的方法完全不同，但得到的氮基气氛都能够应用在无氧化保护加热和作为渗碳的运载气体。应用氮基气氛作为渗碳的运载气体进行渗碳处理，也就是所谓的氮基渗碳。

3.3.1 放热式氮基气氛的制备

放热式氮基气氛的制备是应用原料与空气混合制备放热式气氛，然后对放热式气氛进行净化处理制备得到的。放热式气氛制备氮基气氛使用的原料很多，如天然气、丙烷、丁烷、煤油、轻柴油、煤气、氨燃烧气等。这些原料经过与空气混合燃烧后得到含有 CO、CO_2、H_2O、O_2 和 N_2 为主的放热式气氛。然后对放热式气氛进行净化处理，除去气氛中 O_2、H_2O、CO、CO_2 等，得到能够应用于热处理过程的氮基气氛。采用放热式制备的气氛根据制备的方法不同得到的氮基气氛有一定的差异，其主要是氮基气氛中 CO、H_2 含量的不同。气氛中 CO 气体是渗碳还原性气体，气氛中如果含量较多在进行热处理过程会起到渗碳作用。但是 CO 含量较高的气氛应用于渗碳气氛的载气则能够起到良好的作用。对零件加热过程不发生渗碳作用要求较高的零件则必须降低 CO 含量，例如采用表 3-12 中 N_2 - Ⅲ制备方式得到的氮基气氛。氮基气氛中 H_2 是还原性气体，若加热的零件有轻微氧化的情况，使用 H_2 含量高的气氛有利于氧化物的还原。应用放热式制备的氮基气氛不可燃，是 N_2 为主的气氛，使用安全，不会发生爆炸。

图 3-33 示出可以使用多种原料（天然气、丙丁烷、液化石油气等）制备氮基气氛工艺流程。图 3-33 中示出的氮基气氛制备流程是使用碳氢化合物与一定比例的空气混合燃烧得到放热式气氛。放热式气氛冷却后经过压缩机加压，至 600 ~ 700 kPa。经过除油处理

进入干燥塔进行干燥。气氛干燥后在吸附塔内应用分子筛吸附气氛中 CO_2 和 H_2O。除去 CO_2 和 H_2O 的气氛再加 H_2 除氧，进一步清除气氛中存在的氧。加入的 H_2 和气氛中的 O_2、CO_2 发生反应，生成 H_2O。在除氧塔内反应生成水，冷却后再进入干燥塔除去气氛中水后得到净化式氮基气氛，然后进入贮气罐备用。这种制备方式制备的氮基气氛是以 N_2 和 H_2 为主的气氛。适用于铜和低碳钢的光亮退火、中碳钢和高碳钢的光亮淬火、淬火、回火、高硅钢的光亮退火以及有轻微氧化零件的还原处理。

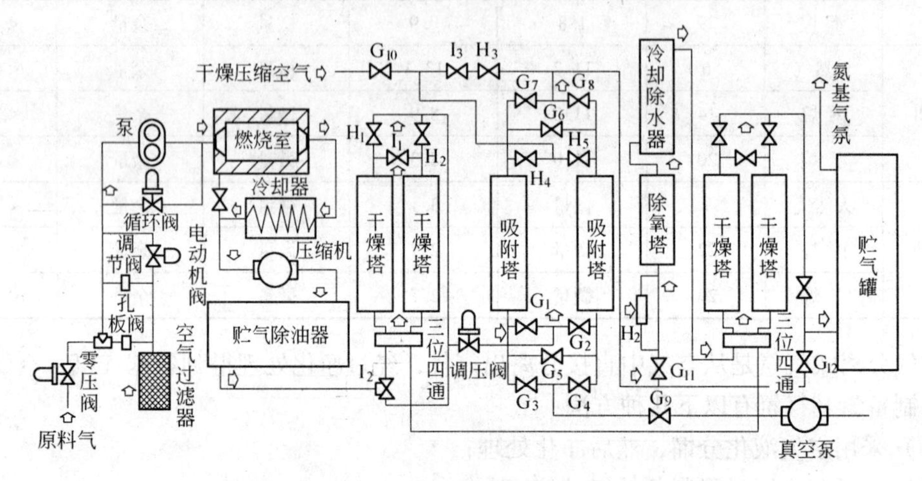

图 3 - 33　氮基气氛制备工艺流程

3.3.2　空气分离式氮基气氛

空气分离式氮基气氛是直接从空气中将氮气分离出来作为热处理过程的保护加热或渗碳过程运载气体。空气分离式氮基气氛的获得，有直接空气液化分馏制备的富氮气氛、有分子筛变压吸附空气制备的富氮气氛、分子筛空气选择性吸附制备的富氮气氛、薄膜空气分离制备的富氮气氛等方法，获得的富氮气氛进行净化处理得到氮基气氛。应用空气液化分馏制氮是利用深冷方法使空气成为液体状态（-196℃以下），在分馏塔内进行精馏，即可获得氧气和氮气，然后进行净化处理得到氮基气氛。分子筛空气选择性吸附制备氮基气氛是应用分子筛对氮气和氧气的吸附速度不一样，利用吸附速度差制备氮气。使用薄膜空气分离制备氮气是利用氧气和氮气通过薄膜的速度不一样制备氮气。使用空气液化蒸馏、分子筛空气吸附、薄膜空气分离等制氮机生产的氮气一般纯度为 99.95%。高纯度制氮机生产的高纯度的氮气的纯度 99.99%。采用制氮设备制备的氮气虽然可获得高纯度的 N_2，但是在贮存、加压、管道输送过程中，氧和水的含量可能增加。如果直接将工业氮气应用于热处理，氮气中氧含量多容易造成零件加热过程的氧化、脱碳。应将制氮机制备的富氮气氛进行净化处理后再应用于热处理过程。采用高纯度的液态氮气作为热处理过程的气氛，只要加入少量甲醇就可用于渗碳运载气体。

工业氮气应用于热处理过程，富氮气氛必须经过净化处理成为适合热处理过程的氮基气氛。富氮气氛制备成为氮基气氛可以采用 CH_3OH 法、木炭法、加氢催化法等方法制备。CH_3OH 法制备氮基气氛是应用 CH_3OH 裂解后的气氛与工业氮气混合加热，使工业氮气中的 O_2 与裂解 CH_3OH 气的 CO 和 H_2 反应生成 H_2O。然后除去气氛中的水得到适合热处理应用的氮基气氛。图 3 - 34 示出工业氮气应用甲醇法制备氮基气氛。

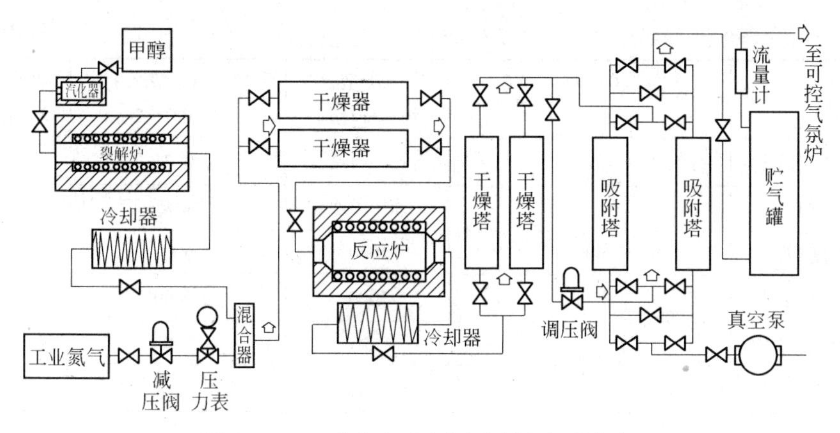

图 3-34 工业氮气应用甲醇制备氮基气氛

图 3-34 使用工业氮气和甲醇裂解气制备氮基气氛的流程是：甲醇—汽化器汽化—裂解炉—冷却器—与工业氮气混合—干燥—反应炉—冷却器冷却—干燥—吸附塔—氮基气氛。应用工业氮气和 CH_3OH 裂解气制备氮基气氛就是将 CH_3OH 滴入汽化器汽化以后进入裂解炉。CH_3OH 在装有镍基催化剂的裂解炉内，温度为 930～960℃情况下裂解成为 CO 和 H_2 混合的气体。在裂解炉得到的 CH_3OH 裂解气为 1/3 的 CO 和 2/3 的 H_2。CH_3OH 裂解气经过冷却器进行冷却后，与工业氮气混合。工业氮气的成分是 N_2 和 O_2。冷却干燥后的 CH_3OH 裂解气和工业氮气的混合气进入有催化剂的反应炉进行反应。CH_3OH 裂解气和工业氮气混合的裂解反应如下：

$$CO + H_2 + O_2 + N_2 \longrightarrow CO_2 + H_2O + N_2 \tag{3-34}$$

反应式 3-34 是在温度 940～960℃情况下进行的。在反应炉内装有镍基催化剂促进 CO、H_2 和 O_2 的反应。反应完成后得到 CO_2、H_2O 和 N_2 的混合气氛进入冷却器进行冷却。冷却完成的反应气体进入装有分子筛的吸附塔内。吸附塔内的分子筛吸附气氛中的 CO_2 和 H_2O，得到露点低于 -50℃较纯净的氮基气氛。经过 CH_3OH 裂解气制备的氮基气氛能够应用于热处理的渗碳运载气体、钢的光洁淬火、退火、回火等热处理工艺之中。

应用 CH_3OH 裂解气进行氮基气氛的制备，要求加热裂解 CH_3OH 和 CH_3OH 裂解气与工业氮气混合后的反应温度较高。不采用高温方法，应用催化除氧的方法也可得到氮基气氛。应用催化除氧方法制备氮基气氛，气氛氧含量在 $(5\sim20)\times10^{-6}$ 的气氛，根据要求还可以将气氛中的氧含量降得更低。采用不同的催化剂可以得到不同氧含量的氮基气氛。表 3-13 示出常用催化除氧制备氮基气氛的催化剂性能。这些催化剂是铜、镍铬、钯或银分子筛。应用表 3-13 中的催化剂使工业氮气中的氧与氢化合成水，然后再以冷凝或吸附的方法将水分从气氛中除去，得到适合热处理应用的氮基气氛。

表 3-13 催化除氧制氮法常用催化剂性能

性 能	063 型 铜催化剂	651 型 镍铬催化剂	105 型 钯分子筛	201 型、402 型 银分子筛
成 分	氧化铜载于硅藻土上	镍铬合金负载于少量石墨上	金属钯负载于 4A 或 5A 分子筛上	硝酸银负载于 13× 或 4A 分子筛上
粒 度	ϕ5 mm×5 mm、ϕ6 mm×6 mm	ϕ5 mm×5 mm	ϕ2～4 mm、ϕ4～9 mm	841～373 μm

续表 3 - 13

性　能	063 型 铜催化剂	651 型 镍铬催化剂	105 型 钯分子筛	201 型、402 型 银分子筛
堆积密度/$kg \cdot L^{-1}$	1	1.1 ~ 1.2	0.7	0.8
工作温度/℃	170 ~ 350	50 ~ 100	常温	常温
热稳定温度/℃	400	1000	600	500
允许最大空速/h^{-1}	3000	5000	10000	10000
允许最大初始氧含量/%	1	3	2.8	2.8
脱氧效果	$(10 \sim 20) \times 10^{-6}$	$< 5 \times 10^{-6}$	可达 0.2×10^{-6}	可达 0.2×10^{-6}

工业氮气使用催化除氧方法除去气氛中的氧，催化除氧过程氢和氧化合的催化反应可以分为以下几个阶段：

（1）反应物 H_2 和 O_2 从气体中向催化剂表面扩散；

（2）扩散至催化剂表面的 O_2 在催化剂表面被吸附；

（3）H_2 与催化剂表面上呈吸附状态的 O_2 结合，形成吸附状态的 H 和 OH 根，并在催化剂表面上进一步结合生成 H_2O；

（4）H_2O 分子从催化剂表面上解吸，向气体中扩散，从而完成催化剂的催化反应过程。

应用催化剂除氧方法从工业氮气中制备热处理应用的氮基气氛，根据催化剂的不同可以有如图 3 - 35 所示的两种流程。图 3 - 35 应用催化剂除氧制备氮基气氛的流程图中，有催化脱氧流程 1 和催化脱氧流程 2 两种催化脱氧过程。催化脱氧流程 1 是一种采用常温进行的脱氧处理；催化脱氧流程 2 是一种采用适当加温进行的脱氧处理。从表 3 - 13 可以看到应用 105 型钯分子筛和 201 型、402 型银分子筛作为脱氧催化剂，其工作温度为常温。也就是应用 105 型钯分子筛和 201 型、402 型银分子筛作为脱氧催化剂制备氮基气氛可以在常温情况下进行。常温情况下进行催化除氧制备氮基气氛可以应用催化脱氧流程 1 处理。而应用 063 型铜催化剂工作温度在 170 ~ 350℃，651 型镍铬催化剂工作温度在 50 ~ 100℃。因此，使用 063 型铜催化剂和 651 型镍铬催化剂制备氮基气氛要进行适当加温处理。使用 063 型铜催化剂和 651 型镍铬催化剂制备氮基气氛可以应用催化脱氧流程 2 处理。

图 3 - 35 示出的催化剂制备氮基气氛催化脱氧流程 1 的流程过程是：工业氮气与氢气

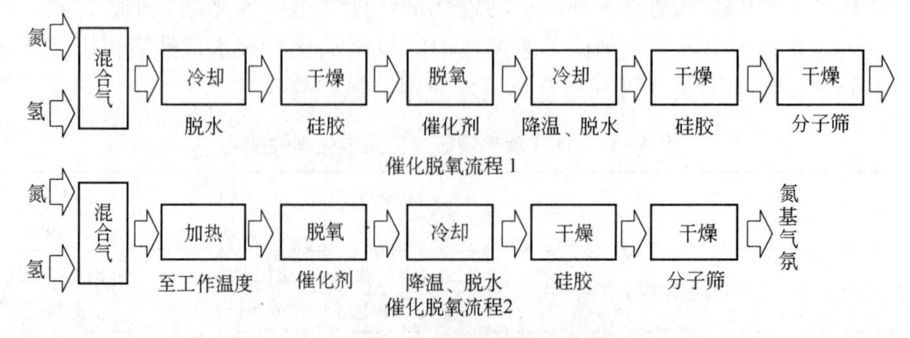

图 3 - 35　工业氮气应用催化除氧制备氮基气氛

混合后进行冷却脱水处理。脱水处理完成的混合气氛使用硅胶将冷却后从混合气氛中析出的水分吸收干燥，使混合气氛中的水含量降低。经过干燥的混合气氛进入催化反应过程，催化反应是使气氛中的 H_2 和 O_2 生成 H_2O。除水干燥后的气氛进入催化反应过程，气氛中的 O_2 和 H_2 从气氛中向催化剂表面扩散。扩散到催化剂表面的 O_2 被催化剂表面吸附。此时扩散到催化剂表面的 H_2 与 O_2 形成吸附状态的 H 和 OH 根。吸附状态的 H 和 OH 根在催化剂表面进一步结合生成 H_2O。催化剂表面结合生成的 H_2O 从催化剂表面解吸脱附，并扩散至气氛中，完成工业氮气的催化反应过程。将含有从催化剂表面解吸脱附 H_2O 的气氛进一步冷却，使气氛中水脱出。然后脱水后的气氛使用硅胶、分子筛进行干燥后得到含氧只有（5 ~20）×10^{-6}的氮基气氛。这样制备的氮基气氛就可应用于热处理过程。

图 3 - 35 工业氮气应用催化剂除氧制备氮基气氛催化脱氧流程 2 的催化脱氧流程是：工业氮气与氢气混合后加热至工作温度。在催化剂作用下，气氛中 O_2 和 H_2 从气氛中向催化剂表面扩散，并且 O_2 被催化剂吸附。同时 H_2 也从气氛中向催化剂表面扩散与吸附在催化剂表面的 O_2 形成吸附状态的 H 和 OH 根。吸附状态的 H 和 OH 根在催化剂表面催化反应结合成 H_2O。吸附于催化剂表面的 O_2 与 H_2 生成的 H_2O 从催化剂表面解吸脱附，解吸脱附的 H_2O 向气氛中扩散存在于气氛中。此时工业氮气除氧的催化反应完成。进一步是对催化反应完成的气氛进行降温脱水，使存在于气氛中的 H_2O 脱出。除水使用硅胶，分子筛和对气氛进一步干燥处理得到氮基气氛。催化脱氧流程 2 是加温脱氧过程，脱氧前不需要预先干燥处理，流程简单。制备完成的氮基气氛可用于热处理保护气氛，渗碳的载气等。

3.3.3　分子筛吸附制备氮基气氛

使用分子筛变压吸附分离空气制备氮基气氛，是应用分子筛对氧和氮的优先吸附功能将空气中氮气和氧气分离出来。采用分子筛变压吸附方法得到的氮气纯度根据制备的方式不同得到氮气的纯度也不同。对于纯度较低的氮气不能够直接作为热处理过程的氮基气氛，必须进行净化处理后才能作为热处理过程的氮基气氛。

分子筛变压吸附分离空气制备氮气是以分子筛作为吸附剂，利用分子筛对空气中氧和氮的优先吸附功能，将空气中的氮气和氧气分离出来，得到一定浓度的氮气。制取氮气常用的分子筛有碳分子筛和沸石分子筛两种。碳分子筛是非极性分子筛，微孔道尺寸小于 0.8 nm。O_2 和 N_2 在碳分子筛的微孔道内的扩散系数不同，O_2 比 N_2 的扩散系数大得多。分子筛吸收 O_2 的速度比吸附 N_2 的速度大得多。应用碳分子筛制备氮气，是把一定压力的空气通入碳分子筛塔内，最初一段时间空气中的氧几乎全被吸收，氮则从吸附塔排除，获得富集的氮气。吸附分离空气中氮气的制氮过程是碳分子筛动力吸附过程。沸石分子筛是极性分子筛，对空气中氮的吸附能力大于对氧的吸附能力。沸石分子筛制备氮气就是利用沸石分子筛对氮气的吸附能力大，在吸附过程利用氧和氮的平衡吸附量差原理，优先吸附氮，再经真空泵解吸获得氮气。碳分子筛和沸石分子筛从空气中分离得到氮气的制备原理是完全不同的两种制备方法。因此两种分子筛的制备流程也是完全不同的流程。

应用碳分子筛分离空气制备氮气，采用变压吸附再生制备氮气有两种流程：一种是真空再生制氮流程；另一种是常压再生制氮流程。图 3 - 36 是应用碳分子筛分离空气制备氮气真空再生流程。应用碳分子筛制备氮气，采用真空再生流程是：空压机压缩空气—进入空气贮气罐—经过稳压阀—过滤器—进入碳分子筛吸附塔—解吸分离的氮气—通过电磁阀

—三通阀—氮气贮气罐—流量计—输出富氮气氛。制备产生的富氮气氛根据制备的氮气的纯度确定氮气是否能够应用于热处理过程。氮气纯度达不到要求则需进一步净化处理，净化处理的气氛才能应用于热处理过程。应用真空再生法制备氮气是应用在需要大量富氮或吸附、解吸之间压差很小的情况下。真空再生法制氮过程分为吸附、均压、解吸、再生四个步骤。完成吸附、均压、解吸和再生四个步骤约需要2min时间。压缩空气贮气罐内的压缩空气经过稳压阀，经过滤器过滤后进入1号碳分子筛吸附塔内。通过1号塔内碳分子筛吸附氧气，浓缩氮气。吸附氧气浓缩氮气一段时间后，1号吸附塔停止充压吸附和产气，转为2号吸附塔充压吸附产气。当2号塔进行充压吸附产气时，1号吸附塔进行解吸再生。再由1号吸附塔转向2号塔充压吸附产气时，先由1号吸附塔将一部分气体转入2号吸附塔内，使两个吸附塔内的压力相等。吸附塔的气体解吸依靠真空泵抽真空方法进行解吸。当1号吸附塔完成吸附均压后进行解吸时，真空泵运转解吸1号吸附塔的气体。此时，2号吸附塔充气吸附产气。2号塔完成充气吸附产气时，1号吸附塔解吸完成。2号吸附塔进行均压，使两个吸附塔的压力相等后进行解吸过程。如此循环运行，可得到95%～99.9%富氮气体。应用碳分子筛制氮真空解吸流程操作的条件，进行吸附产气时吸附压力为300～400 kPa，解吸过程的真空度为9.33～13.33 kPa。在这样一种条件下才能够进行真空解吸制备富氮气氛。

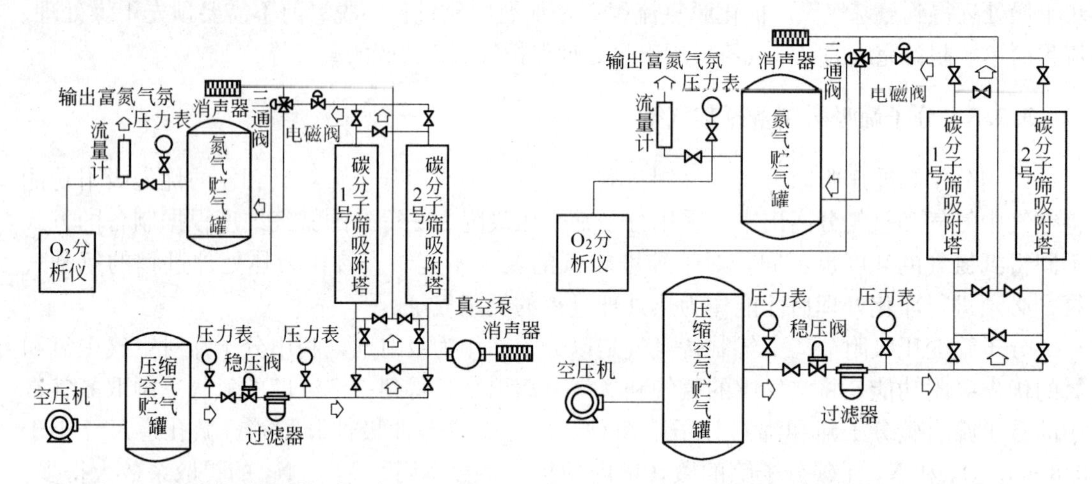

图3-36　碳分子筛制氮真空解吸法流程　　　　图3-37　碳分子筛制氮常压解吸法流程

使用碳分子筛制备氮气时，气氛吸附与解吸之间的压差较大，还可采用常压再生流程制备氮气。常压再生流程制备氮气，气体的吸附压力为500～950 kPa。应用常压流程制备氮气与真空流程制备氮气基本相同。图3-37示出碳分子筛制备氮气常压解吸再生流程。碳分子筛分离空气制备氮气常压解吸再生流程是：空压机压缩空气—进入空气贮气罐—经过稳压阀—过滤器—进入碳分子筛吸附塔—解吸分离的氮气—通过电磁阀—三通阀—氮气贮气罐—流量计—输出富氮气氛。通过常压解吸再生流程制备的富氮气氛，能否适用于热处理过程决定于富氮气氛的纯度。若富氮气氛纯度达不到热处理过程的要求则对富氮气氛还需进一步净化处理。净化处理的气氛才能很好地应用于热处理过程。常压解吸再生流程制备氮气过程与真空解吸再生流程制备氮气过程的差别在于解吸过程，真空解吸依靠真空泵的作用进行解吸；而常压解吸再生流程的解吸过程依靠气源自身的压差进行解吸。因此常压再生解吸流程制备富氮气氛装置结构更简单，可靠性高，维修费用低，原料气影响小。当然应用碳分子筛制备富氮气氛，不论采用哪一种流程，原料压缩空气要进行预先冷却干燥、除油、除尘等洁净处理。洁净处理后的压缩空气才能作为富氮气氛制备的气源。根据制备氧气和氮气设备性能的不同可获得氮气成分的纯度为99.8% ~99.99%的氮气。制备出来的富氮气氛还需进一步进行净化处理得到热处理过程适用的氮基气氛。

采用分子筛制备富氮气氛中还有使用沸石分子筛吸附解吸制备富氮气氛。沸石分子筛是极性分子筛，对空气中氮的吸附能力大于氧的吸附能力。沸石分子筛制备富氮气氛就是利用沸石分子筛对氧和氮的平衡吸附量差的原理制备而成。图3-38示出沸石分子筛制备富氮气氛的流程。沸石分子筛制备富氮气氛的流程是：空气经过过滤器过滤—压缩机—冷凝器冷凝—汽水分离器—干燥器干燥—吸附塔吸附解吸—真空泵—缓冲筒—压缩机—贮气罐—得到富氮气氛。在图3-38中1号、2号干燥器中内装0.4 nm分子筛，用作气氛的干燥和再生。吸附塔内装0.5 nm沸石分子筛，是制备氮气过程的关键部分。1号、2号、3号吸附塔分别进行吸附、脱附、回氮的过程。使用沸石分子筛制备富氮气氛过程是：经过滤的空气由压缩机压缩后进行冷凝处理。冷凝过程使气氛中水析出，应用汽水分离器将析出水分分离出来。汽水分离后的气氛送到2号干燥器进行干燥。干燥完成后进入1号吸附塔进行氮气的吸附。气氛中氮气被沸石分子筛吸附。氧气则通过1号吸附塔回到1号干燥器，对1号干燥器中0.4 nm分子筛进行再生，同时通过1号干燥器排空。当1号吸附塔在进行吸附过程时，2号吸附塔则进行回氮过程。2号吸附塔回氮过程是使用富氮气氛回流冲走吸附塔内存在的氧气，并置换0.5 nm分子筛吸附的氧气使吸附塔内几乎全是氮气。此时，3号吸附塔则将吸附得到的富氮气氛由真空泵进行脱附解吸经过缓冲筒压缩机送到贮气罐贮存备用。真空泵抽走3号吸附塔内氮气达到制氮的目的，同时完成3号吸附塔沸石分子筛再生的目的。沸石分子筛制备富氮气氛操作周期为4min，80s切换工作状态。也就是1号吸附塔吸附80s后切换为脱附解吸状态，而2号吸附塔进入吸附状态，3号吸附塔进入回氮状态。之后，80s后1号干燥器切换到干燥状态，2号干燥器进入再生状态。1号、2号、3号吸附塔轮流进入吸附、回氮、脱附解吸过程，从而得到富氮气氛。

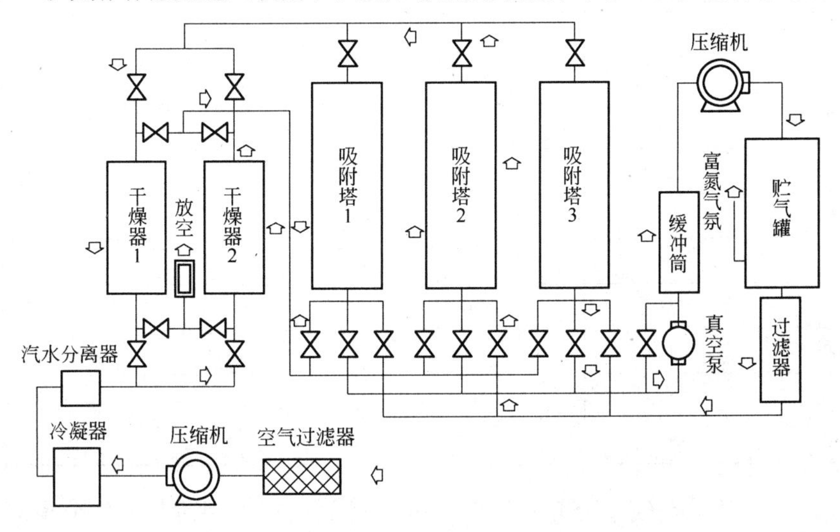

图3-38　沸石分子筛制备富氮气氛流程

表3-14～表3-16分别列出国内分子筛制氮机的系列产品。表3-14为JFG系列碳分子筛制氮机技术规格；表3-15为FZD系列分子筛制氮机技术规格；表3-16为GN系列分子筛制氮机技术规格。应用表3-14～表3-16制氮机制备的氮气若制备的是高纯度的氮气则可应用于热处理过程的加热保护气氛，若得到的是低纯度的富氮气氛则必须经过净化处理才能保证热处理过程零件热处理质量。净化处理的方法可选用甲醇法、木炭法或催化除氧法等方法，提高氮气在热处理过程的应用质量，确保热处理过程的零件质量。

表3-14　JFG系列碳分子筛制氮机技术规格

参　数	型　号				
	JFG-5	JFG-10	JFG-15	JFG-20	JFG-40
产品氮质量分数/%	98～99.995				
产气量/$m^3 \cdot h^{-1}$	5	10	15	20	40
露点/℃	-60				
工作压力/kPa	500～600				
外形尺寸（长×宽×高）/m×m×m	3.2×1.4×2.4	3.2×1.4×2.2	3.2×2.0×2.7	3.2×2.2×2.9	3.2×3.0×3.3
电耗量/kW·h	13	13	20	27	40
水耗量/$m^3 \cdot h^{-1}$	0.9	0.9	0.9	0.96	1.8

表3-15　FZD系列分子筛制氮机技术规格

型　号		-5	-10	-15	-20	-60	-120
产气量/$m^3 \cdot h^{-1}$		5	10	15	20	60	120
成分	低纯	$w(N_2)$：99.5%					
	高纯	$w(O_2) \leqslant 5\times10^{-6}$，$w(H_2)$ 1%～5%，$w(CO_2) \leqslant 3\times10^{-6}$					

表3-16　GN系列分子筛制氮机技术规格

型　号	总功率/kW	不同纯度下的产气量/$m^3 \cdot h^{-1}$		
		98.5%	97%	99%
GN-6	4	6	10	4
GN-16	5.5	16	25	10
GN-25	10	25	40	16
GN-40	22	40	60	25
GN-60	32	60	100	40
GN-100	44	100	160	60
GN-160	75	160	250	100
GN-250	88	250	400	160

除了应用分子筛从空气中分离富氮气氛外，目前还有采用薄膜空气分离制备富氮气氛。薄膜空气分离制备富氮气氛是利用空气中氮气和氧气通过薄膜时不同的渗透速度，把

压缩空气分离为高氮和高氧两股气流而分离出富氮气氛。薄膜空气分离制备富氮气氛所使用的薄膜实际是聚烯烃空心纤维。当压力为482~758kPa的压缩空气通过薄膜聚烯烃纤维时，纤维壁具有类似人肺的功能，氧气以比氮气快得多的速度透过薄膜壁聚集在中空薄膜管的两端排入大气。氮气则被浓缩，质量分数可达到96%~98%。空气中的二氧化碳和水分也和氧气一起渗透过薄膜。应用薄膜制备富氮气氛，富氮气氛中的CO_2约(5~25)×10^{-6}，H_2O的含量在2%~4%，露点在-10~-60℃之间。通过薄膜空气分离制备的富氮气氛必须经过净化处理后才能够应用于热处理过程。图3-39是应用薄膜分离空气制备氮基气氛流程。应用薄膜分离空气制备氮基气氛分为两部分：第一部分为薄膜制备富氮气氛；第二部分为氮气净化处理部分。第一部分将空气中氮气应用薄膜分离的方法获得富氮气氛。这部分得到的氮气纯度达到96%~98%，气氛中还含有较多的氧和水。这种富氮气氛不能够直接应用在热处理过程对零件的处理；第二部分通过加氢除去气氛中的氧气，应用冷冻方法除去气氛中的水分，干燥后得到能够应用于热处理过程的氮基气氛。应用薄膜分离氧气制备氮基气氛，全过程可以没有运动部件，也不需要外部供给热量。在氮基气氛制备过程完全靠气氛的流动净化得到氮基气氛，因此生产能力可达到8.5~42.5m^3/h的能力。

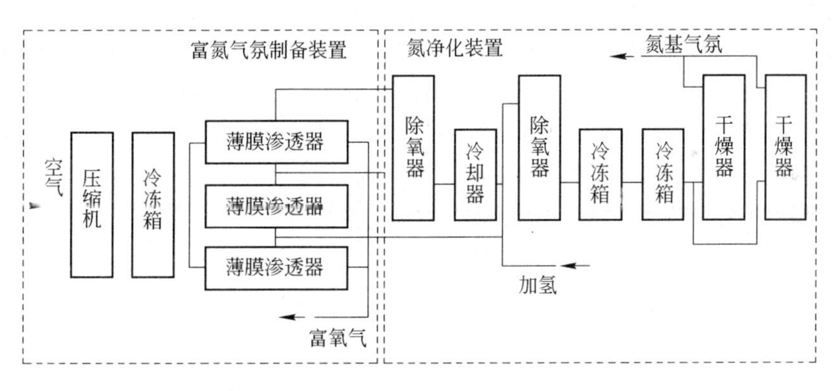

图3-39 薄膜分离空气制备净化氮气流程

除了以上的制备氮基气氛的方法外，还有应用NH_3裂解制备氮基气氛，用煤油、轻柴油、木炭以及其他碳氢化合物等与空气混合燃烧制备氮基气氛。但是不论采用哪一种方法制备气氛，其主要目的是除去气氛中的氧化性气氛和有害气氛。使应用于热处理过程的气氛确保热处理零件的处理质量。在制备氮基气氛过程主要是除去气氛中的H_2O、CO_2、O_2以及有害物质S(硫)。从气氛中去除H_2O的方法有化学法、冷凝法、吸附法。化学法除水是应用干燥剂遇水生成化合物使气体干燥。化学法要求经常对干燥剂进行处理更换，很不经济。冷凝法采用水冷干燥和冷冻干燥方法使气氛中水冷凝脱出。吸附法利用硅胶、铝胶和分子筛等固体吸附剂吸收气氛中水分达到干燥气氛的目的。

除去气氛中的CO_2可以采用化学吸收法和分子筛吸附法。化学吸收法去除气氛中CO_2，可以应用碳氢化合物在高温状态与CO_2发生反应生成CO的方法。但是这种方法净化后得到气氛CO含量较高，不利于低碳钢的加热保护。也可应用Na_2CO_3、NaOH等与CO_2反应除去CO_2。还可应用乙醇胺溶液吸收CO_2。应用分子筛吸附气氛中CO_2，使用0.4 nm和0.5 nm分子筛可以同时吸附气氛中的水和二氧化碳。在各种吸附剂中分子筛的吸附性能最好。

除去气氛中 O_2 有甲醇法、木炭法、催化脱氧法以及加氢脱氧法等。无论采用什么方法除去气氛中的氧化性气体和有害气体，都要本着简单、高效、节能、环保、经济的原则进行处理。

3.4 可控气氛发生器

可控气氛发生器种类很多，吸热式发生器、放热式发生器、立式发生器、卧式发生器、U 形罐式发生器、直罐式发生器等。这些发生器都有各自的优点，不同的可控气氛炉要根据要求选用发生器。发生器的选用根据以下三个方面：一是根据热处理工艺确定选用可控气氛；二是要根据热处理过程的用气量确定选用发生器大小；三是要根据制备气氛原料确定选用发生器类型。当然首先是根据工艺确定可控气氛，其次是应用的原料和用气量确定发生器类型。根据热处理工艺选用可控气氛，如果可控气氛用于低碳钢的保护加热则可选用放热式气氛；若进行渗碳、碳氮共渗或高中碳钢的保护加热则选用吸热式气氛；若用于铬钢的保护加热则选用净化式气氛。针对不同的工艺选用不同的气氛，气氛选用要确保热处理工艺过程零件的质量。热处理工艺确定后选用的可控气氛类型已定，根据制备可控气氛的原料确定发生器类型。选用是气体类型的发生器还是液体类型的发生器，或是固体类型的发生器，就要根据原料的来源性质进行决定。对制备可控气氛的原料选用，本着选用的原料来源方便，质量稳定，产气质量好的原则来选用。目前广泛选用的是气体类型发生器，使用天然气作为原料气制备可控气氛应用最多、最广。天然气产气质量稳定，使用方便依靠管道传输，成本低廉。制备可控气氛的原料确定以后，选择发生器产气量。发生器产气量则根据使用可控气氛炉子的实际体积进行计算。可控气氛应用于渗碳过程，渗碳零件直接与渗碳气氛接触进行吸附分解反应，要求渗碳气氛保持活性，炉子气氛的换气次数一般采用 3 ~3.5 次/h。比如，渗碳炉膛总容积为 10 m^3，采用每小时换气 3 次，则要求供给的可控气氛量在 28 ~30 m^3，再加上一定量的富化气。富化气的量根据制备气氛的碳势和要求炉子气氛碳势确定。富化气的供给量可以根据碳控仪控制情况确定，也可以给一个固定值，保证炉子维持要求的气氛碳势。对于只应用可控气氛进行加热保护的零件，炉子炉膛的换气次数则可根据具体情况进行确定，以确保零件完全达到热处理要求的前提下尽量减少换气次数，减少气氛的消耗，减少能源的消耗。发生器制备的可控气氛，根据产气类型分放热式气氛、吸热式气氛以及净化式气氛。应用最为普遍广泛的气氛是吸热式气氛和放热式气氛。净化式气氛是在这两种气氛基础上进一步净化得到。因此，使用最多的是吸热式发生器和放热式发生器。

3.4.1 放热式发生器

放热式发生器之所以称之为放热式发生器是因为在制备气氛过程，空气与原料气混合反应将释放大量的热量。因此，放热式发生器结构简单，能源消耗少，气氛制备成本低廉。但是放热式气氛成分中含氧化性气氛较高，适用范围窄。放热式发生器结构比较简单，有立式放热式发生器和卧式放热式发生器两种。立式放热式发生器适用于需要用气量较少的可控气氛炉的气氛制备；卧式放热式发生器适用于需要用气量较多的可控气氛炉的气氛制备。

图 3-40 示出立式放热式发生器结构示意图。立式放热式发生器制备流程是：空气—空气过滤器—流量计—混合器；天然气—电磁阀—过滤器—稳压阀—压力继电器—流量计—零压阀—混合器—与空气混合—罗茨泵—火焰逆止阀—烧嘴—燃烧室—放热式反应—催化反应—冷却—电磁阀—干燥—可控气氛炉。图 3-40 示出的立式放热式发生器的烧嘴在底部，空气与原料气的混合气从底部进入燃烧室燃烧，燃烧放出的热量将上部的催化剂加热对放热式气氛进行催化反应。经过催化燃烧的放热式气氛经过顶部的出口流出。在底部与出口中间加有一炉栅，炉栅上放置催化剂，催化剂加速混合气体的裂解。得到以 N_2、CO、H_2 为主以及含有一定量的 CO_2、H_2O 的放热式气氛。放热式气氛经过水冷套冷却后流向干燥器进行干燥。图 3-40 所示为立式放热式发生器有两套干燥器。干燥器内装有硅胶干燥剂，同时装有加热冷却两用蛇形管。当一个干燥器对放热式气氛进行干燥时，另一个干燥器则进行硅胶的还原处理。图 3-40 立式放热式发生器是使用气体原料气制备放热式气氛。立式放热式气氛发生器的关键部位是主炉，主炉的组成是：燃烧室、点火装置、热电偶座、炉栅、冷却水套、放热式气氛出口、进出水管、混合气进口以及炉外壳等组成。燃烧室是作为放热式气氛制备关键部位，主要由耐火材料做成。空气与原料气的混合气进入燃烧室进行燃烧，生成放热式气氛过程将产生大量的热量。燃烧过程产生的热量一部分加热催化剂，还有一部分通过炉壁向外扩散由水将这一部分热量带走，被加热的水可用于其他方面。燃烧过程没有完全发生反应的气体经过炉栅进入催化室进一步反应。催化室使用镍催化剂对未完全反应的气体进一步催化，使气氛中未完全反应气体进一步充分反应，得到完全反应的放热式气氛。反应完成的气氛从放热式发生器出口流出至冷却器。冷却器使放热式气氛迅速冷却，使气氛温度迅速降低至 300℃ 以下，避免 CO 发生可逆反应。放热式气氛发生器在气氛产生过程将释放大量的热量，因此炉壁必须进行冷却确保气氛产生过程炉壁不会温度太高。炉壁周围必须增加水冷套，利用水将气氛产生过程释放的大量热量带走。在混合气进入口烧嘴处，安装一点火棒。点火棒的作用是开炉时点燃进入燃烧室的混合气，使混合气燃烧，制备放热式气氛。图 3-40 所示的立式放热式发生器的

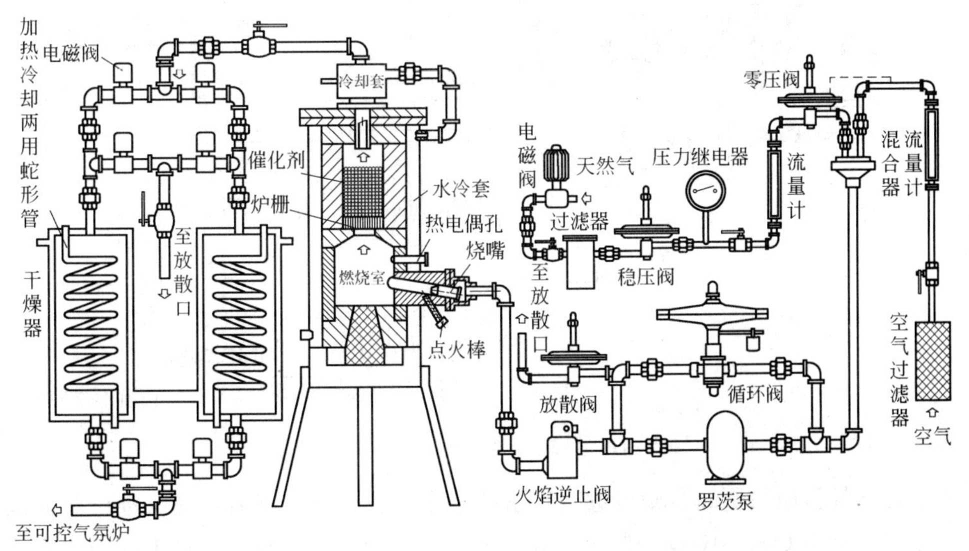

图 3-40 立式放热式气氛发生器结构示意图

优点是：

（1）由于放热式气氛的气流穿过催化剂层，使混合气的裂解更充分，反应更完全；

（2）由于反应器向空中发展因此占地面积小；

（3）结构简单，便于维护等。

图3-41示出卧式放热式发生器结构简图。卧式放热式发生器制备放热式气氛一般使用在要求产气量较大的情况。图3-41卧式放热式气氛发生装置制备放热式气氛使用空气与天然气混合燃烧反应制备而成。制备过程是：空气通过流量计进入混合器与天然气混合；天然气经过流量计电磁阀进入混合器与空气混合。空气与天然气混合后经过火焰逆止阀，经烧嘴被点火器点燃进行燃烧反应。燃烧完成的放热式气氛进入冷却器冷却后经过电磁阀进入干燥器干燥后供给可控气氛炉使用。天然气和空气分别配备流量计，通过流量计可以方便地调整空气与天然气的流量，使燃烧反应按照要求进行混合反应。火焰逆止阀的作用是防止进入燃烧室的混合气的速度小于火焰传播速度时造成回火现象。同时在出现回火时关断混合气，避免火焰顺管道燃烧造成管道上的元件的损坏。当火焰逆止阀关闭的同时，引起天然气管道上电磁阀的关闭，截断天然气进一步流向混合器，有效地截断可燃烧气源。卧式放热式气氛发生器的主要部件是气体发生器，发生器主要是由燃烧室、点火器、烧嘴、耐火炉衬、冷却水套、进出水管、混合气进口和放热式气氛出口等组成。由于空气与原料气的混合气体在燃烧反应过程将释放大量的热。在气体发生器外围增加水冷套，水冷套的水将燃烧反应释放出的热量带走。避免炉壁温度升高，造成设备烧损。图3-41卧式放热式发生器结构示意图中使用两个干燥器。其中一个进行气氛的干燥处理；另一个则进行干燥剂的还原处理。这样能够保证气氛的质量达到要求范围。

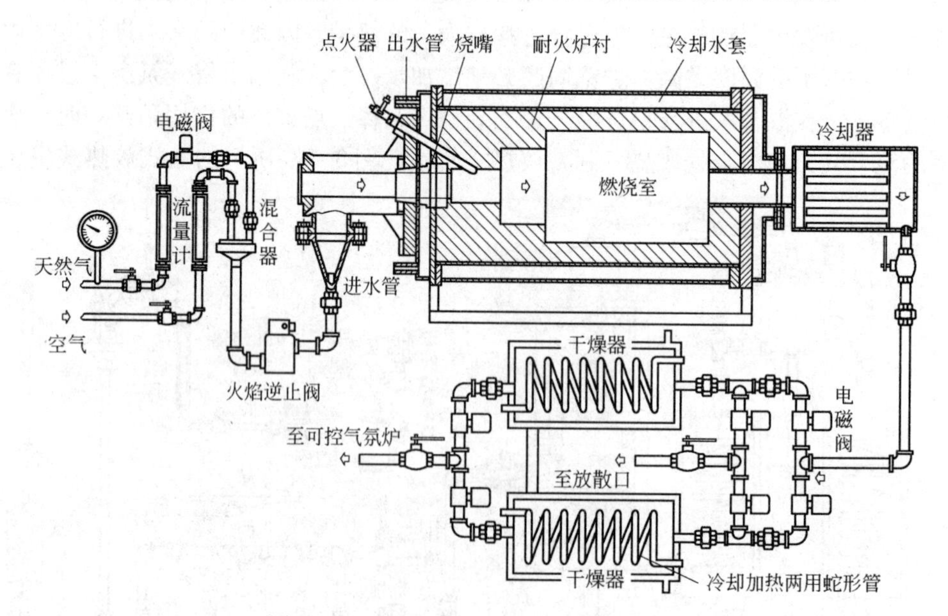

图3-41　卧式放热式发生器结构示意图

如果要求气氛质量更高，则可进行气氛的净化处理。应用放热式气氛进行净化气氛的处理，再配备除去CO_2、H_2O的装置以及必要的仪表及控制设备，即可组成净化系统。除去放热式气氛中CO_2、H_2O的方法可以使用分子筛，分子筛可以同时除去气氛中剩余的

H_2O 和 CO_2。可以采用加热解吸法再生分子筛的基础上，进一步用加压吸附真空解吸净化得到净化放热式气氛。也可使用冷冻干燥法除去吸热式气氛中 H_2O。这样得到的净化吸热式气氛应用范围更为广泛，对零件热处理过程的保护作用更好。净化放热式气氛能够应用于低碳钢的保护加热，铜的保护加热，不锈钢、硅钢的无氧化淬火，中碳钢、高碳钢的光亮退火、淬火、回火等。

3.4.2 吸热式发生器

吸热式气氛质量的稳定性决定于吸热式发生器的构造和发生器的控制系统。吸热式发生器设计结构合理与否，控制精度的高低直接影响制备得到的吸热式气氛质量的好坏和稳定性。吸热式气氛质量好，稳定性高，也就能够保证零件热处理过程的质量稳定。目前吸热式发生器的种类很多，按反应罐进行分类有直罐式发生器、U 形罐式发生器以及多罐发生器。按加热方式进行分类有：螺旋电阻丝电加热方式发生器，碳化硅电加热方式发生器，燃料燃烧加热方式发生器等。以制备的原料进行分类有：气体原料制备的吸热式发生器，液体原料制备的吸热式发生器，城市煤气制备的吸热式发生器，氨气裂解制备的吸热式发生器以及应用固体原料制备的吸热式发生器等。应用最多的吸热式发生器是使用电加热，烷类作为原料气的发生器。使用最多最广泛的是使用天然气作为原料气的吸热式发生器。

3.4.2.1 U 形反应罐吸热式发生器

U 形反应罐吸热式发生器是使用空气和天然气混合反应制备的吸热式气氛。制备的吸热式气氛可以使用在高、中、低碳钢的淬火、退火、正火的保护；渗碳、碳氮共渗的载气等。U 形反应罐吸热式发生器产气量为 75 m^3。该发生器产气质量稳定，制备气氛温度低，气氛调节快，用气量发生变化时能够很好地保证制备气氛的质量稳定。图 3 - 42 示出一种实际使用 U 形反应罐的吸热式发生器。图 3 - 42 示出的吸热式发生器应用的是空气与天然气混合制备吸热式气氛，天然气的压力稳定在 0.035 MPa 左右。制备吸热式发生气氛是将

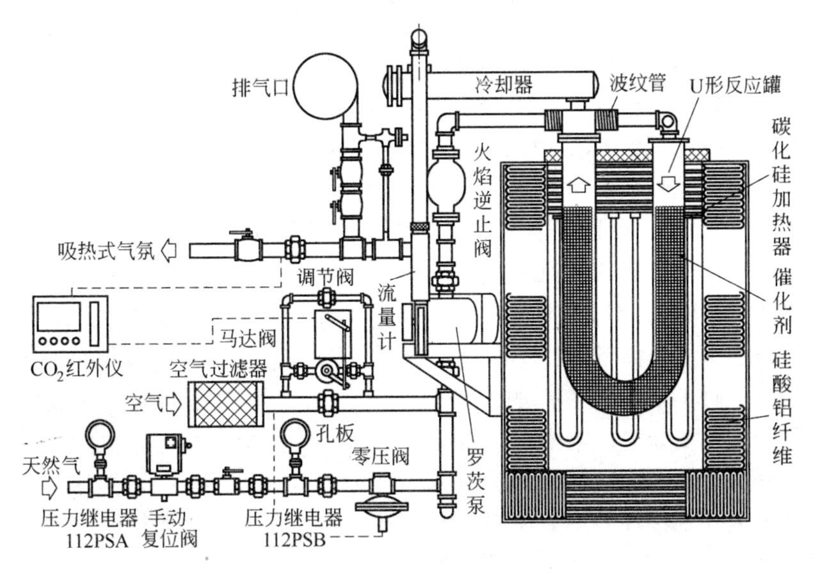

图 3 - 42 U 形反应罐吸热式发生器

天然气与空气混合然后通入反应罐，在温度950℃，镍催化剂的作用下进行裂解反应，生成需要的吸热式气氛。

图3-42示出的吸热式发生器制备吸热式气氛的过程是：总硫含量小于3 mg/m^3 天然气经过手动复位阀、零压阀与空气进行混合。由罗茨泵将天然气和空气的混合气泵向火焰逆止阀，流向反应罐，空气与天然气的混合气进入装有镍触媒的U形反应罐进行裂解反应，得到吸热式气氛。裂解完成的吸热式气氛从反应罐流经冷却器进行冷却，冷却器将高温状态的吸热式气氛迅速冷却，避免气氛发生在480～700℃范围 $CO \longrightarrow CO_2 + C$ 的分解反应。冷却完成的吸热式气氛经过流量计可以直接供给可控气氛炉使用。

图3-42示出的吸热式发生器的气氛的碳势控制使用 CO_2 红外仪控制。CO_2 红外仪从吸热式气氛出口处采集制备完成的气氛，根据采集气氛的 CO_2 值与设定值进行对比，通过调节电动机阀开启与关闭的大小，调节空气的进入量从而调整空气与天然气混合比。CO_2 红外仪对混合气体的调节是，当采集的吸热式气氛中 CO_2 含量低于设定值时，红外仪控制器给电动机阀信号使电动机阀开大，增大空气进入量，增大空气进入量也就增大空气与天然气的混合比从而提升气氛的 CO_2 值；当红外仪采集的吸热式气氛 CO_2 高于要求值时，红外仪控制器给电动机阀一个信号，减小电动机阀的开启度，使空气进入量减少。从而减小空气与天然气的混合比，降低吸热式气氛 CO_2 值，提升气氛碳势值。图3-42 U形反应罐吸热式发生器对气氛的控制，应用红外仪控制电动机阀，通过电动机阀调节混合气空气的含量，改变空气与天然气混合比从而有效地调节制备的吸热式气氛的 CO_2 含量，达到控制吸热式气氛碳势的作用。

图3-42吸热式发生器应用了三条管路供给与天然气混合的空气量：第一条管道空气通过孔板与天然气混合；第二条管道空气通过电动机阀调整与天然气混合的空气量；第三条管道是在孔板和电动机阀不能满足空气供给量情况下，不能很好地调节气氛 CO_2 值时进行补充调节管路，使用手动调节阀进行调节。实际上三条空气供应管路中有两条是作为 CO_2 值补充调节的管路，电动机阀调节管路和手动调节阀管路。三条空气供给的管路，孔板管路是最重要的一条空气供给管路。通过孔板供给的空气是一个固定供应空气的一条管路，决定了空气与天然气的混合比。空气进入的压力不变的情况下，通过固定面积的空气量基本就不变。因此。孔板孔的面积大小决定了进入空气与天然气的混合比，孔板孔过大进入的空气多，得到的气氛 CO_2 值高，采用电动机阀和手动调节不能很好地将气氛中 CO_2 的含量降下来。因此孔板孔的大小要根据发生器的产气量、气氛要求 CO_2 含量和空气与天然气的混合比来决定。孔板孔的面积太小，手动调节阀和电动机阀的调节不能够保证空气的混合量也不能够保证吸热式气氛的很好调节。一般设计孔板孔的大小根据输出最小可控气氛量和最小产气量时的 CO_2 含量需要的空气量确定。设计的孔板的孔的面积能够通过的空气应接近或略小于最小需求量。不足的空气量可以通过调节调节阀和红外仪自动调节电动机阀进行调节。对于手动调节阀的大小要能够满足吸热式气氛用气量最大时空气需要量。要满足气氛发生变化时，通入空气量的调节。红外仪调节的电动机阀则是作为气氛接近于要求 CO_2 值的补充调节，那么实际是对气氛起到微调作用。电动机阀过大或过小的调节都不能够对气氛起到很好的调节作用。电动机阀的选用要结合孔板能够通过空气量选用电动机阀的大小。

天然气能否进入混合器与空气混合，首先决定于手动复位阀开启与否。手动复位阀开启天然气才能通过零压阀与空气混合。手动复位阀在吸热式气氛制备系统中起到安全保护作用。是对设备安全、人员安全的保护，是使用易燃易爆气氛很重要的保护阀门。手动复位阀是电器控制手动操作复位的阀门。由于种种原因断电或其他故障关闭手动复位阀以后，必须手动操作进行复位，手动复位以后天然气才能通过阀门与空气混合。手动复位阀起到紧急情况和出现故障时及时的切断天然气进气源，确保设备、操作人员的安全的作用。手动复位阀的开启和关闭状态结构图示于图 3 - 43，手动复位阀的开启是依靠电磁铁的作用将支臂吸住，支臂支撑起连杆凸轮机构将阀杆拉起打开阀门。支撑臂支撑起连杆凸轮必须依靠人工手动才能将阀杆拉起打开阀门。电磁铁是否吸合，依靠控制系统的电路控制决定是否吸合。当设备出现故障时电磁铁断电，弹簧的作用将支臂推回从而使阀杆下降关闭通气口。手动复位阀在自动关闭以后，必须人工操作使阀复位打开阀门。在恢复复位以前必须满足所设置的各种条件后才能得以复位。也就是出现故障造成手动复位阀关闭，故障排除以后手动复位阀复位后才有可能使阀门开启，天然气才能通过。手动复位阀起到保护设备、操作人员安全非常重要的作用。

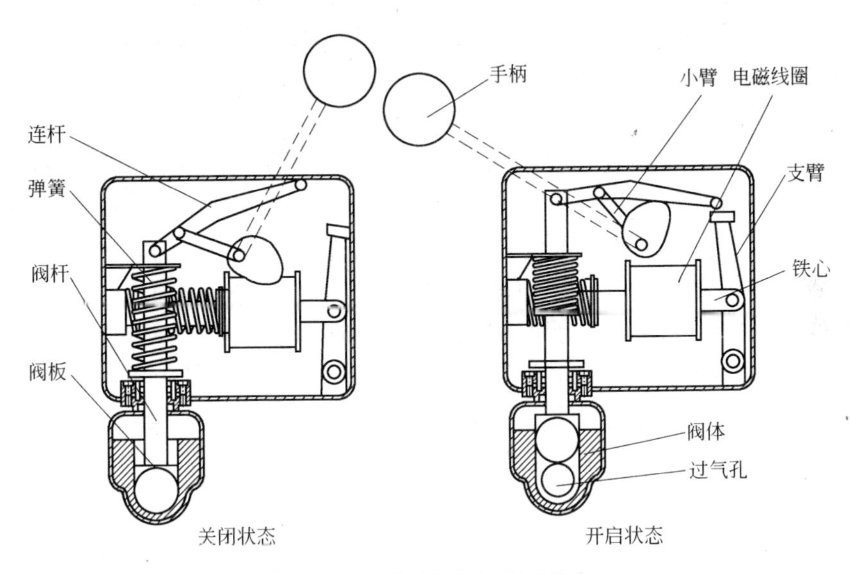

图 3 - 43　手动复位阀两种状态

天然气经过手动复位阀后到达零压阀。零压阀的作用是保证空气与天然气混合的压力始终保持压差为零。保证天然气与空气的压差始终为零，就是保证空气与天然气的混合比不会因为制备的吸热式气氛发生变化而引起混合气的混合比发生变化，保证制备吸热式气氛的稳定，避免造成吸热式气氛碳势的变化。

空气与天然气混合气体由罗茨泵泵向火焰逆止阀，流向反应罐。火焰逆止阀的作用是当混合气体的流速小于火焰传播速度时，防止火焰顺管道燃烧，造成管道和罗茨泵等管路上元器件的损坏。当发生回火情况时火焰逆止阀立即关闭，同时截断向手动复位阀的供电造成手动复位阀关闭停止向反应罐供气，防止火焰继续顺管道蔓延燃烧。在使用天然气制备吸热式气氛时，空气与天然气的混合比一般在 2.5 左右。在空气与天然气混合最大火焰传播速度最快时可达 0.25 m/s，此时空气与天然气的混合流速应大于 0.25 m/s，保证不发生回火现象。使用丙烷气制备气氛，空气与丙烷气的混合比一般在 7.2 左右。空气与丙烷气混合的燃烧速度0.27 m/s。在供气时混合气的流速应大于0.27 m/s 才能保证不发生回火现象。应用丁烷作为原料气制备可控气氛一般混合比为9.5 左右。空气与丁烷混合后的最大燃烧速度0.30 m/s。在供气时混合气的流速应大于0.30m/s，就能够保证不发生回火现象。

空气与天然气的混合气体通过火焰逆止阀到达波纹管。波纹管的作用是保证在进行安装时若有轻微错位情况下便于安装。

混合气体进入装有镍触媒的U形反应罐进行气体的裂解反应。在950℃温度条件下，在镍触媒的催化作用下天然气与空气进行吸热式反应。经过在950℃温度下的化学反应生成CO、N_2、H_2 为主和少量 CO_2、H_2O 的吸热式气氛。U形反应罐内装载的镍催化剂应用CN－8型催化剂。CN－8型催化剂是以镍作为活性组分，氧化铝为载体的催化剂。主要化学组成（质量分数）为 $Al_2O_3$86%、NiO12% ~ 14%、SiO_2 < 0.2%；堆积密度1.3 kg/cm^3，适用温度范围950 ~ 1100℃。CN－8型镍催化剂结构和强度稳定，催化作用好，产气质量稳定。应用空气与天然气混合制备吸热式气氛，空速600 h^{-1}，CH_4 和 CO_2 的含量均小于0.5%。使用前催化剂的还原可以使用氢或湿氢以及原料气加空气进行还原处理，应用空气加原料气的混合比为2.6 ~ 3.0，温度为800℃，还原8 h。

空气与天然气混合气经过反应罐进行反应生成吸热式气氛从U形反应罐出口端流向冷却器。冷却器将高温的吸热式气氛迅速冷却，避开 $CO \longrightarrow CO_2 + C$ 的分解反应。图3-44示出冷却器结构图，图3-44示出吸热式发生器冷却器由分水盖、固定板、外套、铜管、水套等组成。冷却水从分水盖进水口进入铜管冷却吸热式气氛。冷却器能够很快地将制备完成的吸热式气氛迅速冷却到较低的温度，完全避开 $CO \longrightarrow CO_2 + C$ 的分解反应。冷却器要求冷却水的水质硬度不能太高，否则容易造成铜管内结垢堵塞，造成冷却器冷却性能下降。冷却器的冷却水套保证冷却水的供应量，保证气氛能够迅速冷却以免造成在铜管冷却时冷却速度不够，生成炭黑。冷却器内炭黑的生成容易造成积聚堵塞冷却器。这种冷却器的使用要保证使用的冷却水是软水。而且要保证冷却水迅速将气氛冷却避免形成炭黑。

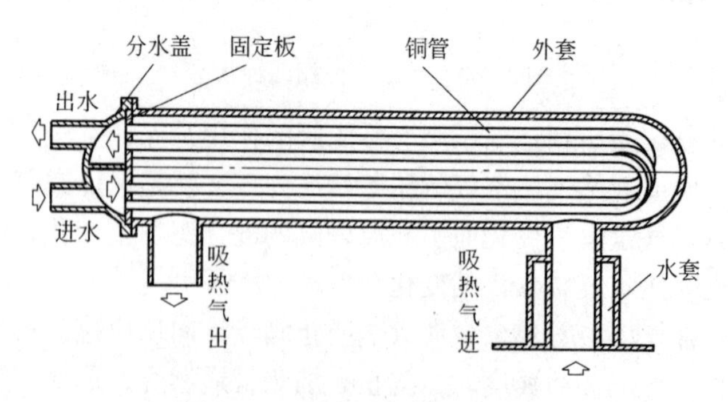

图3-44　吸热式发生器冷却器

图3-42中U型反应罐吸热式发生器使用空气与天然气混合制备吸热式气氛，气氛成分的控制使用 CO_2 红外仪控制吸热式气氛的 CO_2 含量，气氛质量稳定，产气量大，元器件工作稳定。当发生器的产气量发生变化时气氛成分变化调节快，能够在较短的时间内调节到设定的 CO_2 含量。发生器的产气量从30 ~ 75 m^3 范围可调，并且保证产气质量稳定。

能够保证吸热式发生器产气成分的稳定，很重要的是决定于发生器的控制系统。控制系统设计合理性直接关系发生器产气质量的稳定，运行过程的安全性，以及设备运行过程的稳定性。图 3 - 45 示出吸热式发生器的控制电路图。

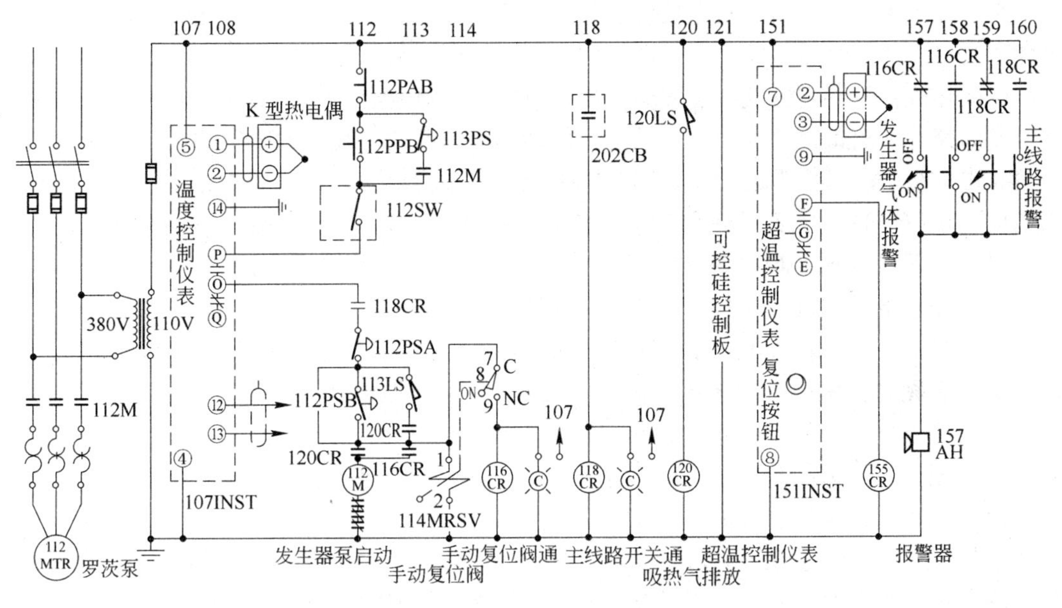

图 3 - 45 吸热式发生器控制电路

图 3 - 45 控制电路中控制吸热式发生器的温度使用了两台温度控制仪表。一台温度控制仪表作为发生器制备气氛炉子温度控制，一台仪表作为发生器制备温度出现超温时的控制。图 3 - 45 中 107INST 是作为发生器炉子温度控制仪表。应用了 107INST 仪表的一对常开触点 P－O 点。当 K 型热电偶测得温度达到要求温度 950℃时，触点 P－O 闭合，此时吸热式发生器才能够通入空气与天然气的混合气制备吸热式气氛。当吸热式发生器温度达到工艺要求温度时，按下按钮开关 112PBB，继电器 112M 闭合。罗茨泵运转向反应罐通入空气与天然气的混合气进行吸热式气氛的制备。能够向反应罐里通入混合气必须满足以下几个条件时罗茨泵才能够运转，向反应罐泵入空气与天然气的混合气：

（1）回火止逆阀处于正常位置，常开点 112SW 闭合；

（2）温度达到工艺要求 950℃，温度仪表 107INST 的 P－O 点闭合；

（3）主线路开关 118CR 常开触点闭合；

（4）天然气压力正常，压力继电器 112PSA 闭合；

（5）吸热气排放阀处于排放位置，120CR 闭合。

满足这 5 个条件 112M 继电器能够闭合，罗茨泵向反应罐泵空气与天然气的混合气。但是，罗茨泵要保证正常运行，保证供给反应罐足够空气与天然气的混合气还得满足几个条件：

（1）吸热气压力正常 113PS 处于闭合状态；

（2）112M 继电器闭合自保；

（3）回火逆止阀处于正常位置，没有发生回火现象，常开点 112SW 闭合；

（4）主电路通 118CR 继电器闭合状态；

（5）天然气压力正常压力继电器 112PSA 闭合；

（6）手动复位阀通，常开触点 116CR 闭合；或者压力开关触点 113LS 闭合，吸热气排放 120CR 闭合。

满足以上条件罗茨泵正常向反应罐供气，如果其中任一条件没有满足，则罗茨泵不能工作。

在吸热式发生器制备气氛过程中当出现故障时，将发出报警。故障报警有两条线路的继电器断路将发出报警。一个是手动复位阀通继电器断开，线路 158 中的 116CR 断开造成报警。也就是手动复位阀运行过程因紧急情况突然关闭报警；另一个报警是由于主电路断电造成线路 160 的常开点 118CR 断电报警。继电器 118CR 断电是由于主电路断电，常开触点 202CB 断开造成 118CR 断电报警。手动复位阀故障报警包括有：

（1）温度低，温度控制仪表的 P－O 点断开；

（2）超温，超温仪表 F－G 点闭合，继电器 155CR 闭合使控制主电路的 155CR 常开触点闭合造成主电路断电 202CB 闭合；

（3）天然气压力低，引起 112PSA 压力继电器断开；

（4）吸热气压力高造成压力继电器 113PS 断路；

（5）出现过回火现象造成 112SW 开启等。

这些故障报警通过切断手动复位阀电源，造成继电器 116CR 断电，线路 158 的 116CR 断开使报警器 157AH 发出报警。主电路断电，线路 118 中 202CB 常开触点开，继电器 118 断电，报警器 157AH 发出报警。控制线路采取这一系列措施保证吸热式发生器制备气氛在正常情况下进行。这样能够得到质量较为稳定高质量的吸热式气氛。

图 3-46 是 U 形罐吸热式气氛主电路原理图。图 3-46 示出的主电路图是加热反应罐保证吸热式气氛制备反应温度。主电路图中的加热使用的是碳化硅加热器，加热器供电方式应用变压器降压供电。降压变压器将工频电压 380 V 降低至 95 V 供给加热器使炉子温度升高。炉子温度的控制，通过可控硅控制变压器供电输出电流达到控制加热器加热反应罐温度的目的。三项可控硅根据控制仪表输入信号确定是否导通供电。由于加热器的连接方式采用的是星形连接，因此对三相供电电源每一相都必须进行控制。图 3-46 主电路图中包括了供电系统的电流电压的显示，以及限流装置。可控硅的冷却风冷加水冷的方式确保可控硅的温度不会升高造成损坏。

U 形罐吸热式气氛发生器从设备的结构、混合气供气管路到炉子温度、气氛控制采取了一系列措施，其目的保证制备吸热式气氛质量的稳定，保证可控气氛热处理零件质量。

3.4.2.2　直罐式吸热发生器

直罐式吸热发生器适用于要求用气量不大的可控气氛炉。图 3-47 示出应用空气与天然气混合制备吸热式气氛的直罐式吸热式气氛发生器。图 3-47 直罐式吸热发生器是以其反应罐为直罐特征得名。直罐式吸热发生器炉体应用耐火砖砌成，应用热处理炉常用的螺旋状电阻丝进行加热。反应罐内使用镍催化剂加速天然气的裂解反应。反应完成的吸热式气氛经过水冷套迅速冷却后供给可控气氛炉使用。直罐式吸热发生器制备吸热式气氛的流程是：空气经过过滤器—流量计—与天然气混合；天然气—过滤器—稳压阀—压力继电器—流量计—零压阀—与空气混合—罗茨泵—火焰逆止阀—反应罐—水冷却后—供给可控气氛炉使用。

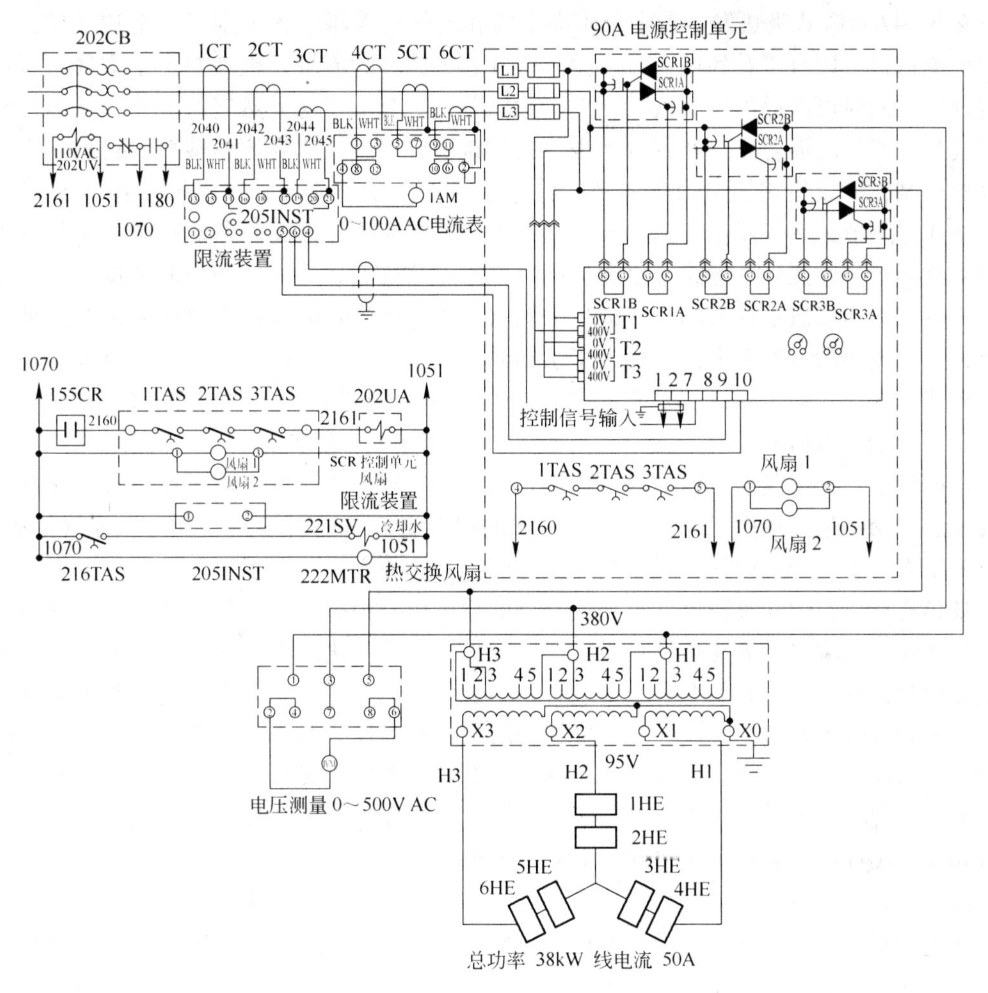

图 3-46 U 形罐吸热式发生器主电路图

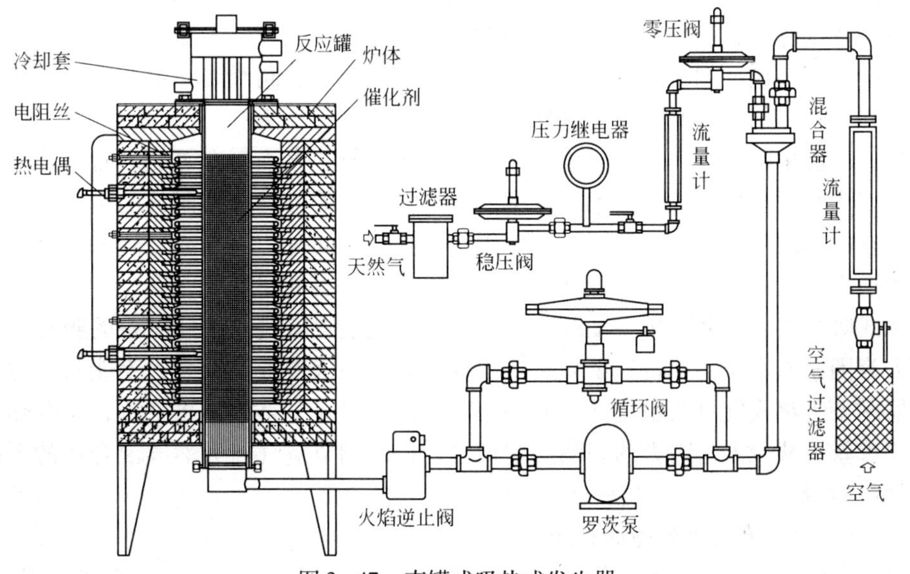

图 3-47 直罐式吸热式发生器

图 3 - 47 直罐式吸热发生器中分别在空气和天然气管路中各采用了一个流量计，通过这两个流量计可以直接看到通入反应罐的空气和天然气的流量，也就知道了空气与天然气的混合比。同时可以通过调节流量计前的阀门分别调节空气与天然气的流量，从而达到调节空气与天然气的混合比，达到调整吸热式气氛成分，也就达到调整碳势的目的。当监测仪表监测制备的吸热式气氛的碳势低时，可通过调节空气流量计前的阀门减少空气通入量，或通过调节天然气流量计前的阀门增加天然气的通入量提高制备的吸热式气氛的碳势值。当监测仪表监测到吸热式气氛碳势高时，通过空气流量计前的阀门调节增大空气通入量，或调节天然气流量计前的阀门减少天然气通入量达到降低气氛碳势的目的。这种调节吸热式气氛碳势的方法完全是一种人工手动调节方式。在调节过程中一定注意吸热式气氛的碳势变化有一定的滞后性。要能够很好地调节制备的吸热式气氛的碳势就一定注意掌握调节后气氛变化滞后的时间。调节以前事先计算出所需求碳势的空气与天然气的混合比，然后根据气氛变化情况进行精确的调节得到要求的气氛碳势。可以通过流量计直接读出空气与天然气的流量，从而了解空气与天然气的混合比，通过阀门调节流量保证气氛质量。由于采用人工手动调节产气的质量受到人为因素影响很大。

吸热式发生器的气氛输出，吸热式气氛的输出量是根据可控气氛炉的应用情况发生变化，吸热式气氛输出量的变化将影响到混合气进气量的变化。为了保证吸热式气氛输出量发生变化时，进入反应罐的混合气的混合比不会发生大的变化，在天然气管路上增加零压阀。零压阀在这里是使天然气在与空气混合时与空气的压差为零。由于空气与天然气的压差为零，当输出吸热式气氛流量发生变化时不会造成空气与天然气的混合比发生变化。空气与天然气混合比不发生变化，输出的吸热式气氛的碳势也不会发生大的变化。零压阀在这里起到了保证设备制备吸热式气氛的质量的作用。

输出吸热式气氛的输出量是根据可控气氛炉的应用情况而发生变化，吸热式气氛输出量的变化将影响到混合气进气量的变化。当反应罐输出吸热式气氛减少时，要求供给反应罐的混合气量也要减少。在罗茨泵的作用下造成反应罐入口处压力的增高，压力增高致使罗茨泵的负荷增大。为了减少罗茨泵的负荷使用循环阀调节反应罐入口压力，当压力达到一定值时循环阀打开，一部分混合气通过循环阀进行循环减轻罗茨泵的负荷。当反应罐入口压力继续升高，循环阀不足以保护循环泵的情况下，放散阀开启，部分混合气通过放散阀至放散口燃烧；从而对罗茨泵起到保护作用。

当供给反应罐的混合气的流速小于火焰燃烧速度时，火焰就有可能沿管道往回燃烧造成所谓的回火状况。如果火焰回燃就有可能造成管道上的各种仪器阀件的损坏，火焰逆止阀能够阻止火焰的蔓延，避免管道上仪器阀件的损坏。同时，火焰逆止阀发出一个信号给天然气管道上的电磁阀，关闭天然气的供应，确保发生器的安全。

直罐式吸热式发生器采用手动调节空气与天然气混合流量，因此制备的吸热式气氛质量受到人为因素的影响。制备气氛质量稳定性受到人为因素影响很大，不能很好保证吸热式发生器制备吸热式气氛的稳定性。要保证制备的吸热式气氛的质量稳定，符合热处理零件工艺要求就要减少人为因素的影响，增加自动控制调节空气与天然气混合比的系统，确保制备气氛质量。

3.4.2.3　发生器主要附件的选用

反应罐。吸热式发生器的重要部件反应罐分类除了前面提到的 U 形罐式、直罐式外，还有套管式、多管式等。这些都是以发生器的反应罐进行的分类，这是由于反应罐是发生器的主体，是非常重要的部件。反应罐内装有镍催化剂，镍催化剂在反应温度情况下促使混合气体发生反应生成吸热式气氛。反应罐在高温下长期工作使用的材料一般为3Cr18Mn13Si2Ni、Cr18Ni25Si2、1Cr25Ni20Si2、Cr28Ni48W6等钢种。反应罐管子的直径根据产气量的要求不同一般在150~250 mm之间。决定反应罐尺寸的因素很多，其中最主要的决定因素是发生器的产气量和催化剂的性能。发生器的额定产气量决定于可控气氛炉需要的供气量，同时也决定于催化剂的活性。原料气和空气在高温状态进行反应时，反应转化的速度和反应的完全性决定于反应的温度和催化剂的活性。在一般情况下反应的温度确定以后，气氛反应的质量决定于催化剂的活性。催化剂的活性可用“空速”进行表示。空速的含义是：单位体积的催化剂，在单位时间内能够使多少混合气体进行充分的反应。因此，对于一定的产气量，催化剂的活性越大反应罐内所需装的催化剂量也就越少。催化剂的空速可以通过测量得到。在一定温度情况下，将一定比例混合的原料气与空气混合气通过催化剂进行裂解反应，然后对反应后的气氛进行分析就可以得到催化剂的空速。要求反应后气体中CO_2含量小于0.2%，残余碳氢化合物的含量小于0.6%。在单位时间内产出气体的量除以催化剂的体积就得到催化剂的空速。催化剂的空速用如下公式表示：

$$\text{催化剂空速} = (\text{混合气体体积}/\text{时间})/\text{催化剂体积} \quad (1/h) \tag{3-35}$$

当知道催化剂的空速，根据需要的产气量即可以计算出催化剂的体积。催化剂体积可根据如下公式进行计算：

$$\text{催化剂体积} = \text{产气量}/(1.55 \times \text{空速}) \tag{3-36}$$

有了催化剂体积就可以根据催化剂体积计算反应罐尺寸。一般反应罐直径不超过230 mm。为了增加产气量，可以适当加大反应罐的长度，也可以使用两个或三个反应罐并列的方式加大产气量。也可以应用U形反应罐加大产气量。根据要求决定反应罐直径后，可根据催化剂的体积计算反应罐的长度。反应罐的长度计算公式如下：

$$L = 4V/(\pi D^2) \tag{3-37}$$

式中 L —— 反应罐的有效长度；

V ——催化剂体积；

D ——反应罐直径。

反应罐选择合适的直径和长度非常重要，若反应罐长度太长将增加气体阻力，同时也增加制造安装的困难。发生器的反应罐越长，气体反应越完全。一般选用反应罐的长度范围在1500~2000 mm。反应罐的直径的选用一般选在200 mm左右。这是因为反应罐进行气体反应过程，需要的热量是从反应罐外部传入，若反应罐直径太大反应罐截面的温差增大。反应罐中心的温度比反应罐壁附近的温度低得多。温度低的部分气体反应的程度低于温度高的部分，使气体的反应不能充分进行。若反应罐直径过小，产气的流量太小使产气量降低。选用合适的反应罐长度和直径是保证发生器能够充分发挥其效能的重要因素。根据经验反应罐的长度与直径之比以9~15为宜。由于反应罐尺寸的限制，当额定产气量在35~70 m^3/h，尽量考虑使用两根反应罐并联，或使用U形反应罐。当额定产气量在70~100 m^3/h，则应考虑3根反应罐并联使用。气体流过反应罐在不放置催化剂的情况下的流速取0.2~0.3 m/s。

表 3 - 17 列出吸热式发生器产气量与反应罐的尺寸。反应罐的总长度为有效长度加上两端的长度。在混合气进入反应罐的进口端有一个气体加热的过程，此段的温度较低对气体只能起到预热作用，在气氛进口端不需要放置催化剂，可以放置一些耐火材料让混合气体通过时很快被加热。反应罐气氛出口端也是砌在炉衬之中，温度较低，上面与冷却器连接，也要空置一段让气氛能够很快流到冷却器迅速冷却。通常反应罐气氛进口端和气氛出口端不放置催化剂的长度为 300 mm 左右。

表 3 - 17　发生器产气量与反应罐尺寸

反应罐	发生器产气量/$m^3 \cdot h^{-1}$						
	15	20	25	35	70	100	
反应罐外径/mm	164	184	150	200	200	200	200
有效长度/mm	1000	1000	1500	1200	1500	1500	1500
壁厚/mm	8	8	8	10	13	13	13
个数	1	1	1	1	1	2	3

冷却器。吸热式发生器的冷却器是保证气氛从反应罐流出时迅速冷却低于 400℃，避免吸热式气氛中 $CO \longrightarrow CO_2 + C$ 的分解反应，使气氛成分发生变化。炭黑的析出造成管道的堵塞，也容易造成催化剂的中毒，降低催化剂的活性。冷却器必须保证将制备的吸热式气氛迅速冷却低于 315℃，这样能够有效地避免炭黑的析出又有利于气氛的传送。图 3 - 48 示出直接连接在直管式发生器的冷却器。冷却器的冷却能力决定于冷却面积。冷却面积越大冷却器的冷却能力越强，对气氛冷却的速度越快。冷却器的冷却面积可根据如下公式进行计算：

$$F = r_0 V_P V(T_1 - T_2)/Kt_{HK} \tag{3-38}$$

式中　F——冷却器冷却面积；

r_0——反应气密度，kg/m^3；

V_P——反应气的比热容，kJ/（kg · ℃）；

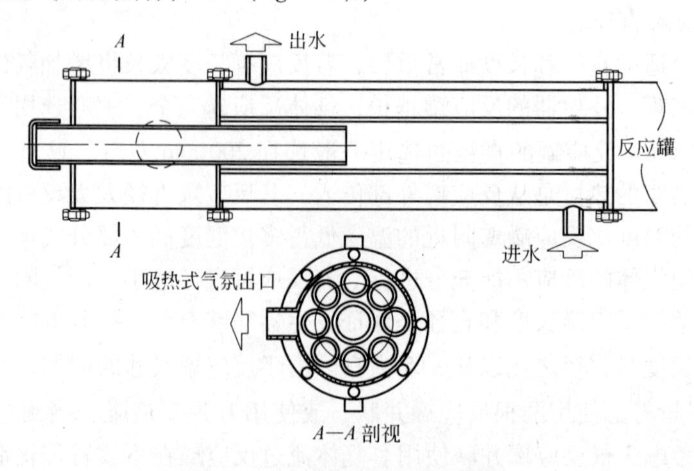

图 3 - 48　直罐式发生器冷却器

V——单位时间需冷却的反应气体积，m^3/h；

T_1——反应气进口温度，℃；

T_2——反应气出口温度，℃；

K——传热系数，kJ/（m^2·h·℃）；

t_{HK}——管壁两边载热体的平均温差，℃；$t_{HK} = (t_H - t_K)/\ln(t_H/t_K)$，$t_H$，$t_K$ 分别是进出口反应气和冷却水的温差。

冷却器使用的冷却水应是软化水，若水质太硬容易造成冷却器结垢，降低冷却器的冷却能力，严重时造成冷却器水垢堵塞而无法冷却。冷却器的冷却管使用铜管制造能够加强冷却器的冷却能力。

比例混合器。比例混合器的作用是调节空气和原料气的混合比，使空气和原料气按一定比例混合通往罗茨泵。比例混合器的原理是通过改变空气与原料气入口的面积改变空气与原料气的混合比。图3-49示出齿套式比例混合器结构图。通过调节手轮可以改变空气和原料气入口的截面积，从而改变空气和原料气进入混合室的入口面积改变空气与原料气的混合比。在空气与原料气压力相等的情况下，在空气与原料气进入混合器的入口处的流速分别为 v_a 和 v_g，入口处孔口面积分别为 A_a 和 A_g，此时流量为 Q_a 和 Q_g，则空气与原料气的混合比为：

$$K = Q_a/Q_g = A_a v_a / v_g A_g \tag{3-39}$$

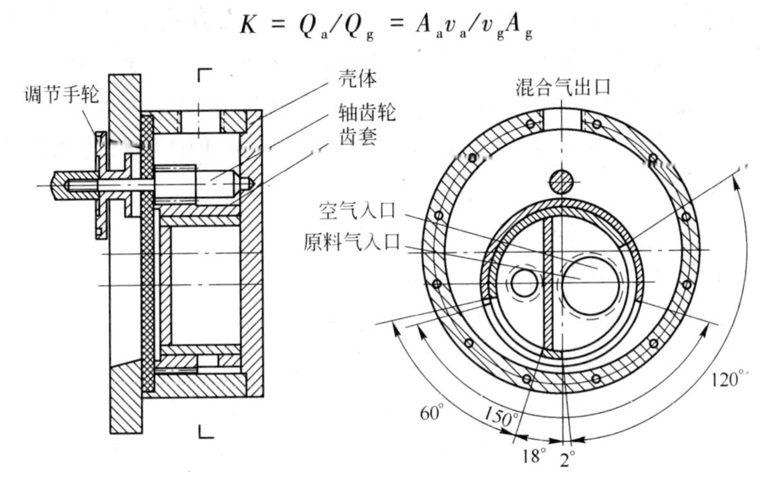

图3-49　比例混合器结构图

公式3-39中由于空气与原料气的压力相等，令流速比为一个常数 $C = v_a/v_g$，此时空气与原料气的混合比为：

$$K = C(A_a/A_g) \tag{3-40}$$

从公式3-40可见，只要改变入口处截面积就可以改变空气与原料气的混合比。

混合器的结构还有调节板式结构，通过调节手柄调节两个进气口截面不改变混合气混合比只改变混合气进入混合器的量，增大发生器的产气量。也可保持混合气的量通过调节手柄调节改变混合气的混合比。混合器的结构也有单面调节套式混合器，只改变原料气入口截面，这种混合器适合小容量发生器。

4 炉子气氛的控制

可控气氛热处理过程的气氛控制就是控制炉子气氛的碳势。炉子气氛的碳势控制受到很多因素的影响：炉子气氛成分中 CO、CH_4、CO_2、H_2O、O_2、H_2 的分压；炉子温度准确性，温度场内温度的均匀性；炉子内气氛总的压力；被处理零件中合金元素含量以及炉子结构等。这些因素都直接影响炉子气氛碳势的变化，其中某一因素发生变化都将影响气氛碳势发生变化。因此，炉子气氛控制是一个较为复杂的问题。控制炉子气氛的某一因素，其他因素发生变化将影响气氛的碳势发生变化。温度升高炉子气氛成分不变，气氛碳势降低；温度降低炉子气氛成分不变，气氛碳势升高。气氛中某一组分的分压发生变化，炉子气氛碳势也发生变化。炉中气氛 CO_2 或 H_2O 含量升高，炉内气氛碳势降低；炉内气氛 CO_2 或 H_2O 含量降低，炉内气氛碳势升高。炉内气氛的氧势升高，气氛碳势降低；氧势降低，气氛碳势升高。炉内气氛总压力升高，生成物浓度增加，反应物浓度将减少。炉子总压力升高，是一个较为复杂的问题，决定于生成物的状态，但是气氛在压力增高的状态同样要建立在一定条件下的平衡关系。炉子结构的影响，对于特定的炉子这一因素也就变为不变的因素。目前对于炉子气氛的控制，首先要保证炉子温度控制准确性，保证炉子温度场温度的精确性。在炉子温度变化 ±10℃，其他因素不变的情况下，将影响炉子气氛碳势波动 ±0.07%。炉子温度控制精确度越高，越有利于碳势控制的准确度，温度场内温度的均匀性愈高零件渗碳的均匀性愈好。在进行零件可控气氛处理过程，要保证炉子温度的准确性，炉子温度场范围温度的均匀性，要保证炉子气氛总压力恒定在一定范围内，这样才能够保证炉子碳势控制的准确性。

目前炉子气氛成分的分析方法有：露点法、红外分析法、氧势测定法、热丝法、电阻法、奥氏分析法、气相色谱法等。这些气氛分析方法都有各自的特点。表 4 - 1 列出热处理气氛常用分析方法和特点。

表 4 - 1　热处理可控气氛常用分析方法和特点

分析方法	分析对象	分析精度	反应时间	能否连续自动控制	适用哪种可控气氛	备　注
钢箔法	含碳率	一般	20 ~ 30 min	不能	吸热式气氛	称重法或化学分析法
热丝法	含碳率	高	立即读出	能	吸热式气氛	钢丝易损坏和污染
奥氏分析法	全分析	低	10 ~ 45 min	不能	各种可控气氛	有操作误差
气相色谱法	全分析	高	5 min	不能	各种可控气氛	
红外线分析法	CO_2、CO、CH_4、NH_3	高	15 s	能	吸热式气氛	维修费事，可多点控制

续表 4-1

分析方法	分析对象	分析精度	反应时间	能否连续自动控制	适用哪种可控气氛	备 注
露点杯法	H_2O	一般	5 min	不能	吸热式、放热式、NH_3 分解气	有操作误差
冷镜面法	H_2O	高	2 min	能	NH_3 分解气	镜面怕污染
雾室法	H_2O	一般	1 min	不能	NH_3 分解气	有操作误差
氯化锂法	H_2O	较高	3 ~4 min	能	吸热式、放热式气氛	测量范围有限，不适用于 NH_3 和含硫气氛
氧势测定法	O_2	高	0.5 ~2 s	能	吸热式、放热式、NH_3 分解气	直接安装在炉内
电导分析法	CO_2	一般	2 min	能	吸热式、放热式、NH_3 分解气	温度、流量、电导液质量分数对分析精度有影响

表 4-1 列出的各种分析方法，有的分析方法能够对炉子气氛进行连续分析控制，有的只能作为气氛定量分析应用，而不能进行气氛的控制。钢箔分析法、露点杯法、奥氏分析法、气相色谱法、雾室法等，只能对炉子气氛进行定量或定性的分析，而不能进行连续控制。奥氏分析法和气相色谱法对气氛组分进行全分析，能够得到气氛组分中各种气体的含量。热丝法、氯化锂法、红外分析法、氧势测定法、电导分析法等方法，都能够对气氛进行连续分析控制。这些分析控制方法，都有各自的特点和优势，也有不同的适应范围。这些分析控制方法中，氧势测定法分析精度高，测量反应速度最快，是目前作为吸热式气氛和放热式气氛以及氨分解气氛测量控制的最佳选择。目前这种测量控制方法是应用最为广泛的气氛测量控制方法。将气氛分析的方法应用于气氛控制的仪器仪表有：应用露点法进行气氛控制的露点仪，应用红外分析法分别测定气氛的 CO_2、CO、CH_4 的分析控制仪表——红外仪，应用氧势分析法测量控制气氛氧势的氧探头碳势控制仪，应用电阻法测量碳势变化的电阻仪等。露点仪、红外仪、氧探头碳控仪都是通过控制炉子气氛间接的控制零件碳含量达到控制气氛碳势的目的。电阻仪则是直接通过测量控制细铁丝的碳含量，达到控制零件碳含量和控制炉子气氛碳势的目的。

4.1 可控气氛碳势控制原理

可控气氛碳势的控制就是在温度一定、炉压一定情况下，控制调节炉子气氛成分达到某种钢的碳含量相平衡的气氛，或者控制炉子气氛使钢达到要求的碳含量。这就是在温度一定条件下，炉子气氛与钢的碳含量达到平衡时，钢中的碳含量称为炉子气氛的“碳势”。

在可控气氛炉中炉内的气体成分有 CO、CO_2、H_2O、H_2、N_2 以及少量的 CH_4 和极微量的 O_2。这些炉子气氛中 CO、CH_4 是渗碳性气体；炉子气氛中 CO_2、H_2O、O_2 是氧化性气体；炉子气氛中 H_2 是还原性气体；N_2 则是中性气体。这些气体在炉内被零件吸附、分解、脱附；其中 CO 和 CH_4 吸附分解的碳将渗入零件表面，起到渗碳作用；同样氧化性气氛也将与零件发生作用，造成碳的脱出。零件在气氛中是渗碳过程，还是脱碳过程决定于气氛碳势，以及零件的碳含量和合金元素的含量。气氛的碳势高于零件的碳含量，是渗碳过程；如果气氛碳势低于零件的平衡碳含量，是一个脱碳过程。在可控气氛炉子中处理零件过程中，零件处于渗碳或脱碳的过程，决定于气氛碳势的高低。在渗碳或脱碳过程的同时渗碳性气氛与氧化性气氛以及还原性气氛之间还要相互作用、相互反应，使炉子内气氛始终处于当时环境条件下相对平衡的状态。

表4-2列出几种原料气制备的吸热式气氛特性。吸热式气氛的组分中CO_2、H_2O、CH_4的含量虽然很少，但是这些组分只要发生很小的变化将影响气氛碳势发生变化。气氛中O_2的含量只是微量，吸热式气氛氧的分压在1.01×10^{-25} MPa左右。虽然吸热式气氛中氧的含量只是微量，但氧的微小变化将影响气氛大的变化。由表4-2可知，制备可控气氛的空气与原料气的混合比发生变化，气氛的成分将发生变化。制备可控气氛的原料气不同，得到的气氛组分也将不同。了解气氛制备控制的原理，正确地掌握气氛控制的方法，也就能够保证可控气氛的碳势在要求控制的范围之内。

表4-2　几种原料气制备的吸热式气氛特性

原料气	混合比	产气倍数	1 kg原料气产气量/m^3	1 kg原料气需空气量/m^3	吸热式气氛组分/%						
	空气：原料气	产气：原料气			CO_2	O_2	CO	H_2	H_2O	CH_4	N_2
甲烷	2.38	4.88	6.83	3.33	0.3	0	20.49	40.89	0.5	0.5	余
丙烷	7.14	12.64	6.43	3.64	0.3	0	23.74	31.64	0.5	0.5	余
丁烷	9.52	16.53	6.38	3.68	0.3	0	24.21	30.26	0.5	0.5	余

表4-3列出吸热式气氛成分与气体发生量。从表4-3可以看到空气与原料气的混合，对于不同的原料气要求应用不同的混合比，能够得到相近的气体组分。不同的原料气，相近的气体组分要求不同的混合比，得到的气体发生量也不同。对于不同的原料气，只要正确地掌握空气与原料气的混合量就能够得到需要的可控气氛，就能够制备各种不同组分的可控气氛。

表4-3　吸热式气氛成分及气体发生量

燃　料	混合比：（空气：燃料）	体积分数/%							露点/℃	气体发生量	
		$\varphi(CO_2)$	$\varphi(O_2)$	$\varphi(CO)$	$\varphi(H_2)$	$\varphi(CH_4)$	$\varphi(N_2)$	$\varphi(H_2O)$		1 m^3燃料的气体发生量/m^3	1 kg燃料的气体发生量/m^3
天然气	2.5	0.3	0	20.9	40.7	0.4	余	0.6	0	5	7
丙　烷	7.2	0.3	0	24.0	33.4	0.4	余	0.6	0	12.6	6.41
丁　烷	9.6	0.3	0	24.2	30.3	0.4	余	0.6	0	16.52	6.38
城市煤气	0.4～0.6	0～2	0	25～27	41～48	2～3	余	0.12	-20		

在可控气氛炉子中渗碳气体是CO和CH_4，N_2是中性气体，H_2是还原性气体，其余气体是氧化性气体。在热处理过程，炉子中各种气体之间在条件发生变化的情况要相互作用。各种气体的分压随着条件的变化或增多，或减少。通过调整气氛中的组分就能够达到调节可控气氛碳势的目的。对于气氛碳势的控制有两种途径：一种途径是气氛之间的水煤气反应；另一种途径是CO和CH_4的渗碳作用。可控气氛中气体与气体进行反应，其中的

水煤气反应如下：

$$CO_2 + H_2 \rightleftharpoons CO + H_2O \tag{4-1}$$

从水煤气反应式4-1可以得到水煤气反应的平衡常数：

$$K_{4-1} = (CO)(H_2O)/(CO_2)(H_2)$$
$$= P_{CO}P_{H_2O}/P_{CO_2}P_{H_2} \tag{4-2}$$

式中，P_{CO}、P_{H_2O}、P_{CO_2}、P_{H_2}分别是CO、H_2O、CO_2、H_2的分压。从公式4-2可知水煤气反应的平衡常数为气氛产物的分压与反应物的分压之比。在进行炉子气氛控制的过程，尤其是在吸热式气氛作为炉子使用气氛过程，CO含量和H_2的含量变化很小。一般使用丙烷或丁烷制备吸热式气氛，CO的含量约为24%，H_2的含量约为32%。只要控制水煤气反应中的CO_2或H_2O这两个组分的任一种组分就能够对炉子气氛进行控制。从公式4-2又可得到：

$$CO_2 = 24\% \times H_2O/(K_{4-1} \times 32\%)$$

或：

$$P_{CO_2} = 24\% \times P_{H_2O}/(K_{4-1} \times 32\%) \tag{4-3}$$

公式4-3可以看到气氛中CO_2含量与H_2O含量成正比，或CO_2的分压与H_2O的分压成正比。也就是气氛中CO_2的含量增加相应的气氛中H_2O的含量随之增加。在平衡状态控制了CO_2含量，也就相应地控制了H_2O的含量。控制了H_2O的含量也就相应地控制了CO_2的量。

对于可控气氛条件下的渗碳过程，气氛中的渗碳反应如下：

$$2CO \rightleftharpoons [C]_{Fe} + CO_2 \tag{4-4}$$

$$CH_4 \rightleftharpoons [C]_{Fe} + 2H_2 \tag{4-5}$$

反应式4-4、式4-5是吸热式气氛的渗碳反应。对于吸热式气氛，气氛中CO和H_2的含量较多，在很大范围内浓度大致是恒定的。因此，增加气氛中CH_4或其他碳氢化合物的含量，减少气氛中CO_2的含量就会增加炉内气氛碳势。

根据反应式4-4、式4-5可以得到平衡系数：

$$K_{4-4} = (CO_2)(C)/(CO)^2$$
$$= P_{CO_2}[C]/P_{CO}^2$$

或：

$$\%C = K_{4-5}(CO)^2/(CO_2)$$
$$[C] = P_{CO}^2K_{4-5}/P_{CO_2} \tag{4-6}$$
$$K_{4-5} = (H_2)^2(C)/(CH_4)$$
$$= P_{H_2}^2[C]/P_{CH_4}$$

或：

$$(C) = K_{4-5}(CH_4)/(H_2)$$
$$[C] = K_{4-5}P_{CH_4}/P_{H_2}^2 \tag{4-7}$$

式中　(C) 或 [C] ——气氛中碳势；

P_{CO}、P_{CO_2}、P_{H_2}、P_{CH_4}——分别代表CO、CO_2、H_2、CH_4的分压。

从可控气氛渗碳反应式 4 - 4 和反应式 4 - 5 得到的公式 4 - 6、式 4 - 7 可以知道，气氛中的碳势正比于 CO^2/CO_2，也就是正比于 P_{CO}^2/P_{CO_2}；同时碳势也正比于 CH_4/H_2^2，也就是正比于 $P_{CH_4}/P_{H_2}^2$。在吸热式气氛中 CO 和 H_2 基本为一定数，这时气氛中碳势很大程度就决定于气氛中 CH_4 和 CO_2 的含量。增加 CH_4 或减少 CO_2 含量，气氛碳势都会增高。控制 CO_2 含量也就能够控制气氛碳势。

图 4 - 1 示出一定温度下 CO_2 和 CO 与碳势的关系。从图 4 - 1 可以看到在一定温度情况下，气氛中 CO_2 的含量增加气氛碳势降低，气氛中 CO_2 含量降低气氛碳势升高。气氛中 CO_2 含量一个很小的变化，将影响气氛碳势发生较大的变化。气氛 CO 在 22%，CO_2 的含量由 0.20% 上升到 0.27%，气氛碳势则由 0.8% 降低到 0.6%。由于 CO_2 的增加，造成气氛碳势的降低。气氛中 CO 含量的变化对于碳势的影响就相对小得多。气氛中 CO_2 含量，0.20% 保持不变，气氛中 CO 含量 22% 时，气氛碳势为 0.8%；当气氛中 CO 含量降低到 18.5% 左右，气氛碳势降低到 0.60%。气氛中 CO 含量的变化远大于 CO_2 的变化，但是对气氛碳势的影响却是一样，碳势的变化都为 0.2%。可见气氛中 CO 的含量变化对气氛碳势的影响远小于 CO_2 含量变化对碳势的影响。因此，控制气氛 CO_2 的含量就能够很好地控制气氛碳势。

图 4 - 2 示出吸热式气氛中 CH_4 含量与碳势的关系。随着甲烷量的增加吸热式气氛的碳势增高。CH_4 发生少量的变化气氛碳势将发生较大的变化，气氛中 CH_4 的含量对气氛碳势造成较大的影响。从图 4 - 2 可以看到，气氛碳势对应的 CH_4 的含量在一定的范围内，通过对甲烷进行控制使炉子气氛碳势达到一定的准确性有一定的难度。而且，当气氛中甲烷量达到一定程度时，甲烷量的增加造成气氛析出炭黑，炭黑的存在将影响零件处理的质量，同时影响气氛的控制，给气氛控制的准确性增加难度。在气氛的控制上要注意气氛中 CH_4 的含量要限制在较小的范围。

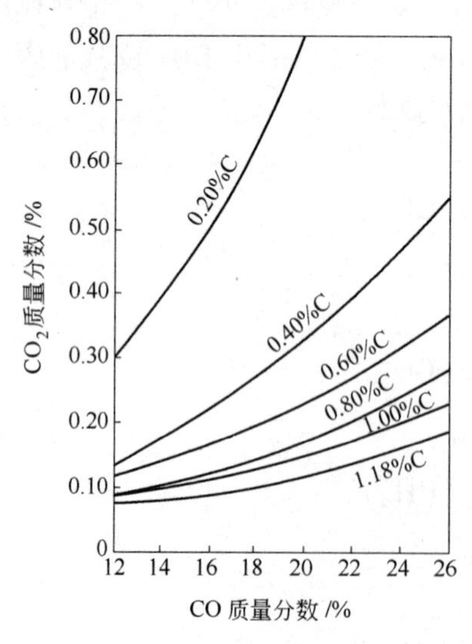

图 4 - 1　一定温度下 CO_2 和 CO 质量分数与碳势的关系

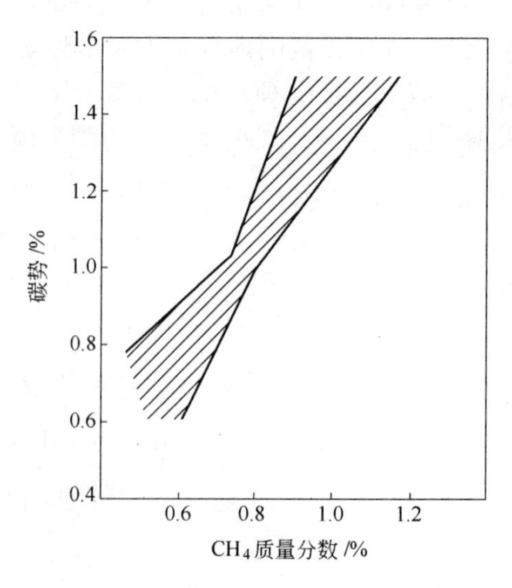

图 4 - 2　吸热式气氛中 CH_4 质量分数与碳势的关系

水煤气的反应和吸热式气氛的渗碳反应分析可见，只要控制气氛中 CO_2 的含量或控制 H_2O 的含量就能够达到控制气氛的目的。控制碳势的两种基本途径是控制气氛中 CO_2 或

H_2O 的含量以达到控制碳势的目的。对于渗碳反应中的 CH_4 和 CO，在渗碳过程与气氛中的 H_2O 和 H_2 也要进行反应，其反应式如下：

$$CH_4 + H_2O \rightleftharpoons CO + 3H_2 \tag{4-8}$$

由反应式 4-8 可以得到平衡常数：

$$K_{4-8} = (CO)(H_2)^3/(CH_4)(H_2O) = P_{CO}P_{H_2}^3/P_{CH_4}P_{H_2O}$$

或：

$$P_{CH_4} = K_{4-8}P_{H_2O}/P_{CO}P_{H_2}^3 \tag{4-9}$$

由公式 4-9 可以知道气氛的平衡关系，增加 CH_4 或其他碳氢化合物含量的结果会减少气氛中 H_2O 的含量，使气氛碳势升高。通过控制气氛 H_2O 的含量也就能够控制 CH_4 的含量，从而达到控制气氛碳势的目的。也就是说对可控气氛炉的气氛控制，虽然少量 CH_4 会造成气氛碳势发生较大的变化，但是气氛组分气体之间相互作用结果始终处于相对平衡的状态。因此，只要测量气氛中 CO_2 和 H_2O 就可以知道气氛碳势；控制气氛中 CO_2 和 H_2O 就可以控制气氛碳势，只要调节气氛中 CO_2 和 H_2O 就可以调节气氛碳势。

测量控制气氛中的 H_2O 一般是通过测量气氛中露点以确定气氛中 H_2O 的含量，并且以露点表示气氛中水的含量。所谓"露点"就是气氛中的不饱和水蒸气变为水时的温度。气氛中的水蒸气越多，露点越高；气氛中水蒸气越少，露点越低。通过控制气氛露点，也就控制了气氛中 H_2O 的含量，也就能够控制气氛的碳势。图 4-3 示出碳钢和吸热式气氛（甲烷制备气氛）的实测平衡曲线。由图 4-3 可以看到露点与碳势（钢表面碳含量）的关系。在一定温度下，吸热式气氛的露点越低，气氛碳势越高；吸热式气氛露点越高，气氛碳势越低。从图 4-3 可见温度在 925℃时，露点在 0℃，钢的表面碳含量为 0.54% 左右；也就是在这一温度、露点条件下，气氛碳势为 0.54%；同样温度情况下，当露点降低到 -5℃时，气氛碳势上升到 0.73%。温度不变，露点温度上升，气氛碳势降低；温度不变，露点温度下降，气氛碳势升高。在碳势一定的情况下，炉子温度越高，气氛的露点越低才能维持炉子气氛碳势不变；炉子温度降低，控制的露点值要升高才能保持气氛碳势不变。图 4-3 示出碳势为 0.8% 时，炉子温度 850℃时的露点为 1℃；当炉子温度上升到 925℃时，露点必须降低到 -7℃才能保持气氛碳势维持在 0.8%。当炉子气氛露点不变，炉子温度越高碳势也就越低；炉子温度降低，气氛碳势升高。

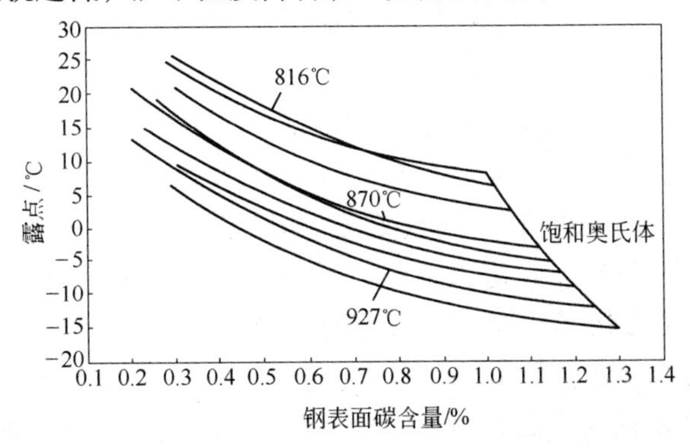

图 4-3 碳钢和吸热式气氛（甲烷制备）的实测平衡曲线

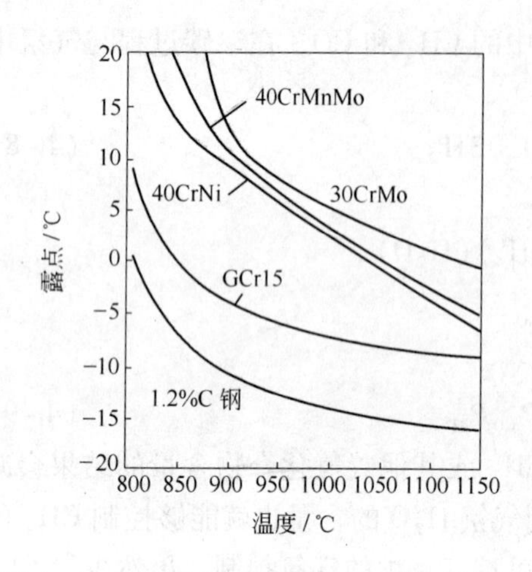

图4-4　几种钢在吸热式气氛（甲烷制备气）中的实测平衡曲线

对于不同的钢种，钢中合金元素含量不一样，在同等气氛条件下的碳势也不一样。不同的钢种，要保证气氛碳势不变，气氛的露点要求也不一样。图4-4示出几种钢种在吸热式气氛中的实测平衡曲线。从图4-4中可以看到钢中含的合金元素不同，要保证碳势一定，要求的露点也不相同。碳含量相近的钢，钢中合金元素不同，要求维持碳势相同，露点值不同。例如，温度在900℃情况下，40CrMnMo钢的露点10.5℃，40CrNi钢的露点为8℃。钢中合金元素改变了气氛的碳势，造成维持气氛碳势的露点也发生改变。因此，钢中含有不同合金元素要保证可控气氛碳势达到平衡的碳势值，就必须根据该种钢的合金元素含量情况确定其碳势值气氛组分。在对气氛碳势进行控制的过程中，必须针对钢中合金元素确定相应的气氛碳势值与之对应的CO_2和H_2O的含量。对于不同的钢种要求的露点也不一样，对气氛碳势进行控制时就要根据具体钢的合金元素含量情况确定其气氛露点值。无论钢中含何种合金元素，随着炉子的温度升高，要保持炉子气氛碳势不变，可控气氛的露点必然是降低的趋势；随着炉子温度的降低，要保持炉子气氛碳势不变，可控气氛的露点必然是一个上升的趋势。

在可控气氛的碳势控制过程，通过控制气氛中的“露点”可以有效地控制气氛的碳势；同样通过控制气氛中的CO_2也能够有效地控制气氛碳势。图4-5示出气氛露点与气氛CO_2的关系。气氛中CO_2增加，气氛中露点也相应升高；气氛中CO_2降低，气氛的露点相应降低。图4-5示出，气氛中CO_2含量在0.2%时，气氛露点在−1℃；当气氛中CO_2含量升高到0.3%时，气氛露点也相应升高到5℃；气氛中CO_2含量升高到0.5%时，气氛露点也升高到15℃。可控气氛热处理过程控制气氛中的露点，使气氛露点降低，也就降低了气氛的CO_2的含量。控制了气氛的露点就控制了气氛的CO_2的含量；控制气氛中CO_2的含量也就控制了气氛的露点值。

图4-6示出应用CH_4制备的吸热式气氛中CO_2与碳钢中碳含量及温度的关系。从图4-6可以看到随着气氛中CO_2含量的增加，气氛的碳势降低。当炉子温度为925℃时，气氛碳势为0.8%，气氛中CO_2的含量为0.1%；当炉子气氛碳势降低到0.55%时，气氛中CO_2的含量升高到0.2%。气氛中CO_2含量小的变化，影响到气氛碳势较大的变化。随着炉子温度升高，气氛中CO_2值不变，气氛的碳势降低。气氛CO_2含量维持在0.3%，炉子温度在850℃时，气氛碳势上升至0.83%；当炉子温度上升到925℃时，气氛碳势降低到0.41%。在进行可控气氛热处理过程中，要维持气氛一定的碳势，炉子温度降低，气氛的CO_2值要相应提高；炉子温度升高，气氛CO_2值要相应降低。这一点对于钢进行光亮淬火、退火、正火处理很重要。进行光亮退火时，随着温度的降低，气氛的CO_2含量要相应提高；否则，温度降低维持原有CO_2含量，气氛碳势升高对零件有渗碳作用。

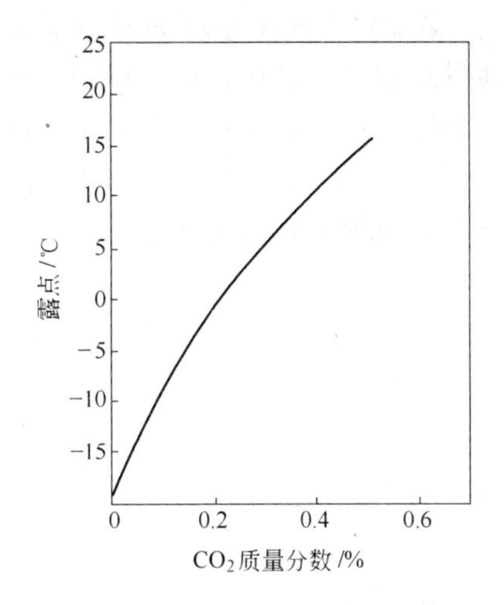

图4-5 气氛中 CO_2 质量分数与露点的关系

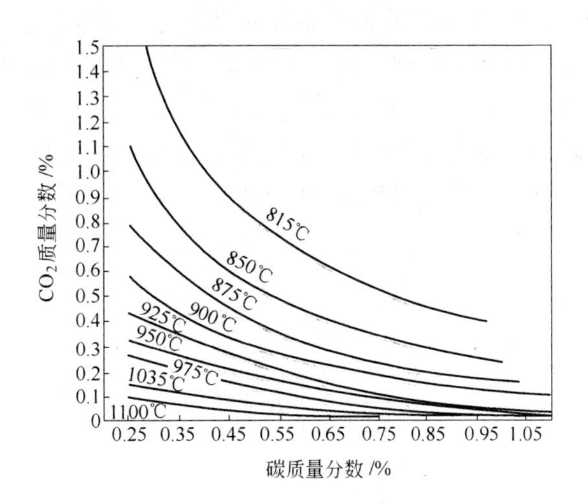

图4-6 甲烷为原料的吸热式气氛中 CO_2 与碳钢中碳质量分数的关系

可控气氛中各组分的气体与气体之间相互发生反应，在一定的条件下相互作用达到平衡状态。可控气氛的控制，控制气氛中 CO_2 和 H_2O，同样也可以对其他组分进行控制，达到控制气氛碳势的目的。对气氛中氧进行控制能够很好地控制气氛碳势。在可控气氛中始终存在微量的氧，气氛中微量的氧与碳要发生反应，其反应式如下：

$$C + 1/2O_2 \rightleftharpoons CO \tag{4-10}$$

根据反应式4-10可以得到平衡常数 K_{4-10}：

$$K_{4-10} = (CO)/(O_2)^{1/2} = P_{CO}/P_{O_2}^{1/2} \tag{4-11}$$

公式4-11说明通过控制气氛中微氧量也能够达到控制气氛碳势的目的。测量控制氧的分压，也就能够控制气氛达到平衡，起到控制气氛碳势的目的。图4-7示出几种气氛氧分压和 CO/CO_2 比例及露点的关系。从图4-7中可以看到，随着气氛氧分压的增高气氛的露点升高。当炉子温度在900℃时，氨分解气氛氧分压为 1.01×10^{-30} MPa，露点为−70℃；当氧分压上升到 1.01×10^{-25} MPa时，露点上升为−20℃。可见气氛氧分压微小的变化将造成气氛露点发生较大的变化。随着炉子温度的升高，氧分压维持不变，气氛将发生较大的变化。例如，炉子气氛氧分压维持在 1.01×10^{-25} MPa时，炉子温度800℃，气氛为放热式气氛；炉子温度上升到900℃，气氛为吸热式气氛。同样在温度不变情况下，炉子温度900℃时，气氛氧分压由 1.01×10^{-20} MPa上升到 1.01×10^{-15} MPa，气氛由吸热式气氛变为放热式气氛。氧分压极微小的变化，影响气氛发生大的变化。控制氧的变化就能够控制气氛的变化。

通过对炉子气氛的控制达到控制零件碳含量的目的。无论控制气氛中露点，还是控制 CO_2 含量，或是控制气氛中微量的 O_2 含量等，都是间接地控制钢的碳含量。通过控制气氛碳势，能够有效地达到间接控制钢表面碳含量的目的。对 CO_2、H_2O、O_2 的控制达到控制气氛碳势的目的，这些都是间接方法控制碳势。对于可控气氛的碳势控制还可以通过直接控制碳势的方法达到控制钢碳含量的目的，就是应用电阻探头法进行碳势的测定控制。在 γ-Fe 中随着钢中碳含量的变化，其电阻呈线性关系变化。利用 γ-Fe 随碳含量呈线性变化的关系，通过测量 γ-Fe 的电阻值的变化就能够得到钢的碳含量，也就得到气氛的碳势。图 4 - 8 示出低碳钢丝增碳后电阻值的变化率。图 4 - 8 可以看到低碳钢丝增碳以后电阻值的变化率随着钢中碳含量的增加电阻变化增大；碳含量减少，电阻减小。根据不同的钢种的钢丝在可控气氛中进行加热，测定钢丝的电阻值就能够直接确定气氛碳势。

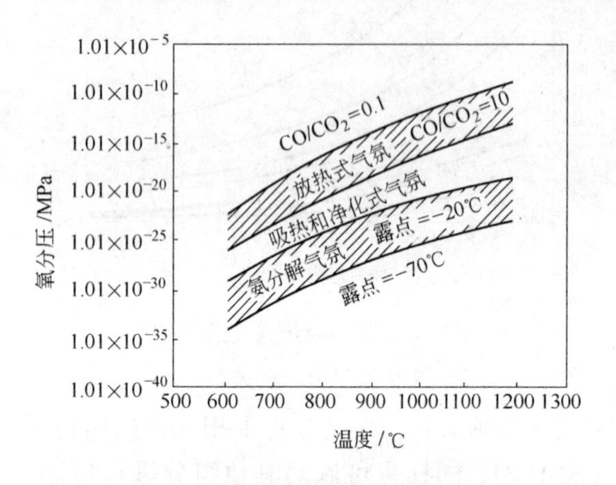

图 4 - 7　几种气氛氧分压和 CO/CO_2 比例及露点的关系

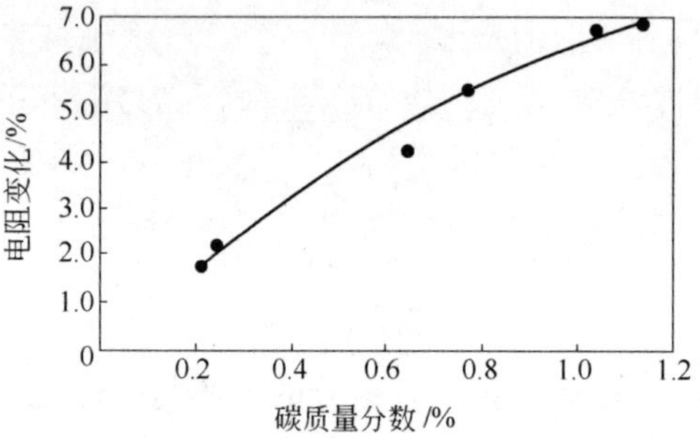

图 4 - 8　低碳钢丝增碳后电阻值的变化率

对于炉子气氛碳势的测定控制都是基于气氛在一定条件下处于平衡状态，控制气氛中其中一种组分，达到控制气氛碳势的目的。露点仪、红外仪、氧探头碳控仪等都是基于气氛平衡原理进行测定控制，从而达到控制炉子气氛的目的。

4.2　可控气氛控制仪表和气氛的分析

可控气氛热处理是指热处理过程炉子气氛能够实现控制。实现炉子气氛的调节控制就是调节炉子气氛碳势，使炉子气氛碳势按照热处理工艺过程的要求进行变化。调节控制炉子气氛碳势是可控气氛热处理过程十分重要的环节。对炉子气氛调节控制的检测控制仪表是气氛碳势控制的关键部分。根据气氛平衡原理目前已生产出很多气氛控制仪器、仪表。应用较多的仪表有：氯化锂露点仪、CO_2 红外仪、CO 红外仪、氧探头碳控仪、电阻仪等。这些仪表有的可以单独对炉子气氛进行控制，有的可联合对炉子气氛进行控制，提高对炉子气氛的控制精度。这些控制仪表都有各自的特点。露点仪控制成本低，操作简单，控制准确性较高；缺点是控制精度较低，反应速度较慢。红外仪控制精度高，反应速度较快；但是成本较高，维护困难，反应速度决定于采样管路，取样管路太长将影响气氛检测分析控制的速度，采样管路应尽量缩短。氧探头碳控仪控制精度较高，适应范围广，响应速度快，是目前应用最为广泛的控制仪表；缺点是气氛中 CH_4 含量较高时容易失控，炭黑较多时控制准确度下降。气氛碳势较高和进行超级渗碳时，氧探头碳控仪配合红外仪联合控制能够很好地保证气氛碳势，得到较高精度的气氛碳势控制。对于可控气氛的组分的全分析采用的分析仪有：气相色谱仪、奥氏分析仪等。气相色谱仪分析速度快，分析精度高，是目前进行可控气氛炉气全分析首选分析方法。奥氏分析仪是使用时间较长的分析仪器。奥氏分析仪分析速度慢，分析精度低；但是奥氏分析仪价格低廉是长期以来作为气体全分析的分析仪器。在对炉子气氛的碳势确定——定碳，现在采用较多的是箔片称重定碳法。这种定碳方法速度快，定碳准确。热处理可控气氛的控制仪表种类很多，气氛的分析方法也很多。在可控气氛热处理过程中气氛控制仪表的选用应本着适用、够用、经济保证质量的原则进行选用。掌握了各种仪表的控制分析原理，就能够合理地掌握选用仪器仪表，保证可控气氛热处理过程零件处理质量。

4.2.1　氯化锂露点仪

氯化锂露点仪控制气氛的原理是应用氯化锂吸收气氛中的水分后电导率发生变化的原理制造而成。氯化锂（LiCl）是一种吸湿性盐类，这种盐类吸收气体中水分的能力与温度有关。这种盐类吸收水分能力随温度的变化而变化。当温度升高时，氯化锂吸水能力下降；温度降低时，氯化锂吸收水的能力增加。干燥的氯化锂盐晶体基本不导电，但是吸收水后导电性增加；而且 LiCl 的导电能力与溶液浓度有关，导电性能随着吸收水量的增加而增大。也就是 LiCl 的导电能力随着饱和蒸汽压的增加导电能力增大，相对应的温度升高。图 4-9 示出氯化锂和纯水的饱和蒸汽压与温度的关系。图 4-9 示出的氯化锂和纯水饱和蒸汽压关系。可以看出 LiCl 水溶液的蒸汽压，在同一温度下总低于水的分压。要达到相同的饱和蒸汽压，溶液的温度要比水温度高得多。假定在一种含水尚未饱和的气氛中，水的分压为 P，温度为 t_A，水的分压和温度相交于 A 点。通过 A 点作水平线交于 B 点。B 点垂直温度点 t_B，即为未饱和气体达到饱和时的温度，也就是气氛的“露点”。以 $A-B$ 作水平线交于 LiCl 溶液的蒸汽压曲线于 C 点。C 点对应的温度 t_C 为 LiCl 的“平衡温度”。可见，t_C 平衡温度就是氯化锂溶液的蒸汽压和气氛在露点温度时水蒸气压相等的温度。由图 4-9 可以看出，平衡温度 t_C 是当 $P_A=P_B=P_C$ 时的温度。因为当溶液的蒸汽压高于周围气氛中水的蒸汽压时，溶液就蒸发析出晶体；反之，溶液将吸收周围的水分后被稀释。只有溶液的蒸汽压与气氛中的水饱和蒸汽压相等时，达到了动态平衡，溶液的浓度不变。因此，只要使饱和氯化锂溶液的温度升至使饱和氯化锂溶液的蒸汽压与被测气体的水蒸气压相等，并测出此时饱和氯化锂溶液的温度，就可求得气体的露点温度。

LiCl 露点仪的应用就是利用 LiCl 测湿元件吸湿后导电性能增加，通过测量气氛的饱和蒸汽压温度，得到与 LiCl 蒸汽压相等的气氛蒸汽压的“露点”。图 4-10 示出 LiCl 露点仪的原理图。图 4-10 中测湿元件是由一支玻璃管，将浸有氯化锂水溶液的玻璃织物包裹在玻璃管壁上，其上再绕上两根电极丝（最好为铂丝），电极两端加上 25 V 的电压。当被测气氛中水的蒸汽压大于 LiCl 所在温度下水的蒸汽压时，则 LiCl 将吸收周围气氛中的水分而解潮，造成两极间的导电性增加。导电性增加，两极之间的电流增加，于是电源加热 LiCl 溶液使温度升高，直到 LiCl 溶液的蒸汽压与气氛中水的蒸汽压相等时，即达到平衡状态。达到平衡时的温度可使用插在氯化锂感湿器中的测温元件测量出来。可直接由表 4-1 查出平衡温度与气氛露点的值以及气氛中水的体积分数。从表 4-4 可以直接查到对应的露点温度值和气氛中的 H_2O 的含量。知道了气氛中水的含量，知道了气氛的露点，也就知道了气氛的碳势高低。气氛中水的含量增加，气氛碳势降低；气氛中水的含量降低，气氛碳势升高。

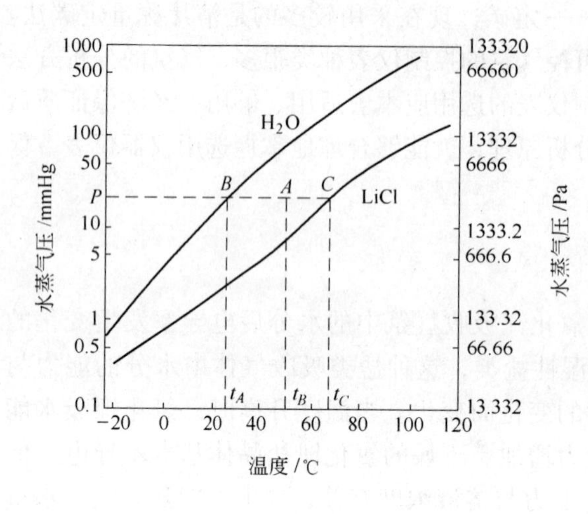

图4-9　LiCl和纯水的饱和蒸汽压与温度的关系

（注：1mmHg = 133.32Pa）

图4-10　氯化锂露点仪原理图

表4-4　露点和平衡温度及水的换算表

露点/℃	平衡温度/℃	水质量分数/%	露点/℃	平衡温度/℃	水质量分数/%
40	94.1	7.29	19	61.6	2.17
39	92.8	6.92	18	60.2	2.08
38	91.4	6.55	17	58.7	1.92
37	89.9	6.20	16	57.2	1.80
36	88.2	5.87	15	55.8	1.69
35	86.7	5.56	14	54.3	1.58
34	84.9	5.26	13	52.8	1.48
33	83.2	4.98	12	51.4	1.39
32	81.5	4.69	11	50.0	1.30
31	79.8	4.44	10	48.5	1.21
30	78.2	4.20	9	47.1	1.113
29	76.6	3.96	8	45.7	1.06
28	75.0	3.73	7	44.4	0.989
27	73.5	3.52	6	43.0	0.921
26	72.0	3.32	5	41.7	0.860
25	70.5	3.13	4	40.4	0.804
24	69.0	2.95	3	39.2	0.749
23	67.5	2.78	2	37.8	0.697
22	66.0	2.61	1	36.6	0.648
21	64.6	2.45	0	35.3	0.602
20	63.1	2.31	−1	33.8	0.560

续表 4-4

露点/℃	平衡温度/℃	水质量分数/%	露点/℃	平衡温度/℃	水质量分数/%
-2	32.2	0.520	-24	-0.7	0.0875
-3	30.8	0.483	-25	-2.2	0.0799
-4	29.3	0.450	-26	-3.7	0.0728
-5	27.8	0.416	-27	-5.2	0.0664
-6	26.3	0.387	-28	-6.7	0.0607
-7	24.8	0.358	-29	-8.2	0.0551
-8	23.3	0.331	-30	-9.7	0.0502
-9	21.8	0.306	-31	-11.2	0.0456
-10	20.3	0.282	-32	-12.7	0.0415
-11	18.8	0.260	-33	-14.2	0.0378
-13	15.8	0.230	-34	-15.7	0.0343
-14	14.3	0.205	-35	-17.2	0.0310
-15	12.8	0.189	-36	-18.7	0.0282
-16	11.3	0.173	-37	-20.2	0.0255
-17	9.8	0.159	-38	-21.8	0.0230
-18	3.3	0.147	-39	-23.2	0.0207
-19	6.8	0.135	-40	-24.7	0.0188
-20	5.3	0.124	-41	-26.2	0.0170
21	3.8	0.114	-42	-27.7	0.0150
-22	2.3	0.0104	-43	-29.2	0.0137
-23	0.8	0.0975	-44	-30.7	0.0122

如果气氛的水蒸气压低于 LiCl 平衡温度以下，LiCl 溶液的蒸汽压大于气氛中 H_2O 的蒸汽压，LiCl 溶液中的水分开始蒸发，LiCl 开始析出结晶。LiCl 析出结晶后电阻增大，电流减小，LiCl 溶液的温度将下降。温度降低至平衡温度为止，则可得到气氛的露点值。如果气氛中水蒸气压高于 LiCl 平衡蒸汽压，则 LiCl 吸收气氛中水分，电流将再次增大使温度上升。如此反复进行，直到 LiCl 溶液的饱和蒸汽压和周围气氛中的水的蒸汽压相等为止，也就是 LiCl 溶液的饱和蒸汽压和周围的气氛的水蒸气压达到平衡为止。此时 LiCl 溶液的饱和蒸汽压的温度对应的露点值就是气氛的露点值。

根据氯化锂溶液导电性增加原理制造氯化锂露点仪控制炉子气氛能够有效地控制气氛露点。由氯化锂露点仪构成的可控气氛控制系统能够实现可控气氛碳势的控制。应用氯化锂露点仪测量露点应注意测量的温度不低于 -40℃（氯化锂的凝固点），所测平衡温度不能低于环境温度，因此必须采取冷却措施。可以使用电冰箱或半导体制冷元件使氯化锂露点仪的环境温度保持在平衡温度之间。还应注意的是氨对氯化锂有化学作用，氨使氯化锂的电特性发生变化，因此氯化锂元件不能用于含氨气氛，也就是不能用于碳氮共渗的炉子气氛控制。

氯化锂露点仪对碳势的控制调节方框图示于图 4 - 11。图 4 - 11 是应用氯化锂露点仪对吸热式气氛发生器的碳势进行控制调节原理的方框图。吸热式气氛发生器产生的吸热式气氛通过取样系统进行取样过滤，送到电冰箱进行冷却，使取得的样气接近于平衡温度。冷却后的样气经过露点仪进行检测，得到吸热式气氛的露点值。检测得到的吸热式气氛的露点值信号送到记录调节仪表与工艺给定的碳势信号值进行对比。然后记录调节仪根据给定值和吸热式气氛的检测值对比结果输出调节指令，对电动调节阀进行调节。通过调节电动阀调节吸热式发生器二次空气进气量，使吸热式气氛发生器制备的气氛达到工艺要求。

图 4 - 12 是 USL - 21 型氯化锂露点仪电器控制原理图。吸热式气氛经过取样系统取样

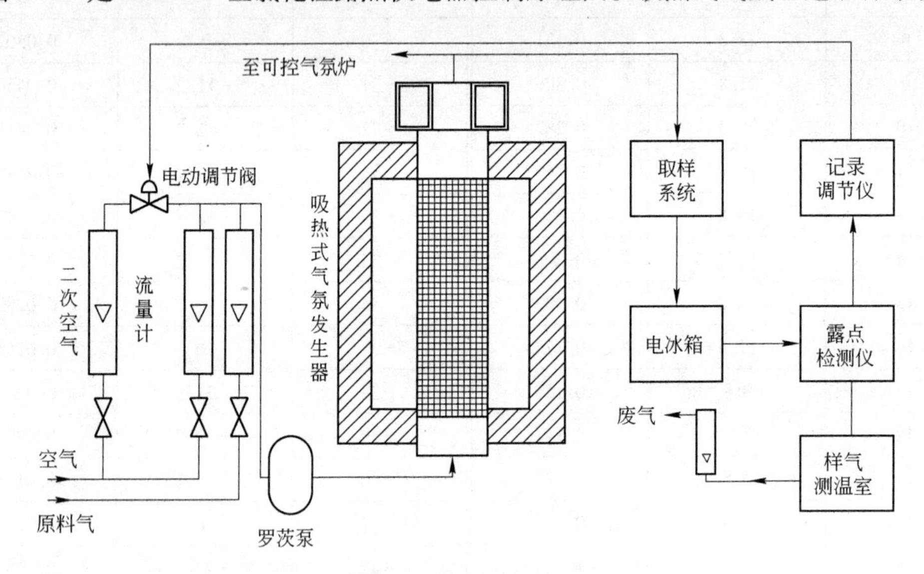

图 4 - 11　氯化锂露点仪碳势控制系统方框图

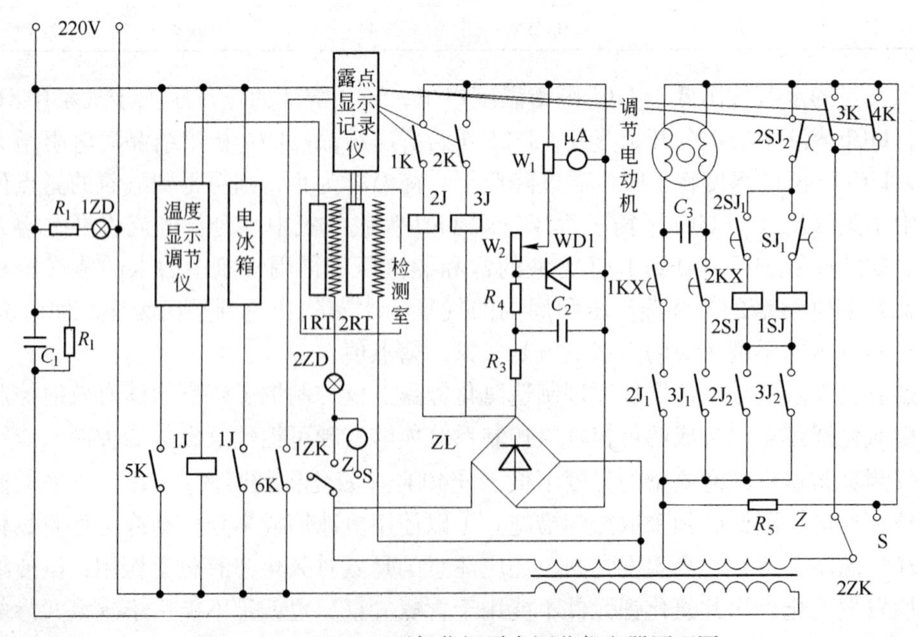

图 4 - 12　USL - 21 型氯化锂露点调节仪电器原理图

过滤后进入电冰箱冷却，然后通过氯化锂露点仪检测室进行检测。由电阻温度计（2RT）将检测到的平衡温度转换为电信号，输送到露点显示记录仪进行显示、记录和对发生器进行调节。当被测气氛露点值高于给定值时，露点显示记录器的定值电接点 2K 闭合，使微型继电器 $3J_1$ 接通，触点 $3J_1$ 闭合，执行器的可逆电动机反转，使二次空气阀门开度缓慢减小。二次空气阀门减小，进入吸热式气氛发生器二次空气流量减小。同时触点 $3J_2$ 也闭合，小周期时间继电器 2SJ 开始记时，当延时达到给定值 B 时，时间继电器触点 $2SJ_2$ 开启，阀门停转，即小周期结束。同时，时间继电器触点 $2SJ_1$ 闭合，大周期时间继电器 1SJ 开始记时；当延时到给定值 A 时，时间继电器触点 $1SJ_1$ 开启，小周期时间继电器 2SJ 复位；同时 $2SJ_1$ 也开启，大周期时间继电器 1SJ 也复位，为下一大小周期做好准备。等到下一个周期开始时，如果可控气氛的露点还未恢复到给定值，则 2K 仍闭合，二次空气阀转动。这样周期性地缓慢转动二次空气阀门，直到露点趋于给定值为止。此时，2K 开启，调节系统达到动态平衡。

如果可控气氛的露点变化较大，超过规定值较多时，露点显示记录仪接点 4K 也闭合。此时，可逆电动机长期转动，不受大小周期控制，以缩短调节时间，使露点能较快地回复到给定值。这样，露点仪实现了对吸热式发生器的气氛露点调节的目的，也就是实现了对气氛碳势调节的目的。

4.2.2 红外线气体分析仪

红外线气体分析仪是利用气体对红外线选择性吸收和受热膨胀的原理制造而成的气体分析仪器。红外分析仪对气体的分析可以对多组分的气体中某一组分进行分析测定。红外线气体分析仪与其他类型的气体分析仪比较有以下优点：

（1）分析对象极为广泛。凡是在红外光谱图上有吸收峰的物质都可以使用红外仪进行分析测定。热处理目前应用的有 CO_2 红外仪、CO 红外仪、CH_4 红外仪等。能够应用红外仪进行分析的有上万种物质。

（2）灵敏度高。红外分析仪能够分析测量的气体质量分数可达 10^{-6}，最大质量分数为 100%。

（3）反应速度快。从样气进入红外线气体分析仪到仪器指示达 90% 的指示值一般不超过 15 s。

（4）精确度高。红外线气体分析仪的测量精度可达到 2～3 级精度，特殊需要时可以达到 0.5～1 级的精度。

（5）能够连续取样，连续分析，连续显示，便于实现生产过程的自动化。

（6）使用方便。被测气体不需要进行复杂的预处理，正常运行过程每周只需对仪器进行一次校验。

红外线气体分析仪的制造是利用气体对红外线的不同吸收特性制造而成。单原子惰性气体 Ar（氩）、He（氦）、Ne（氖）和由相同原子组成的双原子气体 H_2（氢）、N_2（氮）、O_2（氧）等气体对近红外段的红外辐射没有吸收作用。由不同原子组成的异核分子气体 CO、CO_2、H_2O、CH_4 等气体对红外辐射有吸收作用。异核分子气体对红外辐射的吸收作用对波长或频率具有强烈的选择性。异核分子气体只能吸收某些特定波长的辐射能，而且吸收的红外波长是一个很窄的吸收带。在近红外区 CO_2 吸收的波长为 2.78μm、

4.26μm 和 14.5μm；CO 吸收的近红外波长为 4.65μm；CH_4 吸收的近红外波长为 2.4μm、3.35μm 和 7.65μm 等。红外分析仪的制造就是利用异核分子对近红外波长选择性吸收的特性制造而成。

图 4-13 是 QGS-04 型红外线 CO_2 气体分析仪系统原理图。红外辐射光源发射两束相同的红外光源，分别进入左侧参比滤波室和右侧滤波室、分析室。在分析室通有被检测气体。被检测气体就会选择性地吸收特定波长的辐射能量。设检测气体吸收特定波长的辐射能量进入检测室前的能量为 $I_0\lambda$；被测气体组分吸收了部分能量为 ΔI，因而进入检测室的辐射能量为：

$$I_\lambda = I_{0\lambda} - \Delta I \tag{4-12}$$

式中　I_λ——进入检测室的辐射能量；

$I_{0\lambda}$——红外光源发出的波长为 λ 的红外能量；

ΔI——被测气体组分吸收的能量。

检测室装有对波长 λ 的红外辐射敏感的感应元件，通过感应元件测定被测气体吸收后的红外能量。被测气体对特定波长的红外能量的吸收遵守兰伯特-贝尔定律：

$$I_\lambda = I_{0\lambda} e^{K_\lambda CL} \tag{4-13}$$

式中　K_λ——被测气体对波长 λ 的红外吸收系数；

C——被测气体浓度；

L——红外线通过的气体厚度。

由公式 4-13 在红外光源发出的红外能量 $I_{0\lambda}$、被测气体对波长 λ 的红外吸收系数 K_λ，以及红外线通过的气体厚度 L 不变情况时，测出经过被测气体组分吸收后红外能量的大小就可确定被测气体的浓度 C。

根据兰伯特-贝尔定律制造的红外线气体分析仪，图 4-13 中 QGS-04 型红外线 CO_2 分析仪使用两个几何形状参数完全相同的镍铬合金制造的红外辐射光源发出波长 2～7μm 的近红外线。红外光源经过抛物面反射镜形成两束平行光，再由同步电动机 M 带动对称的扇形切光片将红外光源调制成 12.5 Hz 的断续辐射。其中一束红外光源经过参比滤波室到达左侧检测室，被左侧检测室内的 CO_2 吸收；另一束红外光源经过滤波室和分析室到达右侧检测室，被右侧检测室内的 CO_2 吸收。检测室内装有薄膜电容器，动极（铝膜）和定极（铝合金）圆柱体组成。电容器动极将检测室分开成为左右两个独立的检测室。检测室充有需要检测的气体 CO_2（如果需要检测的是 CO 或 CH_4，则充入 CO 或 CH_4）。当检测室受到 12.5 Hz 的红外线照射时，内部气体受热膨胀就会产生压力脉冲作用在铝膜两侧。如果分析室内没有待测气体组分，左右两检测室接受的红外辐射相等，作用在电容器动极铝膜上的压强大小

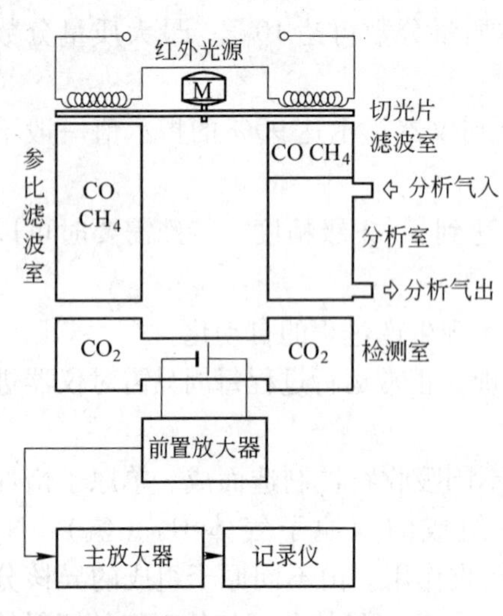

图 4-13　QGS-04 型红外线 CO_2 气体分析器系统原理图

相等方向相反，电容器铝膜处于动平衡状态，检测室没有信号输出。当需要分析的气体经过分析室气体中有待测气体组分，这时气体中待测气体组分吸收部分红外辐射，到达检测室的两束红外光源就发生了差异。左右两检测室待测气体组分所吸收的红外辐射就形成差异造成电容器动极铝膜变形，从而使电容器的电容量发生变化。在电容器上加有极化电压的情况下，铝膜电容器就产生充放电电流。分析室内经过的气体组分中，待测气体组分越多也就是待测气体的质量分数越高，在分析室被吸收的红外辐射越多，左右两检测室被测气体组分吸收的红外辐射差异越大，电容器铝膜的变形也越大，铝膜电容产生的电流信号也越大。铝膜电容产生的电流信号越大，这样就将被测气体中待测组分的质量分数转换成电流信号也就大。将这个电流信号经过放大器放大、检波后就可以使用微安表指示出来，并且应用自动平衡记录器进行显示和连续记录。这种应用两束红外光源检测气体中的某组分的气体分析仪器称为空间双光路型的红外线气体分析器。

在热处理工艺过程中对炉子气氛进行控制，应用红外线分析仪可分析炉子气氛中的 CO、CH_4、CO_2。这些红外仪可以进行单点连续测量控制，也可以进行多点连续测定。应用最多的是测量控制气氛的 CO_2 含量。应用红外仪测量控制气氛的 CO_2，通过测量控制 CO_2 控制炉子气氛碳势比较准确可靠，可分析气氛中 CO_2 的含量低达 0.005%。分析周期大约为 20 s。应用红外线气体分析仪不仅可以对渗碳过程炉子气氛进行碳势控制，而且可以进行碳氮共渗时炉子气氛的测定控制。

图 4-14 是应用 CO_2 红外仪对炉子气氛碳势调节控制系统的方框图。由吸热式发生器产生的吸热式气氛通过取样系统采取样气送到 CO_2 红外仪进行分析。CO_2 红外仪分析得到的电信号传送到显示记录仪。显示记录仪根据给定值信号与 CO_2 红外仪获得的电信号进行比较，并显示出 CO_2 红外仪测得的电信号所反应的碳势值。显示记录仪根据给定值与红外仪信号比较的结果将得到的信号传输给控制电路。控制电路得到的信号将转换成驱动电流传送给驱动电路。驱动电路根据控制电路的控制电流控制电动阀开大或是关小。图 4-14 示出的是使用 CO_2 红外仪对吸热式气氛发生器的 CO_2 进行控制。通过调节发生器二次空气进气量，调节发生器的 CO_2，达到调节碳势的目的。当取样系统取得的吸热式气氛

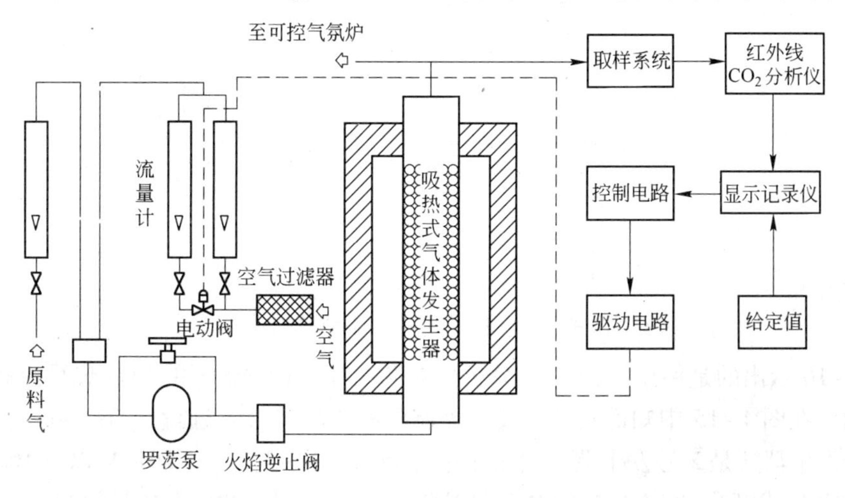

图 4-14 应用 CO_2 红外仪进行碳势控制方框图

送到 CO_2 红外仪进行测定，检测得到的气氛 CO_2 信号传送给显示记录仪。如果气氛中 CO_2 含量高于给定值，显示记录仪将输出一个信号给控制电路，通过执行电路调节电动阀减小二次空气的进入量。随着二次空气进入量的减少，吸热式发生器输出的吸热式气氛的 CO_2 值也逐步减少。如果吸热式气氛中 CO_2 含量小于给定值，则执行电路调节电动阀增大空气进入量，从而达到了调节气氛 CO_2 含量值，达到调节碳势的目的。

图 4 - 15 示出应用一台 CO_2 红外仪对两台吸热式气氛发生器碳势控制系统的管路原理图。图 4 - 15 对两台吸热式发生器进行控制分析，对其中哪一台控制分析决定于电磁阀 161SV、163SV、155SV、157SV。当旁通泵和取样泵开启以后，1 号和 2 号吸热式发生器的被测气体就流向 CO_2 分析系统管路。当电磁阀 155SV 开启，161SV 关闭时，1 号发生器的吸热式气氛经过过滤后流向取样泵。取样泵将采取的 1 号发生器的吸热式气氛泵向过滤器，过滤后气样流向 CO_2 红外线分析控制器，此时，对 1 号发生器的气氛进行分析控制。红外仪根据分析的结果与给定值进行比较后，给控制信号至控制器。控制器根据分析结果的信号与给定信号进行比较，调整电动阀开大或关小，从而调整 1 号发生器的 CO_2 含量。当电磁阀 157SV 开启，163SV 关闭时，取样泵对 2 号发生器进行取样。CO_2 红外线分析控制器对 2 号发生器制备的吸热式气氛进行分析控制。由于旁通泵始终在不停地运转，因此红外仪分析的始终是当前的吸热式气氛。CO_2 红外线分析器对 1 号或 2 号吸热式发生器制备的气氛进行分析决定于控制电器线路。电器控制线路给出控制指令调整 1 号或 2 号电动阀，调节吸热式发生器电动阀的二次空气进气量，达到调节发生器制备气氛的 CO_2 含量。因此，发生器的控制电路决定了气氛的调节，要保证气氛碳势达到工艺要求，电路控制系统起到非常重要的作用。

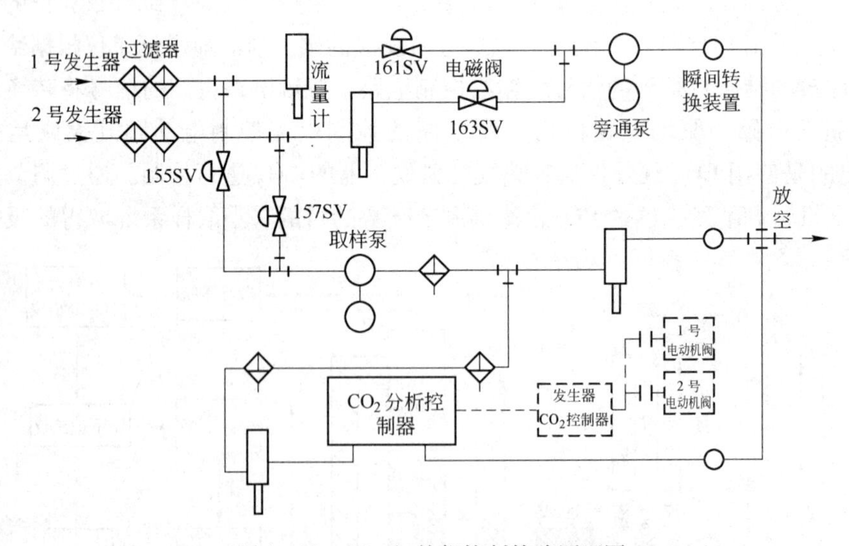

图 4 - 15　CO_2 红外仪控制管路原理图

图 4 - 16 示出的是使用一台 CO_2 分析仪对两台吸热式发生器的 CO_2 进行控制的电器控制系统图。在图 4 - 15 中知道对两台发生器制备的吸热式气氛进行分析控制，当前分析控制是 1 号发生器还是 2 号发生器，决定于电磁阀 155SV、157SV、161SV 以及 163SV。这些电磁阀的闭合或开启决定于 120CR 和 122CR 继电器。120CR 继电器闭合，线路 155 上 120CR 常开点闭合，线路 161 上 120CR 常闭点断开，电磁阀 155SV 开启，161SV 关闭，

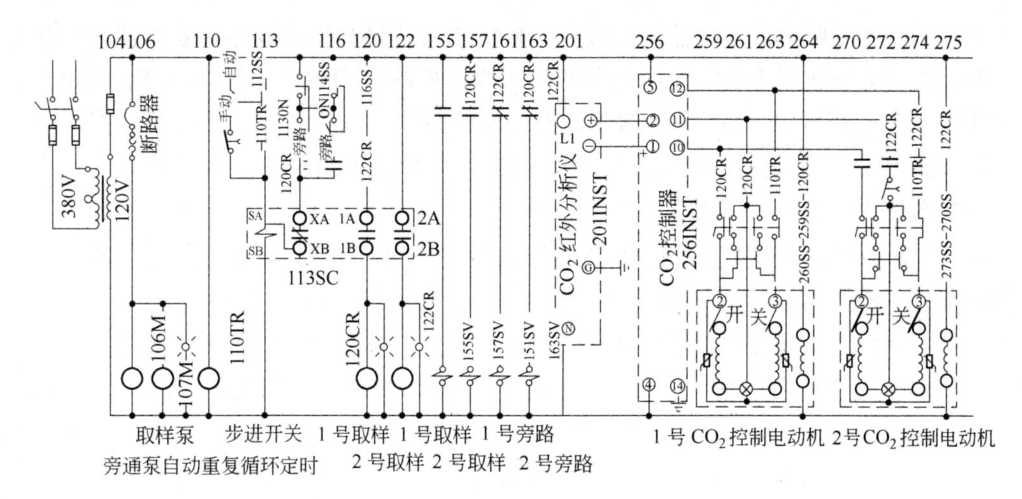

图 4 - 16　CO_2 红外仪控制两点碳势电器控制原理图

CO_2 红外分析仪分析控制 1 号吸热式发生器。当继电器 122CR 闭合，线路 157 上 122CR 常开触点闭合，线路 163 上常闭触点 122CR 开启，电磁阀 157SV 开启，163SV 闭合，CO_2 红外分析仪分析控制 2 号吸热式发生器。继电器 120CR 和 122CR 要动作，步进开关的 1A-1B 和 2A-2B 常开触点闭合才能动作。步进开关的 1A-1B 和 2A-2B 常开触点是否动作，是处于开启状态还是处于闭合状态由线路 113 上 113SC 步进开关运转决定。步进开关运转过程带动凸轮运转 1A-1B 和 2A-2B 常开触点依靠凸轮作用闭合或开启。表 4 - 2 列出凸轮运转过程凸轮上各触点的开启和闭合情况。表 4 - 5 中使用两个触点。也就是线路 113 步进开关的 1A-1B 和 2A-2B 两个常开触点。当有电源供给时自动循环定时器就开始运转，步进开关就开始动作。当只对一台吸热式发生器进行气氛的分析控制时，线路 112 ~ 116 就能够实现对单台或是两台吸热式气氛发生器进行控制。当要求对两台吸热式发生器气氛进行控制时，将线路 112 上转换开关 112SS 转至自动，步进开关 113SC 运转。1 号或 2 号吸热式发生器进行气体分析对两台吸热式发生器的气氛进行分析控制。可根据表 4 - 5 步进开关触点顺序可以知道分析控制的是哪一台发生器。当要求只对 1 号吸热式发生器的气氛进行控制时，将 112SS 转换开关转向手动方式，同时将线路 114 上的转换开关 114SS 转向 ON，按下 113PB 按钮。步进开关开始运转，120CR 闭合，1 号吸热式发生器取气分析控制。此时，116SS 应转向旁路，

表 4 - 5　步进开关凸轮触点状态表

步进点	触点顺序					
	×	1	2	3	4	5
1	×	×	○	○	○	○
2	×	○	×	○	○	○
3	×	×	○	○	○	○
4	×	○	×	○	○	○
5	×	×	○	○	○	○
6	×	○	×	○	○	○
7	×	×	○	○	○	○
8	×	○	×	○	○	○
9	×	×	○	○	○	○
10	×	○	×	○	○	○
11	×	×	○	○	○	○
12	×	○	×	○	○	○

注：×—触点导通；○—触点断开。

才能保证只对 1 号吸热式发生器气氛进行分析控制。若只对 2 号吸热式发生器气氛进行分析控制，将 112SS 转向手动。转换开关 114SS 转向旁路，116SS 开关转向 ON，按下步进按钮 113PB。这时 122CR 闭合，2 号吸热式发生器进行取气分析控制。从电器线路原理图可以知道线路 104 ~201 是对吸热式发生器气氛进行分析的控制线路。对吸热式气氛进行碳势的控制则依靠线路 201 ~275。

图 4 - 16 中 CO_2 分析控制电器线路系统图中线路 201 ~275 是吸热式发生器气氛碳势的控制部分。线路 104 ~201 对吸热式气氛发生器制备的气氛进行分析得到气氛的 CO_2 含量的信号，并将获得信号传送线路 256 的 CO_2 控制器 256INST。CO_2 控制器 256INST 对根据工艺给定的碳势值所对应的 CO_2 值和 CO_2 分析仪测量得到的 CO_2 值进行分析比较。CO_2 控制器 256INST 根据实际测量得到 CO_2 含量与给定值的差异，输出信号控制调节电动机阀，改变发生器制备气氛的 CO_2 含量，使发生器制备的气氛接近于工艺给定值。当继电器 120CR 闭合时，线路 259、261、263 上的 120CR 常开触点闭合，电动机阀根据 256INST 给出的信号打开或关闭电动机阀。若 CO_2 分析仪给出 1 号发生器 CO_2 值的信号是低于给定值，CO_2 控制器 10 号点输出信号，1 号电动机阀 2 号点得到信号，开大阀门，进入发生器的二次空气量增加。直至 1 号发生器的 CO_2 接近给定值。若 CO_2 分析仪给出 1 号发生器 CO_2 值的信号是高于给定值，CO_2 控制器 12 号点输出信号，1 号电动机阀 3 号点得到信号，关小阀门，减少进入 1 号发生器的二次空气进入量。直至 1 号发生器制备的气氛 CO_2 接近给定值。对 2 号发生器气氛的分析控制与 1 号发生器的分析控制一样决定于继电器 122CR 的运行情况以及 CO_2 分析仪分析得到 2 号发生器制备气氛情况。CO_2 值高于给定值关小阀门，减少二次空气进入量；CO_2 低于给定值开大阀门，增加二次空气进气量直到接近工艺给定值。应用 CO_2 红外仪对吸热式发生器制备的气氛进行控制，控制精度高。能够同时对一台、两台甚至三台（或三点）的气氛进行有效的控制，并且能够很好地保证控制气氛的质量，保证热处理过程零件处理质量。

4.2.3 氧探头和碳势测控仪

应用氧探头进行热处理气氛的碳势测量控制大大提高了炉子气氛控制速度和精度。为热处理过程气氛的控制自动化提供了优良装备。应用氧探头碳控仪进行热处理过程气氛的控制给热处理行业带来了显著的效益。首先是带来热处理零件质量的提高，大大减少了热处理过程造成的废次品现象；其次缩短了渗碳时间，减少渗剂的消耗，节约了能源；再就是测量反应速度快，能够及时地反映炉子气氛变化情况，为及时调节炉子气氛提供了可靠的依据。目前应用氧探头碳控仪进行炉子气氛碳势的自动控制应用越来越广泛。氧探头测量气氛应用的范围也十分广泛，可应用于渗碳、碳氮共渗、高温渗碳、氮基渗碳、光亮淬火、退火、正火处理的气氛测量控制等。

氧探头碳控仪是利用氧化锆陶瓷元件测量热处理炉内气氛中氧的分压得到的电动势，经过碳势控制仪进行计算分析对炉子气氛进行监视控制。氧化锆（ZrO_2）是离子晶体，在氧化锆中添加适量的对称氧化物 CaO、MgO、Y_2O_3 和三价稀土氧化物时，在适当的加热和冷却条件下氧化锆成为温度 600℃以上氧的快离子导体，也就是成为固体电解质。氧化锆这种陶瓷材料对氧具有极高的敏感性和选择性。氧探头就是利用氧化锆对氧的极高敏感性和选择性制作而成。图4-17示出氧化锆的工作原理。在 ZrO_2 管的两侧分别焊接上多孔铂电极。当 ZrO_2 管内外气氛的氧分压（气氛中氧的含量）有差别时在电极两端产生一定值的浓差电势 E，这就形成了所谓的氧浓差电池。氧浓差电池电势产生的原动力是两侧电极上氧的化学位。应用 ZrO_2 内外两侧铂电极在一定温度情况下测量气氛的氧浓度差，这就是所说的氧探头。在一定温度下通过氧探头检测被测气氛与参比气形成的氧浓度差产生的电势 E。电势 E 的值与温度、被测气体和参比气的氧浓度有关，即：

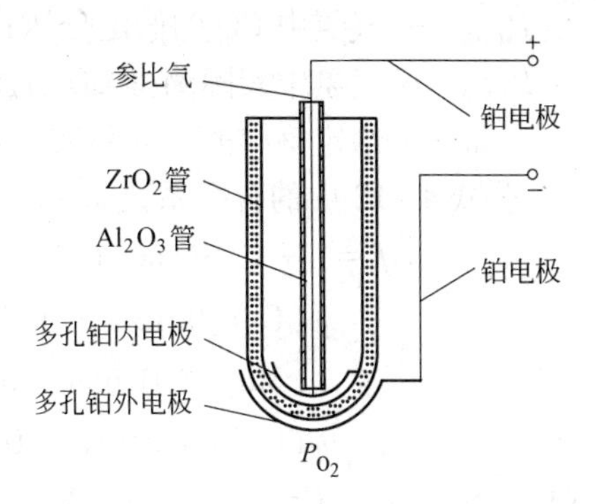

图4-17　氧探头工作原理图

$$E = 2.303RT/4F\lg(P_{O_2}/P_{参比})$$

或：

$$E = 0.0496T\lg(P_{O_2}/P_{参比}) \tag{4-14}$$

式中　P_{O_2}——被测气体中氧的分压；

$P_{参比}$——参比气体中的分压（一般应用空气作为参比气时 O_2 为20.9%）；

T——绝对温度，K；

R——气体常数，8.34J/(K·mol)；

F——法拉第常数。

公式4-14就是氧探头测量气氛氧的基础。这里还提出一个关于氧势的概念，可用如下公式表示：

$$u_{O_2} = RT\lg P_{O_2}$$

或：

$$u_{O_2} = 0.00457T\lg P_{O_2} \tag{4-15}$$

当氧探头使用在温度为600～1200℃范围时，氧探头产生的电势与氧势 u_{O_2} 有如下关系：

$$E = 10.84(u_{O_2} - u_{空气})$$

或：

$$E = 1084u_{O_2} + 40 \tag{4-16}$$

使用仪器测出氧探头输出的电动势和被测气氛的绝对温度，通过计算就能得到被测气氛氧的分压，也就得到氧势。利用测得的氧势和温度就可通过计算得到准确的碳势。应用不同的原料气制备的吸热式气氛，使用氧探头就可测量、求得相对应的炉子气氛碳势。在吸热式气氛使用过程气氛中CO的含量一般变化很小，应用如下公式就可计算炉内气氛碳势：

$$C = [5.102\exp(E-786)/(0.0431T)]/\{(0.2/P_{COM})(945.7(af)/P_{COA}) + \exp[(E-786)/(0.0431T)]\} \tag{4-17}$$

式中　E——氧探头输出电动势，mV；

T——气氛温度，K；

P_{COA}——气氛中 CO 的假定分压；

P_{COM}——气氛中实际测得 CO 分压；

af——给定钢中的合金系数（对于大多数钢种合金系数接近于 1）。

公式 4 - 17 中的合金系数 af 可以根据以下公式进行计算：

$$af = 1 + w(\mathrm{Si})(0.15\% + 0.033\%) + 0.0365\% w(\mathrm{Mn}) - w(\mathrm{Cr})(0.13\% - 0.0055\%) + w(\mathrm{Ni})(0.03\% + 0.00365\%) - w(\mathrm{Mo})(0.016\% + 0.01\%) - w(\mathrm{Al})(0.03\% + 0.002\%) - w(\mathrm{Cu})(0.016\% + 0.0014\%) - w(\mathrm{V})(0.22\% - 0.01\%) \tag{4-18}$$

式中，Si、Mn、Cr、Ni、Mo、Al、Cu、V 分别是合金元素硅、锰、铬、镍、钼、铝、铜、钒。

如果辅助输入 CO 的测量不正确，那么 P_{COM} 可以直接设定为 20%；对于应用 C_3H_6 作为原料气制备的吸热式气氛，此时的 CO 可设定为 23%。

应用公式 4 - 17 可以计算出碳势与氧探头在不同温度情况下的输出值。也可通过附录表分别查到 CH_4、C_3H_6、CH_3OH 以及 N_2-CH_3OH 制备的吸热式气氛在不同温度下氧探头输出值对应的气氛碳势值。

在进行氮基可控气氛热处理过程中，CO 和 H_2 的含量就不是十分稳定，在利用氧探头碳控仪进行气氛控制过程时就应对 CO 测量的数据进行补偿以确保气氛控制的准确性。对于超级渗碳，应用氧探头碳控仪进行气氛碳势控制也应加入 CO 测量信号的补偿。

使用氧探头碳控仪测量控制热处理气氛碳势，碳控仪一般是一台专用的微型计算机。图 4 - 18 是应用氧探头碳控仪进行热处理炉气氛控制方框图。氧探头直接在密封箱式周期炉中检测炉内气氛中氧势，同时热电偶测得炉内气氛采样点的温度，氧探头产生的氧势信号和热电偶产生的温度信号通过模拟开关电路传送到模数转换电路。模数转换电路将模拟信号转变成为数字信号。微型计算机对由氧探头和热电偶输送过来的数字信号与给定碳势信号和温度信号进行计算比较。将得到的信号通过 CTR 显示器显示出来。同时，将得到的氧势信号和温度信号与给定值比较的结果输送给驱动器和温度控制器。驱动器对气氛控制阀进行调节使气氛氧势接近于给定值。温度控制器给调功器调节信号，调功器调节可控硅输出功率的大小，调节炉子温度达到工艺要求的温度值。由于在不同温度情况下气氛的碳势将受到温度的影响，温度发生变化气氛碳势必然发生变化。因此在应用氧探头对炉子气氛进行碳势控制过程中，必须同时输入氧势信号和温度信号，通过计算机对氧势信号和温度信号进行计算，才能得到正确的碳势结果。当计算机得到信号与给定值出现较大偏差（预先给定偏差氛围值）时，计算机输出报警信号，故障报警器发出报警信号并显示故障原因。报警同时计算机采取相应措施防止故障的继续蔓延。炉子气氛给定值、温度给定值、故障报警范围值通过功能输入键输入确定。

使用氧探头碳控仪对可控气氛多用炉进行气氛控制，控制精度高，控制质量重现性好。图 4 - 19 是应用氧探头碳控仪控制多用炉气氛电器控制图。从图 4 - 19 可见只有当炉子温度达到 760℃以上手动复位阀才有可能打开，吸热式气氛才能通过手动复位阀进入炉内。手动复位阀导通后，天然气、氨气（如果进行的是碳氮共渗工艺）电磁阀 363SV、421SV 闭合导通，天然气、氨气能够进入炉内。对碳势进行控制的 421SV、423SV 是否闭合决定于碳势控制仪表 410INST。当 410INST 的常开触点 A6-A5 闭合，421SV 导通调整碳

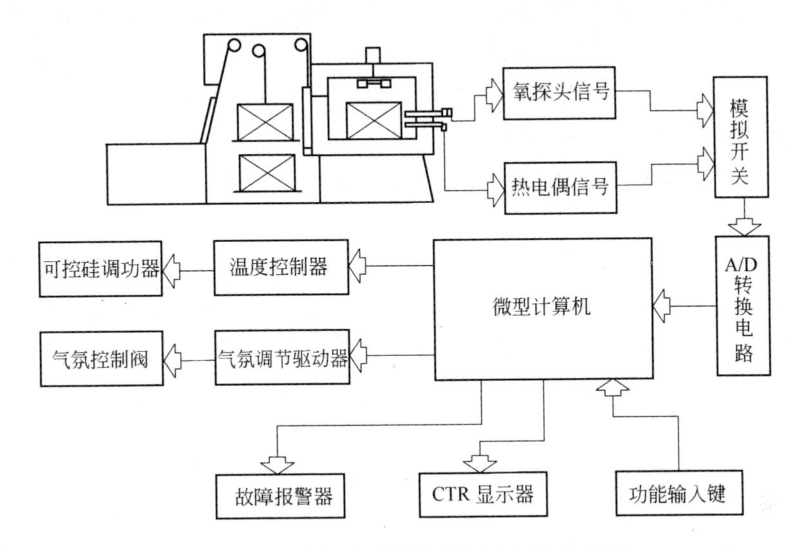

图4-18 氧探头碳控仪控制多用炉方框图

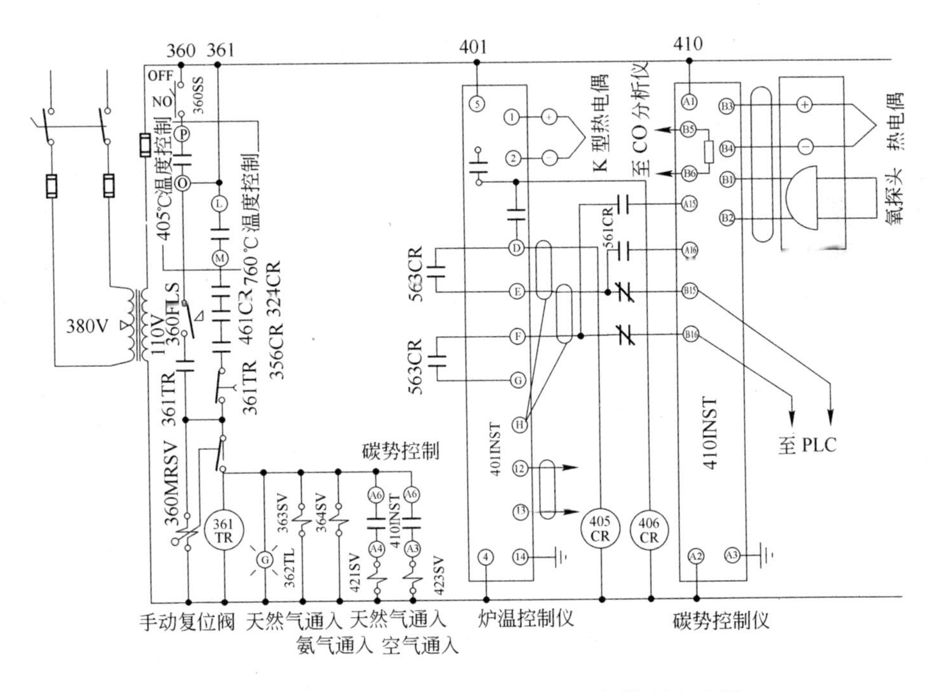

图4-19 氧探头碳控仪控制多用炉气氛控制电路图

势天然气进入多用炉内，提高炉内气氛碳势。当410INST的常开触点A6-A3闭合时，423SV导通调整气氛碳势空气进入多用炉内，降低炉内气氛碳势。碳势控制仪表的触点A6-A5以及A6-A3的闭合与否决定于氧探头416PB、热电偶416TC、CO分析仪信号以及工艺给定值。当氧探头测定的炉内气氛氧势低于在给定温度下给定碳势值的氧势，也就是炉子气氛碳势高于给定温度下的碳势时，气氛控制仪表410INST的常开触点A6-A3闭合。调整炉子气氛碳势的电磁阀423SV导通，空气进入炉内，炉内气氛碳势降低。当氧探头测定的炉内气氛氧势高于给定温度下给定碳势值的氧势时，气氛控制仪表410INST常开触点

A6-A5 闭合。调整炉子气氛碳势的电磁阀 421SV 导通，天然气进入炉内，炉子气氛碳势升高。

使用氧探头对炉子气氛控制精度高，反应速度快，控制质量稳定。目前在可控气氛的控制上应用越来越广泛。密封箱式炉、连续炉、网带炉、辊底炉、转底炉、井式炉等设备的气氛控制都采用氧探头碳控仪进行碳势的自动控制。使用氧探头进行炉子气氛的控制必须注意以下问题：

（1）由于氧探头是直接安装在炉内测量气氛，安装位置一定要合理。安装位置要正确反映炉子内气氛和温度。不能安装在靠近炉子气氛入口处和气氛循环的死角以及靠近辐射管的位置。安装位置不会发生任何碰撞，保证氧探头输出信号的真实性和可靠性。

（2）氧探头安装后必须保证气氛的密闭性，安装后不得有泄漏现象，否则会造成气氛测量精度的波动。

（3）氧探头安装最好在室温状态进行。必须在高温状态情况下进行安装时，氧探头进入炉子内的速度尽量慢，控制在 30 ~ 60 min 以上。氧探头从炉子内取出时间也要控制在 30 min 以上，取出氧探头温度较高要注意对氧探头进行保温。热态装取氧探头注意降低炉子内气氛压力，不能在气氛压力较高状态下进行，只需保证炉子气氛维持正压即可。

（4）氧探头至碳控仪的引线应尽量短。接线盒的环境温度不得高于 80℃，避免潮湿和振动。氧探头引出线要使用屏蔽双股双扭铜线，热电偶引出线使用相应的补偿导线，并且使用金属导管或蛇皮管，只能一个端点接地进行保护，减少干扰。

（5）应用氧探头进行气氛控制应定期进行燃烧炭黑（一般每周进行一次烧炭黑），避免炭黑附着于氧探头上影响测量精度。

（6）在使用氧探头进行气氛控制过程中避免含锌的物质进入气氛，锌的存在会大大降低氧探头的使用寿命。同时氧探头运行在低于 593℃ 时将使相应速度大大降低，并降低测量精度引起测量误差；运行温度高于 1095℃ 也会大大降低氧探头寿命。

4.2.4　其他气氛控制方法和气氛分析方法

4.2.4.1　电阻法

电阻法即电热丝分析法。电阻法分析气氛碳势是利用铁丝在炉子气氛中加热时的脱碳或增碳所引起电阻发生变化来测量控制炉子气氛碳势。而且铁丝在碳含量与电阻的关系成正比的特点对气氛碳势进行分析。利用直径为 0.1mm 低碳钢丝或铁镍合金丝放入控制气氛炉内，对炉子气氛碳势进行测定。应用热丝电阻法测量炉子气氛碳势可控制范围 0.15% ~1.15%，炉子温度范围 780 ~950℃。电阻法测定炉子气氛碳势，随着钢丝碳含量的增加钢丝的电阻增加；钢丝碳含量减少电阻降低。电阻法可用作检测控制炉子气氛，应用在吸热式气氛和放热式气氛。应用过程注意避免电热丝不能够被污染造成测量上的误差。电热丝长期在高温状态下工作容易损坏，寿命短。

4.2.4.2　箔片称重法定碳

箔片称重法定碳是可控气氛热处理过程对碳势确定很方便的一种手段。一般在可控气氛炉子长期使用过程中，一个星期应进行一次定碳工作确保炉子气氛碳势控制的准确性。使用箔片定碳方法检测可控气氛炉气氛，将测定的气氛碳势值作为气氛控制的调整值，输入到测量回路之中能够迅速实现高精度的碳势测量和控制。

箔片称重法定碳是应用碳含量约为0.05% ~0.11%的08F钢制成定碳箔片。将08F钢冲压成厚度小于0.1mm的带材，带材的厚度要求均匀，厚度偏差0.01mm。制成的钢箔边缘整齐，无毛边、毛刺。然后制成大小为15 mm×30 mm×0.03 mm的箔片，质量约101mg。箔片上钻一小孔便于称重时吊挂。箔片称重法碳势测定是一种快速定碳方法，箔片碳的测定操作过程是：首先将制作好的箔片用分析纯丙酮清洗干净。用镊子将箔片卷成小筒挂在微调天平上称重，并记录箔片称重质量。然后，顺氧探头放入炉内进行渗碳。若钢箔厚度为0.03 mm，箔片放入炉内保持5~10 min（如果箔片厚度增加放入炉内时间也要相应增加，采用0.2 mm厚度的箔片在炉内保持的时间要60~75 min），由于箔片很薄很快就与气氛碳势达到平衡。为了保证箔片的光亮，箔片从炉内取出时在管内冷却下来（温度应低于140℃）以后用镊子取出。用镊子取出后挂到天平上称重。渗碳前和渗碳后钢箔的质量不一样，通过计算得到钢箔渗碳后的碳含量，也就是炉子内气氛的碳含量。渗碳后钢箔的质量减去渗碳前质量差加上渗碳前的碳含量即为炉内气氛碳势值。炉内气氛碳势值用下式表示：

$$C = (\text{渗碳后箔片质量} - \text{渗碳前箔片质量}) + C_0 \tag{4-19}$$

式中 C——称重法测量得到的钢箔渗碳后的碳含量；

C_0——钢箔渗碳前的原始碳含量。

例如，钢箔渗碳前原始碳含量为0.10%；箔片渗碳前质量为100.21 mg，渗碳后称的质量为100.95 mg，那么炉子气氛的碳势（钢箔渗碳后的含碳量）为：

$$C = (100.95 - 100.21) + 0.1$$
$$= 0.84$$

炉子气氛碳势为0.84%。

采用称重法对可控气氛炉气氛进行定碳，定碳速度快，定碳精度高。对保证可控气氛测量控制精度起到快速可靠的作用。在进行箔片法定碳过程必须注意以下问题：

（1）箔片称重前一定要清洗干净。箔片的清洗、拿放必须使用专用镊子拿取，避免使用手直接拿箔片。称重前后箔片上不能有清洗液、氧化物、水渍以及其他污物；

（2）定碳后定碳箔不得有氧化物以及出现氧化现象，出现氧化现象黄色或蓝色必须重新定碳处理；

（3）定碳后钢箔上不得有炭黑以及其他污物，确保定碳箔光亮清洁；

（4）使用天平为万分之一克精度的天平，天平称重范围0~10 mg，预置负荷100 mg，读数精度不大于0.01 mg，这样才能保证测量精度；

（5）制作的钢箔质量应小于1 g、大于0.1 g；

（6）钢箔放入炉内渗碳时间要根据钢箔的厚度进行确定，表4-6列出钢箔在渗碳气氛中均匀渗透所需要时间；

表4-6 钢箔在渗碳气氛中均匀渗透所需要时间

钢箔厚度/mm	0.05			0.10		
渗碳温度/℃	>1000	1000~930	930~840	>1000	1000~930	930~840
渗碳时间/min	5	5~10	10~30	15	15~30	30~45

（7）箔片渗碳完成冷却要迅速；

（8）采用钢箔测定碳势第一次使用的渗碳炉渗碳气氛碳势进行确定，最好检测2~3次来确定；

（9）进行定碳时，炉子气氛一定要达到相对平衡状态时进行（在炉子满负荷情况下炉子气氛达到给定值2 h以后进行定碳，空炉状况至少0.5 h以后进行定碳）。

4.2.4.3　气相色谱仪分析可控气氛

气相色谱仪是一种快速对炉子气氛进行全分析的仪器。气相色谱仪只能够对气体进行全面的分析，作为气氛控制的参考依据，不能够连续分析，也不能够进行气氛控制。气相色谱仪分析速度快，分析灵敏度高，应用范围广，对分析物质具有高的选择性，高的分离效能等。

气相色谱仪对气体的分析是利用不同物质在不同的两相中具有不同的分配系数，当两相作相对运动时这些物质在两相中的分配反复进行多次，这样使得那些分配系数只要有微小差异的组分，就产生很大的分离效果，从而使不同的组分得到分离。对分离的组分进行测定就能够得到气体分析的全组分中每一组分的含量。

气相色谱仪对气体的测试是把少量的被分析气体通入分析仪中，分析仪的载气（氦气或氢气根据分析气体确定）将被分析气体运载带入色谱柱进行分析。当被分析气体通过色谱柱时，色谱柱依靠吸收或区分的方法将各组分分开。测量自色谱柱出来气体，就可以分析出所有气体成分的浓度。气相色谱仪应用不同的色谱柱可以对不同的气体进行全分析。测量分析来自色谱柱气体的热导率或电离特性就可得到气体中每一气体组分的浓度。采用不同的色谱柱可以分析不同的气体所有组分。图4-20是气相色谱仪分析流程。进行气体分析取样之前，先把载气调到所需流速；同时将汽化室、色谱柱、检定室升到所需温度。然后取样进行分析。

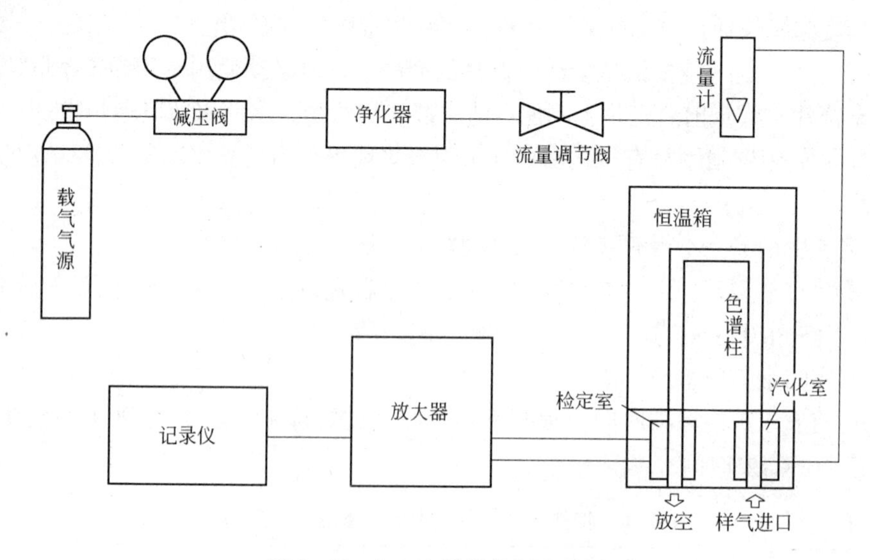

图4-20　气相色谱仪分析流程图

气相色谱分析仪由五大部分组成：

（1）气路部分，载气供气系统和分析气进气部分。载气气路系统要求供应载气气流稳定，载气纯度高；

（2）进样系统，一般进样为0.2～1 mL；

（3）分离系统，应用色谱柱对气样进行分离使分析的气样每一组分有一定间距；

（4）分析检定系统，分离气样进行分析检定确定每一种组分的含量；

（5）放大记录系统，对分析检定的信号进行放大，并且将分析结果记录下来。

气相色谱分析仪对气样的分析很重要的是气样的分离和气样组分的分析检定。气样的分离是应用色谱柱对气样的组分进行分离。色谱柱中装有固定相对气样中各组分有不同的吸附和溶解能力。也就是气样中各组分在固定相和流动相之间有不同的分配系数。当气样被载气带入色谱柱中，并且在不断向前移动的时候，分配系数较小的组分，也就被固定相吸附或溶解，吸附或溶解能力较小的组分移动速度就越来越快；分配系数较大的组分移动速度就越来越慢。这样即使气样中的组分分配系数相差很小，但是只要存在差别，在色谱柱中反复多次的分配差距也会逐渐拉大。最后分配系数小的组分先溜出色谱柱，分配系数较大的后溜出色谱柱，从而使气样各组分得到分离。

色谱柱对气样各组分进行分离后必须通过检定器将各组分按物理或化学特性直接或间接地显示出来，才能辨别气样各组分的浓度变化情况。这样才达到对可控气氛气样定性或定量分析的目的。检定器有多种类型，有热导池、电子捕获、氢焰离子化、火焰光度和碱金属离子化等。应用较多的是热导池检定器，其次是氢焰离子化检定器。

图4-21是热导池检定器基本结构原理图。图4-21*a*是直通式热导池基本结构图，图4-21*b*为测量电桥图。图4-21*a*中在金属池体上凿两个相似的孔道作为热导池，里面各固定一根长短和阻值相等的钨丝R_1和R_2，要保证钨丝与池体的绝缘。R_1池为电桥参考臂，在该池内只通参考气，一般只通载气（氢气或氦气）。R_2池为测量池，通入被测量气样和载气。图4-21*b*中热导池两根钨丝电阻R_1、R_2和电阻R_3、R_4以及R_5组成惠斯登电桥。R_3、R_4为两个固定电阻，阻值相等。R_5为可调电阻，通过调节R_5使电桥处于平衡状态。由电源供给电桥一个稳定的电流电压加热由钨丝组成的R_1、R_2，这样热丝与池壁之间产生温差。由于温差的存在就存在一定的热损失产生，而载气的流动也有一个热损失存在，但是这些热损失基本是一个常数。在没有气样通过测量池时，R_1和R_2池都只存在载气，

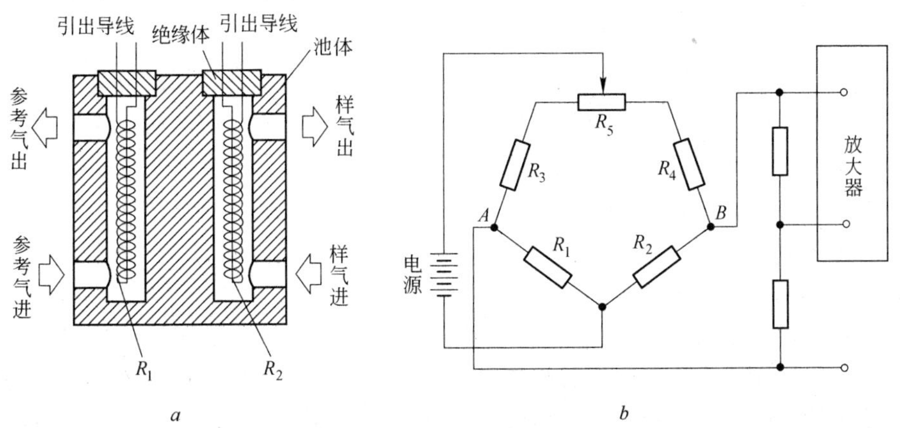

图4-21 热导池检定器基本结构原理图

a—直通式热导池基本结构图；*b*—测量电桥图

两池的热损失相同，电桥处于平衡状态。当有被测气样通过测量池时，由于不同的气体有不同的热导系数，当气样的气体通过时两根钨丝 R_1 和 R_2 电阻的温降不同。这样两根热丝的阻值影响不同，从而使电桥失去平衡。这样，R_1 和 R_2 阻值的不同，电桥 A、B 两端产生不平衡电势。通过放大记录电桥产生的不平衡电势，也就记录了气氛组分变化情况。由于色谱柱将气样各组分已进行分离，记录器所记录的各组分都存在一定的距离。通过分析记录器记录的气样各组分的情况就得到气样组分的含量。表 4 - 7 示出部分气体和蒸汽的热导率。

表 4 - 7　部分气体和蒸汽的热导率

化合物	热导率 /J·(K·cm·s)$^{-1}$		化合物	热导率 /J·(K·cm·s)$^{-1}$		化合物	热导率 /J·(K·cm·s)$^{-1}$	
	0℃	100℃		0℃	100℃		0℃	100℃
空气	24.244×10^{-5}	31.35×10^{-5}	硫化氢	12.958×10^{-5}		乙烯	17.556×10^{-5}	30.932×10^{-5}
氢	173.888×10^{-5}	223.212×10^{-5}	二硫化氮	15.466×10^{-5}		乙炔	18.81×10^{-5}	28.424×10^{-5}
氦	145.464×10^{-5}	173.888×10^{-5}	氨	21.736×10^{-5}	32.604×10^{-5}	苯	9.196×10^{-5}	18.392×10^{-5}
氧	24.662×10^{-5}	31.768×10^{-5}	甲烷	30.096×10^{-5}	45.562×10^{-5}	甲醇	14.212×10^{-5}	22.99×10^{-5}
氮	24.244×10^{-5}	31.35×10^{-5}	乙烷	17.974×10^{-5}	30.514×10^{-5}	乙醇		22.154×10^{-5}
氩	16.72×10^{-5}	21.736×10^{-5}	丙烷	15.048×10^{-5}	26.334×10^{-5}	丙酮	10.032×10^{-5}	17.556×10^{-5}
一氧化碳	23.408×10^{-5}	30.096×10^{-5}	正丁烷	13.376×10^{-5}	23.408×10^{-5}	乙醚	12.958×10^{-5}	
二氧化碳	14.63×10^{-5}	22.154×10^{-5}	异丁烷	13.794×10^{-5}	24.244×10^{-5}	乙酸乙酯	4.8488×10^{-5}	17.138×10^{-5}
氧化氮	23.826×10^{-5}		正己烷	12.54×10^{-5}	20.9×10^{-5}	四氯化碳		9.196×10^{-5}
二氧化硫	8.36×10^{-5}		环己烷		17.974×10^{-5}	二氯甲烷	6.688×10^{-5}	11.286×10^{-5}

载气一般选用温度变化、热导率变化大的气体作为载气，热导率大测量过程灵敏度也就高。从表 4 - 7 可以看到氢和氦的热导率变化最大，作为载气对测量的灵敏度有很大的好处。若使用氮气作为载气，氮气的热导率变化小使测量的灵敏度降低，当流速增大或温度较高时，可能会出现倒峰或 W 峰等现象。

气相色谱仪对可控气氛各组分进行分析检定分析速度快，具有高的分离效能，测量灵敏度高，应用范围广，在可控气氛的各组分分析中起到重要的作用。对化学性质相近的气样都能够进行分析。能够定性定量地分析出气体组分含量，为可控气氛的组分控制分析起到很好的作用。但是，气相色谱仪不能进行连续分析控制气氛，只能作用于可控气氛组分的定性、定量全分析。

4.2.4.4　奥氏分析仪

奥氏分析仪是应用最早，至今仍然在使用的气氛全分析仪器。奥氏分析仪是应用分别吸收的原理分析气体的成分。对于分析热处理可控气氛采用氢氧化钾、溴饱和水溶液、焦性没食子酸邻苯三酚、氯化亚铜等分别吸收气氛中不同成分。采用奥氏分析仪可以分析可控气氛中的 CO_2、CO、O_2、CH_4、H_2、C_nH_m、N_2 等气体。奥氏分析仪结构简单，仪器价格便宜，目前仍作为气体全分析的一种方法。缺点是分析周期长，精确度低。

奥氏分析仪是利用各种物质对气体具有吸收作用，通过检测被吸收后气体的量得到要分析气体的某一组分的含量。奥氏分析仪是应用氢氧化钾溶液吸收 CO_2；应用溴化钾饱和水溶液吸收 C_nH_m；焦性没食子酸邻苯三酚溶液吸收 O_2；氯化亚铜溶液吸收 CO；在高温下（320 ~ 340℃）用氧化铜燃烧管烧去 H_2；用炽热的箔丝圈燃烧 CH_4；吸收燃烧后最后剩余的是氮气。应用奥氏分析仪可以对可控气氛的各组分进行定性的分析，得到可控气氛的大致组分含量。在应用奥氏分析仪对混合气体进行分析时，吸收剂对某一气体组分吸收时吸收的不止一种组分。而且大部分组分都能够在高温下燃烧，这些组分燃烧的温度有高低之分；因此对混合气体进行全分析过程必须依照次序进行，即 CO_2、O_2、C_nH_m、CO、H_2、CH_4 最后剩余的是 N_2。如果分析吸收燃烧过程不按照顺序进行分析，结果就会造成较大的误差。

5 可控气氛热处理设备

可控气氛热处理设备从20世纪90年代以来发展很快，应用范围也越来越广泛。目前使用的可控气氛热处理炉有：井式渗碳炉、密封箱式周期炉、推杆炉、网带炉、辊底式炉、转底式炉、链板炉等。目前应用发展比较快，应用比较成熟的可控气氛炉有：密封箱式周期炉、推杆炉、转底式炉、网带炉等。这些炉子应用广泛，使用成熟。而且，这些类型的炉子很多都组成热处理生产线，实现了热处理生产过程的完全自动化。可控气氛热处理炉普遍应用于机械零件的渗碳淬火、碳氮共渗热处理、保护加热淬火、光亮淬火、光亮退火等热处理方面。这些设备热处理的零件质量高，质量稳定，质量的重现性好。控制气氛设备广泛应用于机械、汽车、齿轮制造、石油机械、农业机械制造、军工企业、轴承行业等。控制气氛热处理炉在这些行业应用广泛、发展迅速、工艺成熟、环境污染小，是热处理发展的必然方向。目前使用的可控气氛热处理设备种类很多，使用最为广泛的有可控气氛井式炉、可控气氛密封箱式周期炉、可控气氛推杆炉、可控气氛转底炉、可控气氛网带炉等。

可控气氛井式炉主要是对原有井式气体渗碳炉进行改造而成。在原有井式渗碳炉基础上，增加气氛控制系统，增加炉子气氛的密封性，改造原有电器控制系统。改造后炉子的性能得到很好的改善，热处理的零件质量大幅度提高。但是受到井式渗碳炉自身特点的限制，热处理零件质量不能达到一个很高的水平，处理的零件质量与可控气氛密封箱式周期炉、可控气氛推杆炉、可控气氛网带炉等处理的零件质量比较还有一定差距。可控气氛井式炉是在井式渗碳炉基础上改造而成，通过改造的炉子生产零件质量有很大提高，改变改造前零件热处理质量完全依靠经验的做法，减少零件处理完全依靠人工控制的处理方法。改造后控制气氛井式炉热处理零件质量有了一定的保障。但是，可控气氛井式炉自动化程度低，不能够实现零件的光亮化处理。

目前发展较快的是可控气氛密封箱式周期炉。使用密封箱式周期炉生产的零件质量好、设备机动灵活、自动化程度高、零件处理质量重现性好、适应一定批量零件的热处理。可控气氛密封箱式周期炉从国外引进较多。最早引进的是英国贝利克的密封箱式周期炉。随后逐步引进索非斯、爱协林、易普森、霍尔克洛夫特等公司的设备。引进这些公司的可控气氛密封箱式周期炉都有各自的特点。设备的生产质量有很好的保证，自动化程度高，比较注意设备的易用性和热处理零件的质量。设备能够根据用户的要求进行设备的改进设计制造。可控气氛密封箱式周期炉，利用装卸料小车将几台密封箱式炉联系起来，配上清洗机、回火炉、装卸料台形成一套完整的热处理自动生产线。炉子运行的全过程利用可编程控制器进行全部运行动作的自动控制。同时通过可编程控制器与计算机联系，对炉子的实时数据进行采集记录，统计分析，根据统计分析的结果对零件处理的质量进行调整，使热处理零件到一个较高水平。并通过计算机向炉子发出指令，进行全面的自动控制。使可控气氛密封箱式周期炉完全在计算机的监控下进行自动运作。可控气氛密封箱式周期炉适用于多品种小批量零件的生产。

可控气氛推杆炉自动化程度高、零件处理质量好、零件热处理质量重现性高、适应大批量、单品种零件的处理。可控气氛推杆炉应用较多、较早的控制气氛热处理炉。可控气氛推杆炉习惯上称为"贯通炉"。20 世纪 70 年代我国就开始生产可控气氛推杆炉。近几年从国外引进可控气氛推杆炉种类越来越多。有单排推料的可控气氛推杆炉，有双排推料的可控气氛推杆炉，还有多排推料的可控气氛推杆炉；有将各种工序完全分离成为独立的空间的可控气氛推杆炉。如使用作为渗碳的可控气氛推杆炉的加热室、强渗室、扩散室、降温室完全分离开来，各室完成各自独立的功能，并且对各室的气氛、温度运行情况实行单独控制。可控气氛推杆炉的控制目前也发生了很大的变化，由过去采用电器控制到采用可编程控制器计算机进行控制。炉子全部运行过程是通过计算机发出的指令自动运行。各个炉门的开启、关闭，热处理零件的前进均通过计算机按照工艺人员预先编制好的工艺发出指令自动运作。操作人员的作用就是监视可控气氛推杆炉的运行情况，处理运行过程出现的各种故障和热处理零件的质量情况。可控气氛推杆炉往往与回火炉、清洗机连成一条完整的热处理生产线。在生产线上完成热处理全过程，零件的渗碳、淬火、清洗、回火等热处理工序，热处理的零件进入推杆炉后完成需要处理的全部工序。可控气氛推杆炉生产线的不足之处就是对于多品种、小批量热处理零件的处理过程浪费较大，适用于大批量单品种零件的生产需要。近年出现的多排推杆炉生产线能够适应一定品种的生产需要。多排推杆炉生产线能够进行多种热处理零件的同时生产，但是也只限于炉子生产的排数。对于大批量单品种的热处理零件，可控气氛推杆炉就能够充分发挥炉子的最大特点，发挥生产速度快、生产批量大、热处理零件质量高的优势。

可控气氛网带炉零件处理质量高、重现性好、自动化程度高、适应大批量小零件的热处理。对于大批量，直径较小的热处理零件，使用可控气氛网带炉就能够很好地满足生产需要。网带炉兼顾有可控气氛推杆炉的特点。但是，可控气氛网带炉传动由于采用的是耐热钢网带传送热处理零件，因此不能承受大的重量。可控气氛网带炉目前在标准件的热处理生产上应用较多。

可控气氛转底炉零件处理质量好、设备机动灵活、适应小批量多品种零件的处理。可以使用作为零件压力淬火的加热设备。

20 世纪 90 年代，一种适应多品种小批量热处理零件生产的可控气氛热处理柔性生产线出现，解决了多品种小批量热处理零件的生产。可控气氛热处理柔性生产线在同一个加热室内同时完成不同要求的热处理零件的处理。例如，要求渗碳层深度为 0.6 ~ 1.2 mm 的零件，要求渗碳层深度为 1.2 ~ 1.6 mm，以及渗碳层深度为 1.6 ~ 2.0 mm 的零件同时在一个渗碳炉内进行渗碳处理。经过渗碳后的零件完全达到零件热处理的工艺要求。这种可控气氛热处理柔性生产线控制系统十分复杂。控制系统对炉子的控制要求控制到每一个工位。同时要求每一个工位控制，传递要准确无误，才能保证热处理零件的质量。热处理柔性生产线制造复杂，控制系统要求很高，生产成本高。因此只适用于小批量、多品种热处理质量要求较高的热处理零件的生产处理。

目前可控气氛炉的自动化程度越来越高。很多可控气氛炉生产过程只需要人工将零件装入热处理工装，零件全部热处理过程自动完成。有的热处理自动生产线零件转运至热处理后进入备料库，其他工序全部自动完成。

对于不同热处理要求的零件，要根据具体情况选用合适的可控气氛炉子。选用的可控气氛设备应本着适用、够用，保证热处理零件质量，满足生产工艺要求，生产成本低的原则进行选用。

5.1　可控气氛井式热处理炉

可控气氛井式热处理炉是在井式气体渗碳炉的基础上经过改进而成。对井式渗碳炉的改进主要是炉子的密封、电器部分（加热控制和温度控制以及运转部分的控制）以及增加气氛控制部分和气氛的调节供应部分。图 5 - 1 示出可控气氛井式炉系统。图 5 - 1 示出的炉子增加了气氛控制部分、加强了炉子的密封。炉子气氛的控制，从炉子采集的气体通过气体分析仪分析后得到的结果传送给测量转换器；同时氧探头检测得到的氧势值传送到测量转换器；测量转换器将两组信号经过转换后的信号传送给碳控仪；碳控仪根据计算机给定的碳势值与测定得到的炉子气氛碳势值进行比较计算。向碳势调节器发出指令，碳势调节器调节电动阀调节气氛碳势，使气氛碳势达到工艺给定要求碳势值。图 5 - 1 示出的是气体分析仪和氧探头联合进行两参数的控制。其原因是因为渗碳原料直接进入炉内裂解渗碳，容易形成炭黑和较多的 CH_4。炭黑和较多的 CH_4 存在容易造成氧探头控制气氛的失控现象。采用两参数控制就能够减少和避免失控现象的发生，使气氛得到较准确的控制，保证气氛达到给定碳势。可控气氛井式渗碳炉结构简单，可充分利用老设备发挥老设备的潜力，投资少。但是可控气氛井式渗碳炉生产的零件质量稳定性较差，零件质量的重现性差，进出炉时零件与空气接触有轻微的氧化现象。可控气氛井式渗碳炉不利于实现热处理过程机械化自动化。

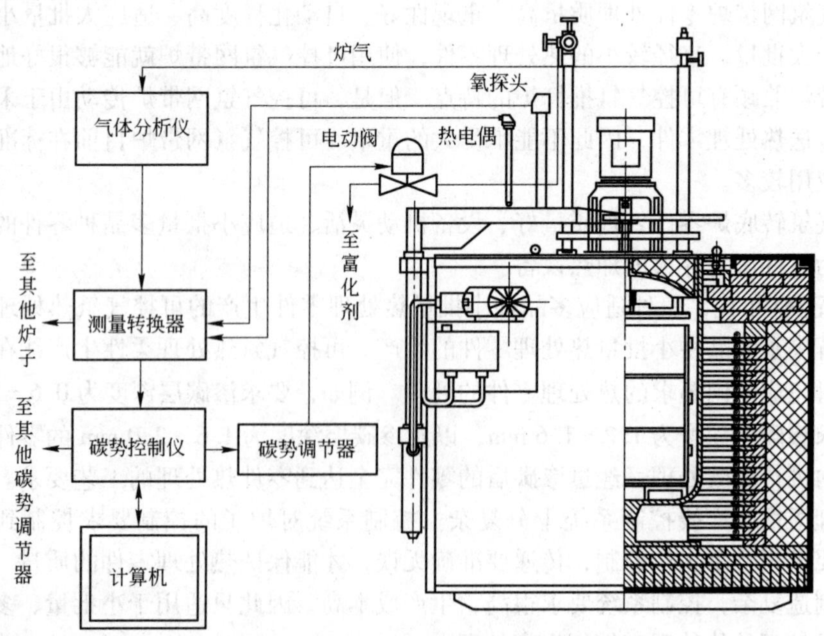

图 5 - 1　可控气氛井式炉系统

5.1.1 井式炉的密封

可控气氛井式热处理炉在炉体上主要是对炉子的密封性进行改造。由于炉子的密封性直接影响炉子气氛的稳定性，炉子密封性差，气氛波动大，气氛的控制困难，控制的准确性越差。对炉子的密封性能的改造目的就是减少炉子气氛的波动，使控制系统能够很好地控制炉内气氛。经过改造后的井式炉，炉子的密封性能得到较大的提高。尤其是炉子的风扇轴部分的改造，增加轴的密封装置，能够增加炉子的密封性。目前对井式炉的风扇轴的密封改造密封装置有：迷宫式密封装置、活塞环式密封装置、润滑脂密封装置、石墨环式密封装置等。这些密封装置都有各自的特点，对于不同炉子风扇轴的密封改造，要根据具体情况选用。

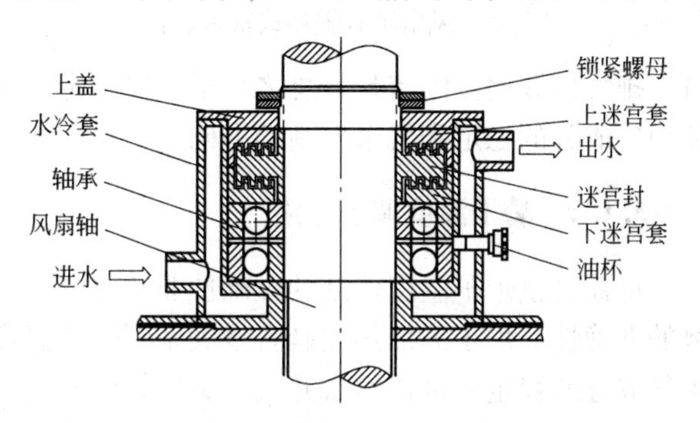

图5-2 风扇轴迷宫式密封装置

图5-2示出的是迷宫式风扇轴密封装置。迷宫式密封装置密封效果较好，在风扇轴冷却条件稍差的情况下仍然能够保证密封效果。迷宫式风扇轴密封装置加工比较复杂，标准化系列化比较差。是目前对井式炉风扇轴密封进行改造应用较多的密封装置。

图5-3示出润滑脂风扇轴密封装置。风扇轴润滑脂密封装置，密封效果好，制造简单，容易形成标准化系列化。但是风扇轴润滑脂密封装置要求风扇轴必须有良好的冷却条件。风扇轴密封装置冷却不好，温度的升高将造成润滑脂的熔化和密封胶圈的烧损；润滑脂的熔化和密封胶圈的烧损，造成风扇轴漏气，从而影响炉子气氛的不稳定。

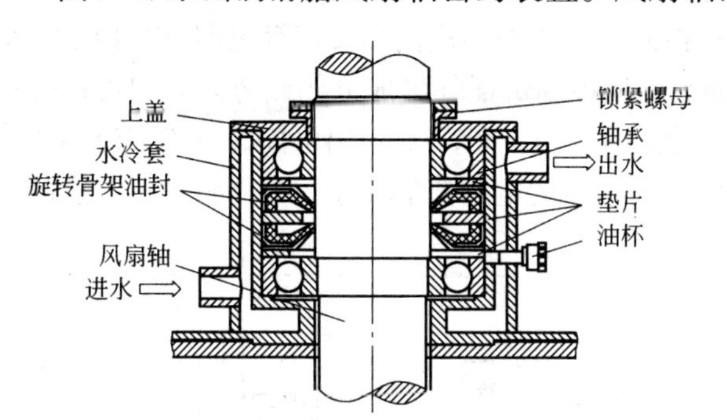

图5-3 风扇轴润滑脂密封装置

图5-4示出活塞环式风扇轴密封装置。活塞环式风扇轴密封装置是利用活塞环对炉子风扇轴进行密封。这种活塞环式密封装置密封效果好，制造简单，使用标准活塞环零件制造而成。使用一段时间活塞环磨损后只需更换活塞环就能够保证其风扇轴的气密性。

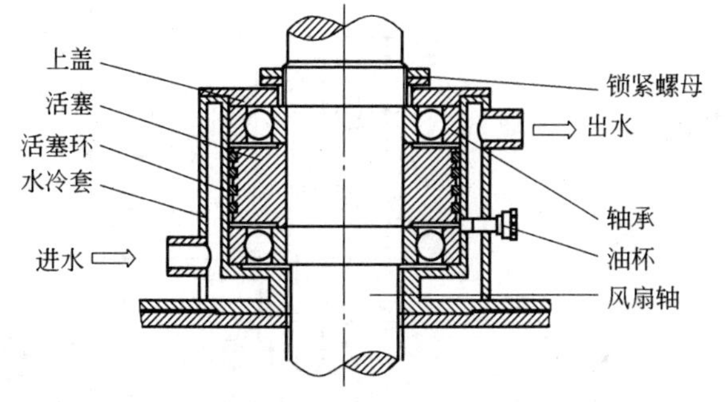

图5-4 风扇轴活塞环式密封装置

图5-5石墨环式风扇轴密封装置密封效果较好，寿命长。要求对风扇轴密封装置的冷却性能也不是十分严格。只要冷却后风扇轴的温度不会造成装置的变形，就能够保证炉子的密封。

这4种密封装置共同点就是都要

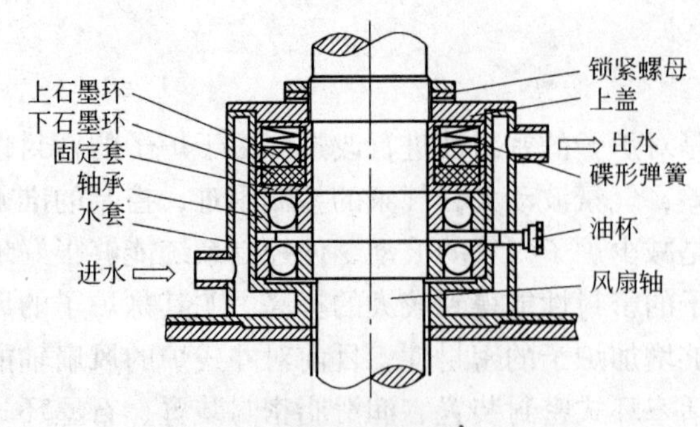

图 5-5　风扇轴石墨环式密封装置

求进行冷却。图 5-2～图 5-5 示出的 4 种风扇轴密封装置都有它各自的特点，进行井式炉风扇轴密封改造，应根据炉子的具体情况选用。其实风扇轴的密封方式是多种多样的，只要根据炉子的特点保证炉子不漏气，保证炉子气氛的稳定性就能保证炉子气氛的正常控制。炉子的密封除了风扇轴的密封，还有炉盖与马弗罐之间的密封，渗碳原料进入口、排气口等地方的密封，总之炉子气氛一定要保证在完全密封情况下进行控制，才能保证炉气成分的稳定和气氛控制的准确。

5.1.2　炉子温度调节电路

可控气氛炉子温度控制的准确性非常重要，炉子温度的准确性直接关系到炉子气氛碳势的准确性。炉子的加热控制直接关系到炉子温度的稳定性。炉子温度的波动将直接影响炉气成分的稳定。可控气氛井式渗碳炉在电器改造方面是加热控制部分。由原来继电器控制加热改造为可控硅控制系统控制加热。应用可控硅对炉子加热进行控制，改变了继电器控制炉子温度波动大的现象。改造应用可控硅电路，使炉子的温度波动在很小的范围波动。如果炉子温度波动较大，炉子的气氛也就不能很好地控制。温度波动 ±10℃ 炉子碳势将波动 0.07%。而原来井式渗碳炉的加热控制电器一般使用的是交流继电器进行控制。交流继电器控制炉温，炉温波动较大，不能很好地控制炉子气氛成分的碳势。采用可控硅控制系统控制炉温，能够使炉温在一个较小的范围波动。图 5-6 示出可控硅三相交流调压电路。图 5-6 所示电路的特点是通过调整供给加热器的电压值的大小达到调整炉子温度的目

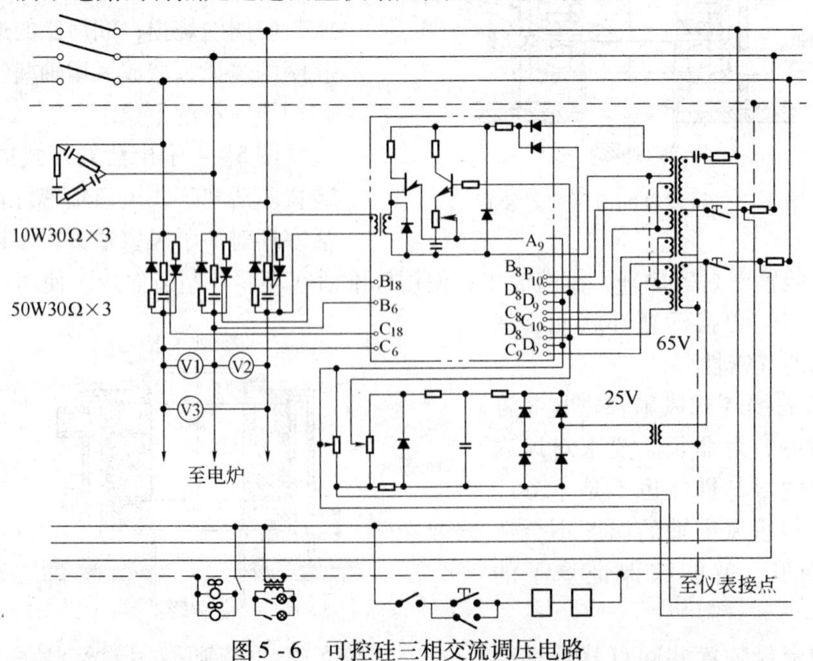

图 5-6　可控硅三相交流调压电路

的。应用可控硅电路能够把炉子温度控制到一个很小的温度波动范围，从而提高炉子气氛控制的精度。应用可控硅进行炉子加热电源的供给温度调节，应用的方式很多。

图5-7示出带有零点开关的双向可控硅脉冲温度调节回路。带零点开关的可控硅温度调节回路的工作原理是，通过温度调节仪表输出的PID调节信号，与锯齿波发生器输出的信号综合后加给施密特触发器进行电压鉴幅。然后施密特触发器输出电压控制高频信号发生器的工作状态。若此时高频信号发生器开始工作，将高频脉冲信号输出，加到零点开关的小可控硅上，使小可控硅导通。小可控硅的导通则使双向可控硅关断；小可控硅的关断则双向可控硅导通，从而达到控制温度的目的。调节带有零点开关的双向可控硅脉冲温度调节回路系统不论运行在单相电炉还是三相电炉，都是一种较理想的电炉温度调节系统。带有零点开关的双向可控硅脉冲温度调节回路有可控硅开关电路的最大特点是，不会因为电源波形的畸变和电磁干扰而受到影响。

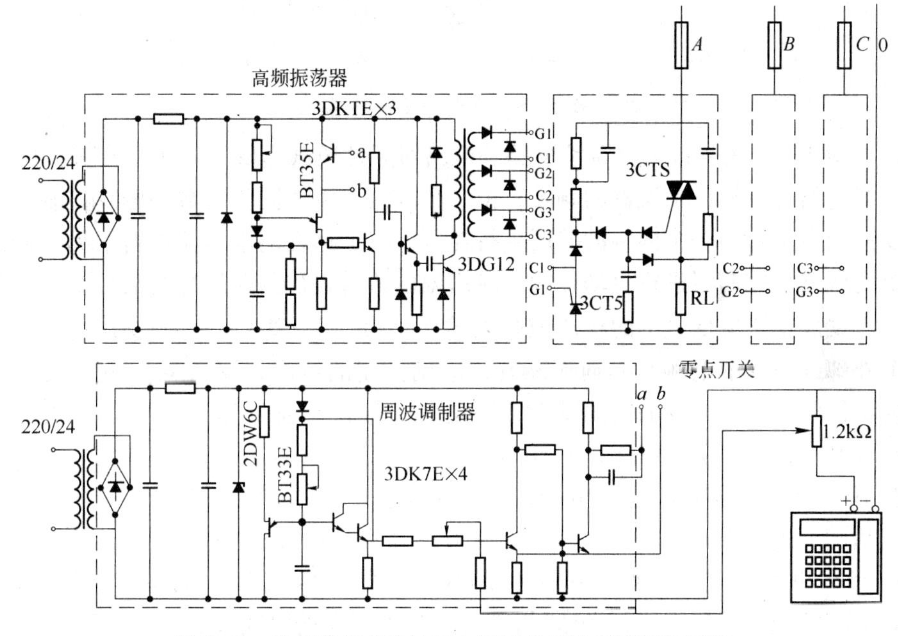

图5-7　带有零点开关的双向可控硅脉冲温度调节回路

炉子供电温度的调节，有应用过零触发电路进行炉子温度的调节；有应用可控硅触发电路进行炉子温度的调节；有应用零点开关可控硅脉冲温度调节电路调节炉子温度等。这些调温方式能够将温度调节到很小的波动范围，为可控气氛的调节提供良好的条件。

图5-8示出零点开关线路原理图。图5-8中RL为负载电阻，VT_2为双向可控硅，S_1为各种形式的开关（仪表的调节开关，继电器，固态开关等）。当开关S_1闭合时，VT_1导通，A点的电位迅速升高，封闭了VT_2的门D_6，VT_2处于截止状态。当S_1断开时，则在第一个负半周（相对于双向可控硅的习惯阳极阴极而言）开始时，C_2将在电压快速升高时充电，充电电流经过RL、TV_2的门D_7、D_6及R_4，从而使TV_2导通。由于TV_2导通时管压很低（小于1V），所以在TV_2导通的同时，C_3经过R_5、D_8和TV_2迅速充电到峰值电压。当交流电压过峰值之后，D_8被反向偏置，此时C_3又经R_5和RL向TV_2的门里放电，由于C_3上电压滞后于所加交流电压，当交流电压下降到零（即换向时）而被截止。

随着瞬间电压的上升，它便很快地再次导通。零点开关的原理也就是，由可控硅 TV_1 控制 TV_2 过零时导通。由此可知，TV_1 起到控制 TV_2 的作用，要求 TV_1 在相位上要比 TV_2 提前导通。因此，TV_1 的触发电流和维持电流要选得较小。此线路应用于单相负载比较简便。应用于三相星形阻性负载时，负载必须配有中性线。

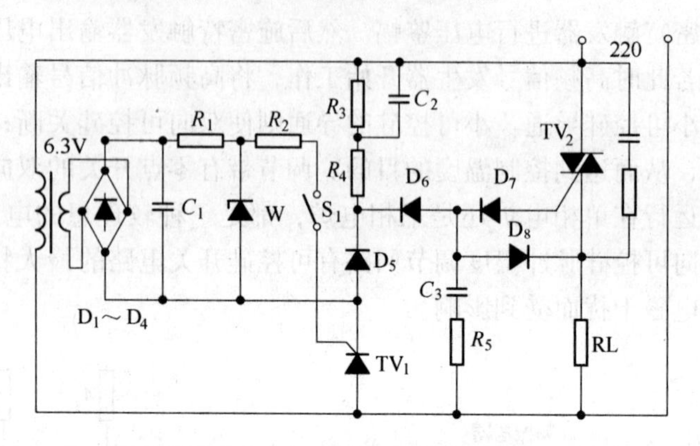

图 5-8　零点开关线路图

图 5-9 示出 2Z 可控硅温度调节电路和电路对阻性负载提供三相动力控制。2Z 型可控硅温度调节电路的可控硅整流器的触发，由一个与线路频率同步的数字触发控制电路所控制。触发控制电路是由一个内装的偏压进行控制、一个远程的电位器进行手动控制，也是由一个温度或过程控制器进行自动控制。应用温度或过程控制器进行自动控制时，只需提供一个与需要成正比的低电平的电压或毫安输出信号（4～20MA）。触发控制线路也可以通过一个外部开关或继电触头接通或断开，达到控制的目的。2Z 型可控硅温度调节电路的触发控制线路是一个可变的时间基础，不是时间基础上进行工作。例如，固定 1/3 s 的时间基础（在电源频率为 60 Hz 时为 20 个周期）情况下工作。在 50% 的功率时，可控硅整流将有 10 个周期为接通状态，10 个周期为关断状态，再 10 个周期为接通等。如果在可变的时间基础上进行工作，功率为 50% 时，可控硅整流则为一个周期导通，在下一个周期关断。在 75% 功率时，若控制器为固定时间基础，即 1/3 s 或 20 个周期，那么可控硅整流器将导通 15 个周期，然后关断 5 个周期。然而对于可变的时间基础则为，3 个周期导通，一个周期关断等。当 2Z 型可控硅温度调节电路的触发电路运行在 50% 功率时，则是两个周期；一个周期导通，一个周期关断。因此对于 2Z 运行在可变时间基础，当功率为 50% 时时间基础是两个周期，功率为 75% 时时间基础是 4 个周期。对于功率发生变化时，时间基础也要发生变化，以便时间基础总是整个周期。由于触发线路处在一个可变的时间基础上，根据离散的输出周期，“关断”时间对于任何功率来说尽可能是最小的。这就大大地减少了热振动，从而延长了负载的寿命。同样的是，2Z 型可控硅温度调节电路触发线路的可变时间基础触发，提供了良好的控制分辨率和快速响应，这样有助于精确地调节电压。在 50% 功率输出的时候，负载可获得最低的热振动系数（一个周期导通，一个周期关断）。2Z 型可控硅温度调节电路的输出是由大约 13～17 kHz 的脉冲串组成的。这就意味着，对于控制输出的每一个循环，可控硅整流器将接收到许多脉冲。这些脉冲保证了 2Z 型可控硅温度调节电路输出周期的导通期间有恒定的作用。这也能保证在循环中途关断的情况下可控硅整流器能被触发接通。2Z 型可控硅温度调节电路，使用可控硅整流器的过

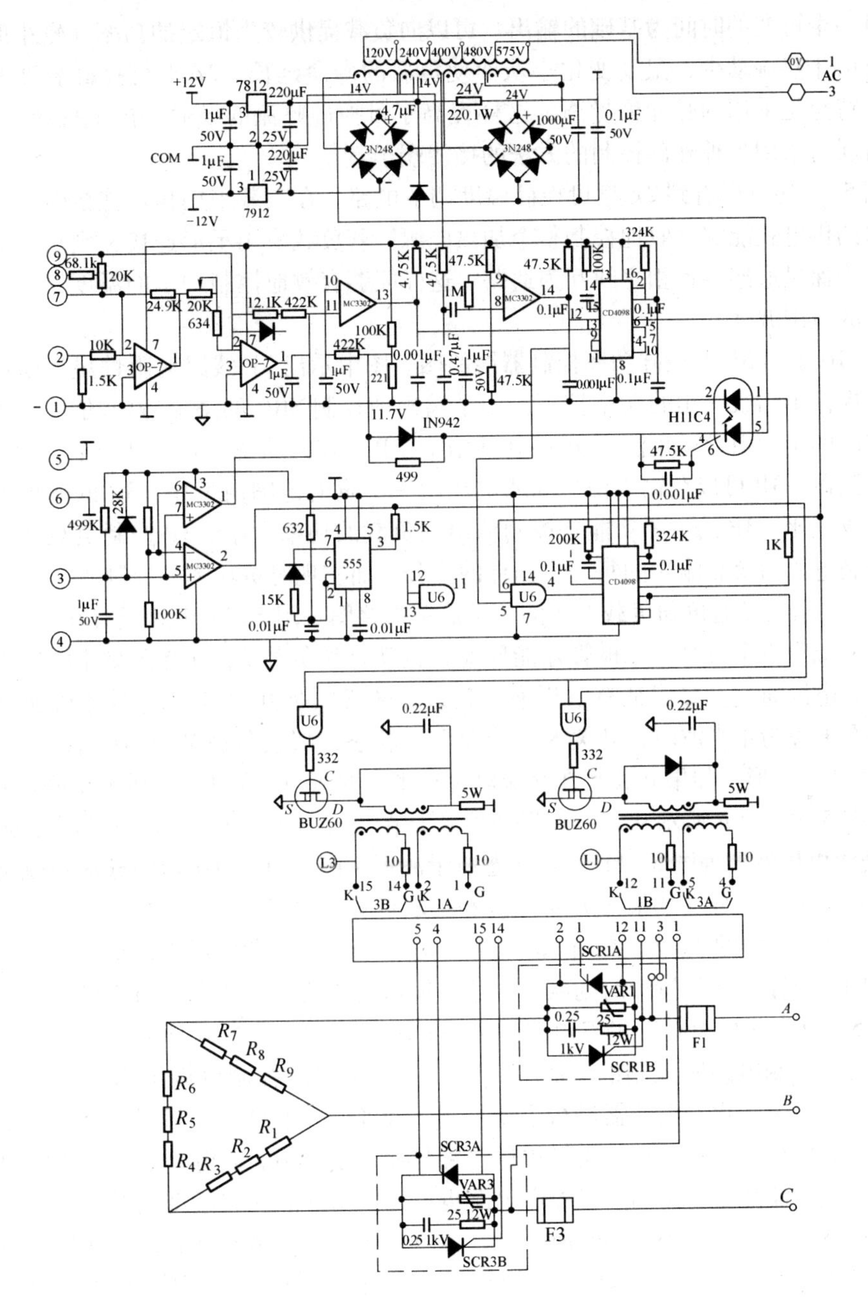

图 5-9　2Z 可控硅温度控制电路

零翻转导通，消除了线路的尖峰脉冲和电磁干扰。零触发简单地说，就是当每次交流线路通过交流正旋波的0°点时，可控硅整流将以一个周期的增量被触发，供电电路被导通或被关断。而导通与关断取决于偏压控制器所选择的控制量或其他控制方法。2Z 型可控硅温度调节电路是一个三相的零角导通的功率控制器，可以在一个宽的输入信号和线路电压的变化范围内运行。2Z 型可控硅温度调节电路可以驱动要求范围较宽的负载。满量程输出电压范围在 1.5 ~15 V 直流。2Z 型可控硅温度调节电路的输出电压与它的输入信号成正比。当输入线电压变化 ±10% 时，输出电压被调节到 ±1%。2Z 型可控硅温度调节电路的特点是以一个可变的时间为基础的输出。可以向负载提供较为恒定的功率，较小的温度变化。同时由于热振动少，温度变化小从而使负载的寿命延长。2Z 型可控硅温度调节电路的另一个特点是采用的脉冲列导通，这样提高了可控硅整流的导通，抗干扰能力的增加。提供了可联合采用各种外部控制的方法的接线端子。

从图 5 - 9 还可以看到 2Z 型可控硅温度调节电路，在负载采用角形连接时，通过控制两相电源的供电就能够有效地控制整个加热电源。若负载采用星形连接，则负载的星点不能接地，确保星形连接各相之间互为通路。这样能够有效地控制炉子的温度，确保炉子温度在极小的范围波动。

图 5 - 10 示出 3P 可控硅功率控制器线路图。图中示出 3P 线路对阻性星形中点接地和感性负载提供单相或三相的功率控制。为了精确地控制 SRC 的整流输出功率，3P 型号的调功器使用的是无限导通角法。图 5 - 10 示出的 3P 可控硅功率控制器是一个三相的相导通的功率控制器。3P 可以在输入信号和线电压的一个宽的范围内工作。3P 的输出电压与其输入信号成正比。3P 的主要功能是控制输出列负载的功率大小。3P 控制负载功率的大小是通过控制电源为负载输送的每一个循环的部分从而实现对负功率的控制。

图 5 - 11 示出导通角和负载电压的一个简单电路图。图 5 - 11 电路只有在 1 点相对于 2 点时交流电源为正半波时，二极管才能导通。也就是说负载 ZL 只有在交流电压为正半波时才可能有电源通过。要保证有电压通过负载，还必须是开关 K 闭合时才可能有电压通过。如果在电源为正半波时，开关 K 一直是闭合状态，那么负载 ZL 上所通过的电压为图 5 - 11 中 *A* 状态波形。如果开关是在交流电源正半波的 90°以后闭合，则流经负载上的电压的波形为图 5 - 11 中 *B* 所示状态。如果开关 K 是在交流电源正半波 140°时闭合，那么负载 ZL 上的交流电压波形为图 5 - 11 中 *C* 状态所示波形。图 5 - 11 中所示的导通角就是在一个周期中发生导通的部分。如果开关 K 闭合和关断足够快，那么就会产生一系列的脉冲，这些脉冲如图 5 - 11 中的 *A*、*B*、*C* 所示状态的电压。随着导通角的增大，负载上的电压也随之降低。同样电路导通的持续时间减少。这样输送给负载上的功率也随着导通角的增大而降低。图 5 - 10 所示的可控硅触发电路的可控硅整流器的触发控制是由一个与线路频率同步的数字触发控制电路所控制的。而数字触发控制电路的控制可以由内装的偏压进行控制，也可以由一个远程的电位器进行手动控制，或者由一个温度控制器或过程控制器进行自动控制。温度控制器或过程控制器提供一种与命令成比例的低电平电压或毫安电流输出信号。可控硅整流触发电路的触发控制电路也可以应用外部开关或继电器触头进行接通或关断。当线路电压变化 ±10% 的情况下，其输出电压调节到变化 ±1%。3P 的特征为脉冲列触发，是由一个频率约为 17 kHz 的脉冲列构成。也就是对于每一个控制输出的周期，可控硅整流器将接收 142 个触发脉冲，这样保证了 3P 输出“接通”期间的恒定的控制作用。这样保证了可控硅整流器在中途断开时能被触发接通。也能够对可能存在的 SCR 触发干扰提供高的抵抗能力。3P 的另一个特征是应用了相锁定环电路，这样保证了线路频率的同步。相锁定环电路是当振荡器的输出被锁定列输入信号上时，就是被锁定在相中。控制电压振荡器的振荡频率精确地控制在与输出信号的频率相等。对于每一个输入循环都由一个振荡器输出循环。通过这种方法，决定了 3P 的输出取决于配置情况，将输出保持在 50 Hz 频率。输入信号通过滤波后与振荡器的频率相比较，从而提高了抗干扰能力。其他特征是输入与地隔离、软启动以及自动重新启动电路。3P 的软启动电路限制了输出电压能够上

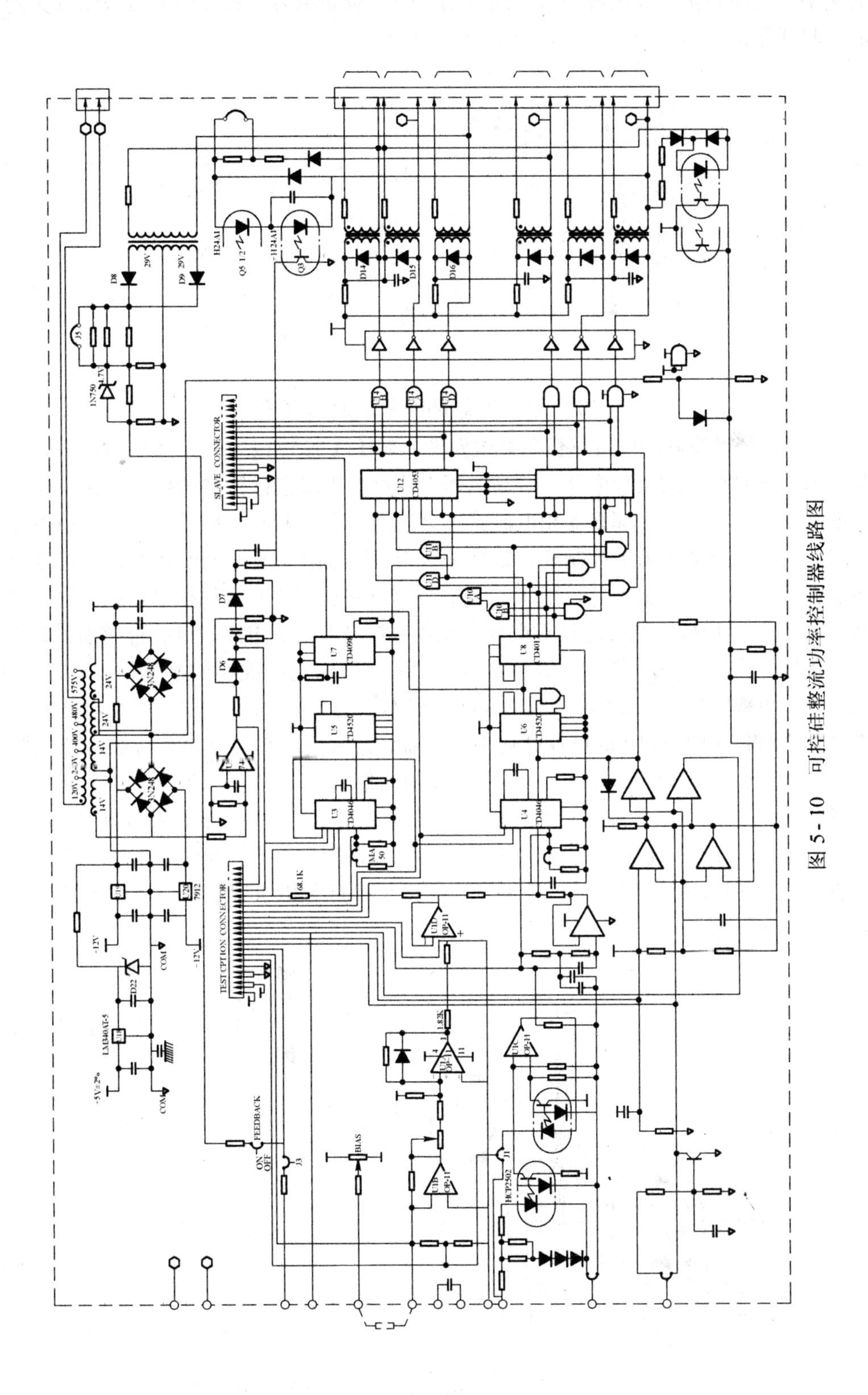

图5-10　可控硅整流功率控制器线路图

升的速率。从而防止了在电源初次接通时出现与负载变压器或者类似的负载出现大的浪涌电流，起到保护作用。

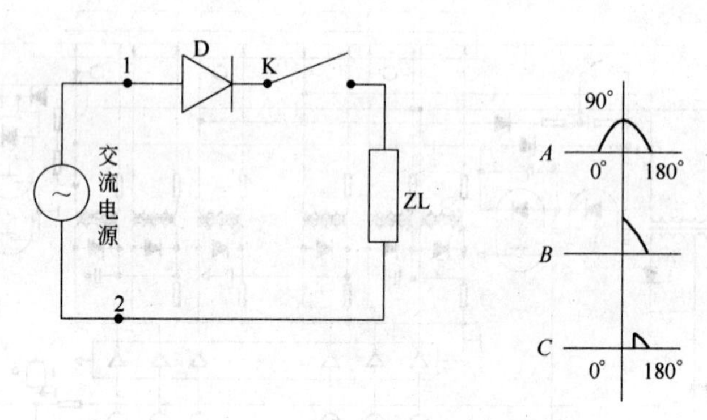

图 5 - 11　导通角和负载上电压的关系

图 5 - 12 是可控硅阻性或感性负载电路图。对于 Y 形连接中点接地和感性负载以及其他要求 3 相同时控制的负载电路，必须应用直接对 3 相都进行控制的控制电路。如果其中电源哪一相不进行控制，那么 3 相电流就不会达到平衡。未控制相的电流的大小决定于负载电阻的大小，也就是未被控制相将始终是该相负载电阻的最大电流状态，而且输出的功率不能进行控制。应用图 5 - 10 中 3P 可控硅控制电路就能够有效地控制负载的每一相电流达到一致。3P 可控硅控制电路针对电源 3 相要求控制的负载电路设计，能够有效地控制 3 相电流达到一致，按照要求输出信号要求的功率，确保温度控制的准确性。3P 可控硅控制电路对于负载的控制与 2Z 对负载的控制有根本上的不同。2Z 可控硅触发电路采用的是过零触发电路，而图 5 - 10 的可控硅功率控制器线路采用的是通过调整可控硅整流器导通角的办法调整加载于负载的功率。可控硅触发电路的设计是针对角型连接的负载电路设计。图 5 - 9 可控硅功率控制线路通过控制负载电源两相的办法控制负载 3 相的功率输出。3 相电源负载采用角型连接，负载 3 相互为回路，控制其中两相负载就能够达到控制 3 相负载的目的。这样图 5 - 9 的 2Z 可控硅触发电路是针对 3 相角型负载设计，不能够对 3 相

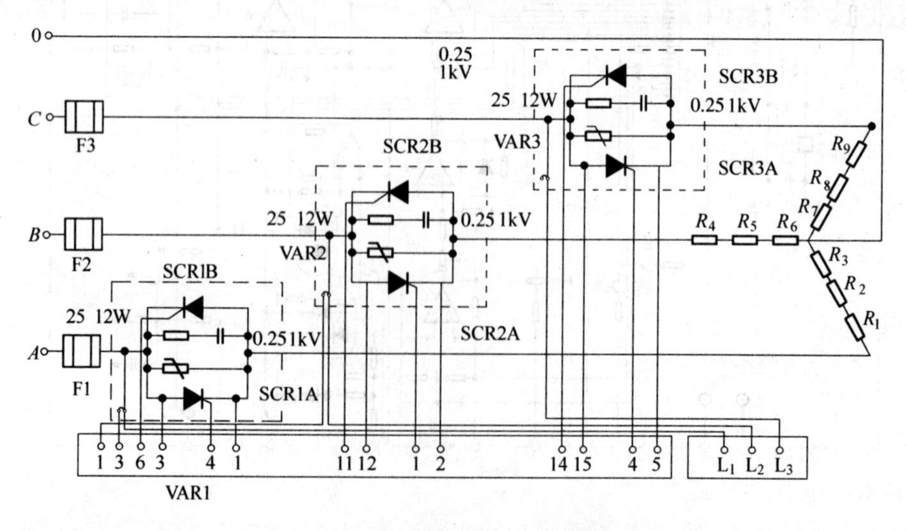

图 5 - 12　可控硅阻性或感性负载图

每一相的负载电路进行有效的控制。而图5-10的3P可控硅功率控制线路由于控制的方式发生了完全不同的控制方式，可以进行单相的控制，同时也可以对3相阻性星形连接中点接地和感性负载进行控制。

图5-13示出一种直接由仪表的继电器控制的可控硅控制电路。当然这种由仪表控制的可控硅控制电路只能是一种位式开关的可控硅电路。可控硅的导通与截断是依靠继电器或控温仪表的控制触点的闭合或断开进行控制，也就是一种位式控制方式。而可控硅导通或截断决定于温度控制仪表的继电器J1。当仪表继电器J1导通时可控硅导通，仪表继电器J1断开时可控硅截断。这种控制方式的温度控制精确度较差，温度控制的波动较大。但是对于温度控制精度要求不是很高的负载，这种控制方法简单适用。

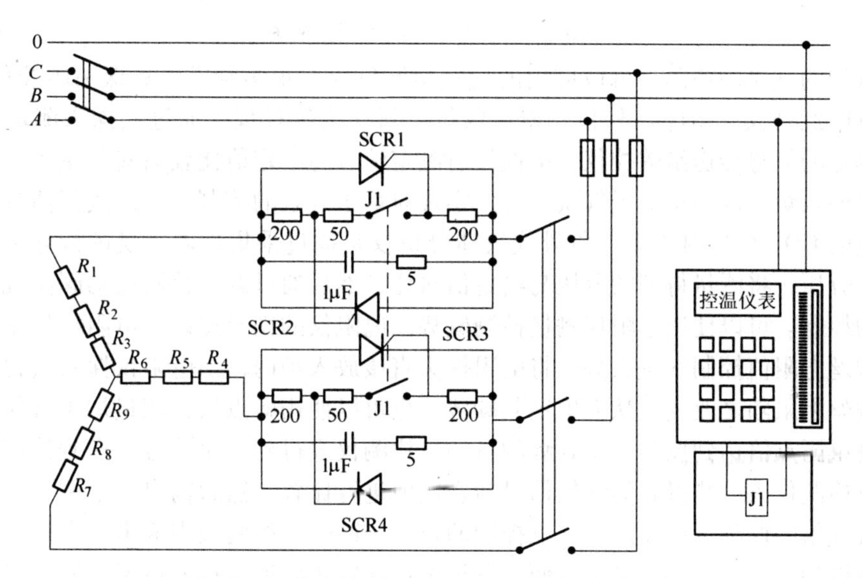

图5-13 仪表控制可控硅导通和截断控制电路

5.1.3 炉子气氛的控制

可控气氛热处理过程要保证热处理质量，很重要的是炉子气氛的控制。炉子内气氛的碳势是否能够达到工艺规定碳势直接影响热处理零件质量，热处理炉的气氛碳势控制问题决定了热处理后零件表面的质量。对井式渗碳炉的密封，温度的控制等进行了改进，重要的问题是炉子气氛的检测控制。炉子气氛的检测控制在图5-1左半部分示出井式炉气氛检测控制的流程方框图。炉子气氛的控制主要由四大部分组成：

（1）气氛检测部分，即气氛检测仪表，图5-1示出是由氧探头、热电偶和气体分析仪（可以是CO红外仪）组成；

（2）气氛控制部分，气氛控制仪表由碳控仪和计算机组成；

（3）气氛调节部分，调节机构（由气氛调节机构和电动阀、电磁阀等）组成；

（4）炉子温度、气氛碳势以及其他参数的记录和炉子气氛温度控制指令的发出，这部分由计算机或记录仪组成。

图5-14示出井式炉气氛控制四部分的方框图和四部分的相互关系。气氛检测部分使用的检测仪表对气氛进行检测，并将检测得到的气氛相关信号传送到气氛控制部分。对于

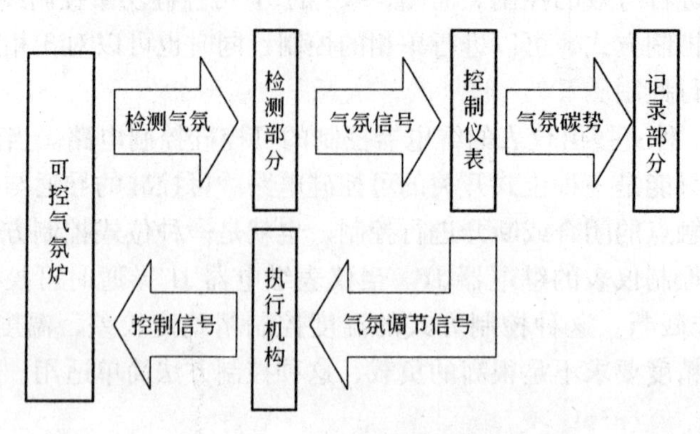

图 5 - 14　可控气氛控制方框图

井式渗碳炉的气氛的检测，可以应用的气氛检测仪表有很多种类：氧探头碳控仪、CO 红外仪、CO_2 红外仪、CH_4 红外仪、露点仪等。氧探头碳控仪，通过氧探头测定气氛中氧势，将测定的氧势传送给碳控仪，碳控仪对测定信号与给定值比较后对气氛进行控制。氧探头直接插入炉子内测量炉子气氛氧势，实现对炉子气氛的控制。红外线气体分析仪可以测量气氛的 CO、CO_2 和 CH_4。红外线气体分析仪是通过采集炉内气氛进行分析测量某一组分气氛分压，将测量得到的分压与给定值对比，然后通过调节控制电动阀实现对炉子气氛碳势的控制。可以使用电阻仪测量控制碳势。电阻仪的铁丝渗碳后电阻值发生改变，通过测量铁丝电阻值控制气氛碳势。将电阻探头直接放入炉内，当电阻仪探头碳含量发生改变时，铁丝电阻随之改变，从而确定其碳势。也可以使用露点仪，测量炉子气氛露点，通过控制气氛露点值达到控制气氛碳势的目的。检测仪表得到气氛信号，送到控制仪表。控制仪表将检测仪表检测得到的气氛信号与设定值进行比较。然后输出一个调整信号到执行机构进行气氛的调整。从而达到气氛控制的目的。同时，控制仪表输出一个信号到记录部分将控制得到的信息如实记录下来便于分析可控气氛热处理过程的情况，便于对热处理零件质量的分析。

图 5 - 15 示出了应用 CO_2 红外仪对井式气体渗碳炉碳势自动控制的系统。井式渗碳炉

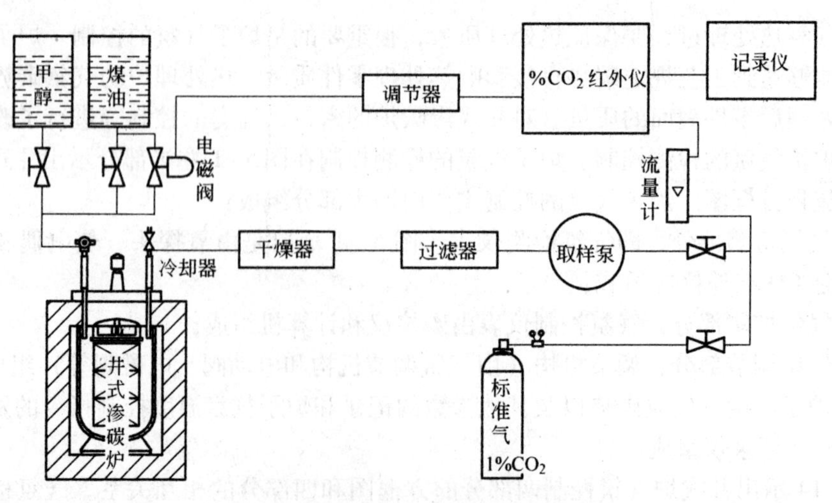

图 5 - 15　井式渗碳炉碳势自动控制系统

系统使用的是液体渗碳剂进行滴注方式气体渗碳处理。使用煤油作为富化剂，甲醇作稀释剂。其中，稀释剂甲醇固定滴量；煤油则有两条管路供给：一条管路固定煤油滴量，另一条管路依靠电磁阀控制煤油滴量。通过调节滴入炉内煤油的滴量，从而达到有效地调节炉子气氛碳势的目的。使用的气氛分析仪器是KH-02型红外线自动控制仪调节单元和QGS-04型红外线气体分析器。在渗碳气氛控制过程中井式渗碳炉内的气体由取样泵吸取炉内气样，经过干燥、过滤以及陶瓷过滤器除去气氛中水、灰尘以及其他杂质。经过干燥过滤的气体流经流量计进入QGS-04型CO_2红外仪，红外仪对炉子气氛中CO_2进行连续分析测定。测定获得的信号传送到记录仪将检测得到的CO_2值指示记录下来，同时将测定获得的CO_2信号送到调节单元。调节器将红外仪测得的炉内气氛的CO_2信号值与操作者按工艺要求设定的CO_2值进行比较。调节单元通过比较得到的信号进行比例-积分运算，变成与偏差值相对应的脉冲式调节信号。脉冲式调节信号对煤油管路上的电磁阀按调节器给出的脉冲信号进行开启或关闭。这样滴入一个与偏差值相对应的煤油滴量至炉内，达到了对炉子气氛碳势进行调节的目的。当调节器输出一个脉冲宽度时，电磁阀开启一个脉冲宽度时间，煤油滴入炉内一个脉冲宽度时间。当调节器处于脉冲间隔时间时电磁阀处于关闭状态，煤油停止向炉内滴入。在进行自动控制过程时，脉冲宽度和脉冲间隔是交替进行的。调节器得到的偏差越大，脉冲宽度越大，滴入炉内的煤油越多。偏差越小，脉冲宽度越小，滴入的煤油也就越少。偏差消失，脉冲宽度为零，电磁阀完全关闭停止向炉内滴入煤油。在自动控制过程中脉冲间隔的作用是调节滴入炉内的煤油汽化分解，使炉内气氛趋于平衡状态，有利于红外仪测定的CO_2信号能够代表炉内气氛碳势的CO_2气体值，有利于气氛中CH_4下降，起到提高气氛碳势控制精度的目的。

应用QGS-04型红外线气体分析器对炉子气氛进行分析测定，应定期对红外仪进行调节校止，应用标准气和零点气对仪器进行校正，一般每周应进行一次校正。这样才能够保证仪器工作在正常状态下。

如果采用计算机进行控制，可以一台计算机控制多台炉子，并且可以进行联网，实现在办公室就能够直接观察炉子运行情况，同时及时地调整炉子的各种参数。保证炉子随时能够很好地得到及时调整，确保热处理产品质量。同时应用数理统计方法对接收的实时测量数据进行统计分析，对可控气氛热处理的零件质量还会有进一步的提高。也可通过实时记录的数据对热处理后的零件质量进行分析，找出零件质量问题所在。针对质量问题的原因进行修整，确保热处理零件质量达到一个高的水平。

5.2 可控气氛密封箱式周期炉

可控气氛密封箱式周期炉被广泛用于机械零件的渗碳、碳氮共渗、光亮淬火、光亮正火、光亮退火、中性淬火、粉末冶金烧结等多种热处理工艺。密封箱式周期炉进行机械零件的热处理过程完全在可控气氛保护下进行处理。可控气氛保护条件下对零件处理过程包括预热、加热、渗碳、扩散、冷却（气冷、油冷）等，零件处理的过程不会与空气接触，能够获得高的热处理质量以及高的表面质量。应用可控气氛密封箱式周期炉热处理零件，能够通过气氛的调节控制确保零件表面达到要求的碳含量范围；能够保证渗碳零件表层碳质量分数梯度按照工艺要求变化；能够保证零件热处理过程不会有表面氧化脱碳现象；能够保证机械零件处理过程不会出现异常组织；能够保证机械零件热处理后小的变形，表面光亮、洁净。目前应用的可控气氛密封箱式周期炉的类型有很多。在炉型的设计、炉膛尺寸、运行状况、加热系统、气氛供应、气氛控制、机械传动、自动控制等方面都有很大的发展。不仅有单台运转的密封箱式周期炉，而且有几台密封箱式周期炉、回火炉、清洗机、吸热式发生器、升降料台、装卸料小车等组成的密封箱式周期炉生产线。炉型设计上有返回式（前进前出式）、贯通式（前进后出式）、有单室密封箱式周期炉和双室密封箱式周期炉等。目前使用的可控气氛密封箱式周期炉组成的生产线实现了生产过程的完全自动化。人工的操作只是将需要热处理的零件装上工装和从工装上将处理完成的零件卸下来，由装卸料小车或其他传动机构自动完成零件的各种处理。零件处理的质量完全由仪器仪表进行控制调整。不需要人为因素的参与，处理的零件质量已达到一个很高的水平。

可控气氛密封箱式周期炉的生产制造上，各个生产厂家生产的情况也有所不同，其结构都有各自的特点。无论结构如何变化，可控气氛密封箱式周期炉有以下的特点：

(1) 热处理零件质量稳定，质量水平高，零件热处理质量重现性好；

(2) 可以在可控气氛条件下进行机械零件的渗碳、碳氮共渗、光亮淬火、光亮正火、光亮退火、中性淬火、粉末冶金烧结等热处理工艺；

(3) 适用于多品种小批量机械零件的热处理，机动灵活，适应性强；

(4) 机械化程度高，温度控制精度高，温度场均匀性好，气氛控制准确，自动化程度高；

(5) 零件加热冷却均匀，热处理变形小。

基于以上特点，可控气氛密封箱式周期炉得到广泛应用。

5.2.1 可控气氛密封箱式周期炉的组成

可控气氛密封箱式周期炉一般由六大部分组成：

(1) 加热室；

(2) 前室；

(3) 淬火槽；

(4) 顶冷室；

(5) 传动机构；

(6) 温度、气氛、传动机构等的控制系统。

针对不同的工艺要求和制造的不同，可控气氛密封箱式周期炉的结构上又有不同。热处理工艺只要求淬火工艺的密封箱式周期炉，则其结构上就不需要顶冷室。有的炉子结构设计上不采用预先排气或不应用前室作为过渡处理部分，零件直接进入加热室进行处理。这样最精简的密封周期炉结构则为四大部分组成：加热室、淬火槽、传动机构和温度、气氛、传动机构等的控制系统组成。

图5-16示出一种可控气氛密封箱式周期炉组成示意图。可控气氛密封箱式周期炉由加热室、前室、顶冷室、淬火油槽、传动机构以及控制系统几大部分组成。这几大部分相互独立，又相互关联。要充分发挥可控气氛密封箱式周期炉的最大优势，确保热处理过程质量，这六大部分组成了可控气氛密封箱式周期炉完整热处理质量保证的整体。

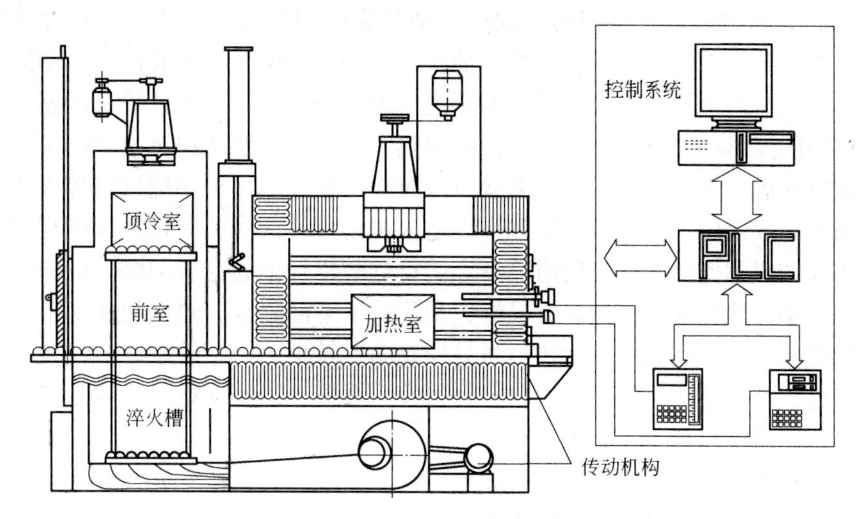

图 5-16 密封箱式多用周期炉

5.2.1.1 加热室

加热室是可控气氛密封箱式周期炉的关键部位，也是热处理过程对零件处理的加热部位。在渗碳、碳氮共渗或其他热处理工艺过程中，热处理质量的好坏，加热室起着十分重要的作用。加热室的种类很多，有带马弗的加热室、无马弗加热室、电辐射管加热室、燃料气辐射管加热室等。图 5-17 示出一种无马弗电辐射管加热的密封箱式周期炉的加热室结构。图 5-17 的多用周期炉加热室由炉壳、炉衬、炉门、循环风扇、后推料机构、供气管道、电加热元件等组成。可控气氛密封箱式周期炉的加热室是一个无马弗加热室，因此要求加热室炉壳必须严格密封，保证使用过程不能产生任何气体的泄露。采用无马弗加热室有很多优点，节约大量的耐热材料，炉子的密封被延伸至低温状态的炉壳，低温状态的密封问题就比较容易解决。在进行炉壳的焊接时要保证不会产生炉气的泄漏，也就能够保证炉子加热室的密封。由于是低温状态的密封，炉子的密封效果大大增强。图 5-17 示出的加热室后推料机构部分的密封也是将密封点延伸至炉壳以外进行，由于密封部位温度低

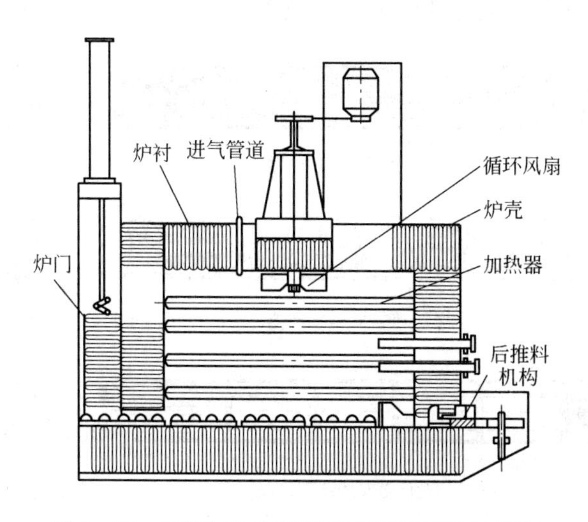

图 5-17 可控气氛密闭箱式多用周期炉加热室

(略高于室温)，密封问题就很容易解决了。加热室的门温度高，是一个不容易密封的地方。同时由于炉门温度高，容易造成炉门的变形。图 5 - 16 可控气氛箱式多用周期炉系统对炉门的密封是将炉子加热室的密封延伸至前室进行密封，这就保证炉子的密封性。前室温度低，炉门的变形小，也容易密封。同时加热室的可控气氛从加热室炉门下端导轨处流向前室，前室充满可控气氛保证淬火前或空冷时在可控气氛保护环境进行淬火或缓冷，热处理零件加热完成以后不会与空气接触不会造成机械零件任何的氧化或脱碳现象。加热室的炉衬使用硅酸铝陶瓷纤维，应用耐热钢穿销将硅酸铝纤维固定于炉壁。硅酸铝陶瓷纤维质量轻，热容小，热导率低、保温效果好，利于炉子升温降温，热损失小、节约能源。应用硅酸铝纤维减少了在高温状态耐热材料易碎趋向，减少了炉子的维修。但是无马弗的加热室的使用过程一定要注意防止炉中可控气氛发生爆炸。炉内气氛爆炸容易造成炉内硅酸铝纤维粉碎，使炉子损坏。

有的密封箱式周期炉加热室使用抗渗碳砖砌成。抗渗碳砖热容大，炉子升温、降温时间长，保温性能不如硅酸铝纤维，能源损耗大。

密封箱式周期炉加热室的一个重要元件是加热器。图 5 - 17 示出的加热室结构图中的加热元件使用的是电加热辐射管加热器。加热元件使用较多的是电加热辐射管，也有使用天然气进行加热的辐射管。图 5 - 18 示出三种电加热辐射管加热器结构示意图。电加热辐射管是把电热器安装在保护辐射管套管内，通电发热后，由辐射管套管将热量传送给被加热零件。由于电加热辐射管的电加热器放置在辐射套管内，传热过程与裸露型加热器不一样，辐射管的热屏蔽大，在加热器的设计上注意防止电热器超温而缩短电热器的寿命。据资料介绍，应用电加热辐射管加热器加热渗碳炉，在低温阶段，辐射管内温度与炉子内温度进行双重测试，辐射管内与炉内温差达 300℃左右；当温度升高至 800℃以上时，辐射管内与炉内温差仍达 120 ~ 140℃。图 5 - 18 所示的三种电加热辐射管加热器，一种是线状鼠笼式电加热辐射管加热器；一种是线状螺旋环绕式电加热辐射管加热器；还有一种是石墨作为发热体的电加热辐射管加热器。线状鼠笼式电辐射管加热器一般应用 ϕ5 ~ 8 mm 电阻丝穿在耐热绝缘陶瓷片上，形状呈鼠笼状由此得名。一根电加热辐射管加热器的功率 6 ~ 12 kW。线状螺旋环绕式电加热辐射管加热器一般使用 ϕ3 ~ 5 mm 电阻丝绕在开有螺旋

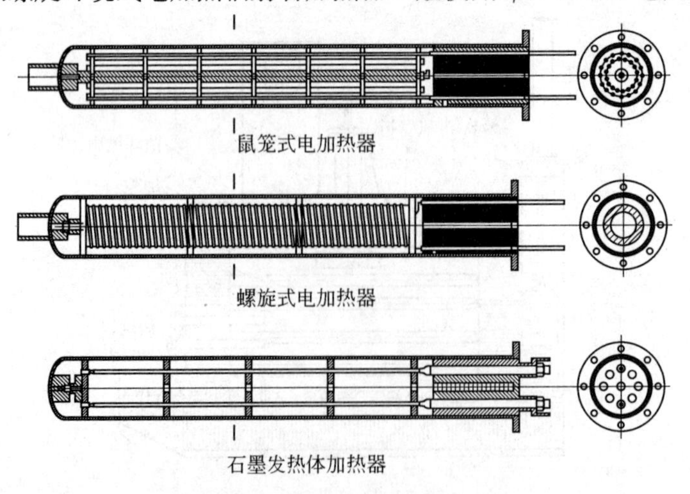

图 5 - 18　电加热辐射管加热器

沟槽的耐热绝缘陶瓷管上，功率 5 ~ 7 kW。石墨发热体电加热辐射管加热器，是使用直径 ϕ20 mm 左右的石墨棒作为发热体。一根石墨发热体电加热辐射管加热器由 12 根石墨棒串接组成，管内通入氮气。只要密封可靠，氮气消耗量很少。石墨发热体加热元件表面功率达 80 ~ 100 W/cm^2，使用寿命可达 4 ~ 5 年。石墨发热体电加热辐射管加热器多为立式安装，辐射管长度 450 ~ 900 mm 之间，直径不大于 150 mm。图 5 - 18 示出的三种电辐射管加热器应用最多的电辐射管是鼠笼状电加热辐射管加热器和线状螺旋环绕式电加热辐射管加热器。这两种加热器辐射管使用的材料有：Cr20Ni80、0Cr25Al5、0Cr13Al6Mo2、0Cr27Al7Mo2 等。密封箱式周期炉除了如图 5 - 18 所示的三种加热器外，还有带状螺旋环绕电加热辐射管加热器、外骨架式螺旋电阻丝辐射管加热器等。加热室中电加热辐射管的布置直接关系加热室温度的均匀性。在加热室中，辐射管的布置要确保加热过程，温度场内九点测温温差小于 10℃，炉温控制仪表和校温仪表检测的温度波动小于 ±3℃。在一般加热室布置的加热器为 3 的倍数，目的是保证 3 相电源电流平衡。

加热室炉顶风扇对可控气氛的均匀性起着十分重要的作用，是保证零件渗碳各部位均匀一致很重要的部分。炉顶风扇一方面保证气氛循环均匀性，保证渗碳或碳氮共渗的零件渗层表面均匀一致，保证零件的热处理质量；另一方面也起到调节炉子温度均匀性的作用。因此要求循环风扇有足够的风力确保炉内气氛均匀循环。在有的可控气氛密封箱式周期炉的加热室除了循环风扇能够产生足够的循环风力外，在加热室内还设置了气氛循环导流板，使循环气氛按照安装的导流板导流方向循环，确保加热室每一个角落的零件加热过程不断有气氛气流冲刷。保证零件热处理过程气氛循环均匀，保证热处理零件质量的均匀一致。炉顶风扇轴的密封可采用井式炉风扇密封装置的方式进行密封，也可采用其他的密封方式。

可控气氛密封箱式周期炉零件进出炉依靠进出炉推拉料机构，进出炉子的推拉机构保证装炉是否平稳，进出炉位置是否准确，是十分重要的传动机构。密封箱式周期炉零件进出加热室的传动机构的种类比较多。图 5 - 19 示出一种能够推拉料的后推拉料传动机构。图 5 - 19 中推拉料机构由推拉料头、软推链、小链轮、大链轮、链条、减速器、电动机、传动轴等组成。电动机旋转，通过减速器减速后带动链轮，链轮带动链条转动，由传动轴将力矩传给大链轮。大链轮使软推链前进或后退，软推链联着推拉料头。将加热完成料筐

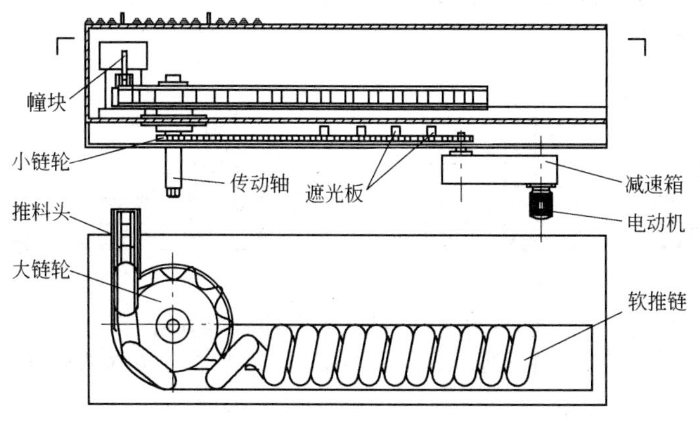

图 5 - 19 推拉料软推料机构

从加热室推出，软推链前进，推拉料头将料筐推出加热室，软推链带动推拉料头退回；将料筐拉入加热室，软推链前进至前室，推拉料头钩住料筐，软推链退回，将料筐拉入加热室。软推链、推拉料头进出加热室经常处于高温状态，使用耐热钢制造，才能保证正常使用。图5-19推料机构将料筐推出、拉入的定位是依靠链轮链条传动，在链条之间安装有光电开关，链条上安装遮光板，遮光板通过光电开关，光电开关向PLC发回一个信号。通过调整遮光板位置调整软推链前进或后退的距离。调整链条上的遮光板位置可以准确地确定软推链前进或后退的距离。除了使用光电开关对软推链定位，还使用了机电式行程开关定位。通过调整行程开关的位置，可以准确地确定推拉料头的行程。这样能够保证热处理零件进出加热室最佳位置。图5-19所示后推料机构采用的是软推链，当料头回末端时，推拉料软链可以全部折叠在软推链槽内。这样可以大大地减少推料机构占用位置，也便于推料机构的密封。

图5-20示出一种推拉料头结构以及推拉料情况示意图。这种推拉料头结构简单、运转灵活、经济适用，加工方便简单。图5-20*a*示出推拉料头处于未加载正常状态。推拉料头钩头的重心使钩头朝上。当软推链前进推拉料头向料筐方向前，当推拉料头的钩头碰到料筐时，钩头被料筐碰撞而滑过料筐，如图5-20*b*所示，推拉料头滑过料筐情况。当推拉料头的钩头滑过料筐时，钩头由于重力作用而抬头，此时如果软推链带动推拉料头停住，并往回拉，则料筐被推拉料头拉回，图5-20*c*示出推拉料头钩住料筐往回拉的状态。当料筐拉到指定位置时推拉料头钩头脱出，如图5-20*d*所示状态，料头钩头从料筐下退出。这套推拉料机构是由电动机通过齿轮减速器将动力传送给链条，链条通过传动轴带动大链轮转动，这样大链轮使软推链推拉料头前进或后退来实现推拉料动作。推拉料筐的推拉料头定位依靠一个光电测试装置（光电开关）将信号传送到PLC，将得到的信号给控制单元进行控制。光电测试装置安装在传动链条两边，链条上遮光板通过光电测试装置时，程序计数器就将记下遮光信号。通过调整遮光板的位置就达到调整推拉料头前进或退回的准确位。推拉料头在末端停留，还是在终端停留或中间任意的位置停留，依靠遮光板实现定位。因此，调整遮光板是非常重要的一项工作，遮光板的位置决定了推拉料头前进或后退距离的长短，决定了料筐进出炉位置是否正确，决定了推拉料头应该停留的位置。调整时应注意遮光板通过光电测试装置的时间和链条停止运的一个时间的滞后现象。因此遮光板的位置也要预留滞后距离，这样才能够保证推拉料头能够准确达到要求位置，以保证正确的完成推拉料的任务。

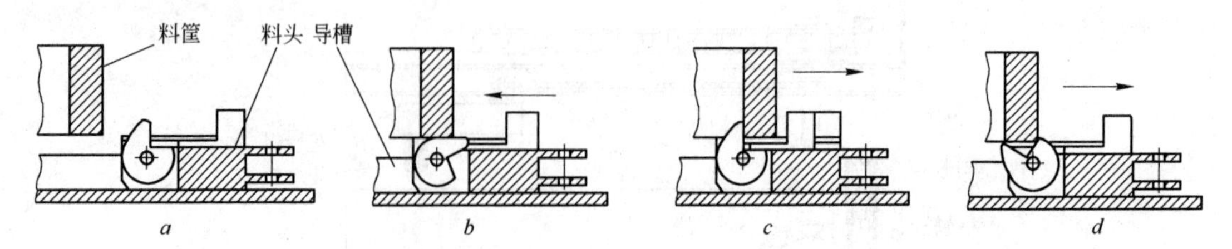

图5-20 推拉料头及其料头运动方式

a—料头原始状态；*b*—料头进入料筐；*c*—料头拉动料筐往回走；*d*—料头从料筐下退出

5.2.1.2 前室、顶冷室

图5-16示出的可控气氛箱式多用周期炉结构示意图中，前室、加热室、顶冷室、淬

火槽是连成一体的。这就要求前室、顶冷室、淬火油槽都必须保证密封良好，否则将直接影响加热室内可控气氛的稳定性。需要热处理的零件进入前室，在前室进行一段时间的排气。排气是将零件进入前室时带入的空气排除干净，然后由后推拉料机构将零件拉入加热室，以确保加热室中可控气氛的稳定。当零件在加热室中完成加热或渗碳处理完成后，后推拉料机构将处理完成的零件推到前室。然后根据热处理工艺的要求进行淬火或缓冷。如果工艺要求零件渗碳或加热完成后进行直接淬火，则零件淬入前室下面的淬火油槽进行淬火处理。如果热处理工艺要求零件渗碳或加热完成是缓慢冷却，则零件进入前室顶端的顶冷室进行缓冷。零件从进入前室直至渗碳或加热完成后的淬火或缓冷都处在可控气氛环境保护条件下进行。在处理过程零件不会与氧化性气氛接触，因此处理完成的零件表面光亮、洁净，无氧化脱碳现象，是一个高质量的表面。

前室，是零件进出炉子的关键部位。当前室炉门打开时会有大量的空气进入前室。前室在炉门打开之前充满了可控气氛，如果大量的空气进入，空气中氧与可控气氛混合达到一定比例时将发生爆炸，造成炉体的损坏以及人员的伤害。因此，在零件进出前室时一定要避免大量的空气进入前室。一般采取的办法是在前室炉门增加火帘。前室炉门打开时，炉门前火帘燃烧，将要进入前室空气中的氧气燃烧掉。这样就避免了由于大量空气进入前室，氧与可控气氛混合发生爆炸的危险。因此，前室炉门在开启时一般使用火帘燃烧空气中的氧，防止空气中的氧进入前室，避免空气与可控气氛混合发生爆炸。前室炉门虽然有火帘防止空气与可控气氛混合爆炸的危险，但是长期开启前室炉门会造成炉内气氛的不稳定。空气燃烧后，存在大量的 CO_2，大量 CO_2 进入前室直接影响炉内气成分的稳定。前室炉门应尽量减少开启的时间和开启的次数，减少氧化性气氛进入前室以免影响炉内气氛的稳定性。

可控气氛密封箱式周期炉的加热室气氛通过进出炉料筐导轨与前室相通，炉子气氛的密封就要依靠前室炉门对炉子气氛实现密封。在前室炉门关闭以后，要避免从前室炉门泄漏空气进入前室，造成炉内可控气氛的不稳定，甚至造成炉内气氛的无法控制。这就要求前室炉门在关闭后必须保证其炉门的密闭性。前室炉门处在低温状态，炉门的密封问题也就是比较好解决的问题。图 5-16 示出一种可控气氛密封箱式周期炉结构示意图中前室炉门的密封使用的是两个平面相接触密封的办法。图 5-21 示出可控气氛密封箱式周期炉前室炉门一种密封方式示意图。炉门的密封依靠压紧轮压紧斜块，压紧的斜块把炉门压紧密封。在炉门和前室炉门框之间应用高温密封油脂涂抹，将炉门与炉门框存在的微细间隙密封住。通过调整炉门框周围的压紧螺栓的螺母调节炉门与炉门框的间隙，以确保前室炉门的密封。另外还必须强调的是，前室炉门开启的时间如果太长，炉门前的火帘燃烧将对炉门的密封极为不利。火帘长时间的燃烧，将造成炉门和炉门框的变形，从而引起炉门的泄漏，造成炉子气氛的不稳定。

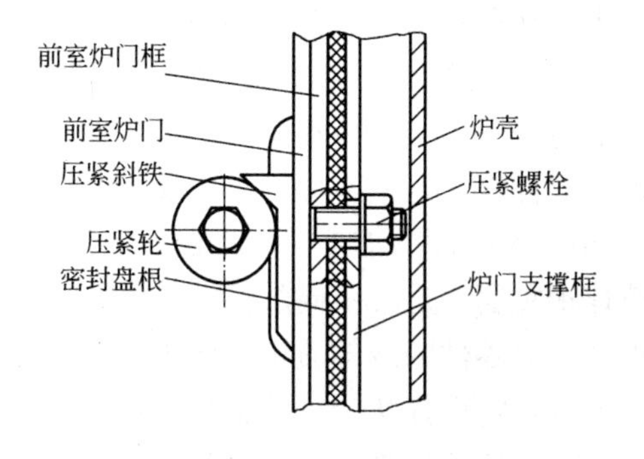

图 5-21　前室炉门密封示意图

前室是进出零件的中转部位，需要进入加热室的零件在前室进行排气处理；需要淬火的零件经过前室，然后淬入淬火槽内；需要缓冷的零件经过前室，顶入顶冷室进行缓冷。

因此前室是零件进出的非常重要的部位，必须保证前室内的气氛不会造成零件的氧化和脱碳，必须保证加热完成的零件进行淬火或缓冷后保持其光亮程度，前室必须完全在可控气氛所充斥的空间。

渗碳或碳氮共渗完成的零件如果还要进行机械加工或要进行压力淬火就必须进行缓慢冷却。顶冷室就是为渗碳或碳氮共渗完成以后的零件进行缓慢冷却而设置的。图 5-16 可控气氛密封箱式周期炉结构示意图中示出顶冷室的简单结构。可控气氛密封箱式周期炉的顶冷室，要求零件在顶冷室进行缓慢冷却时必须在可控气氛保护下进行缓慢冷却，要求冷却均匀。同时，在进行缓慢冷却时，顶冷室应完全与前室隔离开。因为在零件进行缓慢冷却过程中，前室将进入下一炉需要进行渗碳或加热的零件。这样前室炉门将要开启，大量的氧化性气氛就会进入。如果顶冷室没有与前室进行隔离，那么，顶冷室的零件就有可能与氧化性气氛接触，造成零件缓冷时表面的氧化或脱碳。顶冷室一方面要求进行密封；另一方面要求零件在缓冷时，保证顶冷室中可控气氛必须维持正压。图 5-22 中示出一种可控气氛密封箱式周期炉的顶冷室结构示意图。顶冷室应用了循环风扇对保护气氛进行循环，保证零件在顶冷室缓慢冷却过程能够使零件冷却更均匀。为保证缓慢冷却速度能够在一定范围调整，在顶冷室周围设置有冷却循环管道。冷却油通过油循环泵将冷却油泵至顶冷室冷却循环管道冷却顶冷室环境，使缓冷零件冷却速度通过冷却油的循环得到改变。通过冷却油的循环改变缓冷零件的冷却状况。

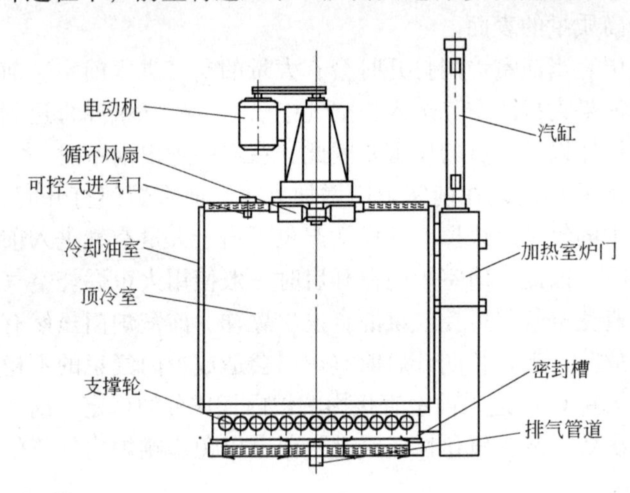

图 5-22　多用周期炉顶冷室结构示意图

5.2.1.3　火油槽

当零件渗碳、碳氮共渗或加热完成后需要进行淬火处理，零件从加热室推到前室。然后零件从前室下降到淬火油槽内进行淬火处理。零件淬火质量的高低与淬火油槽的设计制造有很大关系。图 5-23 示出一种可控气氛密封箱式周期炉的淬火油槽简图。淬火油槽包括油搅拌系统、油冷却系统、油加热器、油限位器、油导流板等。淬火油槽的设计制造要保证零件淬火过程零件的淬火质量。要求淬火后淬火零件整体淬火冷却均匀，淬火零件每个部位淬火质量均匀一致。要得到零件淬火冷却均匀一致的淬火质量，淬火过程淬火油的搅拌很重要。通过不同的搅拌能够获得不同的淬火质量。合理的淬火搅拌系统能够很好地提高淬火零件的冷却质量。淬火冷却搅拌的种类和搅拌的方法是多种多样。淬火过程对淬火油进行的搅拌状况直接影响零件的淬火质量。进行淬火油的搅拌可以使淬火油的冷却速度加快，使零件淬火过程冷却均匀，从而减少淬火冷却过程零件的淬火变形，提高零件淬火质量。

要保证零件淬火冷却过程有高的淬火质量，淬火冷却过程的搅拌方式的选择非常重要。好的搅拌器能够提高零件淬火冷却的均匀性和冷却速度，节约能源。搅拌器的合理选

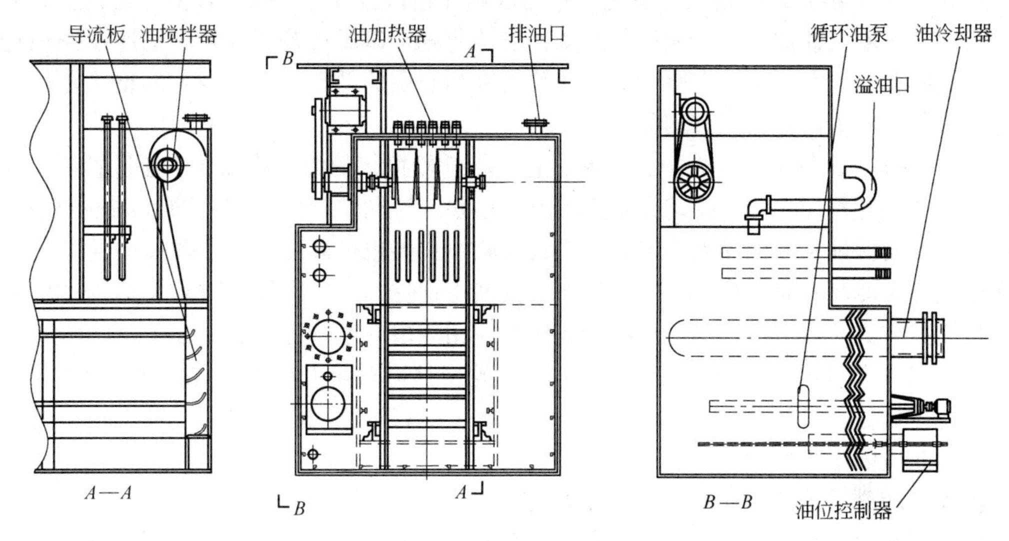

图 5-23 可控气氛箱式多用周期炉淬火槽

择，决定着搅拌冷却介质的流向分布。目前，冷却介质的搅拌方式很多，有压缩空气搅拌、泵循环搅拌、开式叶轮搅拌、管道式叶轮搅拌和离心式叶轮搅拌等。图 5-24 示出目前应用的几种搅拌方式。淬火冷却油的搅拌，应用在可控气氛箱式多用周期炉的搅拌器以“叶轮式搅拌器”为主，如图 5-24*d*、*e* 所示。

图 5-24*a* 示出的是压缩空气搅拌器，是将一定压力的压缩空气通入淬火冷却介质中，使冷却介质剧烈搅动。这种搅拌方法简单，搅动剧烈，但是冷却介质的流动方向不易控制。淬火零件与空气接触较多。所以此种搅拌方式在可控气氛炉的淬火冷却过程中根本就不能使用。大量的空气进入与可控气氛混合是造成气氛爆炸的因素。

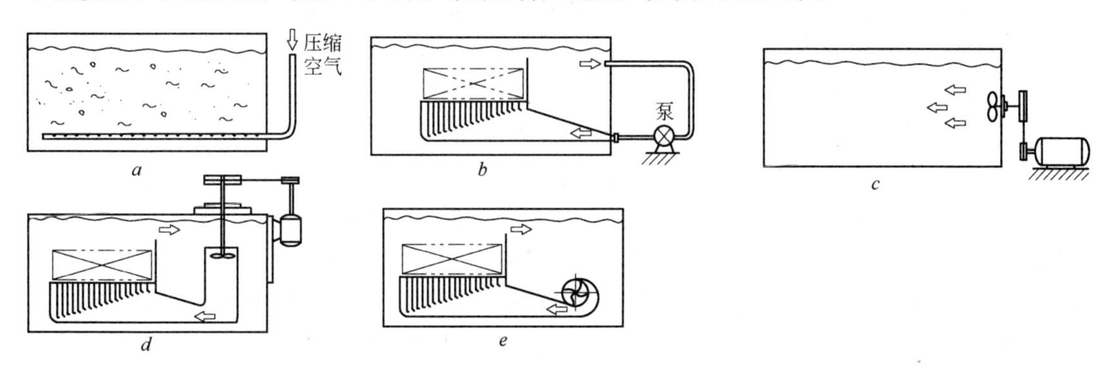

图 5-24 淬火冷却介质搅拌的 5 种形式

a—压缩空气搅拌；*b*—泵循环搅拌；*c*—开式叶轮搅拌；*d*—管道式叶轮搅拌；*e*—离心式叶轮搅拌

图 5-24 示出的搅拌方式中，泵循环搅拌是利用泵将淬火冷却介质泵流向淬火零件，如图 5-24*b* 所示。这种搅拌方式方向性强，冷却介质泵出压力大，进行外循环淬火冷却比较方便。在循环管道上加热交换器有利于淬火冷却介质的冷却。此种方式适合于压模淬火和方向性极强的零件淬火。对于可控气氛箱式密封周期炉零件的淬火处理同样不是很适用。泵循环搅拌耗能大，不利于淬火槽的搅拌，不利于整筐零件淬火冷却的搅拌，搅拌的均匀性不易控制。

图5-24*c*示出开式叶轮搅拌系统，它是依靠叶轮自身或一个换向板使淬火介质直接流向淬火冷却区域。此搅拌方式搅拌范围宽，搅拌速度可以通过改变叶轮转动速度来进行改变。开式叶轮搅拌有利于淬火冷却槽自身淬火冷却介质的循环，但对较大的整筐零件的整体淬火冷却介质流向分布不够均匀。

图5-24*d*示出管道式叶轮搅拌系统，它是将叶轮搅拌的淬火冷却介质通过管道系统流向淬火零件。此种搅拌方式冷却介质流动方向性强，流向整筐淬火零件的各部位的冷却介质均匀，从而保证零件的淬火均匀。管道式叶轮搅拌器也可以通过改变搅拌叶轮的转动速度来改变淬火冷却介质的流动速度，从而改变其冷却特性。此种搅拌方式是值得推广应用的一种搅拌方式。在可控气氛淬火油冷却搅拌应用较多的搅拌方式。

图5-24*e*是离心式叶轮搅拌器。离心式叶轮搅拌器对淬火冷却介质的搅拌形式与管道式叶轮搅拌相似，只是搅拌介质的流速更大一些。搅拌过程同样可以通过改变搅拌的速度改变冷却介质的冷却性能。

淬火冷却介质的搅拌要注意以下几方面：

（1）适应实际淬火零件要求。例如压模淬火的零件，淬火冷却介质的搅拌选用泵循环搅拌方式，能够保证零件淬火质量；整筐零件的淬火则应选用管道式叶轮搅拌方式；零星小件的淬火可以使用压缩空气搅拌能够达到要求。

（2）保证淬火零件的淬火质量。通过搅拌使淬火零件冷却均匀，淬火变形小。

（3）在保证零件的淬火质量的前提下尽量减少的能源消耗。

零件淬火过程中进行正确的冷却搅拌，选择搅拌器是保证淬火质量的关键。不同的搅拌形式适应于不同的冷却方式，正确地选用搅拌器能够使淬火冷却达到高的冷却质量。

零件淬火冷却除了搅拌方式的选择，还要选择搅拌器的大小，搅拌器安装的方式。搅拌器大小的选择与淬火零件的大小和搅拌的方式有关。单件、小筐零件的淬火和整筐零件同时淬火所需的搅拌器不一样，要求搅拌器的大小也就不一样。用泵搅拌淬火和用叶轮搅拌淬火，所需要的动力也不一样。可控气氛密封箱式周期炉的淬火冷却搅拌的方式则选用管道式叶轮搅拌和离心式叶轮搅拌。在冷却过程冷却介质的流量要能够在一定时间内进行控制。淬火过程，在奥氏体最不稳定区域要有大流量的冷却介质进行冷却，高的冷却速度，淬火后保证得到马氏体组织，而不会出现非马氏体组织。零件淬火冷却的过程控制一般分为三个阶段：第一阶段从淬火加热温度冷却至钢的Ar_1温度范围冷却速度稍快；第二阶段保证钢的过冷奥氏体最不稳定区域不会发生向非马氏体的转变，要求很高的冷却速度；此阶段要求快的搅拌速度，大的流量，高的冷却速度；第三阶段在钢的过冷奥氏体向马氏体转变区域，要求较缓慢的冷却速度以减少淬火过程的组织转变应力，减少零件的淬火组织转变引起的变形。此阶段减少搅拌的速度，减少淬火冷却介质的流量。可控气氛密封箱式周期炉的淬火冷却是大筐零件和整炉零件的淬火，淬火冷却介质的搅拌要求介质流量大，冷却介质分布均匀，才能够起到良好的冷却效果。尤其选用管道式叶轮搅拌，并加以分配导向板，使其冷却介质的流向具有严格的方向性，均匀分布流向淬火冷却零件，如图5-24*d*、*e*所示。管道式叶轮搅拌器对大筐小零件的淬火冷却介质搅拌，具有较好的冷却效果，冷却的均匀性较好。叶轮搅拌器的搅拌过程，通过改变搅拌器的搅拌速度来改变冷却介质的流量从而达到改变冷却状况的目的。

淬火槽中搅拌器的安装方式，直接影响淬火零件的冷却均匀性。图5-25是6种搅拌器的安装方式。其中图5-25a是叶轮搅拌器垂直安装方式。搅拌器在搅拌时，介质是从顶部向下方流动。在装有导流板的情况下，淬火冷却介质则依靠导流板的作用流向淬火冷却区域。

图5-25b是离心式叶轮搅拌器安装在淬火槽下侧。其安装使用应配有一套较好的导流板装置，才能充分发挥其搅拌作用。冷却介质的流动是通过离心叶轮的两侧进入，然后从出口流出，通过导流板均匀流向淬火冷却区。这种搅拌器比较适合于较大装炉量、整筐的零件淬火冷却搅拌，搅拌器占用冷却油槽的面积较大。

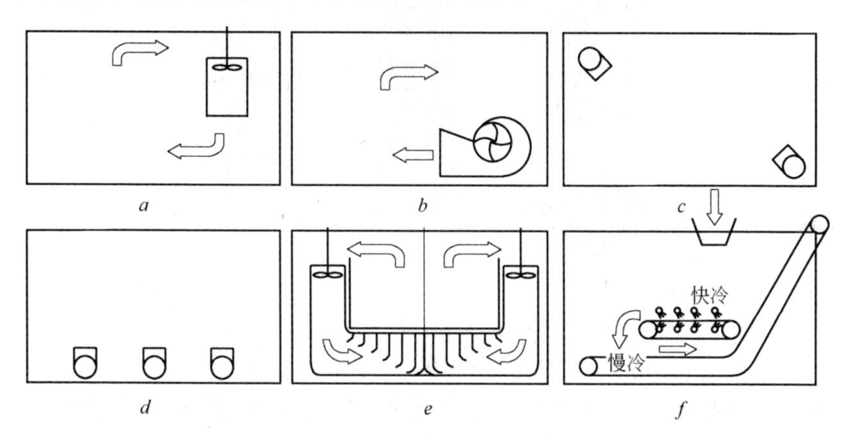

图5-25 搅拌器的6种安装方式

a—叶轮垂直式；b—离心叶轮侧放式；c，d—多台方式；

e—两台搅拌器导流板方式；f—连续淬火的搅拌方式

图5-25c、d（俯视图）是多台搅拌器安装的示意图。多台搅拌器的安装，可起到良好的搅拌作用，保证淬火冷却过程所有零件都得到均匀一致的冷却效果。

图5-25e是两台叶轮搅拌器以及导向分配板的安装情况。安装的导向板实际将全部淬火区域分成两个独立的区域。利用导向分配板的作用，使搅拌的介质均匀流向淬火区域，从而保证所有淬火零件的冷却均匀性。

图5-25f是连续淬火冷却搅拌器的安装示意图。喷嘴分别安装在上层水平传送带上下两面，对上层传送带上的淬火零件加速淬火冷却，而当零件从上层水平传送带上掉入下层提升传送带时，零件则进入缓慢冷却状态。这样保证零件淬火过程三阶段的要求，保证零件的淬火质量。淬火冷却过程中对冷却介质的搅拌，对淬火冷却的均匀性有很大提高。

选择好的搅拌器和设计合理的分配导流板，对淬火冷却的均匀性起着非常重要的作用。在淬火冷却过程中，对淬火冷却介质的搅拌并非搅拌速度越快越好，而是在一定的搅拌速度情况下，才能达到较理想的冷却效果。因此应选择正确的搅拌速度和合理的搅拌器布置方法，才能保证零件具有良好的淬火质量。

除了淬火冷却过程的搅拌以外，淬火油的冷却也是很重要的问题。淬火过程，尤其是整筐零件的淬火，当炽热的零件淬入油槽后，油温将急剧升高，油温太高容易引起火灾，对零件的淬火也不利。当整筐零件淬入油槽以后，油槽的温度将急剧升高，温度高时可达到油的闪点、燃点温度，容易造成火灾。因此，必须对淬火油进行冷却。图5-23中淬火油槽的油冷却器是使用一种直接安装在淬火油槽的水冷却器。这种油冷却器在短时间里能够带走大量的淬火油的热量，在淬火过程油温升高不会太多。图 5 - 26 示出三种直接安装在淬火油槽内的冷却器。

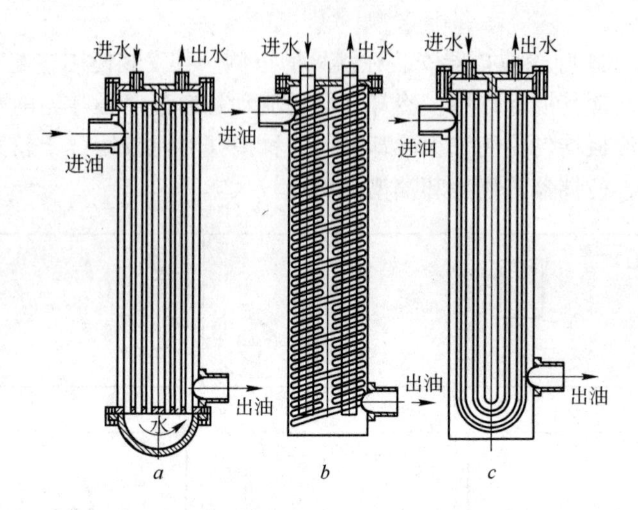

图 5 - 26　三种直接安装在淬火油槽的淬火冷却器

a—鼠笼式冷却器；*b*—螺旋管式冷却器；*c*—弯管式冷却器

图 5 - 26*a* 是一种鼠笼式油冷却器。这种鼠笼式冷却器结构简单，冷却速度快。两端法兰可以使用铸铁进行直接浇注成形，热交换冷却管使用铜管制造。

图 5 - 26*b* 是螺旋管式冷却器，冷却能力强，结构复杂。螺旋管式冷却器制造工艺要求简单，可以使用铜管直接弯曲成形。

图 5 - 26*c* 是弯管式冷却器。弯管式冷却器使用铜管弯曲成形，结构简单制造容易。

图 5 - 26 所示的三种冷却器都是采用水与油进行热的交换冷却，因此冷却速度快。冷却管采用铜管，在冷却过程中热交换速度快，有利于对淬火油的冷却。在设计制造过程应注意，必须保证不会造成水的泄漏。水的泄漏容易造成淬火介质冷却性能的变化，淬火过程水蒸气蒸发至密封箱式周期炉前室破坏炉子气氛的稳定。使用的冷却用水应注意采用软化水，水质硬度较高，由于冷却过程水温升高较多容易形成水垢造成冷却管道的堵塞，影响冷却性能。

图 5 - 23 可控气氛箱式多用周期炉的淬火油槽简图中还示出，油槽内使用了加热器。应用加热器的目的是为了保证淬火油在进行淬火过程维持在一定温度范围。采用加热器维持一定油温进行淬火处理，有利于控制零件淬火过程的变形。可以通过采用不同的淬火油的温度达到控制淬火过程的变形，使热处理过程变形控制到最小范围。

图 5 - 23 示出的可控气氛密封箱式周期炉的淬火油槽简图中油槽油位必须进行严格控制。淬火过程油位的突然升高对炉子不利。油位太低，在油槽死角若存有大量空气容易引起爆炸。因此在设计制造过程必须注意考虑油位的有效控制。图 5 - 23 示出的可控气氛密封箱式周期炉使用的是带弯头的排油口。同时一个带浮球的油位控制开关。

5.2.2　可控气氛密封箱式周期炉的控制

可控气氛密封箱式周期炉的控制包括炉子温度的控制、气氛控制、机械传动控制、安全控制、热处理工艺过程的控制等。图 5 - 27 示出了可控气氛密封箱式周期炉一种形式的控制框图。图 5-27 示出可控气氛密封箱式周期炉由五大部分组成：

(1) 计算机系统，包括计算机主机、显示器、键盘、打印机以及支持系统运行的软件和辅助设施；

(2) 可编程控制器 (PLC)，包括中央处理模块、输入输出模块、数模转换模块、数据存储模块等；

(3) 控制仪表系统，包括温度控制仪表、碳势控制仪表、超温仪表、红外线 CO 分析仪表、氧探头、热电偶等；

(4) 电器控制部分，包括加热部分的控制、机械传动部分的控制、安全保障部分控制等；

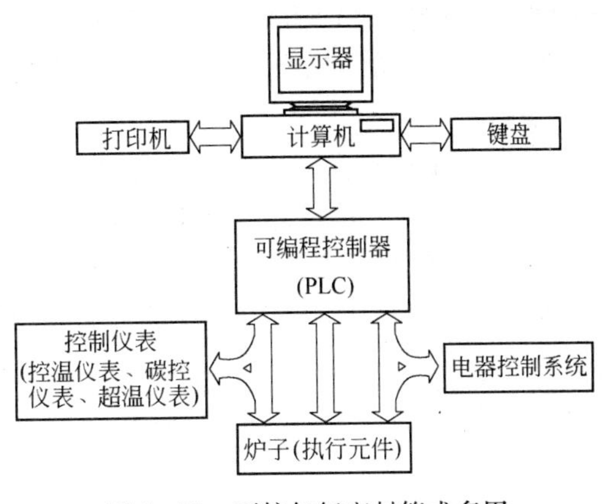

图 5-27 可控气氛密封箱式多用周期炉控制方框图

(5) 炉子部分，包括各种执行元件如电磁阀、手动复位阀、电动机阀、压力开关等。

这五个部分相互关联相互制约相互协调，组成了可控气氛密封箱式周期炉热处理零件处理的质量保证体系，生产安全运行体系。

可控气氛密封箱式周期炉的控制是：将热处理工艺参数、工艺过程的指令输入计算机，计算机将输入各种参数、工艺过程的指令传输到可编程控制器。可编程控制器将计算机传送过来的工艺参数、工艺过程的指令存储在可编程控制器内。同时可编程控制器将各种指令信号分别传送至温度控制仪表、碳势控制仪表、油温控制仪表等仪器仪表；并向各执行元件传送各种指令，打开或关闭电磁阀，将电功率送至加热元件，控制继电器闭合或断开等。

工艺参数、工艺过程的各种指令传输的过程，热电偶检测信号传送到温度控制仪表，氧探头、红外线 CO 分析仪检测信号传送到碳控仪。碳势控制仪表、温度控制仪表、油温控制仪表以及各种执行元件执行情况获得的各种信号传送至可编程控制器。可编程控制器将得到的各种仪器仪表和传动机构的相关信号的各种参数传送至计算机存储起来，便于对原始数据进行分析整理。可编程控制器将得到的指令信号传送至电器控制系统的电器元件推动执行元件达到炉子必须的动作要求。在各种执行元件执行过程中，行程开关、继电器触点、光电开关信号的各种信息传送至可编程控制器进行分析识别判断并传送下一步的指令。计算机将可编程控制器传送来的各种信息，温度、油温、碳势、可控硅输出比率以及报警信号等存储在计算机内并将这些信息显示在显示器上。计算机将得到的信号进行分析向可编程控制器发出调整的指令，使炉子的各种参数达到工艺规定要求。密封箱式周期炉控制的五大部分相互独立，相互关联，可独立控制，也可以联合控制。其最终是保证密封箱式周期炉生产高质量热处理零件和保证炉子正常、安全的运转。

5.2.2.1 计算机控制系统

计算机系统包括计算机主机、显示器、键盘、打印机以及支持运行的各种软件等。计算机系统在可控气氛密封箱式周期炉中的作用是向炉子发出各种指令、收集炉子的各种信息、根据炉子的各种参数调整炉子运行状态，通过键盘进行人机对话，存储运行过程的各种参数，分析整理炉子运行中采集的数据，对采集的数据进行统计分析，根据运行过程采集的数据统计分析结果制定新的工艺和最佳工艺方案等。还可以通过计算机显示器了解炉子运行情况，图 5 - 28 示出计算机显示的一台可控气氛密封箱式周期炉的运行情况。从图 5 - 28 示出计算机屏幕显示状况能够清楚了解炉子运行状态。炉子加热室内热处理零件炉号 0027，零件进炉时间 10：35 以及目前执行工艺情况。从图 5 - 28 显示炉子加热室的温度 920℃，气氛碳势 1.25%，工艺执行总时间 12 小时 15 分，剩余工艺时间 9 小时 50 分等。同时能够了解到目前顶冷室内有炉号为 0026 的零件在顶冷室内进行缓冷，冷却的开始时间 10：20，而前室和淬火油槽内都没有零件处理。在显示器上端存在一系列命令，直接点击命令按钮可以转换到主菜单、运行过程参数曲线、炉子的历史记录曲线、工艺参数、炉子发生报警情况等。通过点击命令按钮转化屏幕能够了解装炉零件名称、数量、单重、总重、执行的工艺类型、工艺执行情况、运行参数等情况。能够清楚地了解到工艺执行时，每段工艺执行过程出现的报警情况，是超温报警还是碳势超差报警或是操作错误报警。通过分析报警情况可以了解设备出现故障的问题所在，便于及时排除故障。通过计算机能够给出每一炉次的各段工艺执行情况的生产报告。通过生产报告能够了解工艺执行情况，是否正确地执行工艺操作。在工艺执行过程存入计算机的各种实时数据，不能人为地进行改动，确保记录数据的准确性和真实性。这样对生产的零件出现问题进行分析就有准确可靠的原始依据，能够找到零件出现问题的热处理原因，制定相应的对策，避免同样问题的重现。计算机还可将获得的资料进行统计分析。将原始资料和热处理结果进行分析整理，找出热处理最佳工艺方案，确保热处理过程是在最佳状态下进行。通过打印机可以将生产报告打印出来。将生产记录的数据、图表、曲线打印出来进行分析或存档。

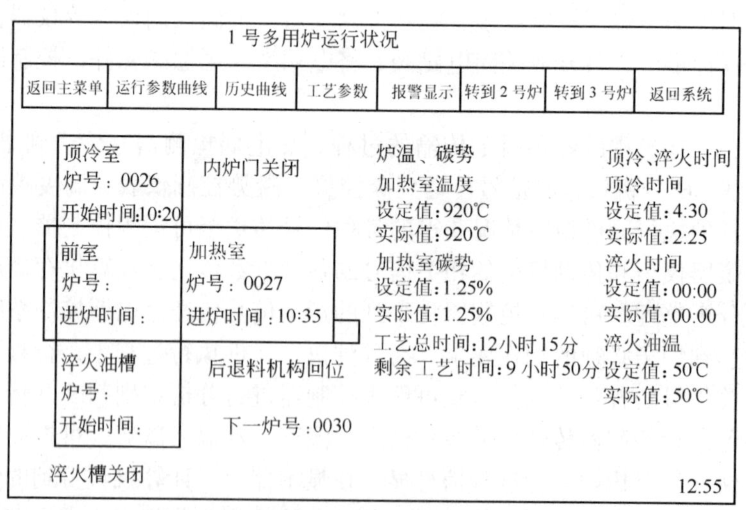

图 5 - 28　计算机显示 1 号多用炉运行情况

5.2.2.2　可编程控制器（PLC）

可编程控制器（PLC）是以微处理器为基础，综合了计算机技术与自动化技术而开发的新一代控制器，是目前在工业领域各种生产过程控制上应用较多的控制器。在可控气氛密封箱式周期炉上的应用也是较多的控制方法。应用可编程控制器对炉子进行控制，具有的可靠性高、稳定性好、操作简单、自动化程度高等优点。图 5 - 27 示出的可控气氛密封箱式周期炉的一种形式控制方框图中，可编程控制器（PLC）是作为控制系统的一个中间环节。起着承上启下的作用。就是将人机对话的各条指令传送到下一机构，将执行机构和各台仪表的信息传送到计算机的作用。

图5-29示出一种可控气氛密封箱式周期炉的PLC的连接简图。可编程控制器通过输入输出模块（I/O模块）的接口与炉子各个执行机构相连接。例如，接到炉门开启或关闭的电磁阀；负责升降料台的上升或下降的电磁阀；负责零件进出的后推料机构的中间继电器以及炉顶风扇运转的继电器等。PLC通过DB模块与控制炉温的温度控制仪表、碳势控制的碳控仪、淬火油温控制的油温仪表等相连接。炉子的温度、碳势、油温的信号以及其他仪器仪表等的信息都通过DB模块进行交换。通过DB模块将KG模块接收到计算机的指令传送到各台仪器仪表；同时将各台仪器仪表检测得到的信息传送到KG模块，然后传送到计算机。PLC的KG模块与计算机连接，通过KG模块将计算机发出的指令分别传送到各输出接口对炉子进行控制。PLC输入接口获得的信息通过KG模块又传送至计算机。

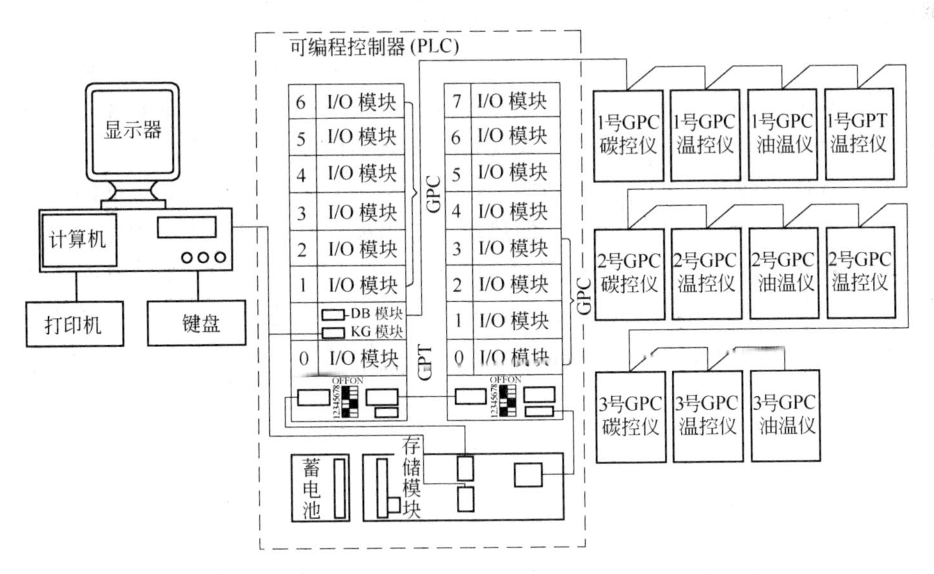

图5-29 可编程控制器连接简图

PLC的运行则是通过PLC内部的梯形逻辑进行运转。通过计算机终端将用户程序以梯形逻辑图和功能块矩图的格式传输给PLC。PLC在设备运行过程中按照这些梯形逻辑和功能块矩图进行运作。在程序执行期间，PLC不断地检测输入的设备状态信息，根据计算机传送来的指令激励或停止设备执行机构的运转。根据设备执行机构和检测仪表传输的信息，不断地分析检测设备的运行状况。及时地修整设备运转情况所传送的各种数据。PLC的检测功能，通过检测接通、断开，输出激励、锁定、解锁和分支，数据的传递、比较，数字的运算以及定时功能对设备实行有效的控制。

可编程控制器对热处理设备的控制是通过计算机发出的指令进行控制。也可以应用可编程控制器直接对设备进行有效的控制，而不通过计算机输入指令。通过按钮、转换开关或其他方式也能够很好地控制热处理设备的运行。

5.2.2.3 电器控制系统

电器控制系统是可控气氛密封箱式周期炉的主要关键的系统。电器控制系统包括了执行系统、安全操作系统以及加热系统。这些系统除了执行计算机和可编程控制器、仪器仪表发出的各项指令外，电器系统本身还有相互关联、相互制约的关系。由于电器部分是最终执行部分，电器线路的设计和制造是十分关键的一部分。关系到设备运行过程是否能够正确执行上级系统下达的各项指令，保证设备正常运行，保证设备热处理高质量的零件的关键部分。因此要保证设备正常运转，热处理高质量的零件，电器系统的正常和安全是保证设备的运行安全、正常的关键。

图 5 - 16 所示可控气氛密封箱式周期炉的运行过程是：炉子合闸升温—当温度达到要求时—在各种条件达到要求时通入吸热式气氛—氧探头和红外仪测量炉子碳势—氧探头、红外仪测量的信号送到碳控仪—碳控仪根据要求进行气氛碳势调节—当气氛达到要求时—开启前室炉门将零件送入前室进行排气处理—关闭前室炉门—排气完成开启加热室炉门—后推料机将零件拉入加热室—关闭加热室炉门—当加热室炉温达到要求时—氧探头和红外仪测量炉子碳势—氧探头、红外仪测量的信号送到碳控仪—碳控仪根据要求进行碳势调节—碳势低通入富化气—碳势高通入稀释气—渗碳完成—加热室炉门开启—后推拉料机将零件推入前室—若零件直接淬火—零件推倒升降料台下端—在零件要完成渗碳前如果淬火油温低—油加热器对油加热达到要求温度—零件进入升降料台下端—加热室炉门关—零件淬入淬火油槽—搅拌器开始工作进行淬火搅拌—淬火油槽油温升温太高—油冷却循环开启进行油冷却—在淬火过程—前室炉门开启第二炉零件进入前室—关闭前室门—零件排气后—开启加热室炉门—第二炉零件进入加热室—关闭加热室炉门—第一炉零件淬火完成—升降料台将零件提升出油—进行滤油—滤油完成—开启前室门—将第一炉零件从前室拉出—关闭前室炉门。这样完成了在可控气氛密封箱式周期炉的一炉零件的渗碳淬火处理循环过程，同时第二炉零件的渗碳过程也已开始。电器控制就是要根据零件在可控气氛密封箱式周期炉的这一循环过程进行有效安全、准确地控制。

可控气氛密封箱式周期炉的加热控制，是通过温控仪表输出一个信号至可控硅触发电路。可控硅触发电路根据温控仪表传输的信号使可控硅导通，电流通过可控硅流向加热元件从而对炉子进行加热。通过可控硅流向加热元件加热的功率的大小决定于温控仪表的信号。炉子温度距要求温度相差越大，也就是远远低于要求温度，流经可控硅流向加热元件的电功率也就大，加热元件加热炉子的温升速度也就越快。当加热室的温度接近于要求温度时，控温仪表输送到可控硅触发电路的信号发生改变，使流经可控硅流向加热元件的功率减小，加热元件加热速度减缓，加热温升速度减慢。调节可控硅控制电路进行炉子温度的控制，可以将炉子温度的波动控制在一个很小的范围波动。使用 PID 调节可控硅控制电路进行炉子温度的控制，可以将炉子温度的波动控制在一个极小的范围。

图 5 - 30 示出一种可控气氛密封箱式周期炉的加热和操作控制电路图（1）。密封箱式周期炉的炉顶冷风扇电动机、淬火油的搅拌电动机、油冷却泵电动机、前室循环风扇电动机、后推料机构电动机以及淬火油加热器的加热控制。这些电机是否转动以及油加热器是否进行加热决定于各电动机及其加热器的继电器。炉顶风扇电动机的转动决定于 303M 继电器的控制，当继电器 303M 闭合时炉顶风扇电机就转动，炉内气氛在风扇的作用下开始循环。而淬火油电动机的转动决定于 307M 继电器，继电器 307M 闭合淬火油电动机开始转动，淬火油搅拌器开始进行搅拌淬火油开始循环。冷却油泵的电动机、前室循环风扇电动机、后推料机构电动机的运转分别决定于继电器 311M、351M、01204MA、01205MR。

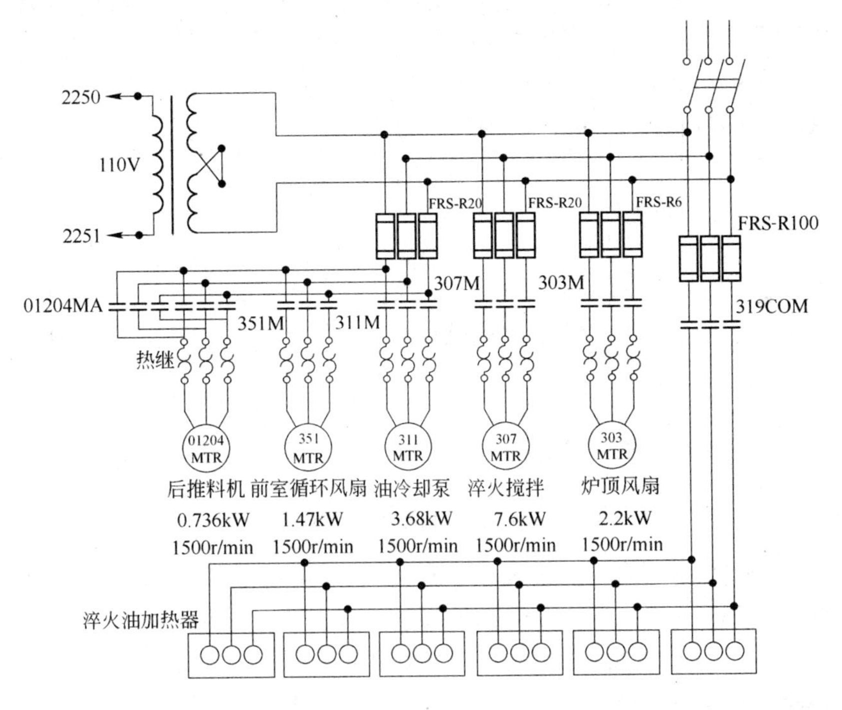

图 5 - 30 加热和操作控制图（1）

当这些继电器闭合时这些电机开始转动，油冷却循环泵开始泵油，前室气氛开始循环，后推料机构开始推拉料。对于淬火油加热器的加热则决定于 319COM 继电器，当 319COM 的继电器闭合后油开始被加热。控制这些电动机或加热器继电器开启还是闭合的控制情况见图 5 - 31 加热和操作控制图（2）以及图 5 - 32 加热和操作控制图（3）。

图 5 - 31 加热和操作控制图（2）以及图 5 - 32 加热和操作控制图（3）示出一种可控气氛密封箱式周期炉的电器控制图。图 5 - 31 加热和操作控制图（2）的控制线 303 为炉顶风扇通的控制线。当继电器 303M 闭合以后炉顶电动机旋转风扇开始转动，炉内气体开

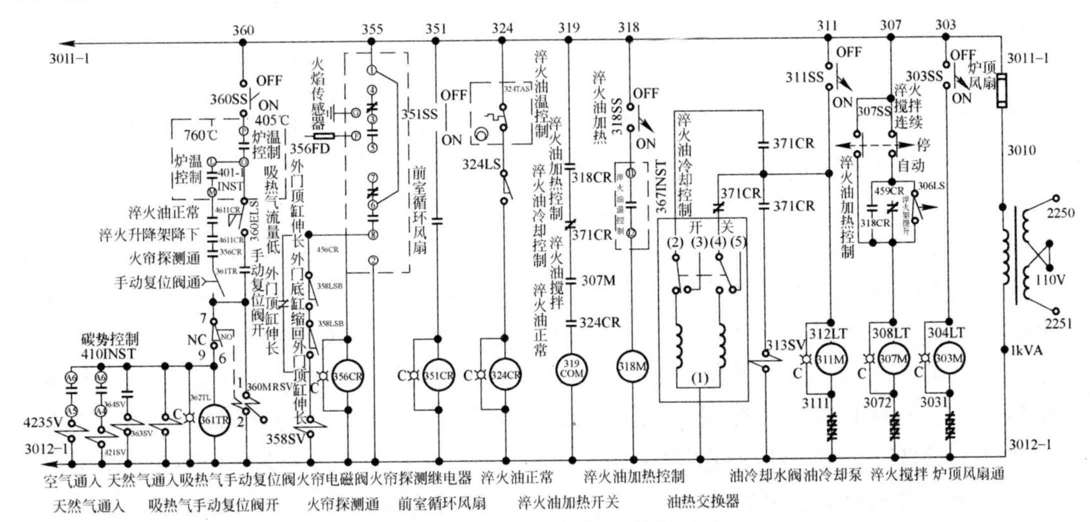

图 5 - 31 加热和操作控制图（2）

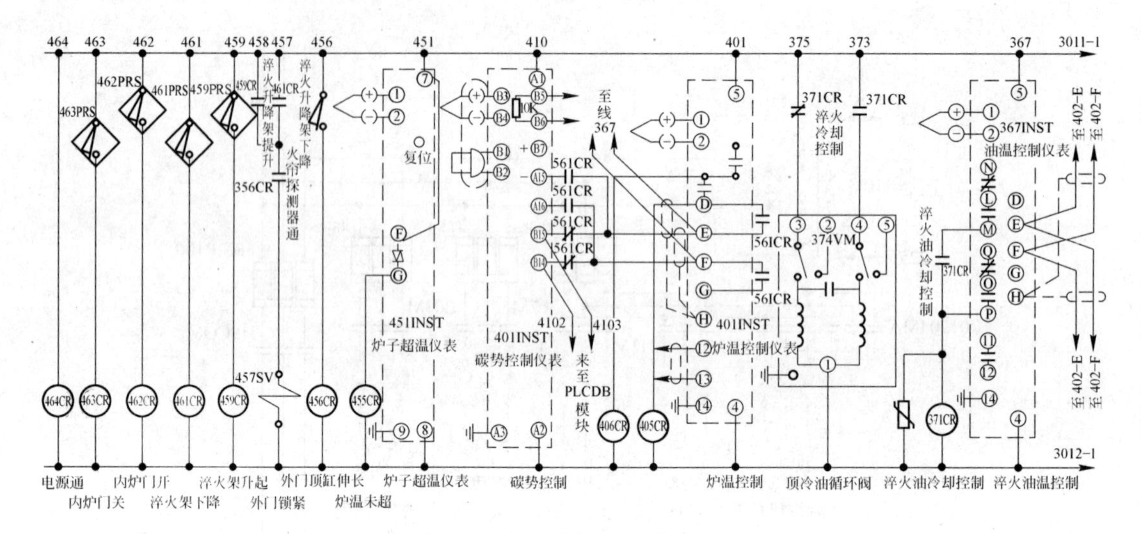

图 5 - 32　加热和操作控制图（3）

始循环。继电器 303M 要闭合决定于选择开关 303SS，303SS 转向 ON，为通，303M 闭合。

图 5 - 31 加热和控制图（2）的控制线 307、311、318、319、324、367 是淬火油的控制线。控制线 307 是淬火油搅拌控制线。淬火搅拌器是否进行搅拌决定于继电器 307M，只有当继电器 307M 闭合，淬火搅拌电动机转动淬火搅拌器才能开始进行搅拌。307M 的闭合首先决定于 307SS 选择开关，当 307SS 转向连续时，307M 长时间闭合淬火搅拌器连续搅拌，直到将 307SS 选择开关转向其他位置搅拌停止。当选择开关选择自动位置时，有 3 个因素决定于 307M 是否闭合：一是 306LS 后推料机退回，后推料机行程按钮被接通，淬火搅拌器可以进行搅拌；二是淬火升降架提升常闭触点 459CR 闭合；当进行淬火处理时，淬火升降架降下 459CR 开启，线 307 的 459CR 常闭触点闭合 307M 闭合淬火油进行搅拌。当淬火完成以后，淬火升降架提升 459CR 开启，307M 断开，搅拌器停止搅拌；三是决定于淬火油加热控制 318CR，当淬火油温度要进行控制时，选择开关 ON；淬火油温在淬火前低于工艺规定温度时淬火油温控制第 367IN 闭合，318M 闭合，淬火搅拌 307M 闭合淬火油开始进行搅拌。

控制线 311、318、319、367 淬火油温度控制线。对淬火油温进行控制是为了确保零件淬火质量。零件在淬火过程通过淬火油温的控制可以将淬火变形控制在一个较小的范围内，提高零件淬火质量，减少零件淬火过程的变形。淬火油温度要进行控制时，由控制线 367 上的 367INST 油温控制仪表进行控制。当油温控制仪表 367INST 测得淬火油温度低于要求值时，就要对油进行加热。当油温低于要求值时，控制线 318 选择开关 318SS 转向 ON，367INST 闭合，继电器 318 闭合。控制线 319 上 318CR 闭合，淬火搅拌 307M 闭合，淬火油位正常 324CR 闭合 319COM 闭合，淬火油开始加热。当对零件进行淬火时，淬火油温远高于要求值，此时要对油进行冷却。当 367INST 仪表测得油温高于要求值，淬火油冷却控制继电器 371CR 闭合。控制线 311 上 311SS 选择开关选择，油冷却泵继电器 311M 闭合，油泵 311MTR 开始泵油流向热交换器。继电器 371CR 闭合，控制线 311 的 371CR 闭合；油冷却水阀 313SV 打开，冷却水通过油热交换器冷却高温油；淬火油冷却控制开，油经过热交换器与水进行热量交换。

控制线324是淬火油位正常控制线。当油温高时324TAS闭合，油位控制行程开关324LS闭合，继电器324CR闭合，油位指示灯亮。

可控气氛密封箱式周期炉使用的可控气氛在与空气混合以后容易发生爆炸，因此要求确保炉门打开过程不能够有大量的空气进入炉子。在可控气氛通入炉子时，不会因为炉内空气存在造成爆炸的危险。在确保炉子的安全性上必须采取必要的措施。图5-31加热和操作控制图（2）中控制线355、360是前室门开启时火帘的检测控制和吸热气氛通入时的控制线。在进行可控气氛热处理过程中，当前室炉门打开时如果进入大量空气容易引起爆炸。前室炉门使用火帘将空气中大量的氧燃烧掉，避免造成爆炸，控制线355设置的火帘探测器继电器的作用就是避免爆炸的发生。当火焰传感器356FD检测到火焰已点燃时，火焰探测继电器356CD闭合。同时通过456CR常闭触点打开358SV火帘电磁阀。这时天然气通入，点燃火帘。当继电器闭合时，456CR常开点闭合，通过358SLA、358LSB使358SV电磁阀开启通入天然气，炉门前天然气燃烧形成火帘。只要火帘探测器探测引火棒已点燃，火帘电磁阀358SV始终打开避免空气进入炉子。

图5-31加热和操作控制图（2）中控制线360是吸热式气氛、天然气、氨气以及稀释气通入炉内的控制线。这些气氛通入炉子内必须是手动复位阀开启后才能够通入炉内。手动复位阀是吸热式气氛能否进入炉子内的安全控制阀。在炉子可能发生事故的情况下起到安全保护的作用。当炉子温度、压力以及其他可能有碍于安全的机构发生故障时，手动复位阀将立即切断吸热式气氛、天然气以及稀释气通入炉子。吸热式气氛和天然气是容易爆炸的气体，与空气混合比有一个很宽的爆炸范围。这些气体与空气的混合比的范围是：天然气与空气混合比是1∶（5～15）；氢气与空气混合比1∶（4～74.2）；CO与空气混合比12.5～74.2。而天然气制备的吸热式气氛中CO的含量20.7%；H_2的含量38.7%；CH_4的含量0.8%。因此，吸热式气氛与空气混合很容易发生爆炸。图5-31加热和操作控制图（2）中控制线360线的作用就是确保吸热式气氛、天然气通入加热室炉内时避免发生爆炸的控制线。控制线360线上的手动复位阀要能够开启必须360SS转换开关转向ON。当然，转向开关转向ON后还必须炉子温度以及其他一些必要条件达到要求，手动复位阀才能开启。图5-32加热和操作控制线路图（3）可以知道，手动复位阀的开启首先加热室温度控制仪表401INST测得加热室温度达到405℃时*P-O*点之间常开触点闭合，然后加热室温度必须达到或超过760℃以上时，加热室温度控制仪表触点*L-M*之间常开触点闭合。温度达到或超过760℃满足了供气的基本条件，但是并不等于就能够开启手动复位阀进行供气。在温度760℃以下吸热式气氛和天然气极易发生爆炸，因此温度达到760℃以上才具备供气的最基本的条件。要能够向加热室供气还必须满足以下几个条件：

（1）淬火油正常。淬火油正常包括，淬火油位正常、淬火油温正常。油位行程开关324LS闭合，324CR闭合。淬火油位低于油位要求在油槽某些死角集聚空气，通入吸热式气氛时与死角残留空气混合容易产生爆炸。要求油位必须达到要求高度，油将油槽内空气排除，油槽内不存在大量空气避免引起的爆炸。

（2）淬火升降架必须是降下位置。淬火升降架上架为顶冷零件之用，若淬火升降架在升起位置，顶冷室内就会保存大量空气。当吸热式气氛通入与顶冷室空气混合就会增加爆炸的危险。淬火升降架下降461CR继电器闭合，控制线360上461CR闭合。

（3）火帘探测器通。当火帘探测器检测到火帘的引火棒已点燃，继电器 356CR 闭合，控制线上 365CR 常开触点闭合。

以上条件满足以后手动复位阀 360MRSV 闭合，手动复位阀能够开启。手动复位阀开启，常开点 360NC 被闭合，361TR 导通，吸热式气氛通入炉内。继电器 361TR 闭合以后控制线 360 线的常开触点 361TR 闭合，吸热式气氛压力开关 360FLS 导通，起到保持手动复位阀 360MRSV 的作用。当淬火升降架进行顶冷零件时仍然能够保证手动复位阀正常供气。手动复位阀开启后天然气就能够通入炉内，天然气电磁阀 363SV 闭合通入天然气。

炉内碳势的高低则通过碳势控制仪表 410INST 进行控制。当氧探头和红外仪将测得信息传送到碳势控制仪表，得到碳势低于要求值时，碳势控制仪表 A6 和 A4 之间常开触点闭合；电磁阀 421SV 开启，天然气通入炉内提高炉内气氛碳势。当氧探头和红外仪将测得信息传送到碳势控制仪表，得到碳势高于要求值时，碳势控制仪表 A6 和 A5 之间常开触点闭合；电磁阀 423SV 开启，空气通入炉内降低气氛碳势。

当炉子降温时，由于炉子是从高温状态逐步降温，若顶冷室内还有零件在进行缓冷。那么吸热式气氛还必须继续供给。但是当炉子加热室温度降低到 405℃ 以下时也很容易造成爆炸。因此，当炉子温度达到温度 405℃ 时控制仪表的触点 *P-O* 断开，手动复位阀断开，吸热式气氛、天然气等气氛就不能够通入炉子内，确保炉子的安全。

图 5 - 33 为加热和操作控制 PLC 输入电路图（1）。图 5 - 34 为加热和操作控制 PLC 输入电路图（2）。图 5 - 33 和图 5 - 34 示出设备各种信号和按钮指令输入 PLC 情况。向 PLC 传输的指令包括：可控气氛密封箱式周期炉操作采取手动方式还是自动方式运行；淬火升降架的控制指令；加热室炉门（内炉门）的控制指令；淬火油是关闭（OFF）或循环方式，还是进行顶冷室冷却；后推料机构控制方式关闭或自动还是点动方式以及后推料机构前进或后退的指令；电源和指示灯试验的指令等。传送到 PLC 的信号有：电源信号；外炉门、内炉门的信号；淬火升降架的状态信号；炉子温度信号；炉子碳势信号；后推料机运行信号；淬火油温度、油位等的信号。

从可控气氛密封箱式周期炉的电器控制系统了解到，电器控制的作用对炉子运行过程必须保证人员、设备的安全；炉子的运行的目的是保证得到高质量的热处理零件。热处理零件质量的控制直接关系到炉子热处理零件水平问题，因此是炉子运行过程的关键。炉子运行过程的机械化自动化程度要高，机械化自动化越高，人为因素参与越少，越容易获得高质量的热处理零件，零件质量的重现性也就越高。因此，炉子的操作控制应该减少和避免人为因素的参与，才能提高热处理零件的质量水平。

5.2.2.4　控制仪表系统

可控气氛密封箱式周期炉的控制仪表包括炉子温度控制仪表、碳势控制仪表、超温控制仪表、淬火油温度控制仪表等。炉子温度的控制和超温控制以及油温控制由温度控制仪表和热电偶组成。超温仪表在温度超过预先设定温度值时切断加热电源并发出报警。淬火油温度的控制要求测量范围远低于炉子温度和炉子超温测量范围，只需低温测量仪表和热电偶。炉子气氛碳势的测量控制使用碳势控制仪表、热电偶、氧碳头和 CO 红外仪组成的碳势控制系统进行控制。

A　温度控制仪表

应用在可控气氛密封箱式周期炉的温度控制仪表种类较多。有电子自动平衡式温度显

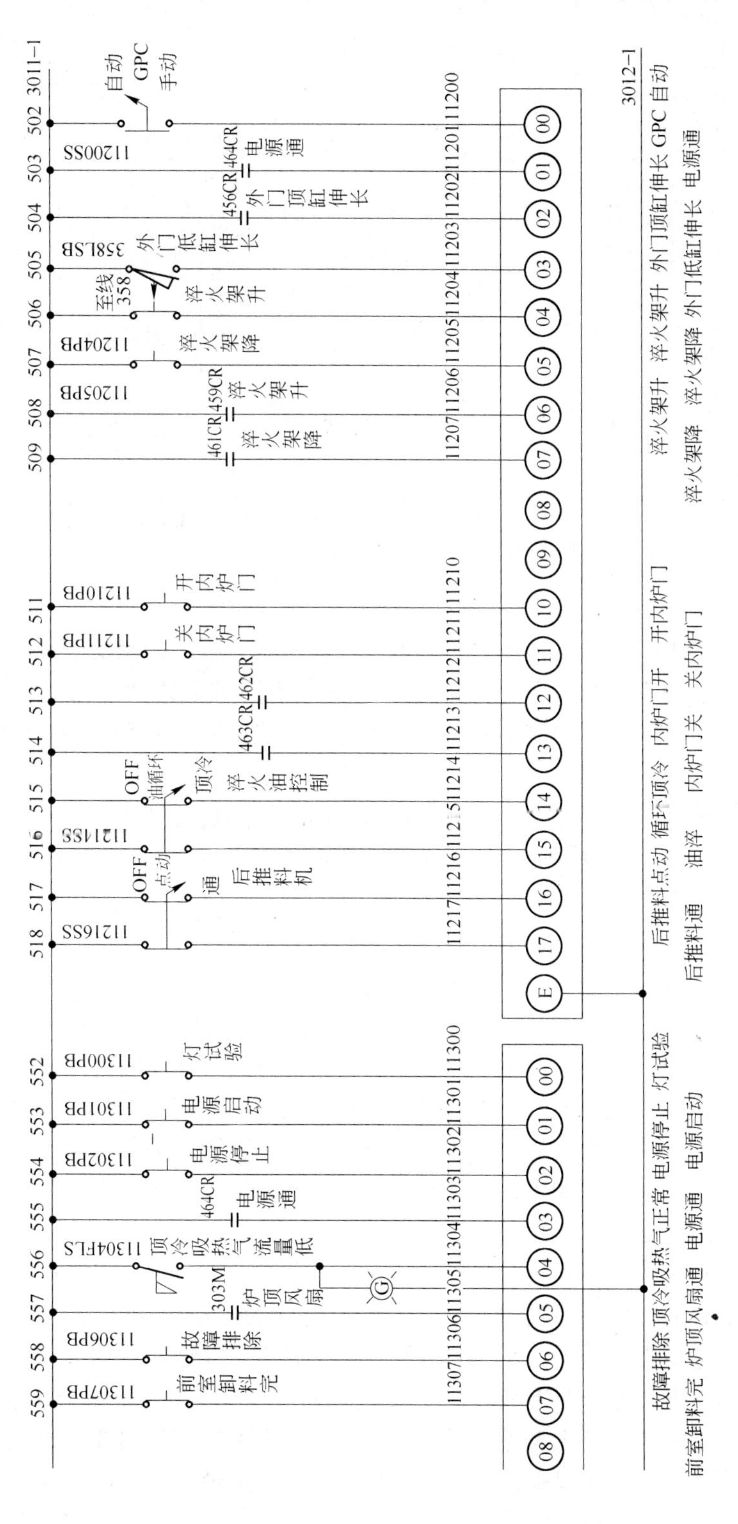

图5-33 加热和操作控制PLC输入电路图（1）

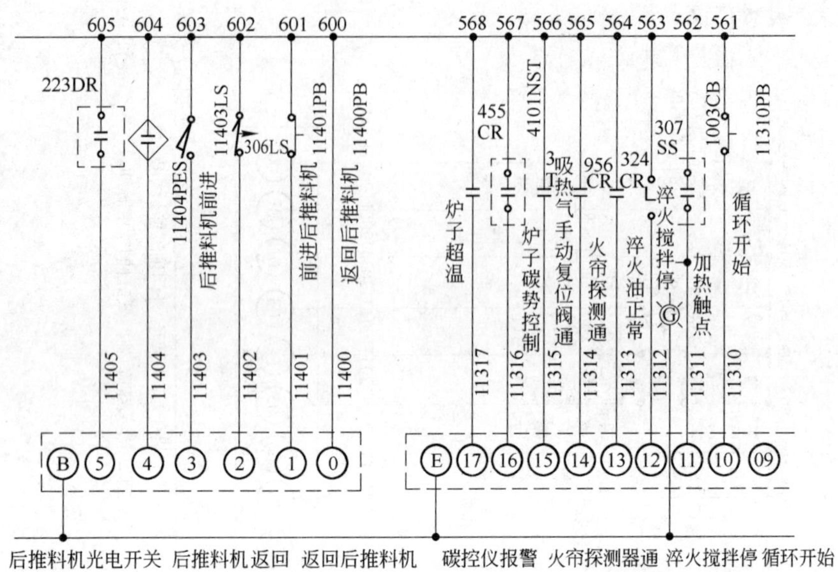

图5-34　加热和操作控制 PLC 输入电路图（2）

示与调节仪表；有带 PID 调节功能的显示与调节仪表；有带程序控制功能和 PID 调节功能的显示与调节仪表；有带巡回检测装置数字式仪表；有带微处理机的数字式温度控制仪表；有带人工智能调节与温度控制器的控制仪表等。这些控制仪表都有各自的特点，可应用于不同的条件。

应用在图5-16可控气氛密封箱式周期炉的温度控制仪表是 BARBER COLMAN 的560型数字式温度显示仪表。这种560型数字式显示仪表是应用于计算机基础上的温度控制仪表。560型温度控制仪表有远程控制和本地控制的选择。选择本地控制可应用仪表直接对炉子温度进行有效控制。选择远程则可通过计算机或其他设备传输温度控制指令对炉子进行有效的温度控制。仪表本身具有 PID 调节功能。PID 调节功能就是比例调节（P）功能和积分（I）或微分（D）调节功能进行选择。在仪表选择比例调节关系时，仪表的输入和输出之间仪表调节呈连续线性关系。如果应用选择积分调节功能时，这时控制仪表输出量是与仪表的输入量与给定值的偏差量对时间的积分成比例。应用积分功能可以防止在工艺过程中负载出现剧烈和频繁的变化所产生的剩余偏差具有积分抑制功能。这样在连续生产的加热冷却过程出现大幅度变化时有效地进行积分终止抑制作用。选用微分功能时，控制仪表的输出量与输入量变化的速率成比例。仪表微分功能确保仪表输出量与突然扰动量、显著地使输出滞后或中等停顿时间量的变化速率成比例。560型数字式温度显示仪表适用于S、R、B、K、T、J、E等各种型号的热电偶。能够适应各种推荐操作温度范围得到高精度控制。可适应自动—手动操作的转换，适应远程—本地的控制选择。具有4位数字双功能连续显示，在操作指令下显示出设定值和测定温度实际值。具有工艺报警功能，当温度超过工艺给定值范围（上偏差或下偏差）时发出报警。560型数字式仪表只能进行温度的显示而不能进行工艺过程温度的记录。对于温度的记录只有通过计算机或记录仪进行记录。

560型温度控制仪表是一种数字式仪表。数字式温度仪表与模拟式仪表相比较，具有测量精度高、灵敏度高、测量速度快、读数直观、容易实现测量自动化及与计算机配合使用等优点。数字式温度控制仪表主要包括传感器、A/D（模数）转换器、计数器、显示器和控制逻辑电路等部件。传感器为各种测温传感器热电偶、热电阻、辐射温度计、光学温度计等。传感器将被测温度值转换为电压值。A/D 转换器将电压值转换为数字量。计数器对数字进行计数，并将计数结果送往显示器进行数字显示。控制逻辑电路完成整机的控制，使各部件协调工作并进行重复测量。数字式温度测量仪表根据所使用的测量温度传感器分为电阻式数字温度显示仪表和热电偶式数字温度显示仪表。电阻式数字温度显示仪表是利用金属在温度增加时电阻增大的特性，应用数字式欧姆表和电压表进行定量测试。测试的温度和电阻值分度关系几乎是线性的，因此可以很容易地采用线性欧姆－电压转换器和 A/D 转化器来完成数字式温度测量；或者采用电桥等形式将热电阻的阻值变化转换成电压的变化，然后由 A/D 转换器完成数字式温度测量。热电偶式数字温度显示仪表是利用热电偶电动势与温度的关系，获得与温度确定的关系的电压值，然后由 A/D 转换器进行定量测试。

带微处理机的数字式温度控制仪表又称智能型仪表。目前在国内外应用越来越广泛。智能型温度控制器系列仪表，通讯可靠，对上位机访问时间短，软件资源丰富。AI 系列人工智能调节器/多路巡检仪表允许通信接口上连接多台仪表，只需两根线就能够实现多台仪表与计算机的通信。通信接口采用光电隔离技术，将通讯接口与仪表的其他部分线路隔离，当通讯线路上的某台仪表损坏或出现故障时，并不会对其他仪表产生影响。同样当仪表的通讯部分损坏或主机发生故障时，仪表仍能够正常进行测量和控制，并可以通过仪表键盘对仪表进行操作。其特点如下：

（1）显示：双四位七段数码管显示，7 个状态灯，测量精度满量程的 0.3% ±1 个字，采样周期 0.5 s。

（2）自由输入：可选择 11 种热电偶，8 种铂电阻，6 种电压输入以及 4 ~20 mA 电流输入。

（3）调节算法：为热处理行业设计的无超调专家 PID 算法。抗超调抑制系数可设。

（4）调节输出：SSR 固态继电器输出，4 ~20 mA 和 0 ~10 V 线性输出，接点输出。

（5）输入滤波时间常数：用以减小由于工业现场的扰动引起的测量值跳字，稳定测量值显示。

（6）测量值补偿：仪表和传感器的计量误差或因传感器导线过长引起的误差，可以设定修正值。

（7）报警输出：两组独立的报警继电器，加热器断线报警，用户可设绝对/偏差八种报警类型。

（8）设定值偏移：可通过仪表外部 SB 端子选择机内的两个设定值，适用于昼/夜温差，保温控制。

（9）直流线性输入的可编数显量程：可设置 －1999 ~9999 的工程量显示单位，小数点位置。

（10）手动调节输出：通过面板手动键可完成比例带内的无扰动地自动/手动切换。

（11）调节输出限幅：可分别设定调节输出幅度的上、下限，限定阀门的大小开度，限制加热功率。

(12) 上电缓启动保护：上电输出按 1 ~ 100 s 的斜率增加，以减少负载冲击，保护功率元件。

(13) 调节的执行及脱机：通过面板可方便地选择仪表的自动调节或仅测量显示无输出。

(14) 比例周期设置：P 和 Y 型输出仪表，可设输出比例周期，以匹配加热器件和调节分辨力。

具有报警功能：

(1) 独立的上下限报警继电器输出为基本配置，4 种报警方式可设。

(2) 单相加热器断线报警。

(3) SB 设定值偏移，独立设置的上下限报警继电器接点容量：240VAC 1.5A（纯阻）。

具有特色的通讯功能：

(1) 更宽的地址范围：仪表地址为 0 ~ 99 号，可将多达 100 台仪表连成同一网络。

(2) 波特率：1200、2400、4800、9600 可设，二进制块校验和奇偶校验。

(3) 简洁的 ASC 码通讯协议：特殊的引导符用以区别网络上其他通讯设备（PLC 等）。

可控气氛炉子温度的测试主要应用热电偶进行炉子温度的测试。热电偶作为温度测量的一次仪表，各种温度指示调节控制仪表炉子作为二次仪表进行温度的测试、显示、控制。温度测试使用的热电偶一般应用较多的是 K 型热电偶。K 型热电偶为镍铬 - 镍硅（镍铬 - 镍铝）材料。K 型热电偶长期使用温度范围在 0 ~ 1200℃；短时间使用温度范围可以达 0 ~ 1300℃。K 型热电偶适宜在氧化性气氛和中性气氛以及真空条件下使用。在应用在可控气氛热处理气氛中则要注意进行气氛的防护。避免还原性气氛对热电偶的侵蚀，造成热电偶的早期损坏。应用 K 型热电偶作为一次仪表，补偿导线为 KC 型或 KX 型补偿导线。作为一次仪表也可应用 S 型热电偶。S 型热电偶为铂铑 - 铂材料。S 型热电偶具有好的高温抗氧化性，适宜在氧化或中性气氛中使用。因此 S 型热电偶同样注意在可控气氛情况下的保护。S 型热电偶的补偿导线是 SC 型的补偿导线。但是 S 型热电偶价格远高于 K 型热电偶。

B　碳势控制仪表

可控气氛密封箱式周期炉的碳势控制使用的控制方法很多。根据炉子气氛种类 CO_2、H_2O、O_2、CH_4、CO、H_2 的分压，可以对其中一种气氛进行控制。也可以对两种或多种气氛进行控制。当炉子控制气氛要求精度不高时，可以进行一种气氛的控制。当炉子控制气氛精度要求较高时，最好采用两种或两种以上气氛的联合控制。当然最好是应用计算机进行多参数的精确控制，确保炉子气氛碳势的控制质量。

可控气氛炉子的气氛碳势受很多因素的影响，炉子气氛成分、炉子温度、炉内气氛总压力以及被处理零件的材料合金元素含量和炉子的结构等。炉子结构是一个恒定的因素；当被处理的零件材料确定以后，材料的合金元素含量也就基本确定。热处理工艺确定了热处理零件处理过程炉子的温度，炉子温度控制的准确性、精确性决定于炉子结构和控制温度的仪表。炉子温度控制准确性、精确性，直接影响炉子气氛碳势控制的准确性和精确性。炉子气氛的总压在炉子运行过程要求控制在一个恒定压力，这样炉子的气氛控制影响因素也就只有炉子气氛的各个分压。对炉子气氛中其中一种分压控制达到平衡，也就能够使炉子的气氛达到了平衡。对炉子气氛单一参数进行控制，例如只控制气氛中 CO_2 含量，称之为单参数控制。单参数控制气氛碳势控制精度低，控制设备简单，成本低。对于要求气氛精度不高的炉子气氛碳势可以采用单参数控制方法。对于要求炉子气氛碳势精度较高的炉子，则采用多参数进行控制。采用多参数对炉子气氛碳势进行控制就必须建立多参数控制的数学模型，这也是实施计算机控制的首要条件。只有建立了炉子气氛碳势控制多参数的数学模型，计算机就能够对炉子气氛进行有效的、准确的实时控制。炉子气氛控制的数学模型是应用数学公式对控制参数的客观规律的描述。在建立炉子气氛碳势多参数控制的数学模型应按照以下原则进行确定：

（1）对热处理工艺参数进行理论分析，确定控制参数之间的函数关系。根据控制参数之间的函数关系，经实验进行修正，得到准确的数学模型。

（2）对已经得到的成熟的控制数据进行统计分析，找出控制参数之间的函数关系或相关关系，确定多参数数学模型。

（3）根据炉子系统试验的结果找出炉子气氛碳势多参数控制所需的数学模型。

（4）参考其他同类型炉子气氛碳势控制的数学模型，对数学模型进行实验修正，得到准确、正确、高精度控制的数学模型。

图 5 - 27 示出的可控气氛密封箱式周期炉的控制框图对气氛碳势的控制应用是多参数的控制。根据生产经验可得，炉子温度、CO 含量以及炉内总压力发生变化对炉子气氛碳势将发生较大的影响。炉子温度变化 ±10℃，炉子气氛碳势将变化约 ±0.07%；炉子内总压力变化 ±1333Pa，炉子碳势变化约 ±0.02%；炉子内气氛中 CO 含量变化 ±0.5%，炉子气氛碳势变化约 ±0.03%。这些因素对碳势的影响是互相独立的，在最不利的情况下影响炉子碳势的误差可达到 ±0.12%。因此采用三参数进行炉子碳势的控制，能够得到高精度的炉子气氛碳势。

图 5 - 35 示出密封箱式周期炉应用三参数进行碳势控制的方框图。这三个参数包括应用氧探头控制气氛氧势，红外线 CO 分析仪控制气氛 CO 含量，热电偶进行炉子温度控制。

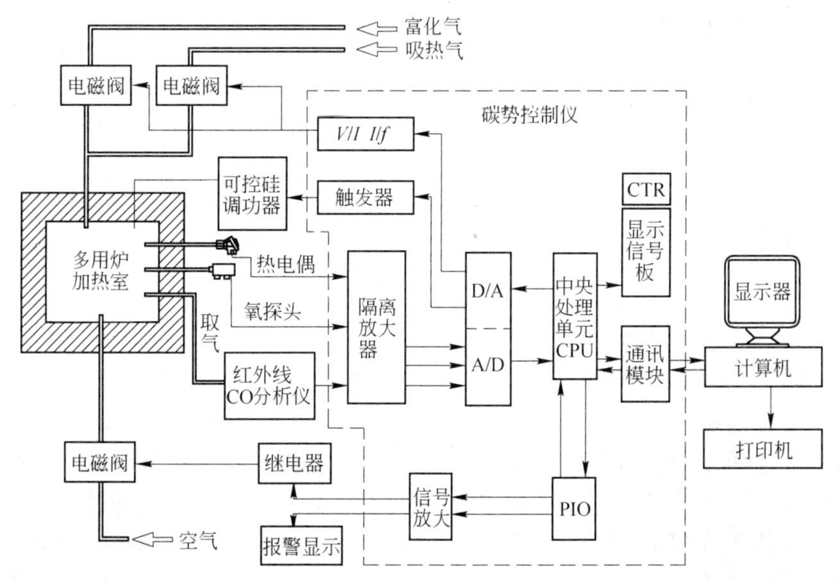

图 5 - 35　密封箱式周期炉气氛三参数碳势控制方框图

图5-35示出控制系统方框图采用吸热式气氛作为载气，天然气作为富化气，应用空气作为稀释气在炉内形成可控气氛。图5-35三参数碳势控制系统有四路控制输出：

（1）碳势控制。碳势控制由氧探头、热电偶、红外线CO分析仪测量气氛中的氧分压、炉子温度、气氛中CO含量。测量得到的模拟信号经隔离放大器将信号进行放大，然后经A/D（模/数）转换成数字信号。得到的数字信号送到中央处理单元（CPU）按照给定的碳势数学模型以及预先编排的程序进行计算处理，获得与碳势偏差成DIP关系的控制量。碳势偏差控制量经V/I（电压/电流），I/f（电流/频率）两次转换，控制电磁阀的开关频率来控制富化气的通入量，从而达到控制炉子气氛的碳势。

（2）炉子温度控制。炉子温度的控制同样由热电偶测得的炉温信号经隔离放大器、经A/D转换送入CPU按事先给定的程序进行处理，获得与温度偏差成DIP关系的控制量，直接输入可控硅过零触发器。可控硅过零触发器控制可控硅输送给炉子的电功率，达到控制炉子温度的目的。

（3）炉子气氛中CH_4极限含量的控制。根据炉子气氛的特点，当气氛中CO含量达到某一限定值时，微处理器通过PIO输出口的输出信号启动电磁阀，向多用炉加热室送入一定量的空气。送入空气与气氛中CH_4进行反应，从而保证炉子气氛CH_4含量不超过给定限定值，减少CH_4对碳势控制的影响。

（4）报警。当采集信号出现异常时，PIO输出的输出信号发出报警信号。

碳势温度控制系统除了四路控制输出，对于采集的信号同时也传输给计算机。计算机将采集的所有信息进行整理存储。并且根据得到的数据进行统计分析，找出执行最佳方案。

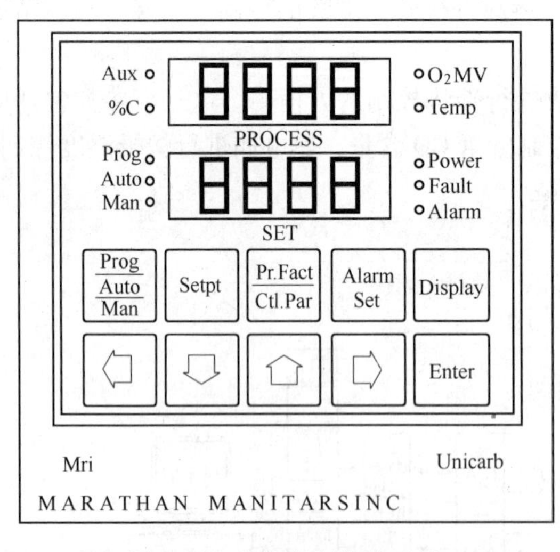

图5-36　气氛控制仪表面板

图5-36示出的可控气氛密封箱式周期炉的气氛控制仪表是一种三参数气氛控制仪表。气氛控制仪表能够对渗碳、碳氮共渗、光亮淬火、光亮退火、光亮正火和中性淬火等热处理过程所应用的可控气氛的碳势进行准确、精确的控制。气氛控制仪表实现气氛碳势的准确、精确的控制是综合来自氧探头、热电偶以及红外线CO分析仪的信息，通过对得到的信息进行计算以碳势的形式表现出来。该控制仪表具有硬纠错设施，可以按规定计算各种条件下的碳质量分数的设定点。该控制仪表还可以综合氧探头的输出温度进行计算气氛的露点，并以同样的方式进行控制。气氛控制仪表具有计算机连接的RS-422或RS-232接口，因此可以由计算机进行远程监控。也可以应用仪表的自身编程器准确的、精确的和完全控制工艺过程的全部循环，能够保证气氛碳势控制达到较高的精确度。气氛控制仪表具有一个常闭的报警继电器触点，可以连接需要的报警系统。报警系统是智能型的，可以帮助预防由于人为错误或机械故障引起的操作问题。这种气氛控制仪表具有4位7段显示。能够显示仪表气氛控制过程的%C、O_2毫

伏、温度或辅助输入的数值。图 5 - 36 示出气氛控制仪表的一种显示面板。在图 5 - 36 中示出仪表能够显示炉子气氛碳势设定值、碳势、AUX 辅助输入当前值、O_2MV 氧探头毫伏值、Temp 温度等参数。能够显示仪表运行方式 Prog 程序正在运行仪表自动控制方式、Auto 自动控制方式、Fault 检测到信号输入错误状态、Power 电源开启、Alarm 报警状态、Setpt 选择设定点/参考数输入方式、Pr. Fact/Ctl. pat 选择了过程系数和控制参数输入。图 5 - 36 还示出通过仪表面板可以对仪表进行编程。将需要执行的程序预先输入仪表，在需要执行的时候直接调出执行。同时在采用自动控制方式时，可以直接由计算机发出指令，气氛控制仪表按照计算机要求的程序进行运行。

应用三参数气氛控制仪表对气氛碳势进行控制，控制精度高，气氛碳势质量稳定。目前应用三参数或多参数的气氛碳势控制越来越多。但是对于一些要求控制精度不高的炉子气氛控制采用单参数或是二参数控制也能够有效地控制气氛碳势。例如对发生器的气氛的控制可以采用对气氛的露点或 CO_2 的控制，达到控制气氛的目的。图 5 - 37 是利用红外线 CO_2 分析仪对吸热式气体发生器进行气氛控制的方框图。是一种单参数气氛控制方法，控制气氛中二氧化碳质量分数从而达到控制气氛碳势的目的。吸热式气体发生器制备的气氛采集后，被红外线 CO_2 分析仪的检测器进行检测。检测得到信号送至前置放大器进行放大，然后送至主放大器。主放大器放大后的 CO_2 的信号传送至调节器，检测 CO_2 得到的信号与设定的 CO_2 的值进行比较。若测得的 CO_2 值高于给设值，调节器将按 PID 调节规律发出调节信号，使电动机阀的开度变化与偏差大小成比例，减少空气供给量；使通过电动机阀的空气量按比例减少，从而降低气氛 CO_2 值。当红外线 CO_2 分析仪测得的 CO_2 值低于给设值时。调节器将按 PID 调节规律发出调节信号，使电动机阀的关闭变化与偏差大小成比例的关闭，减少空气供给量；使通过电动机阀的空气量按比例增加，从而升高气氛 CO_2 值，达到控制发生器输出气氛碳势的目的。

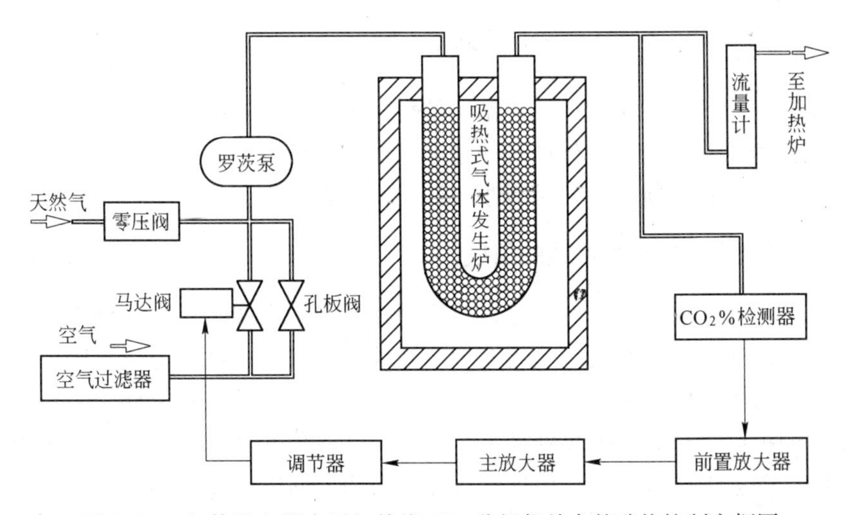

图 5 - 37 气体发生器应用红外线 CO_2 分析仪单参数碳势控制方框图

单参数气氛控制除采用红外线 CO_2 分析仪进行气氛碳势控制外，还有采用露点仪、氧探头、CO 红外仪等仪器进行气氛碳势控制。在要求气氛控制精度不高的情况下，单参数气氛碳势的控制能够达到炉子气氛的有效控制。对一般的渗碳气氛的控制，如吸热式发生器的气氛控制，放热式发生器的气氛控制等，都能够保证气氛达到一般要求。对于要求较高的热处理工序，采用单参数的控制就不能够完全保证工艺过程达到其工艺要求。进行光亮淬火、中性淬火，对零件渗碳表面碳质量分数要求精度高，碳质量分数梯度要求精度等热处理工艺，单参数的气氛碳势控制就不能很好地保证达到工艺要求。可采用三参数甚至四参数、五参数的控制。不仅控制炉子气氛两个或三个甚至更多的组分，而且将炉子温度、炉子气氛总压力也作为气氛控制的参数进行全面的控制。也就是在气氛的控制过程保证等温、等压情况下进行气氛的多组分控制，可达到气氛的最高控制精度。对气氛的五参数控制（炉子气氛三组分的分压加上温度、气氛总压两参数）已达到了很高的控制精度。对气氛控制的参数越多，气氛控制的精度越高。但是气氛控制参数越多，控制设备越复杂，成本越高。因此，对于可控气氛的气氛控制在完全能够保证气氛控制精度满足技术要求的前提下，尽可能选用控制参数少的气氛控制系统。

C　炉子超温仪表、油温控制仪表

炉子超温控制仪表与炉子温度控制仪表可使用同样的控制仪表。在使用炉子超温控制仪表与温度控制仪表的差别在于控制点的设置，炉子超温达到的允许温度点。当炉子温度达到设定点时，超温控制仪表将发出报警和采取必要的措施，出现超温情况时，切断加热电源，停止向加热器输送电加热功率等。炉子超温将给热处理零件造成质量的降低。炉子温度升高将造成渗碳速度大大加快，造成渗碳层深度增加，表层碳质量分数偏低。

油温控制仪表控制淬火油温度，确保淬火时油的温度达到工艺要求温度范围。保证淬火油温的目的是使淬火后零件的变形达到最小。应用油温控制仪表控制油的温度使之淬火过程淬火零件按照要求进行变形，得到最佳淬火质量。

5.3　可控气氛密封箱式周期炉生产线

可控气氛密封箱式周期炉生产线是由可控气氛密封箱式周期炉和相关的辅助设备组合而成。可控气氛密封箱式周期炉生产线的基本组成有：密封箱式周期炉、气体发生器、箱式回火炉、清洗机、升降料台、装卸料小车以及控制系统等。

5.3.1　密封箱式周期炉生产线的组成

可控气氛密封箱式周期炉生产线是目前应用较多的生产线之一。这种生产线适用于小批量多品种零件的热处理。密封箱式周期炉热处理零件机动灵活，适应范围广，可执行多种热处理工艺。对于不同要求的热处理工艺组成生产线的设备也不一样。一条可控气氛密封箱式周期炉的组成，一般根据热处理生产大纲决定，热处理工艺要求，组成不同的密封箱式周期炉生产线。生产线的组成根据密封箱式周期炉的生产能力和热处理生产大纲决定主炉配备的台数。大多数密封箱式周期炉生产线的组成是：密封箱式周期炉、箱式回火炉、清洗机、升降料台、固定料台、吸热式发生器、装卸料小车以及控制系统等。图5-38示出一条可控气氛密封箱式周期炉生产线实际布置图。生产线的组成是：3台密封箱式周期炉，两台回火炉，1台清洗机，两台吸热式发生器，1辆装卸料小车，2台剪式升降料台，3个固定料台，1套控制系统等。这条生产线的密封箱式周期炉可进行渗碳、淬

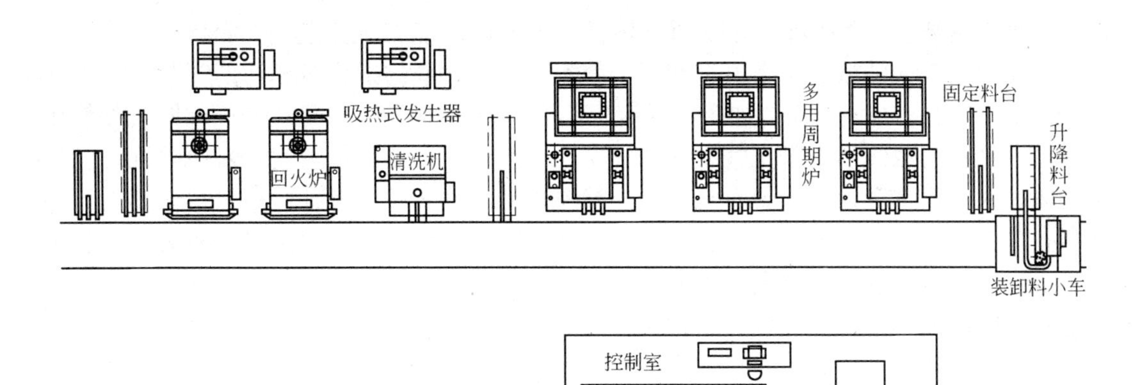

图 5-38　可控气氛箱式多用周期炉生产线

火、碳氮共渗、光亮淬火、光亮正火等热处理工艺。一台密封箱式周期炉可装载 1360 kg/炉，有效装载空间 915 mm×1220 mm×760 mm；回火炉用作淬火完成后零件的回火处理；清洗机可进行浸、喷清洗，零件热处理前和热处理后的零件清洗；天然气作为原料气的吸热式发生器，供给密封箱式周期炉吸热式气氛，产气量 71 m^3/h；装卸料小车作为零件进出炉和零件的转运；剪式升降料台，一台用作装料使用，一台用作卸料使用；固定料台用作停放准备装炉或准备进行下一道工序的零件停放；控制系统对整个生产线进行有效地操作、热处理零件质量控制等。生产线主要作为零件的渗碳处理和淬火处理。若零件渗碳层深度要求 1.20 mm 计算，密封箱式周期炉 8 h 生产一炉，那么，此条可控气氛密封箱式周期炉生产线年产量可达 2～3 kt。

密封箱式周期炉生产线应用计算机、PLC 进行控制，能够实现生产过程的全自动运行。所有设备的动作可以由 PLC 直接控制驱动，也可以转换为手动运行。密封箱式周期炉生产线的控制是由计算机将工艺执行的各种信息指令，通过 PLC 将信息指令信号转达到各台仪器仪表和各个执行机构。各执行机构根据 PLC 的指令进行运转，确保设备安全正常运行。图 5-38 示出的密封箱式周期炉生产线是按设备的工艺流程排列。这种方式排列的密封箱式周期炉生产线占地较宽，直观，操作空间大，适应性好。该生产线可执行零件渗碳、碳氮共渗、光亮淬火、中性淬火、光亮退火、光亮正火等热处理工艺。

图 5-39 示出双列排列的密封箱式周期炉生产线。这条生产线的构成和图 5-38 密封箱式周期炉生产线的设备构成一样，由 3 台密封箱式周期炉，2 台回火炉，1 台清洗机，1 辆装卸料小车以及固定料台和升降料台组成。应用吸热式气氛发生器制备的吸热式气氛供给密封箱式周期炉吸热气氛，加上富化气、稀释气构成一套完整的可控气氛密封箱式周期炉生产线。设备的排列可以按工艺过程进行排列；也可以按工序进行排列。密封箱式周期炉生产线炉子的布置根据具体要求进行排列。布置要求操作方便，安排合理，安全适用，节约资源。

图 5-40 示出三室密封箱式周期炉自动生产线示意图。三室密封箱式周期炉有 3 个独立的加热室，3 个加热室合用 1 个前室和 1 台推拉料机。前室的推拉料机可左右旋转 90°，零件可进、出任何一个加热室。3 个加热室的气氛和温度的控制分别进行控制不

同的温度、碳势。3 个加热室可以同时执行 3 种不同的热处理工艺。3 个加热室生产的零件共用一个淬火油槽、一个前室和一个缓冷室，大大节约了设备制造的材料，使设备制造的成本降低。同时，3 个加热室紧密相接大大节约了占地空间。炉子可控气氛使用吸热式气氛作为载气加上富化气、稀释气。此条生产自动线也可以使用氮甲醇混合气作为控制气氛。三室密封箱式炉自动线可进行渗碳、碳氮共渗、氮碳共渗、加热淬火等多种热处理工艺。三室密封箱式炉自动生产线由三室密封箱式炉、清洗机、回火炉、装卸料小车、装卸料架以及控制系统组成。采用微机控制所有生产程序：装料，然后在密封箱式炉内完成加热、渗碳、预冷、淬火等工序，出炉，进行清洗、回火、卸料等程序，可实现完全自动化操作。

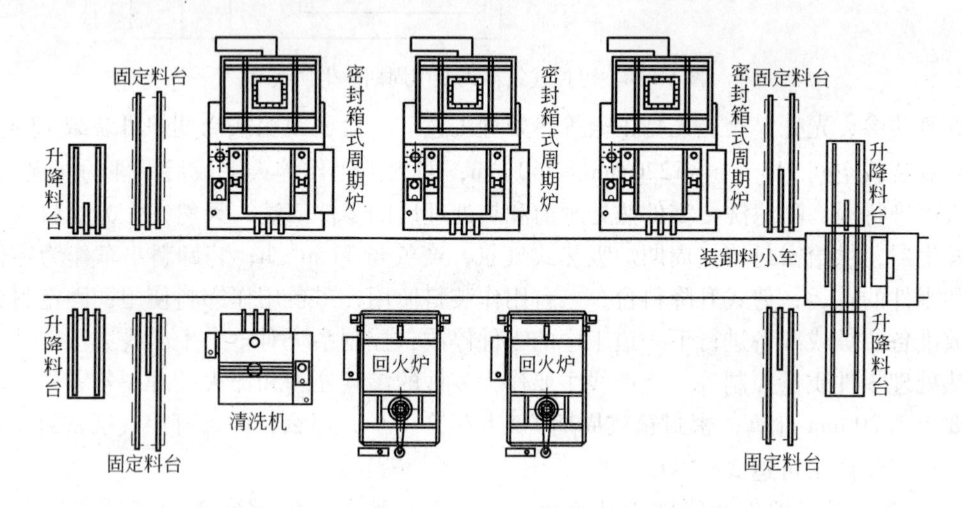

图 5 - 39　双排列可控气氛密封箱式周期炉生产线

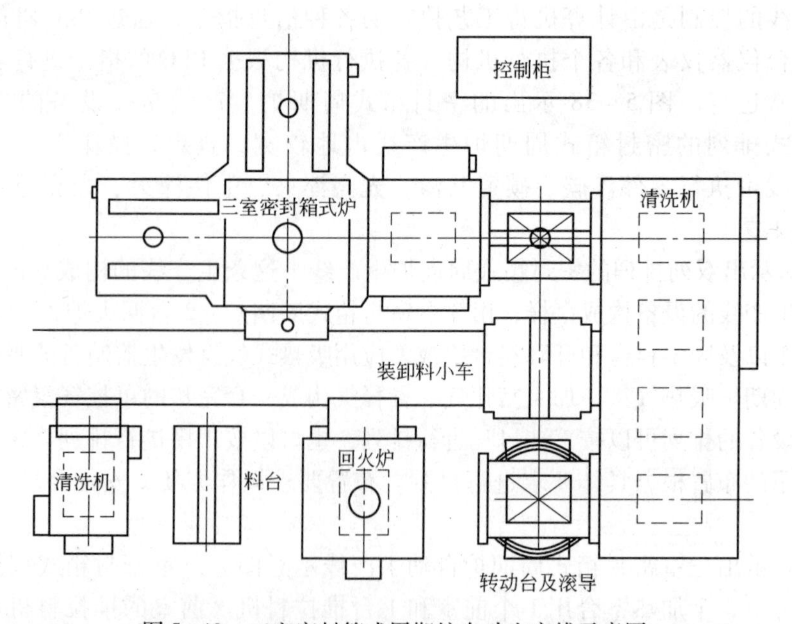

图 5 - 40　三室密封箱式周期炉自动生产线示意图

5.3.2 其他可控气氛密封箱式周期炉

可控气氛密封箱式周期炉的类型很多，而且都具有各自的特点。图 5 - 41 示出的密封箱式周期炉的结构与图 5 - 16 密封箱式周期炉结构不同，图 5 - 41 所示密封箱式周期炉没有顶冷室，没有后推拉料机构，淬火搅拌的方式采用叶轮式搅拌器，炉体加热室使用抗渗碳砖，保温层采用轻质保温砖；炉前增加前推拉料机构，作为零件进出炉的传动机构。零件在可控气氛密封箱式周期炉完成渗碳或加热，只能够在保护气氛下直接进行淬火处理，不能进行在保护气氛下的缓冷。

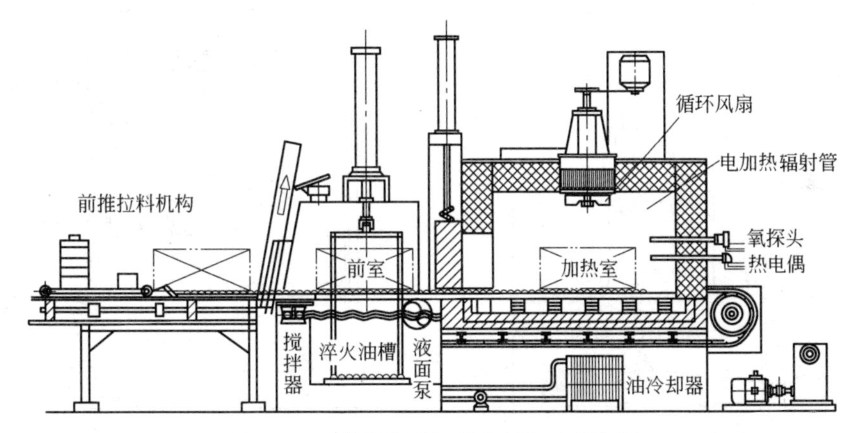

图 5 - 41 带前推料机的密封箱式周期炉

图 5 - 42 示出滴注式密封箱式周期炉的结构示意图。滴注式密封箱式周期炉结构上增加了一套滴注系统，碳氢化合物液体直接滴入炉内裂解成为可控气氛，减少炉子气氛的供给。炉子滴注系统根据滴注的碳氢化合物液体决定其滴注系统的结构。滴注式密封箱式周期炉使用的滴注剂根据热处理工艺的不同滴注剂也不同。零件单纯渗碳的碳氢化合物滴注剂有：煤油 + 甲醇，苯 + 甲醇，丙酮 + 甲醇，乙酸乙酯 + 甲醇等。使用作为碳氮共渗的滴剂有：煤油 + 甲醇 + 液氨，乙醇 + 三乙醇胺，乙醇 + 甲酰胺等。可控气氛滴剂煤油、丙

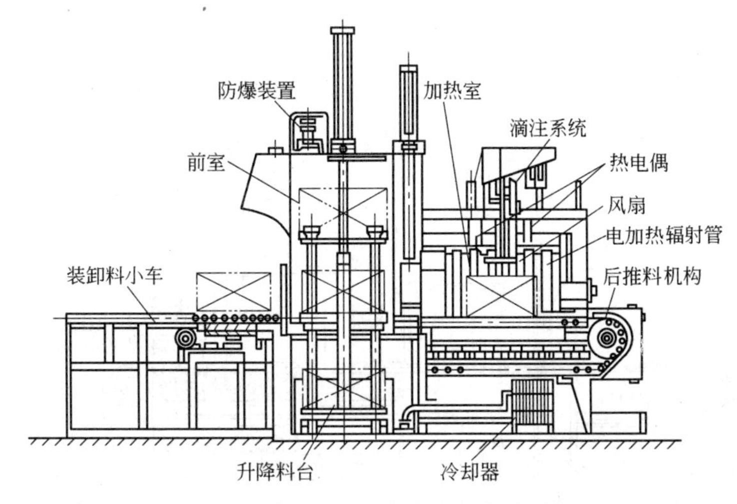

图 5 - 42 滴注式可控气氛密封箱式周期炉

酮、乙酸乙酯等是作为富化剂使用；甲醇作为稀释剂。滴注式密封箱式周期炉除了增加碳氢化合物滴注系统，还需增加炉门开启时防止氧进入的系统。若前室炉门开启仍然采用火帘防爆，则在炉门开启时保证火帘能够及时燃烧即将进入炉内氧，需要增加一套系统。保证炉门开启时进入炉内的氧燃烧，避免空气中氧和可控气氛混合发生爆炸的危险。

图5-43示出使用吸热式气氛作为载气的密封箱式周期炉结构简图。使用吸热式气氛作为载气，加上富化气、稀释气形成可控气氛渗碳气氛。应用吸热式气氛进行保护加热、渗碳，气氛质量稳定，热处理零件质量好，热处理零件质量重现性好。

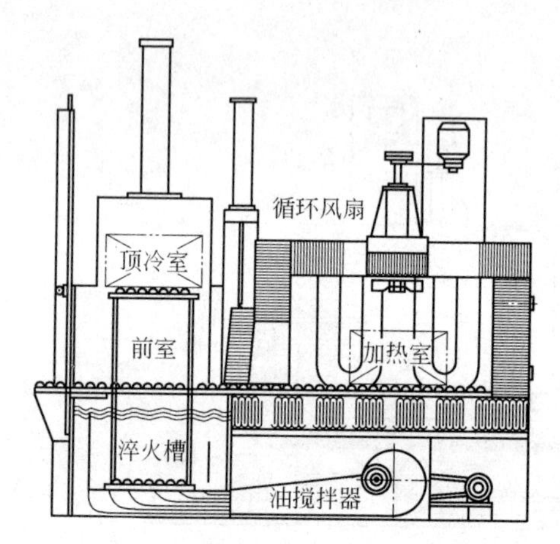

图5-43　密封箱式周期炉结构简图

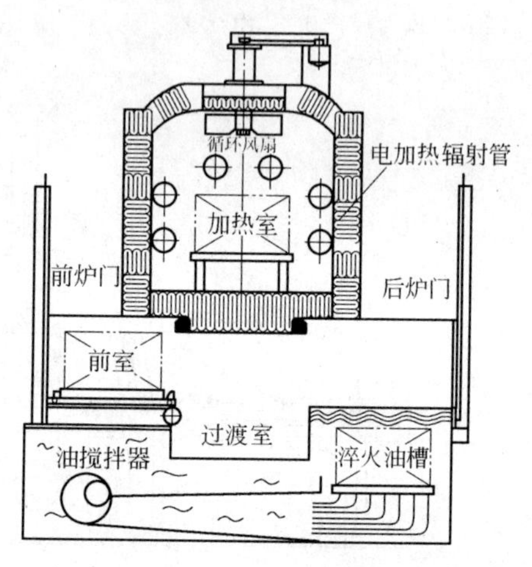

图5-44　底进式箱式多用周期炉

图5-44示出一种零件从底部进入加热室的可控气氛密封箱式周期炉。底部进入箱式多用周期炉最大的特点是零件从加热室底部进入，可以保证加热室的密封效果很好，过渡室气氛对加热室的气氛影响大大减小，加热室气氛的稳定性大大提高。底进式密封箱式周期炉的淬火油槽安装在整个炉子的底部。在加热室下部形成一个过渡室，进入加热室和加热完成的零件要进行淬火都经过过渡室进出。采用底部进入方式还可节约大量的耐热钢件。图5-44示出的底进式密封箱式周期炉有一个前室作为零件进入的排气作用，采用的是前进、后出的方式，从前室炉门进入需要热处理的零件，零件热处理完成后从后室炉门出来。

图5-45示出带前进出料台的密封箱式周期炉，组成有：前推拉料台、前室、顶冷室、

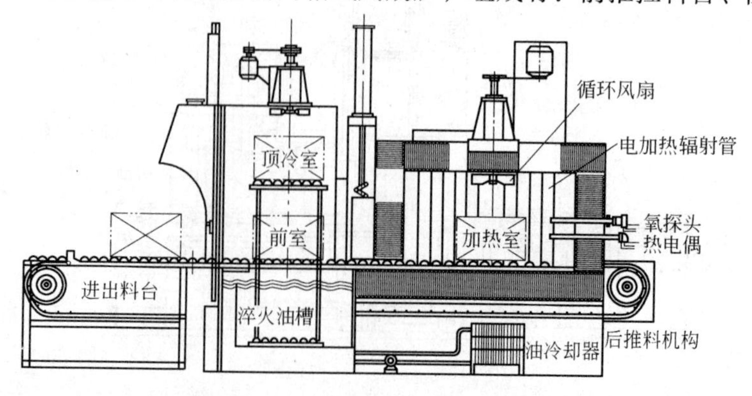

图5-45　带前料台的箱式多用周期炉

加热室、供气系统、淬火冷却槽、冷却油搅拌冷却系统、后推料机构、控制系统等组成。加热室使用电加热辐射管加热；气氛碳势的控制使用氧探头碳控仪进行控制。炉内可控气氛使用吸热式气氛 + 富化气 + 空气。

可控气氛密封箱式周期炉的种类很多，有只有加热室的密封箱式周期炉，有贯通式只有加热室密封箱式周期炉，有贯通式双加热室密封箱式周期炉，有带有隔离清洗贯通式油冷或气冷的密封箱式周期炉等。应用密封箱式周期炉组成热处理生产线能够保证得到高质量的热处理零件。

5.3.3 箱式回火炉

箱式回火炉用于淬火以后进行回火处理。在可控气氛密封箱式周期炉生产线上回火炉使用根据工艺的不同使用的温度范围也不同。在渗碳淬火生产线上的回火炉使用的回火温度较低，一般不超过300℃。在低温状态回火主要是对流传热，要保证回火过程温度的均匀性必须保证炉内气体的循环。经过渗碳淬火的零件进行回火处理回火温度在160～220℃，传热方式完全是以对流传热为主，因此回火炉的气氛对流决定炉子温度的均匀性的关键，应有强有力的气氛循环风扇。

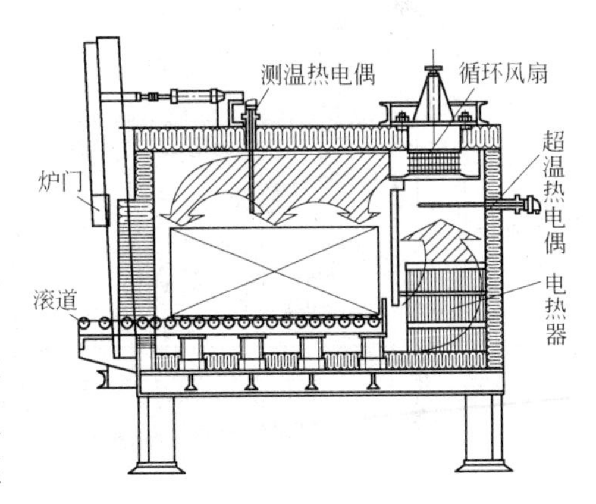

图5-46 箱式回火炉

图5-46示出箱式回火炉结构图。箱式回火炉是一台低温回火炉，采用电阻带进行加热。炉内使用了强有力的循环风扇，确保炉内气体循环实现热量的对流传送。循环风扇对炉内温度均匀起到了很好的作用，温度均匀性可保证达到±10℃之内。箱式回火炉采用了两支热电偶进行测温，一支用作温度的测定；另一支用作超温报警。两支热电偶起到了保证回火炉温度准确性的作用。

可控气氛密封箱式周期炉组成的热处理生产自动线配备的回火炉，根据热处理工艺的不同所配备的回火炉也不同，有低温箱式回火炉、中温箱式回火炉以及高温箱式回火炉。各种回火炉都有各自的特点，在温度超过270℃对零件进行回火，零件表面将出现氧化色。对于要求回火温度较高的情况下，要保证零件热处理完成以后得到光亮无氧化的表面，那么回火过程零件要在保护气氛下进行。对回火过程的零件进行保护加热的保护气氛，应用氮气或其他惰性气体进行保护最好。在低温状态无论吸热式气氛还是放热式气氛都很容易引起爆炸。在回火过程的零件保护上，特别要注意保护气氛的安全性。

5.3.4 装卸料小车

可控气氛密封箱式周期炉生产线要实现生产过程的自动化很重要的组成之一是装卸料小车。装卸料小车的易用性、灵活性、准确性对生产线的运行起到很大的保证作用。图5-47示出一种装卸料小车的结构示意图。装卸料小车由五大部分组成，小车行走机构、定位机构、软推料机构、收线器以及控制系统。小车行走机构可保证装卸料小车在导轨上安全、平稳地行走，将需要处理的零件输送到要求位置。装卸料小车的行走速度为

100 mm/s。小车的行走是电机经过减速器减速后，应用链轮链条带动小车行走，前进或后退。小车的定位机构可保证小车到达指定位置后使小车准确固定在要求位置。定位机构传动是指电动机通过蜗轮蜗杆减速后带动定位销准确的到达定位槽中，确保装卸料过程小车和炉子中心一致，保证装卸料动作准确、顺利完成。软推料机构是指电机经过减速后带动链轮使链轮转动带动软推链链轮，通过软推链推拉头将零件推进炉内或将零件从炉内拉出，从而完成装卸料任务，完成零件的进出炉。软推链能够完成向密封箱式周期炉前室装卸料的任务，也能够完成向加热室装卸料的任务。收线器是利用弹簧的张力将放出的控制线或电源线收回。利用小车行走的力量将控制线或电源线放在行走轨道的沟槽内，这样保证电线不会因为拉得太长影响操作。控制系统是控制装卸料小车的整个装卸料、定位、行走等动作。保证小车装卸料，行走平稳、定位准确、装卸料稳定、安全运行不出现差错的关键。

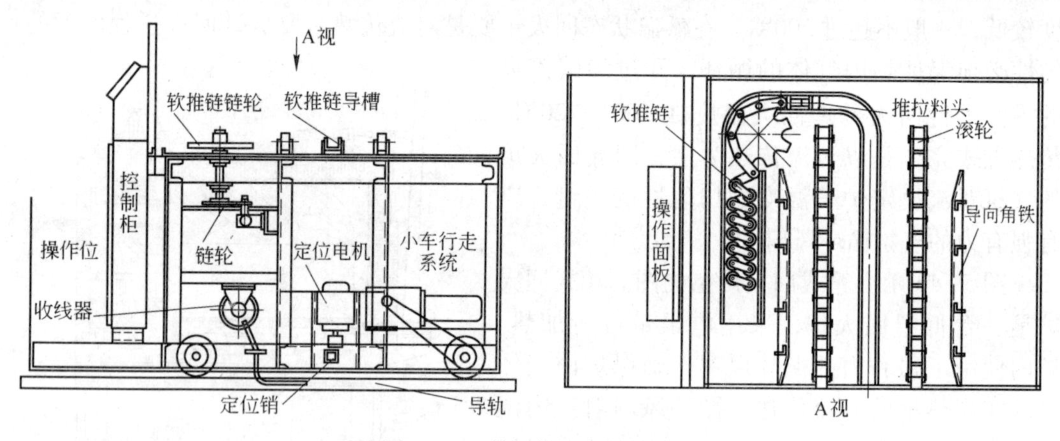

图 5-47　装卸料小车结构图

图5-48示出可控气氛密封箱式周期炉热处理生产线使用的一种装卸料小车的电器控制线路（1）。图5-49示出装卸料小车的电器控制线路（2）。从图5-48电器线路中可以看到装卸料小车3个主要电动机：小车行进电动机150MTR；装卸料软推料电动机155MTR；小车定位电动机169MTR。这3台电动机分别受控于继电器150MA、151MR、155MA、156MR、169MA和171MR。也就是说这3台电动机要运转必须是这些继电器动作后电动机运转。装卸料小车要行进，电动机150MTR必须转动。电动机150MTR要转动，继电器150MA或151MR其中一个闭合，小车才能行进。150MA或151MR其中一个闭合首先主电源继电器113CR必须闭合。按下主电源按钮113PB，113CR继电器闭合。主电源接通后，当按下150PBB，继电器150MA闭合，小车前进；当按下150PBA时，继电器151MR闭合，小车返回。小车运行是一个手动运行机制，只有按下按钮150PBA或150PBB小车运行。

当小车运行到需要的位置时，要进行装卸料操作必须保证准确定位后进行。定位电动机169MTR运转才能定位。定位电动机169MTR运转，169MA继电器闭合定位销伸出定位。线路169～171是定位器运转的控制线路。当按下按钮169PBB时继电器169MA闭合，定位器电机169MTR运转定位销前进插入定位槽中，小车与设备准确定位。这时可以进行装卸料操作。当装卸料操作完成小车要继续运行，按下按钮169PBA继电器171MR闭合。

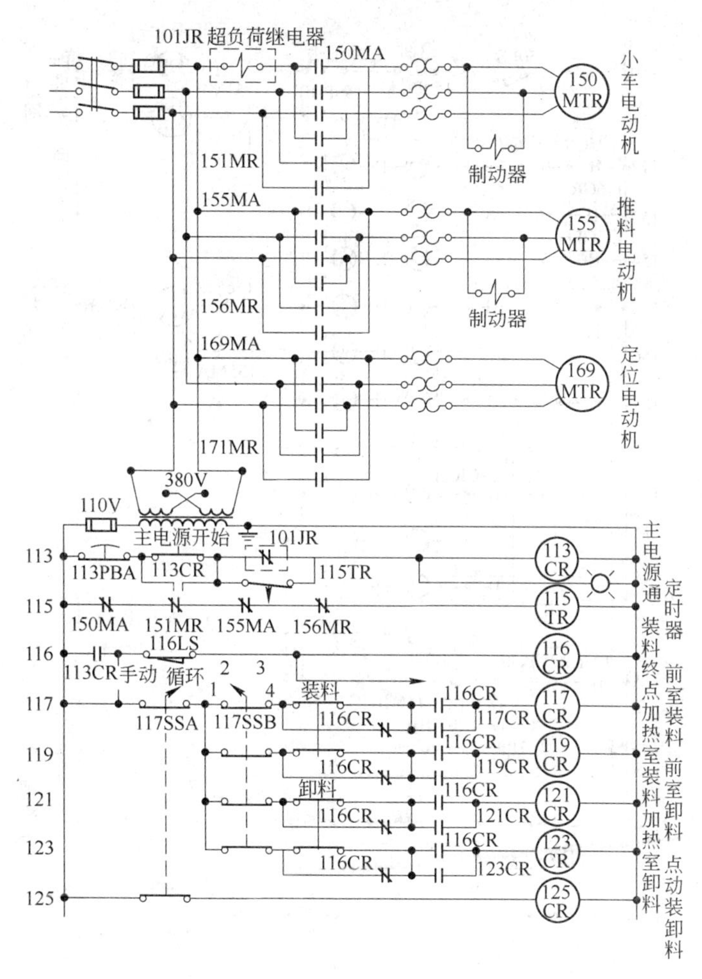

图 5-48 装卸料小车电器控制电路图（1）

1—短装料；2—长装料；3—短卸料；4—长卸料

这时电动机 169MTR 运转，定位销从定位槽中退出，定位销完全退回后小车可以继续运行。

小车运行到指定位置定位后进行装卸料操作，装卸料是对前室进行“短装卸料”还是对加热室进行“长装卸料”的控制，决定于图 5-48 电器线路和图 5-49 电器线路。装卸料控制根据图 5-48 装卸料小车电器控制线路（1）的线路 116 至线路 125，以及图 5-49 装卸料小车电器控制线路（2）的线路 152 至线路 167。进行装卸料操作，推拉料头前进、后退的位置决定于观点开关和步进开关的触点。装卸料的操作是一个复杂的操作过程，包括“短装料”“短卸料”“长装料”“长卸料”四种方式。表 5-1 列出小车循环步进开关凸轮触点状态，凸轮触点包括“短装料”“长装料”“短卸料”“长卸料”四种状态。

图 5-50 示出小车装卸料机构光电开关遮光板位置。光电开关遮光板的位置可以清楚地看到推拉料头装卸料状态。装料过程推拉料头只有前进和返回动作，卸料过程推拉料头则有两个前进和返回动作。卸料过程其中的一个前进返回过程是推拉料头脱钩动作。将零件从前室拉到小车位置的脱钩和从加热室拉到前室位置的脱钩。

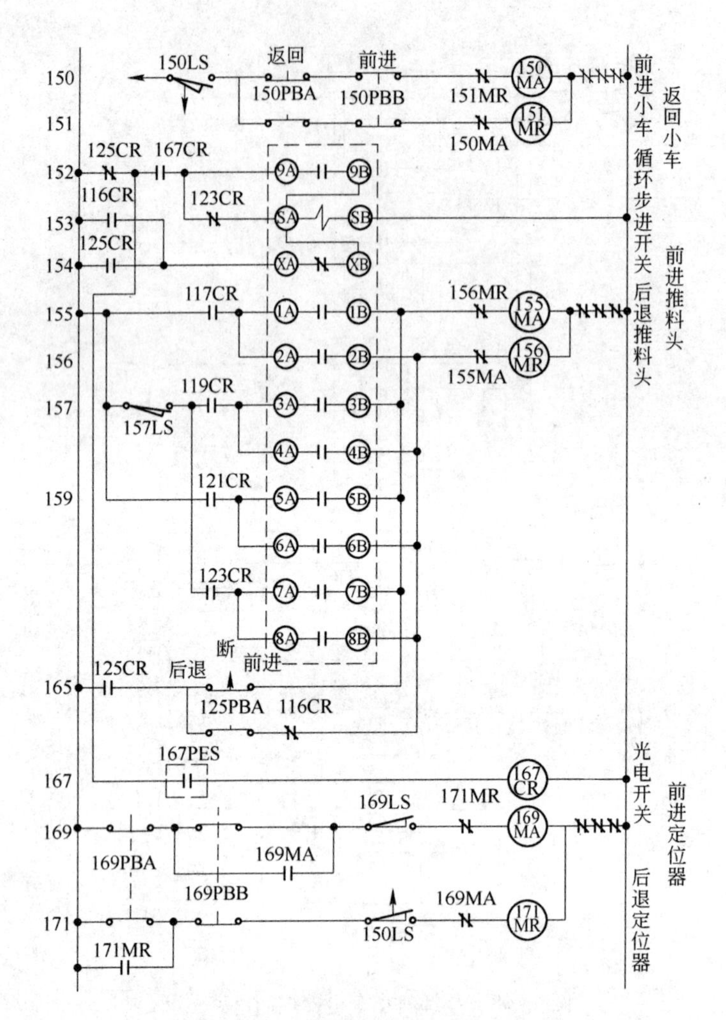

图5-49　装卸料小车电器控制电路图（2）

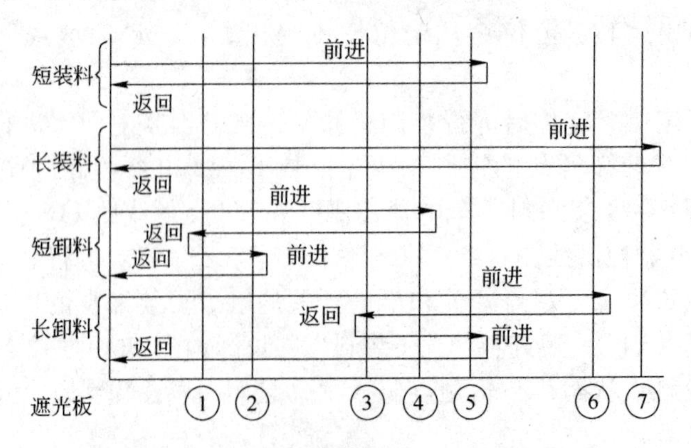

图5-50　小车装卸料机构光电开关遮光板位置

当小车对可控气氛密封箱式周期炉前室进行装卸料时，应用“短装料”或“短卸料”；对加热室进行装卸料时应用“长装料”或“长卸料”。

当小车对密封箱式周期炉前室装料“短装料”，转换开关117SSB位置1，表5-1中

“短装料”步进凸轮触点 1 ~5 保持起始状态，推拉料头直接将零件推入前室后，凸轮触点 6 时换向退回，完成“短装料”操作。

表 5-1 装卸料小车循环步进开关凸轮触点状态

步进点		短装料		长装料		短卸料		长卸料		
	×	1	2	3	4	5	6	7	8	9
1	×	×	○	×	○	×	○	×	○	×
2	×	×	○	×	○	×	○	×	○	×
3	×	×	○	×	○	×	○	×	○	×
4	×	×	○	×	○	×	○	×	○	×
5	×	×	○	×	○	○	×	×	○	×
6	×	○	×	×	○	○	×	×	○	×
7	×	○	×	×	○	○	×	○	×	×
8	×	○	×	○	×	○	×	○	×	×
9	×	○	×	○	×	×	○	○	×	×
10	×	○	×	○	×	×	○	○	×	×
11	×	○	×	○	×	○	×	×	○	×
12	×	○	○	○	×	○	×	×	○	×
13	×	○	○	○	×	○	×	×	○	×
14	×	○	○	○	×		○	○	×	×
15	×	○	○	○	×	○	○	○	×	×
16	×	○	○	○	○	○	○	○	×	○

注：×—未设凸起机构，触点保持起始状态；
○—设置凸起机构触点换向。

当需要小车从前室将零件拉出，进行“短卸料”时，转换开关 117SSB 选择“1”长卸料，按下卸料按钮，继电器 123CR 闭合，线路 161 上的 119CR 接通，继电器 155MA 闭合，推拉料头前进。循环步进开关开始计数（表 5-1 凸轮触点状态“短卸料”），遮光板 1、2、3、4（图 5-50 小车装卸料机构光电开关遮光板位置）通过至第 5 个时光电开关 167PES 切断，继电器 167CR 断开使线路 152 上 167CR 触点断开，循环步进开关换向，推拉料头返回。循环步进开关继续计数。当推拉料头将零件拉至小车时，遮光板 4、3、2 通过至第 3 个时，光电开关 167PES 切断，继电器 167CR 断开使线路 152 上 167CR 触点断开，循环步进开关换向计数，遮光板 2、1 通过，推拉料头前进。此时开始脱钩动作。推拉料头前进到遮光板 2 时脱钩换向，推拉料头返回直至到达推拉料头终点。这样完成了“短卸料”的一个循环过程。

当需要小车从加热室将零件拉出，进行“长卸料”时，转换开关 117SSB 选择“4”长卸料，按下卸料按钮，继电器 123CR 闭合，线路 161 上的 123CR 接通，继电器 155MA

闭合，推拉料头前进。循环步进开关开始计数（表 5 - 1 凸轮触点状态“长卸料”），遮光板 1、2、3、4、5（图 5 - 50 小车装卸料机构光电开关遮光板位置）通过至第 6 个时光电开关 167PES 切断，继电器 167CR 断开使线路 152 上 167CR 触点断开，循环步进开关换向，推拉料头返回。循环步进开关继续计数。当推拉料头将零件拉至前室时，遮光板 6、5、4 通过至第 3 个时，光电开关 167PES 切断，继电器 167CR 断开使线路 152 上 167CR 触点断开，循环步进开关换向，推拉料头前进。此时开始脱钩动作。推拉料头前进到遮光板 5 时脱钩换向，推拉料头返回直至到达推拉料头终点。这样完成了长卸料的一个循环过程。

小车对可控气氛密封箱式周期炉进行“长装料”的操作，将转换开关转换至“长装料”按要求进行操作即可。

装卸料小车的控制系统与生产线的控制系统连接就能够实现生产线运行的完全自动化操作，实现生产过程无人操作。

5.3.5　清洗机

清洗机的作用是保证进入密封箱式周期炉的零件干净清洁，避免热处理前零件上的油污带入炉内造成炉子气氛的波动，保证零件热处理各部位质量均匀一致；保证热处理淬火完成零件表面干净清洁。干净清洁的零件进入炉内进行处理过程不会因为零件带入的污物造成热处理过程产生氧化、腐蚀、脱碳、渗碳和造成气氛的波动等。清洗是保证零件热处理后零件处理质量的均匀性和光亮以及具有优良的表面质量。对零件热处理前进行清洗、脱脂和烘干处理。目前使用在密封箱式周期炉生产线的清洗机的清洗方式和种类很多，有浸洗、喷洗、浸洗 + 喷洗、浸洗 + 搅拌、浸洗 + 喷淋 + 干燥、真空清洗等方式。图 5 - 51 示出一种浸洗、喷淋双功能的清洗机。这种双功能的清洗机，下降到清洗液面以下进行浸洗，提升起来进行喷淋清洗。经过浸、喷清洗的零件，有较高的表面清洁度，能够满足一般零件热处理前的清洗要求。

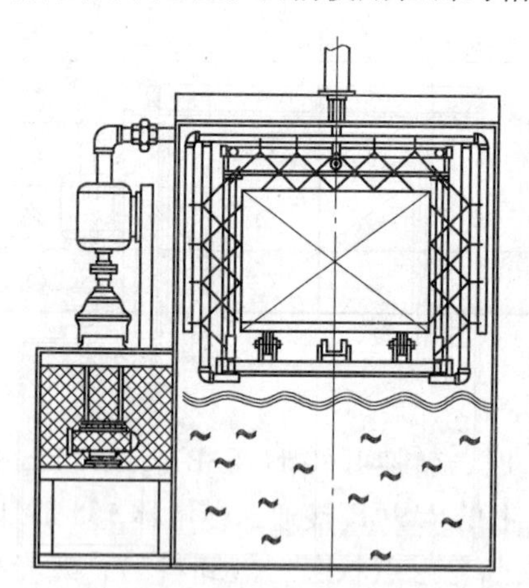

图 5 - 51　具有浸洗和喷淋功能的清洗机

对于要求表面清洁度较高的热处理零件的清洗可以选用真空清洗机进行清洗。应用真空清洗机清洗的零件有高的表面清洁度。图 5 - 52 示出 SEVIO 型真空洗净机总体结构图。图 5 - 52 真空清洗机是将零件中蒸汽压很低的物质（如油）清洗出来。真空清洗机清洗蒸汽压低的物质是通过高温或抽成真空使蒸汽压低的物质汽化达到清洗的目的。但是一般热处理后的清洗温度不会超过回火温度，清洗温度上限 170 ~ 180℃。在此温度下，即使是真空状态仍有相当多的蒸发残留物，因而这种状态并不能称之为清洗状态。图 5 - 52 的 SEVIO 型真空洗净机应用水蒸气蒸馏与真空蒸馏的原理，在回火温度以下进行脱脂清洗。应用水蒸气蒸馏是把水蒸气吹入不溶于水的油类等物质中进行加热，使得油分等挥发性成分与水一起蒸馏出来，蒸馏出的液体分成水和油两层，很容易进行分离。采用水蒸气蒸馏，油分等挥发性成分的蒸汽一起产生，故而沸点较低。真空水蒸气蒸馏方法，在真空状态温度也尽可能的高，吹入水蒸气进行蒸馏分离，淬火油即为高沸点油，在真空状态吹入水蒸气来完成脱脂清洗加工。真空清洗的种类很多，有真空蒸汽脱脂、真空水剂清洗、带干燥装置的真空清洗等。

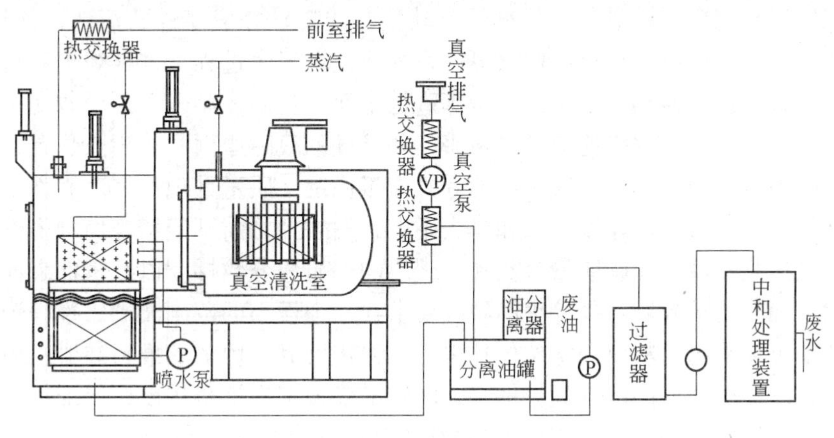

图 5-52　SEVIO 型真空洗净机总体结构图

5.3.6　升降料台

可控气氛密封箱式周期炉生产线上的升降料台的作用是装卸料过程在一个较低的状态进行装卸料，从而减轻装卸料过程的劳动强度。图 5-53 示出一种装卸料升降料台。这种装卸料台结构简单适用，用作零件的装卸料能够将零件降低到一个较低的位置，适应装卸料的要求。升降装卸料台的种类也有多种类型，在设计选用过程要保证与生产线构成一个整体。能够保证运行过程减轻劳动强度，能够与生产线形成有机的联系。

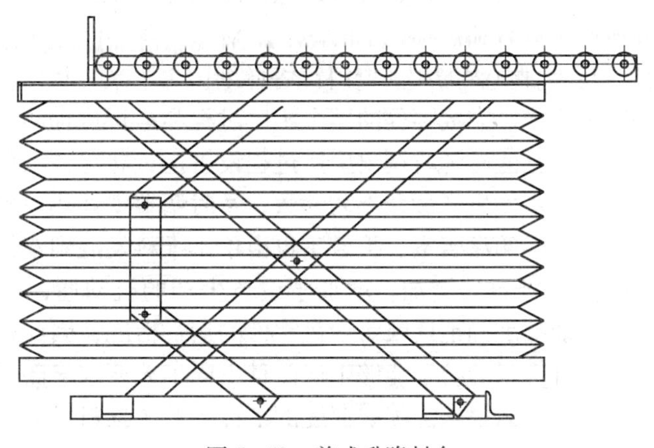

图 5-53　剪式升降料台

5.4　可控气氛推杆炉生产线

可控气氛推杆炉是一种适应单品种大批量生产的热处理设备。可控气氛推杆炉生产量大、质量稳定、质量重现性好、自动化程度高、节约能源。是目前单品种大批量热处理零件生产的首推设备。目前在汽车制造厂、齿轮生产厂和一些机械制造厂得到广泛的应用。可控气氛推杆炉发展很快，已由单排推杆料发展成双排推料、多排推料。由推杆式贯通炉发展成为多室、多排推杆炉（各室加隔门）。而且由可控气氛推杆式渗碳炉发展为可控气氛推杆炉自动生产线。由推杆炉、回火炉、清洗机、预处理炉、淬火油槽等组成的完全自动处理的热处理推杆炉自动生产线。推杆炉自动生产线生产过程只需要人工对零件装卸，其余各种工序运转完全自动进行。推杆炉自动生产线自动完成零件的清洗、预氧化处理、排气、加热、渗碳、扩散、淬火、回火等一系列热处理工序过程。推杆炉生产自动线对炉子的温度、气氛、机械传动、炉子的安全等进行全面的自动控制，保证设备完全处于安全正常的状态下运行。出现故障能够及时报警，并且显示故障原因、故障点位置，便于及时处理排除。应用推杆炉自动生产线生产的零件质量稳定，质量重现性好。零件质量的控制由过去单纯保证零件渗碳层厚度要求和淬火硬度，发展到目前不但精确控制零件渗碳层深度，而且精确控制零件表面碳质量分数和渗碳层的碳质量分数梯度以及零件表面渗碳层深度的均匀性，同时要求控制零件淬火的硬度要求在一个极小的范围波动。推杆炉自动生产线的机械传动更加平稳，料盘的定位传动也更加稳定可靠。炉子的推料装置已由过去的液压或气动推料改变成精确的滚珠丝杠推料，能够准确地把握推料进度，保证料盘达到精确位置。自动生产线的控制系统也应用先进的计算机、可编程控制器（PLC）以及各种先进的仪器、仪表、电器元器件组成的先进、可靠的控制系统。炉内气氛碳势的控制由使用露点仪实行单参数控制发展到应用氧探头碳控仪、红外仪等先进技术，实现气氛碳势的多参数控制。炉子气氛碳势的控制，采用多个参数数据的联合控制，应用氧探头测量气氛氧势，应用 CO 或 CO_2 红外仪测量气氛 CO 或 CO_2 含量，加入温度测量数据，气氛压力数据多种参数精确的控制气氛碳势，保证气氛达到高度精确的碳势，得到高质量的热处理零件。设备的控制应用计算机进行处理，使设备能够完全保证安全正常运行，生产高质量的热处理零件。控制系统能够及时准确地报告设备运行状态，报告炉子出现的故障点。能够及时地报告设备生产出的零件的生产记录报告，包括合同号、项目号、零件号、相关工艺参数以及工艺执行过程各种参数和过程记录的图表。对每一盘零件进入设备（工艺控制中的装炉）开始，零件运行处理过程的相关资料都将详细记录下来，从计算机内随时能够调出备查。每一盘零件处理完成，完成零件的整个工序过程和运行过程的所有信息自动转移到零件处理文档内储存。并且能够随时调出生产过程设备运行状况，利用统计分析方法自动分析零件质量状况，提出零件生产最佳工艺参数，及时调整零件热处理过程生产的各种参数。可控气氛推杆炉生产线的渗碳室、扩散室也由单排推料发展到双排推料、三排推料甚至多排推料。炉子内推料排数的增加，增加了设备生产的机动性，增加了设备的生产量。由于控制系统的控制能够准确地反映每一盘零件的运行情况，因此在同一炉子内能够生产不同要求的零件。双排推料的炉子能够生产两种不同工艺要求渗碳层深度的零件，三排推料炉能够生产三种不同工艺要求渗碳层深度的零件。炉子推料排数的增加，生产量也随之增加，炉子生产的机动性也随之增加，生产的热处理零件的质量也在不断地提高。要生产高质量的零件就要有好的设备，合理的结构组成能够保证零件的高质量。

5.4.1　可控气氛推杆炉生产线的结构组成

可控气氛推杆炉生产线的组成根据热处理工艺和生产大纲的要求确定。对于不同的热处理工艺有不同的组成。热处理工艺要求进行渗碳淬火的推杆炉生产线的设备组成有：推杆式预氧化炉，推杆式气体渗碳炉，淬火油槽及油冷却系统，清洗机，回火炉，装卸料传输系统，气氛、温度、传动、安全等控制系统以及气体发生器等。对于渗碳以后直接进行加压淬火处理的零件设备组成是：推杆式预氧化炉，推杆式气体渗碳炉，淬火压床，装卸料机械手，清洗机，回火炉，装卸料传输系统，气氛、温度、传动、安全等控制系统以及气体发生器等。在推杆炉生产线上采用超级渗碳则没有气体发生器，渗碳剂直接进入炉内进行渗碳。对于工艺要求渗碳后进行加工的零件的设备组成，则需要增加零件缓慢冷却的设备。

图5-54示出零件渗碳后直接进行淬火处理的可控气氛推杆炉生产线的平面布置图。该零件渗碳生产线由多区推杆式渗碳炉、淬火油槽、清洗机、推杆式回火炉、卸料台、装料台、推杆式预氧化处理炉、中央控制系统、传动机构、安全控制机构以及吸热式气氛发生器等组成。这一套推杆炉生产线，具有独特的特点，其热处理工艺流程图是：零件装入料盘—清洗机清洗—预氧化活化表面处理—推杆炉内排气处理—零件均温处理—强渗碳—弱渗碳—扩散处理—降温均温处理—零件淬火—零件出油滤油—清洗、吹干—回火—冷却卸料。

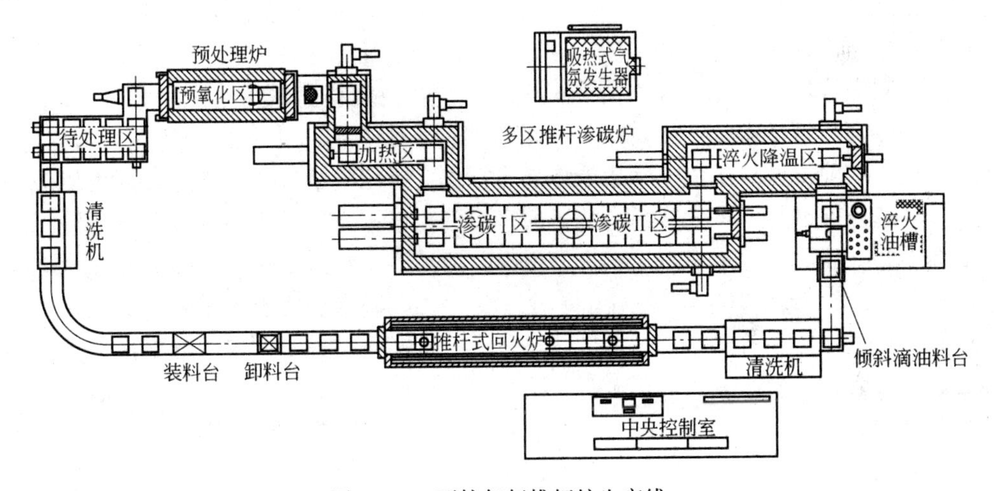

图5-54 可控气氛推杆炉生产线

零件装盘完毕，传送料机构将装盘完成的零件传送到清洗机进行清洗。零件的清洗，清洗干净机械加工或其他原因带来的油污等（机械加工完成后进行了清洗的零件则可不必再进行清洗，热处理前的清洗可以省掉）。清洗完成的零件进入待处理区，然后将零件输送到预氧化炉进行零件表面的活化处理，预氧化炉活化处理温度450℃。零件表面的活化处理，通过较高温度燃烧零件表面残留油污，使零件表面有轻微的氧化，起到活化零件表面作用，同时也是对零件的一个预热处理过程。经过预氧化炉处理后的零件从炉子底部进入推杆式渗碳炉的排气室进行排气处理，排除零件进入推杆炉带入的氧化性气氛。排气完成进入推杆式渗碳炉的加热室进行零件的均温处理过程，零件表面温度均匀后传送到渗碳室进行渗碳处理。推杆式渗碳炉使用吸热式气氛作为载气，天然气作为富化气，空气作为稀释气的气氛条件下进行零件渗碳处理。渗碳处理过程分为：强渗碳、弱渗碳、扩散处理三部分。渗碳完成后，侧推料机将零件推到淬火降温室进行零件降温处理，使零件温度达到要求淬火的温度为淬火做好组织准备。淬火降温完成后零件推入淬火室进行淬火处理。淬火油槽在淬火室下部，零件进入淬火室升降料台，升降料台迅速降下对零件进行淬火处理。零件通过淬火油槽底部推出淬火室，提升料台将零件提升出油面，零件进入倾斜料台进行滤油处理。倾斜料台能够倾斜30°，将零件凹陷部分的油滤出。零件完成滤油后进入清洗机进行清洗，零件进入三室清洗机清洗、吹干。在清洗机前室用清洗液对零件进行喷淋清洗，在中室应用清水对零件进行喷淋清洗，然后进入后室应用空气将零件吹干净，推料机构将零件推入回火炉进行回火处理。回火完成零件从回火炉出来后送到空冷轨道进行冷却，最后传送到卸料台卸料，完成零件的渗碳淬火热处理过程。

图5-54示出的可控气氛推杆炉生产线的组成。这条生产线的组成是：装料台、前清洗机、储料台、预处理炉、多区推杆式渗碳炉、淬火油槽、倾斜料台、后三室清洗机、推杆式回火炉、卸料台以及各种传动机构、安全保护机构、炉子控制系统等。这些部分构成了料盘自动循回线。从装料完成到卸料的整个工艺过程，包括清洗的喷淋，料盘在炉子内的前进、炉门的开启关闭、炉子温度的控制、炉子气氛的控制调节、淬火油温的控制、淬火过程的控制、回火温度、回火炉内料盘的前进以及倾斜料台对于零件的滤油过程等一系列的操作和机械运转动作，完全依靠传动机构可靠性和自动控制系统控制的自动控制状况下运转。排除了人为因素的参与，减少了人为因素影响零件热处理过程质量波动的因素，因此在推杆炉生产线上生产的热处理零件是高质量的热处理零件。

零件装料完成以后首先进入前清洗机进行清洗。清洗机有两个清洗室和一个风干室。两个清洗室的清洗液能够加热到80℃。前清洗机前室带有油水分离器，能够分离清洗液表面非乳化状油。前清洗机的前室使用清洗液对零件进行浸喷清洗，清洗零件因为机械加工或转运过程造成的油污。零件在前清洗机前室清洗完毕进入中室进行清水喷淋清洗，确保零件清洗干净。然后进入后室风干零件，干净、清洁的零件进入储料台准备进行预处理。

储料台根据推杆式渗碳炉推料排数确定，如果推杆渗碳炉为双排推料，要进行两种不同零件的处理，则储料台也应该是双排储料台。两排储备两种不同要求的零件，便于零件推进过程进行区分。若渗碳炉为单排炉，则只需单排储料台。

预处理炉是一台推杆式贯通炉。预处理炉组成：加热室、前后炉门、离心式循环风扇、电加热辐射管、炉门升降机构、推料机构、炉壳、炉衬等。预处理炉工作温度450℃，最高使用温度650℃。在炉内有效工位6个料盘，也就是炉内有6盘的零件进行预氧化处理。炉壳为非密闭型结构，在炉壳上留有必要的孔。应用离心式风扇强制炉内热风循环，炉内安装热风导流装置以保证炉内温度均匀。使用电加热辐射管进行加热，合理地布置电加热辐射管可确保炉子加热温度的均匀。生产线上对零件进行预氧化处理的目的是活化零件表面，彻底清除零件在清洗后残留的油污，保证零件热处理过程具有一致状态的表面，有利于零件渗碳的均匀性。

零件完成预氧化处理进入零件的渗碳程序。也就是进入生产线的关键区域——多区渗碳淬火炉。多区推杆式气体渗碳炉根据零件渗碳过程执行的渗碳工艺，将炉子分为：加热区、渗碳Ⅰ区、渗碳Ⅱ区（高温扩散区）、淬火降温区。多区推杆炉推进的料盘数根据生产大纲，可采用单料盘、双料盘、三料盘以及多料盘推进的渗碳炉。采用推进料盘的数量增多，增加了生产线的灵活性、机动性。零件进入推杆渗碳炉加热区，在加热区零件加热到渗碳温度使零件表面的温度达到渗碳温度，零件各部位表面温度都处于渗碳温度，这样保证零件渗碳各部位能够同时进行渗碳，最终得到均匀一致的渗碳层深的零件。在炉子加热区，炉子气氛保持一个较低的碳势，保证零件在加热区内不渗碳、脱碳。当零件各部位温度都达到渗碳温度，零件进入渗碳Ⅰ区进行强渗碳过程。渗碳Ⅰ区是一个高碳势气氛区域，有利于零件表面碳的渗入。当零件进入渗碳Ⅱ区高温扩散区时，零件表面已存在一定含量、一定厚度的渗碳层表面，这时需要的是碳向零件内部的逐步扩散。在渗碳Ⅱ区适当的控制炉内气氛的碳势保证零件表面碳向内部的扩散，又不致零件表面碳质量分数太高。当零件表面渗入的碳达到一定深度和一定的碳质量分数表面时，零件进入淬火降温区。淬火降温区在推杆渗碳炉中的作用是保证零件表面达到要求的碳质量分数、碳质量分数梯度和要求的表面渗碳层深度，同时为下一步的直接淬火做好组织上的准备。在淬火降温区域内零件完成最后的扩散过程，零件表面的碳质量分数应达到工艺规定要求（如表面碳含量达到0.85%），零件表面碳层深度达到工艺规定要求（如达到1.2 mm深度），同时零件的温度也降到规定温度（如840℃），这样有利于零件进行直接淬火处理。淬火降温区是保证零件渗碳后，表面能够得到一个较合理的表面碳质量分数、表面碳质量分数梯度和渗碳层深度，淬火降温区是渗碳过程一个较重要的区域。图5-54示出的推杆式渗碳炉的淬火降温区与渗碳区（强渗区和高温扩散区）完全分开的两个炉室，这样能够很好地控制渗碳区和淬火降温区的气氛碳势和温度，从而提高零件表面渗碳质量。零件渗碳、扩散完成达到工艺规定的渗碳层深度、表面碳质量分数、碳质量分数梯度以及要求淬火的温度，这时进行零件的直接淬火处理。零件淬入淬火油槽进行淬火冷却，冷却完成的零件通过油槽底部传送至淬火室外，由提升机构将零件提升出油面。采用油槽底部出炉方式，必须增加一套从油槽底部将零件传送到炉外的机构，也可以在淬火完成后直接提升出油面，然后推出炉门。若零件从炉门出炉，那么炉门必须增加火帘，保证空气中氧被燃烧，不致由于氧的进入引起爆炸，引起炉内气氛碳势大的波动，同时及时地燃烧从炉内溢出的吸热式气氛。图5-54中零件淬火完成后，从油槽的底部提升出油面，当提升出油面以后进入倾斜工作台将零件倾斜滤油，使残留在零件里的油滤出，减少油的浪费，减少零件清洗过程油对清洗液的污染。可控气氛推杆炉生产线很重要部位是可控气氛推杆式渗碳炉部分，也就是渗碳的加热、渗碳Ⅰ区、渗碳Ⅱ区、扩散区以及淬火油槽部分。

可控气氛推杆渗碳炉生产线主要部分是推杆式渗碳炉部分。这一部分的结构和设计制造质量直接关系渗碳炉生产线的运转和生产零件的质量。图5-55示出推杆式渗碳炉结构示意图，推杆式渗碳炉可用于零件的渗碳、碳氮共渗、淬火等热处理工序。推杆式渗碳炉的组成：由排气室、加热室、渗碳室、淬火降温室、淬火油槽、推杆机构、侧推料机构、

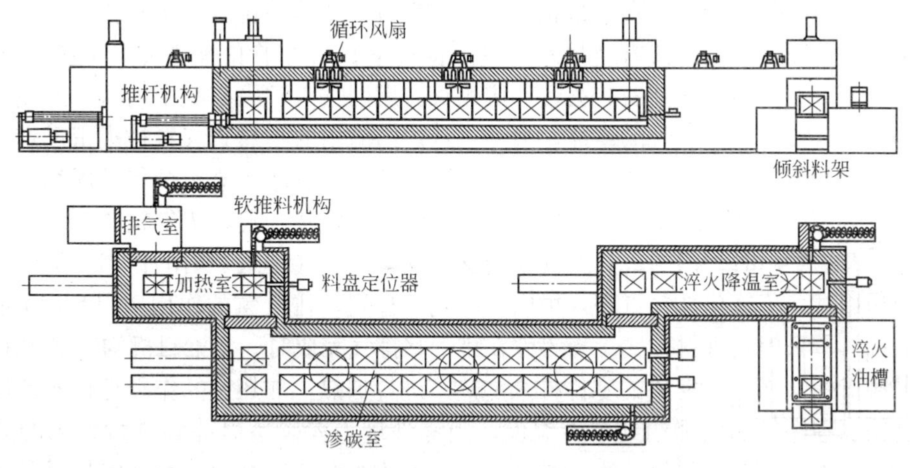

图5-55 推杆式渗碳炉结构示意图

倾斜料台、料盘定位机构、气氛循环风扇等组成。推杆式渗碳炉的结构最显著的特点是将排气室、加热室、渗碳室、淬火降温室用隔离门把各个区域隔离开来，实现了排气、加热、渗碳（扩散）、降温在各个炉室内单独进行气氛碳势、温度的控制。能够任意调整各室的温度、气氛碳势，保证零件在最佳状态下处理。图5-55所示推杆式渗碳炉的装载料盘尺寸为560 mm×560 mm，装载最大高度为750 mm；加热区温度、渗碳区扩散区温度920℃；淬火降温区840℃。推料盘周期10～60 min可进行任意调整，根据工艺要求碳层深度，调整推料周期。总装机容量约900 kW，380 V三相；天然气消耗12 m^3。图5-55推杆式渗碳炉的渗碳室为双排料盘推进。根据生产的要求可以生产单一品种零件，也可以生产两种不同品种的零件。控制系统在能够对进入生产线的每一盘零件进行控制的情况下，使用双盘渗碳炉时可以进入两种不同工艺要求的零件进行渗碳处理（例如，要求碳层深度为0.8～1.2 mm和要求碳层深度1.2～1.6 mm的零件）。这样大大增加了渗碳炉生产的机动性。若有三种不同零件要进行处理则可选用三料盘推料的渗碳炉，三料盘推进的渗碳室就可进入三种不同工艺要求的零件进行渗碳处理，炉子的机动性和灵活性进一步增强。要保证炉子推盘数量增加的同时灵活性增加，要求控制系统的控制难度和复杂程度也将增加。控制系统对炉子进入零件的每一盘都要求进行实时控制才能保证零件的渗碳质量达到要求规定范围。

由于推杆式渗碳炉采用的是无马弗结构，因此推杆式渗碳炉的整个炉壳采用气密焊接而成，焊接接口部位必须保证其气密性。对于热电偶安装接口、氧探头安装接口、取样口、混合气进口、辐射管安装法兰、气氛循环风扇安装法兰、检修门以及推料装置安装接口等都要求严格密封，不得有漏气的情况。炉子内废气在排气室前端一个排气管道和淬火油槽一个排气管道排出。两个排气管道均能对废气的排放进行调节，通过调节废气的排放量调节炉子气氛的压力和炉子气氛流向。高温室内使用的耐热材料制造的导轨、风扇、导向等，有使用碳化硅材料制造，有使用耐热钢制造，也有使用其他合金制造。无论使用什么材料制造炉内构件导轨、风扇等，要求在高温条件下能够保证安全平稳运行，能够保证平稳支承料盘，保证料盘在导轨上平稳传递。从目前制造导轨使用材料来看，碳化硅使用情况最好。碳化硅能够保证长期在高温条件下基本不变形，保证长期高温使用支承平稳传递零件。

渗碳零件进行渗碳处理，在经过预氧化处理后进入渗碳炉排气室进行排气处理。目前设计制造的进入排气室的方式有直接水平进入排气室和从炉子底部进入排气室两种方式。水平进入排气室在炉门上必须安装火帘，应用火帘燃烧进入炉内空气中的氧，避免氧进入后与吸热式气氛混合造成炉气的爆炸。另外，从炉内溢出的吸热式气氛被火帘燃烧掉。炉门开启过程必须保证火帘正常燃烧，火帘正常燃烧炉门开启才能避免炉气的爆炸。零件从炉子底部进入排气室能够减少空气进入炉内。炉内温度较高，吸热式气氛的密度小于空气的密度，当开启炉门时炉内的吸热式气氛能够起到阻止空气进入炉内的作用。加上炉门火帘的燃烧作用减少了氧化性气氛进入炉内，起到了稳定炉内气氛的作用。图5-55推杆式渗碳炉的排气室采用底进料方式。当零件在排气室排气完成时，侧推料机构（软推料机构或其他推料机构）将排气完成的零件推入加热室进行加热。加热室的作用是将零件加热至渗碳温度保证零件各部位都达到渗碳温度，当零件进入渗碳室时能够进行均匀的渗碳处理，保证零件渗碳各部位均匀一致。加热室的温度为920℃，炉内的气氛控制根据处理零件的碳含量进行确定。一般加热室炉内气氛碳势控制略高于零件使用材料的碳含量。如使用20Cr、20CrMnTi、20CrMnMo、20CrNiMo等钢制造的零件，气氛碳势最好是控制在0.25%左右；对于30Cr、30CrMo、30CrMnTi等钢的气氛碳势控制在0.35%C左右。这样能够保证零件加热过程不发生增碳或脱碳作用，不会发生零件局部由于温度预先升高而先行渗碳。加热室对零件的加热处理是保证零件有一个温度均匀一致的表面，为下一步渗碳做好准备。为保证零件在加热室内能够气氛均匀和均匀地进行加热，加热室炉顶应用了一个强有力的循环风扇，保证零件在加热过程加热均匀一致，炉内气氛循环均匀。零件加热完成，侧推料机构将零件推入渗碳室进行渗碳处理。

渗碳室是零件渗碳的关键部分，直接关系零件渗碳质量。近年渗碳室的结构发生了较大的变化，由过去贯通炉方式发展成为多室方式。由各室加隔墙方式发展成每一室均采用隔门将各室完全隔离开。而且每一室的温度、炉子气氛碳势都能够进行单独设定，单独控制，单独调节，给零件的热处理过程创造最佳环境。图5-55推杆式渗碳炉渗碳室采用的是将加热室、渗碳室和淬火降温室进行加隔离门隔离的方式。加热室、渗碳室、淬火降温室的气氛碳势、温度能够进行单独设定和控制调节。渗碳室的强渗段和扩散段采用隔墙方式进行隔离，同样能够分别对强渗段和扩散段的温度、气氛碳势实行有效的控制。渗碳室的温度一般控制在920℃；渗碳室的气氛控制则根据渗碳零件材料进行确定，一般强渗段的碳势控制尽量高的碳势，以不产生炭黑为限。对于使用20CrMnTi钢制造的零件，强渗段气氛的碳势可以控制到1.25%。而渗碳室的扩散段气氛碳势，则控制在渗碳零件使用材料的共析成分或略高于共析成分碳势。使零件经过扩散段后零件表面的碳质量分数、碳质量分数梯度、渗碳层深度都达到或接近于要求中上限。在最后的淬火降温阶段得到理想的渗碳层表面。

推杆式渗碳炉的料盘推进要求保证平稳均匀，推杆进行推进零件过程不会发生趴盘、翻盘现象。目前推杆推进料盘的方式发展较快，有采用液压系统液压缸推动推杆推料方式，有采用气动系统利用气缸推料方式，有应用机械传动方式利用螺杆螺母传动方式进行推料，有应用其他机械方式进行推料。图5-55示出的推杆式渗碳连续炉使用的是机械传动方式进行推料，应用滚珠丝杠推杆方式推料。推杆力的传动通过滚珠丝杠带动滚珠螺母，螺母带动推杆推动料盘前进。利用滚珠丝杠传动推力：传动精度高，推力大，传动定位准确，力传递过程平稳，不会对生产现场产生污染。应用液压传动方式推动料盘前进是应用液压缸的力作用推动料盘前进。应用液压传动方式推动料盘具有推力大，推料机构简单，占用空间小等优点。其缺点是液压密封不好，泄漏造成工作环境的污染。气动推料机构结构简单，是应用气缸的推力推动料盘前进，不会造成环境的污染。气动推料机构推力小，定位精度低，力传递的平稳性稍差，需要压缩空气的供应。推料机构均使用了极限定位机构，防止料盘推进过程超过极限位置而造成传动位置的错误。在料盘转向出口处，设有料盘定位装置，确保料盘推进过程准确达到要求位置。料盘定位装置设置在料盘转向出口处，能够防止料盘因为热胀冷缩发生位置的不准确。定位装置由过去采用机械式行程开关定位，发展到采用光电开关，无接触开关进行定位。光电开关和无接触开关定位准确无磨损，寿命长，维护方便。

渗碳室的气氛循环直接影响渗碳零件的渗碳均匀性，有好的循环风扇能够保证渗碳零件渗碳层的均匀性。循环风扇安装结构形式直接影响渗碳室气氛的循环。渗碳室风扇的安装有顶部安装，侧面安装，有安装导流板进行气氛循环导向。无论采用任何安装方式必须保证气氛循环的均匀性，保证零件各部位能够均匀渗碳。采用双流式侧面循环方式的循环风扇应用在推杆炉气氛循环上，能够起到保证气氛循环均匀性的作用。图5-56是双流式侧面安装气氛循环风扇的气氛循环示意图。双流式侧风循环能够使炉内气氛循环更均匀。在炉子内不同的区域内选择合适的气氛循环进口和气氛循环出口，能够使气氛的循环保证每一个区域都能够有气氛均匀循环冲刷零件，从而得到质量极为均匀的零件。使用这种双流侧面安装气氛循环方式，使气氛通过零件的气氛循环加倍，同时使零件加热更快、更均匀，并促进了碳原子进入零件表面的传递。推杆式渗碳炉应用侧面安装风扇气氛循环均匀，能够在最短的工艺时间内生产质量高的零件。但是，侧面安装循环风扇结构复杂，制造安装要求高，耐热材料消耗较多。

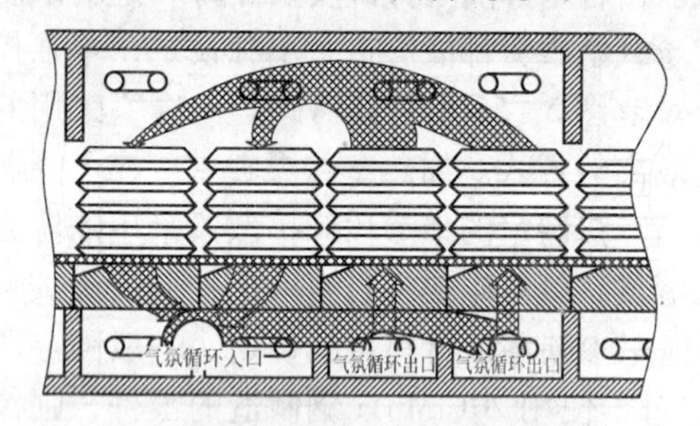

图5-56　双流式气氛循环风扇侧面安装气氛循环示意图

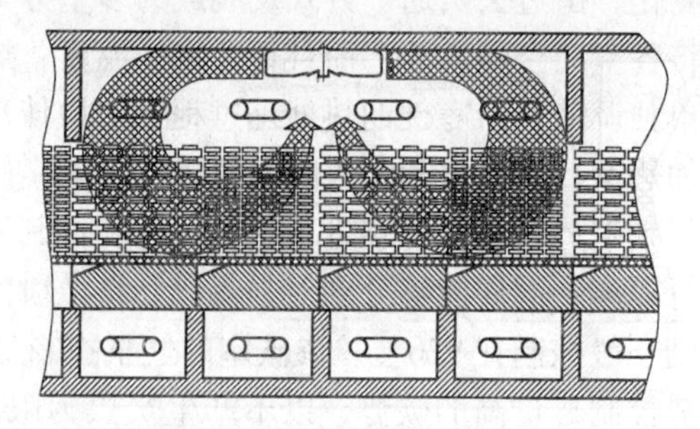

图5-57　顶置式气氛循环风扇气氛循环示意图

通常推杆式渗碳炉的渗碳室的风扇采用顶置方式安装。顶置方式安装的循环风扇适用于敞开式装料方式。图5-57示出顶置式气氛循环风扇气氛循环示意图。顶置式气氛循环风扇结构简单，制造安装简单。风扇和叶轮总成设计成一个整体，很容易从炉内取出，这样减少了维护维修的困难。

对渗碳区和扩散区的气氛碳势控制使用氧探头碳控仪进行实时监测控制。渗碳区使用两支氧探头进行气氛的检测，扩散区使用一支氧探头检测气氛。

渗碳完成的零件通过推料机构将零件推到淬火降温室。淬火降温室的作用是将渗碳完成的零件做好淬火的组织准备。淬火降温室温度控制在840℃，炉内气氛碳势控制在0.8%左右。对于不同的零件要求，控制温度和控制气氛碳势根据工艺规定进行确定。淬火降温室是与渗碳室是完全隔离的区域，因此能够很好地控制淬火降温室的温度、气氛碳势，保证温度气氛碳势完全达到工艺规定要求，零件淬火后质量完全符合零件设计的要求。淬火降温区与渗碳区完全隔离，避免了淬火降温区和渗碳区气氛的相互干扰，从而保证各个区域内气氛碳势的稳定。淬火降温室炉顶安装强有力的循环风扇，保证炉内气氛的均匀性。零件渗碳完成温度降到工艺规定值后，推料机构将零件推到淬火室。

淬火室紧挨淬火降温室，在淬火油槽上。对于不同的要求有不同的淬火油槽结构。有的淬火室带有出料门，也有淬火室没有出料门的结构。淬火室带有出料门的油槽，零件进入淬火室升降料台，升降料台迅速将零件淬入油槽内进行淬火处理。淬火完成后升降料台将淬火完成的零件提升至淬火室，从淬火室的出料门拉出。对于没有出料门结构的淬火室，零件进入淬火室升降料台后，升降料台迅速将零件淬入淬火油槽进行淬火处理。零件淬火完成，不是提升出淬火室油面，而是通过油槽底部的传动机构传送到淬火室外。通过淬火室外的提升机构将淬火完成的零件提升出淬火油面。不带出料门的淬火室在结构上增加了一套从油槽底部将零件传送至淬火室外油槽的机构；同时还增加了一套在淬火室外将零件从油槽内提升至油面以上的提升机构。虽然增加了一套传动机构和一套提升机构，但是增加了炉子气氛的气密性，保证了炉子气氛的稳定性；减少了一套炉门的提升机构和炉门的密封。

淬火油槽的结构直接影响最后的淬火质量，淬火过程油的搅拌，淬火油流向和淬火过程对零件冷却的均匀性直接与淬火油槽的结构相关。淬火油槽在冷却性能上近几年发展很快，由单纯考虑零件淬火冷却保证零件淬火硬度，发展到根据零件使用材料能够调节不同阶段的冷却速度既保证零件淬火硬度又保证零件淬火后小的变形。通过调节不同阶段零件冷却速度调节零件淬火过程的变形，达到所需要的变形情况。零件淬火的冷却速度通过调节淬火冷却搅拌器的搅拌速度达到调节冷却介质的冷却速度。如图 5 - 55 所示推杆式渗碳炉淬火油槽使用的搅拌电机是一台变频搅拌电动机。变频搅拌电机通过在不同的搅拌阶段改变搅拌电动机供电频率从而达到改变电动机搅拌的速度，搅拌速度不同，淬火油对零件冷却的速度也不同，由此达到改变零件冷却速度的目的。淬火冷却油有强有力的搅拌器，油流向零件进行淬火过程通过导流装置能够保证油对整盘零件冷却的均匀性。要保证零件的淬火质量，对淬火油的温度要进行控制。当淬火油温低时，油的流动性差，冷却能力较差，因此淬火油槽对油进行加热，一般淬火油温控制在 60 ~ 120℃ 范围。油温太高，淬火过程容易引起火灾，当油温较高时要进行冷却，保证油温控制在要求范围内。油的冷却有风冷和水冷两种结构。风冷占地面积大，需要一套鼓风装置，风冷不会油水混合而造成油冷却性能的变化，不会造成水漏进油槽，使设备的安全系数大大增加。水冷占地面积小，结构简单，冷却速度快；水冷却出现泄漏直接影响油的冷却性能。水冷却器必须使用软水，否则结垢将造成管道堵塞影响冷却性能。油槽还需要配备油位控制系统，保证油位始终处于正常油位，油位降低能够进行自动补充，油位高了能够自动溢出，使油始终处于正常位置。

淬火完成的零件推向倾斜滤油台进行滤油。倾斜滤油台能够倾斜 30°，将零件凹槽内存在的油滤出。滤出的油可收集处理后回用，同时减少对清洗液的污染。

零件淬火滤油完成后零件被传送到清洗机进行清洗，洗净零件表面淬火油污。清洗机为三室清洗，三室分别隔开互不干扰。第一室为清洗液喷淋清洗室，应用热清洗液洗净渗碳淬火过程在零件表面产生的油污。第二室是清水清洗室，用加热后的清水洗净残留在零件上的油污和清洗液清洗后的残留物，得到清洁干净的零件。第三室是风干室，应用空气将零件表面的水气吹干，为回火创造好的零件表面。清洗机使用的清洗液和热水温度一般控制在 60 ~ 80℃。清洗机根据对零件的要求不同进行不同的设计。也可选用两室清洗机，一室清洗机。清洗机的结构可以是浸、喷结合的双室清洗机，浸、喷清洗完成后进行风干处理。也有单室清洗机，零件的浸、喷清洗和干燥在一室完成。选用清洗机应保证零件清洗后清洁干净，不会造成后工序污染。例如残留油污在回火过程形成大量油烟，或大量水分造成回火过程产生大量水蒸气。

清洗完成的零件进入推杆回火炉内进行回火处理。推杆式回火炉的工作温度一般在 150 ~ 250℃，最高可达 450℃。推杆式回火炉使用温度低，炉内耐热材料可选用耐热温度低的材料。导轨、循环风扇叶、导风板等可选用 Cr3Si、Cr5Mo、1Cr18Ni9Ti 等。炉顶装有两台强有力的循环风扇，保证炉内加热空气的循环。在低温状态，零件的加热主要依靠对流传热，零件加热的均匀性很大程度决定于炉内热空气的循环，热空气循环好零件被加热的均匀性也就好。炉内空气循环好，炉内温度场内的均匀性也就好。推杆式回火炉采用的是离心式大叶轮循环风扇，能够使炉内热空气很好地循环，保证炉内温度的均匀性。回火炉的工位根据零件要求回火时间和炉子推进周期进行确定。回火时间不应小于 3 h。

回火完成进行风冷，使零件温度降下来便于卸料。进入卸料台卸料，这样完成了零件渗碳淬火处理的全过程。一个高质量的渗碳淬火零件经过可控气氛推杆炉生产线生产出来。

5.4.2　推杆炉传动机构

推杆炉的传动机构是可控气氛推杆炉实现自动化非常关键的部件。因为推杆炉生产过程由于机械故障造成停机将给生产造成极大的损失。因此，要求推杆炉自动生产线的传动机构要结构简单，传动可靠准确，传送平稳。目前推杆炉自动生产线的传动机构有很多类型。有用液压系统进行零件传送，有用气动系统进行零件传送，有用机械系统进行零件传送，也有应用其他方式进行零件传送。不论使用哪一种传动方式最重要的是传动平稳可靠。液压、气动、机械传动方式都有各自的特点，液压传动方式传动力矩大、传动平稳；气动传动方式结构简单；机械传动方式传动可靠性高、传动力矩大、定位准确。应用在推杆渗碳炉自动生产线的传动机构有：推杆推料机构、侧推料机构、单料盘推拉料机构、多料盘推拉料机构。这些推拉料机构根据其要求应用在不同的环境条件。应用在高温状态的推拉料机构，推拉料头、推料杆、料盘或料筐、导轨要考虑其高温力学性能，确保高温状态零件的传送平稳、准确、可靠。应用在高温条件情况下的材料，要求仍然能够保证其性能的耐热材料制造。在有气体腐蚀条件下的传动机构，要考虑应用能够防止气体腐蚀的材料制造。同时注意材料高温状态和常温状态的性能、热胀冷缩性能等，要保证零件输送过程的安全、平稳、准确、可靠。

图 5 - 58 示出机械传动方式的丝杆推料机构。应用丝杆推料机构传动力矩大、推料平稳。一般应用于推杆式渗碳炉多盘料盘推动。丝杆推料机构由电动机、蜗轮减速器、导杆、推杆、丝杆、推头以及支撑架等组成。丝杆的选用根据要求，有选用普通丝杆，有选用滚珠丝杆。应用滚珠丝杆传动，力矩损失小，传动平稳，定位准确。推杆和推头材料的选用，要求能够在高温状态下保证材料正常工作。推头长期处于高温状态和渗碳性气氛条件，要求材料能够在长期高温渗碳气氛下仍能保证其性能。推杆与炉壁处要求保证运行过程仍然能够很好地密封，不能有任何泄漏现象。推杆式渗碳炉丝杆传动机构的运行是电动

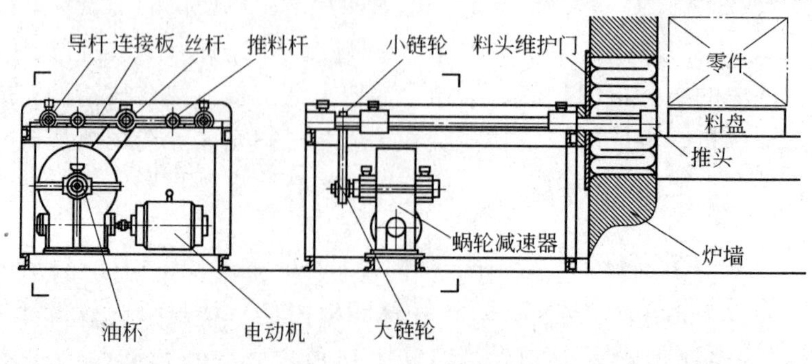

图 5 - 58　丝杆推料机构

机转动，通过蜗轮减速器减速，带动大链轮；大链轮通过链条带动小链轮，小链轮转动带动丝杆转动；丝杆转动使在丝杆上的螺母开始移动。螺母通过连接板与推杆连接，螺母向前移动，推杆向前进，推杆通过推头推动料盘将零件向前推进。为保证推杆推进过程平稳向前推进，应用导杆保证推杆的平稳推进。当电动机反转时，螺母带动推杆返回。由于电动机的转动速度很快，应用蜗轮蜗杆减速能够很容易将速度降低到要求的速度，一般料头推进的速度50~120 mm/s。料盘移动速度太快容易形成冲击力，造成料盘传送过程的不稳定；移动速度太慢，推动料盘前进的力矩要求增大。尤其在渗碳炉内高温状态推力不平稳造成卡盘，翻盘给生产造成很大的损失。推料头推进料盘的距离则根据料盘的尺寸、料盘推进后要求留出的空间距离确定料头推进距离。这种推杆式推料机构一般使用在负荷较大，推动力矩要求较高的料盘传送。

当料盘传送的力矩要求不大时，传送负荷较低，料盘从一台设备传送到另一台设备时，可采用多料盘传送机构。图5-59示出一种小负荷多料盘杠杆式推料机构。多料盘杠杆式推料机构推动料盘向前运动通过电动机转动带动蜗轮减速器运转减速，将力传送给齿轮；齿轮通过曲柄使摆杆做往复运动。摆杆连接推柄带动推头固定板，使推头固定板向前推进或退回。推头固定板带动推头，推进料盘，使零件向前运动。由于固定板连接多个推头，当固定板向前移动时，推头推动多个料盘向前移动。多料盘杠杆式推料机构的推进速度要求与系统推料速度同步，确保准确将料盘推到要求位置。这种推料机构的特点是可同时移动多个料盘向前运动，料盘之间保持一定间距，料盘之间不会发生碰撞情况。但是这种推料机构结构比较复杂，制造成本较高。

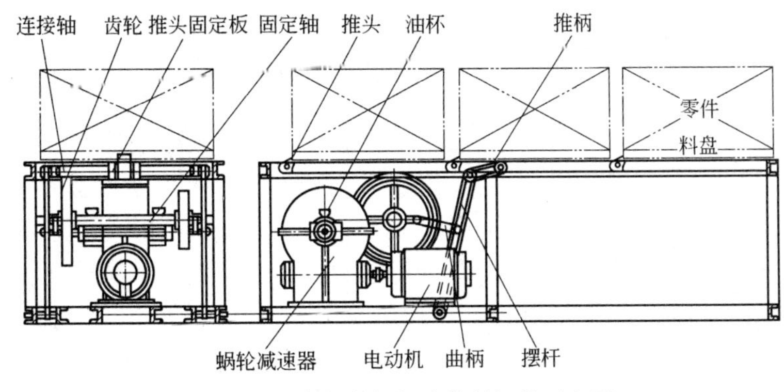

图5-59 多料盘杠杆式推料机构示意图

应用液压传动系统或气动传动系统结构简单，制造成本较低。图5-60示出一种典型的液压推料机。液压推料机结构简单，不需要变速装置，由于液压推料机推进速度决定于液压油供给液压缸的供给量，因此推进速度可以任意调整，确保推料头前进速度达到要求。可根据推料情况任意调整推料机推料头的推进速度。液压推料机构的液压缸前进的速度可以均匀变化，同机械式推料机构进行比较，推料速度可任意变化，这是液压推料机构的一大优越性。液压推料机的推力大，其推力可以达到$1.0\times10^5\sim1.5\times10^5$ N。通过调整液压供给油缸液压油的压力，可以改变推头推料的推力。若在推料头的推进方式上增加固定板和推头数量，也可以作为料盘间留有一定间距的多料盘推料机构。

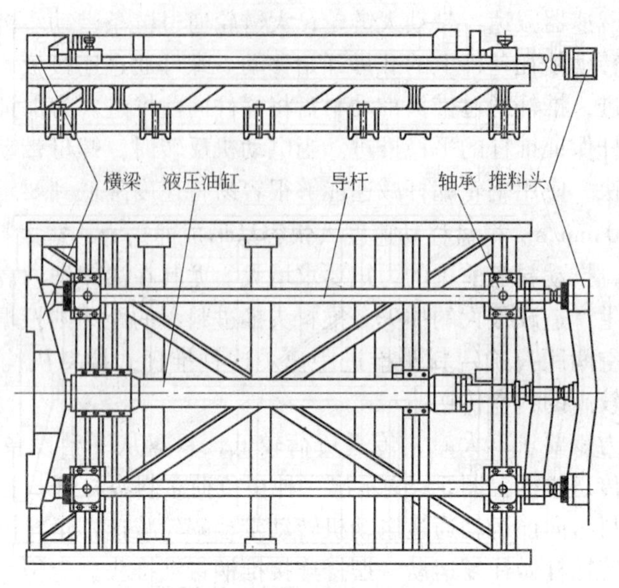

图 5-60　典型的液压推料机

图 5-58 ~ 图 5-60 是热处理炉上常用的推料机构。在热处理炉上实际应用的传动机构还有很多种类，都有各自的传动特点。在选用传动机构的过程本着传动平稳、安全、可靠性高、定位准确、故障率低、节约成本的原则进行选用。应用滚珠丝杆传动机构传动平稳，定位准确；但是生产制造成本太高，结构复杂。应用液压传动机构结构简单，传动平稳，成本相对要低一些；但是液压系统漏油造成生产环境污染。气动传动机构结构简单，生产制造成本低；但是传动的可靠性平稳性较差。几种传动机构都具有各自的优势，在选用时根据具体情况进行选用。

目前在热处理炉生产线上应用的传动机构种类有很多：杠杆式传动机构、曲柄式传动机构、链式传动机构、双槽式传动机构、丝杆式传动机构、液压传动机构、气动传动机构、齿条式传动机构、摩擦式传动机构等。这些传动机构适用于不同的传送条件和环境。热处理生产线在应用这些传送机构的过程中根据实际使用的环境条件进行选用。要保证零件传送过程安全、平稳，传送位置准确、可靠。

图 5-61 示出杠杆式传动机构示意图。这种类型的传动机构适应于传送力不需要很大的情况。适用于短距离的传送和运送速度较小的传送环境条件。若采用机械传动方式的杠杆机构，应用异步电动机驱动就要使用减速器将速度降低后推动杠杆带动推料头前进。采用杠杆式机械传动方式，推料推头的行程一般在 500 mm 左右。主要是受到杠杆长度的限制和传动力的限制。若采用液压传动方式或气动传动方式可大大简化力的传动机构。传动系统得到简化，同时推料推头的行程可显著增加，此时的行程决定于气缸或液压缸的活塞行程长度。若是液压传动，传动力也将大大增加。

图 5-62 示出曲柄式传动机构示意图。曲柄式推料机构应用不太广泛，其原因是应用曲柄式传动机构往复运动的速度是在不断的变化。当推料头向前进或向后退时，前进后退速度是在改变，而不是均匀平稳地向前推进或后退。推头行进速度不是匀速向前进或后退，造成零件推进或后退过程的不稳定，由此造成曲柄传动机构在热处理零件传送过程应用不太广泛。在一些特定条件下曲柄式传动机构能够起到很好的作用。

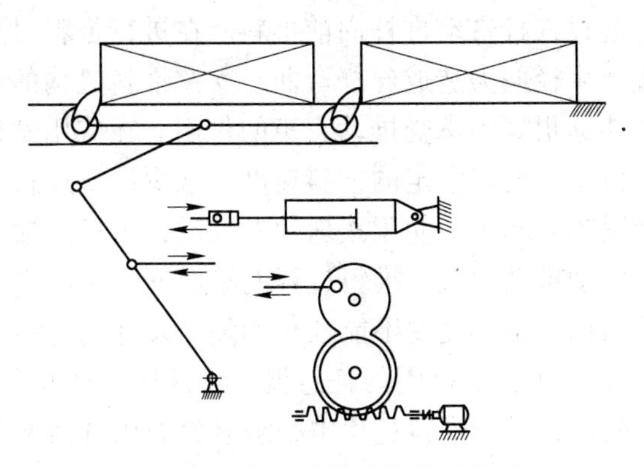

图 5 - 61 杠杆式传动机构示意图

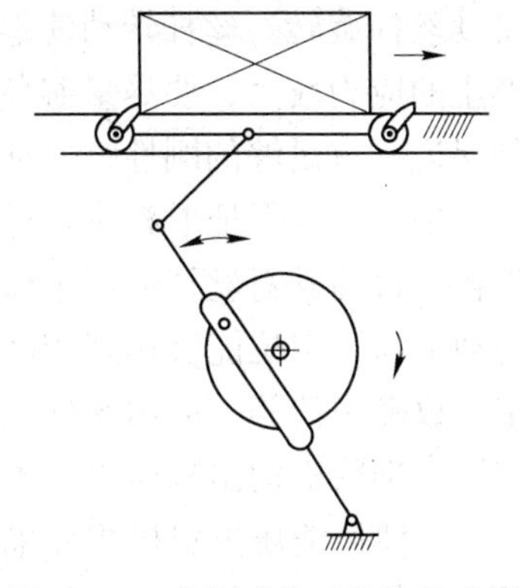

图 5 - 62 曲柄式传动机构示意图

图 5 - 63 示出链式推料机构示意图。链式推料机构是利用链条向前运动产生推力推动零件向前。链式推料机构可以使用机械传动方式，也可以使用液压传动方式。使用机械传动方式应用电动机产生驱动力矩。通过减速器减速，达到需要的速度。然后将力矩传动给链轮链条，带动推杆推动零件向前进。若采用液压或气动传动方式，结构简单。应用液压缸或气动缸直接带动链条带动推杆推动零件前进。链式推料机构结构紧凑，成本低。推料机构的推头可以直接伸进炉膛。图 5 - 63 中 Ⅰ - Ⅰ 处表示使用液压缸或气缸进行推动的示意状态。当液压缸活塞向左运动时，推料杆推动零件向右运动。当液压缸向右运动时，推料杆返回指定地方。通过调节液压油或供给的压缩空气供给量可以均匀地调整推料杆前进的速度。

图 5 - 64 示出双槽式推料机构示意图。对于要求料盘在两个槽中不同步运行，使用双槽式推料机构能够得到很好的运行。双槽式推料机构使用气动或液压驱动，也可以使用机械传动方式实现双槽式传动。图 5 - 64 示出的双槽式推料机构是利用液压缸推动实现双槽推动料盘在槽中做不同步运动。利用液压或气动方式推动的双槽推料机构结构简单，成本低。若采用机械传动方式实现双槽式推料机构结构复杂，生产成本高，调速困难。

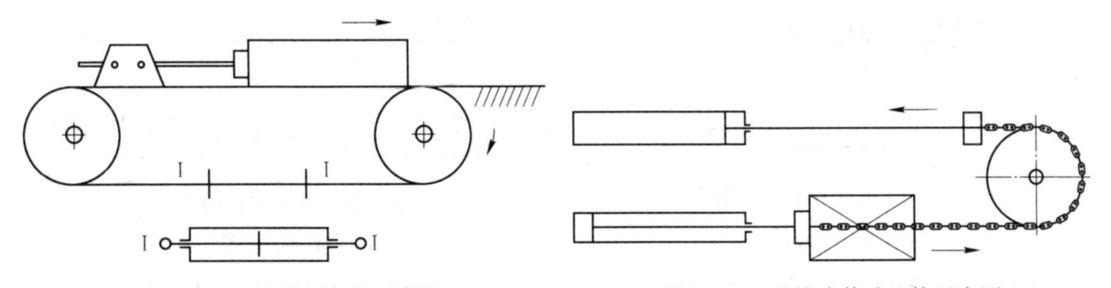

图 5 - 63 链式推料机构示意图　　图 5 - 64 双槽式传动机构示意图

目前在推杆式生产线使用最多的是丝杆式和液压式推料机构。丝杆式和液压式推料机构普遍使用在推杆式渗碳炉、推杆式回火炉的推料上。这是由于丝杆式和液压式推料机构具有推力大，推动平稳，推动位置定位准确，推动行程长等优点。图 5 - 65 示出丝杆式和液压气动式推料机构示意图。丝杆式和液压式推料机构适用于推动力矩较大的推动条件。丝杆式和液压式推料机构的推动力矩可以达到几十吨。推头行程长，推头行程一般可以达到 1000 ~ 2000 mm。应用丝杆式推料机构由电动机作为动力进行推动，通过蜗轮减速器减速后带动丝杆旋转。丝杆转动使螺母运动，通过连杆带动推杆向前推料。在进行推料过程丝杆产生的应力较大，要尽量避免推料过程产生径向力造成丝杆弯曲。支撑推料机构的骨架必须保证具有足够的刚性，保证推料过程能够很好地承受推动力矩的作用。在应用丝杆推料过程中，一定保证要料头行进速度均匀恒定。均匀恒定的推料速度，减少设备运行过程的损耗。目前推料丝杆使用滚珠丝杆的情况越来越多。使用滚珠丝杆推动，力矩的损失少，传动平稳，定位能够达到较高的精度，传动推动力大，推料过程能够保证料头前进均匀恒定，故障率低等。应用丝杆式推料机构结构复杂，速度不能任意调整，设计制造难度大。液压式推料机构结构简单，推力大，速度可在一定范围内任意调整，速度变化均匀，推力平稳。使用液压推料机构要采用刚性架构，在进行推料过程中必须避免液压缸活塞杆受到径向力的作用致使推料过程造成活塞杆的弯曲损坏。连杆应固定在与推头相对应的横梁上，尽量减少纵向弯曲力的产生。液压式推料机构的推力很大程度决定于液压缸活塞的直径，增大活塞面积推料机构的推力将大大增加。当液压缸活塞面积一定时，增大液压系统油的压力，液压推料机构的推力也将增加。液压推料机构推进的速度可在很大的范围内进行调整，一般推头速度调整范围可在 40 ~ 100 mm/s 左右。推头行进的速度太快容易行成冲击力，使推动过程的平稳性降低。推头推进的速度太慢，系统运行的速度慢，要求推动力矩增大。在保证平稳传递、准确定位的情况下保证快的运行速度。

在某些要求传动机构要相对移动的条件下，就要选用传动机构在运行过程随传动过程进行移动的机构。图 5 - 66 示出带移动液压缸的液压式推料机构示意图。液压式推料机构推料过程连杆可相对推送料盘过程相对移动。这种机构结构简单，能够保证传送过程的需要。

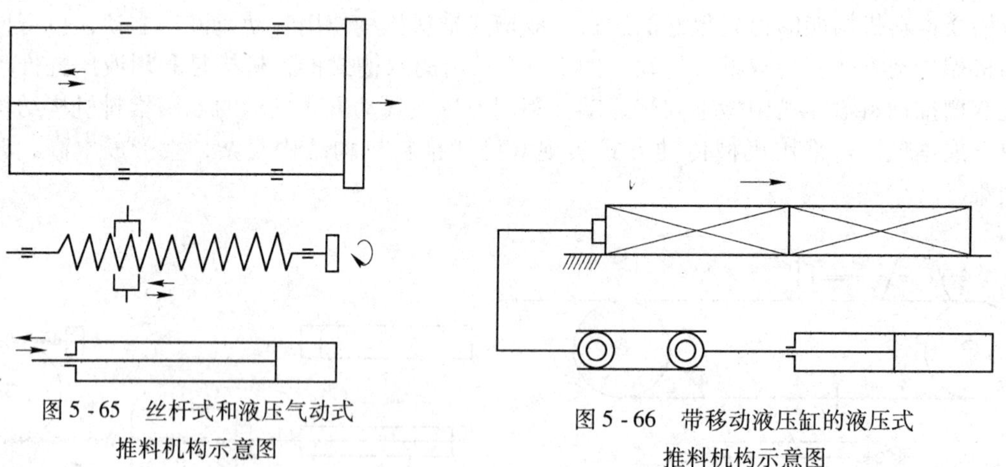

图 5 - 65　丝杆式和液压气动式推料机构示意图

图 5 - 66　带移动液压缸的液压式推料机构示意图

图 5 - 67 示出齿条式推料机构示意图。应用齿条式推料机构需要传动比很大的减速器将电动机的速度降低，带动齿轮推动齿条使推头向前推进。使用齿条式推料机构推力大，推力可达到 1.0×10^5 ~ 2.5×10^5 N。推料头行程较大，推送速度可达到 100 ~ 150 mm/s。应用齿条式推料机构由于要求传动比大造成生产成本相应较高。

图 5 - 68 示出摩擦式推料机构示意图。摩擦式推料机构推送速度快，推料头推送速度可达到 400 ~ 500 mm/s 的速度。推料头行程长，可以推行程达到 5000 mm。但是推力较小一般不超过 5×10^3 ~ 1.0×10^4 N/次，用于从炉内直接推出坯件。

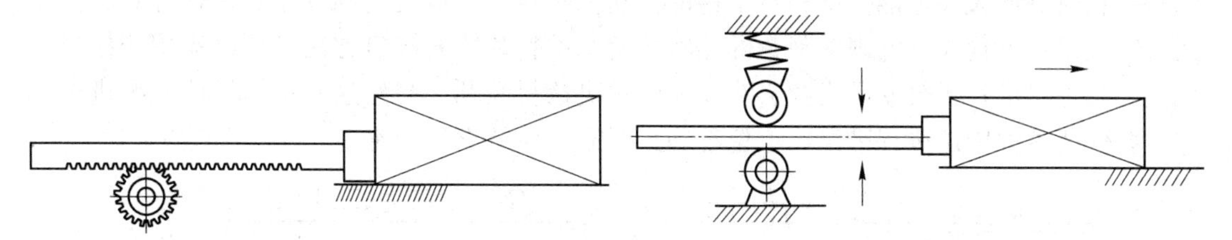

图 5 - 67 齿条式推料机构示意图　　图 5 - 68 摩擦式推料机构示意图

在热处理生产自动线上不仅有将零件推进的情况，同时也有将零件拉出的情况。采用推进或拉出状态主要决定于推头的结构。推头设计上有的只能够进行推料，有的只能够进行拉料，而有的则不仅可以推料而且可以拉料。不论使用的推头是推料还是拉料，其传动机构基本相近，关键在推拉料头的结构上。将零件从炉内拉出炉，可以使用机械传动机构，也可以应用液压或气动传动机构。机械传动机构使用电动机驱动，需要进行减速，结构复杂。液压或气动传动机构应用液压缸或液压马达驱动结构简单，速度变化容易，速度变化均匀。一般情况拉料机构要求的力较小。拉料机构要求拉出过程传递平稳，定位要准确，拉料要可靠。

图 5 - 69 示出 4 种拉料方式，其结构不同主要在拉头上的结构。图 5 - 69*a* 示出的是从侧后进行拉料。当料头通过零件时料头低下，到达料后料头利用自重或其他机构将拉头抬起，拉杆向回运动将零件拉出。图 5 - 69*b* 示出的是利用托块将零件托起后拉出。图 5 - 69*c* 示出的是利用低头爪钩住料盘后将料盘拉出。图 5 - 69*d* 示出的是料盘翻转装置。料盘翻转装置是使用宽轨支撑料盘托儿，料盘翻转将零件倒入淬火槽内进行淬火处理。这几种拉料机构都是单料盘拉料机构，对于需要几个料盘同时拉动则需要使用多料盘拉料机构。

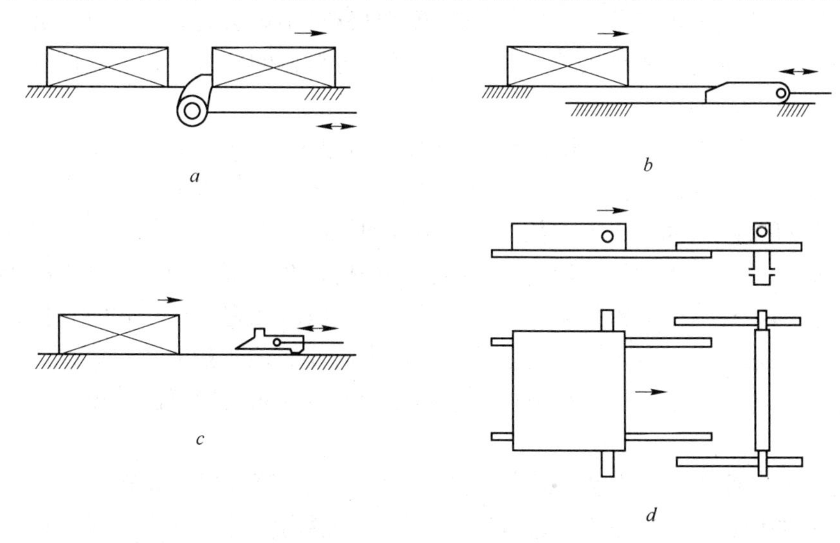

图 5 - 69 单料盘拉料机构示意图

a—从后侧拉料；*b*—利用托块拉料；*c*—利用低头爪钩通过料盘上的两个凸耳拉料；*d*—料盘翻转（淬火时由宽轨支撑料盘两耳，料盘翻转，零件自动落入淬火槽）

图 5 - 70 示出多料盘拉料机构示意图。多料盘拉料机构实际就是在单料盘拉料机构的基础上通过固定板将多个拉头连接起来，实现多料盘同时拉动。多料盘拉料机构拉动料盘

的力矩相应要增大，才能保证料盘平稳的拉动。多料盘拉料机构同样是利用杠杆式、液压式、链式以及侧钩式，实现多料盘的同时拉动。推料装置的推料方法都可以应用于拉料方式上，只是将推料头改变成为拉料头就能够解决拉料问题。当然这要根据具体情况进行确定，要保证零件传送过程平稳，定位准确，根据具体要求进行确定。

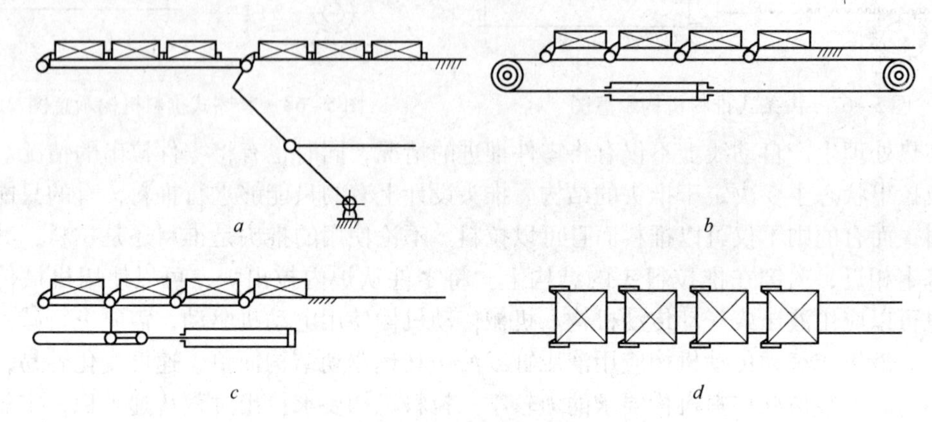

图5-70　多料盘拉料机构示意图

a—杠杆式；*b*—液压式；*c*—链式；*d*—侧钩式

推杆式渗碳炉自动生产线进行淬火处理，使用在淬火油槽的淬火提升机构种类很多。有直接在淬火室进行提升淬火的提升机构；有在淬火室进行淬火然后从油槽底部传送到油槽另一端提升出油到达淬火室外的提升机构。淬火过程将零件从油槽底部传送至淬火室外的淬火机构是为了保证炉子内气氛碳势的稳定性。使用这种提升机构既能保证零件的淬火质量又能保证零件淬火过程炉子的密封性。使用零件从底部传送的出油方式，从油槽底部传送零件出炉方式保证炉子的气氛稳定，避免零件淬火出炉引起炉子气氛碳势出现大的波动。虽然从油槽底部传送零件出炉，增加了传送提升机构的复杂性，但是减少了零件出炉门的提升机构和炉门的火帘结构。

图5-71示出摆动式淬火升降装置。摆动式淬火升降装置利用摆杆摆动将零件淬入油槽或提升出油面。零件进入摆杆上的托架，摆杆摆动将零件淬入油槽进行淬火处理；当零件淬火完成摆杆继续摆动，将零件从油槽另一方向托出油面。这样零件淬火后经过油槽底部就能够出炉，淬火室无须设置炉门和炉门提升机构以及火帘结构。油槽内的淬火油实际成为炉子气氛与炉外气体的密封装置，确保了炉子气氛的稳定。摆动式淬火提升机构应用了杠杆原理，要求提升力较大，因此零件质量较大时注意增大提升力。若图5-71摆动式淬火提升装置的淬火油槽增加淬火搅拌装置和冷却油流导向装置就能够更好地保证零件淬火质量。

图5-72示出悬臂式回转淬火提升装置。悬臂式回转淬火提升装置是利用悬臂回转将零件从油槽底部传送出来。当零件通过淬火室传送到悬臂上淬火料架上时，悬臂下降对零件进行淬火处理；当零件淬火完成时悬臂回转，从油槽底部将零件转向油槽另一端。然后提升装置将悬臂提升起来，零件随悬臂提升出油面，这样完成了零件在油槽的淬火，出炉处理过程。利用悬臂式回转淬火提升装置同样能够完成零件从油槽底部的传送，减少淬火室炉门设置，降低了炉子气氛碳势的波动。悬臂式回转淬火提升装置结构简单，需要的提升力不大，能够满足零件淬火从油槽底部传送出炉的需要。增加淬火搅拌装置和淬火冷却

油流导向装置，能够很好地保证零件淬火质量。

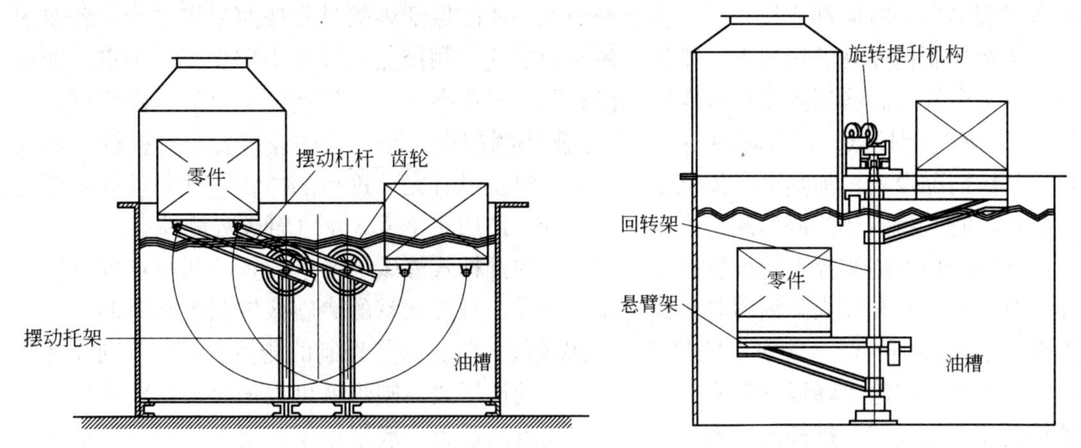

图5-71　摆动式淬火升降装置　　图5-72　悬臂式回转淬火升降装置

图5-73示出V形缆车式淬火提升装置。V形缆车式淬火提升装置结构复杂，提升力大。需要两台缆车完成零件的淬火升降转向提升。当零件完成加热要进行淬火处理时，进入淬火室到达缆车Ⅱ淬火料架，缆车Ⅱ顺导轨迅速下降对零件进行淬火处理。淬火完成，缆车Ⅰ沿导轨将零件托起提升至油槽另一端油面。V形缆车式淬火提升装置需要两套淬火缆车和缆车驱动机构，增加了淬火提升机构的复杂程度，能够保证零件通过油槽底部传送出炉，保证了炉子气氛的稳定。应用V形缆车式淬火提升装置能够提升较大质量的淬火零件。能够保证零件的淬火质量。

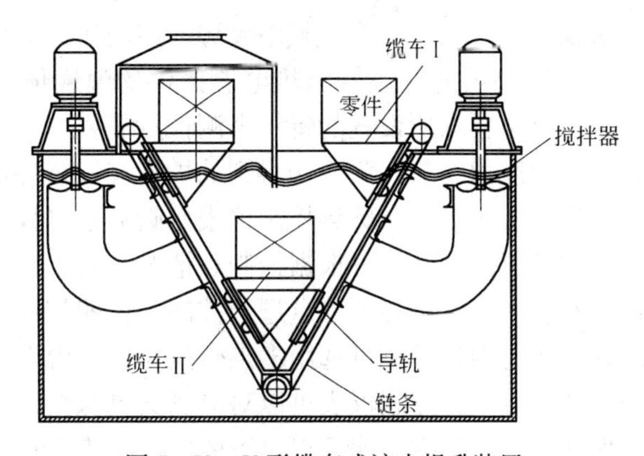

图5-73　V形缆车式淬火提升装置

应用在可控气氛推杆式自动生产线上的传动机构很多。对于传动机构的使用最重要的是保证传动机构的传动平稳，定位准确，结构要简单，运行安全等，并且确保热处理零件的热处理质量。

5.4.3　推杆式渗碳炉气氛控制

推杆式渗碳炉的气氛碳势控制包括了对加热室、渗碳室、淬火降温室的气氛碳势控制。其中由于渗碳室的装载零件量最大，而且渗碳室包括了渗碳的3个最重要渗碳时期（一般根据渗碳过程进行确定）强渗碳期、弱渗碳期以及扩散期。由此渗碳室的气氛控制要根据渗碳期分区情况设置气氛测控点。对于零件处理要求高，渗碳精度要求高的零件则渗碳过程的每一时期都应设置气氛碳势测控点，才能保证渗碳过程按照要求进行。若要求气氛碳势控制精度高的情况下，推杆式渗碳炉的气氛测控点的设置不应少于5个点。即加热室的1个气氛碳势测控点；渗碳室强渗碳期、弱渗碳期、扩散期各1个气氛碳势点，共3个气氛碳势测控点；淬火降温室1个气氛碳势测控点。测控点的设置要根据推杆式渗碳炉的具体情况设置。加热室、渗碳室、淬火降温室没有完全进行隔离，零件要求渗碳精度不是很高时气氛碳势控制的测控点则可以减少，使用4个或3个气氛碳势测控点。

气氛碳势控制测控点的设置对于不同结构的推杆式渗碳炉要求设置的测控点也就不一样。对于加热室和淬火降温室与渗碳室完全分离，且渗碳室的渗碳区按照渗碳时期进行了隔离（强渗碳期、弱渗碳期、扩散期）的渗碳线，气氛碳势控制的测控点就应分别设置测控点。加热室和淬火降温室没有进行完全隔离的推杆式渗碳炉就可根据要求分别进行气氛碳势测控点的设置。推杆式渗碳炉的气氛控制点的设置一般根据工艺要求，炉子结构和应用气氛情况设定气氛碳势控制点。

使用吸热式气氛作为载气进行渗碳或加热淬火，吸热式气氛制备产生过程中气氛已经得到很好的控制，能够保证在一个较稳定的碳势水平情况下制备的吸热式气氛。若加热室直接应用吸热式气氛就能够保证零件达到工艺要求，则对加热室可不设置气氛碳势测控点。若使用的是气氛不能保证气氛碳势的稳定，不能够满足工艺要求规定的碳势，则加热室就需要设置气氛碳势测控点，对加热室气氛碳势进行监测调控。

推杆式渗碳炉的气氛碳势控制，目前使用最为广泛的检测仪表是，氧探头碳控仪。使用氧探头碳控仪对炉子各区域气氛碳势进行测控，反应速度快、测量准确、控制精度高。使用气氛碳势检测的一次仪表氧探头，检测气氛中氧势。使用作为监控的二次仪表是碳势控制仪表，碳控仪根据氧探头提供的氧势值和热电偶提供的温度值计算后得到气氛碳势值。在使用氧探头进行碳势测定要求所设置的每一个测控点需要一支氧探头对气氛进行监测，也要同时提供测控点的温度值。氧探头检测得到的炉子气氛氧势信号和热电偶检测得到的温度信号，同时传送给二次仪表——碳势控制仪表。碳势控制仪表有单点，二点、三点以及多点控制的仪表，碳控仪的选用，可根据控制点情况和要求进行选用。碳势控制仪表可以选用单点碳控仪，对每一气氛碳势测控点进行控制，也就是一支氧探头配备一台碳控仪对气氛碳势测控点碳势进行测控；也可选用多点碳控仪，一台碳势控制仪表对多点炉子气氛碳势进行控制。例如三点碳势控制仪表可以对应三支氧探头，对三个测控点气氛碳势进行循环测定控制，保证三个气氛碳势测控点位置的气氛碳势达到工艺规定要求。

图5-74示出一条推杆式渗碳炉气氛控制示意图。可控气氛推杆渗碳炉使用吸热式气氛作为载气，天然气作为富化气，空气作为稀释气进行气氛控制调节。载气是使用天然气与空气混合制备的吸热式气氛。吸热式气氛发生器产生的吸热式气氛应用CO_2红外仪进行气氛调控。渗碳使用载气的吸热式气氛的CO_2值一般控制在0.2%～0.4%范围。具体控制范围要根据在工艺执行过程情况进行确定。制备吸热式气氛空气与原料气的混合比不同，制备的吸热式气氛中的CO_2含量也就不同。空气比原料气比值越大，制备的吸热式气氛CO_2含量越高，混合比越低气氛CO_2含量也就低。

图5-75示出理论计算方法得出不同空气与甲烷混合比在温度950℃时与气氛中CO_2含量的关系。从图5-75所示曲线可以看到当空气与甲烷的混合比发生变化时产生的吸热

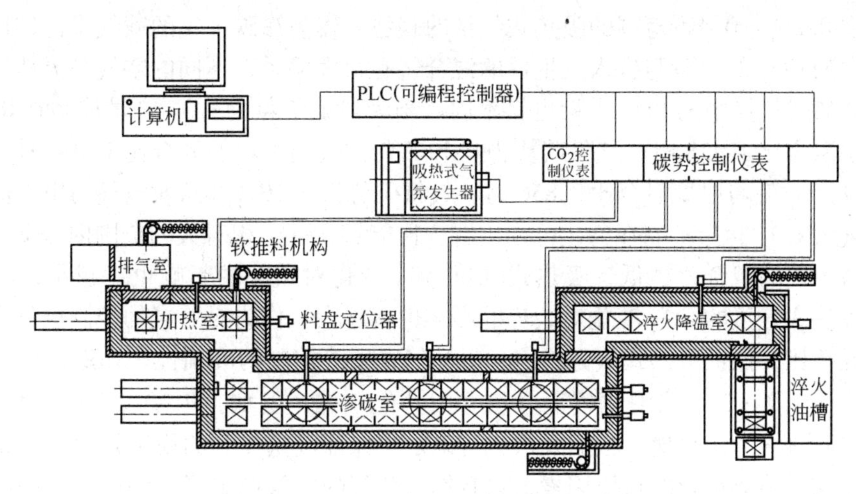

图5-74 连续式渗碳炉气氛控制示意图

式气氛的 CO_2 含量发生了较大的变化。当空气与天然气的混合比在2.4时吸热式气氛中 CO_2 含量0.58%，碳的活度为0.1；吸热式气氛中 CO_2 含量0.32%，碳的活度为0.2；吸热式气氛中 CO_2 含量0.1%，碳的活度为0.7。气氛中碳的活度实际就是气氛中的碳势。当将吸热式气氛中的 CO_2 含量确定为0.2%～0.4%情况下，气氛碳势基本能够满足工艺规定要求。只有将空气与甲烷的混合比降低时碳势才有可能升高。制备吸热式气氛时，空气与甲烷混合比选用可根据图5-76进行确定。图5-76示出应用空气与甲烷混合制备的吸热式气氛平衡成分 CO_2 和碳势 a_C 的关系曲线。图5-76示出的 CO_2 含量和碳势的关系曲线是理论计算曲线，从曲线可以看到，当气氛中 CO_2 含量在0.2%～0.4%范围情况下气氛碳势 a_C 最高达到0.4%，最低0.1%。也就是将吸热式气氛的 CO_2 含量控制在0.2%～0.4%范围其气氛碳势也就是控制在0.1%～0.4%范围。具体选用的吸热式气氛的 CO_2 含量根据零件使用材料进行确定，是将气氛 CO_2 含量控制在0.3%还是0.4%合适。

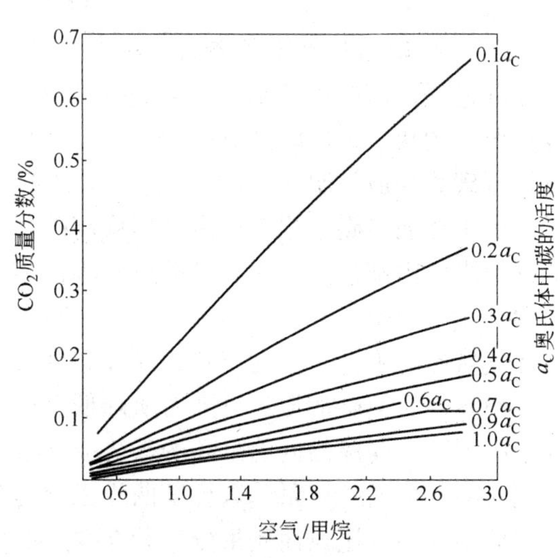

图5-75 空气/甲烷与平衡成分 CO_2 质量分数的关系（950℃）

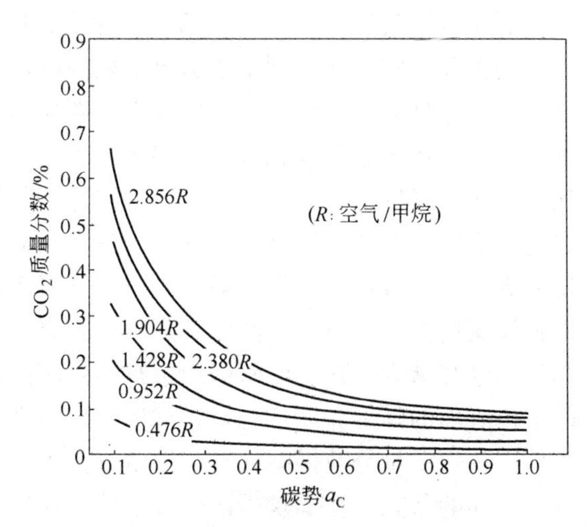

图5-76 空气与甲烷制备吸热式气氛平衡成分 CO_2 质量分数和碳势的关系（温度950℃）

CO_2控制在0.2%~0.4%范围的吸热式气氛的碳势，作为渗碳气氛的载气是比较适合。吸热式气氛中的CO_2的含量与进入发生器的混合气有很大关系，不同的空气与天然气的混合比得到的吸热式气氛中的CO_2含量也就不同。当吸热式气氛的CO_2含量控制在0.3%时，空气与甲烷混合比1.428时，气氛碳势为0.12%；空气与甲烷的混合比1.904时，气氛碳势为0.17%；空气与甲烷混合比2.856时，气氛碳势为0.26%。从对空气与甲烷混合比情况，要将气氛CO_2含量控制在一定范围内混合比能够在一个相对大的范围内变动。

空气与甲烷的混合比越低，吸热式气氛CO_2变化对碳势的影响也就越小；混合比越大，制备吸热式气氛的CO_2变化对碳势的影响也就越大。作为对气氛的控制也就应选择一个适中的混合比，保证吸热式气氛稳定，保证气氛碳势控制的准确性。一般选择空气与甲烷的混合比在2.2~2.6范围比较适合。应用其他气体，例如，丙烷、丁烷、城市煤气，那么空气与原料气的混合比要根据要求进行确定。保证气氛控制的稳定是决定气氛进入渗碳炉后炉子气氛碳势稳定的重要因素，只有作为载气的气氛稳定了，炉内气氛控制的稳定性才能够保证。

图5-74示出的渗碳炉气氛碳势的控制使用的是氧探头碳势控制仪表进行各区域气氛碳势的控制。应用了5支氧探头和5台碳势控制仪表实现对渗碳连续炉的气氛碳势的控制。5支氧探头分别检测加热室、渗碳室和淬火降温室。其中检测加热室使用1支氧探头，淬火降温室使用1支氧探头，渗碳室使用3支氧探头。渗碳室使用的3支氧探头分别控制渗碳室3个区域，强渗碳区、弱渗碳区和扩散区。加热室气氛碳势控制使用1支氧探头对气氛的控制。对强渗碳区气氛的控制一般控制气氛在渗碳过程不会造成大量炭黑积聚情况下尽量高的碳势。高的碳势有利于碳渗入零件表面形成一个高含量的渗碳层表层，提高零件表面碳向内部扩散的速度。对于使用20CrMnTi或30CrMnTi钢制造的零件，在温度920℃情况下，强渗碳区的碳势一般控制在1.20%左右。在这种碳势情况下进行渗碳，有少量炭黑产生。少量炭黑的存在不会对渗碳过程造成不利的影响，对渗碳过程有一定的促进。若造成大量炭黑积聚，对渗碳过程不利，炭黑附着在氧探头将影响氧探头对气氛碳势的检测。

弱渗碳区是保证渗碳层达到一定深度，保证在经过扩散后达到零件渗碳层深度要求。对于弱渗碳区碳势的控制不能够再应用高碳势的渗碳过程，而应该控制保证再进行扩散后能够完全达到对零件渗碳层深度和表面碳质量分数要求的状况，同时能够得到一个较理想的碳质量分数梯度的渗碳层。弱渗碳区炉内气氛控制碳势一般控制在1.00%左右。弱渗碳区气氛碳势降低，碳向零件表面渗入的速度降低。由于在强渗碳过程零件表面形成高碳质量分数表面，在弱渗碳过程高碳质量分数表面的碳向零件内部进行扩散。扩散过程零件表层的碳质量分数逐步降低，弱渗碳过程气氛中的渗碳气氛吸附在零件表面裂解渗入过程是对强渗碳后向零件内部扩散的碳的一个补充，由此气氛此时维持一定的碳势，保证零件表面碳的继续渗入。在弱渗碳区内进行的渗碳过程，使零件表面碳的质量分数有所降低，同时零件表面的碳层深度达到对零件渗碳层深度要求的下限。弱渗碳区内过高的碳势会造成零件表面碳质量分数保持在高的质量分数水平，同时渗碳层的碳质量分数梯度曲线也会是一个较陡的状态。在弱渗碳区内气氛控制应注意保证零件渗碳层表面质量分数和渗碳层的碳质量分数梯度。弱渗碳区内的气氛控制不应有炭黑出现，炭黑出现说明气氛控制的碳势较高，弱渗碳完成后零件表面是一个较高碳势的表面层。因此弱渗碳后一定保证在扩散过程能够得到要求的表面碳质量分数和理想的碳质量分数梯度。

渗碳的最后阶段是扩散阶段。扩散区气氛碳势的控制要求零件经过扩散后得到完全符合要求的渗碳层质量。扩散区气氛碳势的控制一般控制在0.8%C左右，或略低于钢的共析碳含量。零件表面经过弱渗碳区后，表面碳质量分数还是处于较高碳质量分数表面。同时零件渗碳层的碳质量分数梯度还是一个较陡的梯度表面。在进入扩散区扩散以后零件表面的碳质量分数降低符合对零件渗碳表面碳质量分数的要求，同时扩散以后得到的是较理想的碳质量分数梯度表面渗碳层。扩散区内气氛碳势降低，高质量分数的渗碳层中的碳一方面向内部继续扩散，使渗碳层深度增加，质量分数梯度降低；另一方面由于气氛碳势降低，高碳质量分数的表层碳也将向气氛中脱出，降低表面的碳质量分数。扩散区是保证零件表面质量非常关键的区域。扩散区气氛碳势的控制一定注意零件表面质量的要求。对于不同材料制造的零件，其对气氛要求的碳势也不一样，合金元素将改变钢的共析点，因此气氛的控制也要随材料改变。最后要得到共析成分的表面渗碳层的零件，对扩散区气氛碳势的控制就必须根据零件使用钢材中合金元素对成分共析点影响情况进行确定。

渗碳室渗碳气氛的控制要根据对零件要求的质量进行分解控制。各个区间气氛的控制要保证最终零件表层的渗碳质量。渗碳层要求不一样，每一区域气氛碳势控制也就不一样。零件渗碳层要求较浅的零件，渗碳过程已达到零件要求的渗碳层深度，零件表面的碳质量分数还是一个较低的质量分数水平。在对各阶段的气氛控制就应根据具体要求进行确定。对于渗碳层较深的零件长时间处于高碳势环境渗碳，扩散区对零件表面碳的扩散不能够保证最终零件表面的碳质量分数和碳质量分数梯度，在强渗碳和弱渗碳过程就要调整强渗碳区和弱渗碳区气氛碳势的控制。适当降低强渗过程气氛碳势和弱渗过程气氛碳势，以确保最终零件表面渗碳质量。

渗碳完成后，零件进行淬火降温处理。零件淬火降温室的气氛控制是要保证在最后淬火得到高质量的渗碳淬火零件。零件表面有均匀的渗碳层深，有均匀的淬火硬度，有高质量的淬火组织。淬火降温区气氛碳势的控制必须引起重视的是，温度降低气氛碳势将升高。若应用氧探头碳势控制仪表实行两因素或三因素控制，温度降低对控制的影响较小。若使用红外仪对气氛进行CO_2控制，则注意调整气氛控制的CO_2含量，确保气氛控制的准确性。应用氧探头碳控仪对气氛进行控制，加入测量得到的CO含量和氧势值、温度值同时进入碳控仪计算实现三因素控制，就能够得到准确的气氛碳势。单因素控制只能够控制气氛的某一组分，温度因素和其他方面的影响因素就不能够得到控制，在高温状态的碳势和降低温度后的碳势就出现很大的差别。比如温度920℃时，气氛露点-4℃时，碳势为0.8%；当温度降低到850℃要保持0.8%的碳势，气氛的露点就必须上升到3.5℃。同样通过对气氛CO_2的控制对气氛碳势进行控制，控制气氛CO_2在0.5%，温度900℃时，碳势为0.40%；当温度降低到850℃时，同样0.5%值的气氛碳势上升到0.70%。因此，对淬火降温区气氛碳势的控制一定注意温度对气氛碳势造成的影响。对淬火降温区的气氛控制最好采用多因素控制，温度因素一定要作为气氛控制的碳势因素加入进行计算。采用多因素控制才能保证控制气氛碳势的正确性。

可控气氛推杆渗碳炉的各个区域的气氛控制，对于采用不同的载气，控制的方法有所不同。同样是吸热式气氛，制备的原料气不同，原料气与空气混合比不同也将引起气氛碳势的变化。放热式气氛、放热式净化气氛、氮基气氛、滴注式气氛等，对气氛碳势控制的要求也不一样。在对气氛碳势的控制上要根据具体使用情况决定气氛的控制因素和控制方法。超级渗碳，通常的氧探头碳控仪进行两因素气氛控制，在炉子气氛中甲烷含量较高的情况下容易出现失控现象。渗碳炉内气氛甲烷含量高的情况下，甲烷是强渗碳气氛，在一般渗碳温度下甲烷的裂解不易，极少量甲烷变化就会造成气氛成分大的波动。甲烷与气氛中水、氧生成 CO，CO 的增加加速气氛碳势的提高。如果只控制气氛的两个因素就不能够很好地反映气氛碳势，因此，超级渗碳最好实行三因素控制，氧探头控制气氛氧势，热电偶控制温度，CO 红外仪控制气氛 CO 含量或 CH_4 红外仪控制 CH_4 含量；温度、氧势、CO 值三因素送到碳势控制仪表进行计算得到炉子气氛实际碳势值，这样控制的精度大大提高。当然如果控制因素引入气氛压力值进行多因素控制，气氛碳势控制的准确性，控制精度将大大提高。

5.5　转底炉

顾名思义，转底炉是指炉子底部能够转动的炉子。转底炉主要应用于各种零件的淬火加热过程，也有应用于渗碳、碳氮共渗、退火或其他方面的热处理的加热过程。目前应用转底炉进行热处理较多的工艺是作为零件渗碳后的加压淬火的加热。应用转底炉对零件淬火的加热，零件加热均匀，炉内通入可控气氛能够保证零件加热过程不发生氧化脱碳或增碳，对于产生轻微脱碳的零件进行零件表面补碳处理等。20 世纪 90 年代，转底炉发展到由多台转底炉和回火炉、清洗机等组合成为热处理柔性生产线。在热处理柔性生产线内对不同热处理要求的零件同时进行热处理，进行加热淬火，不同渗碳层要求零件的渗碳处理，热处理完成后的零件质量完全达到工艺要求。近几年转底炉的发展越来越快，应用也越来越广泛。很多热处理过程应用转底炉来满足较高要求的零件的加热处理。转底炉应用越来越广泛，其优点如下：

（1）转底炉加热零件均匀。转底炉多数采用辐射管加热，辐射管布置合理炉内温度均匀，零件加热均匀。由于炉底转动，零件将运动于炉子的各个部位进行加热，增加零件加热的均匀性。

（2）转底炉与机械手配合容易实现热处理过程的自动化。应用计算机进行控制，配合机械手进行零件的进出炉可以实现生产过程的全自动化。

（3）零件在转底炉内进行加热不会发生加热过程氧化脱碳或增碳现象。转底炉内通入可控气氛，应用氧探头碳控仪或红外仪对炉子内气氛碳势进行控制能够实现零件加热过程不发生氧化、脱碳、增碳现象。

（4）转底炉内气氛碳势进行有效的控制，能够对轻微脱碳的零件进行补碳，保证零件脱碳表面达到要求碳质量分数。能够进行零件的渗碳、碳氮共渗等，保证得到高质量的渗碳零件。

5.5.1　转底炉的结构

转底炉由六大部分组成：

（1）炉体部分。包括炉子加热室全部内容，炉壳、炉底、辐射管加热器、炉子保温层以及炉子支撑架等；

（2）机械传动部分。包括炉底转动机构、炉门开闭机构、炉底定位装置、炉子工位定位装置等；

(3) 炉底密封部分。包括炉底密封油、密封油循环系统、密封油冷却系统、密封油流量油位控制系统以及密封油的过滤系统；

(4) 转底炉管路部分。管路部分包括吸热式气氛供气管路、天然气管路、压缩空气管路、冷却水管路、油循环管路等；

(5) 电器控制部分。包括转底炉运转控制、炉子加热控制、炉子安全控制、水、油、气供应控制等；

(6) 仪器仪表部分。包括炉子温度控制仪表、炉内气氛控制仪表、油温控制仪表等。如果应用可编程控制器（PLC）和计算机联机控制，还包括有PLC和计算机部分。

图5-77示出一种转底炉结构简图。转底炉加热功率为108 kW，共有12根电加热辐射管进行加热；转动炉底直径2.77 m，共有10工位（9个有效工位），最大分度时间0～30 min；工作温度890℃，最高工作温度930℃。使用吸热式气氛作为载气，天然气作为富化气，空气作为稀释气对炉内零件进行保护加热。通过调整通入炉内的天然气和空气可以任意调整炉内气氛碳势，适应不同钢种的加热保护。应用氧探头测定炉内氧势，CO红外仪测量炉内气氛CO含量。氧势和CO含量参数送到碳势控制仪进行分析计算，对炉内气氛碳势实现有效控制，能够保证零件加热过程不会发生氧化、脱碳现象。应用数字仪表控制炉内温度，确保温度控制在要求温度范围。碳控仪、温控仪的控制信号传送到可编程控制器，由可编程控制器将信号传送到计算机。计算机记录炉子生产过程的各阶段温度、碳势、以及其他信号。应用温度测温仪表控制炉子的温度，调功器调节可控硅供给加热器电功率的大小，调节炉子温度在较小的范围波动。转底炉在可靠的气氛保护，准确的温度调节下进行零件的加热处理能够得到高质量的热处理零件。

图5-77示出转底炉共10个工位，其中9个是有效工位，炉门口的工位作为零件进出炉门之用。在进行零件正常加热过程，炉门1个工位空着不放零件，这样避免造成即将出炉零件的温差。炉底工位的前进方式采用进2退1方式运转，这样保证炉内加热完成的零件和刚进炉的零件始终有一空工位相隔。炉门的开启应用气缸作用开关炉门。当炉门开启时马上点燃火帘，烧掉可能进入炉内的氧气避免炉内气氛与氧混合发生爆炸。使用吸热式气氛作为转底炉的载气，天然气作为富化气体，空气作为稀释气调节炉子气氛碳势。炉子气氛碳势的测定应用氧探头测定气氛氧势，CO红外仪作为炉子气氛的补偿测定。氧探头测定的氧势和CO红外仪测定CO值送到碳控仪进行分析计算，计算的结果与给定值进行比较，然后决定是否打开或关闭天然气添加阀，从而有效地控制炉子气氛碳势。

炉底转动使用液压传动方式，液压马达将力矩传动给小链轮，小链轮通过链条带动固定于炉底的大链轮转动，从而使炉底转动。炉底与炉体之间的间隙密封采用循环油进行密封，完全能够保证炉子内气氛不会从炉底泄漏出来。炉底密封循环油对炉底的密封是通过油泵将油泵向冷却器，冷却后的密封循环油流向炉底密封槽实现对炉子气氛密封；密封油再经过回油口流回油槽，完成油对炉子气氛的密封。炉顶应用循环风扇对炉内气氛进行强制循环，确保炉内气氛的均匀性。对于不同的炉子其结构也不同，对炉子要求不同，结构也有一定的差别。

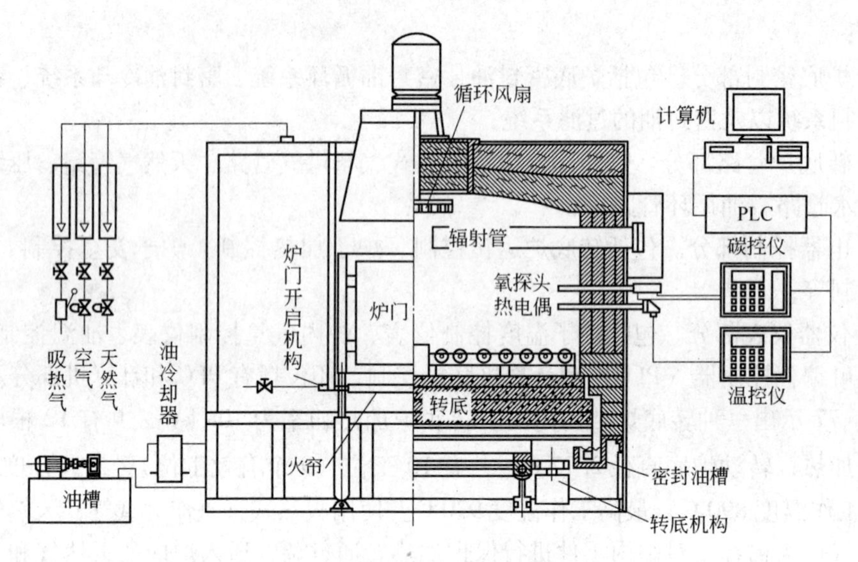

图 5-77　转底炉结构示意图

5.5.1.1　炉体部分

转底炉组成的六大部分，不同的转底炉设计上都有不同的特点。炉体部分是炉子的主体，应用材料、炉内保温层、转动机构设计制造上都有一定的差别。图 5-78 示出一种转底炉的炉体部分。炉体结构由炉壳、炉底、炉门及炉门开启机构、备用炉门机构、炉底定位机构、炉底转动机构、电加热辐射管、炉顶气氛循环风扇、定碳口、氧探头、热电偶、进气口以及应用抗渗碳砖砌的炉衬、硅酸铝纤维制的炉顶保温层、抗渗碳耐火水泥浇注的炉底等组成。

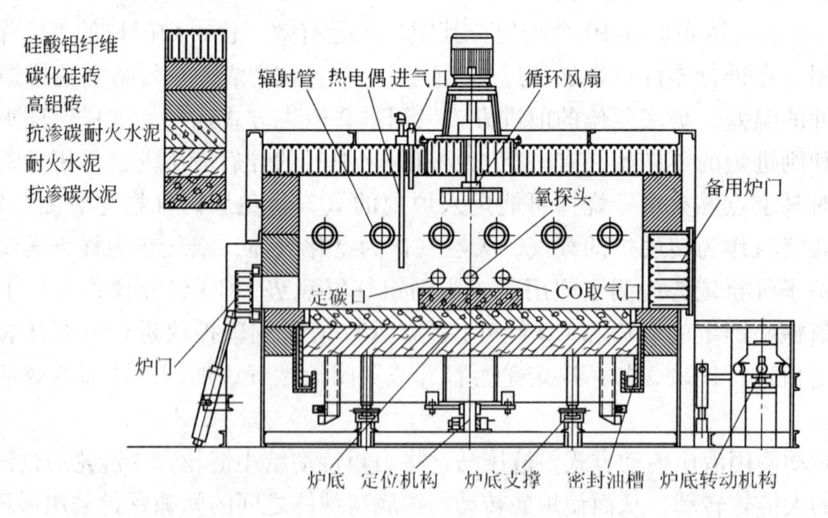

图 5-78　转底炉炉体结构

转底炉壳使用钢板和型钢焊接成形，壳体焊接要求连续焊接不得有漏气现象，炉体依靠炉壳密封。炉底使用两种材料制造，炉底底层使用耐火稍差的耐火水泥浇注成形，炉底上部使用抗渗碳性较好的耐火水泥浇注成形。应用两种材料进行浇注，即保证炉底的耐温性、保温性，又保证制造成本不致过高。上部应用抗渗碳耐火水泥确保转底炉运行过程在控制气氛条件下的正常工作。转底炉使用于炉内的保温材料，由于隔热保温材料要与保护气氛接触，因此使用的材料不仅要保证有好的隔热性能，而且要具有抗渗碳作用。在炉衬的使用材料上，炉顶采用硅酸铝纤维；炉墙与可控气氛接触部位使用轻质抗渗碳砖，不与可控气氛接触部分使用普通保温砖；炉门口使用刚玉砖，保证零件长期经常进出炉门不致很快磨损；保证强度部位使用高铝砖以及高温抗渗碳耐火水泥等。

5.5.1.2 *炉底转动部分*

转底炉的炉底转动部分。带动炉底转动的传动机构有液压传动机构、机械传动机构。机械传动机构有电动机通过减速箱减速后应用直齿传动的传动机构，锥齿轮传动的传动机构，还有链轮链条带动的传动机构。图5-78所示转底炉的炉底转动采用的是液压马达带动链轮，再由链条带动炉底转动。应用液压传动机构驱动炉底转动，能够实现炉底转动的无级调速，能够均匀连续地改变液压马达的转动速度，相应的均匀连续地改变炉底转动的速度。图5-79示出转底炉的炉底转动液压传动机构结构图。转底炉的炉底转动应用液压马达驱动链轮，链轮带动链条，链条带动连接在炉底的大链轮转动。当液压马达带动链条转动过程，胀紧轮通过链条调节缸对链条的松紧程度进行调节，确保液压马达带动炉底平稳转动。当炉底转动将到达下一工位时，炉底转动将减速，直至到达下一工位停住。炉底停住后定位气缸锁紧销对炉底进行锁紧定位，这样炉底定位准确。应用气缸对炉底进行工位定位，确保每一工位准确到达要求位置。炉底应用4个炉底支撑轮支撑炉底。炉底支撑轮在炉底转动过程支撑炉底沿支撑导槽转动。炉底的密封使用高温油进行密封。密封槽内的密封油通过密封油泵，泵向油冷却器，通过油冷却器冷却的密封油流向炉底密封油槽。炉底与炉体之间的间隙通过密封油阻止炉内气氛流出炉外，从而起到密封炉底气氛的作用。在炉底转动过程中，炉底在密封油槽部分安装刮渣板，将落入密封油槽的渣滓刮到捞渣槽内。应用专用捞渣工具很容易的将刮到捞渣槽内的渣捞出。

转底炉的炉底转动机构种类很多，有应用直齿轮带动炉底转动的机械传动机构，有应用锥齿轮带动炉底转动的机械传动机构。应用机械传动机构推动炉底转动都通过减速器减速后带动主动齿轮，通过主动齿轮带动炉底齿轮转动，从而使炉底转动。若使用机械传动装置，要对炉底转动的速度进行调节，减速器就要应用能够变速的减速器或者使用直流电动机和变频电动机才能达到速度调节作用。应用无级变速器能够较均匀地调节炉底转动速度，相应地增加制造成本。采用直流电动机或变频电动机同样也增加制造成本。应用液压转动机构能够很好地解决转动速度和制造成本的关系。

对于转底炉炉底支撑也有多种形式，转底支撑采用3个斜压轮，中心轴承定位；转底采用沿滑道滚动的多个滚轮支撑，中心轴承定位；转底支撑与定位完全依靠轴承进行定位支撑等方式。

转底炉炉底气氛的密封目前采用最多的是密封油槽高温密封油密封方式。转底炉采用油封方式是为了保证炉底转动部分和炉底固定部分之间的密封。采用油密封方式时，对密封油有以下几点要求：

（1）密封槽内油位。必须保证密封槽内有一定深度的油位，油位太低容易造成炉内气氛从炉底泄漏，油位太高炉底转动过程容易造成密封油溢出。

（2）要保证炉底密封油流向密封油槽内的流量。流向密封油槽的油流量太少容易造成密封油槽的密封油温度太高。油温升高，油的蒸发也就相应增大，蒸发的油气顺炉底进入炉内将造成炉内气氛的变化，破坏原有气氛的平衡。因此必须保证密封油槽内一定流量的密封油流动，保证油温不致升温太快。

（3）必须保证密封油清洁。转底炉转动过程，难免一些渣滓掉入密封油槽内，与密封循环油一起流向回油槽。掉入的渣滓容易造成油的流动性降低和循环油路堵塞。因此，要注意经常对循环密封油的渣滓进行清理，保证循环密封油的清洁。炉底转动部分增设几个刮渣板。当炉底转动时，刮渣板随炉底而动将掉入密封油槽的渣滓刮入回油捞渣槽内，应用工具很容易地将槽内渣滓捞出，减少密封油槽的堵塞情况。

转底炉的炉底密封也有采用砂封方式。炉底密封砂密封的效果决定于应用密封砂的粒度，砂的粒度越细，密封效果也就越好。但是采用密封砂的密封增加炉底转动阻力，相应的要增加炉底转动的动力才能保证炉底正常运转。采用密封砂密封方式结构简单，维护方便。

5.5.2 转底炉转动步骤与转动方式

转底炉运转的方式有 3 种方式：

（1）自动运行方式；

（2）手动运行方式；

（3）空转运行方式。

这 3 种运转方式应用于不同的工作状态。

自动运转方式。图 5 - 79 所示转底炉的炉底转动步骤是按“进二退一”方式运转。炉底共设有 10 个工位。其中 9 个工位为有效工位，一个为空置工位。炉内 9 个有效工位对零件进行正常加热，1 个空工位。零件加热过程空工位始终是炉门工位。图 5 - 80 示出转底炉炉底转动示意图。炉门口工位为 1 号工位，为空工位；加热完成零件的工位为 2 号工位。假设炉底每 10 min 转 1 个位循环。当 2 号工位零件加热时间达到工艺要求时，炉底开始转动。首先，前进一个工位，此时 2 号工位加热完成的零件到达炉门口；开启炉门取出

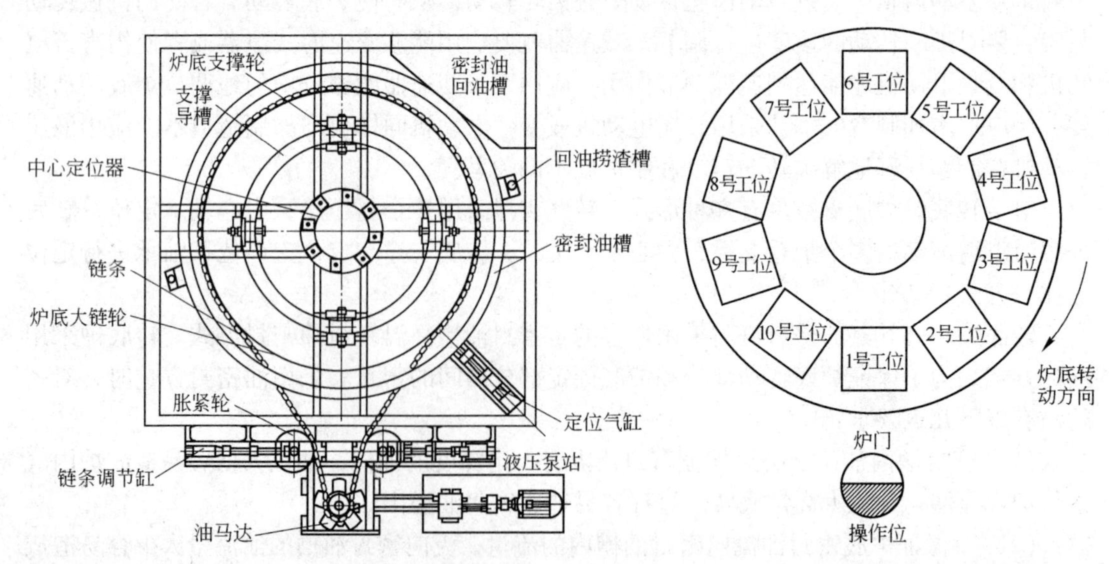

图 5 - 79 转底炉液压炉底转动机构

图 5 - 80 转底炉炉底转动示意图

2 号工位加热完成零件；2 号工位零件取出后，关闭炉门，炉底后退；1 号工位退回炉门口，开启炉门将零件装到 1 号工位；关闭炉门，炉底向前转动 1 个工位；此时，2 号工位为空工位转到炉门口，零件继续加热；10 min 加热完成，3 号工位零件达到工艺要求加热时间，炉底开始转动；2 号工位向前进，3 号工位转到炉门口；开启炉门，取出加热完成的 3 号工位零件，关闭炉门。炉底后退，2 号工位空工位转向炉门，开启炉门；将零件装到 2 号工位，关闭炉门，炉底向前转动 1 个工位。炉子继续对零件进行加热……转底炉就按照这样的步骤进行零件的加热处理。

转底炉炉底按照“进二退一”步骤运转其好处有：

（1）炉门口热量散失较大，温度不均匀，不利于零件加热，因此炉门工位始终为空工位；

（2）炉门口密封性较差，氧化性气体容易进入炉内，从而对零件加热不利，容易引起零件加热过程氧化脱碳现象；

（3）炉门开启时，虽然有火帘但是还是有大量的氧化、脱碳性气氛进入，门口气氛脱碳性气氛较高；

（4）出炉前先进位，减少即将出炉零件在开启炉门口时与氧化、脱碳性气氛接触的时间；若开启炉门后进位，加热完成零件暴露于开启炉门气氛下的时间增长，对加热完成零件不利；

（5）刚进炉零件与即将出炉零件始终相隔一个工位。因此采用“进二退一”炉底运转步骤，对零件进行加热有利，提高零件加热质量有很重要的意义。

零件进行正常加热的工作状态使用自动工作方式。当使用自动方式进行工作时，操作者操作是打开炉门，取出加热完毕零件，装入需要加热零件，关闭炉门。若有机械手配合装卸零件，操作者只需将零件放置在指定位置，按下循环操作按钮。其余炉底转动，炉底加速减速、定位等都自动进行。在人工操作状态，而不配备机械手情况下的自动操作过程是（炉子已升到要求温度，可控气氛达到要求碳势）：足踏开关开启炉门—零件装入 1 号工位—关闭炉门—按下循环开始按钮—炉底定位销退出—炉底转动前进一个工位—到位后定位销前进锁紧炉底—定时器开始计时—加热时间到—炉底定位销退出—炉底前进一个工位—打开炉门取出加热完毕零件—关闭炉门—定位销退出—炉底倒退一个工位—定位销前进锁紧炉底—开启炉门—装入零件—关闭炉门—按下循环开始按钮—炉底前进一个工位—定位销前进锁紧炉底—记时器开始计时……应用自动方式操作，一个零件的加热时间为定时器设定时间乘以 9，加上 8 个装出炉时间炉底前进后退定位销定位退出时间。自动运行方式是转底炉淬火加热过程的运行方式。

手动运行方式。当转换开关转向手动时，转底炉炉底的转动为手动操作方式。应用手动操作运行方式也能够实现自动操作方式的运行程序，但是运行过程要依靠人转化开关和按动相关按钮实现要求的操作程序。应用手动运行方式的操作过程是：装炉完成—将炉底转动转换开关转向前进（正转）—定位销自动退出—炉底向前转动一个工位—炉底到位后—定位销前进锁紧炉底，完成炉底前进一个工位。若需要炉底退后，将炉底转动转化开关转向后退（反转）—定位销退出—炉底后退（反转）一个工位—炉底到位后—定位销前进锁紧炉底，完成一个炉底后退动作。采用手动操作方式运转，要求完成每一个动作都必须进行手动开关的转换或按下相应要求动作的按钮，需要的动作才能进行。在手动运行方式的运行过程中，计时定时器不起作用，只能依靠人工进行计时。

空转运行方式。空转运行方式实际是手动运行方式的另一种操作过程。空转的操作是将转换开关转向手动方式以后，再将空转控制开关转向“通”位置，炉底连续不停的转动。当空转控制开关转向“断”时，炉底转动停止。空转运行方式一般是在进行维修或一些特定的情况下的一种操作。例如，对炉子进行烘炉时就可应用空转运行方式。

5.5.3　转底炉的控制

转底炉的控制包括加热控制、炉子气氛控制、炉子温度控制以及炉子操作控制。炉子的加热控制方式很多，继电器输出控制、可控硅输出控制、调功器调节可控硅输出控制等。继电器输出控制是一种传统的加热控制方法，控制结构简单，控制精度低。应用可控硅输出控制，结构相对复杂，但是控制精度高，能够将炉子温度控制在一个很小的温度波动范围。应用调功器调节可控硅输出控制能够保证控制精度达到一个较高的控制水平。可控硅输出控制方法是目前采用较多的控制方法。

炉子气氛的控制，应用氧探头碳控仪进行气氛控制是目前采用最多的气氛控制方法。应用氧探头碳控仪控制炉子气氛碳势，反应速度快、控制精度高。也有采用红外线 CO_2 控制仪进行气氛碳势控制。红外仪控制炉子气氛碳势反应速度、控制精度不如氧探头碳控仪控制。但是对于一般要求气氛精度不是很高的保护加热，CO_2 红外仪进行气氛控制也完全能够达到要求。也有使用露点仪、电阻仪进行气氛控制的。炉子气氛控制的方法很多，要根据实际要求的情况进行选用。

炉子温度的控制，目前发展的智能仪表在逐步地取代传统的电位差计。智能仪表结构紧凑，控制精度高，能够直接与计算机联网，能够实现网络控制。

转底炉的操作控制方式多种多样，应用计算机直接进行控制，通过可编程控制器进行控制，应用传统电器电路进行控制等。图 5 - 81 ~ 图 5 - 85 示出应用传统电器实现转底炉控制的电路图。图 5 - 81 ~ 图 5 - 85 所示的转底炉控制电路图，炉底转动采用液压系统驱动。图 5 - 81 中示出有两台电动机运转后转底炉才能够正常运转。一台是油密封冷却泵 117MTR；另一台是液压油泵 121MTR。要求油密封冷却泵运转继电器 117M 必须闭合。要求继电器 117M 闭合，按下线路 117 上按钮 117PBB，继电器 117M 闭合油密封冷却泵运转。炉底要转动液压泵 121MTR 必须运转，继电器 121M 必须闭合。继电器 121M 闭合要求液压油位正常 121FS 保持、液压油温正常 121TAS 保持、液压压力正常不高 121PS 保持此时按下线路 121 上按钮 121PBB 继电器 121M 闭合，液压泵运转。液压泵运转后炉底就可以转动，能够按照工艺设定的要求进行转动。炉子正常运转能否通入吸热式气氛进行加热零件的保护，决定于手动复位阀能够开启通入保护气氛。电器线路 151 决定了手动复位阀的开启。手动复位阀开启向炉内通入气氛，继电器 211CR 必须闭合，也就是炉子温度必须在 760℃以上，211CR 闭合。同时炉门火帘的探测器检测到炉门的长明火已点燃能够及时地引燃门火帘，火帘继电器 162CR 闭合。继电器 221CR、162CR 闭合后可以开启手动复位阀向炉内通入保护气氛。此时继电器 152CR 闭合，线路 154 上常开触点 152CR 闭合，154SSV 通电天然气添加阀打开，添加天然气。

图 5 - 82 转底炉电器控制线路图（2）示出炉子控制温度、气氛碳势线路。图 5 - 82 示出转底炉一台仪表 202INST 控制炉子温度，另外还有一台仪表 270INST 作为超温控制。这

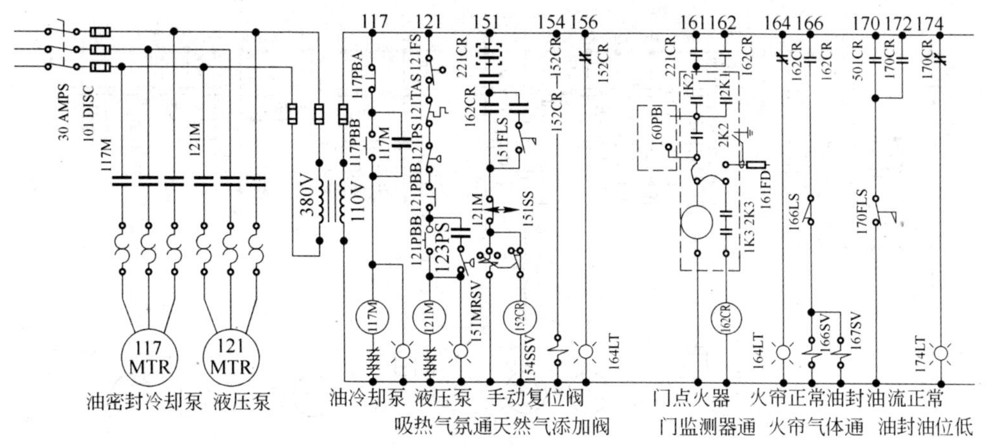

图 5-81 转底炉电器控制电路图（1）

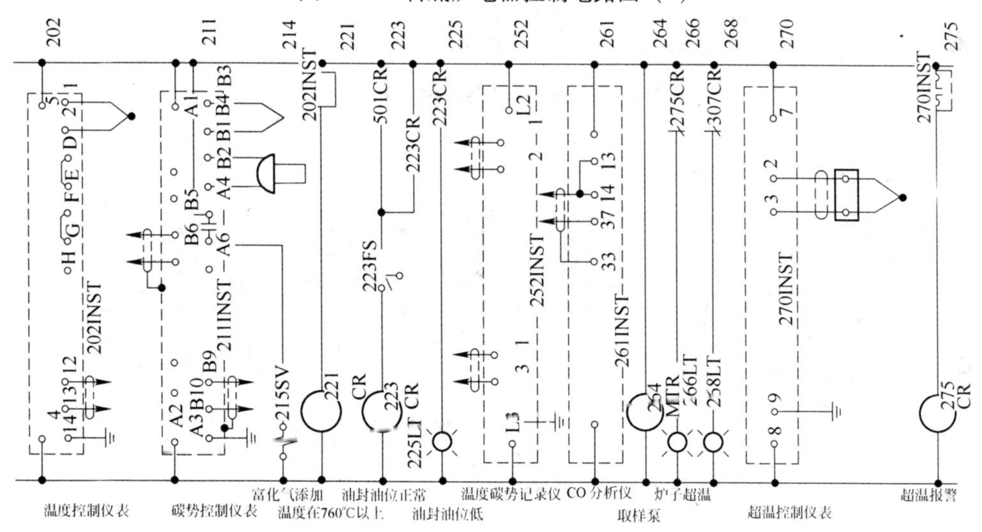

图 5-82 转底炉电器控制电路图（2）

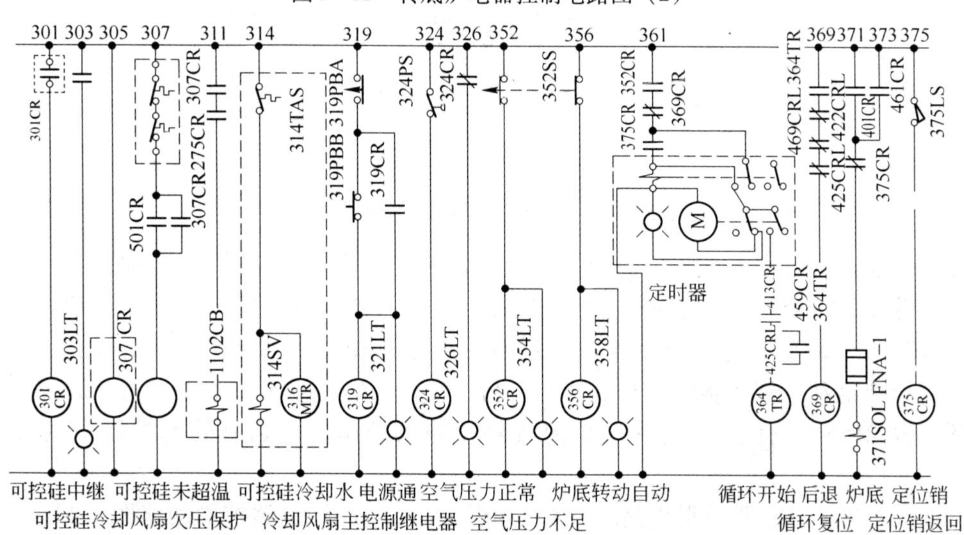

图 5-83 转底炉电器控制电路图（3）

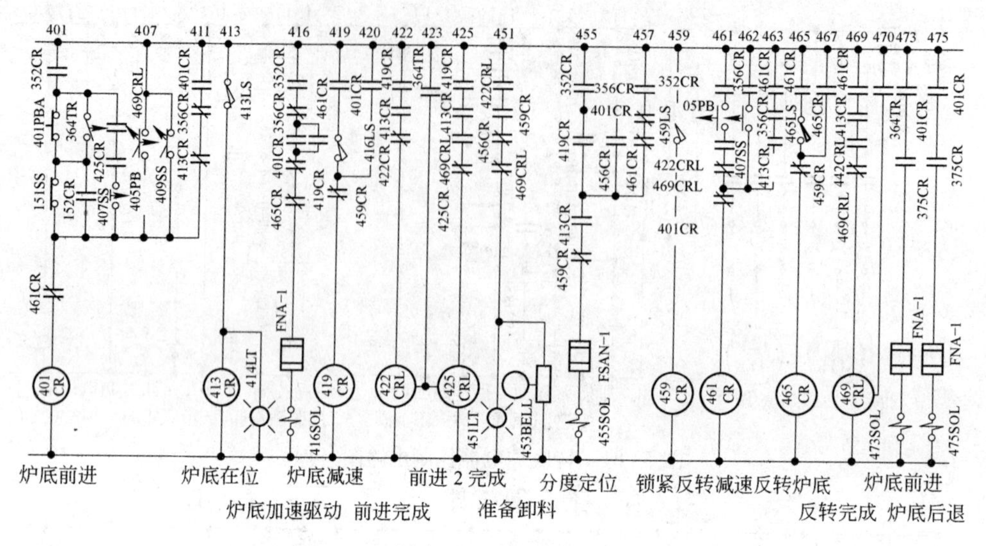

图 5 - 84　转底炉电器控制电路图（4）

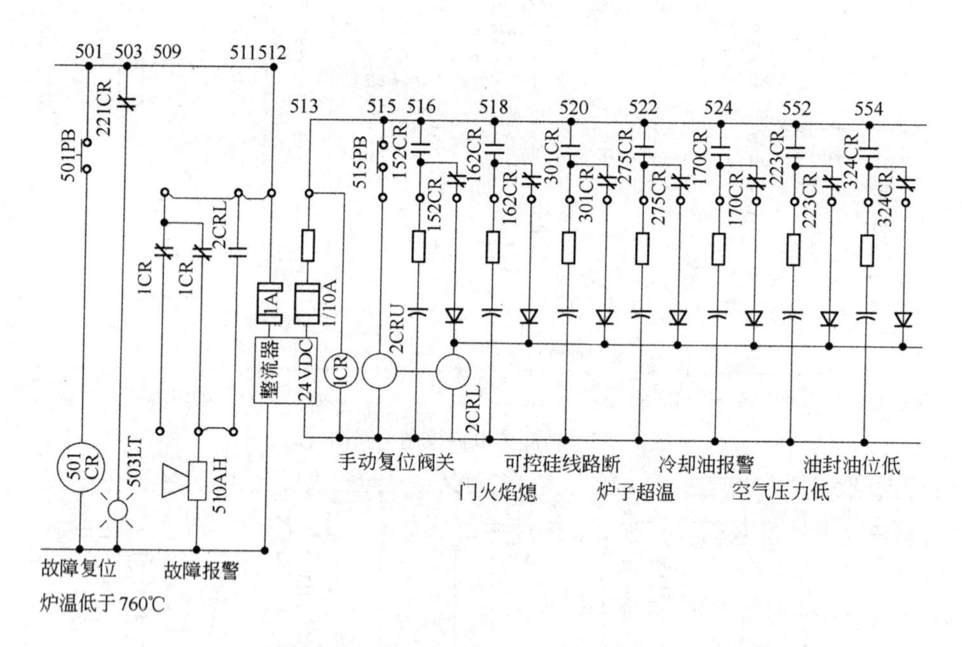

图 5 - 85　转底炉电器控制电路图（5）

样确保炉子温度控制在要求温度范围。炉子气氛的碳势控制是应用氧探头碳控仪 211INST 和 CO 分析仪 261INST 进行气氛补充校正控制。氧探头测量得到的氧势值传送到碳势控制仪表 211INST，CO 红外分析仪将测量得到的一氧化碳值也传送到碳势控制仪表，碳势控制仪表将氧势值和一氧化碳值进行计算、分析、比较；然后输出一个信号值开启或关闭富化气添加阀 215SV，使富化气输入炉内或停止输入炉内，达到有效地控制炉内气氛的目的。

图 5 - 83 转底炉电器控制线路图（3）和图 5 - 84 转底炉电器控制线路图（4）示出可控硅冷却电路，以及实现炉底转动步进控制和定位销对炉底进行定位的电器控制原理。图

5-83 图中线路 301～314 是可控硅控制电路。电路包括了可控硅冷却采用的冷却风扇、冷却水等，是保证可控硅能够正常工作的保证条件。图中线路 352～375 以及图 5-84 转底炉控制电路图（4）为转底炉转动实际控制线路图。通过这些线路实现炉底转动的进二退一动作的完成，实现炉底转动过程的加速、减速和转动后准确定位等动作的实现。这部分线路包括了实现进二退一自动运行方式的相关继电器、计时器、电磁阀等，还包括了实现手动转动的控制部分和连续转动的控制部分。

图 5-85 转底炉控制电路图（5）示出转底炉故障报警电器控制。故障报警包括炉子温度低于 760℃、手动复位阀关闭、门火焰熄灭、可控硅线路断路、炉子超温、油冷却故障、油封油位低以及压缩空气压力低等都会出现故障报警。控制线路确保炉子能够按照工艺需要进行运转。

5.5.4　转底式分区炉

转底式分区炉是将转底炉分成几个区域组成渗碳或淬火加热自动生产线。图 5-86 示出转底式分区炉结构示意图。转底式分区炉能够完全实现可控气氛推杆炉的热处理功能。可根据热处理工艺对零件要求的热处理工艺规范对转底式分区炉进行不同的分区。转底式分区炉的炉区分成加热区、渗碳区、扩散区和淬火降温区 4 个区域。这样的分区也就能够实现可控气氛推杆炉生产线 4 个炉区的功能。若热处理工艺规范要求将区域划分得更细，还可以增加区域的划分。设计制造转底式分区炉的灵活机动性比推杆炉的灵活机动性大大提高，而且转底式分区炉与可控气氛推杆炉比较有更大的优势：

（1）结构简单，减少了多个炉区之间的传动机构，料盘的前进依靠炉底的转动前进增加了装运零件料盘传递过程的可靠性；

（2）转底式分区炉的各个炉区分区划分，使各个分区过程控制精度更高，将整个炉子分成不同的几个区域，各区域可以进行单独的气氛碳势、温度控制，能够将各区域的控制精度提高到一个较高的水平；

（3）转底式分区炉不依靠料盘之间进行力的传递，料盘在炉子内热应力机械应力低，在炉内高温状态下料盘的前进依靠炉底转动，料盘之间不存在力的传递，相应地增加了料盘的使用寿命；

（4）转底式分区炉在同一点实现零件装、出炉操作，装、出零件同在一个炉门进行减少了影响炉子温度、气氛波动的因素；

（5）转底式分区炉炉底定位准确、精度高，炉底转动的定位可以通过定位销准确将炉底定位在要求的位子上，保证零件装出炉的准确性，为机械手的应用实现自动化提供了保证；

（6）转底式分区炉开炉、停炉灵活，不需要另外的料盘来清空炉子（推杆炉停炉必须利用空盘将炉子清空然后才能够停炉）；

（7）热处理温度高，炉子温度可高于 1000℃进行热处理的加热；

（8）转底式分区炉维修费用低，传动机构减少，减少炉子出现故障的几率，减少对炉子的维修；

（9）转底式分区炉的驱动机构少，提高了炉子运行过程的可靠性。

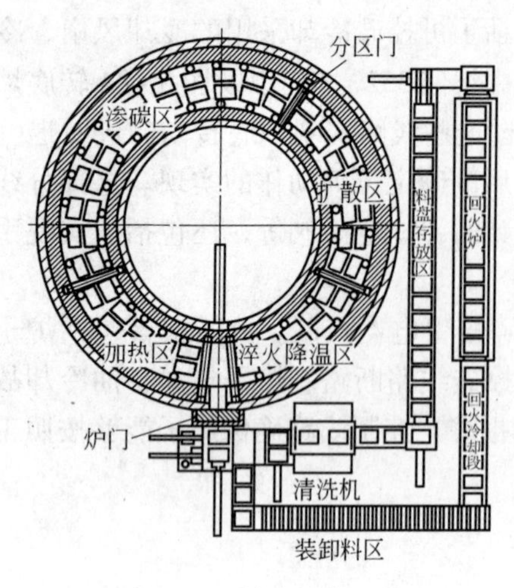

图 5 - 86　转底式分区炉

图 5 - 86 示出的转底式分区炉结构是在转底炉结构基础上进行分区，加上清洗机、回火炉、料盘存放区、装卸料区域以及所必要的传动机构，形成了一条完整的可控气氛转底式分区炉热处理渗碳生产线。转底式分区炉的炉门区域分别被加热区和淬火降温区的炉门分割开来，这样保证了炉子淬火降温的零件不会因为装炉过程氧化性气氛进入造成零件表面质量的变化。转底式分区炉各个区域的气氛循环可根据区域的不同进行设置。区域大的分区可设置 4 个或更多的气氛循环风扇，区域小的分区可少设置循环风扇。循环风扇的设置根据炉子结构和要求进行设置，以保证炉子气氛能够均匀冲刷零件表面，保证零件均匀渗碳。

5.6　其他可控气氛热处理炉

可控气氛热处理炉的类型很多，除了前面所介绍的可控气氛密封箱式周期炉、可控气氛推杆炉、可控气氛转底炉等炉子外，目前应用于热处理的可控气氛炉还有可控气氛网带炉、链板传送带炉、辊底炉、转筒炉、井式炉等。这些炉子都具有各自的特点，适用不同的零件热处理过程，能够保证不同零件的可控气氛热处理获得高质量、高品质的热处理零件。

5.6.1　可控气氛网带炉

可控气氛网带炉通常使用在大批量的标准件热处理中。适用于中小轴承圈套、滚子、自攻螺钉、螺帽、手工具、五金零件等的热处理。网带炉热处理零件质量稳定，质量重现性好，零件表面光洁。图 5 - 87 示出一种可控气氛网带传送式加热炉生产线示意图。这条网带传送式加热炉生产线的组成有：清洗烘干机、网带传送加热炉、淬火油槽、清洗机、网带传送回火炉、控制系统以及可控气氛供气系统等。零件进入生产线的进料口后，零件的清洗、烘干、加热、淬火、淬火后的清洗、回火等。设备之间的零件传递都自动进行，通过网带或其他方式进行传送，是一条自动化程度较高的可控气氛热处理生产线。图 5 - 87 示出的可控气氛网带炉生产线可对小零件进行光亮淬火、薄层渗碳或碳氮共渗处理。生产线处理的零件热处理质量稳定，零件质量重复精度较高，零件硬度均匀，硬度波动范围小，表面光洁，热处理变形小。网带炉生产线的零件热处理过程的流程是：零件从进料口进入清洗机进行清洗，将机械加工和转运过程造成的油污、渣滓清洗干净；清洗使用温度为 80℃ 的热水溶液。清洗完成的零件经过烘干机将零件的水分烘干，以免清洗残留的水分带入加热炉中影响炉子气氛成分，避免炉子气氛成分波动。清洗烘干的零件进入网带炉进行渗碳或碳氮共渗或淬火加热处理。零件在炉内不断前进中完成加热或渗碳过程。当零件完成加热或渗碳过程，直接进入淬火油槽进行淬火处理。淬火油槽使用的淬火油可根据零件材料和工艺要求进行淬火油温度的调节，确保淬火零件有高的淬火质量、小的淬火变形、光洁的表面、均匀的淬火硬度、均匀的淬火组织。淬火完成的零件通过传送带提升出油进入清洗机；清洗机清洗零件表面的油污。清洗完成进入网带传送回火炉，完成零件的回火工序。这样，零件在网带传送式可控气氛加热炉生产线的热处理过程完成，得到高质量的热处理零件。

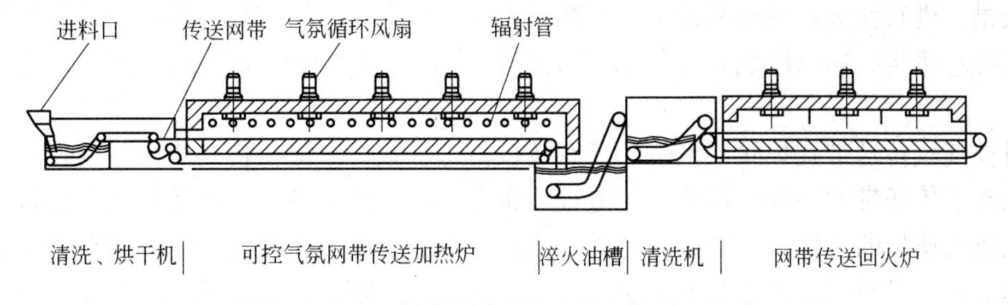

图 5-87 网带传送式可控气氛加热炉生产线

网带炉的关键部位是网带。网带炉对零件的传送依靠网带进行，不需要其他工装或料盘，零件直接放在网带上传送前进。因此零件在传送过程的平稳性直接受到传送网带的影响。图 5-88 示出几种传送网带的结构示意图。网带炉传送网带的结构根据使用的温度、气氛、网带所要求承受的载荷以及传动方式进行选用。对于传动承受的载荷较轻、使用温度较低的网带炉可选用图 5-88 所示 *a*、*b* 两种类型的网带；对于网带炉传动承受载荷较轻、使用中温的网带炉可选用图 5-88 所示 *c*、*d* 两种类型的网带；对于网带炉传动承受载荷较重、使用高温的网带炉可选用图 5-88 所示 *e*、*f* 两种类型的网带。网带炉使用的温度不同制造传送网带的材料也就不同。工作温度低于 400℃ 的网带的材料可以使用碳素钢制造；工作温度低于 800℃ 的网带的材料可以使用 Cr13、Cr18、Cr18Ni18 钢制造；网带工作温度低于 900℃ 的网带的材料可以使用 Cr18Ni18Mo3 钢制造；工作温度低于 1150℃ 的网带的材料可以使用 Cr25Ni20、Cr25Ni20Si2、Cr15Ni35 钢制造；工作温度低于 1180℃ 的网带的材料可以使用 Cr20Ni80 钢制造。在具体选用网带炉时，根据要求热处理零件的材料、热处理工艺要求进行选用。使用的保护气氛不同，选用的网带的材料也根据气氛情况进行

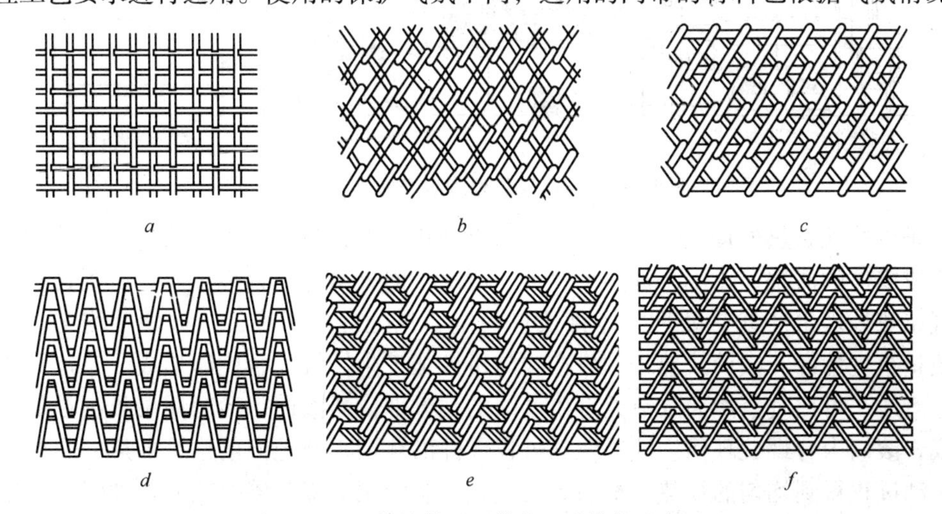

图 5-88 网带炉传送网带的几种结构示意图

a，*b*—适用于使用温度较低的网带炉中的网带；*c*，*d*—适用于使用中温的网带炉中的网带；*e*，*f*—适用于使用高温的网带炉中的网带

选用。对于网带炉的网带的材料的选用，本着保证够用、好用，保证零件热处理质量，成本低的原则选择。

网带炉生产线的组成要根据工艺规范要求进行确定。进行淬火加热的网带炉生产线配备淬火槽；进行正火处理的网带炉生产线则不需要淬火槽，而需要零件加热出炉后进行较缓慢的冷却机构，如风冷装置。网带炉生产线的组成根据具体要求的零件工艺规范进行确定。

可控气氛传送带式炉除了网带炉还有链板传送带式炉。链板传送带式炉与网带炉最大的差别在于传送带的差别。可控气氛链板传送带式炉的传送带是由铸造链板和销杆组成能够承载较大质量的零件。传送带下部由耐热钢辊支撑，以减少传送带的摩擦阻力，提高链板使用寿命。可控气氛链板传送带式热处理炉适用于大批量，质量较大零件的热处理过程。根据不同零件的要求增加清洗机、烘干机、淬火槽、回火炉等热处理设备，保证较大零件热处理过程需要。

5.6.2　可控气氛滚筒式热处理炉

可控气氛滚筒式热处理炉适用于大批量轴承滚珠、小型轴承套圈、标准件等小型零件的淬火、回火处理。零件在加热过程中一直在滚筒炉的耐热钢滚筒内不断地翻滚，因此滚筒炉加热小零件温度均匀。零件顺滚筒内的螺旋槽方向不断前进、不断翻滚完成零件的加热过程。因此不能磕碰和碰撞的零件不适合滚筒炉。滚筒炉配备相应的设备可组成小零件热处理生产线。图5-89示出可控气氛滚筒炉热处理生产线示意图。这条小型零件热处理生产线的组成是由上料装置、清洗烘干机、滚筒加热炉、淬火油槽、清洗回火炉以及传动装置、控制系统、气氛供应系统等组成。

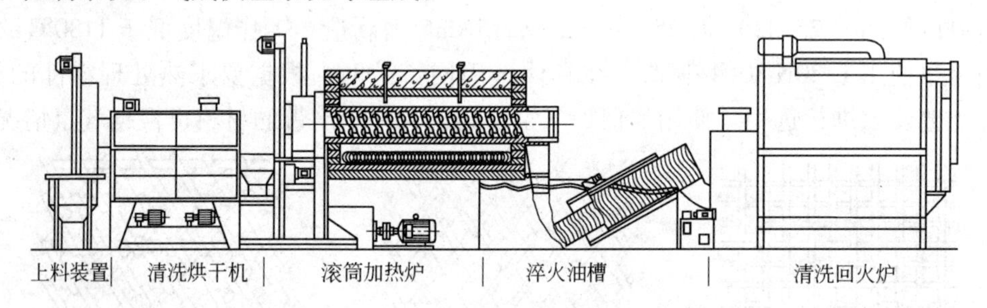

图5-89　滚筒式热处理生产线结构示意图

这条可控气氛热处理生产线具有较高的自动化程度，只需将零件装入装料筐后就能够自动完成零件的清洗、烘干、加热、淬火、清洗、回火全部热处理工序。应用这条滚筒式可控气氛热处理生产线热处理的零件质量稳定，热处理质量高，淬火硬度均匀，表面光洁，质量重现性好。滚筒式热处理生产线与机械加工生产线配合能够形成一条连续不断的零件生产线。可控气氛滚筒式热处理生产线的关键部位是滚筒，滚筒使用耐高温的高镍铬钢制成，滚筒内有螺旋环槽。滚筒滚动过程零件沿环槽不断地向前推进加热，由此零件能够在滚动过程得到均匀的加热。滚筒炉的气氛控制应用氧探头碳控仪或红外仪进行精确的控制，保证零件加热过程不会发生氧化、脱碳，不会发生增碳现象，确保零件加热质量。零件从上料装置进入清洗机清洗，清洗零件的油污；并烘干清洗后残留的水分；然后不断地从烘干机进入滚筒式加热炉；加热完成的零件不断地淬入淬火槽内完成零件的加热淬火过程。由于零件加热过程是在不断滚动的过程中进行，因此加热均匀，零件的热处理质量好。淬火完成的零件依靠滚筒提升装置进入清洗机内清洗，清洗由于加热、淬火过程造成的油污。清洗完成零件回火，这样完成零件热处理的全过程。滚筒式加热炉的滚筒两端伸出端支撑在滚轮上，由电动机经过变速器减速，再由链轮链条带动滚筒旋转。滚筒转动的速度可以根据工艺要求进行调整，由此保证滚筒加热炉适应不同的热处理工艺规范。

6 可控气氛热处理工艺

制定可控气氛热处理工艺是可控气氛热处理非常关键的问题。工艺的制定决定了可控气氛热处理设备生产出来零件的质量的高低；工艺制定的合理性，决定了热处理设备能否发挥其设备的最大潜能，能否生产高质量、高水平的热处理零件。在可控气氛条件下进行渗碳处理能够保证零件渗碳层表面质量达到较高的要求；渗碳层表面的碳质量分数水平、碳质量分数梯度、碳化物级别都能够控制到理想要求的状态。进行不同材料零件的淬火、正火、退火等，能够保证零件表面不发生增碳、脱碳现象；零件得到高的光洁表面，实现光亮淬火、正火、退火。对于轻微脱碳零件可以进行补碳、复碳作用，确保零件热处理后是一个高质量的热处理产品。对于不同的可控气氛设备，其可控气氛热处理工艺状态也就有差异。在连续炉中进行可控气氛热处理，零件是在不断运动过程中进行处理。零件处理过程要求零件经过的每一区域实现温度、碳势的控制。根据零件要求分别控制每一区域的工艺参数值，当工艺确定之后每一区域的工艺参数的控制基本不变。依靠零件向前运动过程通过每一工艺区域，完成整个零件热处理过程。对于可控气氛密封箱式周期炉，零件热处理过程处在一个固定的位置下进行。零件热处理过程只有通过改变不同时期炉子温度、气氛的碳势，实现零件的全部热处理过程。连续炉和密封箱式周期炉在工艺上看，有一定的区别，其实有许多共同之处。零件同样的热处理要求，工艺过程在每一时期处理的工艺参数也就有相似之处。总之对于不同的可控气氛热处理设备其热处理工艺都有它独特的一面，除了温度要求准确精确，重要的还有气氛的碳势控制要求准确、精确。气氛碳势控制的稳定性直接关系到零件热处理质量，对于不同材料的零件所对应的气氛碳势也就不一样。

图 6 - 1 示出使用可控气氛密封箱式周期炉处理 20CrMnTi 钢制造的零件，进行可控气氛渗碳处理的热处理工艺曲线。工艺曲线示出 20CrMnTi 钢制造的 CD130 主动螺旋伞齿轮进行热处理的整个工艺过程。工艺曲线反映出零件在热处理过程经过清洗、清炉、温度和碳势调整、强渗碳期、弱渗碳期、扩散降温、淬火、滴油、清洗以及回火的全工艺过程。CD130 主动螺旋伞齿轮机加工完成后要进行渗碳处理，首先清洗由机加工和转运过程造成的零件表面的油污。使用 82℃ 热水溶液清洗，清洗完成后，滴干零件表面的水分才可以进入密封箱式周期炉内。当齿轮进入密封箱式周期炉前室，在前室将零件带入的氧化性气氛清除，前室清除齿轮带入的氧化性气氛即所谓“清炉”。清炉完成，齿轮才能进入可控气氛密封箱式周期炉加热室。齿轮进入加热室，将造成加热室温度的降低和加热室气氛的改变。此时，加热室有一个逐步升温和加热室气氛调整的过程。当零件表面温度达到渗碳温度、气氛达到要求的碳势时开始进行渗碳。CD130 主动螺旋伞齿轮在可控气氛密封箱式周期炉加热室进行渗碳，强渗碳温度 920℃，气氛碳势 1.25%；强渗碳时间 240 min。弱渗碳期加热室的温度仍然维持 920℃，碳势调整为 1.0% ~1.05%，弱渗碳时间 180 min。弱渗碳完成进入扩散降温期，扩散降温淬火温度 840℃，气氛碳势 0.90% ~0.95%，保温

60 min。保温 60 min 以后，齿轮完成渗碳全过程。降温保温完成后，齿轮从加热室退回前室进行淬火处理。渗碳完成的齿轮在温度为 80℃油中淬火。淬火完成，滴净齿轮上的淬火油后拉出前室。送入清洗机清除齿轮表面因淬火形成的油污，从而得到表面清洁、光亮的渗碳淬火齿轮。经过 150℃、240 min 的回火处理完成 CD130 主动螺旋伞齿轮的热处理过程。

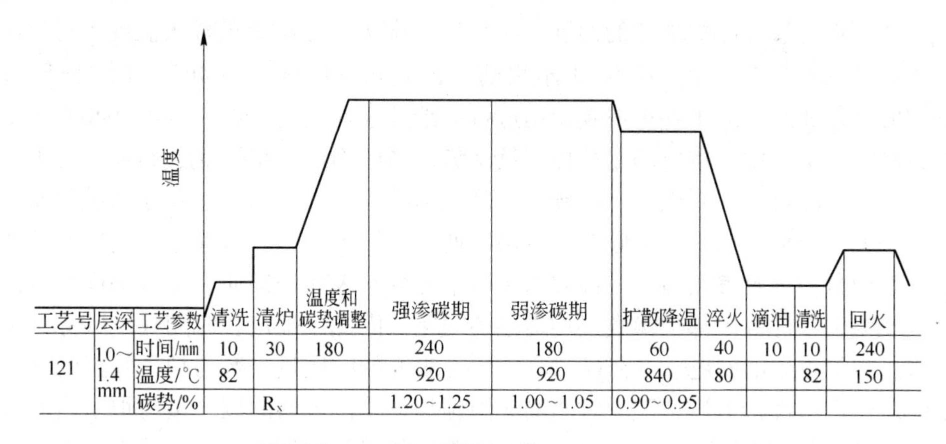

工艺号	层深	工艺参数	清洗	清炉	温度和碳势调整	强渗碳期	弱渗碳期	扩散降温	淬火	滴油	清洗	回火
121	1.0～1.4 mm	时间/min	10	30	180	240	180	60	40	10	10	240
		温度/°C	82			920	920	840	80		82	150
		碳势/%		R_x		1.20～1.25	1.00～1.05	0.90～0.95				

零件名称：CD130 主动螺旋伞齿轮　　材　　料：20CrMnTi

件　　号：CD130－2402065　　渗碳层深：1.00～1.40

表面硬度：HRC58～62

心部硬度：HRC33～48

图 6-1　可控气氛多用周期炉工艺曲线

图 6-1 示出的 CD130 主动螺旋伞齿轮的热处理工艺曲线，在生产线上共涉及四个阶段：第一阶段，清洗机对零件的清洗；第二阶段，从零件进入炉内清炉到滴油完成，这是零件在密封箱式周期炉内进行渗碳淬火过程；第三阶段，渗碳淬火完成后的清洗；第四阶段，进行回火处理。整个工艺过程最重要的阶段，是从零件进入密封箱式周期炉到零件淬火完成阶段。其中零件进入加热室后对加热室气氛的碳势控制直接关系零件渗碳质量。密封箱式周期炉气氛的碳势控制也就是对这一阶段过程气氛碳势的控制。气氛的碳势决定了零件最后热处理质量，碳势过高和过低都将影响零件最终零件表面的组织成分、性能、质量。因此，密封箱式周期炉的气氛碳势的控制是可控气氛热处理过程非常关键的一个环节。正确地制定热处理过程的气氛碳势，直接影响最终热处理的质量。图 6-1 示出的是可控气氛密封箱式周期炉的工艺曲线，在制定其他可控气氛设备时的工艺参数时，要根据设备的具体情况进行确定。可控气氛推杆炉、连续炉生产线、转底炉、网带炉、滴注式加热炉等设备的工艺参数都应根据设备的具体情况予以确定。

6.1　可控气氛热处理工艺的制定

可控气氛热处理工艺的制定直接关系热处理后零件的最终质量，工艺制定是非常重要的一个环节。正确地制定热处理过程的各项工艺参数，能够保证在热处理后零件得到高质量、高性能、高水平的产品。在高水平的可控气氛炉条件下，要得到理想的热处理零件，很重要的是高质量的零件的热处理工艺。从图 6-1 可控气氛密封箱式周期炉热处理工艺曲线可以看到，可控气氛热处理过程非常关键的工艺参数有 3 个：温度、时间、控制气氛的碳势，这3个参数对于不同的热处理阶段有其不同的设置。零件在清洗机进行清洗、烘干过程中，对于各种零件都可以是同样的工艺参数。如图6-1所示的多用周期炉工艺曲线，两次清洗过程使用温度都为82℃，清洗时间10 min。在密封箱式周期炉进行可控气氛热处理过程的工艺参数，则根据热处理零件的具体要求和零件的材料进行确定。零件处理过程的温度，根据不同的零件材料和热处理要求确定其热处理温度。40Cr钢制造的齿轮进行淬火处理，在可控气氛加热炉加热的温度，为840~860℃；结构钢的淬火温度当材料确定以后，淬火温度也就基本一定。图6-1示出的工艺曲线，是对20CrMnTi钢零件进行渗碳、淬火处理的工艺曲线。对于各种渗碳用钢进行渗碳处理的温度基本为900~940℃范围。温度随材料确定，工艺中很重要的是可控气氛碳势控制的确定。40Cr钢进行淬火处理，气氛碳势要求保证加热过程不脱碳，不增碳，得到光洁的表面。如图6-1所示可控气氛渗碳过程分为：均温碳势调整期、强渗碳期、弱渗碳期、扩散降温期。这几个时期气氛碳势的控制直接关系到可控气氛渗碳后，零件表面碳质量分数和表面的碳质量分数梯度、表面金相组织，以及渗碳零件各个部位渗碳层均匀性的问题。因此，确定各时期气氛碳势是可控气氛热处理过程很重要的问题。在渗碳过程，零件表面的碳质量分数与炉子气氛的碳势之间有一定的差值。从理论上讲，随着时间的无限延长，零件表面的碳含量与炉子内的气氛碳势趋于一致；在实际渗碳过程中，总存在一个不可忽略的差值。这种零件表面碳含量与炉子气氛碳势的差值的大小，根据不同的钢种中的成分和合金含量不同而不同。合理的气氛碳势能够保证零件有高质量的热处理过程，得到理想的渗碳层表面，又能够在较低成本情况完成可控气氛热处理过程。

6.1.1　可控气氛碳势的确定

可控气氛碳势的确定是保证可控气氛热处理过程零件质量非常关键的问题。碳势是指在一定温度下，一定成分的炉内气氛与加热至奥氏体化后零件钢的碳含量，在该温度下与气氛达到平衡时的气氛碳浓度。碳势在可控气氛热处理过程是一个非常重要的参数。通过控制炉子气氛碳势也就是通过调节炉子气氛成分，达到严格控制零件表面碳含量的目的。因此对零件进行光亮淬火、光亮退火，气氛碳势的准确性更是非常重要的。此时的气氛碳势是保证零件在加热过程不会发生增碳、脱碳现象的重要保证。在进行可控气氛渗碳过程要考虑气氛的计算碳势，考虑碳向零件表面的扩散，要考虑零件渗碳层表面碳的质量分数，同时还要考虑使用最短的时间获得要求的渗碳层表层。

零件进行渗碳过程，碳原子由炉子气氛中进入钢的过程可以分为四个阶段。气氛中碳原子从气相向固相钢中传入的过程有如下四个阶段：

第一阶段，在炉内一定温度、一定炉子气氛压力情况下，炉子中气氛在气相中进行的化学反应，处于相对平衡状态；

第二阶段，气氛在零件表面的反应，气氛中的渗碳气体在零件表面被吸附的过程；

第三阶段，被吸附的渗碳气体在零件表面进行分解反应，产生活性碳原子和其他原子。非活性碳原子和其他原子从零件表面脱附进入炉子气氛中；

第四阶段，分解反应出来的活性碳原子向零件心部的扩散，逐步形成一定深度、一定质量分数、一定梯度的渗碳层表面。

这四个阶段渗碳过程就是渗碳的原理。图6-2示出气体渗碳过程气固相反应示意图。

图中示出气体渗碳过程第一阶段、第二阶段、第三阶段这三个阶段进行的反应决定于热力学性质。而且这三个阶段的反应进行的速度较快，因此在图6-2示意图中为一水平虚线表示的碳质量分数。第四个阶段是活性碳原子向零件内部的扩散过程。这个阶段决定于渗碳过程的动力学因素，速度也较慢，形成一定的斜度梯度曲线。渗碳过程的四个阶段可以这样进行描绘：在渗碳温度（一般为920℃）条件下，零件在具有一定碳势的气氛中进行渗碳。炉子内的气氛相互之间发生反应处于相对平衡的状态。当渗碳气体（CH_4 和 CO）与零件表面接触时被吸附在零件表面。吸附在零件表面的渗碳气体 CH_4 和 CO 在 Fe 的催化作用下发生分解反应，形成活性碳原子和其他原子。气氛中的 H_2、CO 等与分解出来的 O、H 等进行碰撞，形成 CO_2 和 H_2O 从零件表面脱附。分解形成的活性碳原子，向零件内部逐步扩散，形成一定的深度、质量分数的渗碳层表面。直至渗碳层深度、质量分数达到工艺规定的要求为止，这就完成了渗碳的全过程。

渗碳过程中，炉子气氛的碳势受很多因素的影响：炉子气氛中的 CO、CO_2、H_2O、CH_4、H_2、O_2 等组分的含量；炉子温度的高低，均匀性；炉子内气氛的总压力；热处理零件钢中合金元素的种类和含量等因素。也就是说气氛成分、温度、压力、合金元素发生变化都将影响炉子气氛的碳势变化。气体渗碳过程，无论是应用丙烷、丁烷、天然气制备的吸热式气氛，还是应用甲醇、乙醇、丙酮、煤油或氮基加天然气制备的气氛，都能够达到渗碳作用。但是，无论应用何种制备气氛进行渗碳，都要根据炉子气氛的情况等因素确定炉子气氛碳势。无论应用何种制备气氛进行渗碳，都与炉子气氛进行的化学反应有很大关系。渗碳过程炉子气氛起到渗碳作用的渗碳气体主要有以下渗碳反应：

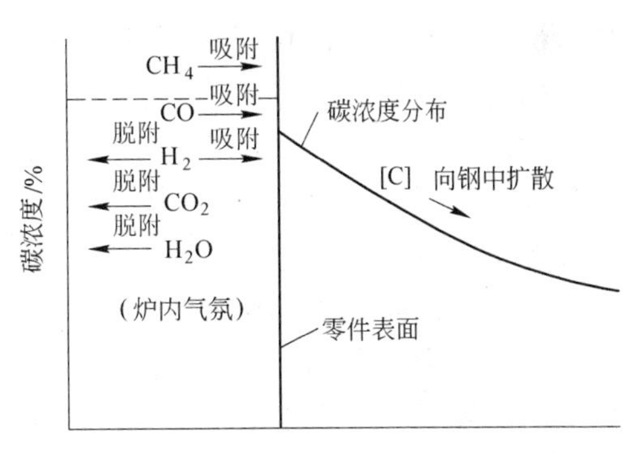

图6-2　渗碳过程气固相反应示意图

$$CO \rightleftharpoons [C] + 1/2O_2 \tag{6-1}$$

$$CH_4 \rightleftharpoons [C] + 2H_2 \tag{6-2}$$

$$CO + H_2 \rightleftharpoons [C] + H_2O \tag{6-3}$$

$$2CO \rightleftharpoons [C] + CO_2 \tag{6-4}$$

反应式6-1~式6-4这4个渗碳反应中，渗碳气体是 CH_4 和 CO。其中，CH_4 是强渗碳气体，CO 是弱渗碳气体。在进行可控气氛渗碳过程中 CH_4 在气氛中的含量不得超过1%，否则 CH_4 裂解太强烈，造成炭黑的沉积。温度愈高 CH_4 的裂解愈强烈，起到的渗碳作用愈强烈，温度升高 CO 渗碳作用降低。这四种渗碳反应，应用不同的检测方法能够有效地测定气氛中某一组分的浓度。通过控制其中某一组分的浓度能够有效地控制炉子气氛碳势，达到可控气氛热处理过程。

反应式6-1是 CO 的渗碳反应，这个反应是一个可逆反应。当反应式6-1处于平衡状态时的平衡常数为：

$$K_{6-1} = P_{CO}/(P_{O_2}^{1/2} \times a_C) \tag{6-5}$$

式中　K_{6-1}——反应式6-1的平衡常数；

P_{CO}—— CO 的分压；

P_{O_2}—— O_2 的分压；

a_C—— 碳的活度。

反应式 6-1 通过测定气氛中氧分压能够有效地控制气氛成分。气氛中的 O_2 含量非常低，在渗碳气氛中分解出来的 O_2 迅速会被其他气体碰撞生成 CO、H_2O 或生成 CO_2。因此，气氛中 O_2 的分压极小的变化将直接影响气氛碳势大的变化。氧探头的氧化锆陶瓷敏感元件能够测量渗碳气氛的氧分压。氧探头测量 O_2 的氧势产生电动势，氧势变化引起氧探头电动势的变化，由化学平衡原理计算对应的碳势，就能够达到监视控制炉内气氛碳势的目的。

反应式 6-2 是 CH_4 进行渗碳的一个可逆反应，当反应处于平衡状态时，反应式 6-2 平衡常数为：

$$K_{6-2} = P_{CH_4}/(P_{H_2}^2 \times a_C) \tag{6-6}$$

式中　K_{6-2}—— 反应式 6-2 的平衡常数；

P_{CH_4}—— CH_4 的分压；

P_{H_2}—— H_2 的分压。

反应式 6-2 是以天然气（CH_4）为主的渗碳反应。天然气渗碳应用较多的是氮基气氛 + 天然气渗碳，真空渗碳，吸热式气氛渗碳添加天然气的渗碳反应。当天然气进行渗碳过程甲烷含量高时，CH_4 的分解反应是一个吸热式反应。应用天然气渗碳，达到化学平衡时 CH_4 含量很低，而 H_2 含量则很高。渗碳气氛中 H_2 含量变化不大时，对气氛化学平衡的影响不是很敏感；反之 CH_4 含量极微小的变化就要影响气氛的平衡，气氛碳势随 CH_4 的微小变化迅速变化。因此，应用在天然气进行渗碳的过程中一定注意控制气氛中 CH_4 的含量。过高的 CH_4 的含量将造成气氛碳势的不稳定和炭黑的形成。一般气氛中 CH_4 含量不超过 1%。CH_4 的测量可以通过红外线 CH_4 分析仪调节控制气氛中 CH_4 的含量，从而控制渗碳气氛的碳势。

反应式 6-3 是 CO 渗碳过程的一种渗碳反应。当反应式 6-3 渗碳反应处于平衡状态时的平衡常数用如下公式表示：

$$K_{6-3} = P_{CO} \times P_{H_2}/(P_{H_2O} \times a_C) \tag{6-7}$$

式中　K_{6-3}—— 反应式 6-3 的平衡常数；

P_{H_2O}—— H_2O 的分压。

在渗碳过程气氛中 CO 和 H_2 的含量较高，同时也将有 CO_2 的存在。CO、H_2 和 CO_2 的存在就会发生水煤气反应。在温度一定的情况下，CO 和 H_2 的分压发生变化对气氛碳势的变化影响不大，而知道了 H_2O 的分压 P_{H_2O} 就可以确定炉子气氛的碳势。H_2O 的分压可以通过露点仪测定炉子气氛露点（也就是测定气氛 P_{H_2O}），控制炉子气氛露点也就控制了气氛碳势。

反应式 6-4 是渗碳过程的主要渗碳反应，在这个反应中 CO 在高温下吸附在零件表面进行分解反应。分解反应向零件提供活性碳原子渗碳。这个反应是一个放热反应，同时也是可逆反应。当气氛处于平衡状态时，反应式 6-4 的平衡常数用如下公式表示：

$$K_{6-4} = P_{CO}^2/(P_{CO_2} \times a_C) \tag{6-8}$$

式中　K_{6-4}—— 反应式 6-4 的平衡常数；

P_{CO_2}——CO_2 的分压。

在渗碳过程中，在温度一定条件下当钢与气氛建立起化学平衡时，气氛中 CO 和 CO_2 平衡常数就基本确定。当温度在850℃时，$K_{6-4}=14.4$；温度在900℃时，$K_{6-4}=31.0$；温度在950℃时，$K_{6-4}=64.1$。气氛平衡常数 K_{6-4}的值高，说明 CO 分压较大，CO_2 分压较小。CO_2 分压 P_{CO_2}小的变化对气氛的平衡产生大的影响，造成气氛碳势大的变化。通过应用 CO_2 红外仪分析测定气氛中 CO_2 含量，使 CO_2 控制在一定范围内也就相应地控制了气氛碳势。调节炉子气氛中 CO_2 含量，也就达到了调节炉子气氛的碳势。

反应式 6-1 ~ 式 6-4 的平衡常数公式 6-5 ~ 式 6-8 中提出碳的活度（a_C）的概念。碳的活度是由于渗碳过程渗碳气氛的化学平衡很难达到平衡状态，由此引入碳的活度系数的概念。在正常渗碳温度情况下，Fe-C 系的成分，饱和蒸汽压与碳的活度之间的关系，偏离于理想溶液符合拉乌尔定律的假想态。所以必须用拉乌尔定律的理想溶液的假想态来修正碳的活度 a_C。这样，碳的活度 a_C 可以用如下公式来表示：

$$a_C = \alpha \times x_C \tag{6-9}$$

式中　α——活度系数；

x_C——碳钢质量分数，%。

公式 6-9 中的活度系数 α 的大小与温度以及碳钢的碳质量分数有关，根据实测数据可以得到经验公式计算：

$$\lg\alpha = 2300/T - 2.24 + 181/T \times x_C \tag{6-10}$$

式中　T——绝对温度，K（$T = 273 + t$(℃)）。

碳的活度，对于不同的钢种碳的活度也不一样。钢中所含合金元素对碳的活度系数要产生一定的影响。对于钢中只含有单一合金元素可以按经验公式计算碳的活度系数：

$$\lg\alpha = 2300/T - 2.24 + A \times x_C + B \times \%\mathrm{Me} \tag{6-11}$$

式中　A，B—— 待定系数；

%Me —— 合金元素影响的活度系数。

Ni、Cr 钢的活度系数可以应用经验公式计算镍铬合金钢合金元素的活度系数：

$$\lg\alpha = (0.228 - 130/T) \times w(\mathrm{C}) - (0.009 - 31.4/T) \times w(\mathrm{Ni}) + (0.108 - 175/T) \times w(\mathrm{Cr}) - 2.12 + 2215/T \tag{6-12}$$

对于含有多种合金元素的钢，目前尚缺少确定活度系数的依据。渗碳钢中含有几种合金元素渗碳后表面平衡碳含量，Gunnarson 给出了经验公式：

$$\lg(C_0/C_\alpha) = w(\mathrm{Si}) \times 0.055 - w(\mathrm{Mn}) \times 0.013 - w(\mathrm{Cr}) \times 0.040 + w(\mathrm{Ni}) \times 0.014 - w(\mathrm{Mo}) \times 0.013 \tag{6-13}$$

式中　C_0——在相同的活度系数 a_C 状态下碳钢的表面碳含量；

C_α——合金钢表面实际达到的碳含量。

钢中合金元素对渗碳钢渗碳过程产生的影响不一样，有的合金元素促进钢的渗碳过程，有的合金元素阻碍渗碳过程；有的合金元素提高渗碳层的表面的碳含量，有的降低渗碳层表面的碳含量。钢中所含的合金元素对渗碳过程的影响十分复杂，要通过钢中合金元素对渗碳工艺性的影响正确地掌握钢渗碳过程。

（1）硅（Si）。硅提高钢在加热和冷却时的临界转变温度，增加热滞后作用。在渗碳钢中，若钢中硅含量高，将减小渗碳层的深度和碳的含量。钢中硅含量大于1.5%的钢进行渗碳时，渗碳层中易有石墨析出。

（2）锰（Mn）。锰和铁形成固溶体，提高钢中铁素体和奥氏体的硬度和强度；同时又是碳化物形成元素。锰在钢中降低临界转变温度，起到细化珠光体的作用。锰含量较高时，有使钢晶粒粗化的倾向，并增加钢的回火脆敏感性。在渗碳过程中，当渗碳时间较短，渗碳层较薄，锰对渗碳的速度和渗碳层中碳的含量的影响并不显著。但在渗碳温度较高和渗碳时间较长，零件渗碳层较深时，有减小渗碳层深的倾向。锰有减轻渗碳层中碳化物聚集成块状分布的反常组织作用。

（3）钼（Mo）。钼缩小γ相区元素，在钢中存在于固溶体相和碳化物相中。钼是碳化物形成元素，减缓碳化物在奥氏体中的溶解速度。

（4）钛（Ti）。钛是化学上极为活泼的金属元素之一，钛和氮、氧、碳都有极强的亲和力。钛是强碳化物形成元素，只和碳形成TiC。对渗碳的影响，当零件渗碳层深很浅时，将减小渗碳钢中深入深度；当渗碳层深很大时，这种影响有所不同。随着钛含量的增加，表面层的碳含量几乎增加至1.9%，在较低温度（830~850℃）渗碳时，碳的深度不发生变化，而在较高温度渗碳时，随着钛含量的增加，深入深度明显减少。由于钛细化晶粒的作用，含钛钢在一般渗碳温度渗碳时，没有晶粒粗化的危险，并可在渗碳后直接淬火。

（5）铬（Cr）。铬能显著提高钢的抗氧化能力，增加钢的抗蚀能力。铬与铁形成连续固溶体，与碳形成多种碳化物。铬在铁内扩散移动比较缓慢，同时铬也降低碳的扩散速度。

（6）镍（Ni）。镍是非碳化物形成元素，是形成和稳定奥氏体的主要合金元素。镍与铁以互溶的形式存在于钢中的α相和γ相中，使钢强化。镍通过细化α相的晶粒，改善钢的低温性能，特别是韧性。在渗碳过程中，镍使渗碳钢表面渗碳层的碳含量稍有降低，使渗碳层深度略有减小；但渗碳体的分布比较均匀，从渗碳层到心部的过渡（碳质量分数梯度）也比较缓慢。含镍钢渗碳淬火后在渗碳层中有大量的残余奥氏体存在，因此淬火后再进行低温处理一般能提高零件的表面硬度和尺寸的稳定性。

在进行可控气氛渗碳过程应用CO_2红外仪、CH_4红外仪、氧探头碳控仪、露点仪等仪器仪表检测和控制炉子气氛某一组分的分压，都要正确地设定炉子气氛碳势，才能够有效地控制炉子气氛碳势。炉子气氛中CO_2少量的变化，O_2分压发生微量的变化，CH_4含量少量的增加或减少，H_2O含量小的变化都将造成气氛碳势大的变化。同时温度的升高降低，炉子气氛总的压力的变化也将引起炉子气氛碳势的变化；钢中合金元素的不同，钢与气氛的平衡碳浓度将发生变化，引起气氛碳势的变化。

应用氧探头进行气氛碳势的控制，则是通过测定气氛中氧的分压，氧探头测定气氛碳势过程产生的氧浓差电势进行控制炉子气氛碳势。则炉子气氛碳势可用公式表示：

$$a_C = K_{6-1} \times P_{CO}/P_{O_2}^{1/2} \tag{6-14}$$

氧探头测量炉子气氛产生氧浓差电势，氧浓差电势与炉子气氛中的氧分压的关系可根据公式表示如下：

$$P_{O_2} = 2.12 \times 10^4 \times 10^{E/(4.495\times10^{-2}T)} \tag{6-15}$$

式中　E——氧浓差电势，mV。

这样化学平衡常数K_{6-1}可由公式表示：

$$\lg K_{6-1} = \Delta H/2.303RT + B = A/T + B \quad (6-16)$$

式中　ΔH—— 化学反应热；

　　R—— 气体常数；

　　A，B—— 待定系数。

在吸热式气氛条件下，气氛中 CO 的分压 P_{CO} 近似于一个常数，氧浓差电势与炉子气氛中的氧分压关系公式 6-15 和化学平衡常数 K_{6-1} 的公式 6-16 代入气氛碳势公式 6-14，由此得公式：

$$a_C = A \times 10^{(B + C \times E)/T} \quad (6-17)$$

式中　C ——待定系数。

炉子内的气氛反应未达到平衡状态情况时，不能够应用平衡时的计算值直接代入公式 6-17 计算炉气碳势。只有当炉气成分处于平衡状态时则可应用公式 6-17 进行计算。应用化学平衡公式为依据，对实测数据拟合进行修正得出待定系数值：$A = 8.358 \times 10^{-4}$；$B = -3026.713$；$C = 5.911$。将待定系数 A、B、C 代入公式 6-17，得碳势公式：

$$a_C = 8.358 \times 10^{-4(-3026.713 + 5.911E)/T} \quad (6-18)$$

应用公式 6-18 计算的回归精度 $L = 1.97 \times 10^{-5}$，应用式 6-18 计算的碳势值和氧浓差电势（C_P-E）关系得到相关曲线。利用氧探头测量炉子气氛碳势对于不同的制备气氛，气氛中各组分不同，氧探头所得到的电动势也就不同。附录表可以查到不同原料气制备的气氛碳势对应的氧探头输出值。附录表可以看到：当温度在 925℃ 时，丙烷制备吸热式气氛碳势为 1.00% 时，氧探头输出电动势的值为 1142mV；同样温度条件下，甲烷制备吸热式气氛碳势为 1.00% 时，氧探头输出的电动势值为 1149mV；同样温度情况下，甲醇制备裂解气氛碳势为 1.00% 时，氧探头输出的电动势值为 1126mV；同样温度情况下，氮-甲醇气氛碳势为 1.00% 时，氧探头输出的电动势值为 1158mV。附录表中得知，不同原料气制备气氛同样碳势情况下，所对应氧探头的电动势不同。对于不同原料气制备气氛，氧探头测量得到同样的电动势值所对应的碳势值也不同。在温度 925℃ 时氧探头输出值为 1126mV，丙烷制备吸热式气氛碳势为 0.76%；甲烷制备吸热式气氛碳势为 0.70%；甲醇裂解气氛碳势为 1.00%；氮-甲醇气氛碳势为 0.61%。同样电动势情况下，气氛碳势相差较大。从两种对比情况看到，制备气氛的原料不同氧探头测量得到同样的电动势，气氛碳势值也不同；不同原料制备的气氛要得到同样的碳势值，氧探头测量得到的电动势不一样。对于可控气氛热处理过程要求气氛控制精度较高时一定注意气氛中各组分的含量，注意制备可控气氛原料，正确地确定气氛碳势才能够保证可控气氛热处理能够获得优良的处理质量。

反应式 6-2 是以天然气（CH_4）为主的渗碳反应。在吸热式气氛渗碳过程，CH_4 作为富化气添加进渗碳气氛中，一般控制气氛中 CH_4 的含量不超过 1%。在氮基气氛中，CH_4 也是作为渗碳气体添加进去的。真空渗碳过程也是应用 CH_4 作为渗碳气体。根据气氛平衡原理，应用 CH_4 红外仪进行气氛碳势的控制。气氛碳势可以用公式表示：

$$a_C = K_{6-2} \times P_{CH_4}/P_{H_2}^2 \quad (6-19)$$

当反应式 6-2 达到化学平衡时，CH_4 和 H_2 的分压与活度系数 α 和平衡系数 K_{6-2} 发生关系联系，表 6-1 列出一定温度情况下的平衡系数。

表 6-1　一定温度情况下反应式 6-2 的平衡常数

温度/℃	850	900	950	1000
K_{6-2}	0.083	0.0195	0.0135	0.0082

由表 6-1 可见反应式 6-2 的平衡常数是温度的函数，而且平衡常数很低。说明当反应式 6-2 达到化学平衡时 CH_4 含量很低，H_2 含量则很高。气氛平衡 CH_4 很小的变化将影响气氛碳势大的变化。控制气氛中 CH_4 的变化就能够很好地控制气氛碳势。

反应式 6-3 是 CO 渗碳过程的一种可逆渗碳反应。在一定温度情况下，渗碳气氛中的水汽达到饱和时水汽就要凝结成水。如果渗碳气氛中的水汽量未饱和，随着温度的降低则逐渐饱和，当温度降低到水汽刚好饱和开始凝结水珠的温度就是露点。通过测定气氛露点也就能够确定气氛碳势。反应式 6-3 的气氛平衡式的气氛碳势公式如下：

$$a_C = K_{6-3} \times P_{CO} \times P_{H_2}/P_{H_2O} \tag{6-20}$$

从公式 6-20 可以看到，H_2O 的蒸汽压发生小的变化将影响碳势发生变化。表 6-2 示出气体露点与水蒸气含量的关系。表 6-3 示出 LiCl 感温元件平衡温度和气体露点的关系。

表 6-2　气体露点与水蒸气含量的关系

露点/℃	$w(H_2O)$/%	露点/℃	$w(H_2O)$/%	露点/℃	$w(H_2O)$/%	露点/℃	$w(H_2O)$/%
-100	0.0138×10^{-6}	-22	840×10^{-6}	-1	5547×10^{-6}	19	21641×10^{-6}
-90	0.0953×10^{-6}	-20	1015×10^{-6}	0	6020×10^{-6}	20	23020×10^{-6}
-80	0.054×10^{-6}	-19	1118×10^{-6}	1	6480×10^{-6}	21	24502×10^{-6}
-70	2.57×10^{-6}	-18	1231×10^{-6}	2	6953×10^{-6}	22	26120×10^{-6}
-60	10.7×10^{-6}	-17	1356×10^{-6}	3	7487×10^{-6}	23	27736×10^{-6}
-55	20.6×10^{-6}	-16	1480×10^{-6}	4	8022×10^{-6}	24	29477×10^{-6}
-50	39.4×10^{-6}	-15	1630×10^{-6}	5	8595×10^{-6}	25	31219×10^{-6}
-48	49.6×10^{-6}	-14	1779×10^{-6}	6	9216×10^{-6}	26	33209×10^{-6}
-46	63.0×10^{-6}	-13	1953×10^{-6}	7	9875×10^{-6}	27	35200×10^{-6}
-44	80.1×10^{-6}	-12	2140×10^{-6}	8	10584×10^{-6}	28	37612×10^{-6}
-42	101.5×10^{-6}	-11	2338×10^{-6}	9	11318×10^{-6}	29	39551×10^{-6}
-40	126.9×10^{-6}	-10	2562×10^{-6}	10	12114×10^{-6}	30	41791×10^{-6}
-38	158.0×10^{-6}	-9	2798×10^{-6}	11	12935×10^{-6}	35	55472×10^{-6}
-36	197.8×10^{-6}	-8	3047×10^{-6}	12	13806×10^{-6}	40	71761×10^{-6}
-34	245×10^{-6}	-7	3333×10^{-6}	13	14800×10^{-6}	45	94572×10^{-6}
-32	303×10^{-6}	-6	3632×10^{-6}	14	15796×10^{-6}	50	120398×10^{-6}
-30	374×10^{-6}	-5	3955×10^{-6}	15	16791×10^{-6}	55	155472×10^{-6}
-28	461×10^{-6}	-4	4303×10^{-6}	16	17885×10^{-6}	60	196517×10^{-6}
-26	564×10^{-6}	-3	469×10^{-6}	17	19030×10^{-6}	70	307212×10^{-6}
-24	689×10^{-6}	-2	5100×10^{-6}	18	20396×10^{-6}	90	691542×10^{-6}

表 6-3 LiCl 感温元件平衡温度和气体露点的关系

露点/℃	平衡温度/℃	露点/℃	平衡温度/℃	露点/℃	平衡温度/℃	露点/℃	平衡温度/℃
-30	-9.7	-17	9.8	-4	29.3	9	47.1
-29	-8.2	-16	11.3	-3	30.8	10	48.5
-28	-6.7	-15	12.8	-2	32.3	11	50.0
-27	-5.2	-14	14.3	-1	33.8	12	51.4
-26	-3.7	-13	15.8	0	35.3	13	52.8
-25	-2.2	-12	17.3	1	36.6	14	54.3
-24	-0.7	-11	18.8	2	37.8	15	55.8
-23	+0.8	-10	20.3	3	39.2	16	57.2
-22	2.3	-9	21.8	4	40.4	17	58.7
-21	3.8	-8	23.3	5	41.7	18	60.2
-20	5.3	-7	24.8	6	43.0	19	61.2
-19	6.8	-6	26.3	7	44.4		
-18	8.3	-5	27.8	8	45.7		

图 6-3 示出碳钢的碳含量与吸热式气氛的露点在不同温度的关系。从图中可以看到气体露点温度越低，气氛的碳势越高。也就是说炉子气氛温度一定，气氛露点的温度愈低，气氛碳势愈高；反之露点温度高，气氛碳势低。炉子气氛温度升高，保持气氛碳势不变，则气氛的露点温度必须降低。对于不同的钢种其气氛露点温度和气氛温度有所不同。图 6-4 示出几种碳钢和合金钢在吸热式气氛（甲烷制备气氛）中的实测平衡曲线。钢中合金元素含量不一样对气氛露点温度影响也就不一样。但是，要维持气氛碳势不变，随着温度的升高，气氛露点温度必须降低。

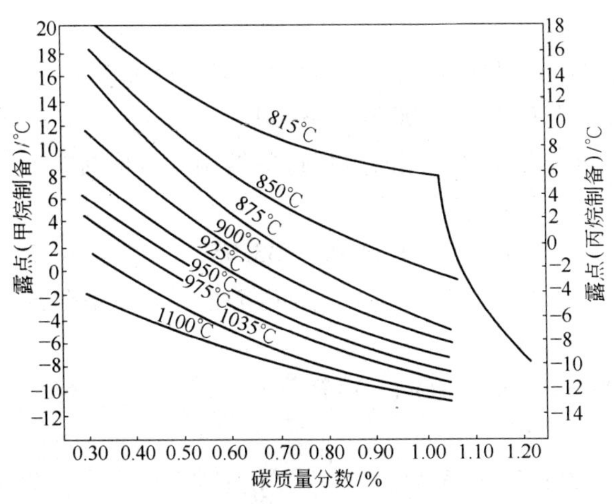

图 6-3 碳钢的碳质量分数与吸热式气氛的露点在不同温度的关系

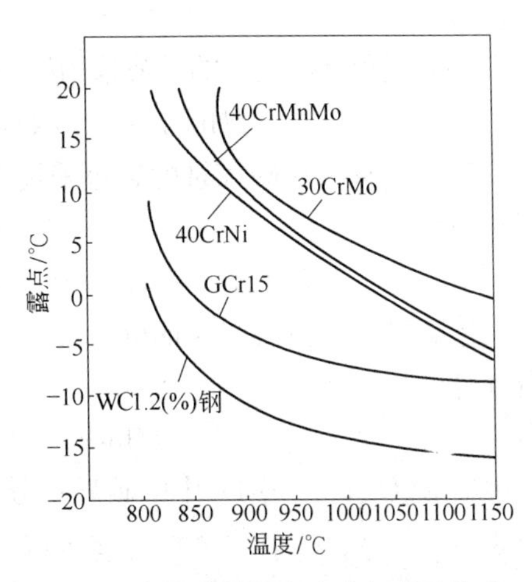

图 6-4 几种碳钢和合金钢在吸热式气氛（用甲烷制备）中的实测平衡曲线

根据气氛平衡原理反应式6-4，应用CO_2红外仪进行气氛碳势的控制。在温度一定的条件下气氛处于相对平衡的状态，炉内气氛的CO、CO_2的分压也相对的处于平衡状况，炉内总压力不变条件下，此时气氛碳势可以应用公式来表示：

$$\ln f(a_C) = -\ln P_{CO_2} + 2\ln P_{CO} \times 14900/P + \ln P + \ln r + K \tag{6-21}$$

式中　$f(a_C)$ —— 气氛碳势；

P—— 炉内总压力（体积分数×绝对压力/100）；

r—— 合金元素影响因素；

K——常数。

在正常工作情况下要保证炉子工作稳定，炉子温度t、炉子压力P、炉内CO的含量等要保证稳定，任何因素发生变化都将影响炉子气氛碳势发生变化。当炉子温度变化：±10℃时，碳势变化约±0.07%；当炉内气氛CO含量变化：±0.5%时，气氛碳势变化约±0.03%；当炉子总压力变化：±1.3kPa时，炉子气氛碳势约±0.02%。进行气氛碳势控制时这些因素是相对独立的控制状态，相应的造成的气氛碳势误差情况是相对独立的。当各种控制因素都处在最不利的情况下误差相加可达到±0.12%碳势误差。因此要保证炉子气氛碳势控制在±0.05%范围，必须严格控制炉子各项影响因素。保证运行过程在高精度状态下进行可控气氛热处理过程。

对于大批量生产使用推杆炉进行渗碳处理。推杆炉炉门将炉子分成几个炉区，各炉区内的气氛碳势有高有低，要分别对各区域内的气氛碳势进行控制。强渗碳区域是高碳势区域，这个区域加速零件的渗碳速度；扩散区是低碳势区域，扩散区的作用是调整零件表面碳含量达到0.7%~0.9%之间。强渗碳区域的碳势高低决定于气氛成分，零件材料的合金元素含量，以及该温度下材料的Fe_3C最大饱和度；综合以上因素要求高的气氛碳势，则以不出现炭黑为原则。高的气氛碳势依靠渗碳过程添加富化气形成，富化气的添加量不能超过一定百分比（C_3H_6约3%，天然气10%）；富化气添加量太大将造成渗碳过程气氛碳势的不稳定性。因此要注意稳定渗碳各个区域的各种因素，避免不利因素对气氛碳势引起大的波动。

渗碳过程渗碳气氛的碳势采用红外线CO_2控制仪进行控制，可根据如下公式进行计算：

$$RT\ln a_C = RT(2\ln P_{CO} - \ln P_{CO_2}) + 40050 - 41.30T \tag{6-22}$$

渗碳过程，渗碳气氛的碳势采用露点方式控制，应用露点仪进行控制，可根据如下公式进行计算：

$$RT\ln a_C = RT(\ln P_{H_2} + \ln P_{CO} - \ln P_{H_2O}) + 32100 - 33.95T \tag{6-23}$$

渗碳过程，渗碳气氛的碳势控制不考虑合金元素的影响，气氛碳势可根据如下公式进行计算：

$$RT\ln a_C = 10500 - 3.95T + f(w(C))T \tag{6-24}$$

式中　$w(C)$ —— γ-Fe中的碳质量分数。

$$f(w(C)) = R\ln C_0 + 15.4C_0 \tag{6-25}$$

式中　C_0—— 在γ-Fe中碳的摩尔分数。

在平衡状态下，气氛的碳势必然与零件一致，这样可以从气体分析中计算出碳势。表6-4列出炉内气氛计算碳势的系数。

表6-4 炉内气氛碳势计算的系数

碳势 /% A	温度 /℃ B C	CO体积分数 /% D	H_2体积分数 /% E	CO_2 体积分数 /% F	CO_2 体积分数 /% F	露点（0℃以下，冰点以上） /℃ G	露点（0℃以下，冰点以上） /℃ G
0.25 442	750 566 414	15 0	20 0	0.0149 0	0.186 500	−20 239	±0 593
0.30 392	760 583 394	16 13	22 19	0.0165 20	0.206 520	−19 258	+1 607
0.35 358	770 511 374	17 25	24 37	0.0183 40	0.277 540	−18 277	+2 621
0.40 328	780 484 354	18 36	26 63	0.0202 60	0.251 560	−17 296	+3 635
0.45 301	790 458 335	19② 47	28 77	0.0224 80	0.278 580	−16 315	+4 649
0.50 277	800 432 316	20② 57	30① 91	0.0247 100	0.308 600	−15 333	+5 663
0.55 255	810 407 297	21 67	32① 104	0.0274 120	0.340 620	−14 351	+6 677
0.60 235	820 382 279	22① 76	34 116	0.0303 140	0.377 640	−13 369	+7 690
0.65 216	830 358 261	23① 85	36 127	0.0334 160	0.416 660	−12 387	+8 703
0.70 198	840 334 244	24① 94	38① 138	0.0370 180	0.460 680	−11 405	+9 716
0.75 181	850 310 227	25 102	40① 148	0.0409 200	0.508 700	−10 423	+10 729
0.80 165	860 287 210	26 110	42① 158	0.0453 220	0.563 720	−9 440	+11 742
0.85 150	870 264 193	27 117	44 167	0.0501 240	0.623 740	−8 457	+12 755
0.90 136	880 241 177	28 124	46 176	0.0553 260	0.688 760	−7 474	+13 768
0.95 122	890 219 161	29 131	48 184	0.0612 280	0.761 780	−6 491	+14 781
1.00 109	900 197 145	30 168	50 192	0.0678 300	0.843 800	−5 508	+15 794
1.05 96	910 176 129	31 145	52 200	0.0750 320	0.933 820	−4 525	+16 807
1.10 54	920 155 114	32 151	54 208	0.0830 340	1.03 840	−3 542	+17 820
1.15 72	930 135 99	33 157	56 215	0.0916 360	1.14 860	−2 559	+18 833
1.20 61	940 115 84	34 163	58 222	0.101 380	1.26 880	−1 576	+19 845
1.25 50	950 95 69	90 356	60 229	0.112 400	1.40 900	总压力（大气压+炉内正压）	Pa（mmHg） H
1.30 40	960 75 55	92 361	62 235	0.124 420	1.55 920		96258（722） 6
1.35 30	970 56 41	94 365	64 241	0.137 440	1.71 940		98658（740） 12
1.40 20	980 37 27	96 369	66 247	0.152 460	1.89 960		101324（760） 18
1.45 10	990 18 13	98 373	68 253	0.168 480	2.09 980		103991（780） 24
1.50 0	1000 0 0	99.9 377	70 259				106658（800） 30

①由丙烷制备吸热式气氛；

②由天然气制备吸热式气氛。

由表6-4可根据需要碳势计算对应的CO_2值，可由如下公式计算：

$$F = A + B + 2D + H \tag{6-26}$$

由表6-4可根据需要碳势计算对应的露点（0℃以下，冰点以上），可由如下公式计算：

$$G = A + C + D + E + 2H \tag{6-27}$$

应用表6-4结合公式6-26和公式6-27，能够根据仪器仪表检测到的CO_2和露点很快地查到对应的碳势值。

应用公式6-26结合表6-4计算炉内碳势：渗碳炉中零件进行渗碳处理，常用渗碳温度920℃；应用天然气制备的吸热式气氛，气氛中CO含量为22.5%；炉内压力为0.80kPa；测得CO_2为0.225%；应用公式求炉子气氛碳势。

$$A = F - B - 2D - H = 538 - 155 - 161 - 13.8 = 208.2$$

将应用公式6-26求得的值，查表6-4利用插入法，当$A = 208.2$时的碳势值为0.678。

应用公式6-27结合表6-4计算碳势对应露点值：应用天然气制备吸热式气氛，要求吸热式气氛的碳势控制在0.35%，制备气氛温度980℃，制备气氛的CO含量为23%，炉子气氛中H_2含量为31.5%，炉内压力控制在1.80kPa，求气氛的露点值。

应用公式6-27以及查表6-4得：

$$G = A + C + D + E + 2H = 358 + 27 + 85 + 101 + 32 = 603$$

利用公式6-27求得的值，查表6-4中，当$G = 603$时吸热式气氛的露点为+0.79℃。也就是碳势在0.35%时，以上条件下的吸热式气氛露点应控制在0~1℃。

可控气氛条件下渗碳过程合金元素将影响炉子气氛碳势，合金钢则由于合金元素的存在将影响炉子气氛的碳势，因此合金钢进行可控气氛热处理气氛碳势的计算则要引进合金钢的活度系数。根据公式6-13，低合金钢的C_0/C_α值在0.8~1.20之间波动。钢中合金元素含量低于0.2%时，对合金元素的影响可以不考虑。在进行氰化过程，气氛中的N_2含量的影响很大。气氛中$N_2 = 0.4\%$时，在同样碳势情况下碳含量从1.1%下降到0.9%，这样公式6-13合金元素影响碳的活度系数还要加上一项，公式6-13 + $w(N_2) \times 0.22$；公式成为：

$$\lg(C_0/C_\alpha) = w(\mathrm{Si}) \times 0.055 - w(\mathrm{Mn}) \times 0.013 - w(\mathrm{Cr}) \times 0.040 + w(\mathrm{Ni}) \times 0.014 - w(\mathrm{Mo}) \times 0.013 + w(N_2) \times 0.22 \tag{6-28}$$

常用渗碳钢的C_0/C_α值示于表6-5。

表6-5 渗碳钢根据公式6-28计算的C_0/C_α值

钢号	C_0/C_α	钢号	C_0/C_α	钢号	C_0/C_α	钢号	C_0/C_α
10号	1.02	20MnCr5	0.89	18CrNi8	0.90	17CrNiMo6	0.91
15号	1.02	20CrMo2	0.95	14NiCr10	1.02	21NiCrMo2	0.97
15Cr3	0.96	20CrMo4	0.96	14NiCr14	1.05	25NiCrMo6	1.00
16MnCr5	0.91	15CrNi6	0.93	14NiCr18	1.05	23CrMoB3	0.90

使用18CrNi8钢制造的齿轮渗碳，可控气氛渗碳后表面碳的质量分数为0.8%，要对齿轮重新加热淬火，要求加热淬火过程保证齿轮不会发生增碳、脱碳现象，要求炉内气氛的碳势。查表6-5得18CrNi8的C_0/C_α值为0.90。用C_0/C_α值乘上要求碳含量，这样重新加热气氛的碳势 = 0.8 × 0.90 = 0.72%，气氛碳势控制在0.72%条件下18CrNi8渗碳齿轮保证不增碳、脱碳。

6.1.2 渗碳零件表面碳质量分数的确定

渗碳过程气氛的碳势随时间的延长与零件表面的碳质量分数趋近于平衡。但是在实际渗碳过程中要达到这种平衡需要很长的时间。因此，气氛碳势与零件表面的碳质量分数始终存在一个差值，在制定渗碳工艺过程中要保证零件表面的碳质量分数就必须考虑其影响因素。从渗碳过程的气固相反应过程可以知道，渗碳过程的速度决定于渗碳的第四阶段，活性碳向零件内部的扩散，也就是决定于渗碳动力学因素。根据气体渗碳动力学原理：零件表面和渗碳气氛之间必然存在一个碳势梯度。图6-5示出气体渗碳过程动力学原理图。由图6-5可知，零件表面与渗碳气氛存在一定的差值。但是从理论上说，随着渗碳时间的无限延长，零件表面碳含量和气氛碳势逐渐趋近一致。但是实际情况下零件表面和炉子气氛之间往往始终存在一定的差值，一个不可忽视的差值。这个差值可以从零件表面碳含量 C_R 点作切线，与气氛碳势水平线相交于 S 点，并用扩散系数 D 和气氛中碳原子向零件表面移动的传递系数 β 之比计算原点位移的距离 $S(S=D/\beta)$。这个差值的大小根据钢的成分及钢中合金元素含量的多少而不同。碳进入零件表面单位面积数量 $M(\mathrm{g/(cm^2\cdot s)})$ 近似地比例于气氛碳势 C_P 和零件表面碳含量 C_R 之差异，用公式表示：

$$M=-\beta(C_P-C_R) \tag{6-29}$$

式中 M —— 碳进入零件的单位面积，$\mathrm{g/(cm^2\cdot s)}$；

β —— 碳原子向零件表面移动的传递系数；

C_P —— 气氛碳势；

C_R —— 零件表面碳含量。

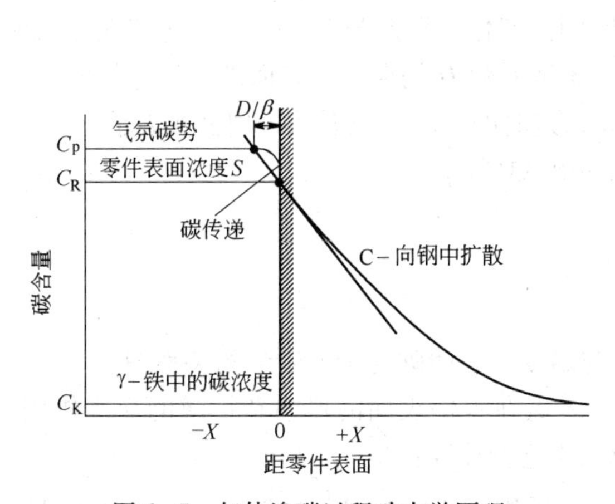

图6-5 气体渗碳过程动力学原理

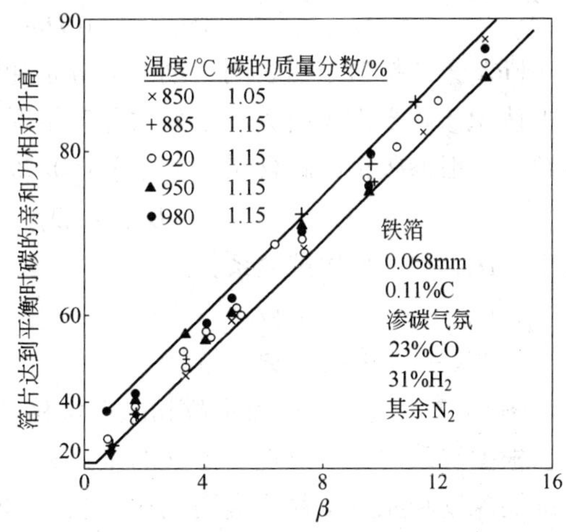

图6-6 用铁箔渗碳确定传递系数 β

公式6-29中碳在零件表面的传递系数 β 的单位是cm/s表示。碳的传递系数 β 值与渗碳过程的温度、渗碳气体组分、零件材料碳的质量分数、零件材料的合金元素以及零件表面性质有关。因此，碳原子向零件表面移动的传递系数 β 受到多方面因素的影响，不能单独确定传递系数的定量影响。只有通过定碳方式测定和计算确定传递系数 β 的值。定碳的方式很多，一般定碳方式采用较多的是箔片称重法。箔片在850~1000℃由丙烷或天然气或其他原料制备的渗碳气氛中进行定碳试验。在丙烷气或天然气制备渗碳气氛中进行箔片渗碳试验结果示于图 6 - 6，用铁箔片渗碳确定的传递系数 β 值。示出了碳亲和力从 0 ~ 90% 的传递系数。当碳的亲和力超过 90% 时，数据分散度很大已不正确。

渗碳过程的反应增加了零件表面的碳含量。渗入零件表面的碳原子通过扩散方式向零件心部转移，最终形成一定深度的渗碳层。碳原子由零件表面向心部扩散的过程服从于 Fick 扩散定律。Fick 第一扩散定律公式表示：

$$J = \mathrm{d}N/\mathrm{d}t = -D\mathrm{d}c/\mathrm{d}x \tag{6-30}$$

式中　J—— 扩散质流；

N —— 原子数；

D —— 扩散系数；

t—— 时间；

c—— 质量分数；

x—— 距离。

公式 6 - 30 的物理意义是在单位时间内通过单位面积的原子数与碳的质量分数梯度成正比。公式 6 - 30 中的负号是表明碳的扩散过程是由高质量分数向低质量分数方向进行的扩散。扩散系数 D，与原子扩散的速度相关，是温度和零件表面碳质量分数梯度的函数，温度升高碳原子扩散的速度增加。同时渗碳层的质量分数梯度随扩散距离而变化，质量分数梯度随着扩散距离的增大而减小。碳在钢中的扩散系数 D，不仅决定于温度、时间，同时还与零件钢的成分有关。钢中的合金元素硅，使扩散系数显著下降；合金元素镍、铬和钼使扩散系数增大。Fick 第一扩散定律表示存在着一种使成分均匀的趋势。Fick 第二扩散定律表达公式如下：

$$\mathrm{d}c/\mathrm{d}t = \mathrm{d}(D\mathrm{d}c/\mathrm{d}x)\mathrm{d}x = D\mathrm{d}^2c/\mathrm{d}x^2 \tag{6-31}$$

Fick 第二扩散定律表明，钢的成分是随时间而变化。根据 Fick 第二扩散定律能够从理论上认识渗碳零件表面碳质量分数分布情况。扩散系数 D 是温度、表面碳质量分数梯度的函数。一般渗碳钢的碳含量 C_K 均低于 0.25%，这时的平均扩散系数可用公式表示：

$$\bar{D}_{CR} = D_{CR}(1 - 0.23\% C_R) \tag{6-32}$$

式中　$\bar{D}_{CR}$—— 平均扩散系数；

D_{CR}—— 扩散系数；

C_R—— 渗碳钢碳含量。

图 6 - 7 示出平均扩散系数和原点位移 S 与温度、表面碳含量或碳势的关系图。

根据渗碳动力学原理，渗碳的全过程决定于碳在零件表面的传递和扩散的交互作用。渗碳层深度和原点位移可应用式 6 - 33、式 6 - 34 进行计算：

$$X + S = \sqrt{\bar{D}t}/(0.37 + C^*) \quad (\text{适用于 } 0.3 > C^* > 0.05) \tag{6-33}$$

$$X + S = 2.13(1 - C^*)\sqrt{\bar{D}t} \quad (\text{适用于 } 1.0 > C^* > 0.3) \tag{6-34}$$

$$C^* = (C_{ET} - C_K)/(C_P - C_K) \tag{6-35}$$

式中　X—— 要求渗碳层厚度，mm；

t—— 渗碳时间，h；

C_{ET}—— 渗碳层深度计算条件；

C_K—— 零件材料原始碳含量。

$S=\bar{D}/\beta$ 相当于原点位移，由于 β 是常数，故 S 可以直接根据 D 在图 6-7 中查出来。

图 6-8 是根据公式 6-33～式 6-35 计算得到的渗碳时间直线图解。

根据公式 6-33～式 6-35 就可以求得不同渗碳层要求的碳势和渗碳时间。例如使用 15 号碳钢制造的零件进行渗碳处理，要求渗碳层深 1.2 mm（要求碳层深度计算到碳含量 0.4%），在 900℃ 温度下进行渗碳。渗碳过程强渗碳期的渗碳气氛的碳势选用多高，渗碳达到要求需要多长时间？

根据铁碳平衡图可以得到碳钢在 900℃ 时的 Fe_3C 饱和碳含量为 1.25%。

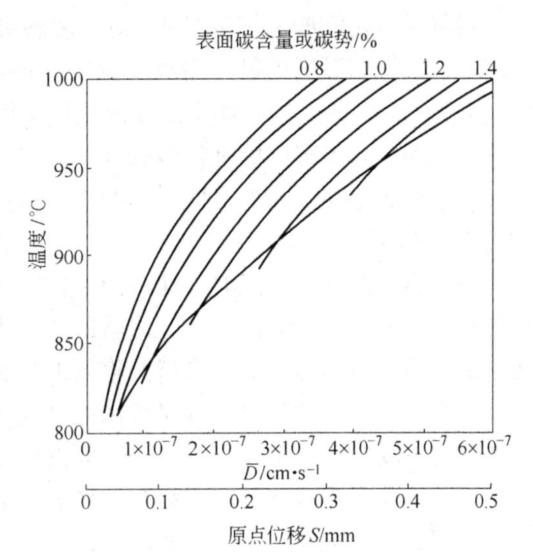

图 6-7 平均扩散系数 $\bar{D}$ 和原点位移 S 与温度和表面碳含量或碳势的关系

通过图 6-7 可以得到在 900℃ 时碳势为 1.25% 的平均扩散系数是：$\bar{D}=2.7\times10^{-7}\ cm^2/s$，原点位移 $S=0.22mm$。这样可求得 C^* 为：

$$C^*=(C_{ET}-C_K)/(C_P+C_K)=(0.4-0.15)/(1.25-0.15)=0.227$$

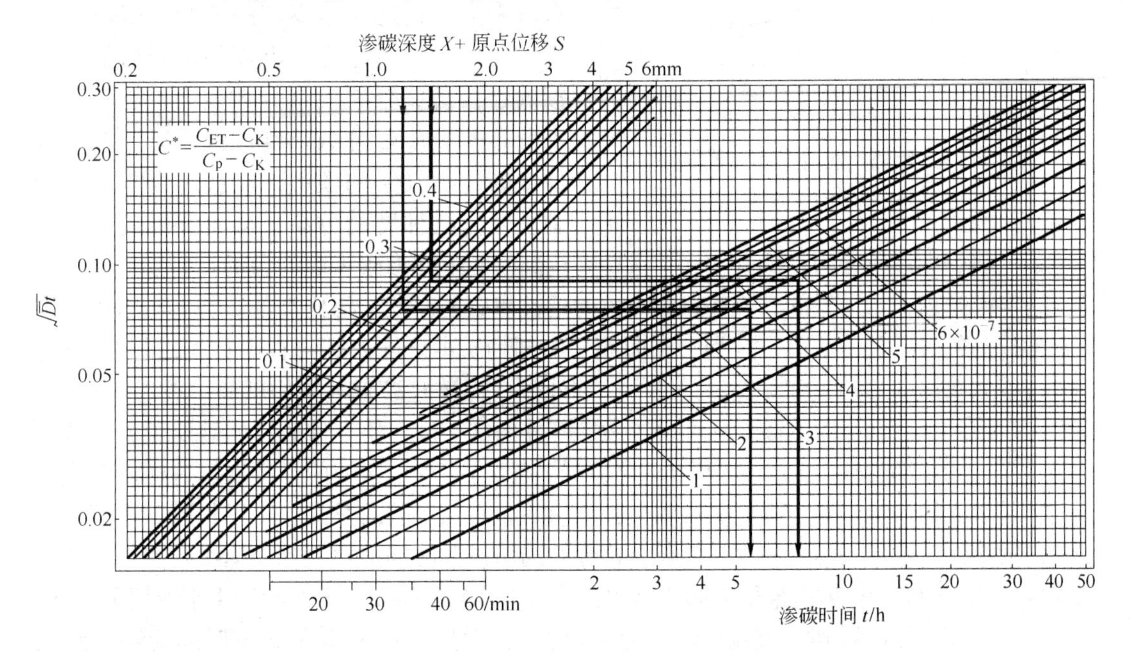

图 6-8 渗碳时间确定图

将计算得到 C^* 代入公式 6-33 或通过图 6-8 能够得到渗碳时间为 7.6 h。

渗碳温度选用要求根据制造零件使用的材料和渗碳层深度进行选用。渗碳温度一般使用范围在 900～960℃之间。对于零件要求渗碳层深度较浅的薄层渗碳件，渗碳时选用较低的温度。例如渗碳层要求 0.60～1.0 mm 的渗碳齿轮，热处理后硬度要求 HRC60～65，则可选用900℃温度进行渗碳处理。对于渗碳层深度要求较厚，制造零件使用的是本质细晶粒钢，渗碳使用温度可以选用较高温度。例如使用20CrMnTi钢制造的零件，要求渗碳层深度1.2～1.8 mm，渗碳淬火后要求硬度HRC60～64，则可选用较高温度950℃进行渗碳处理。应用较高渗碳温度进行渗碳处理，渗碳速度大大加快。但是对于晶粒容易长大的钢种，则会造成零件性能的降低，因此渗碳温度的选用要根据具体零件使用材料和渗碳层深度进行选用。

渗碳温度的提高，能够加速碳原子向零件内部的扩散，加速渗碳过程的进行，减少渗碳时间。在温度一定的情况下，渗碳的速度决定于气氛中碳原子向零件表面传递和决定于碳原子向零件内部的扩散，当然更重要的是决定于碳向零件内部的扩散。温度越高，碳向零件内部扩散的速度越快；气氛碳浓度越高，与零件内部碳质量分数差越大，碳向零件内部扩散的速度也就越快。随着渗碳时间的延长，渗碳层深度越来越深，零件表面的碳质量分数逐渐升高，渗碳气氛的碳势与零件表面碳含量之间的质量分数差愈来愈小。在一定碳势气氛情况下进行渗碳随着时间延长，渗碳层表面与渗碳气氛浓度差情况示于图6-9。从图6-9可见，随着渗碳时间的延长，零件表面的碳浓度与气氛的碳势愈来愈接近。同时，零件渗碳层的碳质量分数梯度也愈平缓。但是随着时间的延长，零件表面的碳质量分数愈来愈高，这样给零件的性能带来不利的影响。对于许多零件要求零件渗碳后能够有接近于共析成分碳质量分数表面，有一段水平分布的碳质量分数梯度曲线。通过改善零件渗碳过程气氛的碳势，能够改变零件表面碳质量分数梯度的分布，从而获得较高的力学性能。将渗碳过程分为强渗碳期和扩散期来达到改变零件渗碳表面的目的。若采用不变碳势进行渗碳过程，采用低的碳势气氛将大大的延长渗碳的时间。渗碳高的碳势有利于渗碳层表面形成高的碳质量分数差，有利于碳向零件内部的扩散。在渗碳过程中首先进行强渗碳，当零件渗碳层深度达到一定深度时，进行扩散处理。扩散时渗碳气氛的碳势一般选用0.8%左右。扩散过程零件表面的碳，一部分继续向零件内部扩散，使零件表层的碳质量分数梯度趋于平缓；另一部分碳则向气氛中脱出，使零件表面有一水平区域的渗碳层。这样能够大大提高零件表面的性能。对于不同的渗碳层，强渗的时间和扩散的时间也不尽相同。渗碳层深度愈深的零件要求扩散的时间也就愈长。合理的选用扩散时间能够起到快速渗碳和得到较高的表面性能。图6-10示出采用不同比例的扩散时间得到的碳质量分数梯度水平线情况。

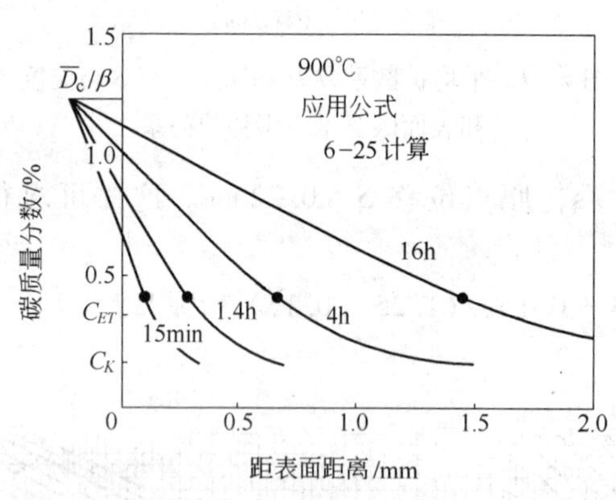

图6-9 碳势不变情况下渗碳零件渗碳层碳浓度梯度

从图6-10可以看到，当强渗碳期为4 h时，扩散期采用10%的扩散时间能够得到最佳的表面质量分数梯度水平线。增加扩散时间比率和降低扩散时间比率，零件表面渗碳层都得不到较高水平的质量分数梯度水平线。零件渗碳过程要求得到较高的表面性能确保长时间运转过程零件性能保持不变。确定零件渗碳过程强渗、扩散的比率非常重要。合适的扩散时间比率能够保证零件渗碳层表面理想的性能。扩散时间的确定，决定于零件表面碳含量 C_{P1} 和要求的碳质量分数 C_{P2} 之差，可根据图6-11查出。同样是15号碳钢制造的零件进行渗碳处理，要求渗碳层深1.2 mm，在900℃温度下进行渗碳。渗碳过程强渗碳期的渗碳气氛的碳势选用1.25%；渗碳时间需要7.6 h。在0.8%气氛中扩散多长时间能够获得表面水平碳质量分数梯度曲线？

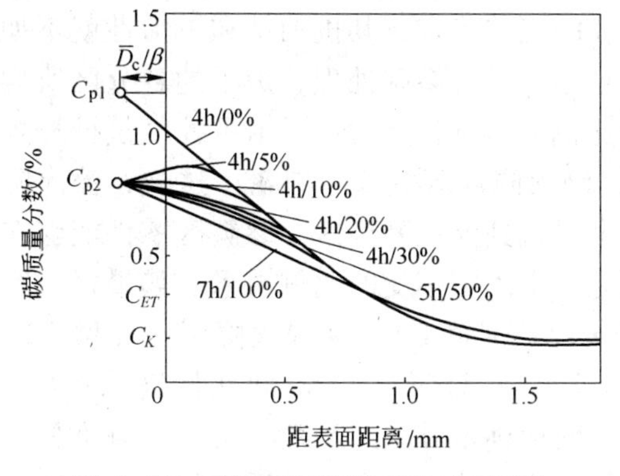

图6-10　采用不同扩散时间对表面碳浓度曲线的影响

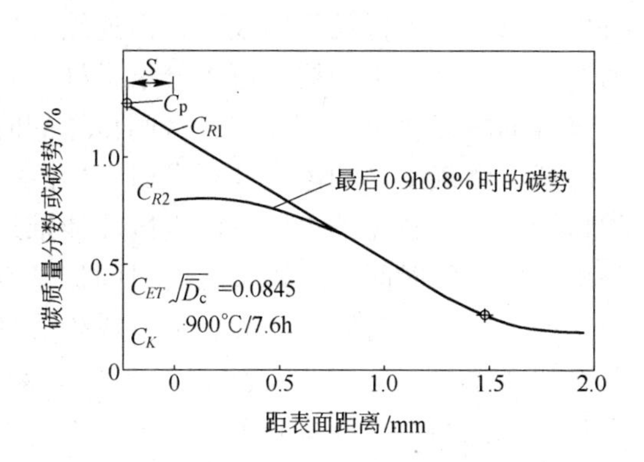

图6-11　碳势不变时扩散的计算

应用作图法计算。从图6-11中连接S点和厚度1.2 mm碳含量0.4%坐标点，相交于纵坐标得到$C_{R1}=1.12\%$，将C_{R1}、C_{R2}、C_K代入公式$(C_{R2}-C_K)/(C_{R1}-C_K)=0.65$。从图6-10得到扩散期占整个渗碳期的12%≈0.9 h。即渗碳期6.7 h，扩散期0.9 h。对于薄层渗碳，为提高零件表面的碳质量分数，应降低渗碳温度，减小原点位移距离S值，提高C_R点。这样能够保证零件表面碳质量分数梯度的水平梯度。

对于渗碳工艺过程，零件渗碳的强渗期和扩散期的确定，除了根据获得零件渗碳层表面水平质量分数梯度进行确定，还要根据具体零件性能要求进行确定。零件运转过程负荷较重，则要求零件表面渗碳层深度较深，渗碳层质量分数梯度要求平缓，水平质量分数梯度要求距表面距离也就长。

6.2　可控气氛热处理典型工艺的确定和分析

可控气氛热处理工艺类型很多，有应用于可控气氛密封箱式周期炉的热处理工艺，有应用于可控气氛推杆炉生产线的热处理工艺，有应用于可控气氛井式炉的热处理工艺，还有应用于链板炉、网带炉、转底炉等炉型的可控气氛热处理工艺。各种不同的炉型具有不同的热处理工艺方案，不同的零件、不同的热处理要求，有不同的热处理工艺。将可控气氛热处理的工艺进行分类，常应用的可控气氛热处理的工艺类型有：可控气氛渗碳热处理工艺，可控气氛光亮淬火工艺，可控气氛光亮退火工艺以及对零件进行修复补救的复碳处理工艺，退碳热处理工艺等。在可控气氛炉中应用最广泛的是可控气氛渗碳处理和可控气氛淬火处理的热处理工艺。了解掌握可控气氛渗碳热处理工艺，其他可控气氛热处理工艺就能够较好地应用。

图6-1示出的CD130主动螺旋伞齿轮的渗碳热处理工艺曲线。图6-1示出的工艺曲线是一种典型的应用于可控气氛密封箱式周期炉的渗碳热处理工艺曲线。图6-1渗碳工艺将渗碳过程分为三个阶段，强渗碳期、弱渗碳期、扩散降温期。这个工艺制定的关键也就是强渗碳期、弱渗碳期、扩散降温期这三个阶段的温度、时间和气氛碳势的确定，这三个阶段工艺参数决定了最终热处理质量的好坏。零件进行可控气氛加热淬火热

处理，在设备确定以后，其零件的热处理质量决定于工艺参数的确定，也就是热处理加热阶段的温度、时间和气氛碳势的确定。不同的热处理设备，其热处理工艺有所不同；可控气氛密封箱式周期炉的工艺参数，加热温度、时间、气氛碳势的确定是根据不同零件的要求可以进行灵活的改变；而连续式生产线的工艺确定，其机动性和灵活性就不如密封箱式周期炉生产线。可控气氛推杆渗碳炉对零件进行渗碳处理，炉子的各分区所摆放零件的料盘决定了零件在各区间传送的时间比例。例如图 5 - 54 所示可控气氛推杆炉生产线，渗碳Ⅰ区和渗碳Ⅱ区共计 32 个料盘，淬火降温区共 8 个料盘。这样，淬火降温区推出一个料盘淬火后，渗碳区才能推进一个料盘到淬火降温区。渗碳区零件能够在渗碳区停留的时间和淬火降温的时间比基本就为一个固定不变的比例关系。如果每一个料盘间隔推进的时间 15 min，那么零件在渗碳区停留时间 8 h，在淬火降温区停留 2 h，这个比例关系不会发生变化；零件在渗碳区和淬火降温区停留的时间比始终是 4 : 1。在进行工艺制定过程就必须根据炉子固定区域时间比确定其工艺参数。可控气氛推杆炉生产线与密封箱式周期炉生产线进行比较，推杆炉生产线生产量大，质量稳定；而密封箱式周期式生产线生产灵活，能够适应各种零件的生产。在工艺制定上，推杆炉生产线工艺变化小，适应大批量生产；密封箱式周期炉生产线灵活多变，适应一定批量多品种零件的生产，工艺可根据零件的要求进行制定。其他可控气氛热处理设备也都有各自设备在工艺制定上的特点。可控气氛网带热处理炉的工艺制定上具有可控气氛推杆热处理炉的特点，但是可控气氛网带炉不能够将各个区域完全地分割开，成为独立的区间。可控气氛井式热处理炉具有密封箱式周期炉灵活机动的特点，但是不能够实现光亮淬火、光亮退火处理。因此，对于不同的可控气氛热处理炉型其可控气氛工艺也要根据其炉型进行制定，才能保证得到高质量的热处理零件。

6.2.1 密封箱式周期炉生产线工艺制定

可控气氛密封箱式周期炉生产线的特点是适合多品种、小批量零件的生产。可控气氛密封箱式周期炉灵活多变，每一炉零件的热处理可以根据零件不同的要求改变热处理工艺参数。在同一台密封箱式周期炉内进行零件的热处理，第一炉进行零件的可控气氛渗碳处理，第二炉进行零件的光亮淬火处理，再下一炉又可以进行零件的光亮退火处理。因此，在同一炉子内可以不断地改变热处理工艺，体现密封箱式周期炉的灵活性机动性，适应小批量多品种，不同热处理工艺要求零件的热处理的优点。

可控气氛密封箱式周期炉生产线的工艺制定，很重要的是密封箱式周期炉生产过程工艺参数的确定。合理的热处理工艺参数能够保证密封箱式周期炉热处理过程零件的热处理质量。如图 6 - 1 所示的零件热处理工艺参数，能够保证零件在可控气氛密封箱式周期炉的生产获得高质量的热处理零件。图 6 - 1 中的热处理工艺是生产 CD130 主动螺旋伞齿轮工艺，齿轮件号 CD130-2402065，其外形尺寸如图 6 - 12 所示。CD130 主动螺旋伞齿轮使用 20CrMnTi 钢制造，其化学成分见表 6 - 6。20CrMnTi 钢由于有合金元素钛的作用，该钢是本质细晶粒钢，在渗碳过程不易发生钢晶粒的长大。因此，CD130 主动螺旋伞齿轮渗碳处理后可以直接进行淬火处理，而不易造成钢晶粒的粗大。使用材料 20CrMnTi 钢的化学成分见表 6 - 6。CD130 主动螺旋伞齿轮渗碳层深度要求 1.0 ~ 1.4 mm；表面硬度 HRC58 ~ 62，心部硬度 HRC33 ~ 48。CD130 主动螺旋伞齿轮在可控气氛密封箱式周期炉内进行渗碳

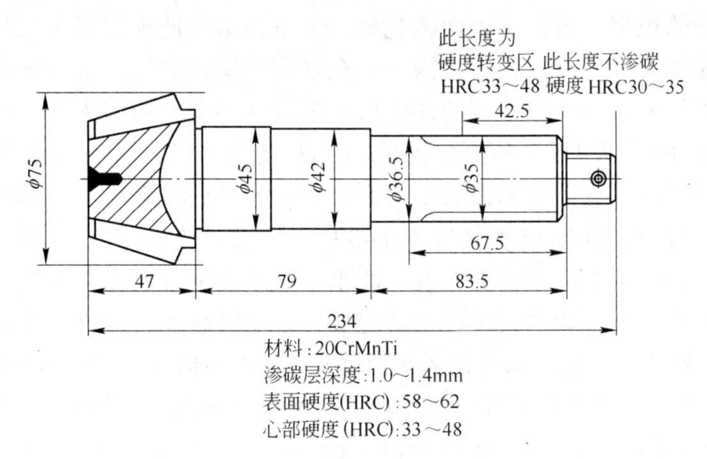

图 6-12　CD130 主动螺旋伞齿轮

后直接淬火处理。

使用的可控气氛密封箱式周期炉是如图 5-16 所示的密封箱式周期炉。密封箱式周期炉是带前室、加热室、预冷室、淬火油槽的多功能热处理炉子。该套炉子使用 PLC、计算机、碳势控制仪表能够准确地控制炉子气氛碳势，达到一个较高的水平，控制炉子气氛碳势波动小于 0.05%。密封箱式周期炉炉子温度使用 9 点测温方法，9 点温度的波动在 ±5℃范围内。使用设备状况：最大工作载荷 1363kg；托盘尺寸 915 mm×1219 mm；操作温度 760～954℃。根据设备状况 CD130 主动螺旋伞齿轮选用渗碳温度为 920℃。

表 6-6　20CrMnTi 钢的化学成分

钢 号	w(C)	w(Si)	w(Mn)	w(Cr)	w(Ti)
20CrMnTi	0.17～0.24	0.20～0.40	0.80～1.10	1.00～1.30	0.06～0.12

可控气氛密封箱式周期炉使用的载气是天然气制备的吸热式气氛，天然气与空气混合制备吸热式气氛，即所谓的 R_x 气。制备吸热式气氛过程使用 CO_2 红外仪控制吸热式气氛的碳势，吸热式气氛的碳势控制在 0.35% 左右，保证齿轮在加热过程不发生氧化、脱碳等现象。密封箱式周期炉渗碳过程气氛碳势控制使用氧探头测定炉子气氛氧势，CO 红外仪测定炉子气氛 CO 含量，通过碳势控制仪控制炉子气氛碳势。

CD130 主动螺旋伞齿轮的渗碳工艺将渗碳过程分为强渗碳期、弱渗碳期、扩散降温期。强渗碳期是渗碳初期，在一定时间内使零件表面建立一定深度、一定质量分数的碳质量分数梯度渗碳层。在强渗碳期要求炉子气氛在渗碳温度情况下有尽量高的碳势，保证零件表面尽快地建立一定渗碳层。强渗碳期炉子气氛的碳势，保证零件在渗碳温度下，从气氛中不析出炭黑；气氛碳势太高气氛析出炭黑附着在零件表面将影响碳向零件内部的深入。根据渗碳温度 920℃，从铁碳平衡图可以查到 920℃时 γ-Fe 的饱和碳质量分数 1.25% C 左右。根据化学动力学原理，气氛碳质量分数越高，气氛碳势与零件材料碳质量分数差愈大，碳向零件内部扩散的速度也就愈快，愈有利于零件表面形成一定碳质量分数的渗碳层表面。若碳势低，气氛碳势与零件材料的碳含量的质量分数差小，碳向内部扩散的速度也就减小，因此强渗碳期采用较高碳势气氛有利于尽快形成渗碳层表面。在渗碳过程，长时间采用高碳势进行渗碳，容易造成零件表面的碳质量分数过高，形成碳化物的积聚。渗碳层表面碳化物的大量积聚降低零件的表面性能，甚至在使用过程容易造成渗碳层表面的脱落。因此，在强渗碳期完成后，进入弱渗碳期。弱渗碳期的作用是使零件表面形成较平缓的渗碳层质量分数梯度。弱渗碳期温度不变仍然使用920℃，炉子气氛碳势从1.25%C降低到1.0%C的碳势。这样，在弱渗碳期间，零件表面渗碳层能够形成比较平缓的渗碳层表面，改善了零件渗碳层表面的性能。弱渗碳期完成进入降温扩散期，降温温度确定在840℃，气氛碳势确定在0.90%～0.95%C范围。降温扩散的目的是保证零件表面有一段水平的碳质量分数梯度，提高零件表层的性能。扩散降温完成，零件的渗碳过程也就完成，扩散降温完成后直接进行淬火处理。

确定了CD130主动螺旋伞齿轮的渗碳温度和渗碳时各阶段炉子气氛碳势，这时应该确定各时期渗碳的时间。工艺确定渗碳过程炉子气氛碳势分别为1.25%C和1.0%C。零件材料原始碳含量为0.20%；渗碳层深度计算碳含量0.4%；渗碳层深度1.0～1.4 mm。渗碳时间的确定要计算出C^*和平均扩散系数以及原点位移S。根据渗碳温度920℃和气氛碳势1.25%以及1.0%，从图6-7得到平均扩散系数$\bar{D}$和原点S为：

$$\bar{D}_1 = 2 \times 10^{-7} \quad (\mathrm{cm^2/s}) \qquad （气氛碳势1.0\%C）$$

$$S_1 = 0.17 \quad (\mathrm{mm}) \qquad （气氛碳势1.0\%C）$$

$$\bar{D}_2 = 2.5 \times 10^{-7} \quad (\mathrm{cm^2/s}) \qquad （气氛碳势1.25\%C）$$

$$S_2 = 0.25 \quad (\mathrm{mm}) \qquad （气氛碳势1.25\%C）$$

位移点是将碳势和零件材料原始碳含量以及渗碳层深度计算碳含量代入式6-35，得：

$$C_1^* = (0.4 - 0.2)/(1.0 - 0.2) = 0.25 \qquad （气氛碳势1.00\%C）$$

$$C_2^* = (0.4 - 0.2)/(1.25 - 0.2) = 0.19047 \qquad （气氛碳势1.25\%C）$$

将计算得到的$\bar{D}$、S、C^*和渗碳层深度代入式6-33和式6-34，或从图6-8求解得到中限渗碳时间（h）为：

$$t_1 = [(X + S_1)(0.37 + C_1^*)]^2/(\bar{D}_1 \times 360000) = 10.02 \qquad （气氛碳势1.0\%C）$$

$$t_2 = [(X + S_2)(0.37 + C_2^*)]^2/(\bar{D}_2 \times 360000) = 6.55 \qquad （气氛碳势1.25\%C）$$

采用不变碳势进行渗碳处理，碳层达到1.2 mm层深，在1.0%C气氛碳势情况下需要10 h左右；在1.25不变碳势情况下需要6.55 h左右。在实际工艺编制过程中，希望得到比较平缓的渗碳层深度，将渗碳期分为强渗碳期、弱渗碳期和扩散期。根据计算得到的渗碳时间t_1和t_2进行整理，总时间确定为8 h。渗碳过程分为强渗碳期和弱渗碳期，强渗碳期和弱渗碳期渗碳时间比按1∶0.75计算，总的渗碳时间确定为8 h。扩散降温时间按12%计算，约1 h；强渗碳期和弱渗碳期共7 h，这样强渗碳时间4 h，弱渗碳时间3 h。这样得到CD130主动螺旋伞齿轮渗碳淬火工艺。图6-13示出CD130主动螺旋伞齿轮强渗碳4 h以后的碳质量分数曲线。从图

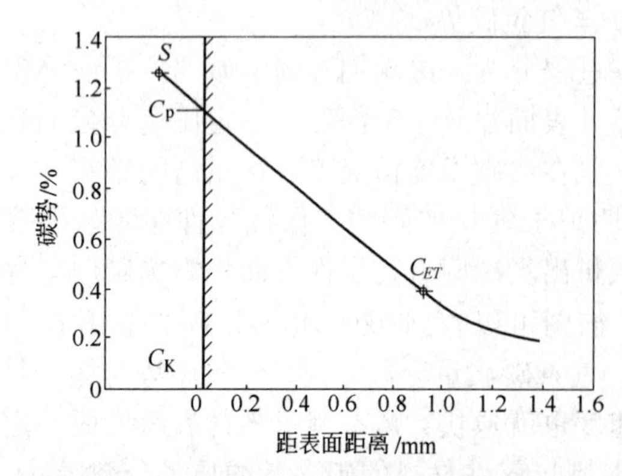

图6-13　CD130主动螺旋伞齿轮强渗碳4h后碳的质量分数梯度曲线

6-13可以看到经过4 h的强渗碳零件渗碳层深度已经达到0.88 mm，零件表面碳质量分数达到1.1%C左右的碳质量分数表面。然后将渗碳气氛碳势降低到1.0%～1.05%进行弱渗碳。弱渗碳过程，碳继续向零件内部扩散，碳质量分数梯度曲线将变得平缓；表面高于气氛碳势的碳将向气氛中脱出。弱渗碳3 h，得到碳质量分数曲线比较平缓的碳质量分数梯度。若渗碳完成，零件进入扩散降温阶段。此阶段，炉子气氛控制在0.90%～0.95%范围；温度降低到840℃；降温扩散1 h。降温扩散过程，碳将继续向零件内部扩散，质量分数梯度通过扩散将变得比较平缓。同时，表面高质量分数碳也同时向气氛中脱出形成一段水平碳质量分数梯度。经过渗碳过程的8 h，CD130主动螺旋伞齿轮得到高质量的碳质量分数梯度的渗碳层表面。

6.2.2 可控气氛推杆炉热处理工艺制定

可控气氛推杆炉热处理零件最大的特点是适合大批量、少品种零件的生产。可控气氛推杆炉热处理的零件质量稳定，处理过程操作简单，自动化程度高，零件质量重现性好，节约能源等。目前在汽车生产厂，齿轮生产厂使用可控气氛推杆炉进行渗碳淬火热处理较为广泛。可控气氛推杆炉，可以应用于零件的渗碳淬火、碳氮共渗、零件的加热淬火、光亮退火、正火处理等热处理过程，应用最为广泛的是作为零件的渗碳淬火处理。可控气氛推杆炉的工艺具有它的独特性，设备决定了其工艺的周期各阶段的时间比率。当设备各个时段摆放的料盘数量一定以后，工艺各时段的时间比率也就确定。设备的设计制造要根据生产的零件要求，工艺规范确定设备各个时段能够摆放的料盘数量。图5-54示出的可控气氛推杆炉生产线是一条应用于渗碳淬火的热处理生产线。可控气氛推杆炉生产线的主要部分是多区推杆渗碳炉，多区推杆渗碳炉渗碳区域共分了4个区：加热区、渗碳Ⅰ区、渗碳Ⅱ区、淬火降温区。这4个区域分别独立，加热区与渗碳区应用隔离门完全隔离成独立的区域；渗碳Ⅰ区和渗碳Ⅱ区应用隔墙进行隔离，炉子温度、气氛能够分别进行控制；淬火降温区也是应用隔离门，将淬火降温区与渗碳区进行隔离，形成一个完全独立的区域。多区推杆式渗碳炉的各个区域的温度、气氛碳势分别进行控制，能够保证各区域达到工艺要求温度和气氛碳势的控制。渗碳炉各个区域的料盘数量分别是：加热区6盘，渗碳区32(16×2)盘，淬火降温区8盘；其中渗碳区域料盘的摆放为双排料盘。可控气氛推杆炉生产线使用的料盘尺寸为600 mm×600 mm；吸热式气氛消耗量26 m^3/h；天然气消耗量10 m^3/h；推盘周期范围10～60 min。各区域的气氛碳势控制使用氧探头碳势控制仪表进行控制。多区推杆式渗碳炉使用载气是天然气制备的吸热式气氛即R_x气氛；炉子气氛调节的富化气是天然气，稀释气使用空气。吸热式气氛发生器气氛控制是CO_2红外仪，吸热式气氛CO_2控制范围0.3%～0.4%。

该可控气氛渗碳生产线设计制造是生产齿轮的可控气氛渗碳淬火热处理生产线。其中，汽车从动螺旋伞齿轮是该生产线上生产的一种零件。图6-14示出汽车从动螺旋伞齿轮结构简图。汽车从动螺旋伞齿轮的材料是20MnTiB钢，是本质细晶粒钢。齿轮渗碳完成后可降温直接淬火处理。表6-7示出20MnTiB钢材料的化学成分。从动螺旋伞齿轮要求渗碳层深度1.2～1.6 mm；淬火后表面硬度HRC58～63，心部硬度HRC33～48。

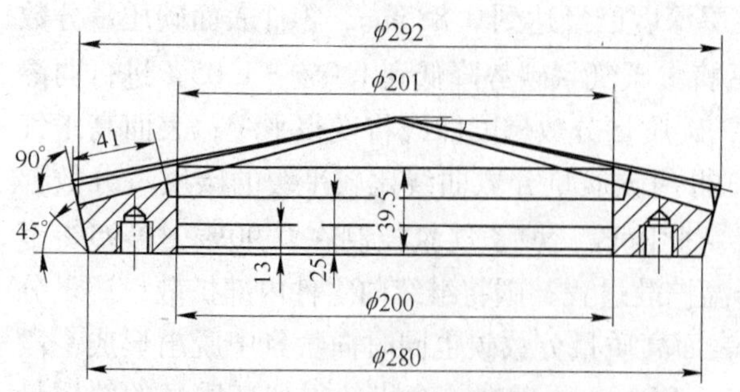

图 6-14　汽车从动螺旋伞齿轮简图

表 6-7　20MnTiB 钢的化学成分　（%）

钢 号	w(C)	w(Si)	w(Mn)	w(B)	w(Ti)
20MnTiB	0.17 ~0.24	0.17 ~0.37	1.30 ~1.60	0.0005 ~0.0035	0.04 ~0.10

根据可控气氛推杆式渗碳炉设备状况以及汽车从动螺旋伞齿轮的热处理技术要求确定出渗碳工艺。表6-8示出多区推杆式渗碳炉生产的汽车从动螺旋伞齿轮渗碳淬火工艺卡。工艺卡列出了在推杆式渗碳炉热处理各个阶段的工艺参数，包括了从动螺旋伞齿轮在预氧化区的预氧化处理、加热区的加热均温、渗碳Ⅰ区的强渗碳处理、渗碳Ⅱ区的弱渗碳处理、淬火降温区的降温扩散处理以及齿轮的淬火处理；可控气氛推杆炉渗碳淬火工艺推料周期是21 min。各个阶段处理周期的温度、气氛碳势、时间以及供给吸热式气氛量详见表6-8。

表 6-8　汽车从动螺旋伞齿轮渗碳淬火工艺卡

零件名称：汽车从动螺旋伞齿轮　热处理工艺：渗碳淬火　渗碳层深：1.2 ~1.6 mm
表面硬度：HRC59 ~63　　心部硬度：HRC33 ~48

渗碳区段	预氧化区	加热区	渗碳Ⅰ区	渗碳Ⅱ区	淬火降温区	淬火
温度/℃	450	930	930	930	840	80（油温）
吸热式气氛/$m^3 \cdot h^{-1}$		3.2	10	8	4.2	
天然气/$m^3 \cdot h^{-1}$			0.25 ~0.35	0.10 ~0.20		
装料盘数	6	6	18	14	8	1
碳势/%		R_x（0.3）	1.20	0.9 ~1.10	0.8 ~0.9	
时间/min	21 ×6 =126	21 ×6 =126	21 ×18 =378	21 ×14 =294	21 ×8 =168	1 ×21 =21
推料周期/min	21					

汽车从动螺旋伞齿轮渗碳工艺卡上第一项是预氧化处理，预氧化温度为450℃。预氧化的目的是净化活化零件表面，保证零件表面质量一致，也就是保证零件表面能够得到均匀一致的渗碳层表面的预处理过程。预氧化区对零件的加热是在空气中进行加热，通过加热使零件表面的杂质去除，得到活化的、一致的表面状态。预氧化处理零件在预处理炉内停留时间是21 ×6 =126 min。预氧化处理完成后进入排气室排除随零件带入的氧化性气

氛。排气室内充满了可控气氛，零件进入后带入的氧化性气体随气氛废气的排放而排除。排气时间 21 min，排气完成的零件进入加热室进行加热。

加热室进行均温加热处理，加热的温度控制在930℃，炉内气氛碳势控制在0.3%C 左右。加热室对零件进行加热的作用是使零件各个部位温度均匀一致。各部位温度均匀一致达到渗碳温度，然后进行渗碳处理，整个零件同时进行渗碳过程，避免温度高的部位渗碳速度快，温度低的部位渗碳速度慢造成零件各部位渗碳层的不均匀，均温加热处理零件能够得到均匀一致的渗碳层表面。在加热区内进行零件的加热，由于在加热室内通入有吸热式气氛即 R_x 气，应用氧探头碳控仪进行气氛碳势控制确保零件在加热均温过程不发生渗碳、脱碳情况。一般吸热式气氛的 CO_2 含量控制在 0.30% ~0.40% 范围，碳势基本在 0.35% C 左右。当然这要根据吸热式气氛发生器产气过程空气与天然气混合比以及产气过程发生器温度确定。从图 4-6 甲烷为原料气的吸热式气氛中，CO_2 与碳钢中碳含量的关系可以看到，产气温度 950℃时 CO_2 为 0.3% 时，其气氛碳势在 0.29% 左右。汽车从动螺旋伞齿轮在加热室加热时间 21 ×6 =126 min，零件各个部位温度已基本一致，这样避免了零件各部位温度不一致引起的渗碳过程零件渗碳速度的不一致。

零件温度达到渗碳温度 930℃后，进入渗碳区域。进入渗碳Ⅰ区，渗碳Ⅰ区是强渗碳区，渗碳温度 930℃，渗碳气氛碳势 1.2%。在强渗碳区，零件表面要求较快的建立起一定质量分数一定深度的渗碳层表面。强渗区内可控气氛碳势较高，工艺确定为 1.20% 的碳势。根据化学动力学原理，质量分数愈高，质量分数差愈大，扩散的速度也就愈快；因此要保证在一定时间内形成一定深度和一定质量分数的碳渗碳层表面。渗碳Ⅰ区零件在高碳势 1.2% 气氛中渗碳 21 ×18 =378 min（6.3 h）。温度 930℃，气氛碳势 1.2%，渗碳时间 6.3 h 情况下，根据图 6-7 可以得到平均扩散系数 $\overline{D}-2.9\times10^{-7}$（$cm^2/s$），原点位移 0.25 mm。将平均扩散系数 $\overline{D}$，原点位移 S 以及渗碳时间 6.3 h 代入式 6-33 得到强渗碳以后，零件表面渗碳层深度（mm）为：

$$X = \sqrt{\overline{D}t}/(0.37 + C^*) - S = 1.17$$

经过 1.2% 碳势，6.3 h 的渗碳，零件表面已经达到 1.17 mm 的渗碳层。图 6-15 示出汽车从动螺旋伞齿轮渗碳 6.3 h 后的碳质量分数梯度曲线（理论曲线）。表面碳质量分数达到 C_P =1.04% C 左右。

强渗碳完成后的零件进入渗碳Ⅱ区，渗碳Ⅱ区渗碳温度不变仍然使用 930℃。渗碳Ⅱ区是弱渗碳区，该区的碳势降低到 0.9% ~1.1%。在 930℃温度，0.9% ~1.1% 碳势的气氛状况下弱渗碳 21 ×14 =294min（4.9 h）。将炉子气氛降低到 0.9% ~1.1% 的碳势渗碳 4.9 h，渗入零件表面的碳继续向零件内部进行扩散形成一定深度的碳质量分数梯度，和相对平缓的碳质量分数梯度曲线。由于弱渗碳过程气氛碳势的降低，零件表层的碳质量分数不会由于气氛碳势高造成零件表面过高的碳质量分数表面。弱渗碳完成零件进入扩散降温区。

扩散降温区的温度降低到 840℃，气氛碳势降低到 0.8% ~0.9%。扩散降温区一方面由于碳势的降低，零件表面的碳一部分向零件内部继续扩散，另一部分向气氛中脱出得到一段水平碳质量分数曲线；另一方面炉子温度降低为零件的直接淬火做好准备。零件在扩散降温区 840℃降温 21 ×8 =168min（2.8 h），零件表面得到一水平碳质量分数

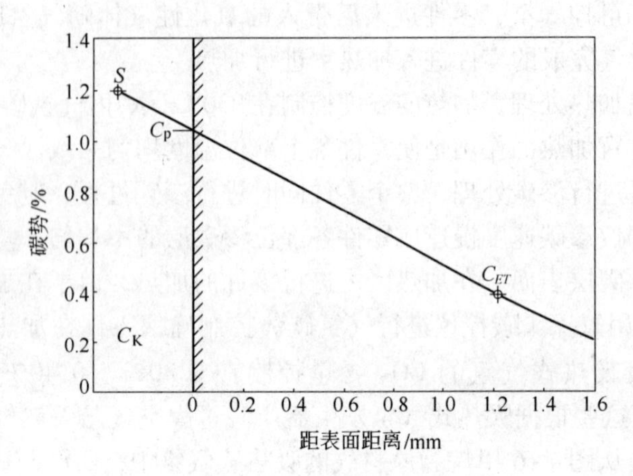

图 6 - 15　汽车从动螺旋伞齿轮渗碳 6.3 h
碳质量分数梯度曲线

梯度曲线。

扩散降温完成，零件达到要求的淬火温度，一定渗碳层深度和平缓的碳质量分数梯度可以进行零件的淬火处理过程。零件从扩散降温区推出进入有保护气氛状态下的淬火油槽进行淬火处理。淬火油槽油温控制在 80℃，有利于零件的淬火过程。淬火完成零件从淬火油槽的底部过渡到油槽外部，再从油槽内的提升机构提升出油。提升出油的零件传送到倾斜滤油料台滤尽淬火完成零件带出的淬火油，完成了零件渗碳淬火的全过程。

经过可控气氛推杆炉生产线的渗碳淬火，零件得到均匀一致的渗碳层表面，较合理的渗碳层碳质量分数梯度，较高的表面质量的渗碳淬火齿轮。完成齿轮在可控气氛推杆渗碳炉的渗碳淬火处理的工艺过程。然后将继续在生产线上进行其他工序过程。

6.2.3　可控气氛井式渗碳炉工艺制定

可控气氛井式渗碳炉是应用较多的渗碳炉型。井式渗碳炉炉子结构简单，渗碳成本低廉，投资省，原料来源充裕，工艺容易掌握，适用范围较为广泛。井式气体渗碳炉渗碳一般采用碳氢化合物液体渗碳剂，也有使用碳氢化合物气体渗碳剂。液体碳氢化合物滴注剂应用的种类较多，有煤油 + 甲醇、乙酸乙酯 + 甲醇、乙酸甲酯 + 甲醇、丙酮 + 甲醇、异丙醇 + 甲醇等；应用碳氢化合物气体渗碳剂的有天然气 + 空气、丙烷气 + 空气等。滴注式渗碳应用最为广泛的渗碳剂是煤油 + 甲醇的气体渗碳。井式气体渗碳炉进行气氛碳势控制有应用氧探头碳控仪进行渗碳气氛控制，也有用 CO_2 红外仪进行炉子渗碳气氛的控制，还有应用露点仪进行渗碳气氛的控制。应用在井式气体渗碳炉较多的气氛控制是 CO_2 红外线气体分析仪进行气氛的控制。

图 6 - 16 示出应用滴注式井式气体渗碳炉对齿轮进行可控气氛渗碳处理的工艺曲线。

图 6 - 16 所示出的滴注式气体渗碳炉工艺曲线，渗碳过程炉子气氛碳势的控制使用 CO_2 红外仪，炉子气氛碳势的控制通过控制炉子气氛中 CO_2 值，从而达到控制炉子气氛碳势的目的。该工艺采用的渗碳滴剂是甲醇 + 煤油；甲醇（CH_3OH）在炉子内裂解作为渗碳过程的载气；煤油（C_9H_{20} ~ $C_{15}H_{32}$）裂解后作为渗碳富化气对炉内零件进行渗碳

技术要求：渗碳层深度：1.2～1.6mm

名称：行星齿轮　　表面硬度(HRC)：58～62

材料：20CrMo　　心部硬度(HRC)：32～48

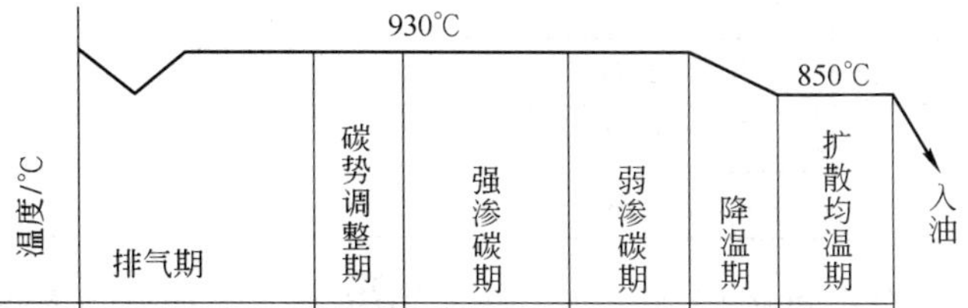

温度/℃　930℃　850℃　入油

		排气期	碳势调整期	强渗碳期	弱渗碳期	降温期	扩散均温期
时间/h		1～1.2	0.5	3.0	2.0	1.5	0.5
渗剂滴量/滴·min^{-1}	甲醇	<900℃150～180 >900℃50～80	150～180	150～180	150～180	120～150	120～150
	煤油	>870℃ 90～120（旁路） >900℃120～150（旁路）	电磁阀 100～120	电磁阀 100～120	电磁阀 60～80		旁路 10～12
CO_2设定值/%			0.5～0.2	0.2	0.3	0.3～0.9	0.9
炉压/Pa				260	260		180

图6-16 滴注式可控气氛井式渗碳炉渗碳工艺曲线

处理。

在高温状态下 CH_3OH 发生如下反应：

$$CH_3OH \longrightarrow CO + 2H_2 \tag{6-36}$$

煤油（$C_9H_{20} \sim C_{15}H_{32}$）是一种多碳的烷烃（$C_nH_{2n+2}$）、环烷烃（$C_nH_{2n}$）和芳香烃（$C_nH_{2n-6}$）的混合物。因此在高温裂解后，过剩的碳多，容易形成大量的炭黑和焦油。煤油裂解气成分之间没有一定的平衡关系，同时裂解反应是一种不可逆反应。在应用甲醇+煤油作为渗碳剂时，甲醇裂解产生 CO 和 H_2 以外，气氛中还有少量的氧化性气氛 H_2O、CO_2 等；煤油在渗碳气氛下与这些气氛将发生反应，炉内气体和煤油中的烃烷发生如下反应：

$$C_nH_{2n+2} \longrightarrow (n-x)[C] + (n+1-2x)H_2 + xCH_4 \tag{6-37}$$

$$C_nH_{2n+2} + nCO_2 \longrightarrow 2nCO + (n+1)H_2 \tag{6-38}$$

$$C_nH_{2n+2} + nH_2O \longrightarrow nCO + (2n+1)H_2 \tag{6-39}$$

$$2CO \rightleftharpoons CO_2 + [C] \tag{6-40}$$

$$CH_4 \rightleftharpoons 2H_2 + [C] \tag{6-41}$$

反应式6-36～式6-38是不可逆反应，反应式6-39与式6-40在一定条件下将发生逆反应。因此煤油作为渗碳剂的反应是一个较为复杂的反应过程。若渗碳过程煤油的滴入量过大，裂解的反应主要以式6-36、式6-39反应进行。此时炉子气氛中 CH_4 含量升高，炉内炭黑增多，炉子气氛碳势将增高容易造成炉子气氛碳势的失控现象。应用煤油+甲醇进行滴注式渗碳过程要注意考虑煤油滴量增加造成炉子气氛中 CH_4 含量的增加，从而造成炉子气氛碳势失控状况。表6-9示出甲醇与煤油滴量比例对炉子气氛碳势的影响。从表6-9可以看出煤油滴量愈大，气氛中 CH_4 含量愈高；反之则低。因此控制煤油滴入炉子的滴入量能够有效地控制炉子气氛成分。

表 6-9　甲醇与煤油滴注比例对 CH_4 及炉子气氛碳势的影响

甲醇：煤油（体积比）	CH_4 体积分数/%	炉子气氛碳势/%	备　注
4：1	2.17	1.01	炭黑较多
5：1	1.47	0.98	
6：1	0.67	0.85	
6.5：1	0.54	0.83	

煤油属于长链分子重碳烃化合物，滴入炉内分解后有很多的饱和与不饱和碳烃化合物，分子过剩较多。在渗碳温度下裂解与炉子其他成分形成的炉子气氛的组成是：CO、CO_2、CH_4、O_2、C_nH_{2n}、H_2、C_nH_{2n+2}。应用于渗碳过程容易产生炭黑与焦油，气氛成分稳定性较差。但是煤油滴注式渗碳在井式气体渗碳炉中应用最多的是液体碳氢化合物渗碳剂，而且价格便宜。应用煤油 + 甲醇就能够克服炭黑过多和产生焦油的缺点，使炉子气氛碳势能够得到较好的控制。

应用煤油进行渗碳，温度愈高煤油裂解愈完全，图 6-17 示出煤油裂解气成分与温度的关系。从图 6-17 可以看到，温度愈高煤油裂解气中不饱和碳烃化合物愈低，煤油裂解愈完全，温度愈高愈有利于煤油的裂解。应用煤油 + 甲醇滴入炉内的裂解气作为渗碳气氛，气氛中 CO_2 含量增加，炉子气氛的碳势降低；炉子温度降低，炉子气氛的 CO_2 不变，气氛的碳势升高。温度的变化将直接影响气氛碳势的变化，图 6-18 示出应用煤油 + 甲醇滴注，CO_2 红外线分析仪控制电磁阀控制炉子气氛得到的碳势与 CO_2 经验平衡曲线。从图 6-18 可以看到，碳势在 0.9% 时，温度 930℃ 气氛的 CO_2 含量 0.36%；当温度降低到 890℃ 时，同样的碳势情况下，气氛的 CO_2 含量为 0.55%；当温度降低到 860℃ 时，碳势保持在 0.9% 情况下，气氛的 CO_2 含量为 0.87%。当然，气氛中 CO_2 含量不变，温度升高气氛的碳势值降低。CO_2 含量为 0.4%，温度 930℃ 时，气氛碳势为 0.87%；气氛 CO_2 含量不变，温度降低到 890℃ 时，气氛碳势为 1.03%；气氛 CO_2 含量不变，温度降低到 860℃ 时，气氛碳势为 1.22%。可见温度对炉子气氛碳势产生的影响非常大。在工艺制定过程中要注意温度变化带来气氛碳势的变化和 CO_2 值的变化，避免在降温过程造成脱碳或

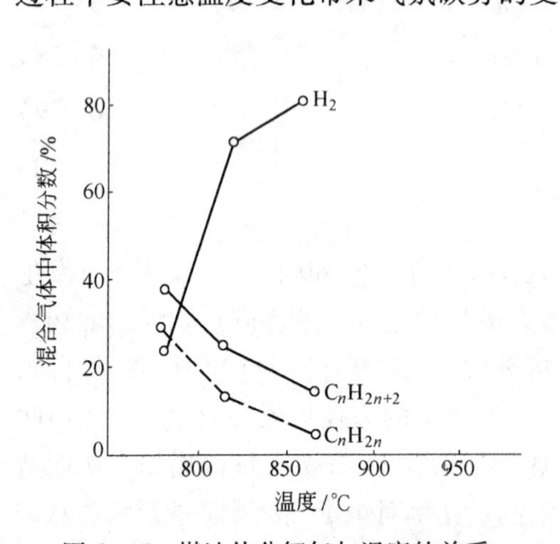

图 6-17　煤油热分解气与温度的关系

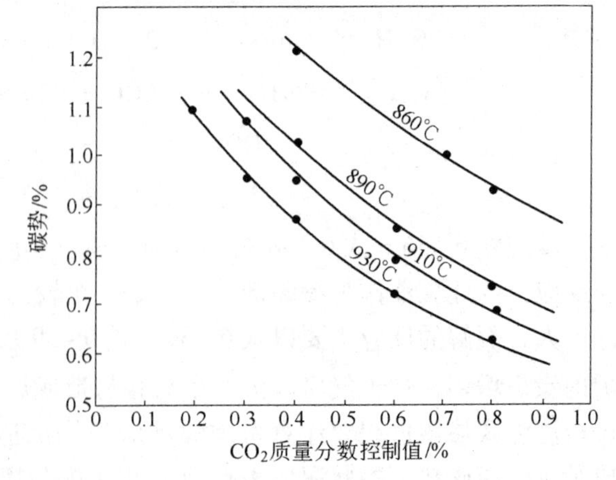

图 6-18　碳势与 CO_2 经验平衡曲线

（甲醇 + 煤油滴注渗碳，红外线 CO_2 分析仪电磁阀自控）

增碳现象。图6-16示出可控气氛井式气体渗碳炉滴注式渗碳工艺曲线。该工艺曲线是应用于行星齿轮在井式渗碳炉进行可控气氛渗碳处理工艺。渗碳使用的设备是RJJ75-9T井式气体渗碳炉。渗碳工艺使用的液体碳氢化合物渗碳剂是甲醇作为稀释剂，煤油作为富化剂进行渗碳。在930℃渗碳温度下，应用CO_2红外线分析仪控制滴剂电磁阀，控制煤油滴入炉内的滴量控制炉子气氛碳势，实现可控气氛渗碳势的目的。

应用滴注式渗碳，渗碳过程滴注液的滴量可以根据炉子功率进行计算，也可以根据零件表面有效吸碳量进行计算。一般煤油或甲醇100滴大约4mL。若按炉子功率进行计算滴入渗碳炉内的滴量则可按如下公式计算：

$$q = CW \qquad (6-42)$$

式中 q —— 按渗碳炉功率计算渗碳剂滴量，mL/min；

C —— 每千瓦功率所需要的滴量，mL/(kW·min)，可取$C=0.13$；

W—— 渗碳炉功率，kW。

若按零件有效吸碳表面积计算渗碳剂滴入渗碳炉内的滴入量则可根据如下公式计算：

$$Q = KNF \qquad (6-43)$$

式中 Q —— 按零件有效吸碳表面积计算渗碳剂滴量，mL/min；

K —— 每平方米吸碳表面积每分钟消耗渗碳剂，mL/(kW·min)；

F —— 单位有效吸碳表面积，m^2/件。

在工艺制定过程可以根据式6-41和式6-42计算滴注液的滴量，保证零件渗碳过程有足够的活性碳的供应，保证零件的渗碳质量。

渗碳时间的确定一般取决于渗碳过程碳渗入零件的速度和要求渗碳层深度。要求渗碳层深度一定，就可根据渗碳层深度求解渗碳时间。采用煤油+甲醇作为渗碳滴剂，渗碳温度930℃，炉子气氛CO_2值一般控制在0.25%左右。渗碳层深度的测量对于低碳钢检测至1/2过渡区，对于合金钢检测至心部。渗碳层有效厚度与渗碳时间关系的公式如下：

$$\delta = K\sqrt{t} \qquad (6-44)$$

式中 δ—— 渗碳层有效厚度，mm；

K —— 渗碳温度相关系数，当温度870℃时，$K=0.457$；当温度900℃时，$K=0.533$；当温度930℃时，$K=0.655$；

t —— 渗碳保温时间。

渗碳速度受渗碳温度的影响，渗碳各个时期气氛碳势的影响，合金元素的影响，还受到炉子气氛压力的影响。因此，在决定炉子对零件的渗碳速度时，要根据零件渗碳过程炉子的状况，渗碳零件材料所含合金元素等因素进行确定。

图6-16行星齿轮渗碳淬火工艺，行星齿轮在可控气氛井式炉中进行渗碳淬火处理共分了6个时期：排气期、气氛碳势调整期、强渗碳期、弱渗碳期、降温期、扩散均温期。6个时期组成渗碳的全过程，保证齿轮在渗碳淬火后能够有一个较为合理的渗碳层表面，较好的淬火质量。工艺的制定在保证齿轮渗碳淬火质量的前提下，尽量地减少齿轮渗碳的时间，节约热处理过程消耗的能源。在6个不同时期，各个时期的工艺参数，滴入炉内的甲醇和煤油的滴量也不同。

排气期：是将零件进入炉内带入的氧化性气氛从炉内排出，炉子升温使零件表面达到渗碳温度，建立炉子气氛的碳势的过程。从零件进入井式炉内到红外线 CO_2 控制仪能够自动控制炉内 CO_2 含量这段时间为排气期，这段时间大约 1～1.2 h。零件装入炉内，炉子开始升温。此时炉子温度较低，滴剂以甲醇为主；温度达到 800℃时开始滴入甲醇。甲醇在较低温度条件下易分解，不易产生炭黑。炉子温度在 900℃以下时滴入甲醇量在 50～80 滴/min 范围。900℃以下滴入甲醇保证炉子有一定炉压，避免氧化性气氛进入炉内。当温度达到 870～900℃范围从煤油旁路滴入 90～120 滴/min 的煤油。滴入煤油是为了提高炉子气氛碳势。在炉子温度升高到 900℃到渗碳温度 930℃过程中，加大甲醇、煤油滴量。甲醇滴入量增加到 150～180 滴/min；煤油滴量增加到 120～150 滴/min。这个阶段加速排出炉子内氧化性气氛，使炉内气氛 CO_2 含量迅速下降，建立渗碳性气氛，提高炉内气氛碳势。温度达到 930℃，炉子内气氛能够应用红外线气体分析仪分析控制气氛中 CO_2 这个过程，排气期结束。在排气期温度未达到渗碳温度时，最好不要开启红外仪检测气氛。因为，此阶段温度较低，煤油裂解情况较差，容易产生炭黑和焦油对仪器不利。当炉子温度达到渗碳温度时，煤油的裂解情况改变。大量的甲醇和煤油的滴入能够很快地排出氧化性气氛建立渗碳气氛，开启红外仪检测炉气接近渗碳性气氛及时关闭排气孔。排气孔关闭排气期结束，进入碳势调整期。

碳势调整期：炉子温度达到渗碳温度，炉子排气结束需要尽快建立渗碳气氛进行零件的渗碳处理阶段。碳势调整期，红外线 CO_2 分析仪能够对炉子气氛进行自动控制至炉内气氛碳势达到气氛碳势设定值阶段。碳势调整期炉子温度仍然保持渗碳温度 930℃。在碳势调整期应用红外线 CO_2 控制仪控制电磁阀滴入 100～120 滴/min 的煤油，迅速建立正常的强渗碳性气氛。在这个时期，甲醇滴入量仍然保持 150～180 滴/min。当红外仪检测炉内气氛 CO_2 值达到 0.2%时，完成了气氛调整期，进入强渗碳期。

强渗碳期：是在零件表面迅速建立一定深度、一定质量分数的渗碳层表面。强渗碳期是从红外线 CO_2 分析仪检测炉内气氛中 CO_2 含量达到 0.2%时开始计算，至强渗碳 3 h 这个阶段。根据图 6-18 可见，使用煤油＋甲醇滴注渗碳，CO_2 红外线分析仪控制电磁阀控制炉子气氛的碳势与 CO_2 经验平衡曲线，气氛 CO_2 控制在 0.2%，炉内气氛碳势约为 1.1%左右。炉内气氛的碳势控制是强渗碳期渗碳过程较重要的一个环节，要求在一定时间内使零件表面形成一定厚度、一定质量分数的渗碳层表面。在强渗碳期要求炉子气氛在渗碳温度 930℃情况下有尽量高的碳势。以零件在渗碳温度下，从气氛中不会析出炭黑为准，气氛碳势太高在零件表面形成炭黑，影响碳向零件内部的渗入。根据渗碳温度 930℃，从铁碳平衡图可以查到 930℃时 γ-Fe 的饱和碳含量为 1.25%左右。根据化学动力学原理，气氛碳浓度越高，气氛碳势与零件材料碳质量分数差愈大，碳向零件内部扩散的速度也就愈快，愈有利于零件表面形成一定深度、一定质量分数的渗碳层表面。若碳势低，气氛碳势与零件材料的碳质量分数差小，碳向零件内部扩散的速度也就减小。采用煤油作为渗碳剂，滴入量太大容易形成炭黑和焦油。同时要保证炉子气氛能够很好地被红外线分析仪控制，在滴注式渗碳过程中，强渗碳期要求高碳势则富化剂的滴入量相应增大才能够保证气氛有高的碳势。电磁阀控制富化剂——煤油，每分钟滴注 100～120 滴。当炉内碳势升高，超过设定的 CO_2 值，电磁阀关闭减少煤油的滴入量，使炉内 CO_2 含量升高碳势降低。当碳势低于设定 CO_2 值对应的碳势，电磁阀开启增加煤油的滴入量，使炉内气氛碳势升高达到要求气氛碳势。强渗碳 3 h 完成强渗碳过程。强渗碳完成零件渗碳层深度根据公式计算得到约为 1.1 mm 厚度的渗碳层；完成强渗碳过程进入弱渗碳期。

弱渗碳期：碳继续向零件内部扩散达到一定深度，零件表面渗碳层能够形成比较平缓的渗碳层表面，改善了零件渗碳层表面的性能。弱渗碳期，强渗碳期结束红外仪控制 CO_2 含量增加到 0.3% 值渗碳 2.0 h 这段时期。强渗碳过程长，长时间采用高碳势进行渗碳，容易造成零件表面的碳质量分数过高，形成碳化物的积聚，造成零件表面碳化物级别超差。渗碳层表面碳化物的大量积聚降低零件的表面性能，容易在使用过程造成渗碳层表面的剥落，降低零件使用寿命。弱渗碳期升高炉内气氛 CO_2 含量，降低炉内气氛碳势。根据图 6-18 碳势与 CO_2 平衡曲线得到气氛中 CO_2 含量在 0.3% 时，对应的气氛碳势值 0.95%。弱渗碳 2 h，完成零件的弱渗碳过程。此时，零件渗碳层深度根据公式计算约为 1.46 mm 左右。完成弱渗碳期，零件表面渗碳层已基本达到要求渗碳层深度，为改善零件渗碳层表面性能和为淬火做准备进入降温扩散均温期。

降温期与扩散均温期：渗入零件表面的碳一部分继续向零件内部扩散，一部分向炉子气氛中扩散出来形成表面有一段水平的碳质量分数梯度较平缓的碳质量分数曲线的渗碳层表面。弱渗碳过程完成至出炉淬火这段时期为扩散降温，均温期。温度降低的目的是为最后的淬火做准备。降温期温度逐渐降低，煤油的滴入量要大大减少，避免因煤油滴入量过大造成炭黑产生较多。扩散降温均温期煤油滴入量要降低到 10 ~ 12 滴/min 以下，使炉子气氛随温度的降低碳势也随之降低，气氛碳势降低 CO_2 含量升高。当温度降低到 850℃ 时，炉气成分中 CO_2 含量应上升到 0.9%。CO_2 红外仪测定气氛 CO_2 含量为 0.9%，其气氛碳势根据图 6-18 气氛碳势与 CO_2 平衡曲线得到气氛碳势 0.88%。扩散均温 0.5 h 后完成零件渗碳的全过程，零件表面达到工艺要求渗碳层深度和质量分数的渗碳层表面，出炉进行淬火处理。行星齿轮渗碳完成，出炉淬火，在油中进行零件的淬火冷却处理，完成零件渗碳淬火工艺过程。

使用煤油 + 甲醇进行可控气氛滴注渗碳，渗碳层的碳含量能够很好地得到控制。可以避免没有进行气氛控制而出现网状碳化物，提高了零件的渗碳质量。采用滴注式可控气氛渗碳，能够得到较平缓的碳质量分数梯度渗碳层，使零件使用性能得到改善。使用煤油 + 甲醇作为渗碳剂，原料来源供应方便，价格低廉，生产成本低。

可控气氛热处理工艺的制定，要根据使用炉子情况，零件热处理要求和零件制造材料确定其热处理工艺参数。热处理设备确定后，零件热处理的质量决定于热处理工艺参数，确定工艺参数的难度和要点是各阶段气氛参数的确定。准确、精确地控制炉子气氛碳势，是保证可控气氛热处理最终质量达到高水平的关键。对于零件热处理工艺采用光亮淬火工艺，光亮退火工艺炉子气氛的碳势控制决定零件处理能否达到光亮的关键。零件淬火工艺，气氛碳势控制是保证在淬火加热或退火加热过程零件不发生脱碳、增碳现象的关键。进行光亮处理，除了炉子气氛碳势控制准确、精确，同时零件从加热炉进入淬火槽过程必须有良好的保护，不致在零件进入淬火槽淬火前或进入缓冷罐冷却时与氧化性气氛接触出现氧化表面。光亮淬火、光亮退火的关键是在零件加热冷却过程不能够与氧化、脱碳性气氛接触才能够保证零件的光亮程度。加热、冷却过程气氛保护得好零件的光亮度也就高，否则出现氧化表面，达不到光亮的程度。对于零件表面的复碳工艺和退碳工艺，重要的是保证加热过程确定气氛的碳势和生产过程气氛碳势的控制。保证了加热过程的气氛碳势达到复碳或退碳要求碳势气氛，就能够保证零件正确修复。使用可控气氛热处理工艺，零件加热过程气氛碳势的控制是关键；保证了气氛的准确、精确的控制也就保证了可控气氛热处理生产过程零件的质量。

除了通常使用的吸热式、放热式、氮基气氛等可控气氛热处理，目前采用直生式可控气氛热处理工艺方法已经应用在零件渗碳过程中。所谓直生式渗碳方法就是将渗碳气氛直接注入炉内进行反应，生成所需要的渗碳气氛组分 CO、CH_4 和 H_2 等气体。直生式可控气氛很重要的是气氛的碳势控制系统，天然气、石油液化气等直接注入炉内形成渗碳气氛采用通常的控制系统不能够很好地、准确地控制炉内气氛碳势。目前已有直生式气氛控制系统不同类型的气体渗碳炉投入运行。应用广泛的有天然气 + 空气，其次是丙烷 + 空气、丙酮 + 空气和异丙醇 + 空气气氛系统。直生式可控气氛热处理的优点是：炉子气氛碳势调控时间短，对炉子调控状态几乎没有影响，气氛碳势变化迅速灵敏，渗碳层均匀性好，气氛生成成本低廉，高的碳传递速率。直生式气氛可应用于零件的淬火、渗碳和碳氮共渗处理。直生式可控气氛热处理气氛应用原料气少，与平衡气氛相比节约 75% ~94%。适应各种类型的密封周期炉、推杆炉、连续炉，直生式气氛应用前景广泛。

目前可控气氛热处理应用发展很快，已达到一个较高的水平，应用也愈来愈广泛。无论在可控气氛热处理工艺上，还是可控气氛热处理设备上，或是在可控气氛热处理控制技术上都有很大的发展。计算机的应用促进了可控气氛热处理的发展，促进了热处理生产的进程，提高了热处理零件的质量水平。应用计算机对可控气氛热处理工艺过程进行模拟，能够将零件可控气氛热处理过程的水平提高到一个更高的水平。应用计算机进行可控气氛热处理工艺的编制，能够获得理想的可控气氛热处理工艺。目前计算机已应用于热处理工艺过程控制，工艺过程的模拟，工艺执行情况的监测以及可控气氛热处理质量的统计分析等。可控气氛热处理过程已达到一个较高的水平，高的自动化，高的热处理质量，小的热处理变形。

7 可控气氛热处理质量控制

应用可控气氛密封箱式周期炉进行零件热处理的行业愈来愈多，这些行业有：汽车、工程机械、农机、石油机械以及军工行业等。应用较多的齿轮制造，主要应用于齿轮的渗碳淬火热处理过程。应用可控气氛密封箱式周期炉热处理的齿轮质量能够得到保证，质量的重现性好。不论是渗碳层较浅（0.4 ~0.8 mm）的齿轮，还是渗碳层深度较深（1.8 ~ 2.2 mm）的零件以及进行光亮淬火处理，都能够得到高的零件热处理质量。渗碳的零件能够保证零件渗碳层深度达到高的要求，表面碳质量分数、碳质量分数梯度也达到高的质量要求。光亮淬火零件不仅保证表面光洁，同时保证零件表面不会发生增碳、脱碳现象。

密封箱式周期炉要热处理高质量的零件，要求密封箱式周期炉有以下特点：

（1）设备设计、制造是高水平，高起点。炉子加热区内温度场温度的均匀性低于 ±5℃（炉内温度场 9 点测温，温度均匀性低于 ±5℃）。炉内气氛碳势波动范围小于 ±0.01%。

（2）设备控制系统采用先进的计算机、可编程控制器（PLC）以及应用 PID 调节的监控仪表进行监控调节，确保炉子温度、炉子气氛碳势的波动在一个极小范围内。

（3）计算机对零件质量实行热处理过程的全程实时监控，对运行全过程实时数据进行记录和统计分析。将分析结果返回监控程序，实施对热处理参数的合理调节确保零件热处理得到高质量零件。

（4）采用高度自动化、机械化的设备。减少人为因素对零件热处理过程的质量造成影响。依靠设备的仪器、仪表、机械化、自动化保证零件热处理质量。

高质量、高水平的热处理设备，要保证零件可控气氛热处理过程能够得到高质量的零件，分析可控气氛密封箱式周期炉生产线的质量保证体系，要求有：

（1）炉子的温度准确性、精确性高，温度场内温度的均匀性好；

（2）炉子供气质量高、稳定，炉内气氛质量稳定，气氛成分波动小；

（3）炉子气密性好，使用过程无漏气现象；

（4）炉子监控系统反应及时、准确，控制波动小；

（5）有好的合理的热处理工艺，规范的操作规程；

（6）设备故障的及时报警，显示指明故障原因和故障点；

（7）设备维护及时，并且定时、高质量的维护保养。

7.1 密封箱式炉热处理零件质量保证体系

图 7-1 示出一种可控气氛密封箱式周期炉系统，该系统包括：计算机系统、可编程控制器（PLC）、仪器仪表、炉体系统、冷却系统、炉子气氛控制系统等。加上密封箱式周期炉热处理工艺、操作规程、计算机操作软件、可编程控制器相关软件组成了密封箱式周期炉质量保证体系。

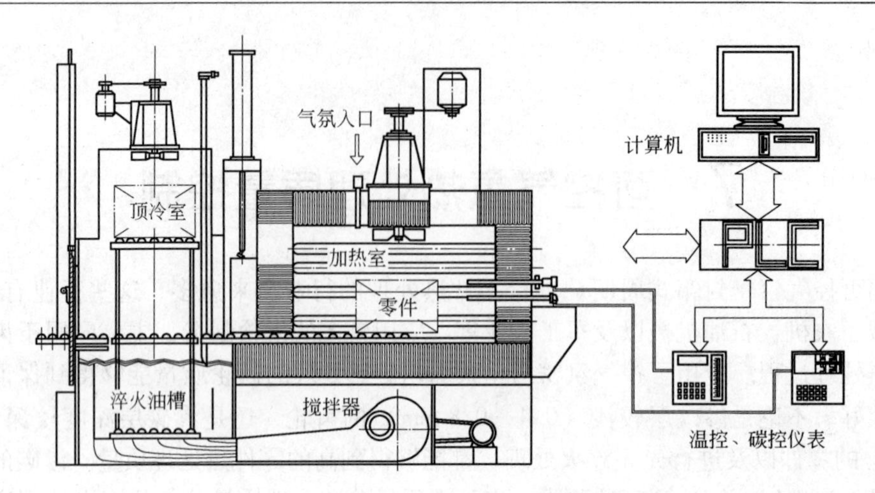

图7-1　可控气氛密封箱式周期炉系统

可控气氛密封箱式周期炉热处理过程单纯依靠某一方面不能很好保证零件热处理的质量。密封箱式周期炉的热处理质量保证体系还包括：

（1）密封箱式周期炉设备设计先进，制造质量高，生产质量稳定；

（2）设备控制系统准确、精确；

（3）合理、适宜的密封箱式周期炉热处理工艺；

（4）规范的操作规程和日常维护保养。

只有在各方面充分发挥其作用，才能很好地保证零件热处理的质量达到一个高的水平。

7.1.1　炉子设计质量的保证

炉子设计质量的保证主要是炉子温度的准确和温度场内温度的均匀性，炉子气氛的均匀性和准确性，气氛供给质量的稳定，以及炉子良好的密封性能。炉子温度的均匀性和气氛的均匀性直接影响零件热处理的质量。保证炉子温度、气氛的准确性、均匀性也就能够较好地保证零件热处理的质量。炉子温度、气氛的均匀性是保证零件热处理质量的最基本的保证。

7.1.2　炉子温度的均匀性

对热处理零件质量的好坏影响最大的是温度。炉子温度的准确性、温度场内温度的均匀性直接影响零件热处理后的质量。炉子有效容积愈大，炉子装炉量愈多，温度场内温度的均匀性也就愈难保证和控制。要保证炉子温度场内温度的均匀性，炉子加热器的安装布置很重要。加热器布置合理，能够保证温度场温度的均匀；布置不合理将造成温度场内温度大的偏差。温度场内温度的不均匀性直接影响零件质量的均匀性。合理布置炉内加热器的位置就能够保证温度场内温度的均匀性。

图7-1示出可控气氛密封箱式周期炉有效容积916 mm×1200 mm×736 mm；有效装炉量1300 kg。该密封箱式周期炉加热使用9根电加热器辐射管进行加热。辐射管采用水平安装方式，能够保证温度场内温度的均匀性。图7-2示出密封箱式周期炉加热室内9根电加热辐射管的安装布置情况，以及气氛流动情况；密封箱式周期炉炉膛结构，9根电加热

辐射管分别布置在炉子两侧和顶部。电加热辐射管为鼠笼式加热器，分布均匀的电加热辐射管保证了有效温度场范围内温度的均匀性。加热室内的导流筐的设置进一步使温度场内温度均匀，并保证炉内气氛按照导流筐导流方向流动循环，起到了使炉子温度、气氛均匀的作用。对图7-1所示密封箱式周期炉进行9点测温，满载920℃温度情况下9点温度的均匀性小于±5℃。图7-3示出9点测温，9支热电偶分布情况。9点测温的均匀性小于±5℃，零件渗碳过程渗碳的均匀性才能够得到保证，零件热处理质量才能够得到保证。

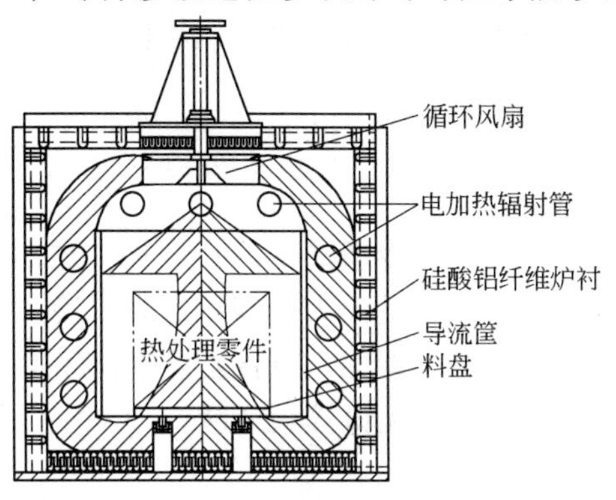

图7-2　密封箱式周期炉炉膛结构

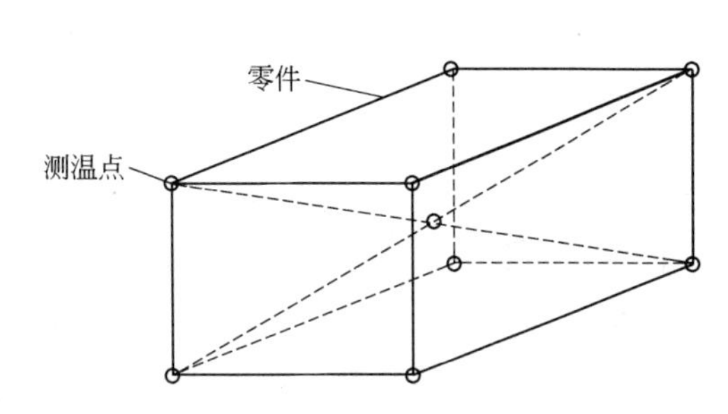

图7-3　9点测温热电偶分布示意图

7.1.3　气氛的均匀性和气密性

密封箱式周期炉无论是应用于渗碳淬火还是零件的光亮淬火，炉子气氛的均匀性和炉子的密封性都非常的重要。气氛的均匀性保证零件加热渗碳过程零件各部位渗碳层的均匀性。气氛的密封性能决定着炉子气氛的稳定性和零件热处理后的表面光亮程度。要保证炉子气氛均匀，炉内气氛必须采取强制循环使用功率较大的电动机带动风扇转动使炉子气氛循环。图7-1为密封箱式周期炉炉顶循环风扇使用的电动机是5.5 kW，转速1500 r/min。当电动机带动风扇转动时，炉内渗碳气氛在导流筐的作用下从零件底部流经零件各部位。炉内增加导流筐能够保证气氛流向零件的方向和增加炉内气氛的均匀性。

图7-1密封箱式周期炉炉子气氛从靠近炉顶风扇处的进气管道进入加热室内，通过循环风扇将气氛搅拌均匀，对炉内零件进行渗碳处理。加热室内形成的废气则通过加热室炉门下端排出至前室。前室也处于完全密封状态，包括前室炉门、顶冷室和淬火油槽等都要保证完全密闭不漏气。由于前室在完全密封状态，从加热室排入前室的可控气氛则充满整个前室空间（包括前室、顶冷室淬火油槽等），形成有保护气体存在的空间。多余的废气则通过一根接近淬火油面管道排出。这样当渗碳或加热完成的炽热零件从加热室进入前室准备进行下一道工序时，炽热的零件在前室仍然处于保护气体保护之中，不会发生零件表面的氧化脱碳现象。需要进行淬火处理的零件，淬入淬火油槽进行淬火冷却。要得到光亮表面的淬火零件，除了零件热处理过程完全处于可控气氛保护之下，淬火冷却用油要选用光亮淬火油。当炽热的零件进行淬火处理过程只要选用高质量的光亮淬火油，淬火后零件能够得到光洁的表面。零件淬入冷却油槽后，下一炉零件可以进入前室排气，排气完成进入加热室。若加热完成的是需要进行空冷的零件，则升降料台将零件顶入顶冷室。顶冷室与前室能够完全隔离密封，当加热完成的零件顶入顶冷室后也可以将下一炉零件放入前室排气，排气完成后进入加热室加热。零件在缓冷过程中，顶冷室设置顶冷室循环风扇，同

时顶冷室也通入保护气体，从保护气体入口对顶冷零件进行保护冷却。缓冷完成零件能够保证零件表面光洁，没有零件表面的氧化脱碳现象。若顶冷室外壳增加油或水循环，通过调节循环油或水的循环量可以改变缓冷零件的冷却速度，达到调节空冷零件冷却性能的目的，从而提高零件缓冷质量。

密封箱式周期炉的炉子密封，无论加热室、前室、顶冷室以及淬火油槽的密封均依靠外壳进行密封。炉子外壳采用普通结构钢焊接成型，由于外壳温度低容易保证炉壳的密封。在风扇轴采用可靠的密封装置，炉门的密封采取相应的措施，也就能够保证炉子的密封性，保证炉子气氛的稳定。

7.1.4　零件的热处理冷却

密封箱式周期炉的热处理冷却一般有油淬火冷却和缓慢冷却（空冷）两种。这两种冷却方式是在渗碳或加热淬火完成后进行的下一道工序。无论是淬火冷却还是缓慢冷却，要保证零件渗碳完成或加热淬火完成进入前室不会与氧化、脱碳性气氛接触。在前室必须保证炽热的零件进入前室后仍然在保护气氛保护状态下，这样无论淬火或缓慢冷却都能够保证零件处理完成，零件表面有一个光洁表面。

零件渗碳或加热淬火完成后进行淬火处理，淬火油对淬火质量有较大的影响。高质量的淬火油能够保证零件淬火质量得到很好的保证，冷却的均匀性更是保证淬火质量的关键。装炉量为1300 kg 的零件进行淬火冷却，冷却的均匀性显得非常的重要。通过选用合理的搅拌器能够保证淬火过程冷却的均匀。由图 7 - 1 所示可控气氛密封箱式周期炉系统可以看出，淬火冷却搅拌通过离心式搅拌器使淬火冷却油通过导流板流向淬火零件。导流板的作用是保证淬火油均匀地分布到需要淬火的零件各个部位，保证了淬火冷却过程的均匀性。

零件进行淬火时，一大筐炽热的零件淬入油中冷却，引起油温急剧升高。油温升高达到油的闪点燃点容易造成油的燃烧，油温太高也不利于零件的淬火冷却。在淬火冷却过程中要控制油温的急剧升高，油温仪表将油冷却器阀门开启对高温油进行冷却，确保零件淬火油温不会太高，确保零件的淬火质量。淬火时，油温太低不利于零件的淬火冷却，因此在油温低的情况下要对油进行加热确保零件淬火需要的油温。一般淬火油温维持在 80 ~ 120℃范围。油温过高不利于零件淬火冷却，甚至得到非马氏体组织；油温过低，流动性差，冷却效果差，也不利于零件的淬火冷却处理。要保持较理想的状态，油温升高时要及时将油温冷却下来，油温低时能够将油温升高到要求温度。淬火冷却过程的油搅拌和保证油温维持在理想状态是保证密封箱式周期炉淬火质量很重要的措施。

零件加热完成后进行缓慢冷却，升降机构将整筐零件顶到顶冷室内缓慢冷却。顶冷室内安装有气氛循环风扇，能够在完全密封的状态下对零件进行缓慢冷却。零件在顶冷室冷却过程中，顶冷室通入保护气氛对零件冷却过程进行保护冷却。在保护气氛状态进行冷却，得到光洁的热处理零件。顶冷室装有水冷或油冷却套，当进行零件缓冷时冷却套的冷却水或冷却油流经冷却套将顶冷室的热量带走，从而调整缓冷零件的冷却速度。通过调整冷却套冷却介质的流量可以调整零件的冷却速度，保证零件的冷却质量。

7.2　控制系统对质量的保证

密封箱式周期炉热处理零件质量的控制，重要的是零件热处理过程各项参数的控制。

热处理工艺参数的控制包括：炉子温度的控制、气氛碳势的控制、淬火油温的控制以及每一个时期各种参数记录分析等。各项工艺参数的控制要求精确、准确，才能保证得到高质量的热处理零件。其中某一参数控制出现大的误差将影响最终零件热处理质量。

7.2.1 温度控制

密封箱式周期炉的温度控制包括：加热室的温度控制、淬火油温度控制。零件热处理过程的温度控制关键是加热室温度控制。加热室温度的控制是决定零件热处理最终质量的重要因素。加热室温度的控制要求温度控制准确，控制精确度高，控制点能够代表零件加热的温度，代表零件加热温度场内温度的均匀准确。温度控制的准确性直接影响到密封箱式周期炉渗碳的质量，渗碳过程加热室温度波动 ±10℃ 将造成炉子气氛碳势波动 ±0.07%，控制温度波动愈小，零件渗碳时的碳势波动也就愈小；控制点代表温度场的均匀性愈小，零件渗碳层的均匀性愈高。采用 PID 调节的控制仪表能够保证炉子温度控制在小的范围波动；应用可控硅触发电路控制输送到加热器的功率，能够使加热室的温度在一个极小的范围内波动，从而提高加热室温度控制的精度。温度控制准确度高，控制精度提高，炉子温度波动小，减小了炉子气氛碳势的波动，从而提高零件渗碳层的质量。

炉子温度的准确性和温度场温度的均匀性决定于控制系统的控制特性和炉子加热器布置的合理性。图 7-4 示出一种密封箱式周期炉温度控制电路，温度控制电路中的 9 根电辐射管加热器的布置情况如图 7-2 所示。密封箱式周期炉的电热体是由炉子两侧炉墙插入的 9 根铸铁合金管（辐射管）进行加热。这 9 根电加热辐射管的接入为三相电源，每相 3 根加热器，采用三角形连接法（图 7-4 所示 *R*1 ~ *R*9）；总功率 150 kW，最大工作电流 225 A。9 根辐射管电加热体的加热功率，电流大小的控制，由可控硅进行控制，如图 7-4 所示 SCR1A、SCR1B、SCR3A、SCR3B。可控硅控制炉温电路采用的是两相可控硅控制三相电源的功率输出。控制相的每一相为两个可控硅成反并联接入，分别触发该相电源的正负半波。从而在加热体上得到全波的功率加热。可控硅触发电路对可控硅的触发采用的是过零触发，这就保证了触发波形的完整，起到交流调压的作用。可控硅的导通和关断由可控硅触发电路控制，触发电路接受炉温控制仪表的控制信号来决定可控硅的导通和关断，从而调节输出功率的大小。图 7-4 中 GPC 炉温控制电路采用两相可控硅控制三相电源的控制方法，之所以能够控制三相电源，是由于负载电热体采用三角形连接法；三角形连接的加热体相与相之间互为回路，这样可控硅控制的两相输出是可以从零到全导通线性控制调节。其中非可控硅控制的相电源由于与受控相电源构成一条回路，因而其电流也同步受控于另外两相电源的输出，从而达到可控硅控制两相电源实则控制三相电源的要求。通过调节控制相输入加热器的功率大小达到控制炉子温度准确精确的目的。

密封箱式周期炉加热炉子所用的可控硅要求能够承受大的功率输出，恒定的输出功率。图 7-4 所示密封箱式周期炉用可控硅额定电流为 350 A、耐压 1500 V。其可控硅触发电路应用的是 2Z 系列的可控硅触发电路。可控硅触发电路 2Z 系列控制器是一个零角导通（过零触发）控制电路，其特点是以一个可变的时间为基础的输出。触发电路可以为负载提供较为恒定的功率，较小的温度变化。触发电路提供恒定的功率输出，减少负载热振动从而提高加热体的寿命，减小炉子温度的波动。2Z 系列可控硅触发电路又具有优良的控制分辨率和快速响应。2Z 系列可控硅触发电路是属于可变时基状况下进行工作，因此具

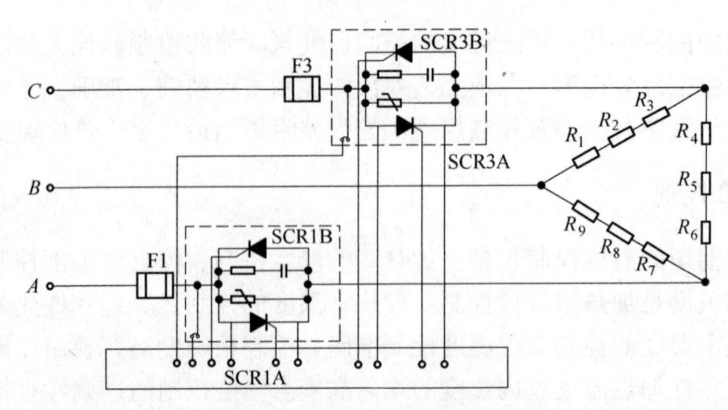

图 7-4　GPC 炉温控制电路

有高的控制精度。在控制电路上，为了保证炉子工作在完全正常状态，保证零件可控气氛热处理质量，可控硅控制装置还与炉顶循环风扇、柜内温度控制仪表及炉温超温仪表进行了互锁，保证只有在炉顶风扇运转状况下才能开启可控硅，确保炉内温度及气氛均匀，确保零件热处理过程炉温的准确性。炉子温度的保护电路在炉温因意外情况出现超温时，则自动断掉可控硅柜的空气开关，确保炉子内零件不会因超温造成零件质量出现问题。

7.2.2　气氛碳势控制

要保证零件渗碳质量就要求渗碳后得到均匀一致符合要求的渗碳层表面，渗碳层表层的碳的质量分数符合要求，有较平缓的碳质量分数梯度，达到要求的渗碳层深度，零件渗碳层深度、表面碳质量分数、碳质量分数梯度重现性好，零件热处理后表面光洁等。零件进行渗碳或进行加热淬火，加热室内气氛的碳势准确性、稳定性直接影响零件热处理质量。渗碳过程炉子气氛碳势过高，零件渗碳层表面形成网状碳化物将使零件寿命降低；气氛碳势太高渗碳层表面碳质量分数梯度太陡容易造成渗碳层表面的脱落，缩短零件使用寿命。渗碳过程加热室内气氛碳势太低，渗碳的速度降低，渗碳的时间延长，零件渗碳层表面碳质量分数太低不利于零件性能质量；炉子气氛碳势太低，渗碳时间长能源消耗大，生产周期增长。因此，加热室内渗碳气氛碳势的控制直接影响到零件的渗碳质量。对加热淬火的零件，炉内气氛碳势高于零件表面的碳含量，加热过程将造成零件表面的增碳，造成零件表面性能的改变；炉内气氛碳势低于零件表面碳含量，加热过程造成零件表面的脱碳现象，也将改变零件表面的性能。加热淬火过程的增碳或脱碳现象都会造成零件性能的改变。要保证零件加热过程不发生渗碳或脱碳现象，炉子内气氛碳势的控制必须准确、精确、稳定。

用可控气氛密封箱式周期炉进行渗碳，对炉子气氛碳势的控制有使用碳势控制仪、红外仪、露点仪、电阻仪等，其中使用较多、应用较好的是碳势控制仪控制气氛碳势；其次是使用红外仪控制气氛；露点仪、电阻仪控制气氛碳势使用较少。在要求较高和一些特定情况下使用碳势控制仪结合红外仪进行碳势控制。应用碳势控制仪控制碳势一般使用氧探头测定气氛氧势，氧探头测量气氛氧势值信号传送到碳势控制仪；碳势控制仪根据炉子测定点的温度和氧势信号进行计算得出炉子气氛碳势值；并将气氛碳势值显示出来。同时根据工艺设定碳势值与测定计算碳势值进行比较，输出信号调整气氛碳势。当使用吸热式气氛作为载气时，应用氧探头测定氧势、碳势控制仪控制气氛碳势，能够保证碳势控制的准确性。但是，当采用直渗式气氛进行渗碳或渗碳气氛中甲烷含量较高的情况下，单独使用氧探头测定氧势控制气氛碳势容易造成气氛碳势失控现象。在这种情况下，应采用联合控制的方法进行气氛碳势控制。应用氧探头测定气氛氧势，应用CO红外仪测定气氛CO值，将氧势值和CO的信号值以及测定点温度值同时传送到碳势控制仪进行计算得出的气氛碳势值才能准确反应气氛碳势，不易造成气氛碳势失控现象。密封箱式周期炉的气氛碳势控制，最好选用氧探头和红外仪联合测量气氛的方法进行气氛碳势控制，能够保证气氛碳势测定控制的准确性和精确性。

可控气氛密封箱式周期炉气氛的碳势控制决定了零件热处理质量，因此气氛碳势控制电路的设计直接影响对气氛碳势的控制。图7-5示出一种可控气氛密封箱式周期炉气氛控制电路。这条控制电路决定了炉子气氛的碳势的调整。当碳势控制仪表410INST测定炉子气氛碳势低于设定值时，控制仪表输出信号打开天然气阀通入天然气，使炉子气氛碳势升高。当气氛碳势高于设定值时，碳势控制仪表410INST输出信号打开空气输入阀，通入空气使气氛碳势降低；这样有效地调整炉子气氛碳势。由于应用吸热式气氛和天然气，这两种气体在使用过程很容易发生爆炸情况，在使用过程还必须保证炉子运行的安全性。图7-5中可以看到，当炉温高于760℃时，且满足"淬火油正常"、"淬火升降台下"、"火帘继电器开"，线路361支路通，这时能够打开手动复位阀MRSV。当打开手动复位阀MRSV后，线路360自保，手动复位阀开启，从气体发生器产生的吸热式气氛通过手动复位阀进入炉内，其流量可以通过流量调节装置进行调节。通入炉内吸热式气氛流量调节好后应固定在一定值上，避免不断地调整流量引起气氛的波动。若制备的吸热式气氛的碳势远低于零件材料碳含量，通过线路363天然气添加阀添加天然气，使气氛碳势基本固定在一定范围内。电器控制线路360自保后，对炉内气氛是否实现碳势的控制，是否向密封箱式周期炉内通入富化气或稀释气就决定于碳势控制仪表410INST。当炉子气氛碳势低于设定值，碳势控制仪打开富化气阀门向炉内通入富化气；当炉内气氛碳势高于设定值，碳势控制仪打开稀释气电磁阀向炉内通入稀释气。密封箱式周期炉生产的每炉零件渗碳的工艺不同，工艺过程每个时期的碳势要求也不同，碳势的调整通过进入炉内的富化气和稀释气的通入量调整。从图7-5中可以看到，当手动复位阀MRSV打开后，碳势控制仪（碳势控制410INST）点得电。当炉温达到工艺要求后，由炉内氧探头所测得的实际碳势与碳控仪设

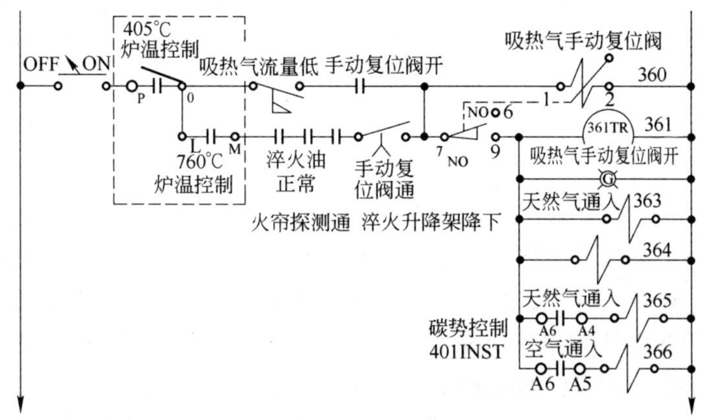

图7-5 密封箱式周期炉气氛控制电路

定碳势相比较，由碳控仪输出信号；当炉内碳势低于设定值时，碳势控制仪表 410INST 仪表打开天然气通入添加阀，线路 365 导通，天然气进入炉内碳势升高。当碳势控制仪表 410INST 测得碳势高于设定值时，关闭天然气通入添加阀，打开空气通入添加阀，线路 366 导通，空气进入炉内气氛碳势降低。这样达到了调节炉内气氛碳势的目的。对于不同的炉子气氛碳势，通过修改设定值碳势，达到控制不同碳势的目的。

碳势控制仪表对炉子气氛碳势调节采用 PID 调节方式。所谓 PID 调节方式就是比例（P）、积分（I）、微分（D）的调节规律输出信号电流，通过控制阀门开启时间的长短控制添加气氛（富化气或稀释气）供给炉子气氛的多少。气氛碳势测定值与仪表设定值偏差愈大，添加气氛阀门开启的时间就长，进入的添加气氛就多；气氛碳势测定值与仪表设定值偏差愈小，添加阀门开启的时间就短，进入的添加气氛就少。这样能够将气氛碳势相对稳定在要求范围之内，使气氛的碳势在一个极小的范围波动。气氛碳势有效的控制，保证零件渗碳或加热淬火表面质量能够达到较高的质量水平。

7.2.3　淬火油温的控制

渗碳或加热完成，最后的淬火是保证前期处理过程很重要的一步。淬火后要求得到高的淬火质量，均匀的硬度、小的变形、小的硬度波动、光洁的表面。要达到这些要求，除了淬火油的选用之外，淬火油温的控制直接影响淬火质量。淬火油温的控制主要是保证零件淬火过程有一个合理的冷却过程，保证零件淬火得到高的质量。零件淬火时淬火油的温度低，油的流动性差，冷却能力低，对淬火不利；油的温度太高，容易造成油的燃烧，也容易出现非马氏体组织，对淬火也不利。油温的控制保证油在淬火零件时能够有一个合理的淬火油温。要保证淬火油温，应配备油加热器和油冷却器。当进行零件淬火时，油温控制在要求范围内。油温低于要求值时，油温仪表开启油加热器将温度升高到要求温度；当温度高于要求值时，油温仪表开启油冷却器对油进行冷却，保证油温在控制范围内。对于不同材料的热处理零件选用不同淬火油温。通过控制淬火油温减小零件的淬火变形，提高零件的淬火质量。

7.2.4　计算机监控

计算机在热处理中能够解决许多热处理问题。通过计算机能够进行热处理工艺的编制，工艺程序优化设计，热处理工艺参数的优化，热处理过程的模拟，热处理参数优化的模拟，渗碳工艺计算机模拟，工艺过程的控制等。

计算机在可控气氛密封箱式周期炉中的作用是：可控气氛密封箱式周期炉的监控，控制炉子的各项参数，实现人机对话，保证零件热处理质量，保证炉子正常运转。计算机在密封箱式周期炉中的应用，还起到实现人机对话、炉子控制各种参数的记录统计分析、工艺的制定、热处理工艺过程的模拟、实现设备的群控、实现设备的无人自动操作、热处理过程参数的监控、设备运行步骤的监控、设备故障报警、故障记录、故障点的指示等。对于密封箱式周期炉的热处理零件质量控制，计算机的作用是实现热处理工艺的最优化处理、工艺的制定和热处理过程的模拟以及热处理过程各种参数的控制、记录、统计分析，确保热处理零件达到高的质量。图 5 - 29 示出一条密封箱式周期炉生产线使用的计算机、可编程控制器和仪表的通讯情况。图 5 - 29 可见，计算机作为上位机将工艺的各项参数、指令传送到下位机——可编程控制器（简称 PLC）；再通过可编程控制器传送到各台仪器仪表。同时可编程控制器对各台设备的机械传动下达指令。仪器仪表和设备机械动作运行状况的参数通过可编程控制器传送到计算机。计算机将传送回来的数据进行记录、分析并传送出相应的指令保证设备正常运行，保证热处理过程零件的质量。计算机记录设备仪器仪表传送回来的实时数据进行分类保存，并且不能人为地进行改动，确保实时数据的真实性和准确性。计算机记录炉子温度、碳势、淬火油温、可控硅输出比率、超温状况、断电情况、淬火油位、传动机构传送故障情况等。通过对计算机记录设备运行状况的详细记录，能够准确地分析零件热处理过程质量状况。通过生产过程设备运行状况分析零件热处理可能出现的质量原因。通过对零件热处理过程的记录确保零件热处理质量达到规定要求。这样计算机的记录成为零件热处理的质量保障体系重要的环节。

7.3 工艺规范

密封箱式周期炉的热处理零件的质量控制要求有好的热处理设备、可靠的控制系统、高质量的供气系统还必须有适应设备的可控气氛热处理工艺和与之配套的热处理工艺规范、操作规程。合理的工艺是保证零件热处理过程的重要手段。图 7 - 6 示出密封箱式周期炉的一个典型工艺曲线。该工艺是生产 D85 推土机变速箱的一种齿轮的热处理工艺。齿轮制造使用的材料是：20CrMnTi。工艺要求渗碳层深度 1.6 ~ 2.1 mm；渗碳表面硬度 HRC58 ~ 64；心部硬度 HRC33 ~ 48。

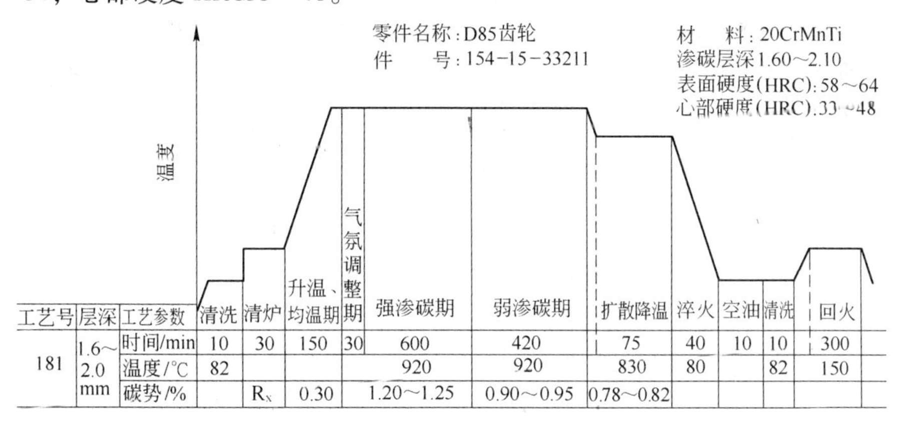

工艺号	层深	工艺参数	清洗	清炉	升温、均温期	气氛调整期	强渗碳期	弱渗碳期	扩散降温	淬火	空油	清洗	回火
181	1.6～2.0 mm	时间/min	10	30	150	30	600	420	75	40	10	10	300
		温度/℃	82				920	920	830	80		82	150
		碳势/%		R_x	0.30		1.20～1.25	0.90～0.95	0.78～0.82				

图 7 - 6　可控气氛密封箱式周期炉工艺曲线

图 7 - 6 所示 D85 齿轮渗碳热处理工艺曲线，零件首先要求进行清洗。零件进行清洗的目的是保证零件进入炉内有一个清洁的表面，清除零件因为机加工造成表面的油污，这样有利于零件渗碳过程的进行。进入加热室以后，炉子升温、均温期应用了 150 min，此时炉子气氛碳势控制在 0.30%。其目的是保证零件各个部位温度达到渗碳温度，保证零件渗碳后得到均匀一致的渗碳层表面。升温、均温期完成进入气氛调整时期 30 min，在 30 min 时间内炉内碳势要保证达到渗碳气氛碳势。从工艺要求知道，D85 齿轮渗碳层深度较深。渗碳使用温度 920℃；渗碳过程强渗碳期气氛碳势 1.25%，是因为 20CrMnTi 钢在温度 920℃时不会产生炭黑，但是当气氛碳势上升到 1.30% 时则有少量的炭黑析出。炭黑的析出附着在零件上将造成零件渗碳速度的降低，影响零件的渗碳均匀性。析出的炭黑附着在氧探头上将影响氧探头测量的精度，对炉子气氛碳势测定不利。要保证零件渗碳过程

强渗碳期有快的渗碳速度，均匀的渗碳层，在工艺制定过程必须保证零件材料在指定温度条件下气氛不会析出炭黑。在强渗碳 600 min 后，零件表面层达到一定的深度和一定的质量分数，渗碳层深度已接近渗碳要求深度的中限范围。若长时间高碳势渗碳将造成零件表面渗碳层碳质量分数过高。这时，进入弱渗碳时期；弱渗碳时期温度仍然是 920℃，碳势 0.9% ~0.95%，弱渗碳 420 min。弱渗碳时期对于零件质量的作用是降低零件在强渗碳期在渗碳层表面形成高碳质量分数层，同时碳进一步渗入零件内部得到较平缓的要求深度的渗碳层。通过弱渗碳期碳的扩散，零件表面渗碳层质量分数梯度得到很好的改善，形成一个较为平缓的碳质量分数梯度表面层。紧接着进入扩散降温期，扩散降温时期一方面是为零件进行淬火处理做好组织准备；另一方面是改善零件表面层的碳质量分数状况。扩散降温期完成进行淬火、清洗回火处理。D85 齿轮完成整个渗碳淬火工艺过程，得到较高质量的渗碳淬火齿轮。

图 7-6 为可控气氛密封箱式周期炉工艺曲线是应用于 20CrMnTi 钢制造齿轮的渗碳淬火工艺曲线。对于其他材料，例如，20CrNiMo、20CrMnMo、23SiMn2Mo、20Cr、12CrNi2A 等材料制造的零件采用该工艺则不一定能达到高的渗碳淬火质量。长时间零件处于高温状态，材料内部组织将长大，直接淬火处理的结果将得到粗大的马氏体组织。要改善零件最终淬火质量，渗碳完成后必须进行缓慢冷却，重新加热淬火。如图 7-1 所示密封箱式周期炉系统中炉子可以在炉子内完成渗碳后缓慢冷却重新加热淬火工艺，确保零件渗碳淬火质量。如图 7-8 所示的工艺曲线，零件渗碳完成后增加从加热室进入顶冷室的缓慢冷却过程。当零件在顶冷室冷却到材料 Ar_1 以下温度再进入加热室进行淬火加热，这样能够得到较理想的高质量的渗碳淬火零件。对于不同材料制造的零件要采取不同的工艺方法进行渗碳淬火处理，才能得到高质量的热处理零件。

7.4　可控气氛密封箱式周期炉的操作控制

可控气氛密封箱式周期炉有良好的零件热处理质量保证体系，但是如果操作不当也不能生产高质量的热处理零件。尤其是炉子的调试和关键工艺参数的调整，直接影响零件热处理零件质量。对零件热处理质量将产生影响的操作包括：密封箱式周期炉载气供应质量的调整，炉子气氛碳势添加气富化气、稀释气的调整，炉子气氛准确性监测鉴定以及碳势控制仪表偏差值的修正等。

7.4.1　气氛的操作控制

可控气氛密封箱式周期炉的载气种类很多，应用较多的是吸热式气氛。吸热式气氛使用在密封箱式周期炉的载气成分质量稳定，供气均匀，是作为可控零件气氛热处理载气的首选气氛。吸热式气氛作为载气通入加热室后，通过碳势控制仪表控制调整炉子气氛碳势。如果通入加热室的吸热式气氛成分不稳定，将造成仪表对加热室气氛碳势控制的困难，造成加热室控制气氛碳势的不稳定。加热室气氛碳势的不稳定直接影响零件热处理质量，使零件质量出现波动，造成零件渗碳淬火质量重现性降低，不能完全保证零件得到高的热处理零件质量。要保证零件在渗碳或加热淬火后得到高质量的零件，供给加热室的载气质量必须稳定均匀。

使用吸热式气氛作为载气，吸热式气氛发生器多用 CO_2 红外仪进行气氛控制。也有应用氧探头碳势控制仪、露点仪控制气氛。无论使用何种控制仪器仪表进行气氛的控制，一般都是通过调整通入原料气和空气的通入比例来调整吸热式气氛的成分。图7-7示出一种吸热式发生器原理图。吸热式气氛的制备使用天然气和空气混合产生吸热式气氛。图7-7为吸热式气氛发生器的气氛控制是应用CO_2红外仪控制进入的天然气和空气的比例达到控制吸热式气氛成分的目的。天然气和空气进入吸热器的混合比例通过调整空气进入量达到调整混合比例得到一定成分的吸热式气氛。一般天然气通过减压，然后通过零压阀使天然气压力和空气进口压力相等。空气与天然气混合，一般通过三路供给吸热器：第一路通过一个孔板阀作为一个固定空气供给量供应发生器；第二路通过一个手动调节阀供给发生器，这一路空气的进入量依靠人工调节；第三路通过马达阀调节，马达阀的开启关闭信号来自CO_2红外仪控制仪表。孔板阀开孔的大小决定于发生器最小产气量，保证在最小产气量时马达阀能够很好准确地调整气氛达到要求成分。手动调节阀的大小决定于要求最小产气量和最大产气量需要空气量。通过调整手动调节阀使发生器制备的吸热式气氛在要求成分范围，马达阀作用是对气氛成分进行微量调节。在进行操作过程，手动调节阀的调节直接影响气氛成分的波动大小。手动调节阀调节供给空气越接近吸热式气氛要求空气量，仪表对马达阀的调节频繁度也就小，制备吸热式气氛成分的稳定性也就越高。因此，操作过程要求一定气氛成分，不同的产气量通过手动调节阀的调节接近于要求气氛成分的空气需求量，控制仪表调节马达阀微调空气供给量，这样能够保证发生器制备高质量、成分稳定的吸热式气氛。

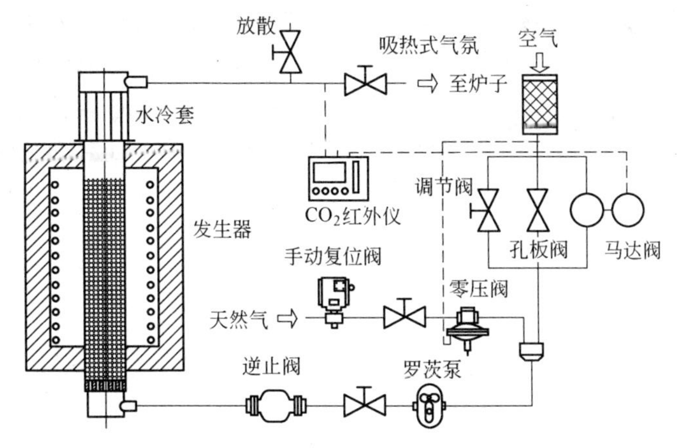

图7-7 吸热式气氛发生器原理图

保证发生器供给成分稳定、高质量的吸热式气氛，并不代表密封箱式周期炉加热室就得到理想的碳势。密封箱式周期炉的碳势要稳定、高质量，要依靠精心操作才能保证。碳势控制仪对加热室碳势进行PID调控，能够将碳势控制在一定范围内。但是要保证加热室气氛碳势相对稳定和很小的波动还得对流入炉内的气体进行调控。进入加热室的气体包括：载气（吸热式气氛或其他气氛）、富化气、稀释气。载气在调整好后不会发生变动，保持恒定的通入量。气氛的碳势调节主要是富化气和稀释气的调节。富化气、稀释气通入直接影响加热室气氛碳势的波动情况。若富化气和稀释气调节的电动阀门是位式电磁阀，则富化气和稀释气流量剂流量的调整对气氛碳势的波动将会产生很大的影响。一般情况富化气的添加，一路手动调节流量；另一路由碳势控制仪表调节。手动调节流量将炉子气氛碳势调节到接近要求气氛碳势，然后由控制仪表通过 PID 调节气氛碳势。手动调节流量越接近要求气氛碳势，控制仪表调节波动的范围越小，气氛碳势的波动也就越小，气氛控制的质量也就越高。如果手动调节的气体流量远离要求供给气体流量，则依靠仪表控制进行调节就容易造成气氛碳势有较大的波动。因此手动调节气体流量直接影响炉内气氛碳势的质量。高质量、稳定的碳势控制就能够保证生产高质量的热处理零件。

7.4.2　控制仪表偏差值的调整

控制仪表是炉子控制很重要的一部分，是保证零件质量的关键。保证仪器仪表控制的准确性、精确性是保证零件质量的重要保障。热处理过程的温度、气氛在仪器仪表的控制下正确、准确地反映出来，保证仪器仪表的准确、正确、精确，直接反映炉子温度、气氛的准确、正确。控制仪表在热处理过程长期使用，炉子状况、仪器仪表的状态将发生变化，这时应对仪器仪表进行定期的校正。温度控制仪表要求校对仪表测温的准确性，正确性，一般每月最少应进行一次校正。气氛控制仪表要求校对气氛成分的碳势控制的正确、准确性。吸热式气氛成分的稳定依靠红外仪，炉子气氛成分碳势的稳定依靠碳势控制仪表。控制仪表控制的准确度直接影响气氛成分的稳定。控制仪表在使用一段时间后仪表的测控将发生一定的偏差，这时要对仪表进行偏差的校正。无论是温度控制仪表、热电偶，氧探头碳势控制仪表、红外仪、露点仪还是电阻碳势仪在使用过程都要进行仪表的校正，确保仪表指示控制的准确性和精确性。仪表在检测温度、气氛一段时间以后，测量的准确度和精确性就会发生一定的偏差。这主要是由于炉子的状况有可能发生了变化，或是工作环境发生了变化以及仪表的变化造成偏差的出现。因此使用一段时间后必须进行仪器仪表的校正，碳势控制仪表准确性的校正，最好能够每周进行一次定碳校正。仪表偏差的校正可以通过标准仪表对温度仪表、热电偶进行校正，通过对炉子气氛的定碳对氧探头碳势控制仪表进行校正，对于红外仪可以使用标准气体进行校正等方式，校正仪表的准确性和正确性以及仪表的灵敏程度。

附　　录

附表1　在不同温度捷姆金方程式中的M_0、M_1、M_2、M_{-2}参数变化的值

温度/℃	绝对温度/K	T^{-1}	M_0	M_1	M_2	M_{-2}
0	273.16	3.6609×10^{-3}	0.0040	0.0011×10^{3}	0.0003×10^{6}	0.0047×10^{-5}
25	298.16	3.3539×10^{-3}	0.0000	0.0000×10^{3}	0.0000×10^{6}	0.0000×10^{-5}
50	323.16	3.0944×10^{-3}	0.0032	0.0010×10^{3}	0.0003×10^{6}	0.0034×10^{-5}
100	373.16	2.6798×10^{-3}	0.0234	0.0075×10^{3}	0.0024×10^{6}	0.0227×10^{-5}
150	423.16	2.3631×10^{-3}	0.0547	0.0185×10^{3}	0.0063×10^{6}	0.0491×10^{-5}
200	473.16	2.1134×10^{-3}	0.0919	0.0324×10^{3}	0.0115×10^{6}	0.0789×10^{-5}
250	523.16	1.9115×10^{-3}	0.1322	0.0484×10^{3}	0.0180×10^{6}	0.1040×10^{-5}
300	573.16	1.7447×10^{-3}	0.1737	0.0660×10^{3}	0.0257×10^{6}	0.1295×10^{-5}
350	623.16	1.6047×10^{-3}	0.2156	0.0858×10^{3}	0.0344×10^{6}	0.1560×10^{-5}
400	673.16	1.4855×10^{-3}	0.2573	0.1044×10^{3}	0.0442×10^{6}	0.1745×10^{-5}
450	723.16	1.3828×10^{-3}	0.3006	0.1249×10^{3}	0.0549×10^{6}	0.1943×10^{-5}
500	773.16	1.2934×10^{-3}	0.3385	0.1459×10^{3}	0.0666×10^{6}	0.2123×10^{-5}
550	823.16	1.2148×10^{-3}	0.3777	0.1674×10^{3}	0.0792×10^{6}	0.2288×10^{-5}
600	873.16	1.1453×10^{-3}	0.4160	0.1893×10^{3}	0.0927×10^{6}	0.2439×10^{-5}
650	923.16	1.0332×10^{-3}	0.4532	0.2116×10^{3}	0.1072×10^{6}	0.2578×10^{-5}
700	973.16	1.0275×10^{-3}	0.4893	0.2341×10^{3}	0.1225×10^{6}	0.2706×10^{-5}
750	1023.16	0.97736×10^{-3}	0.5254	0.2569×10^{3}	0.1387×10^{6}	0.2824×10^{-5}
800	1073.16	0.93183×10^{-3}	0.5586	0.2798×10^{3}	0.1557×10^{6}	0.2933×10^{-5}
850	1123.16	0.89034×10^{-3}	0.5917	0.3030×10^{3}	0.1737×10^{6}	0.3035×10^{-5}

续附表1

温度/℃	绝对温度/K	T^{-1}	M_0	M_1	M_2	M_{-2}
900	1173.16	0.85240×10^{-3}	0.6240	0.3263×10^{3}	0.1925×10^{6}	0.3129×10^{-5}
950	1223.16	0.81756×10^{-3}	0.6552	0.3498×10^{3}	0.2121×10^{6}	0.3216×10^{-5}
1000	1273.16	0.78545×10^{-3}	0.6858	0.3733×10^{3}	0.2326×10^{6}	0.3299×10^{-5}
1050	1323.16	0.75577×10^{-3}	0.7155	0.3970×10^{3}	0.2540×10^{6}	0.3375×10^{-5}
1100	1373.16	0.72825×10^{-3}	0.7444	0.4208×10^{3}	0.2762×10^{6}	0.3447×10^{-5}
1150	1423.16	0.70266×10^{-3}	0.7725	0.4446×10^{3}	0.2993×10^{6}	0.3514×10^{-5}
1200	1473.16	0.67881×10^{-3}	0.7999	0.4686×10^{3}	0.3232×10^{6}	0.3578×10^{-5}
1250	1523.16	0.65653×10^{-3}	0.8267	0.4926×10^{3}	0.3480×10^{6}	0.3638×10^{-5}
1300	1573.16	0.63566×10^{3}	0.8527	0.5167×10^{3}	0.3736×10^{6}	0.3694×10^{-5}
1350	1623.16	0.61608×10^{-3}	0.8782	0.5408×10^{3}	0.4001×10^{6}	0.3748×10^{-5}
1400	1673.16	0.59766×10^{-3}	0.9031	0.5650×10^{3}	0.4274×10^{6}	0.3798×10^{-5}
1450	1723.16	0.58033×10^{-3}	0.9272	0.5892×10^{3}	0.4556×10^{6}	0.3846×10^{-5}
1500	1773.16	0.56396×10^{-3}	0.9510	0.6135×10^{3}	0.4845×10^{6}	0.3892×10^{-5}
1550	1823.16	0.54850×10^{-3}	0.9732	0.6378×10^{3}	0.5144×10^{6}	0.3935×10^{-5}
1600	1873.16	0.53386×10^{-3}	0.9968	0.6622×10^{3}	0.5459×10^{6}	0.3976×10^{-5}
1650	1923.16	0.51998×10^{-3}	1.0168	0.6865×10^{3}	0.5786×10^{6}	0.4016×10^{-5}
1700	1973.16	0.50680×10^{-3}	1.0408	0.7110×10^{3}	0.6689×10^{6}	0.4053×10^{-5}
1750	2023.16	0.49428×10^{-3}	1.0598	0.7354×10^{3}	0.6421×10^{6}	0.4089×10^{-5}
1800	2073.16	0.48236×10^{-3}	1.0830	0.7599×10^{3}	0.6761×10^{6}	0.4123×10^{-5}
1850	2123.16	0.47100×10^{-3}	1.1034	0.7844×10^{3}	0.7710×10^{6}	0.4156×10^{-5}
1900	2173.16	0.46016×10^{-3}	1.1235	0.8089×10^{3}	0.7467×10^{6}	0.4187×10^{-5}
1950	2223.16	0.44981×10^{-3}	1.1432	0.8334×10^{3}	0.7833×10^{6}	0.4217×10^{-5}
2000	2273.16	0.43992×10^{-3}	1.1616	0.8580×10^{3}	0.8206×10^{6}	0.4246×10^{-5}

附表2　元素及单质的热力学函数表

物　质	热　容							ΔH_{298} /J·mol^{-1}	ΔZ_{298} /J·mol^{-1}	S^{Θ}_{298} /J·(K·mol)$^{-1}$
	方程式 $C_P=\phi(T)$ 的函数/J				可用温度范围/K	误差/%	C_{P298}/J·(K·mol)$^{-1}$			
	a	b	C'	C						
$Ag_{(固)}$	23.951	5.279×10^{-3}	-0.250×10^{5}		273~1234	0.5	25.464	0	0	42.661
$Al_{(固)}$	20.649	12.372×10^{-3}			273~931.7	0.5	24.315	0	0	28.256
$As_{(固)}$	21.861	9.279×10^{-3}			298~1100	3	24.954	0	0	35.112
$As_{2(气)}$							34.969	123.728	73.15	239.514
$Au_{(固)}$	23.658	5.183×10^{-3}			298~1336	0.5	25.205	0	0	47.317
$B_{(固)}$	6.437	18.392×10^{-3}			298~1200	3	11.954	0	0	6.520
$Ba_{(固)}$							26.334	0	0	0
$Be_{(固)}$	14.212	12.122×10^{-3}			273~1173	1	17.806	0	0	9.530
$Bi_{(固)}$	18.768	22.572×10^{-3}			298~544	1	25.498	0	0	56.848
$Br_{(气)}$	20.774						20.766	111.647	82.304	174.744
$Br_{2(气)}$	35.207	4.069×10^{-3}		-1.483×10^{-6}	300~1500	0.71②	35.948	30.681	3.139	245.111
$Br_{2(液)}$							35.53	0	0	152.152
$C_{(固)金刚石}$	9.112	13.208×10^{-3}	-6.186×10^{5}		298~1200	2.5	6.056	1.894	2.8633	2.436
$C_{(固)石墨}$	17.138	4.263×10^{-3}	-8.778×10^{5}		298~2300	1	8.635	0	0	5.688
$Ca-a_{(固)}$	21.903	14.63×10^{-3}			298~673	1	26.250	0	0	33.231
$Cd-a_{(固)}$	22.822	10.307×10^{-3}			273~594	3	25.874	0	0	51.414
$Ce_{(固)}$	18.392	25.08×10^{-3}			298~800		25.874	0	0	57.684
$Cl_{(气)}$	20.774						20.774	121.270	105.302	164.930
$Cl_{2(气)}$	36.867	0.250×10^{-3}	-2.842×10^{5}		298~3000		33.899	0	0	222.735
$Co_{(固)}$	19.729	17.974×10^{-3}			298~718	1	25.539	0	0	28.424
	24.411	9.8648×10^{-3}	-3.678×10^{5}		298~1823	2	23.324	0	0	23.742

续附表 2

物　质	热　容							ΔH_{298} /J · mol^{-1}	ΔZ_{298} /J · mol^{-1}	$S^{\ominus}_{298}$ /J · (K · mol)$^{-1}$
	方程式 $C_P = \phi\ (T)$ 的函数/J				可用温度范围/K	误差/%	C_{P298}/J · (K · mol)$^{-1}$			
	a	b	C'	C						
Cs (固)	22.613	6.27×10^{-3}			298 ~ 1357	0.5	24.444			33.272
Cu (固)	20.766						20.766	221.464	206.316	123.126
F (气)	34.652	1.839×10^{-3}	-3.344×10^{5}		273 ~ 2000	1.0	31.433			203.148
F_2 (气)	14.086	29.678×10^{-3}	-1.797×10^{5}		273 ~ 1033	1	25.205			27.128
Fe - α (固)	23.826	1.045×10^{-3}	-0.543×10^{5}		100 ~ 302.9	0.5	26.543			42.636
Ga (固)	19.311	9.488×10^{-3}			273 ~ 713	5	26.083			42.385
Ge (固)	20.770						20.774	217.769	203.064	114.490
H (气)	29.038	-0.835×10^{-3}		2.009×10^{-6}	300 ~ 1500	0.49①	28.808			130.462
H_2 (气)	29.222	-1.145×10^{-3}		2.499×10^{-6}	298 ~ 1500	0.47①	29.176	0.154	-1.634	143.545
Hd (气)							25.707			54.758
Hf (固)	27.629				273 ~ 634	1	27.797			77.33
Hg (液)							20.766	106.514	70.081	180.509
I (气)	40.086	49.742×10^{-3}			298 ~ 386.8	1	13.1252			116.622
I_2 (固)	37.160				456 ~ 1500	1	36.8258	62.190	19.353	260.330
I_2 (气)	24.285	10.45×10^{-3}			273 ~ 429.5	1	27.379			52.25
In (固)	25.247	13.041×10^{-3}			298 ~ 336.6	1	29.1346			63.536
K (固)	13.794	34.276×10^{-3}			273 ~ 459	2	23.617			28.006
Li (固)	25.665	6.27×10^{-3}	-3.260×10^{5}		298 ~ 923	1	23.867			32.478
Mg (固)	23.826	14.128×10^{-3}	-1.588×10^{5}		298 ~ 1000	1	26.292			31.726
Mnα (固)	22.906	5.434×10^{-3}			298 ~ 1800	0.5	23.449			28.549

续附表2

物　质	热　容							ΔH_{298} /J·mol^{-1}	ΔZ_{298} /J·mol^{-1}	$S^{\ominus}_{298}$ /J·(K·mol)$^{-1}$
	方程式 $C_P=\phi(T)$ 的函数/J				可用温度范围/K	误差/%	C_{P298}/J·(K·mol)$^{-1}$			
	a	b	C'	C						
Mo(固)							20.745	357.661	340.548	153.2012
N(气)	27.838	4.263×10^{-3}			298~2500	1	29.092			191.3061
N_2(气)	20.9	22.404×10^{-3}			298~371	1	28.382			50.996
Na(固)	16.970	29.427×10^{-3}			298~633	0.5	25.748			29.761
Niα(固)	25.08	7.524×10^{-3}			633~1725	0.5				
Niβ(固)	36.127	0.844×10^{-3}	-4.305×10^{5}		298~1500	0.13①	29.331			204.832
O_2(气)	34.192	2.482×10^{-3}	-12.42×10^{5}		600~3000	0.5	29.331			204.832
O_2(气)	41.214	10.282×10^{-3}	5.517×10^{5}		298~2000	1	38.164	142.12	163.270	238.552
O_3(气)	23.784	3.678×10^{-3}			298~1900	0.5	24.662			32.604
Os(固)	23.199				273~317	5	23.199			44.308
P(固)黄磷	19.813	16.302×10^{-3}			298~800	5	23.199	−18.392	8.36	63.118
P(固)赤磷	20.774						20.766	314.252	278.847	162.936
P(气)	36.152	0.8443×10^{-3}	-4.305×10^{5}		298~1500	0.13①	31.893	141.367	102.828	217.903
P_2(气)	80.548	2.09×10^{-3}	-12.43×10^{5}			0.18①	6.688	54.841	24.327	279.642
P_4(气)	25.790	6.688×10^{-3}			273~600.5	1	26.793	0	0	64.8318
Pb(固)	24.244	5.768×10^{-3}			298~1828	0.5	26.334	0	0	37.202
Pd(固)	23.993	5.601×10^{-3}	4.598×10^{5}		298~1800	0.5	26.543	0	0	41.8
Pt(固)	13.668	54.758×10^{-3}			273~312.1	2	30.3886	0	0	69.388
Rb(固)	14.880	29.092×10^{-3}			368.6~392	0.5	23.617	0.296	0.096	32.520
S(固)单斜晶	14.964	26.083×10^{-3}			298~368.6	0.5	22.572	0	0	31.851
S(固)斜方晶	35.697	1.170×10^{-3}	-3.302×10^{5}		298~2000	0.5	23.617	222.585	182.122	167.553
S(气)	35.697	1.1704×10^{-3}	-3.302×10^{5}		298~2000	0.5	36.240	129.663	80.883	227.433

续附表2

物质	热容							ΔH_{298} /J·mol^{-1}	ΔZ_{298} /J·mol^{-1}	$S^{\ominus}_{298}$ /J·(K·mol)$^{-1}$
	方程式 $C_P=\phi(T)$ 的函数/J				可用温度范围/K	误差/%	C_{P298}/J·(K·mol)$^{-1}$			
	a	b	C'	C						
$S_{2(气)}$	23.031	7.273×10^{-3}			298~903	1	25.414	0	0	43.89
$Sb_{(固)}$	18.935	22.99×10^{-3}			273~490	2	25.330	0	0	42.427
$Se_{(固)}$							20.766	202.186	162.058	176.437
$Se_{(气)}$							35.300	138.525	88.407	251.719
$Se_{2(气)}$	23.203	3.672×10^{-3}	-3.792×10^{5}		298~1600		20.160	0	0	18.684
$Si_{(固)}$	18.475	28.424×10^{-3}			298~505	1	26.334	0	0	51.414
$Sn_{(固)白锡}$							25.7488	2.508	4.598	44.726
$Sn_{(固)灰锡}$	36.366	0.668×10^{-3}	-3.093×10^{5}		298~2000	0.5	25.08	0	0	54.34
$Sr_{(固)}$	23.784	6.27×10^{-3}			298~600	3	25.707	0	0	49.658
$Te_{(固)}$	26.752	12.790×10^{-3}	1.463×10^{5}		298~1500	3	32.186	0	0	56.848
$Th_{(固)}$	21.945	10.533×10^{-3}	-18.09×10^{5}		298~1150	3	25.1218	0	0	30.263
$Ti_{(固)}$	21.986	14.462×10^{-3}			298~505.5	1	26.543	0	0	64.372
$Ti-u_{(固)}$	14.170	33.523×10^{-3}	2.926×10^{5}		298~935	0.5	27.4626	0	0	50.284
$U-u_{(固)}$	22.572	8.736×10^{-3}	-0.635×10^{5}		273~1828	1.5	24.453	0	0	29.469
$V_{(固)}$	23.993	3.176×10^{-3}			298~2000	0.5	24.954	0	0	33.44
$W_{(固)}$	22.363	10.032×10^{-3}			298~692.7	0.5	25.038	0	0	41.591
$Zn_{(固)}$	17.806	17.305×10^{-3}	2.340×10^{5}		298~900	3	25.857	0	0	38.832
$Zr_{(固)}$							0	0	0	0

① 最大误差：平均误差大约比最大误差小一半；

② 本表也包括某些离子的标准生成热、等压位以及熵的数值。

附表 3　无机物的热力学函数表

物　质	热　容							ΔH_{298} /J·mol^{-1}	ΔZ_{298} /J·mol^{-1}	$S^{\ominus}_{298}$ /J·(K·mol)$^{-1}$
	方程式 $C_P=\phi(T)$ 的函数/J				可用温度范围/K	误差/%	C_{P298}/J·(K·mol)$^{-1}$			
	a	b	C'	C						
$AgBr_{(固)}$	33.1474	64.372×10^{-3}			298～703	5	52.333	−99.400	−95.8474	107.008
$AgCl_{(固)}$	62.1984	4.18×10^{-3}	11.286×10^{5}		298～728	1	50.745	−126.913	−109.616	96.0146
$AgF_{(固)}$								−202.73	−184.756	83.6
$AgI_{(固)}$	24.327	100.73×10^{-3}			298～423	5	54.381	−62.323	−66.253	114.114
$AgNO_{3(固)}$	78.709	66.88×10^{-3}			273～433	2	92.963	−123.017	−7.0642	161.682
$Ag_2CO_{2(固)}$							112.024	−505.655	−436.726	167.2
$Ag_2O_{(固)}$							65.500	−30.539	−10.809	121.596
$Ag_2SO_{4(固)}$	91.124				448～597	5	131.252	−712.69	−615.171	199.804
$AlOI_{2(固)}$	55.385	117.04×10^{-3}			273～465.6	2	89.034	−694.716	−636.196	167.2
$Al_2O_3\cdot SiO_{2(固)}$蓝晶石	189.437	9.781×10^{-3}	-35.404×10^{5}		298～1700	2	121.638	0	0	83.683
$Al_2O_3\cdot SiO_{3(固)}$硅线石	167.576	12.247×10^{-3}	-66.88×10^{5}		298～1600	2	127.281	−2712.4	−2570.7	112.86
$3Al_2O_3\cdot 2SiO_{2(固)}$莫来石	365.959	62.532×10^{-3}	-42.343×10^{5}		298～1100	0.5	259.16	−7540.72	−6604.4	0
$Al(SO_4)_{3(固)}$	368.216	62.114×10^{-3}	-113.362×10^{5}				259.16	−3431.7	−3088.98	239.096
$AgCl_{2(气)}$	82.011	1.003×10^{-3}	-5.9356×10^{5}		298～1100	1.0	75.24	−298.87	−286.33	326.876
$AsH_{3(气)}$	41.925	22.739×10^{-3}	-9.070×10^{5}		298～2000	2	38.497	171.38	163.02	0
$As_2O_{3(固)}$	34.986	203.14×10^{-3}					95.554	−61.864	−537.548	107.008
$As_2O_{5(固)}$							116.413	−913.748	−771.21	105.336
$As_4O_{6(固)}$							191.109	−1312.27	−1151	214.016
$BCl_{3(气)}$	70.474	11.954×10^{-3}	-10.199×10^{5}		298～1100	0.5	62.574	−395.01	−379.962	289.632

续附表3

物质	热容							ΔH_{298} /J·mol^{-1}	ΔZ_{298} /J·mol^{-1}	$S^{\ominus}_{298}$ /J·(K·mol)$^{-1}$
	方程式 $C_P=\phi(T)$ 的函数/J				可用温度范围/K	误差/%	C_{P298}/J·(K·mol)$^{-1}$			
	a	b	C'	C						
B_2O_3(固)	36.491	106.17×10^{-3}	-5.475×10^{5}		298~723	1	62.909	-1262.36	-1182.94	53.796
B_4O(固)	96.098	22.572×10^{-3}	-44.809×10^{5}		298~1700	1	52.459	0	0	27.044
$BaCl_2$(固)	71.06	13.961×10^{-3}			273~1198		75.24	-859.241	-810.084	125.4
$BaCO_3$(固)	109.892	8.778×10^{-3}		-24.244×10^{-6}	298~1083	2.5	85.272	-1217.63	-1137.8	112.024
BaF_2(固)	58.436	42.636×10^{-3}					71.143	-1199.24	-1147.41	96.14
$Ba(NO_3)_2$(固)	125.609	149.22×10^{-3}	-16.761×10^{5}		298~850	0.5	150.898	-990.911	-795.872	213.598
BaO(固)							47.4012	-557.612	-527.934	70.224
$BaSO_4$(固)	141.284		-14.337×10^{5}		298~1300	2.5	101.657	-1463.84	-1351.81	132.088
BeH(气)							29.076	326.458	298.034	169.206
BeO(固)	35.321	16.72×10^{-3}	-13.250×10^{5}		298~1200	3	25.372	-598.158	-568.898	14.086
$BiCl_3$(固)								-378.75	-318.641	189.354
Bi_2O_3(固)	103.413	33.44×10^{-3}			298~800	2	113.696	-576.422	-496.166	151.316
Bi_2O_3(固)							125.4	-183.084	-164.692	147.554
CCl_4(气)	97.561	9.614×10^{-3}	-15.048×10^{5}		293~1000	0.5	83.349	-106.59	-63.954	309.445
CF_4(气)								-679.25	-634.524	262.086
CN(气)	27.588	5.183×10^{-3}			298~2000	1	29.092			202.312
C_2N_2(气)	62.282	13.376×10^{-3}	-8.527×10^{5}		298~2000	1	56.848	307.648	295.985	240.600
CO(气)	26.511	7.675×10^{-3}	-0.459×10^{5}		298~2500	1	29.1137	-110.419	-137.137	197.718
	28.340	1.922×10^{-3}	-0.459×10^{5}		298~2500	1	29.113	-110.415	-137.137	197.718
CO_2(气)	28.633	35.688×10^{-3}	-8.527×10^{5}		300~2000	1.5	35.003	-393.025	-394.007	213.435
	44.099	9.028×10^{-3}	-8.527×10^{5}		298~2500	1.5	35.003	-393.025	-394.007	213.435

续附表3

物　质	热　容							ΔH_{298} /J·mol^{-1}	ΔZ_{298} /J·mol^{-1}	$S^{\ominus}_{298}$ /J·(K·mol)$^{-1}$
	方程式 $C_P=\phi(T)$ 的函数/J				可用温度范围/K	误差/%	C_{P298}/J·(K·mol)$^{-1}$			
	a	b	C'	C						
$COCl_2$(气)	67.009	12.096×10^{-3}	-10.822×10^{5}		298~1000	0.5	60.651	−222.794	−210.296	288.963
COS(气)	47.359	9.112×10^{-3}	-7.649×10^{5}		298~1800	1	41.465	−137.104	−169.081	231.321
CS_2(气)	52.041	6.688×10^{-3}	-7.524×10^{5}		298~1800	1	45.603	115.159	64.999	237.591
CaO_{2-A}(固)	68.552	11.871×10^{-3}	-8.652×10^{5}		298~720	2	62.282	−62.7	−67.716	70.224
CaO_{2-B}(固)	64.372	8.36×10^{-3}			720~1500	2				
$CaCO_3$(固)方解石	104.416	21.903×10^{-3}	-25.916×10^{5}		298~1200	2	81.802	−1205.72	−1127.68	92.796
$CaCl_2$(固)	71.812	12.707×10^{-3}	-2.508×10^{5}		298~1055	1	72.564	−794.2	−749.474	113.696
CaF_{2-a}(固)	59.774	30.430×10^{-3}	1.964×10^{5}		298~1424	0.5	66.963	−1213.45	−1160.79	68.802
CaH_2(固)								−188.518	−149.644	41.8
CaO(固)	48.780	4.514×10^{-3}	6.520×10^{5}		298~1800	1	42.7614	−634.942	−603.592	39.71
$CaO\cdot Al_2O_3$(固)	138.901	38.623×10^{-3}	-10.324×10^{5}		298~1700	3	−138.776	−2591.6		
$CaOAl_2O_3\cdot 2SiO_2$(固)钙斜长石	269.275	57.266×10^{-3}	-70.600×10^{5}		298~1700	0.5	207.328			
$3CaO\cdot Al_2O_3$(固)	223.003	55.092×10^{-3}	-14.044×10^{5}		298~1600	3	−3567.63	−4589.64		
$2CaOAl_2O_3\cdot SiO_2$(固)钙斜方柱石	224.591	73.902×10^{-3}	-3.720×10^{5}		298~1600	1.5	−242.44			
$CaO\cdot B_2O_3$(固)	129.663	40.796×10^{-3}	-33.732×10^{5}		298~1435	0.5	103.873	−2020.19	−1913.19	104.918
$2CaO\cdot B_2O_3$(固)	182.875	48.07×10^{-3}	-44.6842×10^{5}		298~804	0.5	146.968	−2723.69	−2585.75	145.046
$2CaO\cdot SiO_2$(固)	208.373	36.031×10^{-3}	-42.427×10^{5}		298~1800	1.5	171.714			131.252
$Ca(OH)_2$(固)	89.452				276~373		84.436	−985.644	−895.899	76.076
$CaMg(SiO_3)_2$(固)二氧化物	220.996	32.771×10^{-3}	-65.793×10^{5}		298~1600	1	−156.75			
$Ca(NO_3)_2$(固)	122.766	153.82×10^{-3}	17.263×10^{5}		298~800	0.5	149.184	−936.32	741.281	193.116
CaS(固)							47.359	−481.954	476.938	56.43

续附表 3

物 质	热 容							ΔH_{298} /J·mol^{-1}	ΔZ_{298} /J·mol^{-1}	$S^{\ominus}_{298}$ /J·(K·mol)$^{-1}$
	方程式 $C_P=\phi(T)$ 的函数/J				可用温度范围/K	误差/%	C_{P298}/J·(K·mol)$^{-1}$			
	a	b	C'	C						
$CaSO_{4\,(固)}$天然硬石膏					273 ~ 1373	5	99.484	1431.315	1319.040	106.59
$CaSO_4 \cdot 2H_2O_{(固)}$	77.413	91.834×10^{-3}	-6.554×10^{5}				186.01	-2019.190	-1794.014	193.784
$CaSiO_{3\,(固)}$硅灰石					298 ~ 1450	0.5	85.188	-1582.548	-1497.276	81.928
$Ca_2SiO_{4-a(固)}$	111.355	15.048×10^{-3}	27.253×10^{5}		298 ~ 948	1.5	128.493	0	0	127.49
$Ca_3(PO_4)_{2-a(固)}$	113.528	81.928×10^{-3}			298 ~ 1373	1.5	231.363	-4122.316	-3886.146	240.768
$CdBr_{2\,(固)}$	201.643	165.862×10^{-3}	-20.9×10^{5}				0	-314.127	-293.185	133.342
$CdCO_{3\,(固)}$							0	-746.966	-669.636	105.336
$CdCl_{2\,(固)}$					273 ~ 871	3	73.568	-388.74	-342.258	118.294
$CdO_{(固)}$	76.494	17.974×10^{-3}	-7.315×10^{5}		273 ~ 1800		43.388	-254.394	-224.842	54.758
$Cd(OH)O_{2\,(固)}$	40.337	8.694×10^{-3}					0	-557.026	-470.082	95.304
$CdS_{(固)}$					273 ~ 1273		54.841	-144.21	-140.448	71.06
$CdSO_{4(固)}$	53.922	3.762×10^{-3}					0	-925.284	-819.238	137.104
$ClO_{2\,(气)}$					298 ~ 2000	1	41.549	103.246	123.31	249.128
$Cl_2O_{(气)}$	49.742	5.1832×10^{-3}	-8.652×10^{5}		298 ~ 2000	0.5	45.562	76.076	93.632	266.266
$COCl_{2\,(固)}$	53.1278	3.344×10^{-3}	-7.774×10^{5}		298 ~ 1000	3	78.584	-325.204	-282.15	106.172
$CoS_{(固)}$	58.938	61.028×10^{-3}			273 ~ 1373		47.234	-95.1786	-95.972	62.7
$CoSO_{4\,(固)}$	44.308	10.491×10^{-3}					0	-867.35	-761.178	113.278
$Co_2O_{3\,(固)}$					298 ~ 1800	0.5	118.628	-1127.346	-1045.836	81.092
$CsCl_{(固)}$	119.255	9.196×10^{-3}	-15.633×10^{5}				53.086	-432.63	-407.55	100.32
$CuBr_{(固)}$							0	-104.918	-99.5258	91.542
$CuCl_{(固)}$					273 ~ 695	3	56.012	-134.596	-118.712	83.6

续附表3

物质	热容							ΔH_{298} /J·mol^{-1}	ΔZ_{298} /J·mol^{-1}	S^{θ}_{298} /J·(K·mol)$^{-1}$
	方程式 $C_P=\phi(T)$ 的函数/J				可用温度范围/K	误差/%	C_{P298}/J·(K·mol)$^{-1}$			
	a	b	C'	C						
$CuCl_2$	43.89	40.546×10^{-3}			273~773	5	80.674	−223.212	−166.364	65.208
CuI(固)	70.224	35.53×10^{-3}					54.006	−67.716	−69.4716	96.558
$CuCO_3$(固)							0	−594.396	−517.484	87.78
CuO(固)					298~1250	1	42.259	−155.078	−127.072	42.636
CuS(固)铜蓝	38.748	20.064×10^{-3}			273~1273		47.777	−48.488	−48.906	66.462
$CuCO_4$(固)	44.308	11.0352×10^{-3}			273~873	5	100.738	−769.12	−661.276	113.278
$CuCO_4SH_2O$(固)	107.426	18.224×10^{-3}	-8.987×10^{5}				280.896	−2275.801	−1878.074	305.14
Cu_2Cl_2(固)					298~703	5	96.976	−286.748	−252.472	173.888
Cu_2O(固)	49.115	160.512×10^{-3}			298~1200	1	63.577	−166.531	−142.12	93.7992
Cu_2S(固)	62.282	23.826×10^{-3}			273~376	3	76.243	−79.42	−86.108	120.802
$FeCO_3$(固)菱铁矿	48.613	112.02×10^{-3}			298~885		82.053	−746.966	−673.231	92.796
$FeCl_2$(固)	79.169	8.694×10^{-3}	-4.890×10^{5}		298~950	1	76.285	−340.67	301.796	119.548
FeO(固)	51.790	6.771×10^{-3}	-3.084×10^{5}		298~1200	1	48.07	−266.266	−256.652	59.356
$Fe(OH)_2$(固)							0	−567.644	−483.083	79.42
FeS_{-a}(固)	8.485	163.02×10^{-3}			273~412	5	54.758	−94.969	−97.4776	67.298
FeS_{-B}(固)	45.771	15.884×10^{-3}			412~1468	2	54.34	−89.243	−87.78	0
FeS_2(固)黄铁矿	44.726	55.844×10^{-3}			273~773		61.864	−177.734	−166.531	53.086
$FeSO_4$(固)							0	−925.034	−800.47	107.426
$FeSi$(固)	44.809	17.974×10^{-3}			298~900	2	49.324	−80.256	−81.51	0

续附表 3

物质	热容							ΔH_{298} /J·mol^{-1}	ΔZ_{298} /J·mol^{-1}	$S^{\ominus}_{298}$ /J·(K·mol)$^{-1}$
	方程式 $C_P=\phi(T)$ 的函数/J				可用温度范围/K	误差/%	C_{P298}/J·(K·mol)$^{-1}$			
	a	b	C'	C						
$FeTiO_{3}$(固)	116.49	18.224×10^{-3}	-20.0222×10^{5}		298~1640	0.5	99.4004	−1205.93	−1124	105.754
Fe_2O_{3}(固)赤铁矿	97.644	72.063×10^{-3}	-12.874×10^{5}		298~1100	2	104.5	−821.37	−740.278	89.87
Fe_2SiO_{4}(固)	170.16	3.135×10^{-3}	-40.838×10^{5}		298~1400	2	132.506	−1436.67	−1336.76	147.972
Fe_3C_{-A}(固)碳化三铁	90.079	62.950×10^{-3}			273~463	1	105.754	20.9	14.63	107.426
Fe_3C_{-B}(固)	112.90	6.102×10^{-3}			463~1026	1	0	22.99	18.81	0
Fe_3O_{4}(固)磁铁矿	166.86	78.793×10^{-3}	-41.841×10^{5}		298~1100	2	143.29	−1116.06	−10138.2	146.3
HBr(气)	26.125	5.852×10^{-3}	1.0868×10^{5}		296~1600	0.5	29.092	−36.157	−53.169	198.048
HCN(气)	37.285	12.958×10^{-3}	-4.681×10^{5}		298~2000	1	35.864	130.416	119.966	201.601
HCl(气)	26.501	4.598×10^{-3}	0.961×10^{5}		298~2000	0.5	29.092	−92.223	−95.1744	184.630
HF(气)	26.877	3.427×10^{-3}			273~2000	0.5	29.051	−268.356	−270.446	173.344
HI(气)	30.042	9.920×10^{-3}			298~2000	1	29.1346	25.916	1.2958	205.405
HNO_{3}(液)							109.766	−173.069	−79.838	155.454
H_2O(气)	29.970	10.700×10^{-3}	0.334×10^{5}		298~2500	0.5	33.544	−241.596	−228.378	188.5431
H_2O(液)							75.223	−285.565	−236.964	78.232
H_2O_{2}(液)							82.220	−188.936	−118.001	102.159
H_2S(气)	29.343	15.382×10^{-3}			298~1800	0.5	33.941	−20.1267	−32.988	205.447
H_2SO_{4}(液)							130.708	−800.052	−686.356	156.708
H_2Se(气)	31.726	14.63×10^{-3}	-1.295×10^{5}		298~2000		34.359	85.69	71.06	221.122
H_2Te(气)							34.903	154.242	138.358	234.08
$HgBO_{2}$(固)							76.912	−170.126	−162.184	162.602
HgCl(固)	46.189	15.466×10^{-3}			273~798		50.787	−132.088	−71.896	98.23

续附表3

物　质	热　容							ΔH_{298} /J·mol^{-1}	ΔZ_{298} /J·mol^{-1}	$S^{\ominus}_{298}$ /J·(K·mol)$^{-1}$
	方程式 $C_P=\phi(T)$ 的函数/J				可用温度范围/K	误差/%	C_{P298}/J·(K·mol)$^{-1}$			
	a	b	C'	C						
$HgCl_{2(固)}$	63. 954	43. 054×10^{-3}			273~553		73. 735	−223. 212	−176. 396	144. 21
$HgI_{2(固)}$	72. 773	58. 52×10^{-3}			273~403	3	78. 207	−105. 754	−98. 648	170. 544
$HgO_{(固)红的}$							45. 687	−90. 622	58. 478	70. 224
$HgS_{(固)红的}$							50. 16	58. 102	48. 780	77. 748
$Hg_2Bi_{2(固)}$								−206. 576	−178. 528	212. 762
$Hg_2CO_{3(固)}$							103. 246	−552. 763	−468. 16	183. 92
$Hg_2Cl_{2(固)}$							101. 574	−264. 678	−210. 463	195. 624
$Hg_2I_{2(固)}$							105. 754	−120. 844	−111. 188	239. 096
$Hg_2SO_{4(固)}$							131. 879	−741. 281	−623. 322	200. 556
$KAl(SO_4)_{2(固)}$	233. 912	82. 262×10^{-3}	−58. 352×10^{5}		298~1100	2	192. 781	−2463. 02	−2233. 33	204. 402
$KAlSi_3O_{8(固)}$	266. 809	53. 922×10^{-3}	−71. 269×10^{5}		298~1400	1		−3795. 44	−3427. 6	
$KCl_{(固)}$	41. 340	21. 736×10^{-3}	3. 218×10^{5}		298~1043	2	51. 455	−435. 452	−407. 935	82. 596
$KClMgCl_{2(固)}$	108. 345	73. 568×10^{-3}			298~760	3	−130. 416	−1089. 73	1018. 666	
$KClO_{2(固)}$							100. 152	−390. 83	−289. 632	142. 830
$KF_{(固)}$	53. 086	4. 639×10^{-3}	−5. 074×10^{5}		273~1130	2	49. 031	−562. 043	−532. 616	66. 503
$KI_{(固)}$							55. 008	−327. 336	−321. 985	104. 249
$KMnO_{4(固)}$							119. 13	−812. 592	−713. 108	171. 547
$KNO_{3(固)}$	60. 819	118. 71×10^{-3}			298~401	3	96. 198	−492. 237	−392. 753	132. 798
$K_2Co_2O_{7(固)}$	153. 238	228. 22×10^{-3}			298~617	3	229. 9	−2041. 93		
$K_2SO_{4(固)}$	120. 258	99. 484×10^{-3}	−17. 806×10^{5}		298~856	0. 5	129. 998	−1432. 32	−1315. 11	175. 56
$LiCl_{(固)}$	45. 98	14. 170×10^{-3}			273~887		50. 996	−408. 386	−383. 724	54. 34

续附表3

物质	热容							ΔH_{298} /J·mol^{-1}	ΔZ_{298} /J·mol^{-1}	$S^{\ominus}_{298}$ /J·(K·mol)$^{-1}$
	方程式 $C_P=\phi(T)$ 的函数/J				可用温度范围/K	误差/%	C_{P298}/J·(K·mol)$^{-1}$			
	a	b	C'	C						
$LiNO_{3(固)}$	62.616	88.616×10^{-3}			298~523	2	83.182	−481.87	−383.306	71.06
$Li_2CO_{3(固)}$							97.310	−1214.46	−1131.36	90.288
$Li_2SO_{4(固)}$								−1433.03	−1418.69	
$MgCO_{3(固)}$菱镁矿	77.831	57.684×10^{-3}	-17.388×10^{5}		298~750	0.5	75.449	−1111.88	−1028.28	65.626
$MgCl_{2(固)}$	58.102	5.935×10^{-3}	-8.610×10^{5}		298~927	0.5	71.2272	−641.212	−591.763	89.452
$MgF_{2(固)}$	70.767	10.533×10^{-3}	-9.196×10^{5}		298~1536	0.5	61.5296	−1101.43	1048.344	57.182
$Mg(NO_3)_{2(固)}$	44.642	297.61×10^{-3}	7.482×10^{5}		298~600	0.5	141.8692	−788.85	−587.833	163.856
$MgO_{(固)}$	42.552	7.273×10^{-3}	-6.186×10^{5}		298~2100	2	37.3692	−601.251	−569.023	267.52
$Mg(OH)_{2(固)}$	43.472	112.86×10^{-3}			273~500	2	76.9538	−923.78	−832.949	63.076
$MgSO_{4(固)}$							96.1818	−1276.99	−1164.13	95.304
$MgSiO_{3(固)}$斜硅镁石	102.619	19.813×10^{-3}	-26.250×10^{5}		293~1600	1	81.7608	−1496.02	−1409.5	67.716
$MgSiO_{4(固)}$							117.9178	−2040.68	−1921.96	94.886
$MgTiO_{3(固)}$	118.252	13.710×10^{-3}	-27.295×10^{5}		298~1800	0.5	91.6674			74.404
$MnCO_{2(固)}$红锰	8.3182	38.874×10^{-3}	-19.604×10^{5}		298~700	0.5	81.4264	−894.102	−816.772	85.69
$MnCl_{2(固)}$	75.407	12.958×10^{-3}	-5.726×10^{5}		298~923		72.8156	−481.954	440.99	117.04
$MnO_{(固)}$	46.439	8.109×10^{-3}	-3.678×10^{5}		298~1800	0.5	44.0572	−384.56	−362.406	59.648
$MnO_{2(固)}$	69.388	10.199×10^{-3}	-16.218×10^{5}		298~800	0.5	53.9638	−520.41	−465.652	53.086
$MnS_{(固)}$	42.677	27.420×10^{-3}	-10.115×10^{5}		273~1883		49.909	−203.984	−208.582	78.166
$MnSO_{4(固)}$	122.306	37.286×10^{-3}	-29.427×10^{5}		298~1100	0.5	100.069	−1062.72	−955.046	112.024
$MnSiO_{3(固)}$	110.435	16.218×10^{-3}	-25.748×10^{5}		298~1500	0.5	86.275	−1264.45	−1184.19	89.034
$Mn_3C_{(固)}$	105.586	23.408×10^{-3}	-17.012×10^{5}		298~1310	0.5	93.381	−4.18	−4.18	98.648

续附表 3

物质	热容							ΔH_{298} /J·mol^{-1}	ΔZ_{298} /J·mol^{-1}	$S^{\ominus}_{298}$ /J·(K·mol)$^{-1}$
	方程式 $C_P=\phi(T)$ 的函数/J				可用温度范围/K	误差/%	C_{P298}/J·(K·mol)$^{-1}$			
	a	b	C'	C						
$NH_{3(气)}$	25.870	32.967×10^{-3}		-0.758×10^{-6}	298 ~ 1000	0.65	35.626	−46.147	−16.619	192.321
$NH_4Al(SO_4)_{2(固)}$	333.438		-95.304×10^{5}		298 ~ 700	1	225.72	−2345.98	−2031.27	216.106
$NH_4Al_{(固)}$	49.324	133.76×10^{-3}			298 ~ 457.7	3	84.018	−315.088	−203.691	94.468
$NH_4HCO_{3(固)}$								−852.051	−670.054	118.294
$NH_4HSO_{4(固)}$	41.8	338.58×10^{-3}			298 ~ 417	0.5	142.956	−1022.6		62.7
$NH_4H_2PO_{4(固)}$							142.12	−1449.42	−1214.12	151.817
$NH_4NO_{3(固)}$							171.38	−364.203		
$(NH_4)_2SO_{4(固)}$	103.538	280.896×10^{-3}			298 ~ 600	1	187.305	−1190.71	−899.494	220.077
$NO_{(气)}$	29.385	3.845×10^{-3}	-0.585×10^{5}		298 ~ 2500	1	29.832	90.288	86.605	210.417
$NO_{2(气)}$	42.886	8.527×10^{-3}	-6.729×10^{5}		298 ~ 2000	1.5	37.870	33.820	51.790	240.224
$NOCl_{(气)}$	44.851	7.691×10^{-3}	-6.938×10^{5}		298 ~ 2000	3	38.832	52.542	66.294	263.34
$N_2O_{(气)}$	45.6456	8.6108×10^{-3}	-8.5272×10^{5}		298 ~ 2000	1	38.669	81.468	103.498	219.784
$N_2O_{4(气)}$	83.809	39.71×10^{-3}	-14.880×10^{5}		298 ~ 1000	1	79.002	9.651	98.1923	304.011
$N_2O_{5(气)}$							107.885		108.68	342.76
$NaBr_{(固)}$	49.073	9.739×10^{-3}			273 ~ 543	2	50.661	−359.605	−349.03	91.124
$NaCl_{(固)}$	45.896	16.302×10^{-3}			298 ~ 1073	1	49.658	−410.61	−383.661	72.314
$NaClO_{3(固)}$	54.632	154.66×10^{-3}			298 ~ 528	2	104.5	−358.351	−258.742	137.313
$NaF_{(固)}$	40.755	18.308×10^{-3}			273 ~ 1265	3	45.98	−568.48	−540.474	58.52
$NaHCO_{3(固)}$							87.529	−1113.97	−851.048	101.992
$NaI_{(固)}$	52.25	6.7716×10^{-3}			273 ~ 936		51.539	−287.751	−285.076	100.32
$NaNO_{3(固)}$	25.665	225.72×10^{-3}			298 ~ 533	3	92.963	−466.237	−365.541	116.204

续附表3

物 质	热 容							ΔH_{298} /J·mol^{-1}	ΔZ_{298} /J·mol^{-1}	$S^{\ominus}_{298}$ /J·(K·mol)$^{-1}$
	方程式 $C_P=\phi(T)$ 的函数/J				可用温度范围/K	误差/%	C_{P298}/J·(K·mol)$^{-1}$			
	a	b	C'	C						
$NaOH_{(固)}$	80.256				298~593	5	59.397	−426.36	−380.38	64.121
$NaCO_{3(固)}$							110.393	−1132.86	−1049.64	135.85
$Na_2O_{(固)}$	65.626	22.572×10^{-3}			298~1100	3	68.134	−415.826	−376.2	72.732
$Na_2SO_{2(固)}$							127.49	−1383.16	−1265.62	149.3514
$Na_2SO_4\cdot10H_2O_{(固)}$							586.872	−4319.95	−3640.49	587.29
$Na_2SiO_{3(固)}$	131.252	40.128×10^{-3}	-27.044×10^{5}		298~1361	1	111.689	−1517.34	−1425.38	113.696
$Na_2SiO_{5(固)}$	185.508	70.474×10^{-3}	-44.600×10^{5}		228~1147	1	156.373			164.692
$NaTiO_{(固)}$	105.252	86.609×10^{-3}			298~560	0.5	125.483			121.638
$NaAlI_{6(固)}$	246.285	113.194×10^{-3}	-41.674×10^{5}		298~838	1	243.276	−3175.13		
$Na_4SiO_{4(固)}$							183.042	−2080.8	−1950.39	195.624
$NiCO_{3(固)}$								−688.446	−613.206	90.288
$NiCl_{2(固)}$	54.758	54.34×10^{-3}			298~800	5	71.603	−315.59	−269.61	97.519
$NiO_{(固)}$	47.234	8.987×10^{-3}			273~1273		44.308	−244.112	−216.106	38.539
$Ni(OH)_{2(固)}$								−537.548	−431.794	79.42
$NiS_{(固)}$	38.665	14.212×10^{-3}			273~597	3	45.144	−77.748	76.076	
$NiSO_{4(固)}$							139.612	−890.34	−772.882	77.748
$PBr_{3(气)}$	75.883	8.548×10^{-3}	-0.639×10^{5}		298~800	0.05	77.748	−145.882	−168.036	347.399
$PCl_{2(气)}$	83.884	1.208×10^{-3}	-11.536×10^{5}		298~1000	0.34	71.06	−306.06	−285.996	312.622
$PCl_{2(气)}$	20.034	448.631×10^{-3}		-498.256×10^{-6}	298~500		109.516	−398.563	−324.326	352.374
$PF_{3(气)}$	71.812	8.025×10^{-3}	-16.218×10^{5}		298~2000	1	56.012			268.021
$PH_{3(气)}$	18.793	60.074×10^{-3}		-44.8096×10^{-6}	298~1500	0.29	36.0734	9.2378	18.2248	209.836

续附表 3

物　质	热　容							ΔH_{298} /J·mol^{-1}	ΔZ_{298} /J·mol^{-1}	$S^{\ominus}_{298}$ /J·(K·mol)$^{-1}$
	方程式 $C_P=\phi(T)$ 的函数/J				可用温度范围/K	误差/%	C_{P298}/J·(K·mol)$^{-1}$			
	a	b	C'	C						
$POCl_{3(气)}$	92.461	15.048×10^{-3}	-11.244×10^{5}		298 ~ 1000	0.5	114.114	−561.374	−514.558	324.326
$P_4O_{10(固)}$	70.015	451.44×10^{-3}			298 ~ 631	1	204.82	−3009.6	−2725.36	
$PbBr_{2(固)}$	77.706	9.196×10^{-3}			298 ~ 761	2	80.047	−276.758	−260.163	161.348
$PbCO_{3(固)}$	51.790	98.648×10^{-3}			298 ~ 806		87.362	−699.314	−625.746	130.834
$PbCl_{2(固)}$	66.712	33.44×10^{-3}			298 ~ 771	2	76.912	−358.853	−313.667	136.268
$PbF_{2(固)}$							72.732	−662.53	−619.058	121.22
$PbI_{2(固)}$	75.24	19.646×10^{-3}					−81.092	−174.933	−173.595	176.814
$PbO_{(固)卵黄的}$	37.829	25.498×10^{-3}			298 ~ 1000	1	48.488	−217.653	−188.309	69.388
$PbO_{(固)红的}$	44.308	16.72×10^{-3}			298 ~ 900	1	−49.324	−219.032	−189.145	67.716
$Pb(OH)_{2(固)}$								−514.14	−420.508	87.78
$PbO_{2(固)}$	53.086	32.604×10^{-3}					64.372	−276.382	−218.781	76.494
$PbS_{(固)}$	44.558	16.385×10^{-3}			298 ~ 900	3	49.449	−94.2172	−92.587	91.124
$PbSO_{4(固)}$	45.812	129.58×10^{-3}	17.556×10^{5}		298 ~ 1100	5	104.082	−917.51	−810.46	147.136
$Pb_3O_{4(固)}$							149.393	−741.95	−616.968	211.09
$Pb_3(PO_4)_{2(固)}$							255.816	−2592.85	−2430.25	353.001
$SF_{6(气)}$	133.300	17.556×10^{-3}	-41.005×10^{5}		298 ~ 2000	1	90.162	−1095.16	−990.66	290.51
$SO_{(气)}$								79.503	53.4204	221.707
$SO_{2(气)}$	43.388	10.617×10^{-3}	-5.935×10^{5}		298 ~ 1800	1	39.751	−296.613	−300.082	248.292
$SO_2Cl_{2(气)}$	57.851	79.42×10^{-3}			298 ~ 500	1	77.371	−342.927	−309.571	311.828
$SO_{3(气)}$	57.266	26.8356×10^{-3}	-13.041×10^{5}		298 ~ 1200	1	50.578	−394.801	−370.014	255.983
$SbCl_{3(固)}$	43.054	213.18×10^{-3}			273 ~ 346		106.59	−381.801	−324.452	186.01

续附表 3

物　质	热　容							ΔH_{298} /J·mol^{-1}	ΔZ_{298} /J·mol^{-1}	$S^{\ominus}_{298}$ /J·(K·mol)$^{-1}$
	方程式 $C_P=\phi(T)$ 的函数/J				可用温度范围/K	误差/%	C_{P298}/J·(K·mol)$^{-1}$			
	a	b	C'	C						
$Sb_2O_{5(固)}$							117.458	-979.792	-838.09	124.982
$Sb_2S_{3(固)橙黄石}$	101.156	55.176×10^{-3}			273~821		119.631	-149.226	-154.367	165.528
$SeF_{6(气)}$	24.202	2.340×10^{-3}	-4.556×10^{5}					-1028.28	-927.96	313.918
$SiBr_{4(气)}$	105.294	2.675×10^{-3}	-8.109×10^{5}		298~1000	0.5	96.976			
$SiC_{(固)}$	37.327	12.54×10^{-3}	-12.832×10^{5}		298~1700	3	26.626	-111.606	-109.098	164.483
$SiCl_{4(气)}$	93.841	6.855×10^{-3}	-11.495×10^{5}		298~1000	0.5	90.706	-609.026	-569.316	331.056
$SiF_{4(气)}$	95.931	11.077×10^{-3}	-19.729×10^{5}		298~2000	1	73.400	-1546.6	-1504.8	283.278
$SiH_{4(气)}$	46.189	36.700×10^{-3}	-12.749×10^{5}		298~1800	2	42.803	-61.864	-39.292	203.566
$SiO_{2(固)u-石英}$	46.816	34.276×10^{-3}	-11.286×10^{5}		298~848	0.5	44.391	-858.572	-804.232	41.8
$SiO_{2(固)B-石英}$	60.233	8.1092×10^{-3}			848~2000	0.5				
$SiO_{2(固)d-石英}$	17.890	88.030×10^{-3}			298~523	1	44.140	-858.572	-802.978	42.594
$SiO_{2(固)B-硅石}$	60.192	8.527×10^{-3}			523~2000	0.5	44.558	-858.572	-802.978	43.472
$SiO_{2(固)u-鳞石英}$	13.668	103.664×10^{-3}			298~390	1	44.726			43.304
$SiO_{2(固)B-鳞石英}$	57.0152	11.035×10^{-3}			390~2000	2	44.5588	-856.064	-802.142	46.816
$SiO_{2(固)玻璃}$	55.928	15.3824×10^{-3}	-14.421×10^{5}		298~2000	2	44.308	-846.45	-797.962	93.632
$Si_3N_{4(固)}$	70.349	98.648×10^{-3}			298~900	5	99.902	-749.474	-646.646	
$SnCl_{2(固)}$	67.716	38.706×10^{-3}			273~520		79.42	-349.448	-308.902	
$SnCl_{4(液)}$	106.882	0.836×10^{-3}	-7.8166×10^{5}		298~1000	1	165.11	-544.654	-473.594	258.324
$SnO_{(固)}$	39.292	15.1316×10^{-3}			273~1273		44.308	-285.912	-257.07	56.43
$SnO_{2(固)}$	73.818	10.032×10^{-3}	-21.5688×10^{5}		298~1500	3	52.5426	-580.184	-519.156	52.25
$Sn(OH)_{2(固)}$							0	-578.094	-491.568	96.558
$SnS_{(固)}$	50.578	6.897×10^{-3}			273~1153		52.668	-77.748	-82.346	98.648

续附表 3

物　质	热　容							ΔH_{298} /J·mol^{-1}	ΔZ_{298} /J·mol^{-1}	$S^{\ominus}_{298}$ /J·(K·mol)$^{-1}$
	方程式 $C_P = \phi(T)$ 的函数/J				可用温度范围/K	误差/%	C_{P298}/J·(K·mol)$^{-1}$			
	a	b	C'	C						
$SrCO_{2(固)}$							81.426	−1217.22	−1136.54	96.976
$SrCl_{2(固)}$							79.002	−827.64	−780.406	117.04
$SrO_{(固)}$	43.848	0.961×10^{-3}					44.976	−589.798	−559.284	54.34
$SrSO_{4(固)}$							103.664	−1443.35	−1333	121.638
$ThCl_{4(固)}$							0	−1191.3	−1099.34	195.624
$ThO_{2(固)}$	66.211	11.829×10^{-3}	-6.688×10^{5}		298 ~ 1800	1	85.188	−1220.56	−1139.05	
$TiC_{(固)}$	49.449	3.344×10^{-3}	-14.9644×10^{5}		298 ~ 2000	0.5	33.607	−225.72	−221.54	24.244
$TiCl_{4(气)}$	106.381	1.003×10^{-3}	-9.8648×10^{5}		298 ~ 1800	0.5	95.638			352.792
$TiO_{(固)}$	44.182	15.048×10^{-3}	-7.7748×10^{5}		298 ~ 1264	1	39.919			34.735
$TiO_{2(固)金红石}$	75.114	1.170×10^{-3}	-18.183×10^{5}		298 ~ 1800	1	55.008	−911.24	−851.884	50.2018
$TiCl_{(固)}$	52.500	3.678×10^{-3}			273 ~ 700	5	57.140	−204.778	−184.714	108.262
$TiBr_{(固)}$								−172.216	−165.946	119.548
$UO_{2(固)}$							63.954	−1083.46	−1030.79	77.873
$VCl_{3(固)}$	96.098	16.385×10^{-3}	-7.022×10^{5}		298 ~ 900	1	93.088	−572.66	−501.6	130.834
$V_2O_{3(固)}$	122.683	19.896×10^{-3}	-21.903×10^{5}		298 ~ 1800	1	103.789	−1212.2	−1132.78	98.564
$WO_{3(固)}$							81.426	−839.511	−762.725	83.182
$ZnCO_{3(固)菱锌矿}$							80.088	−811.756	−730.664	82.346
$ZnCl_{2(固)}$							76.494	−415.492	−368.927	108.262
$ZnO_{(固)}$	48.947	5.099×10^{-3}		-9.112×10^{-6}	298 ~ 1600	1	40.211	−347.651	−317.889	43.89
$ZnS_{(固)}$	50.828	5.1832×10^{-3}	-5.684×10^{5}		298 ~ 1200	3	45.144	−202.73	−198.132	57.684
$ZnSO_{4(固)}$	71.356	86.944×10^{-3}			298 ~ 1000	5	117.04	−977.618	−870.736	124.564
$ZrCl_{4(固)}$	137.313		-15.967×10^{5}		298 ~ 550	2	119.757	−961.4	−872.366	186.01

附表4 热力学函数表

1. 碳氧化合物

物质	热容							ΔH_{298}/ J·mol⁻¹	ΔZ_{298}/ J·mol⁻¹	$S^{\ominus}_{298}$/ J·(K·mol)⁻¹
	方程式 $C_P=\phi(T)$ 的函数/J				可用温度范围/K	误差/%	C_{P298}/ J·(K·mol)⁻¹			
	a	b	C'	C						
$CH_{4(气)}$ 甲烷	14.303	74.592×10^{-3}		-17.409×10^{-6}	291~1500	0.71①	35.680	−74.776	−50.745	186.01
$C_2H_{2(气)}$ 乙炔	50.703	16.051×10^{-3}	-10.282×10^{5}		298~2000	1	43.89	226.5142	209	200.64
$C_2H_{4(气)}$ 乙烯	11.311	80.088×10^{-3}		-37.866×10^{-6}	291~1500	1.46①	43.513	52.24164	68.1131	219.241
$C_2H_{6(气)}$ 乙烷	5.747	174.941×10^{-3}		-57.796×10^{-6}	291~1000	0.76①	52.626	−84.586	−32.854	229.273
$C_3H_{4(气)}$ 丙炔	18.433	157.209×10^{-3}		-60.108×10^{-6}			60.61	185.257	194.37	247.874
$C_3H_{4(气)}$ 丙二烯	15.131	151.190×10^{-3}		-50.828×10^{-6}			58.938	191.945	202.1866	243.694
$C_3H_{6(气)}$ 丙烯	12.431	188.200×10^{-3}		-47.551×10^{-6}	270~510	0.16①	63.828	20.3984	62.658	266.684
$C_2H_{6(气)}$ 环丙烯							55.468	51.832	102.828	237.215
$C_3H_{8(气)}$ 丙烷	1.713	270.487×10^{-3}		-94.392×10^{-6}	298~1500	0.73①	73.442	−103.748	−23.4498	269.651
$C_4H_{6(气)}$ 丁二烯	9.655	218.530×10^{-3}		-87.571×10^{-6}			79.754	111.815	153.5314	279.516
$C_4H_{6(气)}$ 二甲基乙烯							77.874	147.846	186.929	283.027
$C_4H_{8(气)}$ 丁烯	21.451	258.156×10^{-3}		-80.766×10^{-6}	298~1500	2.25	89.243	1.1704	71.979	307.146
$C_4H_{8(气)}$ 顺丁烯	8.556	268.82×10^{-3}		82.9061×10^{-6}	298~1500	1.51①	78.834	−5.684	67.089	300.542
$C_4H_{8(气)}$ 反丁烯	20.762	250.637×10^{-3}		-75.854×10^{-6}	298~1500	1.14①	87.738	−10.032	63.998	296.194
$C_4H_{8(气)}$ 甲基苯烯	18.103	251.828×10^{-3}		-75.825×10^{-6}	298~1500	1.64①	97.394	−139.612	60.9444	293.310
$C_4H_{10(气)}$ 正丁烷	18.964	303.267×10^{-3}		-92.566×10^{-6}	298~1500	1.74①	98.689	−124.606	−15.675	309.738
$C_4H_{10(气)}$ 异丁烷	9.597	344.461×10^{-3}		-162.151×10^{-6}	298~1500	0.54①	96.725	−131.461	−17.974	294.355
$C_5H_{12(气)}$ 甲基丁烷	−1.182	200.372×10^{-3}		-109.767×10^{-6}	298~1500	4.99①	120.509	−154.326	−14.63	342.676
$C_5H_{12(气)}$ 二甲基丙烷	25.397	413.627×10^{-3}		-147.842×10^{-6}	300~1500	0.16①	121.512	−165.821	−15.215	301.921
$C_5H_{12(气)}$ 正戊烷	13.125	420.186×10^{-3}		-148.641×10^{-6}	298~1500	0.32①	122.474	−146.3	−8.192	348.068

续附表4

物 质	热 容							ΔH_{298}/ J·mol⁻¹	ΔZ_{298}/ J·mol⁻¹	$S^{\ominus}_{298}$/ J·(K·mol)⁻¹
	方程式 $C_P=\phi(T)$ 的函数/J				可用温度范围/K	误差/%	C_{P298}/ J·(K·mol)⁻¹			
	a	b	C'	C						
$C_6H_{6(气)}$苯	−21.067	399.733×10^{-3}		-169.708×10^{-6}			81.677	82.8476	128.953	269.430
$C_6H_{6(液)}$苯							135.014	48.989	124.020	173.098
$C_6H_{12(气)}$环己烷	−32.190	525.321×10^{-3}		-173.821×10^{-6}	298~1500	2.66	106.172	−123.017	31.726	297.950
$C_6H_{12(液)}$环己烷							156.332	−156.081	24.703	204.151
$C_6H_{14(气)}$正己烷	30.568	438.507×10^{-3}		-135.419×10^{-6}	298~1500	1.85①	146.550	−167.033	0.209	386.441
$C_7H_{8(气)}$甲苯	19.813	474.262×10^{-3}		-195.206×10^{-6}			103.664	49.951	122.181	319.435
$C_7H_{8(液)}$甲苯							155.914	11.996	114.155	219.032
$C_7H_{16(气)}$正庚烷	22.576	569.692×10^{-3}		-203.863×10^{-6}	298~1500	0.23①	170.627	−187.64	8.736	424.855
$C_8H_{10(气)}$苯乙烯	−13.083	545.072×10^{-3}		-221.122×10^{-6}			121.972	146.759	213.598	344.766
$C_8H_{10(液)}$乙苯							186.260	−12.456	119.631	254.771
$C_8H_{10(气)}$二甲苯					298~1500	2.63①	133.133	18.977	121.972	352.415
$C_8H_{10(液)}$二甲苯							187.682	−24.411	110.310	245.784
$C_8H_{10(气)}$二甲苯	8.176	456.234×10^{-3}		-148.736×10^{-6}	298~1500	3.16①	127.448	17.221	118.753	357.348
$C_8H_{16(液)}$间二甲苯							183.084	−25.414	107.217	252.89
$C_8H_{16(气)}$对二甲苯	7.716	453.922×10^{-3}		-147.13×10^{-6}	298~1500	2.84①	126.737	17.932	121.011	352.0814
$C_8H_{16(液)}$二甲苯							183.502	−24.411	109.808	247.456
$C_8H_{18(气)}$正锌烷	0.890	651.837×10^{-3}		-233.48×10^{-6}	298~1500	0.24①	194.704	−208.248	17.305	463.227
$C_{10}H_{8(固)}$萘							165.11	75.3654	198.55	166.782
$C_{12}H_{10(固)}$联萘							196.878	102.535	257.906	205.656
$C_{14}H_{10(固)}$蒽							207.746	70.642	227.81	207.328
$C_{14}H_{10(固)}$菲							234.08	111.397	267.52	211.508

续附表 4

2. 醇、醚、醛、酮、酸类

物质	热容									
	方程式 $C_P = \phi\ (T)$ 的函数/J				可用温度范围/K	误差/%	C_{P298}/ J·(K·mol)$^{-1}$	ΔH_{298}/ J·mol^{-1}	ΔZ_{298}/ J·mol^{-1}	S^{Θ}_{298}/ J·(K·mol)$^{-1}$
	a	b	C'	C						
$CH_4O_{(液)}$ 甲醇							81.51	−238.344	−166.071	126.654
$CH_4O_{(气)}$ 甲醇	20.398	103.580×10^{-3}		-24.616×10^{-6}	300 ~ 700		45.144	−200.974	−161.724	237.424
$C_2H_6O_{(液)}$ 乙醇							111.355	−277.406	−174.599	160.512
$C_2H_6O_{(气)}$ 乙醇	14.922	208.360×10^{-3}		71.022×10^{-6}	300 ~ 1000	0.28 ①	73.526	−235.083	−168.454	281.732
$C_3H_8O_{(气)}$ 丙醇	−2.591	312.120×10^{-3}		105.419×10^{-6}			145.882	−261.25	−170.962	192.698
$C_2H_8O_{(液)}$ 异丙醇							163.02	−319.352	−183.92	179.74
$C_3H_8O_{(气)}$ 异丙醇							0	−268.356	−175.184	305.976
$C_4H_{10}O_{(液)}$ 乙醚							168.036	−272.243	−118.294	0
$C_4H_{10}O_{(气)}$ 乙醚							0	−190.608	−117.458	0
$CH_2O_{(气)}$ 甲醛	18.801	58.323×10^{-3}		-15.591×10^{-6}	291 ~ 1500	1.90 ①	35.321	−115.786	−109.934	219.868
$C_2H_4O_{(气)}$ 乙醛	31.023	121.341×10^{-3}		-36.541×10^{-6}	298 ~ 1500	2.00 ①	62.7	−166.197	−133.342	265.43
$C_7H_6O_{(液)}$ 苯甲醛							169.29	−81.928	0	206.492
$C_3H_6O_{(气)}$ 丙酮	22.446	201.588×10^{-3}		-63.201×10^{-6}	298 ~ 1500	1.74 ①	76.828	−216.482	−152.57	303.886
$CH_2O_{2(液)}$ 蚁酸							98.940	−408.804	−345.686	128.827
$CH_2O_{2(气)}$ 蚁酸	30.639	89.117×10^{-3}		-34.380×10^{-6}	300 ~ 700		54.172	−362.281	−335.403	245.825
$C_2H_4O_{2(液)}$ 醋酸							123.31	−486.552	−392.084	159.676
$C_2H_4O_{2(气)}$ 醋酸	21.736	192.948×10^{-3}		-76.703×10^{-6}	300 ~ 700		72.314	−435.974	−381.216	293.018
$C_2H_4O_{4(固)}$ 草酸							108.68	825.968	−697.224	119.966
$C_7H_8O_{2(液)}$ 苯甲酸							145.046	384.183	−245.366	170.544

续附表 4

3. 含卤、氮及其他化合物

物质	热容							ΔH_{298}/ J·mol^{-1}	ΔZ_{298}/ J·mol^{-1}	$S^{\ominus}_{298}$/ J·(K·mol)$^{-1}$
	方程式 $C_P=\phi(T)$ 的函数/J				可用温度范围/K	误差/%	C_{P298}/ J·(K·mol)$^{-1}$			
	a	b	C'	C						
$CHBr_{3(气)}$	75.24	25.916×10^{-3}	-10.45×10^{5}		237～600	1	71.394	25.08	15.884	330.972
$CHCl_{3(气)}$	29.477	148.766×10^{-3}		-90.647×10^{-6}	273～773	0.69①	65.333	-100.32	-66.88	295.191
$CHF_{3(气)}$	15.114	76.239×10^{-3}		-8.5063×10^{-6}	298～600	0.98①	53.002			223.63
$CH_2Br_{2(气)}$	61.864	31.768×10^{-3}	-10.45×10^{5}		273～600	1	54.967	-4.18	-5.852	293.268
$CH_2ClF_{(气)}$	17.940	112.964×10^{-3}		-44.328×10^{-6}	250～600	0.57①	47.526			
$CH_2Cl_{2(气)}$							51.330	87.78	-58.52	270.362
$CH_2F_{2(气)}$	17.568	90.425×10^{-3}		17.0878×10^{-6}	250～600	0.95①	42.803			
$CH_3Br_{(气)}$	44.726	35.53×10^{-3}	-11.286×10^{5}		273～1200	2	42.552	-35.53	-25.916	245.533
$CH_3Cl_{(气)}$	14.889	-12.531×10^{-3}		-31.521×10^{-6}	273～773	0.64①	40.755	-81.928	-58.52	233.954
$CH_3F_{(气)}$							37.411			222.794
$CH_3I_{(气)}$	17.158	102.355×10^{-3}		-39.180×10^{-6}	298～600	0.14①	44.099	-20.482	22.154	254.353
$CH_4ON_{2(固)}$ 尿素							93.046	332.870	-196.962	104.5
$C_2H_5Cl_{(气)}$ 氯乙烷							62.7	-104.918	-53.086	275.462
$C_6H_5Cl_{(液)}$ 氯苯							145.464	116.204	116.204	197.296
$C_6H_7N_{(液)}$ 苯胺							1862.608	35.2792	153.0716	191.444
$C_6H_5NO_{2(液)}$ 硝基苯							185.592	22.154	146.091	221.54
$C_6H_6O_{(固)}$ 酚							134.596	-155.747	-40.7132	142.12

续附表4

4. 离子（水的）

离子	ΔH_{298}/kJ·g^{-1}	ΔZ_{298}/kJ·g^{-1}	$S^{\ominus}_{298}$/J·(K·mol)$^{-1}$	离子	ΔH_{298}/kJ·g^{-1}	ΔZ_{298}/kJ·g^{-1}	$S^{\ominus}_{298}$/J·(K·mol)$^{-1}$
Ag^{+}	105.79	77.037	73.860	F^{-}	-328.799	-276.214	-9.614
$Ag(CN)^{-}$	269.61	301.169	204.82	Fe^{2+}	-87.78	-84.854	-113.278
Al^{3+}	-524.172	-480.7	-313.082	Fe^{3+}	-47.652	10.6172	42.218
ASO_4^{-}	-869.44	-635.36	-144.628	H^{+}			
$AuCl_4^{-}$	-325.204	234.916	254.98	$NaSO_4^{-}$	-897.864	-706.42	3.762
$Au(CN)_2^{-}$	-244.112	215.27	413.82	$HCOO^{-}$	-409.64	-334.4	91.542
BO^{2+}	-537.841	-560.12	12.54	HOC_3^{-}	-690.452	-586.496	94.886
Be^{2+}	-352.792	-329.217	11.286	$HCrO_4^{-}$	-889.504	-741.95	68.97
Br^{-}	-120.802	-102.719	80.632	HPO_4^{-}	-1297.47	-1093.07	-35.948
BCO_3^{-}	-40.128	45.562	162.602	HS^{-}	-17.639	12.5818	61.028
ClO_3^{-}	-98.23	-2.591	163.02	HSO_3^{-}	-627.376	-526.805	132.255
ClO_4^{-}	-131.294	-10.742	181.83	HSO_4^{-}	-884.906	-752.149	126.361
Co^{2+}	-67.298	-51.414	-155.078	HSe^{-}	102.828	98.522	176.814
Cr^{2+}	-180.576	-164.692	-73.568	$HSeO_3^{-}$	-514.14	-410.894	127.072
Cr^{3+}	-270.028	-204.82	271.7	CN^{-}	150.898	165.528	117.876
CrO_4^{-}	-862.334	-705.584	38.456	CO_2^{-}	-675.613	-678.08	-53.086
$Cr_2O_7^{-}$	-1459.24	-1256.09	-213.598	CaO_4^{-}	-844.36	-695.468	40.128
Cs^{+}	-247.456	-281.774	132.924	Ca^{2+}	-534.079	-552.512	-55.176
Cu^{+}	51.832	50.16	-30.514	Ce^{3+}	-726.484	-712.69	-183.92
Cu^{2+}	64.3302	64.9154	-100.32	Cd^{3+}	-72.314	-77.6644	-61.028
$Cu(NH_3)_2^{2+}$	-150.898	-172.216	557.194	Cl^{-}	-167.296	-131.043	55.0506
$Cu(NH_3)_4^{+}$	-333.982	-255.816	805.904	ClO^{-}	107.844	0	43.054

续附表4

离　子	ΔH_{298}/kJ · g^{-1}	ΔZ_{298}/kJ · g^{-1}	$S^{\ominus}_{298}$/J · (K · mol)$^{-1}$	离　子	ΔH_{298}/kJ · g^{-1}	ΔZ_{298}/kJ · g^{-1}	$S^{\ominus}_{298}$/J · (K · mol)$^{-1}$
ClO_2^-	-68.97	14.63	100.32	$S_4O_6^-$	-1212.2	-1029.53	259.16
K^+	-250.967	-282.008	102.41	S^{3+}	-618.64	-600.666	(-234.08)
La^{2+}	-736.516	-722.722	-183.92	Se^-	132.088	155.496	83.6
Li^+	-278.196	-293.52	14.212	$HSeO_4^-$	-598.158	-452.276	91.96
Mg^{2+}	-461.514	-455.578	-117.876	$H_2AsO_4^-$	-903.716	-747.802	117.04
Mn^{2+}	-218.614	-223.212	-83.6	$H_2BO_3^{2+}$	-1052.52	-1135.41	30.514
Mn^{3+}	-87.78	-104.5	-100.32	$H_2PO_4^{2+}$	-1301.23	-1134.03	89.034
MnO_4^-	-517.902	-424.688	-189.772	Hg^{2+}	173.8462	164.608	-26.334
NH_4^+	-132.673	-79.42	112.7346	Hg_2^{2+}	168.036	154.033	73.986
NC_2^-	-106.172	-35.321	-124.982	In^{3+}	-99.066	-133.76	-259.16
NO_3^-	-206.375	-110.394	146.3	I^-	-55.886	-51.623	109.265
Na^+	-239.501	-261.622	60.192	IO_3^-	-229.9	-135.432	115.786
Ni^{2+}	-63.954	-46.398	-159.258	I_3^-	-51.832	-51.455	
OH^-	-229.72	-158.631	-10.529	CH_3COO^-	-491.15	-375.322	
PO_4^-	-1282.84	-1024.52	-217.36	SeO_3^{2-}	-511.59	-373.399	16.302
Pb^{2+}	1.6302	-24.285	21.318	SeO_4^{2-}	-607.354	-440.656	23.826
$PtCl_4^-$	-515.812	-384.142	175.56	Sn^{2+}	-8.778	-26.2295	-20.482
$PtCl_6^-$	-699.732	-514.558	219.868	Sn^{2+}	-546.744	-556.776	-39.292
Ra^+	-526.68	-562.21	54.34	Ti^{4+}	5.7684	-32.4159	127.072
Rb^+	-246.202	-281.941	124.146	Ti^{3+}	115.786	209	(-146.3)
S^-	41.8	83.6	22.154	U^{3+}	-514.14	-5199.92	-125.4
SO_3^-	-623.656	-496.584	43.472	U^{3+}	-613.206	-578.512	-326.04
SO_4^-	-906.642	-741.281	17.138	UO_2^+	-1034.13	-993.168	50.16
$S_2O_3^-$	-643.72	-531.696	121.22	Zn^{2+}	-152.361	-147.069	-106.381
$S_2O_4^-$	-685.52	-576.84	238.26				

①按卡布斯金斯基的方法算得。

附表 5　某些反应的自由能降低函数

反　应	$\Delta Z = a + bT$/kJ		误差/kJ	温度/K
	a	*b*		
$4/3Al + O_2 = 2/3Al_2O_3$	-1072588	180.994	±41.8	298 ~ 930
	-1076350	185.174	±41.8	930 ~ 2318
	-1004872	153.824	±41.8	2318 ~ 2330
$2CaOS + SiO_2S = Ca_2SiO_4S_3$	-126236	-5.016	±12.54	298 ~ 1700
$3CaO + P_2O_5 = Ca_3P_2O_8$	-685520	17.6396	±41.8	298 ~ 631
	-722304	75.9088	±41.8	631 ~ 1373
$C + O_2 = CO_2$	-393756	-0.836	±4.18	298 ~ 2500
$2C + O_2 = 2CO$	-223212	-175.142	±4.18	298 ~ 2500
$2CO + O_2 = 2CO_2$	-564718	173.47	±4.18	298 ~ 2500
$C + CO_2 = 2CO$	169290	-172.425	±8.36	298 ~ 2273
$6FeO + O_2 = 2Fe_3O_4$	-623865	249.964	±12.54	298 ~ 1642
$4Fe_3O_4 + O_2 = 6Fe_2O_3$	-498465	280.896	±33.44	298 ~ 1460
$2Fe + O_2 = 2FeO$	-518738	124.982	±12.54	298 ~ 1642
	-465025	90.5806	±12.54	1808 ~ 2000
$6Fe + P_2$（g）$= 2Fe_3P$	-426360	94.468	±33.44	298 ~ 1439
$3Fe + C = Fe_3C$	25916	-23.1154	±4.18	298 ~ 463
	26668.4	-24.7456	±4.18	463 ~ 1115
	10345.5	-10.1574	±8.36	1115 ~ 1808
$2H_2 + O_2 = 2H_2O$	-493240	111.815	±4.18	373 ~ 2500
$2Mn + O_2 = 2MnO$	-768702	144.7534	±12.54	298 ~ 1500
	-797544	164.065	±12.54	1500 ~ 2051
$3Mn + C = Mn_3C$	-13794	-1.0868	±12.54	298 ~ 1010
$MnO + SiO_2 = MnSiO_3$	-29678	12.54	±20.9	298 ~ 1600
$2FeO + SiO$（s）$= Fe_2SiO_3$（s）	-51163.2	20.482	±16.72	298 ~ 1642
$2FeO + SiO_2$（s）$= Fe_2SiO_4$（s）	-34485	-37.62	±20.9	>1642
$\frac{3}{5}P_2 + O_2 = 2/5P_3O_5$	-633688	231.572	±41.8	298 ~ 631
	-618640	206.3666	±41.8	631 ~ 1400
$Si + O_2 = SiO_2$	-870694	180.994	±12.54	298 ~ 1700
	-909443	203.9422	±12.54	1700 ~ 1973
	-900665	199.5114	±12.54	1973 ~ 2200
$CH_4 =$ [C] $+ 2H_2$	-84820.6	104.0904		
$C_2H_6 = 2$ [C] $+ 3H_2$	-99458.9	208.6656		
$C_3H_8 = 3$ [C] $+ 4H_2$	-122140	313.082		
$C_4H_{10} = 4$ [C] $+ 5H_2$	-146191	416.6624		

附表 6　不同温度下的反应平衡常数

温度/℃	$Fe + H_2O \rightleftharpoons FeO + H_2$ $K_1 = P_{H_2}/P_{H_2O}$	$Fe + CO_2 \rightleftharpoons FeO + CO$ $K_2 = P_{CO}/P_{CO_2}$	$CO + H_2O \rightleftharpoons CO_2 + H_2$ $K_3 = P_{H_2} \cdot P_{CO_2}/(P_{H_2O} \cdot P_{CO})$	$C + CO_2 \rightleftharpoons 2CO$ $K_4 = P_{CO}^2/P_{CO_2}$	$CH_4 \rightleftharpoons C + 2H_2$ $K_5 = P_{H_2}^2/P_{CH_4}$	$C + H_2O \rightleftharpoons H_2 + CO$ $K_6 = P_{H_2} \cdot P_{CO}/P_{H_2O}$	$H_2O + CH_4 \rightleftharpoons CO + 3H_2$ $K_7 = P_{CO} \cdot P_{H_2}^3/(P_{H_2O} \cdot P_{CH_4})$	$CO_2 + CH_4 \rightleftharpoons 2CO + 2H_2$ $K_8 = P_{CO}^2 \cdot P_{H_2}^3/(P_{CO_2} \cdot P_{CH_4})$
400	9.12	0.74	12.3	9×10^{-5}	0.0566	0.0011	6.32×10^{-5}	5.05×10^{-7}
450	6.38	0.86	7.38	7.3×10^{-4}	0.164	0.0054	0.00089	1.19×10^{-4}
500	4.86	0.96	4.88	4.7×10^{-3}	0.422	0.023	0.0097	1.98×10^{-3}
550	3.53	1.03	3.45	0.023	0.977	0.079	0.077	0.022
600	2.99	1.17	2.55	0.096	2.09	0.245	0.512	0.201
650	2.65	1.35	1.96	0.343	3.92	0.672	2.63	1.34
700	2.38	1.53	1.56	1.06	7.16	1.65	11.8	7.59
750	2.17	1.72	1.27	2.96	12.3	3.76	46.2	36.4
800	2.00	1.90	1.05	7.48	20.1	7.85	157.8	152
850	1.84	2.07	0.891	17.46	31.8	15.5	492.9	558
900	1.72	2.24	0.765	37.76	48.3	28.8	1391	1820
950	1.61	2.41	0.668	76.7	71.0	51.2	3635	5430
1000	1.51	2.57	0.589	146.5	102.4	86.3	8837	14000
1050	1.44	2.72	0.527	264.0	141.2	139.1	19600	37200
1100	1.37	2.88	0.474	463.4	192	219.2	42100	89000
1150	1.31	2.03	0.433	767.4	256	332.3	35100	1.96×10^5
1200	1.26	3.21	0.395	1244	335	491.4	1.65×10^5	4.17×10^5
1250	1.22	3.36	0.363	1945	431.5	706	3.85×10^5	8.4×10^5
1300	1.18	3.49	0.339	2951	547	1000	5.47×10^5	1.62×10^6

附表 7　CH_4 制备的吸热式气氛碳势对应的氧探头输出值　　(mV)

表面碳质量分数/%	温　度/℃												
	800	825	850	875	900	925	950	975	1000	1025	1050	1075	1100
0.20			1039	1044	1048	1053	1058	1063	1068	1073	1077	1082	1087
0.25			1050	1055	1060	1066	1071	1076	1081	1086	1091	1096	1101
0.30			1060	1065	1070	1076	1081	1086	1092	1097	1102	1107	1113
0.35			1068	1073	1079	1084	1090	1095	1101	1106	1112	1117	1123
0.40		1069	1075	1081	1086	1092	1098	1103	1109	1115	1120	1126	1131
0.45	1070	1075	1081	1087	1093	1099	1105	1110	1116	1122	1128	1133	1139
0.50	1075	1081	1087	1093	1099	1105	1111	1117	1123	1129	1135	1140	1146
0.55	1080	1086	1093	1099	1105	1111	1117	1123	1129	1135	1141	1147	1153
0.60	1085	1091	1097	1104	1110	1116	1122	1128	1135	1141	1147	1153	1159
0.65	1089	1096	1102	1108	1115	1121	1127	1134	1140	1146	1152	1158	1165
0.70	1094	1100	1106	1113	1119	1126	1132	1138	1145	1151	1157	1164	1170
0.75	1098	1104	1111	1117	1124	1130	1137	1143	1149	1156	1162	1169	1175
0.80	1101	1108	1115	1121	1128	1134	1141	1147	1154	1160	1167	1173	1180
0.85	1105	1112	1118	1125	1132	1138	1145	1152	1158	1165	1171	1178	1184
0.90		1115	1122	1129	1135	1142	1149	1156	1162	1169	1175	1182	1189
0.95		1118	1125	1132	1139	1146	1153	1159	1166	1173	1180	1186	1193
1.00		1122	1129	1136	1142	1149	1156	1163	1170	1177	1184	1190	1197
1.05			1132	1139	1146	1153	1160	1167	1174	1180	1187	1194	1201
1.10			1135	1142	1149	1156	1163	1170	1177	1184	1191	1198	1205
1.15					1152	1159	1166	1174	1181	1188	1195	1202	1209
1.20					1155	1163	1170	1177	1184	1191	1198	1205	1212
1.25							1173	1180	1187	1194	1202	1209	1216
1.30							1176	1183	1191	1198	1205	1212	1219
1.35							1179	1186	1194	1201	1208	1215	1223
1.40							1182	1189	1197	1204	1211	1219	1226
1.45							1185	1192	1200	1207	1215	1222	1229

附表 8 C_3H_6 制备的吸热式气氛碳势对应的氧探头输出值 (mV)

表面碳质量分数/%	温度/℃												
	800	825	850	875	900	925	950	975	1000	1025	1050	1075	1100
0. 20			1032	1037	1041	1046	1051	1055	1060	1065	1069	1074	1079
0. 25			1043	1048	1053	1058	1063	1068	1073	1078	1083	1088	1093
0. 30			1053	1058	1063	1066	1074	1079	1084	1089	1094	1104	1199
0. 35			1061	1066	1072	1077	1083	1088	1093	1098	1104	1109	1114
0. 40		1063	1068	1074	1079	1085	1090	1096	1101	1106	1112	1118	1123
0. 45	1063	1069	1075	1080	1086	1092	1097	1103	1109	1114	1120	1125	1131
0. 50	1069	1073	1080	1086	1092	1098	1104	1109	1115	1121	1127	1132	1138
0. 55	1074	1080	1086	1092	1098	1104	1109	1115	1121	1127	1133	1139	1145
0. 60	1079	1085	1091	1097	1103	1109	1115	1121	1127	1133	1139	1145	1151
0. 65	1083	1089	1095	1102	1108	1114	1120	1126	1132	1138	1144	1150	1156
0. 70	1087	1093	1100	1106	1112	1118	1125	1131	1137	1143	1149	1156	1162
0. 75	1091	1097	1104	1110	1117	1123	1129	1135	1142	1148	1154	1160	1167
0. 80	1095	1101	1108	1114	1121	1127	1133	1140	1146	1153	1159	1165	1171
0. 85	1098	1105	1112	1118	1125	1131	1138	1144	1150	1157	1163	1170	1176
0. 90		1108	1115	1122	1128	1135	1141	1148	1155	1161	1168	1174	1180
0. 95		1112	1119	1125	1132	1139	1145	1152	1158	1165	1172	1178	1185
1. 00		1115	1122	1129	1135	1142	1149	1156	1162	1169	1176	1185	1189
1. 05			1125	1132	1139	1146	1152	1159	1166	1173	1179	1186	1193
1. 10			1128	1135	1142	1149	1156	1163	1169	1176	1183	1190	1197
1. 15					1145	1152	1159	1166	1173	1180	1187	1193	1200
1. 20					1148	1155	1162	1169	1176	1183	1190	1197	1204
1. 25							1166	1173	1180	1187	1194	1201	1208
1. 30							1169	1176	1183	1190	1197	1204	1211
1. 35							1172	1179	1186	1193	1200	1207	1214
1. 40							1175	1182	1189	1168	1204	1211	1218
1. 45							1178	1185	1192	1199	1207	1214	1221

附表9 CH_3OH 制备的裂解气氛（31% CO）碳势对应的氧探头输出值 (mV)

表面碳质量分数/%	温度/℃												
	800	825	850	875	900	925	950	975	1000	1025	1050	1075	1100
0.20			1017	1021	1026	1030	1034	1039	1043	1047	1052	1056	1060
0.25			1028	1033	1037	1042	1047	1051	1056	1061	1065	1070	1074
0.30			1038	1043	1047	1052	1057	1062	1067	1072	1076	1081	1086
0.35			1046	1051	1056	1061	1066	1071	1076	1081	1086	1091	1096
0.40		1048	1053	1058	1063	1069	1074	1079	1084	1089	1094	1099	1105
0.45	1049	1054	1059	1065	1070	1075	1081	1086	1091	1097	1102	1107	1112
0.50	1054	1060	1065	1071	1076	1082	1087	1093	1098	1103	1109	1114	1119
0.55	1059	1065	1071	1076	1082	1087	1093	1099	1104	1110	1115	1121	1126
0.60	1064	1070	1076	1081	1087	1093	1098	1104	1110	1115	1121	1127	1132
0.65	1068	1074	1080	1086	1092	1098	1103	1109	1115	1121	1126	1132	1138
0.70	1073	1097	1085	1090	1096	1102	1108	1114	1120	1126	1132	1137	1143
0.75	1077	1083	1089	1095	1101	1107	1113	1119	1125	1130	1136	1142	1148
0.80	1081	1086	1093	1099	1105	1111	1117	1123	1129	1135	1141	1147	1153
0.85		1094	1100	1106	1112	1119	1125	1131	1137	1143	1150	1156	1162
0.95		1097	1103	1110	1116	1122	1129	1135	1141	1147	1154	1160	1166
1.00		1100	1107	1113	1120	1126	1132	1139	1145	1151	1158	1164	1170
1.05			1110	1116	1123	1129	1136	1142	1149	1155	1161	1168	1174
1.10			1113	1120	1126	1133	1139	1146	1152	1159	1169	1175	1182
1.15					1129	1136	1143	1149	1156	1162	1169	1175	1182
1.20					1133	1139	1146	1152	1159	1166	1172	1179	1185
1.25							1149	1156	1162	1169	1176	1182	1189
1.30							1151	1159	1166	1172	1179	1186	1192
1.35							1155	1162	1169	1176	1182	1189	1196
1.40							1158	1165	1172	1179	1186	1192	1199

附表 10　N_2-CH_3OH 制备的气氛（17% CO）碳势对应的氧探头输出值　（mV）

表面碳质量分数/%	温度/℃												
	800	825	850	875	900	925	950	975	1000	1025	1050	1075	1100
0. 20			1047	1052	1057	1062	1067	1072	1077	1082	1087	1092	1097
0. 25			1058	1063	1069	1074	1079	1085	1090	1095	1100	1105	1111
0. 30			1068	1073	1079	1084	1090	1095	1101	1106	1111	1117	1122
0. 35			1076	1081	1087	1093	1098	1112	1118	1124	1129	1135	1141
0. 40		1077	1083	1089	1095	1100	1106	1112	1118	1124	1129	1135	1141
0. 45	1077	1083	1089	1095	1101	1107	1113	1119	1125	1131	1137	1143	1149
0. 50	1083	1089	1095	1101	1107	1114	1120	1126	1132	1138	1144	1150	1156
0. 55	1088	1094	1100	1107	1113	1119	1125	1132	1138	1144	1150	1156	1163
0. 60	1093	1099	1105	1112	1118	1125	1131	1137	1143	1150	1156	1162	1169
0. 65	1097	1104	1110	1117	1123	1129	1136	1142	1149	1155	1162	1168	1174
0. 70	1101	1108	1114	1121	1128	1134	1141	1147	1154	1160	1167	1173	1180
0. 75	1105	1112	1119	1125	1132	1139	1145	1152	1158	1165	1172	1178	1185
0. 80	1109	1116	1122	1129	1136	1143	1149	1156	1163	1169	1176	1183	1189
0. 85	1112	1119	1126	1133	1140	1147	1154	1160	1176	1174	1181	1187	1194
0. 90		1123	1130	1137	1144	1151	1157	1164	1171	1178	1185	1192	1198
0. 95		1126	1133	1140	1147	1154	1161	1168	1175	1182	1189	1196	1203
1. 00		1129	1137	1144	1151	1158	1165	1172	1179	1186	1193	1200	1207
1. 05			1140	1147	1154	1161	1168	1175	1183	1190	1197	1204	1211
1. 10			1143	1150	1157	1165	1172	1179	1186	1193	1200	1207	1215
1. 15					1161	1168	1175	1182	1190	1197	1204	1211	1218
1. 20					1164	1171	1178	1186	1193	1200	1207	1215	1222
1. 25							1182	1189	1196	1204	1211	1218	1225
1. 30							1185	1192	1199	1207	1214	1222	1229
1. 35							1188	1195	1203	1210	1218	1225	1232
1. 40							1191	1198	1206	1213	1221	1228	1236

参考文献

1 樊东黎. 热处理技术数据手册. 北京：机械工业出版社，2000

2 《热处理手册》编委会. 热处理手册（第 2 版）. 第 3 卷，热处理设备. 北京：机械工业出版社，1997

3 《热处理手册》编委会. 热处理手册（第 1 分册）. 北京：机械工业出版社，1984

4 沈阳风动工具厂. 可控气氛热处理自动线. 北京：机械工业出版社，1977

5 第一机械工业部情报所. 空热处理与渗碳气氛碳势的自动控制. 北京：机械工业出版社，1975

6 陈在良，阎承沛. 先进热处理制造技术. 北京：机械工业出版社，2002

7 韩其勇. 冶金过程动力学. 北京：冶金工业出版社，1983

8 吉林大学等. 物理化学基本原理. 北京：人民教育出版社，1975

9 中国科学技术情报研究所. 吸热式气氛复杂平衡的计算. 北京：北京技术文献出版社，1978

10 顾佰揆. 气体渗碳数学模型的建立和应用

11 黄亲国. 利用氧探头控制炉气碳势的数学模型. 金属热处理，1996

12 冶金工业部钢铁研究院. 合金钢手册（上册，第一分册）. 北京：冶金工业出版社，1971

13 南口机车车辆机械工厂等. 煤油－甲醇滴注剂. 红外线比例脉冲式自动控制炉气气氛碳势的试验研究，1977

14 陈铭. 可控气氛热处理在纺织制造工业上的应用和发展. 机械工业热加工，2006